ro
ro
ro

rororo

Patrick Taylor, 1941 in Nordirland geboren, hat Medizin studiert und lange als Landarzt gearbeitet. Um dem Nordirlandkonflikt zu entfliehen, emigrierte er mit seiner Familie Anfang der 1970er Jahre nach Kanada. Dort hat er auch sein Talent zum Schreiben entdeckt. Von ihm sind bereits zahlreiche Romane und Kurzgeschichten erschienen. «Ein irischer Landarzt» war ein internationaler Überraschungserfolg und schaffte es auf die Bestsellerliste der *New York Times*. Patrick Taylor lebt heute auf Saltspring Island in der kanadischen Provinz British Columbia. Aus der Reihe sind auf Deutsch außerdem erschienen «Ein irischer Landarzt» und «Neues vom irischen Landarzt».

«Ein großer eskapistischer Spaß.» *Publishers Weekly*

PATRICK TAYLOR

EIN IRISCHES WEIHNACHTS-FEST

ROMAN

Aus dem Englischen
von Anke Angela Grube
und Sabine Schulte

Rowohlt Taschenbuch Verlag

Die englische Originalausgabe erschien 2008 unter dem Titel
«An Irish Country Christmas»
bei Forge Books / Tom Doherty Associates, New York.

Die deutsche Erstausgabe erschien 2010 bei Rowohlt.

Neuausgabe
Veröffentlicht im Rowohlt Taschenbuch Verlag,
Hamburg, Oktober 2024

Karten: Imke Trostbach
Redaktion: Karen Nölle

Covergestaltung FAVORITBUERO, München
Coverabbildung Shutterstock
Satz aus der Joanna MT bei CPI books GmbH, Leck
Druck und Bindung GGP Media GmbH, Pößneck
ISBN 978-3-499-01377-5

Für Dorothy

NORDKANAL
PORTMUCK
N
W
O
S
CARRICKFERGUS
Bucht von Belfast
NEWCOWNABBEY
BANGOR
BALLYBUCKLEBO
Belfast
THE KINNEGAR
NEWCOWNARDS
GRAFSCHAFTEN ANTRIM UND NORTHDOWN
BUCHT VON STRANGEFORD

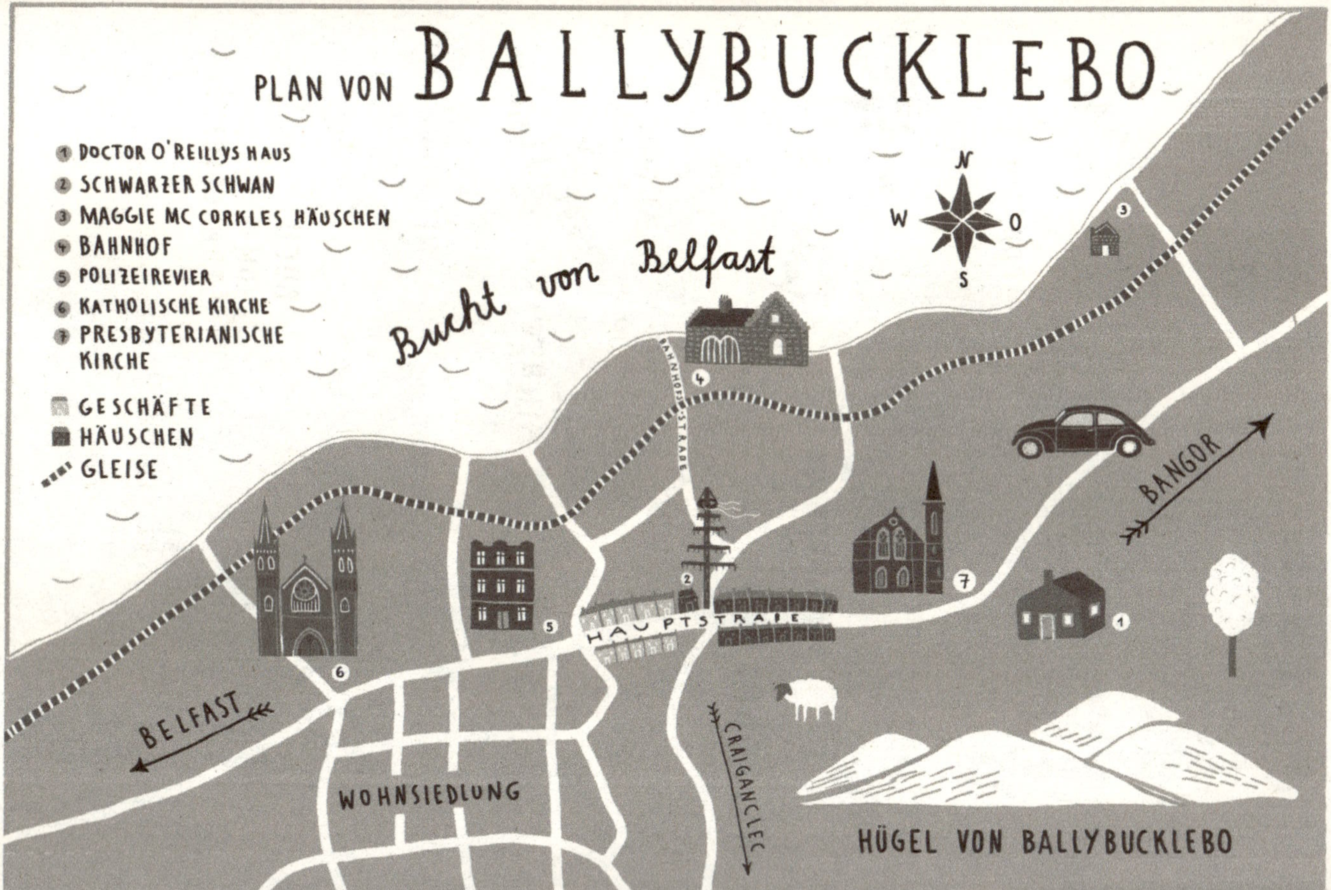
PLAN VON BALLYBUCKLEBO
1 DOCTOR O'REILLYS HAUS
2 SCHWARZER SCHWAN
3 MAGGIE MC CORKLES HÄUSCHEN
4 BAHNHOF
5 POLIZEIREVIER
6 KATHOLISCHE KIRCHE
7 PRESBYTERIANISCHE KIRCHE
GESCHÄFTE
HÄUSCHEN
GLEISE
Bucht von Belfast
N
W
O
S
BAHNHOFSSTRAßE
HAUPTSTRAßE
BANGOR
BELFAST
CRAIGANCLEC
WOHNSIEDLUNG
HÜGEL VON BALLYBUCKLEBO

1

Hochzeit im «Old Inn»

Barry Laverty – *Doktor Barry Laverty* – schlug die Tür seines betagten Käfers Brunhilde zu. Er zog den Kopf ein und lief durch den Schneeregen über den Parkplatz des *Old Inn* in Crawfordsburn, County Down. Im Dezember wird es in Nordirland früh dunkel, und um halb fünf an diesem Nachmittag waren die kahlen Äste, die im heftigen Wind schwankten, kaum noch zu erkennen. Aber Barry hörte, wie durch das Tal hinter dem alten Gasthof der Sturm tobte.

Er stieß die Doppeltür zum Hotelrestaurant auf und ging die drei Stufen in das hell erleuchtete Foyer hinunter. Im Licht musste er blinzeln, und er zog die Schultern hoch, denn soeben bahnten sich ein paar Wassertropfen einen Weg in seinen Kragen hinein.

«Hallo, John», begrüßte er den Hotelmanager hinter dem Rezeptionstresen.

John, ein Mann mittleren Alters, schaute auf und lächelte. «Guten Tag, Herr Doktor.»

Vor etwas über einem Jahr hätte er noch gesagt: «Na, Barry, wie geht's?» Das *Old Inn* befand sich nämlich in Bangor, nur wenige Meilen von Barrys Elternhaus entfernt. Während seiner Zeit als Medizinstudent war er oft auf ein Bier hier eingekehrt, und seit er denken konnte, hatte John an der Rezeption gestanden.

«Was für ein Dreckwetter», bemerkte er jetzt.

«Ich bin halb erfroren.» Barry rieb sich die Hände.

«In der Bar brennt ein Feuer im Kamin, Sir.»

«Ich wollte zu der Hochzeit.»

«Die Feier von Donnelly und MacAteer findet im großen Saal statt, aber Doktor O'Reilly ist gerade in die Bar gegangen. Er hat mich gebeten, Ihnen das auszurichten, wenn Sie kommen.»

Das war mal wieder typisch, dachte Barry, typisch für Fingal Flahertie O'Reilly, seinen älteren Kollegen und Chef der Praxis, in der er arbeitete. O'Reilly entwischte nur allzu gern auf ein schnelles Bier in die Bar. Barry wusste, dass Julie MacAteers Eltern *Pioneers* waren, Abstinenzler, die keinen Tropfen Alkohol zu sich nahmen. Folglich war die Hochzeit eine Orangensaftparty, wie man hier in Ulster zu sagen pflegte.

«Danke.» Barry schälte sich aus seinem Regenmantel. «Ich hänge eben den hier auf, und dann gehe ich rein und wärme mich am Feuer.»

Er erblickte sich in dem Spiegel, der hinten in der Garderobe hing. Aus einem ovalen Gesicht schauten ihm blaue Augen mit dunklen Schatten darunter entgegen. Mit vierundzwanzig war er für dauerhafte schwarze Ringe unter den Augen noch zu jung, aber er hatte den größten Teil der Nacht eine Geburt begleitet. Und mochte er selbst jetzt auch müde sein, die Wöchnerin, die er von einem gesunden, siebeneinhalb Pfund schweren Jungen entbunden hatte, war bestimmt völlig erschöpft. Barry gähnte. Sein blondes Haar war dunkel vor Nässe und klebte ihm am Kopf. Sogar seine ungebärdige Locke, die sonst hochstand wie der Schopf einer Reiherente, lag platt auf seinem Scheitel.

Barry hängte seinen Mantel auf, strich sich mit den Händen übers Haar und ging durch den kurzen, mit Teppichboden ausgelegten Flur in die Bar. Er überlegte, ob heute Abend wohl Colette, eine rundliche, mütterliche Frau, hinter der Theke stehen würde.

Dieser Teil des Gebäudes war 1614 erbaut worden und hatte ursprünglich als Herberge zu einer Poststation gehört. Über Generationen hinweg hatten die Besitzer sorgsam die weißgetünchten Lehmflechtwerkwände und die schweren, grob behauenen schwarzen Deckenbalken erhalten. 1958 schrieb der Schriftsteller C. S. Lewis, nachdem er mit seiner Frau Joy hier im *Old Inn* Urlaub gemacht hatte, die vierzehn Tage seien einfach «perfekt» gewesen.

Durch eine Tür zur Linken begab sich Barry in einen niedrigen Raum. In einem breiten Kamin flackerte ein Torffeuer. Nach der bitteren Kälte draußen empfand er die Hitze als drückend, aber der Duft des brennenden Torfs war vertraut und behaglich. Mehrere Männer befanden sich im Raum, die meisten standen an der Theke, nur wenige saßen an den Tischen entlang der Wand. Der Geruch nach feuchtem Tweed und Zigarettenrauch vermischte sich mit dem Duft des Torffeuers. Das Gemurmel der Männerstimmen wurde von einem Graupelschauer übertönt, der hinter den Vorhängen gegen die Fensterscheiben prasselte.

«*Du*», brüllte Doktor Fingal Flahertie O'Reilly, der an der Theke lehnte, «du siehst ja wie eine ersoffene Ratte aus. Komm her und trink erst mal was.»

«Danke, Fingal.»

«Was nimmst du?»

Barry rieb sich die Hände. Sie kribbelten, denn endlich setzte die Durchblutung wieder ein. «Einen irischen Grog, bitte.»

O'Reilly wandte sich an die Barfrau, die hinter der Marmortheke mit einem Geschirrtuch ein Bierglas trocknete. «Hast du gehört, Colette?»

«Einen Grog mit 'nem Halben, Doktor.»

«Mit 'nem Halben? Blödsinn, gib ihm einen Doppelten.»

«Wie geht's, Colette?», fragte Barry. Er kehrte O'Reilly den Rücken zu, schüttelte den Kopf und formte mit den Lippen lautlos «Nur einen Halben». So müde, wie er war, würde ein doppelter Whiskey ihn höchstwahrscheinlich umhauen.

Colette schenkte ihm zur Begrüßung ein breites Lächeln und nickte, als sie seine Bestellung verstand. «Gut, danke. Hab Sie eine ganze Weile nicht gesehen.»

«Ich hatte viel zu tun –»

«Mein Gott, Mädel, würdest du dem jungen Kerl hier jetzt mal bald seinen Grog machen?», unterbrach O'Reilly.

«Kommt sofort.» Colette schaltete den Wasserkocher ein.

«Und jetzt raus mit der Sprache, Laverty», knurrte O'Reilly, «wo hast du dich denn bloß so lange rumgetrieben?»

Barry betrachtete das rötliche, zerfurchte Gesicht des stattlichen Mannes, die buschigen Augenbrauen und die krumme Nase mit der unübersehbaren Schlagseite nach Backbord. O'Reilly war in Hemdsärmeln, und seine Tweedhosen wurden von roten Hosenträgern gehalten. In einer Hand hielt er ein Glas – ein großes Glas – mit irischem Whiskey.

«Hab gearbeitet.»

«Gearbeitet? Als ich vorhin aufgebrochen bin, war die Tür zum Behandlungsraum zwar geschlossen, aber im

Wartezimmer saßen doch nur noch ein paar Patienten. Und für Nuala Harkness braucht man nicht viel Zeit.»

«Du vielleicht nicht, Fingal. Du kennst die Frau ja schon fast zwanzig Jahre.»

O'Reilly gab ein Brummen von sich. «Und dann war da noch Harry Hawthorne, der Gestiefelte.»

«Wer?»

«Harry Hawthorne. Er heißt der Gestiefelte, weil seine Frau nach der Hochzeit ihrer besten Freundin erzählt hat, wenn er vom Feld nach Hause kam und ihn der Hafer stach, hat er sich nicht mal die Zeit genommen, seine Stiefel auszuziehen, so scharf wäre er gewesen.»

Barry lachte. «So wie Napoleon mit seiner Josephine, hab ich gelesen.»

«Vielleicht hatte Harry das ja auch gelesen. Jedenfalls hat die beste Freundin es ihrem Mann erzählt, und der hat es …»

Barry nickte. Er hatte schon mitbekommen dürfen, dass sich Neuigkeiten in Ballybucklebo in Windeseile ausbreiteten.

«Und damit das nicht in Vergessenheit gerät, heißt er bis heute der Gestiefelte. Normalerweise kommt er bloß zu einer Stärkungsspritze, und das hat man doch in fünf Minuten erledigt.»

Barry schüttelte den Kopf. «*Du* vielleicht, Fingal, aber ich bin erst ein paar Monate hier, und wenn ich die Patienten so gut kennenlernen will, wie du sie kennst, dann brauche ich ein bisschen Zeit dazu.»

«Das stimmt wohl.» O'Reilly runzelte die Stirn. «Aber die beiden können dich doch nicht bis jetzt aufgehalten haben. Wir hatten schon zur Trauung mit dir gerechnet.»

«Bei Harry hat es länger gedauert, als ich gedacht hatte.

Dann hat Jeannie Jingles angerufen. Sie meinte, ihr kleiner Eddie hätte Krupp, und –»

«Du hast noch einen Hausbesuch gemacht?» O'Reillys Nasenspitze wurde eine Spur blasser, ein sicheres Zeichen dafür, dass er seinen Ärger nicht ganz unter Kontrolle hatte.

«Ich weiß, dass du heute eigentlich für die Notfälle zuständig bist, Fingal, aber –»

«Aber du hast gedacht, du würdest mir einen Gefallen tun?» Die Blässe kroch O'Reillys Nasenrücken hinauf.

«Nein, keinen Gefallen. Aber du warst schon in der Kirche, und da hielt ich es für sinnvoll, lieber selbst vorbeizufahren und mir den Kleinen anzusehen. Ich dachte, es würde bloß zwei Minuten dauern.»

«Hm. Schöne zwei Minuten. Um halb drei war die Trauung vorbei. Du hättest dabei sein sollen.»

«Tut mir leid. Wenn ich gewusst hätte, dass ich dich eines Vergnügens beraube, dieses ungeheuer befriedigenden Momentes, einen weiteren Fall von Krupp zu sehen, dann hätte ich eine Polizeieskorte geschickt, um dich aus deiner Kirchenbank zu zerren.»

O'Reilly brachte ein leises Lachen hervor. «Na gut. Wie du willst. Meinetwegen kannst du dir gern ein frühes Grab schaufeln. Ist mir piepschnurzegal.» Die Krähenfüßchen in seinen Augenwinkeln wurden tiefer.

«Mensch, Fingal, ich fand es einfach sinnvoll.»

O'Reilly schlug Barry auf die Schulter. «Diesmal hast du ja recht, Barry, aber … aber … Beschluss ist Beschluss.» O'Reilly trank einen Schluck Whiskey. «Im August haben wir abgemacht, dass wir uns die Arbeit teilen, sobald du selbständig genug bist.»

«Und das machen wir doch auch, oder? Einer von uns

hält die Sprechstunde ab, für die leichteren Fälle, und der andere macht Hausbesuche und springt nachts aus dem Bett. Ich finde, das hat bisher ganz gut funktioniert.»

«Aber du warst ohnehin die halbe Nacht auf», brummte O'Reilly. «Und heute habe *ich* Bereitschaftsdienst, Barry. Den Hausbesuch hätte *ich* machen müssen.»

Eins hatte Barry gelernt. Er durfte O'Reilly niemals nachgeben. Jetzt schaute er seinem Chef in die Augen. «Es war goldrichtig, dass ich gleich hingefahren bin. Der kleine Kerl hatte nämlich eine handfeste Lungenentzündung. Ich musste ihn sofort ins Royal Victoria Hospital bringen.»

«Tatsächlich?» O'Reillys Augenbrauen stießen über seiner Nase zusammen, als er die Stirn runzelte. «Eine ausgewachsene Lobärpneumonie, ja?»

«Soweit ich das ohne Röntgenbild beurteilen konnte …»

O'Reilly trank einen großen Schluck Whiskey und klopfte Barry auf die Schulter. «Vielleicht hast du doch das Richtige getan.»

«Ich denke schon.»

«Ich auch.» O'Reilly nickte. «Aber von dieser Sekunde an bin *ich* dran, Doktor Barry Laverty.» Wenigstens hatte seine Nasenspitze wieder ihre ursprüngliche pflaumenblaue Färbung angenommen.

«Schön, Fingal.»

«Und Kinky weiß ja, wo ich zu finden bin, wenn irgendwas ist.»

«Ist sie denn nicht auf dem Fest?» Barry war überrascht. Mrs Kinky Kincaid, O'Reillys Haushälterin, nahm normalerweise an allen gesellschaftlichen Ereignissen in Ballybucklebo teil.

«Sie war eingeladen und ist mit mir zur Trauung gegangen, aber dann meinte sie, sie wäre ein bisschen verschnupft und wollte bei diesem schrecklichen Sturm nicht nach draußen. Daher ist sie gleich wieder nach Hause gegangen und hat mich gebeten, sie bei Julie zu entschuldigen.»

«Aber ihr fehlt doch nicht ernstlich was?»

«Kinky? Nein, nein. Die Frau hat eine Konstitution wie ein Pferd.» O'Reilly senkte die Stimme. «Aber ich glaube, heute läuft was im Fernsehen, was sie nicht verpassen will.»

Barry lächelte, als er sich vorstellte, wie Kinky, die sich selbst einmal als «ein bisschen breiter um die Taille herum» beschrieben hatte, es sich mit einer Tasse Tee vor dem Fernseher gemütlich machte. Bestimmt würde Lady Macbeth, O'Reillys weiße Katze, ihr dabei Gesellschaft leisten. Ein «Bitte schön, Doktor», unterbrach ihn in seinen Gedanken. Colette reichte ihm einen dampfenden Becher. «Das macht zwei Shilling und Sixpence.»

«Hier.» O'Reilly warf ein paar Münzen auf die Theke. «Aber soweit ich weiß, hatte ich dir einen Doppelten bestellt.»

«Ein Halber ist genau richtig, Fingal.» Barry kostete den Geschmack von irischem Whiskey, Zucker und Zitronensaft, aufgefüllt mit kochend heißem Wasser. Obendrauf schwammen ein paar Gewürznelken. «*Sláinte.*»

«*Sláinte Mhaith.*» O'Reilly trank seinen Whiskey aus und stellte das Glas auf die Theke. «Da ich ja Bereitschaftsdienst habe, sollte ich mich wohl lieber ein bisschen zurückhalten.» Er schlug Barry auf die Schulter. «Aber du bist frei, du kannst das Fest nach Herzenslust genießen.» O'Reilly wandte sich von der Theke ab. «Also, nichts wie hin mit uns beiden. Komm.»

«Geh du schon los, Fingal. Ich komme gleich nach.»

O'Reilly zog die Brauen hoch. «Was hast du denn noch vor?»

«Mein Gott, Fingal. Nicht mal die Polizei würde das fragen.»

O'Reilly lachte. «Du willst ein bisschen die Blümchen begießen?»

«So ungefähr.» Es wäre unhöflich gewesen, einen Whiskeygrog auf ein alkoholfreies Fest mitzubringen, also trank Barry aus. Dann verließ er die Bar, ging über den Flur und betrat eine kleine Toilette.

Das war, sann er vor sich hin, die zweite Hochzeit, die er besuchte, seit er in Ballybucklebo arbeitete. Das Dörfchen lag sieben Meilen westlich von Crawfordsburn. Er erinnerte sich an seine erste Fahrt dorthin und an seine erste Begegnung mit O'Reilly. Beides würde er niemals vergessen. Es war der 1. Juli 1964 gewesen, und dieses Datum war, wie sein Chef einmal bei einem Bericht über ein anderes unvergessliches Ereignis gesagt hatte, «innen in seine Stirn hineintätowiert».

Barry hatte vor O'Reillys Haustür gestanden, als der Arzt plötzlich die Tür aufgerissen und eigenhändig einen Patienten in einen Rosenbusch befördert hatte. Dazu hatte er die Ermahnung gebrüllt: «Wenn du das nächste Mal außerhalb der Sprechzeit hier erscheinst, an meinem freien Nachmittag, weil ich mir deinen Knöchel angucken soll, dann wasch dir gefälligst vorher deine Käsemauken!» Um ein Haar hätte Barry auf der Stelle kehrtgemacht.

Inzwischen war er froh, dass er geblieben war. In den fünf Monaten, in denen er vom Assistenten auf Probe zum Assistenten avanciert war, mit der Aussicht, nach einem Jahr als gleichberechtigter Teilhaber weiterzuarbeiten, hatte er viel über die ärztliche Tätigkeit auf dem Land gelernt. Außerdem hatte er einige von O'Reillys Patienten kennengelernt und liebgewonnen.

Er zog seine Hose wieder hoch. Die vorige Hochzeit hatte im August stattgefunden. Sonny Houston und Maggie MacCorkle, beide über sechzig, beide schräge Vögel, hatten sich das Jawort gegeben. Sonny besaß einen Doktortitel, hatte jedoch bis dahin in einem Autowrack gewohnt. Maggie hatte einmal über Kopfschmerzen geklagt, die eine Handbreit *über* ihrem Scheitel lokalisiert waren. Anfangs hatte Barry die Patientin für total verrückt gehalten, aber O'Reilly hatte es besser gewusst. Er wusste fast alles besser.

Barry lachte in sich hinein und machte sich auf den Weg zum großen Saal. Das glückliche Paar des heutigen Tages hatte ursprünglich eine Doppelhochzeit mit Sonny und Maggie geplant, aber Julie war im Sommer schon schwanger gewesen und hatte kurz vor dem großen Tag eine Fehlgeburt erlitten, sodass sie ihre Hochzeit hatten aufschieben müssen.

Heute, dachte Barry, als er die Tür zum Saal öffnete, hat Donal in den Augen der Dorfbewohner seine Julie endlich zu einer ehrbaren Frau gemacht. Die Wahrscheinlichkeit, dass Julie jemals einen ehrbaren Mann aus Donal machen würde, war allerdings eher gering.

Soweit Barry wusste, bezahlte Donal das Hochzeitsfest zum Teil mit Geld, das er im Juli durch Wetten auf seinen Windhund Bluebird gewonnen hatte, und zum anderen Teil mit dem Gewinn aus dem Verkauf von Geldmünzen aus der Republik Irland, in die ein Rennpferd eingeprägt war. Donal hatte es fertiggebracht, einem ahnungslosen Engländer weiszumachen, dass diese Geldstücke wertvolle Gedenkmünzen seien, die zu Ehren des großen irischen Steeplers Arkle geprägt worden waren, und er hatte sie für das Achtfache ihres Geldwertes an den Mann gebracht. Barry wäre nicht sonderlich überrascht gewesen, wenn Donal Donnelly versucht hätte, den Maibaum in Ballybucklebo an einen amerikanischen Touristen zu verscheuern. Gewundert hätte er sich nur, wenn dieser Versuch gescheitert wäre.

Leise schloss sich die Tür hinter ihm, und er trat zu O'Reilly, der hinter einer kleinen Gruppe festlich gekleideter Gäste stand. Am anderen Ende des Saals entdeckte er Donal Donnelly. Er hatte seinen Cutaway gegen einen dunkelblauen Kammgarnanzug eingetauscht. Das karottenrote Haar hatte er mit Brillantine gebändigt. Donal grinste breit, sodass seine vorstehenden Zähne im Licht des Kristallkronleuchters schimmerten. In der einen Hand hielt er ein großes Glas Orangensaft, mit der anderen vollführte er ausladende Gesten. Dabei schwankte er deutlich, so als sei er hier in dem warmen Raum, in dem sich kein Lüftchen regte, ganz allein von dem Sturm draußen betroffen.

Barry lachte und flüsterte O'Reilly zu: «Dem Bräutigam scheint es richtig gutzugehen.»

«Kein Wunder, er war vor dem Altar schon angesäuselt, und hier hat er seinen Orangensaft mit Gin aufgefüllt.»

«Ja? Ich weiß, dass Donal gern mal tief ins Glas schaut, aber –»

«Heute können wir ihm doch Narrenfreiheit zugestehen, oder? Schließlich heiratet er nicht jeden Tag.»

«Ach, darüber lasse ich mir keine grauen Haare wachsen.» Barry betrachtete die Hochzeitsgäste im Saal. Alle hatten Gläser mit alkoholfreien Getränken in der Hand und kehrten ihm den Rücken zu. Es duftete nach Pfeifenrauch. Die Trauung hatte im kleinen Kreis stattgefunden, und auch hier auf dem Fest waren nur das glückliche Paar und die geladenen Gäste zugegen.

Julie, die Braut, trug ein gut sitzendes cremefarbenes Kostüm mit einer weinroten Seidenbluse. Von ihrer Fehlgeburt vor drei Monaten hatte sie sich dem Anschein nach gut erholt. Ihr seidiges blondes Haar schimmerte und glänzte wie ihre grünen Augen. Sie sah wunderschön aus, genau so, wie man es von einer Braut erwartete. Sie beachtete Donal nicht, sondern unterhielt sich angeregt mit ihrer Brautjungfer Helen Hewitt. Helen hatte ihr rotes Haar mit einer grünen Schleife zurückgebunden. Sie trug eine Jacke im gleichen Grünton und einen kurzen Rock über verführerisch hohen Stöckelschuhen, die ihre wohlgeformten Beine gut zur Geltung brachten. Barry freute sich, dass von dem Ekzem in ihren Kniekehlen nichts mehr zu sehen war, und er fragte sich kurz, ob sie sich wohl noch mit Jack Mills traf, seinem besten Freund.

O'Reilly beugte sich zu ihm und flüsterte: «‹Im Seidenkimono zwei Mädchenblüten …›»

«‹Beide schön, die eine ganz Gazelle.› William Butler Yeats, aus ‹Zur Erinnerung an Eva Gore-Booth und Con Markiewicz›.» Dieses Zitatenduell lieferte er sich mit O'Reilly schon seit seiner Ankunft im Juli. «Ganz Gazelle», wiederholte er, und einen Augenblick schweiften seine Gedanken zu einer anderen schönen jungen Frau ab. Aber seine Patricia war in Cambridge, wo sie seit September Hoch- und Tiefbau studierte. Barry wünschte, sie wäre nicht weggezogen, aber bald, zu Weihnachten, wollte sie nach Hause kommen. Er zählte schon die Tage.

Seine Träumerei wurde jäh unterbrochen, weil Donals Stimme die anderen, gedämpften Gespräche übertönte.

«Jedenfalls, Willy, dieser Mann erklärt also Mrs Murphy, ihr Ehegatte wär' in einem Fass Guinness ertrunken …»

Donal hatte einen Arm um die Schultern seines Trauzeugen gelegt. Es war Willy Dunleavy, der Wirt des *Schwarzen Schwans* in Ballybucklebo. Schwer zu sagen, ob Willy von einem Fuß auf den anderen trat, weil er sich in seinem Cut nicht wohlfühlte oder weil Donals feuchtfröhlicher Zustand ihm Unbehagen bereitete. Donal hatte sich ursprünglich Seamus Galvin als Trauzeugen gewünscht, ebenjenen Mann, den O'Reilly in den Rosenbusch geschmissen hatte, aber Seamus war mit seiner Frau Maureen und dem kleinen Söhnchen Barry Fingal, dem ersten Baby, das Barry in Ballybucklebo entbunden hatte, nach Kalifornien ausgewandert.

Barry bemerkte, wie Willy zu einem älteren Paar hinsah, das vorn im Raum saß. Das mussten Julies Eltern aus Rasharkin im County Antrim sein. Als er die Mutter anschaute, war ihm klar, von wem Julie ihr prachtvolles Haar hatte, auch wenn sich bei der älteren Dame schon Grau in das Gold mischte. Julies Vater hatte sich vorgebeugt, er atmete heftig und warf seinem frischgebackenen Schwiegersohn böse Blicke zu. Ja, die *Pioneers* nahmen es sehr ernst mit ihrer Abstinenz. Willy hatte das offenbar bemerkt. «Pssst, Donal», zischte er und lächelte den MacAteers nervös zu.

Ohne die taktvollen Bemühungen seines Freundes wahrzunehmen, fuhr Donal in einem Dubliner Bühnenakzent fort: «‹Himmeldonnerwetter›, sagt Mrs Murphy, ‹ertrunken, tatsächlich? In Guinness? Hat er sehr gelitten?›»

«Sei still, Donal.»

Doch Donal ließ sich nicht einschüchtern und kam zur Pointe. «‹Ach wo, meine Liebe, gar nicht›, sagt der Mann.»

Donal machte eine Kunstpause, bevor er verkündete: «‹Er ist dreimal rausgekrabbelt, um zu pinkeln.›» Der Bräutigam brach in grölendes Gelächter aus.

Barry hatte Mühe, sich das Lachen zu verkneifen. Er sah sich um und bemerkte, dass neben Julies Eltern noch ein weiteres älteres Paar saß. Der Mann hatte die gleichen Hasenzähne wie Donal. Das musste Donals Vater sein, und seinem wiehernden Lachen nach zu urteilen, hatte auch er seinen Orangensaft mit etwas Hochprozentigem verstärkt. Mr MacAteer saß steif neben ihm.

Ohne seinem Schwiegervater Beachtung zu schenken, verbeugte Donal sich vor seinem Publikum. Er genoss es sichtlich, im Mittelpunkt der Aufmerksamkeit zu stehen. Als er sich wieder aufrichtete, entdeckte er Barry. Er kam zu ihm, unterdrückte einen Schluckauf und sagte: «Wie geht's, wie steht's, Doc?»

«Tut mir leid, dass ich die Trauung verpasst habe, Donal.» Barry schüttelte die ausgestreckte Hand.

«Kein Problem. Besser spät als nie. Bestimmt mussten Sie sich um einen Patienten kümmern.» Donal trat zurück. «Aber jetzt kommen Sie mal mit», wieder ein Schluckauf, «und sagen Sie Julie guten Tag.»

«Gerne, Donal.»

Donal lachte leise. «Sie heißt jetzt nämlich Mrs Donnelly, Doc, ja doch.»

Barry schlängelte sich hinter Donal durch die Gäste und erwiderte die Grüße. Schließlich kamen sie zu Julie. «Sie sehen wunderschön aus, Julie», sagte Barry, «es tut mir leid, dass ich die Trauung –»

«Danke, Doktor Laverty. Sie brauchen sich nicht zu entschuldigen.» Julie lächelte ihn an.

«Wollen Sie … *hicks* … wollen Sie denn … *hicks* … die

Braut nicht küssen?» Donal gab Barry einen Schubs, und dieser stellte fest, dass er Julie ein wenig zu nah gekommen war. Lachend trat er einen Schritt zurück. «Immer mit der Ruhe, Donal.»

«Also, wenn du nicht willst, mir ist es ein Vergnügen.» Jetzt stand O'Reilly neben Barry. «Kommen Sie her, mein liebes Kind.» O'Reilly streckte seine große Pranke nach Julies Hand aus und zog sie zu sich heran. Obwohl sie Stöckelschuhe trug, reichte sie dem Hünen kaum bis an die Schulter. Wie ein großer Bär schloss er sie in die Arme und küsste sie ganz zart auf den Scheitel. «Ich wünsche euch beiden», verkündete er feierlich, «ein langes Leben, Gesundheit, Wohlstand, immer eine gefüllte Speisekammer, stets ein Kind in der Wiege, und dass eure Kartoffeln von der Fäule verschont bleiben.»

«Danke, Doktor O'Reilly», sagte Julie und errötete. Sie stellte sich auf die Zehenspitzen und flüsterte ihm etwas ins Ohr.

«Donnerwetter», sagte er und warf Donal einen Seitenblick zu. «Dann schauen Sie doch bei mir oder bei Doktor Laverty herein, Mrs Donnelly, sobald Sie aus den Flitterwochen zurück sind.»

«Das werde ich tun.»

«Und jetzt», sagte O'Reilly mit einem Kopfnicken zur Tür, «müssen Doktor Laverty und ich uns verabschieden. Die Arbeit ruft.» Er spazierte aus dem Raum, und Barry folgte ihm. Als sie draußen im Flur waren, sagte O'Reilly: «Julie isst schon wieder für zwei. Das muss man Donal ja lassen. Der fackelt nicht lange.»

Barry runzelte die Stirn. «Fingal, ist das nicht ein bisschen schnell nach ihrer Fehlgeburt?»

«Schwer zu sagen.» O'Reilly zuckte die Achseln. «Aber

ich finde, das sind tolle Neuigkeiten, so großartig, dass wir einen darauf trinken können – falls du Lust hast, nochmal mit mir in die Bar zu kommen.»

«Hast du nicht gesagt, weil du Bereitschaftsdienst hast, … würdest du nichts mehr trinken?» Barry konnte es nicht lassen, dem älteren Kollegen seine guten Vorsätze unter die Nase zu reiben.

«Hab ich das tatsächlich gesagt?», fragte O'Reilly. «Junge, Junge, was habe ich mir denn dabei bloß gedacht?» Er hatte gerade die Hand an der Tür zur Bar, da kam John, der Manager, im Laufschritt den Flur entlang.

«Doktor O'Reilly, da ist eine Mrs Kincaid am Telefon. Sie möchte mit Ihnen sprechen.»

«Mist», knurrte O'Reilly.

«Hier entlang, bitte, Sir.»

O'Reilly folgte dem Mann an die Rezeption. Das Gespräch war kurz, und er kehrte eilig zu Barry zurück.

«Ich hole nur schnell drinnen meinen Mantel und fahre dann los.»

«Was ist denn?»

«Das erzähle ich dir, wenn ich wiederkomme.» O'Reilly verschwand und ließ Barry allein. Also, dachte Barry, in einer Hinsicht hatte Fingal ja recht. Julies Schwangerschaft rief wirklich nach einem weiteren Drink. Er würde sich in der Bar noch einen kleinen Whiskey genehmigen und dann noch eine halbe Stunde oder so auf das Fest gehen, der Höflichkeit halber. Und anschließend wollte er zurück nach Ballybucklebo fahren.

Barry öffnete die Tür zur Bar. Noch ein halbes Stündchen hier im *Old Inn*, dann nach Hause in die Main Street Nummer 1, in das Haus mit den großen Bogenfenstern und dem grauen Kieselrauputz. Nach Hause zu Kinky und ihrer exquisiten Küche. Nach Hause zu Lady Macbeth und sogar zu Arthur Guinness, O'Reillys dämlichem Hund.

Barry ließ die Tür hinter sich zufallen und gähnte. Die letzte Nacht war lang gewesen. Ja, er freute sich noch auf etwas Weiteres, das er zu Hause vorfinden würde: auf sein Bett in der Dachkammer, kuschelig unter der Schräge, warm und geschützt vor dem Sturm, der draußen toste.

«Noch einen, Barry?», fragte Colette.

«Bloß noch einen kleinen Jameson, bitte.»

«Gut.»

Während er auf seinen Whiskey wartete, fragte Barry sich, was für ein Fall seinen Chef wohl in die Nacht hinausgerufen hatte. Doch das war nicht sein Problem. Er hatte keinen Dienst, und, wie O'Reilly selbst gern über andere sagte, Doktor Fingal Flahertie O'Reilly, Praktischer Arzt, Chirurg und Arzt für Geburtshilfe, war groß und hässlich genug, um selbst auf sich aufzupassen.

2

Schneeflöckchen, *Weißröckchen*

Der Rover wurde durchgeschüttelt, denn eine Windbö brauste durch eine Häuserlücke und verpasste ihm volle Breitseite. O'Reilly packte das Lenkrad fester und schimpfte auf den Sturm. «Dieses Sauwetter!» Mit Anbruch der Nacht waren Schneeregen und Graupel zu Schnee geworden.

O'Reilly überlegte, was auf der Farm der Gillespies wohl passiert sein mochte. Kinky hatte ihm nur sagen können, dass Mrs Gillespie angerufen hatte, dass sie außer sich gewesen war und verlangt hatte, der Doktor solle sofort kommen. Es gehe um ihren Mann.

Er musste langsamer fahren. Die Scheibenwischer seines alten Wagens wurden mit den Schneemassen auf der Windschutzscheibe kaum noch fertig, und er konnte nur wenig sehen. O'Reilly spürte, wie der Rover hinten zur Seite wegrutschte, als er aus einer Kurve kam. Er musste gegenlenken und landete um ein Haar im Graben. «Mistwetter», knurrte er, als er den Wagen wieder unter Kontrolle hatte. Doch um ihn von der Fahrt zu den Gillespies abzuhalten, wäre schon mehr nötig gewesen als ein bisschen Schnee. Molly Gillespie war normalerweise durch nichts aus der Fassung zu bringen, daher war es unwahrscheinlich, dass sie ihn an einem so ungemütlichen Abend wegen nichts und wieder nichts gerufen hatte. Er würde es herausfinden, sobald er da war, aber verdammt nochmal, das dauerte länger, als er vorausgesehen hatte.

Wenigstens waren an einem so scheußlichen Abend wie heute keine Radfahrer unterwegs. Und im Krieg, auf der guten alten *Warspite*, vor zwanzig Jahren, hatte er natürlich noch schlechteres Wetter erlebt. O'Reilly vermisste die Kameradschaftlichkeit in der Offiziersmesse des Kriegsschiffes und seinen Freund Tom Laverty, den Navigationsoffizier.

Was für ein witziger Zufall, dass der junge Barry Toms Sohn war. Damals, während des Krieges, hatte Barry natürlich noch in den Windeln gelegen, und Tom war zwar ein geselliger Kamerad und ein verdammt guter Navigator gewesen, hatte aber, wie viele Männer seiner Generation, über sein Familienleben nicht gesprochen. Er hatte nie erwähnt, dass er einen Sohn hatte, und nach dem Krieg waren sie beide getrennte Wege gegangen. Der verdammte Rover rutschte wieder auf den Straßengraben zu, und O'Reilly schaffte es nur unter Aufbietung seiner ganzen Kraft, ihn auf den richtigen Kurs zurückzubringen. Tom Laverty war zur Zeit für zwei Jahre in Australien. Barry und sein Vater schrieben sich unregelmäßig. Vielleicht, dachte O'Reilly, sollte er Barry einmal nach Toms Adresse fragen und dem Mann selbst ein paar Zeilen schreiben und ihm erzählen, wie gut der junge Barry sich als Landarzt machte.

Er hoffte, dass Barry heute Abend gut nach Ballybucklebo zurückkommen würde, in seinem komischen kleinen deutschen Auto. Eigentlich musste man sich da wirklich wundern, dachte O'Reilly. Noch vor zwanzig Jahren hatten die Deutschen und die Briten einander bis aufs Messer bekämpft. Und heute, wie auch schon vor einem Jahr,

1963, erzählten ebendiese Deutschen den Briten vergnügt, die Hoffnung, in die Europäische Wirtschaftsgemeinschaft aufgenommen zu werden, könnten sie sich abschminken. Doch ihre Abneigung gegen gemeinsame Handelsunternehmungen hielt sie nicht davon ab, ein Automodell nach Großbritannien zu verkaufen, das Adolf Hitler persönlich als «Wagen für das Volk» vorgesehen hatte.

Das kleine deutsche Auto mochte zwar für das Volk gebaut worden sein, aber es war nicht dafür gedacht, mitten im Winter die schmalen, kurvenreichen Straßen von Ulster zu bewältigen. Dafür brauchte man einen Wagen wie den alten Rover.

O'Reilly bog von der Landstraße zwischen Bangor und Belfast ab, schaltete in den dritten Gang hinunter und begann, sich die Ballybucklebo Hills hinaufzuquälen. Es schneite zwar nicht mehr, aber vor sich sah er nichts als eine weite Schneedecke, unter der auch die Straße begraben lag. Hier war noch niemand gefahren und hatte Spuren hinterlassen. Zu beiden Seiten der Straße standen kahl und kalt, mit schwarzen Zweigen und weißen Hauben, die Hecken. Nur gut, dass es nur etwa eine halbe Stunde geschneit hatte. So konnte der Schnee nicht mehr als zwei Fingerbreit hoch liegen.

Er fuhr über eine Kreuzung. Von dort bis zu dem Fahrweg, der zur Farm der Gillespies führte, war es noch eine Meile. Die Straße führte durch eine Senke und dann auf einen Hügelkamm hinauf, auf dem einige große Bäume standen. Das Tor zu dem Fahrweg war gleich hinter diesen Bäumen auf der linken Seite. Zum letzten Mal war O'Reilly – er versuchte, sich zu erinnern – vor drei, nein, vor vier Jahren dort gewesen.

Die Bäume, die jetzt links von ihm auftauchten, hatten

damals, als Molly die Zwillinge zur Welt gebracht hatte, in vollem Laub gestanden. Heute Abend reckten sie sich unheimlich vor den vom Mond beschienenen silbrigen Wolken.

O'Reilly hielt vor dem Tor an und stieg aus, um es zu öffnen. Der frisch gefallene Schnee knirschte unter seinen Stiefeln, und der Wind seufzte in den Bäumen. Er spürte seine Kälte auf den Wangen. Als er zum Himmel aufsah, erblickte er durch eine Lücke in den Wolken drei helle Sterne. Er war dankbar dafür, dass es nicht mehr schneite, denn er hätte nicht gern über Nacht bei den Gillespies festgesessen. Starke Schneeverwehungen waren in Ulster zwar selten, kamen aber doch gelegentlich vor.

Es war schwer, das Tor gegen den Schnee zu schieben, aber er konnte es doch weit genug aufdrücken. Als er den Rover in den Fahrweg lenkte, war er versucht, das Tor offen zu lassen und sich so die Mühe zu ersparen, es auf dem Heimweg noch einmal zu öffnen. Doch er hielt noch einmal an und ging zurück. Weder Molly Gillespie noch ihr Mann Liam wären erfreut, wenn ihr Vieh in die Landschaft hinauswandern würde. Und er selbst auch nicht, wenn er es richtig bedachte.

Der Rover rumpelte über den zerfurchten Feldweg. Durch das Geruckel löste sich Schnee von der Windschutzscheibe, von dort, wo die Scheibenwischer nicht hingekommen waren. O'Reilly nahm ein Fensterleder und wischte die von innen beschlagene Scheibe ab.

Vor sich konnte er die Lichter des Farmhauses erkennen. Eines schien durch ein Fenster im oberen Stockwerk, dessen Läden offen waren. Über der Haustür brannte eine einzelne Glühbirne in einer Glaslampe. Unten waren alle Fensterläden geschlossen, und nur vereinzelt fanden

Lichtstrahlen den Weg durch Ritzen zwischen den Brettern.

O'Reilly parkte vor der Haustür. Er hatte gar nichts dagegen, ins Warme zu gelangen, und je schneller er aus dem Wagen kam, desto eher würde das der Fall sein. Er griff nach seiner schwarzen Tasche und stieg aus.

«Mach, dass du wegkommst», sagte er scharf zu dem Border Collie, der aus der Dunkelheit aufgetaucht war und, den Bauch dicht am Boden, auf ihn zuschlich. Der Hund bleckte die Zähne und knurrte.

«Na los, verschwinde.» O'Reilly ging an dem Tier vorbei und wollte gerade an die Tür klopfen, als sie von einer großen Frau um die dreißig aufgerissen wurde. Mrs Gillespie trug einen Baumwollkittel und flauschige Pantoffeln. Hinter ihr erschien ein kleines Mädchen. Mit dem Daumen im Mund lugte es hinter ihrem Kittel hervor.

«Kommen Sie rein, Doktor O'Reilly.» Sie trat zurück und schob das kleine Mädchen fort. «Und du lauf und spiel mit deinem Bruder.»

Die Kleine, immer noch mit dem Daumen im Mund, zog ab. O'Reilly fiel auf, dass sie beim Gehen den linken Fuß einwärts stellte. Sie blieb stehen und starrte ihn an, mit den größten blauen Augen, die er je gesehen hatte. Er zwinkerte ihr zu und trat über die Schwelle in eine große Küche mit Fliesenboden. «Und was ist nun mit Liam?», fragte er und zog den Mantel aus. Der gusseiserne Herd in der Ecke verbreitete eine drückende Hitze. «Kinky sagte, du hättest ganz fassungslos geklungen.»

«Ich hab mich wieder beruhigt», erklärte Molly. «Aber als ich Liam da draußen in der Scheune liegen sah, bin ich durchgedreht. Ich hab versucht, ihn hochzuheben, aber er ist ja ein großer Kerl, und ich konnte ihn nicht bewegen, also bin ich reingerannt und hab angerufen.» Sie umfasste die rechte Faust mit der linken Hand und stützte das Kinn auf. Nachdenklich schaute sie zu Boden, dann sah sie O'Reilly in die Augen. «Ich hab gedacht, er wäre tot, ja.»

O'Reilly erstarrte, mit den Armen noch halb in den Mantelärmeln. «Liegt er noch in der Scheune?»

«Nein.» Molly schaute zur Decke hinauf. «Er ist jetzt oben im Bett. Als ich aufgelegt hatte und in die Scheune wollte, kam er mir entgegen.»

O'Reilly hängte den Mantel über einen Stuhl. «Kannst du mir genau sagen, was passiert ist?»

«Beim besten Willen nicht, Doktor, ich weiß es nicht. Wir hatten das Vieh aus dem Schnee reingebracht. Liam hat einen Ballen Heu oben aus der Scheune geholt. Ich stand mit dem Rücken zu ihm. Dann habe ich ein Plumpsen gehört, hab mich umgedreht, und da lag er … und rührte sich nicht mehr. Ich hab ihn nicht hochgekriegt, also hab ich Sie angerufen, wie schon gesagt.»

«Ma-maa …» Die Vierjährige kam in die Küche. «Mama, Johnny hat in die Hose gemacht.»

«Warte eben, Jenny. Mama hat gerade keine Zeit.»

«Liam hat es ganz allein nach oben ins Bett geschafft?»

«Ja. Er wollte, dass ich nochmal anrufe und Ihnen sage, Sie sollten sich nicht extra herbemühen.»

Das war so typisch für die Leute auf dem Land – sie wollten niemandem zur Last fallen, dachte O'Reilly. «Das ist schon in Ordnung, Molly. Liam liegt im Schlafzimmer, oder?»

«Ja.»

«Ma-maa … er hat sich vollgeschissen.»

«Heilige Mutter Gottes, dann bring deinen Bruder ins Badezimmer. Ich bin sofort bei euch.»

«Ich finde schon allein hinauf. Kümmere du dich um die Kinder.»

«Danke, Doktor.» Sie nahm die Vierjährige an der Hand und sagte stirnrunzelnd: «Ich hab's dir schon so oft gesagt, du sollst nicht ‹geschissen› sagen.»

«Aber Daddy sagt das doch auch immer ...»

Die Diskussion ging noch weiter, während O'Reilly die Küche verließ und die Treppe hochstieg. Er betrat das Schlafzimmer. Auf der einen Seite des Doppelbettes lag, auf mehrere Kissen gestützt, Liam Gillespie. «Kommen Sie rein, Doc. Tut mir leid, dass wir Sie an so einem Abend rausrufen mussten.»

Liam war in der Tat, wie Molly gesagt hatte, ein großer Kerl. O'Reilly schätzte ihn auf über einen Meter neunzig und an die neunzig Kilo. Er wirkte blass und schwitzte.

«Kein Problem, Liam.» O'Reilly setzte sich auf den Bettrand. «Was ist denn passiert?»

«Ich hab was Blödes gemacht. Hab einen Ballen Heu oben aus der Scheune geholt, und dabei bin ich ausgerutscht und runtergestürzt.»

«Bist du auf den Kopf gefallen?» O'Reilly schaute ihm in die Augen und stellte fest, dass die Pupillen gleich groß waren.

«Nein, gar nicht. Hab mir die Rippen geprellt, hier links ...» Er deutete auf die Stelle direkt über dem dicken Ledergürtel, wo das Hemd in den Moleskinhosen verschwand. «Ich muss mit voller Wucht aufgeknallt sein, denn ich bin ohnmächtig geworden. Keine Ahnung, wie lange ich bewusstlos war.»

«Das kann nicht sehr lange gewesen sein. Als Molly mich angerufen hat, warst du schon auf dem Weg ins Haus.»

«Stimmt. Also war ich nur ganz kurz weg?»

«Bist du vor oder nach deinem Sturz bewusstlos geworden?» O'Reilly griff nach Liams Handgelenk und maß seinen Puls. Die Haut war kühl und feucht.

«Danach. Ich weiß noch, dass ich auf der Ecke von der Werkbank aufgeschlagen bin. Da ist mir ein furchtbarer Schmerz in die Rippen gefahren, und als ich wieder zu mir gekommen bin, lag ich unten.»

Liams Puls war schnell und flach. «Tut dir die Seite noch weh?»

«Ja. Aber es ist auszuhalten.»

«Lass mal sehen.» O'Reilly kannte den stoischen Gleichmut der Landbevölkerung seit langem. Wenn ein Mann wie Liam Gillespie meinte, der Schmerz sei auszuhalten, sagte das nicht unbedingt etwas darüber aus, wie heftig er war. Und in diesem Fall war der Schmerz ein wichtiges Symptom. Wenn Liam mit seinen neunzig Kilo auf die Ecke einer Werkbank gestürzt war, hatte er sich wahrscheinlich ein paar Rippen gebrochen. Noch wichtiger aber war, dass links hinter den unteren Rippen die Milz lag.

Als Liam das Hemd aus dem Hosenbund ziehen wollte, zuckte er zusammen. Er sog die Luft zwischen den Zähnen ein. «Ach, du lieber Gott», keuchte er.

«Tut's weh?»

«Allerdings.»

«Komm, lass mich das machen.» O'Reilly öffnete den Gürtel, knöpfte das ausgeblichene blaue Hemd auf und zog es hoch. Darunter kam ein blauer Fleck von der Größe eines Suppentellers zum Vorschein. O'Reilly stand auf und sah den Patienten an. «Das kann jetzt ein bisschen wehtun,

Liam.» Er legte eine Hand flach auf den Bluterguss und schob die andere unter den Brustkorb des Mannes. Als er mit beiden Händen drückte, spürte er ein Knirschen. Liam wimmerte. «Tut mir leid, Liam, du hast dir ein paar Rippen gebrochen.»

Der Patient nickte, sagte aber nichts. Seine Stirn glänzte im Licht der Glühbirne.

Ja, es war durchaus möglich, dass ein Mann vor Schmerz schwitzte, und O'Reilly konnte mühelos nachempfinden, wie man sich mit gebrochenen Rippen fühlte. Vor Jahren bei einem Rugbyspiel hatte ein verdammt großer Stiefel eines gegnerischen Stürmers bei ihm selbst drei Rippen eingetreten, und er erinnerte sich noch gut an den reibenden Schmerz bei jedem tiefen Atemzug.

Außerdem erinnerte er sich lebhaft an ein weiteres Spiel. Auch dabei hatte ein Spieler einen Tritt abgekriegt. Er hatte sich ein paar Minuten am Rand ausgeruht und dann bis zum Ende weitergespielt. Anschließend war er im Umkleideraum zusammengebrochen. Er hatte eine Milzruptur gehabt.

Konnten die gebrochenen Rippen allein für Liams schnellen, dünnen Puls verantwortlich sein? O'Reilly schüttelte den Kopf. Er schob eine Hand links unter die Rippen des Patienten und versuchte, die Bauchmuskeln einzudrücken. Sie waren bretthart und gaben kein bisschen nach. «Tue ich dir weh, Liam?»

«Allerdings, Doc.» Liam biss die Zähne zusammen, sodass er die Worte kaum herausbrachte.

Behutsam nahm O'Reilly die Hand fort. «Kannst du aufstehen?»

«Ich will's versuchen.» Er begann, die Beine über den Bettrand zu schieben.

O'Reilly wartete ab. Er hoffte, dass Liam allein aufstehen konnte, denn er war sich gar nicht sicher, ob er den Zwei-Zentner-Mann die Treppe hinuntertragen konnte. Völlig sicher dagegen war er sich inzwischen, dass der Mann eine Milzruptur hatte. Anzeichen dafür waren seine Blässe, der schnelle Puls und die Verhärtung der Bauchmuskeln, die höchstwahrscheinlich durch eine Einblutung in die Bauchhöhle verursacht wurde. Und es gab keine Garantie dafür, dass das verletzte Organ aufhören würde zu bluten. Es bestand die akute Gefahr, dass Liam an einem haemorrhagischen Schock starb.

«Oh Gott, Doktor», stöhnte er, «ich bin so schwach wie ein Baby.» Er machte kurze, keuchende Atemzüge.

«Wir müssen dich nach unten bringen.» O'Reilly nahm Liams rechten Arm und legte ihn sich über die linke Schulter. «Komm, ich stütze dich.»

Eine Milzruptur musste sofort behandelt werden, indem man das betroffene Organ durch Operation entfernte. Das hieß, Liam musste ins nächste Krankenhaus gebracht werden. Ein Krankenwagen mit den nötigen Sanitätern, die den schweren Mann tragen konnten, würde vermutlich mindestens vier Stunden brauchen – falls er es bei den verschneiten Straßen überhaupt schaffte. Wenn O'Reilly mit seiner Diagnose richtiglag, konnte Liam bis dahin verbluten.

Verdammt, der Mann war höllisch schwer, aber er tat sein Bestes, um zu helfen. Sie schafften es gemeinsam bis an die Treppe, doch dann keuchte Liam: «Können wir … uns … ein bisschen … ausruhen?»

O'Reilly keuchte selbst, und bei jedem Einatmen brannten seine Lungen. Er musste husten. Vielleicht lag in dem, was Barry und andere junge Ärzte sagten, doch ein Körnchen Wahrheit – dass Tabakrauch nämlich gesundheitsschädlich war. «Kannst du … wieder ein Stückchen weiter, Liam?»

Der Patient, zum Sprechen offensichtlich zu schwach, nickte.

O'Reilly stützte sich mit einer Hand auf das Geländer, während sie langsam, Stufe um Stufe, die Treppe hinunterstiegen. Er überlegte, ob er Liam hinsetzen sollte, damit sie beide ausruhen konnten, entschied sich aber dagegen, weil er den großen Mann vielleicht nicht wieder auf die Füße bekommen würde.

«Komm Liam … wir haben es fast geschafft», sagte er, als sie den Flur erreichten. Inzwischen trug er den Verletzten mehr, als dass er ihn stützte. Liams Beine waren schlaff, und er ließ die Füße nachschleifen.

Molly stand in der Küche und spülte ein Paar kurze Jungenhosen und Unterhöschen aus. «Heilige Mutter Gottes», sagte sie, als sie aufblickte.

«Schon gut, Molly. Wenn du einfach … die Küchentür öffnen könntest und dann die hintere Tür von meinem Wagen, und dann … Könntest du … ein paar Decken holen …» O'Reilly hörte, wie sein Atem pfiff.

Molly eilte zum Küchenausgang, riss die Tür auf und rannte nach draußen.

O'Reilly spürte den eisigen Luftzug. Schneeflocken wehten herein.

«Ich hole die Decken.» Molly stürzte an ihm vorbei. Sie hinterließ eine nasse Fußspur auf den Fliesen.

O'Reilly atmete noch einmal tief ein, presste die Lippen zusammen und zwang sich, weiterzugehen, durch die Küche, zur Hintertür hinaus und dann durch den Schnee. Es schneite wieder, und die wirbelnden Flocken wurden von der Glühbirne über der Tür angestrahlt. Liams Kopf rollte auf O'Reillys Schulter hin und her.

Zum Glück hatte Molly die hintere Tür des Rovers geöffnet. Es erforderte seine letzte Kraft, aber O'Reilly schaffte es, Liam auf den Rücksitz zu schieben. Dann stellte er sich neben den Wagen, legte, ohne sich um die Kälte des Bleches zu scheren, die Hände auf das Wagendach, senkte den Kopf und sog mit offenem Mund Luft in die Lungen, mehrmals hintereinander. Als Molly mit den Decken erschien, konnte O'Reilly nur nicken, aber als sie Liam dann sorgsam zugedeckt hatte, war er wieder in der Lage zu sprechen.

«Bleib du einen Moment hier bei Liam. Ich muss telefonieren.»

«Das Telefon steht in der Küche.»

O'Reilly antwortete nicht. Er war schon auf dem Weg ins Haus. In der Küche nahm er den Hörer ab und wählte die Nummer der Unfallambulanz im Royal Victoria Hospital.

«Hallo? Wer ist da? Der diensthabende Arzt? Wunderbar. Hören Sie, ich brauche einen Krankenwagen. Schicken Sie ihn nach Holywood Arches, am Stadtrand von Belfast, Sie wissen schon. Ich brauche Blut, sechs Einheiten 0-positiv, und ... wie bitte? Was ich glaube, wer ich bin?» O'Reilly spürte, wie das Blut aus seiner Nasenspitze wich. Eigentlich wäre Höflichkeit angebracht gewesen, aber Liam Gillespie konnte sterben, wenn er nicht bald behandelt wurde. «Mein Sohn, ich *glaube* nicht nur, dass ich jemand bin, sondern ich *weiß* verdammt gut, wer ich bin. Ich bin Doktor – verstanden, mein Söhnchen? *Doktor* Fingal Flahertie O'Reilly aus Ballybucklebo. Ich befinde mich gerade auf einer Farm oben in den Ballybucklebo Hills, am Arsch der Welt, und ich hab hier einen Patienten mit einer Milzruptur. Ja, richtig ... Nein, ich will den Krankenwagen nicht hier oben haben. Der Patient liegt schon bei mir auf dem Rücksitz, und bis der Krankenwagen Holywood Arches erreicht, bin ich auch da ... Sie wissen nicht, ob Sie das organisieren können? Sie haben nicht die Berechtigung, von sich aus einen Wagen anzufordern? Mein Gott – wer ist denn heute Abend Ihr Chef? ... Sir Donald Cromie?» Manchmal, dachte O'Reilly, fängt man mit Honig mehr Fliegen als mit Essig. Er senkte die Lautstärke seiner Achterdeck-bei-Sturm-Stimme und sagte sanft: «Hören Sie, mein Sohn, rufen Sie den alten Blödsack ... ganz richtig, Blödsack ... wir haben vor vielen Jahren zusammen Rugby gespielt ... also, hängen Sie sich sofort ans Telefon, sagen Sie ihm, wer angerufen hat, und ich würde mich sehr wundern, wenn der Krankenwagen nicht an den Holywood Arches auf mich wartete ... Das werden Sie tun? Guter Junge.»

O'Reilly legte auf und sah sich nach seinem Mantel um. Er wollte noch rasch mit Molly sprechen, ihr erklären, was los war, und sie wieder zu den Kindern schicken. Dann würde er nach Holywood Arches fahren und dafür sorgen, dass Liam sicher in den Krankenwagen umgebettet wurde und nötigenfalls eine Bluttransfusion erhielt.

O'Reilly nahm seinen Mantel vom Stuhl. Wieder wirbelte ein Windstoß Schneeflocken durch die offene Küchentür herein. Er sollte sich lieber beeilen. Falls es auf den Landstraßen Schneeverwehungen gab, konnte selbst der Rover Schwierigkeiten bekommen, und sie durften nicht stecken bleiben, denn niemand konnte wissen, wie lange Laim noch leben würde, wenn er nicht bald behandelt wurde. Der Arzt spannte die Kaumuskeln an. Doch, wenn Fingal O'Reilly ein Wörtchen mitzureden hatte, sollte Liam Gillespie irgendwann eines natürlichen Todes sterben.

Er schlüpfte in den Mantel und eilte zum Rover.

«Geh rein und wärm dich auf, Molly.»

O'Reilly stieg ein, ließ den Motor an und wartete, während Molly Liam einen Kuss auf die Stirn drückte.

«Nun geh schon», sagte O'Reilly. «Der ist bald wieder auf den Beinen. Aber jetzt müssen wir los.»

Kaum hatte Molly die Wagentür geschlossen, legte er den Gang ein. Als die Reifen beim Anfahren auf dem gefrorenen Schlamm des Hofes erst mal durchdrehten, zog er verkrampft die Schultern hoch, entspannte sich aber wieder, als der schwere Wagen sich dann mit einem Ruck in Gang setzte.

Während das Auto über den Feldweg holperte und die Schneeflocken vor den Scheinwerfern tanzten, schalt O'Reilly sich dafür, dass er sich alles so zu Herzen nahm. Er hatte das Menschenmögliche für Liam getan – und jetzt fuhr er ihn auch noch selbst nach Belfast. Wenn das Wetter sich vorgenommen hatte, seine Bemühungen zunichtezumachen, und er seinen Patienten verlor, dann war das wahrhaftig nicht seine Schuld. Eigentlich sollte jeder Arzt das wissen.

O'Reilly bremste vor dem Tor, schob den Riegel zurück und öffnete es mit solcher Gewalt, dass sich die oberste Stange verbog. Liam verlieren? Ein paar Wochen vor Weihnachten? Er schnaubte verächtlich, sodass die Atemwölkchen einen kleinen Rauchvorhang bildeten.

«Halt durch», sagte er nach hinten, während er auf die Straße abbog. Das Tor würde offen bleiben müssen. Liam zum Krankenwagen zu bringen war jetzt eindeutig wichtiger als ein paar entlaufene Rindviecher – und außerdem standen die inzwischen ohnehin im Stall, oder?

Auf der Straße fuhr es sich leichter. Er würde recht gut durchkommen, also konnte er aufhören sich Sorgen zu machen und sich ganz aufs Fahren konzentrieren. Wenn alles nach Plan verlief, würde er in ein paar Stunden wieder in der Main Street Nummer 1 sein. O'Reilly grinste. Ihm knurrte der Magen. Er hoffte, dass Mrs Kincaid ihm etwas Ordentliches zu essen aufheben würde. Doch, selbstverständlich würde sie das tun, es sei denn, der junge Laverty, der inzwischen vermutlich zu Hause war, hatte ihm alles weggefuttert.

3

Schusters Kinder tragen die schlechtesten Schuhe

Die Haustür wurde geöffnet, und es zog bis ins Esszimmer hinein, wo Barry saß. Stiefel stampften in den Flur und blieben stehen. Jetzt hängte O'Reilly offenbar seinen Mantel auf. Barry war neugierig, was ihn in diesen Schneesturm hinausgerufen hatte, und überlegte, wie viel Zeit er wohl verstreichen lassen sollte, bis er seinen Mentor danach fragte. O'Reillys Hauptanliegen würde natürlich sein Magen sein. Schon flog die Esszimmertür auf, und er kam mit schweren Schritten herein. Barry fand, dass O'Reilly einen Raum normalerweise nicht betrat, sondern eher erstürmte, und zwar mit der Begeisterung einer Truppe, die eine Lücke in einer Burgmauer nutzt. O'Reilly schlug die Tür hinter sich zu und rieb sich die Finger.

«Guten Abend, Fingal», sagte Barry. O'Reilly hatte Schneeflocken im Haar. Während er an Barry vorbeistapfte, um sich auf seinem gewohnten Platz niederzulassen, brummte er: «Von wegen guter Abend. Kalt wie ein Hexenarsch, und es schneit wieder, was das Zeug hält. Ich hätte es von Holywood Arches fast nicht zurück geschafft.» Er hustete trocken, zog eine dampfende Schüssel zu sich heran und schöpfte sich Eintopf und einen einsamen Talgkloß auf seinen Teller. «Nett von dir, dass du mir immerhin *einen* von Kinkys Klößen übergelassen hast», bemerkte er, bereits mit vollem Mund.

«Ich hab mir gedacht, dass dich das freuen würde. Sie waren wirklich ausgezeichnet.» Barry fand sich selbst kindisch, aber er erinnerte sich an einen Abend vor noch gar nicht langer Zeit, als er zu einem Notfall gerufen worden war. Halb verhungert war er wieder nach Hause gekommen und hatte feststellen müssen, dass O'Reilly eine ganze gebratene Ente verputzt hatte. Nun hatte Barry ihm immerhin einen Kloß übrig gelassen.

Die Tür ging auf, und Mrs Kincaid kam mit einer Platte herein. «Ich habe das gehört, Doktor Laverty. Freut mich, dass meine Klöße Ihnen geschmeckt haben», sagte sie sanft. Dann trat sie ans Kopfende des Tisches und hob den Deckel von der Schüssel. «Vom Eintopf ist nur noch ein kleiner Rest übrig, aber als Soße für diese hier wird's reichen.» Und damit nahm sie die Platte in eine Hand und legte weitere Klöße in die Suppenschüssel.

«Kinky, Sie vollbringen Wunder», sagte O'Reilly, griff nach der Schüssel und schaufelte sich den gesamten Inhalt auf den Teller. Wieder hustete er trocken.

«Und Sie, Doktor O'Reilly ...» – Mrs Kincaid warf einen Blick auf seine üppige Leibesmitte – «sollten sich mit den Kohlehydraten ein bisschen zurückhalten, aber heute Abend ist es so fürchterlich da draußen, da muss man ja was Warmes in den Bauch bekommen.»

«Ganz richtig, Kinky, ganz richtig.» O'Reilly spießte den letzten Kloß auf die Gabel und wischte damit die restliche Soße vom Teller. «Mit Ihren Klößen im Bauch kann man nicht mehr frieren.» Er unterdrückte ein Husten.

Kinky kniff die Augen zusammen und bückte sich, um sich O'Reillys normalerweise gerötetes Gesicht aus der Nähe zu betrachten. «Haben Sie sich etwa erkältet, mein lieber Doktor?», fragte sie.

«Ich? Ach was ... ich hab ein Stückchen Kloß in die falsche Kehle gekriegt.»

Die Haushälterin schniefte, so kräftig, dass sie eine kleine Katze in den Schornstein hätte hochziehen können, wie sie selbst es ausgedrückt hätte. «Mir klingt das aber ganz nach einer Erkältung.»

O'Reillys Lachen endete wieder in trockenem Husten. «Meine liebe Mrs Kinky Kincaid, wenn ich in Ihre Küche komme und Sie berate, wie Sie einen Schinken backen sollen, dann dürfen Sie mich auch verarzten. Ist das ein Angebot?»

Sie presste die Lippen zusammen und schüttelte den Kopf. Schon im Gehen sagte sie: «Vermutlich möchten die Herren gern eine Tasse Kaffee und ein Stückchen Früchtekuchen?»

«Kinky», sagte Barry, «Sie können Gedanken lesen.»

«Also, dann ziehen Sie beide mal nach oben um, ich bringe Ihnen was in die Wohnstube. Da ist es gemütlicher, ich habe den Kamin angemacht.» An der Tür zögerte sie noch einmal. «Das ist auch für Ihren Husten besser, Doktor O'Reilly, ja.»

«Ich habe keinen Husten, Kinky», sagte O'Reilly in einem Tonfall, der eigentlich keinen Widerspruch duldete, daher war Barry überrascht, als Kinky sagte: «Ich kann das zwar nicht beurteilen, aber ich habe gehört, dass ein Arzt, der sich selbst behandelt, einen *amadán* als Patienten hat.» Bevor O'Reilly darauf antworten konnte, verließ sie den Raum.

Barry, der kein Gälisch konnte, fragte: «Was ist ein *amadán*, Fingal?»

«Ein Idiot», sagte O'Reilly. «Wenn mich jemand anders so bezeichnet hätte, würde ich …»

Barry überlief ein Schauder.

«Aber», O'Reilly stand auf, «das ist einfach Kinkys Art, mir zu zeigen, dass sie sich Gedanken macht. Dabei fühle ich mich pudelwohl.» Er ging an Barry vorbei. «Komm mit hoch, dann berichte ich dir über den Fall, von dem ich gerade zurückkomme.»

***

Kinky hatte recht. In der Wohnstube oben war es behaglich warm. Die Vorhänge waren zugezogen und hielten die Wärme im Raum und die Nacht draußen. Ein Vorhang bauschte sich jedesmal ein wenig, wenn eine kräftige Bö das Haus traf, denn die alten Schiebefenster waren nicht mehr ganz dicht, aber das Kohlenfeuer, das im Kamin brannte, hielt die Winterkälte in Schach.

Lady Macbeth, O'Reillys weiße Katze, hatte den Platz auf dem Teppich direkt vor dem Feuer eingenommen. Sie lag, wie O'Reilly es nannte, «verknäuelt» da, das rosa Näschen ins Bauchfell gesteckt, den Schwanz über den Kopf gerollt, und in dieser Haltung war es ihr irgendwie gelungen, sich auf den Rücken zu drehen.

Arthur Guinness, der schwarze Labrador, lag am Rand des Teppichs, mit dem großen Quadratschädel auf den Pfoten. Trübsinnig schaute er von Lady Macbeth zu O'Reilly, so als wollte er sagen: «Das Biest da liegt auf *meinem* Platz.»

O'Reilly bückte sich und kraulte dem großen Hund den Kopf. Arthur wedelte mit dem Schwanz. «Bei ganz schlechtem Wetter lasse ich ihn ins Haus, aber eigentlich soll er in der Küche bleiben. Stimmt's, Sir?»

«Raff», sagte Arthur, machte aber nicht die geringsten Anstalten, seinen Platz zu räumen.

O'Reilly ließ sich in einem der Ohrensessel nieder.

Barry setzte sich in den anderen. Er lehnte sich zurück und streckte die Beine aus. Mensch, war das gemütlich. So neugierig er auch auf O'Reillys Fall war – wenn er jetzt nicht aufpasste, würde er einschlafen. Der Kopf sank ihm auf die Brust, und seine Lider wurden immer schwerer.

Er hörte, wie ein Streichholz angerissen wurde, und roch O'Reillys Pfeifentabak. Dann wurde er von einem Hustenanfall seines Kollegen aufgeschreckt. Er setzte sich kerzengerade auf und sah O'Reilly an. Der Arzt krümmte sich in seinem Sessel. Er hatte die Arme vor dem Bauch gekreuzt und die Augen fest geschlossen. Aus seinen Augenwinkeln rannen winzige Tränchen.

Der Hustenanfall erschreckte auch Lady Macbeth. Wie ein weißer Blitz schoss sie aus dem Raum und stieß in der Tür beinahe mit Kinky zusammen. Die Haushälterin stellte ihr Tablett auf der Anrichte ab. Sie machte eine Kopfbewegung zu O'Reilly hinüber, schaute dabei aber Barry an. Barry nickte und erhob sich. Er wollte zu seinem Chef hinübergehen und ihn gegebenenfalls untersuchen.

Doch da richtete O'Reilly sich wieder auf, wischte sich mit dem Handrücken über die Augen, holte tief Luft, atmete wieder aus und sagte: «Junge, Junge, vielleicht haben diese englischen Fachleute doch recht.» Er betrachtete seine schwach glimmende Pfeife, die er noch in der Linken hielt. «Dieser Tabak ist nicht besonders gesund. Vor allem, wenn man an einem Abend wie heute draußen war, einen großen schweren Mann durch die Gegend geschleppt hat und dabei seine Lungen überanstrengt hat.»

O'Reillys Bemerkung, dass Tabak nicht besonders gesund sei, war ein Understatement, dachte Barry, als er dem Arzt ins Gesicht sah. Er hoffte nur, dass der große Mann sein besorgtes Stirnrunzeln nicht bemerkt hatte. Schon vor sieben Jahren hatte der *British Medical Research Council* sich aufgrund von Forschungsergebnissen eindeutig dazu bekannt, dass zwischen Zigarettenrauchen und Lungenkrebs ein kausaler Zusammenhang existierte. Er selbst hatte die Warnung so ernst genommen, dass er vor einem Jahr mit dem Rauchen aufgehört hatte. Doch was Pfeifentabak anging, schienen die Wissenschaftler sich keine allzu großen Sorgen zu machen, sodass O'Reilly wahrscheinlich nicht ernsthaft gefährdet war. Barrys Sorgenfalten glätteten sich wieder.

Seine Überlegungen wurden von O'Reilly unterbrochen, der erneut laut hustete. Dann holte er tief Luft und schaute erst Barry an und dann Mrs Kincaid. «Ihr beide seht ja so aus, als hättet ihr gerade Lazarus von den Toten auferstehen sehen. Würdest du dich bitte wieder hinsetzen, Barry?»

Mit ruhiger Stimme sagte Barry: «Fingal, das eben klang beinahe wie ein Asthmaanfall. Wir machen uns Sorgen um dich.»

O'Reilly räusperte sich. «Kein Grund zur Aufregung. Setz dich wieder hin.»

«Aber wir machen uns *Sorgen* –»

«Also, das könnt ihr bleiben lassen. Und zwar sofort. Ich habe dir doch gesagt, meine Bronchien müssen sich ein bisschen entzündet haben. Ich habe einfach so viel kalte Luft eingeatmet, als ich Liam Gillespie in meinen Wagen geschleift habe. Aber ich bin kerngesund. Mit dieser Geschichte werde ich im Nu fertig.» O'Reillys Wangen waren stärker gerötet als sonst, aber seine Nasenspitze schimmerte alabasterweiß.

Barry wurde klar, dass Widerspruch keinen Sinn hatte. Er setzte sich.

«Also.» O'Reilly legte die Pfeife im Aschenbecher ab und rieb sich die Hände. «Ist das der Kaffee und der Früchtekuchen, Kinky?»

«Ja.»

«Dann wollen wir mal. Schenken Sie ein, Kinky?»

Zum zweiten Mal an diesem Abend rümpfte Mrs Kincaid die Nase und zof die Luft ein, und zu seiner Überraschung hörte Barry, wie O'Reilly seiner Aufforderung ein ganz untypisches «Bitte» hinzufügte.

«Ja», sagte Kinky und schenkte den Kaffee ein. «Und soll ich vielleicht Wasser heiß machen, damit Sie mit *Friar's Balsam* inhalieren können?»

O'Reilly schien sich dieses Angebot zu überlegen. Dann sagte er: «In Ordnung, aber bringen Sie das kochende Wasser und die braune Flasche einfach nur hoch.»

Wieder war Barry überrascht, dass der Arzt Kinkys Vorschlag so bereitwillig annahm. Es würde ein bemerkenswerter Anblick sein, wie O'Reilly vor einer Schüssel mit kochend heißem Wasser und Kräuterextrakten am Tisch saß, ein Handtuch wie ein primitives Sauerstoffzelt über den Kopf gehängt, und die bekanntermaßen heilsamen Dämpfe einatmete.

«Gut», sagte Mrs Kincaid. Sie brachte das Tablett mit den beiden Tassen Kaffee und dem Kuchenteller zum Couchtisch hinüber. «Ich bin gleich wieder da.» Mit diesen Worten verließ sie den Raum.

Barry nahm seine Kaffeetasse in die Hand.

O'Reilly schnappte sich ein Stück von dem Früchtekuchen und biss einen großen Happen ab. Wieder musste er husten. «Mein Gott, mir kitzelt es so im Hals.» Er zwinkerte Barry zu. «Aber das Heilmittel dagegen ist nicht Kinkys Balsam.» Er betrachtete die Karaffe auf der Anrichte, und Barry dachte an den Whiskeygrog, den er selbst vor noch gar nicht langer Zeit getrunken hatte. Und um den herzustellen, brauchte man heißes Wasser.

Arthur war aufgestanden und saß jetzt genau vor O'Reilly. Er hatte den Kopf zurückgelegt, und seine schwarzen Augen verfolgten jede Bewegung des Früchtekuchens in O'Reillys Hand. Aus dem Maul hingen ihm rechts und links zwei Speichelfäden.

«Man darf einen Jagdhund niemals mit Essen für Menschen füttern», sagte O'Reilly ganz ernst, als er Arthur das letzte Stück von seinem Kuchen ins Maul schob. «Und da wir mein Hüsterchen jetzt ausdiskutiert haben, möchtest du bestimmt gerne von meinem Krankenbesuch hören, oder?»

«Ja, natürlich. Ich wusste gar nicht, dass wir bis ganz nach Holywood Arches Patienten haben.»

«Haben wir auch nicht. Ich bin zu den Gillespies gefahren. Sie haben oben in den Ballybucklebo Hills eine Farm. Nachdem ich Liam untersucht hatte, war ich ziemlich sicher, dass er eine Milzruptur hat, deswegen habe ich einen Krankenwagen bestellt, nach –»

«Nach Holywood Arches, und bis dahin hast du Liam in deinem eigenen Wagen gebracht.» O'Reillys Angewohnheit, seine Patienten im eigenen Wagen zu transportieren, erschreckte Barry schon lange nicht mehr. Stattdessen fuhr er inzwischen selbst gelegentlich jemanden ins Krankenhaus, wenn es wirklich dringend war. Im August hatte er

Julie, die heutige Braut, mit seinem Käfer ins Royal gebracht, weil sie eine Fehlgeburt hatte.

«Und das war das Beste, was ich tun konnte», erklärte O'Reilly. «Als wir ankamen, war Liam fix und fertig, aber der Krankenwagen wartete schon, und wir konnten ihn gleich reintragen und mit der Bluttransfusion anfangen. Als wir dann ein paar Pints drinhatten, stieg sein Blutdruck wieder.»

«Und heute Abend nehmen sie ihm die Milz raus?»

«Ich vermute, sie –», aber O'Reillys Vermutung wurde von einem lauten Krachen unterbrochen.

Barry schreckte zusammen und fuhr herum. Lady Macbeth musste sich ins Zimmer zurückgeschlichen haben. Offenbar war sie auf das Tablett gesprungen, um an das Milchkännchen heranzukommen, und dabei war die ganze Geschichte vom Couchtisch gekippt. Das Milchkännchen lag auf dem Teppich. Lady Macbeth heulte wie eine Todesfee und raste, den Schwanz zu einer Klobürste aufgeplustert, an einem Vorhang hoch, offenbar mit dem Gardinenbrett als Ziel. Arthur Guinness genehmigte sich gerade das letzte Stück Früchtekuchen.

«Das ist ja», seufzte O'Reilly und scheuchte Arthur fort, «wie bei der Fütterung der Raubtiere im Zoo von Whipsnade.» Er drehte sich um und schaute zu Lady Macbeth hinauf, die inzwischen über den Vorhängen auf dem Gardinenbrett saß und sich die Pfoten leckte. «Und du kannst gern da oben bleiben, Madame. Als ich dich das letzte Mal runtergeholt habe, hast du mich gekratzt.»

Barry bückte sich, hob das Tablett samt Tassen und Tellern auf und stellte alles wieder auf den Tisch. Auch er erinnerte sich gut an den Vorfall. Nein, freiwillig würde er zur Rettung der Katze nichts unternehmen. Während er diesen Entschluss fasste, hustete O'Reilly wieder laut. Dann, als wäre nicht das Geringste geschehen, fuhr er fort: «Ja. Ich bin sicher, dass sie Liam heute Abend die Milz rausnehmen, und mit etwas Glück ist er zu Weihnachten wieder zu Hause, gesund und munter.» O'Reilly hustete und röchelte, zog ein Taschentuch aus der Hose und tupfte sich die Augen ab.

«Und», sagte Barry so sanft er konnte, «so, wie du klingst, denke ich, bei deinem Rumturnen im Schneesturm und der Fahrt in dem alten Rover könntest du dir vielleicht eine kleine Tracheitis zugezogen haben. Glaubst du, dass wir dich zu Weihnachten auch gesund und munter hier haben werden?»

«Natürlich», knurrte O'Reilly, «was denn sonst? Weihnachten ist doch schon in drei Wochen. In den kommenden vierzehn Tagen könnte die Praxis uns ganz schön auf Trab halten. Die Patienten wollen ihre sämtlichen Leiden und Wehwehchen nämlich bis zur Weihnachtswoche auskurieren. Husten und Schnupfen und Grippe haben Hochsaison. Da werden wir wahrscheinlich beide gebraucht.» Er hustete und runzelte die Stirn.

«Ach, ein paar Tage würde ich auch allein klarkommen.» Eigentlich freute Barry sich bei der Vorstellung, noch selbständiger arbeiten zu können.

«Daran zweifle ich keinen Augenblick, mein Sohn, aber es ist ja nicht bloß die Praxis. Das ganze Dorf spielt verrückt.»

«Wieso?»

«Die Partys im Rugbyclub, das Krippenspiel der Kinder, und an einem Tag hat seine Lordschaft offenes Haus … ja, sogar die Bishops laden ein, am zweiten Weihnachtstag …»

«Councillor Bishop gibt eine Party?» Barry riss die Augen auf, und seine Stimme wurde höher. Bertie Bishop war der widerlichste Mensch in ganz Nordirland.

«Ich glaube», erklärte O'Reilly, «er guckt sich jedes Jahr im Fernsehen die Verfilmung von Dickens' ‹Eine Weihnachtsgeschichte› an, die mit Alastair Sim, weißt du. Was dem Geizhals Scrooge da zustößt, gibt ihm dann immer für ein paar Tage zu denken, deswegen versucht er, sich wie ein christlicher Ehrenmann zu benehmen. Er ist eben wie die meisten anderen Menschen auch. Seine weihnachtliche Spendierlaune lässt schnell wieder nach. Normalerweise dauert sie ungefähr bis zur zwölften heiligen Nacht, und dann wird er wieder zum alten popeligen Fiesling.»

«Verrückt.»

«Ich will das alles nicht verpassen, und du sollst es auch nicht verpassen, aber bis ich das hier los bin, ist mit mir wohl nicht viel anzufangen.» O'Reilly unterdrückte einen erneuten Hustenanfall. «Aber das wird nicht lange dauern.»

«Fingal, wie gesagt, ich werde das schon schaffen.»

«Also, es ist wirklich ein Segen, dass einer von Ihnen es schaffen wird.» Kinky betrat den Raum. Über einem Arm hatte sie ein gefaltetes Handtuch hängen, so wie ein Kellner in einem vornehmen Restaurant. Sie stellte ein großes Tablett auf die Anrichte, mit einem dampfenden Wasserkessel, einer Sammlung Schüsseln und einer Flasche mit einer braunen Flüssigkeit. «Sie glauben wohl, dass verschüttete Milch sich von selbst aufwischt?» Ärgerlich betrachtete sie den feuchten Fleck auf dem Teppich.

«Sorry, Kinky», sagte Barry.

«Männer!» Aber Kinky grinste. «Also gut», sagte sie, «zuerst kümmern wir uns mal um Sie, Sir.» Sie nahm eine kleine Schüssel vom Tablett, stellte sie auf die Anrichte, und trug alles Übrige zu einem größeren Tisch in einem der beiden Erker hinüber. «Würden Sie bitte herkommen, Doktor O'Reilly?»

Geschäftig löffelte sie die dicke braune Flüssigkeit in eine größere Schüssel und goss dann das kochend heiße Wasser darüber. Das Zimmer füllte sich mit dunklem, beißendem Dampf, und Barrys Augen begannen zu tränen. «So, und jetzt setzen Sie sich hier hin, mein lieber Doktor O'Reilly …» Kinky deutete auf den Stuhl neben dem Tisch.

Gehorsam stand O'Reilly aus seinem Sessel auf und ließ sich auf dem Stuhl nieder.

«Beugen Sie den Kopf über die Schüssel …»

Der aufsteigende Dampf hüllte O'Reillys gesenkten Kopf ein.

«Und atmen Sie ruhig weiter.» Sie nahm das Handtuch vom Arm und hängte es ihm über den Kopf. Unter den Rändern des Tuches kräuselten sich Dampffäden hervor. O'Reilly sah aus wie ein arabischer Scheich im Londoner Waschküchennebel, fand Barry. «Das löst den Husten in Ihrer Brust, ja», stellte Kinky fest. «Meine Oma hätte Ihnen dazu noch einen Tee aus Irischem Moos und Kapuzinerkressesamen zu trinken gegeben.»

O'Reilly murmelte etwas, das Barry nicht verstand, aber Kinky musste es gehört haben. «Schon gut, schon gut», erwiderte sie. «Ich weiß ja, wonach Ihnen der Sinn steht. Und ich habe alles dazu mitgebracht. Sie kriegen Ihren Whiskeygrog. Wenn Sie fünfzehn Minuten unter dem Handtuch gesessen haben, ist das genau das Richtige für Sie.» Sie drohte dem vornübergebeugten O'Reilly mit dem Zeigefinger. «Und keine Minute weniger, haben Sie gehört, mein lieber Doktor?»

Barry hörte ein gedämpftes «Ja, Kinky» unter dem Handtuch.

«So», sagte die Haushälterin und stellte das Tablett wieder auf die Anrichte, «Doktor Laverty, trauen Sie sich das zu, ihm einen kleinen Grog aus einem halben Whiskey zu machen?»

«Aber sicher.»

«Da wäre ich Ihnen dankbar, Sir. Ich laufe jetzt nämlich runter und hole alles Nötige, um den Fleck auf dem Teppich wegzuputzen. Wie haben Sie es bloß geschafft, die Milch –»

«Kinky, schauen Sie bitte mal nach oben?» Barry deutete auf das Gardinenbrett. Lady Macbeth schnupperte mit zuckendem Näschen in die Luft, weil die aromatischen Dämpfe zu ihr aufstiegen. «Da sitzt die Übeltäterin.»

Kinkys rundliches Gesicht verzog sich zu einem breiten Grinsen. «Ach so – na dann, es sei ihr verziehen.» Sie sprach Lady Macbeth direkt an: «Denn du bist ja doch ein kleines Schnuckelchen, mein Miezekätzchen, stimmt's?» Und damit verließ sie das Zimmer.

Barry stand auf und begann mit der Zubereitung des irischen Whiskeygrogs für O'Reilly. Er entschied sich, selbst keinen mehr zu trinken, denn er war wirklich schon sehr müde. Er löffelte Zucker in einen Becher.

«Barry?», ertönte O'Reillys Stimme gedämpft unter dem Handtuch hervor.

«Ja, Fingal?»

«Du sagst, du kämst allein zurecht?»

«Ja.» Barry goss einen Jameson aus der Karaffe auf der Anrichte in den Becher.

«Könnte es sein, dass wir ein kleines bisschen weniger zu tun haben als sonst? Was meinst du?»

Barry wollte gerade Zitronensaft in den Becher pressen, doch nun zögerte er. «Findest du? Das kann ich gar nicht sagen. Hab noch nicht darüber nachgedacht.»

«Ich habe mich das gerade gefragt», meinte O'Reilly. «Hab gehört, dass wir möglicherweise ein bisschen Konkurrenz haben.»

«Tatsächlich?»

«Ja. Nachdem Doktor Bowman sich ja im September zur Ruhe gesetzt hat, ist in Kinnegar ein neuer Arzt eingezogen.»

«Und du glaubst, dass er uns vielleicht ein paar Patienten wegschnappt?»

«Nicht, solange ich hier praktiziere.»

Barry schluckte. «Glaubst du nicht, dass die Patienten auch meinetwegen bei uns bleiben würden?», fragte er steif. Der Zitronensaft tropfte in den Whiskey. Herrje, dachte Barry, ich klinge so sauer wie dieser blöde Saft. «Vergiss die dumme Frage, Fingal. Ich verstehe, was du meinst. Natürlich sind die Patienten viel mehr an dich gewöhnt. Nach über zwanzig Jahren muss das ja auch so sein.» Barry warf ein paar Gewürznelken in den Becher. «Auf jeden Fall», er schüttete kochend heißes Wasser aus dem Kessel dazu, «kriegen wir dich ganz schnell wieder auf die Beine. Ein paar Tage komme ich wirklich allein zurecht. Und den Notdienst, Fingal, den übernehme ich.» Eine Sturmbö wummerte gegen das Fenster. «Bei dem Wetter gehst du mir nicht mehr vor die Tür.»

«Danke, Barry.»

«Schön, dass wir uns da einig sind.» Barry wollte O'Reilly gerade den Whiskeygrog bringen, als Kinky wieder erschien. «Ich dachte», sagte sie, «wir wollten eine volle Viertelstunde warten, bevor wir ihm das da geben?»

Barry stellte den Becher auf die Anrichte zurück und schaute auf die Uhr. «Tut mir leid, Kinky.»

Die Haushälterin bückte sich gerade zu dem Milchfleck auf dem Teppich, als von oben ein klagendes Miau ertönte. Barry und Kinky schauten beide zu Lady Macbeth hinauf. Die Katze kauerte auf dem äußersten Ende des Gardinenbretts und versuchte ganz offensichtlich, der immer größer werdenden Wolke aus Balsamdämpfen zu entkommen. «Ach, das arme kleine Ding.» Mrs Kincaid stellte sich unter das Gardinenbrett, dicht neben den sitzenden O'Reilly. «Na komm, spring runter, Kinky fängt dich auf. Doch, doch, hab keine Angst.»

Lady Macbeth duckte sich, machte einen Buckel, sprang – und verfehlte Kinky. Doch als Sicherheitsnetz diente ihr das Handtuch auf O'Reillys Kopf. Barry beobachtete die Szene wie in einem Zeitlupenfilm. Lady Macbeth landete auf dem Handtuch und verschwand in seinen Falten. Das Tuch geriet ins Rutschen, und O'Reillys Schädel wurde von dem Gewicht der ins Handtuch verkrallten Katze nach unten gezogen, bis seine Nase in die Schüssel mit der dampfenden Flüssigkeit tauchte. Zu diesem Film gab es auch einen Soundtrack: das schauerliche Kreischen einer Katze zum brüllenden Bass eines Arztes. O'Reilly sprang auf und hielt sich die Nase. Arthur kam angetrottet, legte unter heftigem Schwanzwedeln den Kopf in den Nacken und heulte. Kinky schlug sich die Hand vor den offenen Mund, und Barry, der sich vor Lachen nicht mehr halten konnte, musste dem ganzen Spektakel den Rücken zukehren.

Er wischte sich die Tränen aus den Augen und rang nach Luft. In einem Haushalt wie diesem, in dem das Unerwartete ganz normal war, wie konnte er sich da Sorgen machen? Ob O'Reilly nun hustete, ob der neue Arzt ihnen Konkurrenz machte, ob er in den nächsten Tagen allein die Praxis führen musste … Doch, auch wenn er heute Nacht nicht herausgerufen wurde, morgen war er allein in der Praxis. Er würde so lange auf sich gestellt sein, bis O'Reilly, der inzwischen aufgestanden war und sich mit dem Handtuch die Nase abtrocknete, auch im übertragenen Sinne wieder auf den Beinen war.

4

Darum sorget euch nicht um den morgigen Tag

Nein, O'Reilly war wirklich noch nicht wieder auf dem Posten. Vor einer Dreiviertelstunde, als Barry leise am Schlafzimmer seines älteren Kollegen vorbeigehuscht war, hatte er ihn durch die Tür deutlich schnarchen hören. Das Geräusch war dem Schnurren eines Löwenrudels, wie er es in einem Dokumentarfilm im Fernsehen gesehen hatte, nicht unähnlich. Nun frühstückte er allein.

«Sie haben noch genug Zeit für ein zweites Tässchen. Es ist Twinings, ja.» Mrs Kincaid machte sich mit der Teekanne zu schaffen und goss den Tee durch ein silbernes Sieb in Barrys Tasse. «Hier ist die Milch.»

Barry hütete sich, dieses Angebot abzulehnen. «Danke, Kinky.»

«Jetzt seien Sie so lieb und trinken das, und ich gehe gleich mal nach oben und gucke nach unserem Doktor.»

Barry sah das Zwinkern in ihren glänzenden schwarzen Augen. Ihre Lachfältchen wurden tiefer. Irgendjemand von Kinkys Vorfahren, musste ein naher Verwandter von Florence Nightingale gewesen sein. Nichts schien ihr größeres Vergnügen zu bereiten, als ihre Schützlinge zu umhegen.

Er goss sich Milch in den Tee, während Kinky sein Frühstücksgeschirr abräumte und dann den Raum verließ. Barry gähnte und trank. Gott sei Dank hatte es keine Notfälle gegeben, nachdem sie gestern Abend ins Bett gegangen waren. Er wäre zwar gern für O'Reilly eingesprungen, aber er hatte auch mal wieder eine ganze Nacht Schlaf gebraucht. Vielleicht war das Wetter eine Erklärung dafür, warum ihn in der vergangenen Nacht niemand herausgerufen hatte. Wenn die Patienten wussten, dass die Straßen unpassierbar waren, baten sie nur im äußersten Notfall um Hilfe. Und wenn sie in der Umgebung von Kinnegar wohnten, probierten sie vielleicht – das war ein beunruhigender Gedanke – den neuen Arzt aus.

Nach seinem Lachanfall über das Chaos, das Lady Macbeth gestern abend angerichtet hatte, war er sehr bald in tiefen, traumlosen Schlummer gesunken, sodass er kaum noch Zeit gehabt hatte, sich Gedanken zu machen. Doch die Konkurrenz, die O'Reilly erwähnt hatte, musste ernst genommen werden. Barry war kein Gesundheitsökonom, trotzdem stellte er sich die Frage, ob in der Gegend um Ballybucklebo und Kinnegar genug Patienten lebten, um drei rührigen Ärzten Arbeit zu geben. Das Gesundheitsministerium zahlte für jeden Patienten, der in die Praxis kam, jährlich ein Honorar. Der alte Doktor Bowman hatte keine Gefahr bedeutet, denn er hatte nur noch halbtags gearbeitet und sein Patientenstamm war klein gewesen. Aber ein neuer Arzt? Ach, dachte Barry, es ist genug, dass ein jeglicher Tag seine eigene Plage habe. Und der Evangelist Matthäus musste das gewusst haben, auch wenn er nicht Arzt gewesen war, sondern Zöllner.

Barry trank noch einen Schluck Tee. Er schaute durchs Fenster über die Straße auf die Kirchhofmauer. Fast zwei Handbreit hoch lag der Schnee darauf. In Ulster schneite es selten, und ein Schneefall wie gestern Abend, den ein

Bewohner der nordamerikanischen Prärie gar nicht ernst genommen hätte, konnte das ländliche Irland lahmlegen.

Irgendwann in der Nacht hatte es aufgehört zu schneien, und heute Morgen war der Himmel strahlend blau. Die Eiszapfen an den Dachvorsprüngen der presbyterianischen Kirche gegenüber tropften schon in der Sonnenwärme. Einer der eisigen Stalaktiten reflektierte die Sonnenstrahlen. Auf der einen Seite funkelte er und auf der anderen versprühte er einen winzigen bunten Regenbogen. Barry lächelte, als er das sah.

Glänzend schwarze Schindeln lugten nass durch den Schnee auf dem Kirchendach. Von der Nordseite des Kirchturms rutschte eine kleine Schneelawine ab. Die Äste der alten Eibe auf dem Friedhof bogen sich unter der Schneelast, und aus dem Weiß und Dunkelgrün der Zweige tropfte und platschte es auf den Boden, sodass in dem ebenmäßigen weißen Teppich kleine Gruben entstanden. Wie auf einer Weihnachtskarte saß auf einem der unteren Zweige ein Rotkehlchen. Seine rote Brust bildete einen fröhlichen Kontrast zu der winterlichen Umgebung.

Barry fragte sich, warum die Szenen auf Weihnachtskarten so häufig an Romane von Charles Dickens erinnerten. Ein Grund war wahrscheinlich, dass Europa sich zu jener Zeit, als Dickens *Eine Weihnachtsgeschichte* geschrieben und Currier und Ives ihre berühmten Drucke hergestellt hatten, im Griff der von den Meteorologen so benannten Kleinen Eiszeit befunden hatte. Barry hatte keine Ahnung, wann die Themse zum letzten Mal zugefroren war, aber damals war das jedenfalls häufiger geschehen.

Er schaute auf die Uhr. Noch fünf Minuten vor der Zeit, aber da O'Reilly außer Gefecht gesetzt war, würde er heute zum ersten Mal allein in der Praxis sein. Und er brannte darauf, anzufangen. Er stand auf, wischte sich mit der Serviette den Mund ab, warf das Tüchlein aus Belfaster Leinen zusammengeknüllt auf den Tisch und trat in den Flur.

Als das Haus noch ausschließlich privat genutzt worden war, hatte sich gegenüber vom Esszimmer die Wohnstube befunden. Doch vor etwa zwanzig Jahren hatte O'Reilly in diesem Raum sein Behandlungszimmer eingerichtet, und hier würde Barry nun den Vormittag verbringen. Wahrscheinlich würde er in erster Linie mit Patienten zu tun haben, die O'Reilly oft als die «besorgten Gesunden» bezeichnete. Sie waren zwar nicht ernsthaft krank, aber ihre Leiden machten sie doch so besorgt, dass sie den Weg in die Praxis auf sich nahmen.

Barry ging zum Wartezimmer und öffnete die Tür einen Spalt breit. Obwohl er schon fünf Monate hier arbeitete, überlief ihn beim Anblick der Rosentapete immer noch manchmal ein Schauder. Er konnte sich gut vorstellen, wie Oscar Wilde, nach dem sein Seniorpartner Fingal Flahertie benannt worden war, seine berühmten letzten Worte sprach: «Entweder geht diese scheußliche Tapete – oder ich.»

Er hatte von einem Facharzt im Royal Victoria Hospital in Belfast gehört, der diesen Ausspruch unvorsichtigerweise im Streit mit der Oberschwester des Krankenhauses zitiert hatte. «Entweder Sie gehen oder ich.» Die Oberschwester war noch da.

Barry schob die Tür ganz auf.

«Morgen, Doktor Laverty», sagten mehrere Stimmen. Es war ein gedämpfter Gruß. Nur etwa ein Dutzend der Stühle waren besetzt. Lag das einfach daran, dass die Straßenverhältnisse schlecht waren und Patienten, die nur geringe Beschwerden hatten, auf besseres Wetter warteten?

Oder war es etwa möglich, dass sie …? Hör auf, sagte Barry sich. Grüble nicht über den neuen Doktor nach, sondern mach deine Arbeit.

«Also, wer ist zuerst dran?», fragte er. Ob wohl eines Tages einmal jemand auf den Gedanken kommen würde, Termine zu vergeben?

Eine knochige Frau mittleren Alters stand auf. Sie trug einen elegant geschnittenen dunkelblauen Regenmantel, zu dem ihre klobigen Gummischuhe nicht recht passen wollten. Ihr graumeliertes Haar hatte sie zu einem strengen Knoten aufgesteckt. Mit ihrem spitzen Gesicht blickte sie so mürrisch drein, als hätte ein schlechtgelaunter plastischer Chirurg ihr diese Züge verpasst. Sie antwortete nicht mit dem üblichen: «Ich, Doktor», sondern schaute die anderen Wartenden einfach nur böse an, als sollte bloß keiner wagen, ihr das Recht auf die erste Behandlung an diesem Morgen streitig zu machen.

«Miss Moloney», sagte Barry. «Wie schön, Sie zu sehen.» Du bist ein Heuchler, Laverty, dachte er im Stillen. «Bitte, kommen Sie mit.»

Miss Moloney war die Besitzerin der Ballybucklebo Boutique, des Modelädchens im Dorf. Seit ihrem unglückseligen Zusammenstoß mit Helen Hewitt, der rothaarigen jungen Frau, die Julie MacAteers Brautjungfer gewesen war, hatte man sie im Dorf nicht mehr gesehen. Das war schon im August gewesen. Miss Moloney hatte damals neue Ware eingekauft, die sie den Damen im Ort anlässlich der Hochzeit von Sonny und Maggie verkaufen wollte. Aber sie hatte die Rechnung ohne ihre Verkäuferin Helen gemacht. Nachdem sie Helen Tag für Tag erbarmungslos schikaniert hatte, hatte die junge Frau am Abend vor dem großen Verkaufstag alle neuen Hüte aus ihren Schachteln geholt, sie auf dem Fußboden aufgereiht und einen nach dem anderen plattgetrampelt.

Dann hatte Helen gekündigt, und das Ekzem, mit dem sie sich seit Monaten herumgequält hatte, war spontan abgeheilt. Um sich nicht dem Spott der Dorfbewohner auszusetzen, hatte Miss Moloney ihrer Schwester in Millisle auf der Halbinsel Ards einen längeren Besuch abgestattet. Und jetzt war sie also zurückgekehrt.

Barry folgte ihr in den vertrauten Raum mit dem dünnen Teppichboden, der Untersuchungsliege, den Paravents und dem Schrank mit den Instrumenten an der grüngestrichenen Wand. Wenigstens hing die Sehtesttafel über dem Blutdruckmessgerät an der Wand nicht mehr schief. Er hatte sie schon vor ein paar Monaten zurechtgerückt. Falls es O'Reilly aufgefallen war, hatte er jedoch keine Bemerkung dazu gemacht.

Über dem alten Rollpult hingen einträchtig zwei Urkunden. Barrys Diplom von der Queen's University Belfast war von 1963, also gerade ein Jahr alt. Die Unterschrift von Sir Tyrone Guthrie war noch klar und frisch. O'Reillys Diplom vom Trinity College in Dublin stammte aus dem Jahr 1936.

«Bitte, nehmen Sie Platz.» Barry deutete auf einen der harten Holzstühle.

Miss Moloney setzte sich auf die Stuhlkante, richtete sich auf und faltete die Hände im Schoß. Barry ging an ihr vorbei zu dem Drehsessel auf Rollen. «Willkommen zu Hause», sagte er. «Wie war es in Millisle?»

Sie zog die Nase hoch. «Kalt, feucht, windig und trostlos.»

«Na ja, es ist ja schließlich Winter.»

«Was für eine kluge Beobachtung, Doktor.»

Barry räusperte sich. Die «Milch der Menschenliebe»,

von der Shakespeare in *Macbeth* sprach, schien in dieser Frau sauer geworden zu sein. Je schneller er das Gespräch auf die berufliche Ebene brachte, desto besser. «Und was führt Sie zu mir?»

«Ich bin sehr müde.»

«Ah ja. Und sonst noch etwas?»

Sie schüttelte den Kopf.

Kein sehr aussagekräftiges Symptom. Müdigkeit konnte einfach eine Folge von nicht ausreichendem Schlaf sein oder von Überarbeitung – was in ihrem Fall unwahrscheinlich war –, oder aber ein Hinweis auf fast jede nur denkbare gesundheitliche Störung. Barry lehnte sich zurück. Er legte die Fingerspitzen zusammen, so wie er es bei O'Reilly tausendmal gesehen hatte, und betrachtete das Gesicht seiner Patientin.

Miss Moloney war außergewöhnlich blass. «Hm», sagte er zu sich selbst, als er sich vorbeugte und ihre Hand nahm. Sie fühlte sich kühl und feucht an. Barry drehte sie um und schaute die sauber gefeilten Nägel an. Sie wiesen eine ganz merkwürdige Form auf: Sie waren konkav, wie flache Teelöffel. Der Fachausdruck für diese Erscheinung lautete Koilonychie, aber man sagte auch einfach Löffelnägel dazu. Normalerweise traten sie bei Eisenmangelanämie auf. Interessant.

«Bitte schauen Sie mal in die Ferne.» Vorsichtig zog Barry mit den Daumen ihre unteren Augenlider herunter. Die Bindehaut war transparent, sodass man die feinen darunterliegenden Blutgefäße sehen konnte. Sie hätten eigentlich eine gesunde rote Farbe aufweisen sollen, aber bei Miss Moloney war dieses Gefäßnetz eher gelblich. Nun war Barry sicher, dass sie anämisch war. Einfache Labortests würden das bestätigen.

Er lehnte sich zurück. «Ich bin mir ziemlich sicher, dass Sie unter Blutarmut leiden, Miss Moloney.»

«Oje. Ist das was Schlimmes?» Sie zog die schmalen Augenbrauen hoch. Ihre Unterlippe zitterte.

Ja, eine Anämie konnte tatsächlich schlimm sein, wenn sie nämlich zum Beispiel von Blutverlust herrührte. Dieser wiederum konnte sehr ernste Gründe haben, auch wenn bei Frauen normalerweise starke Regelblutungen dafür verantwortlich waren. «Wie alt sind Sie, Miss Moloney?»

Die Patientin warf den Kopf zurück. Barry wusste, dass es in manchen Kreisen als unhöflich galt, wenn ein Herr eine Dame nach ihrem Alter fragte, aber Himmel nochmal, er war schließlich ihr Arzt. «Miss Moloney?»

«Einundfünfzig.»

«Danke.» Er presste die Lippen zusammen. Bei ihrem nächsten Besuch würde es noch früh genug sein, sie zu fragen, wie es bei ihr um die Wechseljahre stand. Er drehte sich zum Schreibpult herum, machte eine Notiz auf ihrer Karteikarte, füllte eine Überweisung an das Labor aus und drehte sich dann wieder zu ihr zurück. «So, Miss Moloney. Ich glaube, Sie brauchen sich deswegen keine Sorgen zu machen», bemerkte er. Es reichte völlig, wenn er als ihr Arzt sich Gedanken machte. «Als Erstes müssen wir sichergehen, dass Sie tatsächlich eine Anämie haben.»

«Aber Sie haben doch gesagt, Sie wären sicher.» Die Patientin runzelte die Stirn und kniff die dünnen Lippen zusammen.

«Ja, ziemlich sicher, aber ich muss vollkommen sicher sein, deswegen möchte ich, dass Sie nach Bangor ins Krankenhaus fahren und im Labor Ihr Blut untersuchen lassen.» Er reichte ihr das rosa Formular.

«Gut.»

«Und nächste Woche kommen Sie wieder zu mir, damit wir die Ergebnisse besprechen können.» Und wenn Sie anämisch sind, werde ich entscheiden, wie wir nach einer möglichen Ursache forschen, dachte Barry, lächelte dabei aber weiter freundlich. Dann stand er auf, um anzudeuten, dass die Konsultation beendet war.

Miss Moloney erhob sich ebenfalls und folgte ihm zu Tür.

«Bis nächste Woche», sagte Barry, während sie durch die Haustür hinausging. Mit etwas Glück, dachte er, als er sich zum Wartezimmer wandte, hat sie eine schlichte Eisenmangelanämie, bedingt durch ihre Ernährung. Er wollte keine richtig kranken Patienten haben, und schon gar nicht so kurz vor Weihnachten.

Barry öffnete die Tür zum Wartezimmer. «Der Nächste bitte.»

«Das bin ich, Sir.» Die massige Frau, die jetzt aufstand, war Cissie Sloan. Über ihren rosa Plastiklockenwicklern trug sie ein Kopftuch, und ihr Regenmantel war vermutlich von einem Zeltmacher angefertigt worden.

«Guten Morgen, Cissie.» Barry trat zur Seite, um sie durch den Flur ins Behandlungszimmer vorangehen zu lassen. «Gehen Sie nur rein», sagte er, «und setzen Sie sich.»

Cissie Sloan ließ sich schwer auf einen der beiden Holzstühle vor dem Schreibtisch fallen. Barry nahm wieder den Drehsessel. «Wie geht's, Cissie?», fragte er, obwohl er genau wusste, dass sie diese Frage als Einladung auffassen würde, ihre verbalen Schleusen zu öffnen.

«Sie wissen ja noch», antwortete die Patientin mit ihrer heiseren Stimme, «wie ich das erste Mal zu Ihnen gekommen bin und Sie entdeckt haben, dass ich zu wenig von diesem Thyroxinzeugs im Blut hatte, ja?»

Barry nickte. Doch, daran erinnerte er sich gut. O'Reilly war entgangen, dass Cissie eine Schilddrüsenunterfunktion hatte, und er hatte ihr Vitamin B12 als Tonikum gespritzt. Ihre heisere Stimme war eine Folge dieser Unterfunktion.

«Und Doktor O'Reilly hat mir diesen Schilddrüsenextrakt verschrieben.» Sie sah sich um. «Wo ist unser Doktor denn heute?»

«Er hustet ein bisschen.»

«Ach ja? Und was nimmt er dagegen?»

«Also, Cissie», sagte Barry sanft, «über Doktor O'Reilly darf ich nicht mit Ihnen sprechen. Das wissen Sie doch.»

«Ja, ja, ist ja richtig, aber –»

«Und was kann ich heute für *Sie* tun, Cissie?»

«Mein Hals, ja.» Sie beugte sich vor. «Ich weiß ja, seit ich das mit der Schilddrüse habe, hab ich eine etwas kratzige Stimme, aber in den letzen zwei – nein, Irrtum, in den letzten drei Tagen, oder vielleicht sogar vier … nein, nein, bloß drei … jetzt weiß ich's wieder. Das war der Tag, als unser Milchmann Archie Auchinleck … sein Sohn ist ja Soldat auf Zypern … als also Archie meine Milch vor die Haustür gestellt hat und die Flasche kaputtgegangen ist, und die Milch ist gefroren und meine Cousine Aggie ist drauf ausgerutscht und auf den Arsch geplumpst und …»

Barry hoffte nur, dass Cissie nicht bemerkt hatte, wie er die Augen zum Himmel drehte – aber irgendetwas brachte sie wieder zum Thema zurück.

«Jedenfalls», fuhr Cissie fort, «ist mein Hals rau und tut irgendwie chronisch weh.» Sie lehnte sich noch weiter vor und flüsterte: «Und das Sprechen tut erst recht weh.»

Barry musste ein Lächeln unterdrücken. Für Cissie war

das die denkbar größte Zumutung. «Husten Sie auch?», fragte er.

«Nur ganz wenig.»

«Haben Sie was dagegen genommen?» Die Leute auf dem Land nahmen bei Halsschmerzen oft Honig, und einmal hatte Barry gesehen, wie eine Mutter ihrem Kind eine heiße Kartoffel in einem Strumpf vor die Kehle gebunden hatte.

«Ich hab's mit dem Stoff von der heiligen Brigid probiert, hab ihn mir um den Hals gebunden.» Sie öffnete ihren Mantelkragen, und Barry sah, dass sie sich ein Stück grobes Baumwolltuch um den Hals geknotet hatte.

«Tut mir leid, Cissie, aber die Methode kenne ich nicht.»

«Ts, ts, ts. In der Nacht auf den ersten Februar, das ist ja der Tag der heiligen Brigid», Cissie bekreuzigte sich, «lässt man das Tuch draußen vor der Tür hängen. Die Heilige kommt in der Nacht selbst vorbei und segnet das Tuch.» Sie rieb über das improvisierte Halstuch. «Ich hab dieses Stück seit letztem Jahr, aber es hilft mir nicht, nein.»

Barry stand auf und zog eine kleine Stiftlampe aus der Innentasche seines Jacketts. «Ich schaue mir das lieber mal an.» Er trat an den Instrumentenwagen und kam mit einem hölzernen Zungenspatel wieder. «Bitte weit aufmachen und die Zunge rausstrecken.»

Cissie gehorchte.

Er drückte ihre Zunge mit dem Holzspatel hinunter und leuchtete ihr mit der kleinen Lampe in den Mund. «Sagen Sie mal ‹aaaahh›.»

«Aaaahh.»

Barry schaute ihr in den Rachen und sah, dass sie keine Mandeln mehr hatte. Im Lampenschein erkannte er, dass die normalerweise rosafarbene Schleimhaut tiefrot war und gelbliche Flecken hatte, wie eine reife Erdbeere mit gelben statt weißen Samen. Typisch für eine bakterielle Pharyngitis, wahrscheinlich durch Streptokokken ausgelöst. Er legte den Zungenspatel fort und tastete Cissies Hals an beiden Seiten ab. Gut. Die Lymphknoten waren nicht geschwollen. «Ihr Rachen ist ein bisschen entzündet, Cissie.»

«Schlimm, ja?»

Barry schüttelte den Kopf. «Ein bisschen Penicillin und etwas Gurgeln, und in ein paar Tagen ist das wie weggeblasen.»

«Brauche ich eine Spritze?» Sie warf einen Blick auf den Instrumentenwagen. «Ich hab mein Korsett an.»

«Heute nicht.» Barry erinnerte sich noch lebhaft an den Tag, als er Cissie kennengelernt hatte. O'Reilly hatte ihr durch ihr Kleid hindurch eine Spritze geben wollen und dabei eine der Fischbeinstreben ihres Korsetts getroffen. Wie ein gut geworfener Dartpfeil war die Spritze durch den Raum geschossen.

Barry kehrte zu seinem Sessel zurück, drehte sich zum Schreibpult und schrieb ein Rezept für Penicillin. Viermal täglich, fünf Tage lang. «Hier.» Er reichte Cissie den Zettel. «Und können Sie sich aus Speisesalz und warmem Wasser eine Flüssigkeit zum Gurgeln mischen?»

«Och, das geht wohl.»

«Schön. Dreimal täglich damit gurgeln und möglichst wenig reden. Sie dürfen ihre Stimme nicht überanstrengen.»

«Mach ich, Sir. Und soll ich das Tuch von der heiligen Brigid weiter umbinden?»

Vor fünf Monaten hätte Barry seiner Patientin erklärt, das sei eine abergläubische Zeitverschwendung. «Selbstverständlich», antwortete er jetzt feierlich. «Und auch noch ein paar Tage länger, wenn Sie sich schon wieder gesund fühlen.» An Cissies breitem Grinsen erkannte er, dass er genau das Richtige gesagt hatte.

Er stand auf und nahm sanft ihren Arm, um ihr auf die Füße zu helfen. Die anderen Patienten warteten. Barry wusste, wenn Cissie Sloan es sich einmal auf einem Stuhl gemütlich gemacht hatte, war sie kaum noch zum Aufstehen zu bewegen, selbst wenn dieser Stuhl von Doktor O'Reilly präpariert worden war. O'Reilly hatte nämlich von den Vorderbeinen der beiden Stühle im Behandlungszimmer jeweils zwei Fingerbreit abgesägt, sodass die Patienten ständig die schräge Sitzfläche hinunterrutschten. Barry bugsierte Cissie durch die Tür auf den Flur. «Und wenn es in sechs Tagen, also nächsten Montag, nicht wieder gut ist, kommen Sie nochmal zu mir.»

«Es muss wieder gut sein. Wenn Sie wüssten, wie viel Arbeit wir damit haben, das Gemeindehaus für das Krippenspiel mit den Kindern herzurichten ...»

«Sie sind bestimmt bald wieder gesund, Cissie.» Barry verstärkte den Druck auf ihren Arm. «Es braucht schon mehr als ein paar kleine Bazillen, um eine so starke Frau wie Sie umzuhauen.»

Vermutlich fasste sie das als Kompliment auf, denn sie errötete und stupste Barry spielerisch in die Schulter. Er wusste zwar, dass er derartige Vertraulichkeiten als Anzeichen dafür nehmen sollte, dass Cissie Sloan ihn vollkommen akzeptierte, trotzdem rieb er sich die Schulter und fragte sich, wie Cassius Clay, der neue Boxweltmeister im Schwergewicht, wohl nach drei Runden mit dieser Walküre dastehen würde. Wahrscheinlich würde Cissie ihn schon in der zweiten Runde k.o. schlagen.

«Ich glaube Ihnen, und schönen Dank auch, Doktor Laverty», sagte sie. «Ich weiß, es ist noch recht früh, aber falls wir uns vorher nicht mehr sehen, wünsche ich Ihnen frohe Weihnachten.»

«Danke, Cissie, das wünsche ich Ihnen auch.»

Er wollte sich gerade umdrehen, als sie fragte: «Und kommen Sie zum Krippenspiel? Es ist in der Woche vor Weihnachten, am Montag.»

«Ja.» Er öffnete die Tür zum Behandlungsraum.

Cissie senkte die Stimme. «Und bringen Sie das hübsche kleine Fräuleinchen mit, das jetzt drüben in England studiert?»

Barry lachte. Hier in Ballybucklebo gab es wirklich keine Geheimnisse. «Ja, Cissie. Sie kommt nach Hause.» Und von ihm aus konnte das gar nicht bald genug sein. Er hoffte bloß, dass O'Reilly sich bis dahin wieder bekrabbelt hatte und ihm möglichst oft freigab, damit er viel Zeit für Patricia Spence hatte, «das hübsche kleine Fräuleinchen», das in Cambridge studierte.

Er verabschiedete sich von Cissie und ging wieder ins Wartezimmer. Immerhin verging die Zeit schneller, wenn er viel zu tun hatte, und die Probleme der Patienten ließen ihm wenig Zeit, um sich wegen Patricia Gedanken zu machen. Sie hatte gesagt, dass sie ihn liebte, und das sollte doch wohl reichen, oder?

Barry öffnete die Tür zum Wartezimmer. «Der Nächste bitte.»

Er war nicht darauf gefasst, dass der Weihnachtsmann höchstpersönlich, angetan mit einem prächtigen roten, pelzbesetzten Mantel, schwarzen Stiefeln und wallendem weißen Bart, mühsam aufstand und verkündete: «Das bin ich, Doktor.»

Barry lachte in sich hinein. Er blickte sich um, weil er sichergehen wollte, dass seine nächsten Patienten nicht ein Schwarm Elfen waren, und begleitete den ehrwürdigen Mann ins Behandlungszimmer. Er fragte sich, wie O'Reilly wohl mit dieser Situation umgehen würde. Und als er die Tür hinter sich und seinem Patienten schloss, fragte er sich auch, wie es O'Reilly an diesem Vormittag wohl gehen mochte.

5

Yesterday

O'Reilly fand, es müsste ihm eigentlich schon deutlich bessergehen. Er saß in seinem Sessel oben in der Wohnstube und stierte unruhig auf seine kalte Pfeife im Aschenbecher. Ach, wie gerne hätte er geraucht, aber dieser verdammte Husten wollte einfach nicht aufhören. Die halbe Nacht hatte die Husterei ihn wach gehalten.

Er zog den karierten Morgenmantel fester um sich, band den Gürtel zu und schaute ärgerlich auf die Decke hinunter, die seine Beine und die auf der Fußbank ruhenden Füße umhüllte. Nur die Pantoffelspitzen guckten noch heraus. Er räusperte sich, spuckte in ein großes Stofftaschentuch und unterzog das Ergebnis einer genauen Betrachtung.

Der Auswurf war klar und klebrig. Es war keine große Menge. So sah das Sputum aus, wenn jemand Bronchitis im Frühstadium hatte, und das war nahezu mit Sicherheit die Krankheit, die ihn befallen hatte. Gestern Abend hatte er Halsweh und ein Kratzen im Hals gehabt, und Barry hatte mit der Tracheitis richtiggelegen, aber in den frühen Morgenstunden war ein Engegefühl im ganzen Brustkorb hinzugekommen, und manchmal hatte er pfeifend geatmet.

Eine akute Bronchitis war zwar kaum lebensbedrohlich, aber doch etwas ernster als eine Tracheitis, und folglich würde es vielleicht ein kleines bisschen länger dauern, bis er sie überwunden hatte. Stirnrunzelnd sah er den Schleimklumpen in seinem Taschentuch an. Wenn viele Eiterzellen vorhanden wären, wäre das Zeug grünlich gelb. Das aber war nicht der Fall, daher brauchte er sich wegen einer akuten bakteriellen Bronchitis oder einer Lungenentzündung keine Gedanken zu machen. Im letzteren Fall wäre außerdem noch eine Spur Rostrot zu sehen gewesen. O'Reilly schaute noch einmal ganz genau hin. Kein Blut. Ausgezeichnet.

Solange nicht etwas anderes nachgewiesen war, bedeutete Blut im Auswurf nur eines. Gestern Abend hatte Barrys Gesichtsausdruck ihm gezeigt, was der junge Arzt dachte, so deutlich, als hätte er seine Gedanken laut ausgesprochen. Wahrscheinlich hatte er angenommen, sein älterer Kollege hätte noch nie etwas über den Zusammenhang zwischen Rauchen und Lungenkrebs gelesen. Aber das hatte er, weiß Gott, und den Wissenschaftlern zufolge war Zigaretten auf jeden Fall eine Mitschuld zuzuschreiben. Das Pfeiferauchen hingegen schien nicht so gefährlich zu sein. O'Reilly betrachtete den Klumpen ein letztes Mal. Ganz bestimmt kein Blut. Das war eine Erleichterung. Selbst Ärzte waren nicht davor gefeit, sich um ihre Gesundheit zu sorgen.

O'Reilly hörte, wie unten die Haustür zuschlug. Der junge Barry war bei der Arbeit, er brachte einen Patienten nach draußen und holte den nächsten. Er machte seine Sache prima. O'Reilly hatte heute Morgen wirklich keine Lust, den Massen gegenüberzutreten. Er hörte, wie das Telefon im Flur klingelte. Bestimmt war das jemand, der um einen Hausbesuch bitten wollte, und damit war Barry dann auch noch einen Teil des Nachmittags beschäftigt. Kinky ging ans Telefon, aber O'Reilly hörte nur mit einem Ohr, was sie sagte. Merkwürdig, dass er nach all den Jahren, in denen er die Arbeit ganz allein gemacht hatte, jetzt ganz zufrieden etwas an seinen neuen Assistenten delegieren konnte.

Er gähnte, hustete wieder, stopfte sein Taschentuch in die Tasche seines Morgenmantels und lehnte sich mit halbgeschlossenen Augen in das Kissen im Sessel zurück. Er war schläfrig und langweilte sich.

O'Reilly hörte ein leises Räuspern. Er öffnete die Augen und drehte den Kopf. Kinky kam durch die Tür. Sie hatte den Kopf zur Seite geneigt und hielt einen dampfenden Becher in der Hand.

«Ja, Kinky?»

«Fühlen Sie sich etwas besser, Sir?»

«Ein bisschen schon, danke.»

«Hm.» Mrs Kincaid zuckte die Achseln. O'Reilly fand, sie wirkte so überzeugt wie eine Mutter, die ihr Kind gerade bei einer kleinen Untat ertappt hat und auf die Frage «Was machst du denn da?» nur ein kleinlautes «Gar nichts» zur Antwort erhält.

«Also, meine Oma hat immer gesagt: ‹Eine Erkältung muss man füttern, ein Fieber aushungern›, deswegen habe ich Ihnen eine Rinderbrühe gemacht.» Sie stellte den Becher auf den Couchtisch, verschränkte die Arme und schaute O'Reilly streng an. «Hier.»

Er wusste, dass ihm nichts anderes übrigblieb, als den Becher auszutrinken. Er hob ihn zum Mund, und der würzige Fleischgeruch der Bouillon stieg ihm in die Nase. Er probierte. «Das ist ja ein kräftiges Zeug, Kinky.» Mit Erleichterung sah er, dass ihre Züge weicher wurden. «Haben Sie Brühwürfel dazu genommen? Oxo vielleicht? Oder Bovril?» Doch er wusste sofort, dass er ins Fettnäpfchen getreten war. Kinky würde niemals ein Fertigprodukt kaufen, wenn sie etwas selber kochen konnte.

«Nein.» Sie zog die Brauen zusammen. «Keineswegs, Sir. Ich habe erstklassiges Rindfleisch dazu verwendet, und –»

«Entschuldigen Sie, Kinky. Das hätte ich eigentlich wissen müssen, aber ich bin heute nicht ganz bei mir.» Er nahm einen größeren Schluck.

«Diesmal will ich's Ihnen noch verzeihen», schmunzelte sie. «Aber Tausende würden das nicht tun.» Sie schaute auf seinen Becher. «So, jetzt trinken Sie das aus und schöpfen Sie Kraft daraus.»

Fast rechnete er damit, dass sie «wie ein braver Junge» hinzufügen würde.

«Und zu Mittag habe ich eine große Schüssel Hühnersuppe vorbereitet, ja.»

O'Reilly lächelte schwach. «Und ich dachte, es wären die Juden, die so auf Hühnersuppe schwören?»

«Na, das kann ja sein, aber wir aus Cork tun das auch, ja.» Die Haushälterin kam näher. «Beugen Sie sich mal vor.»

Er tat, wie ihm geheißen, und Kinky zog das Kissen heraus, schüttelte es auf und schob es ihm wieder hinter den Rücken. «So, jetzt können Sie sich wieder anlehnen», sagte sie.

O'Reilly lehnte sich zurück und reichte ihr den geleerten Becher. «Danke schön, Kinky.» Er hustete und schüttelte dabei den Kopf wie ein genervter Hengst, der eine ärgerliche Schmeißfliege loswerden will. «Wer hat da gerade angerufen?», fragte er dann.

«Der neue Doktor aus Kinnegar. Er sagt, er heißt Fitzpatrick. Er will vorbeikommen, zu einem Anstandsbesuch.»

«Hoffentlich haben Sie ihm gesagt, dass das heute nicht geht. Mir ist gar nicht nach Besuch zumute.»

«Klar habe ich ihm das gesagt.» Kinky bückte sich und zog O'Reillys Decke ordentlich zurecht. «Wir müssen Sie erst mal wieder auf die Beine bringen.» Sie runzelte die Stirn. «Ich hoffe bloß, dass ich ihn abwimmeln konnte. Er klang so entschieden, als hätte er es sich in den Kopf gesetzt, ausgerechnet heute zu kommen. Aber falls er hier auftaucht, will ich mich gerne um ihn kümmern.»

O'Reilly lächelte. Dieser neue Doktor Fitzpatrick mochte zwar entschieden klingen, aber sollte jemals ein bebildertes Lexikon herausgegeben werden, dann würde ein Foto von Kinky mit vor der Brust verschränkten Armen und vorgerecktem Mehrfachkinn den Eintrag für «Entschiedenheit» illustrieren. Doktor Fitzpatrick würde sein blaues Wunder erleben, wenn er sich einbildete, er könnte an Kinky vorbeikommen.

Sie prustete verächtlich, erwiderte aber sein Lächeln. «So, brauchen Sie vielleicht noch irgendwas?»

«Könnten Sie mir einen kleinen Gefallen tun?»

«Was denn?»

O'Reilly deutete auf das große Bücherregal an der Wand. «Auf dem vierten Brett von unten, in der Mitte. Das Buch mit dem orangenen Umschlag.»

Kinky trat an das Regal. «Dies hier? Das ist *Der Kapitän* von C. S. Forester.»

«Ja, genau das.»

Sie brachte ihm das Buch. «Ein Roman über die Seefahrt?»

O'Reilly nahm den schmalen Band entgegen und lachte. «Ja, mehr oder weniger. Es ist die Geschichte eines Kapitäns in Lord Nelsons Marine.»

«Nelson? Ist das nicht der Kerl oben auf der hohen Säule in Dublin, der nur ein Auge und einen Arm hat?»

«Ja. Und in London steht er auch. Auf dem Trafalgar Square.»

Mrs Kincaid zuckte die Achseln und sagte mit einem Hauch von Missbilligung in der Stimme: «Hm. Bestimmt macht er die Londoner Tauben genau so glücklich wie die in Dublin.»

O'Reilly wusste, dass seine Haushälterin keinen großen Respekt vor englischen Helden hatte. Er deutete auf das Buch. «Das hier ist ein toller Roman.»

«Na ja, wenn es eine Geschichte über die Marine ist, dann wird das Lesen Sie bestimmt schön ablenken, Sie sind ja doch selbst zur See gefahren.»

O'Reilly hustete. «Ja, aber das ist über zwanzig Jahre her, Kinky.»

«Als ob ich das nicht wüsste. Seit Sie von dem großen Kriegsschiff runter sind, nachdem der Krieg vorbei war, mache ich Ihnen doch den Haushalt – so lange, wie Sie hier sind.»

«Sie haben recht, Kinky.»

«Wir werden beide nicht jünger … und …» Sie wandte sich zur Tür. «Meine Hühnersuppe auch nicht. Ich muss mich sofort darum kümmern.»

«Kinky?» O'Reilly lehnte sich wieder gegen das Kissen. «Danke für die Fleischbrühe.»

«Keine Ursache.» Zögernd blieb sie in der Tür stehen. «Ich bringe Ihnen die Suppe auf einem Tablett hoch. Soll ich den jungen Doktor Laverty bitten, Ihnen beim Mittagessen Gesellschaft zu leisten?»

«Das wäre nett.»

«Dann mache ich das, ja.» Sie verließ die Wohnstube.

Fingal O'Reilly lächelte. Nicht zum ersten Mal stellte er sich die Frage, wie er als alter Junggeselle ohne sie hätte klarkommen sollen. Sie konnte ein Getue machen wie eine Glucke, konnte autoritär sein wie ein Feldwebel und diplomatisch wie ein Botschafter. Er führte zwar die Praxis, aber es gab keinen Zweifel, wer in der Main Street Nummer 1 in Ballybucklebo der Haushaltsvorstand war.

O'Reilly räusperte sich, nahm seine Halbbrille vom Couchtisch, setzte sie auf die Nase und schlug das Buch auf. Er hatte die Hornblower-Romane seit Jahren nicht mehr gelesen. Als er die Handschrift auf dem Deckblatt sah, stockte ihm der Atem. *Für Fingal zu unserer Verlobung. Mit aller Liebe, Deidre.*

Er ließ das Buch in den Schoß sinken und schluckte schwer. Schloss die Augen und spürte ein Brennen hinter den Lidern. Du Idiot, schalt er sich, wie konntest du nur vergessen, dass *sie* dir das Buch geschenkt hat? Warum hast du Kinky gebeten, dir von allen Büchern im Regal ausgerechnet dieses eine zu geben? Wo es doch im Moment nicht zum Besten mit dir steht und du die Erinnerung daran, warum du immer noch als Junggeselle lebst, gerade jetzt überhaupt nicht gebrauchen kannst. Als würdest du dich nicht an jeden einzelnen Tag erinnern, an die geliebte Braut, die sechs Monate lang deine Frau war und dann 1941 von einer deutschen Bombe ausgelöscht wurde. Vor dreiundzwanzig Jahren.

Wie hat Kinky dich gestern Abend genannt? Einen *amadán*. Recht hat sie gehabt.

O'Reilly öffnete die Augen wieder, hob das Buch, las die Widmung und klappte es mit Bestimmtheit zu. Er wusste, dass Amputierte noch Jahre nach der Operation das verlorene Glied gelegentlich deutlich spürten. Aber sie mussten akzeptieren, dass es fort war, genauso, wie er seinen Verlust akzeptieren musste.

Und trotzdem … trotzdem dachte er immer noch an sie. An Deidre, benannt nach der keltischen Prinzessin, nach Deidre der Kummervollen. In ihrer Hochzeitsnacht hatte sie eine Zeile aus *Táin Bó Cúailgne* zitiert, dem *Rinderraub von Cooley* – dem angeblich ersten Epos in der Geschichte Europas. O'Reilly erinnerte sich noch an jedes einzelne Wort: «Deidre sah einen Raben auf dem Schnee Blut trinken, und sie sagte: ‹Einen Mann mit diesen drei Farben könnte ich lieben – mit rabenschwarzem Haar, blutroten Wangen und einem schneeweißen Körper.› Und ich liebe dich, Fingal.»

Verdammt nochmal. Diese verfluchte Bronchitis musste ihn kleingekriegt haben, dass er sich solchen melancholischen Gedanken hingab. Wenn er erst wieder frei atmen konnte und wieder richtig eingespannt war, würde er auch die trüben Gedanken hinter sich lassen. Eine Arztpraxis mochte zwar vielleicht kein Ersatz für eine Ehefrau sein, aber sie war mit Sicherheit eine anstrengende Geliebte, und bisher hatte sie die Leere in seinem Leben ausgefüllt – gemeinsam mit seiner Freude am Rugby und an der Jagd auf Federwild mit Arthur Guinness zusammen.

O'Reilly schob sich in eine bequemere Sitzposition. Sobald es ihm besserging, würde er Barry nochmal einen Tag lang die Praxis überlassen, und dann würde er selbst unten am Strangford Lough auf Entenjagd gehen. Als Barry in seinem ersten Monat in Ballybucklebo einmal am Boden zerstört gewesen war, weil seine Auserwählte und sein Berufsleben ihm Kummer bereiteten, hatte O'Reilly ihm da nicht auch empfohlen, Forellen angeln zu gehen, um den Kopf wieder freizubekommen?

Und vielleicht – ja, vielleicht war es auch Zeit, wieder mal ein Treffen mit Kitty O'Hallorhan zu vereinbaren. Seit er sie zur Hochzeit von Sonny und Maggie mitgenommen hatte, hatten sie sich fast jede Woche gesehen und in alten Zeiten geschwelgt. O'Reilly war damals in Dublin Medizinstudent gewesen und sie Schwesternschülerin, und er gestand sich ein, dass er ganz schön in sie verliebt gewesen war. Wäre Deidre nicht in sein Leben getreten, hätte er vielleicht Kitty geheiratet. Aber ach, dann hätte er die wenigen Monate mit Deidre nie erlebt.

Er spürte, wie die Schläfrigkeit ihn wieder übermannte, aber bevor er sich erlaubte einzunicken, beschloss er, sobald wie möglich wieder gesund zu werden. Barrys Patricia wollte zu Weihnachten nach Hause kommen, und da wollte der Junge bestimmt frei haben, um sich mit ihr zu treffen. Und das ging nur, wenn O'Reilly die Last wieder schultern konnte – so wie Barry es heute Vormittag unten tat.

6

Die ganze Welt ist Bühne und alle Frauen und Männer bloße Spieler

Nach fast einem halben Jahr in Ballybucklebo hatte Barry es gelernt, seine Belustigung zu verbergen und zu allen höflich und zuvorkommend zu sein. Er widerstand der Versuchung, den Weihnachtsmann zu fragen, ob Donner, Blitzen, Prancer und die übrigen Rentiere draußen warteten. Stattdessen ging er ganz gefasst mit ihm zur Haustür und brachte ihn nach draußen. Mit bürgerlichem Namen hieß der Mann Billy Brennan. Er war normalerweise arbeitslos, verdiente sich aber ein bisschen Weihnachtsgeld, indem er für das große Kaufhaus Robinson und Cleaver's in Belfast den Weihnachtsmann spielte.

Sein periorbitales Hämatom – ein klassisches blaues Auge – war das Ergebnis einer Meinungsverschiedenheit mit einem eigensinnigen Sechsjährigen. Er hatte den Jungen auf dem Schoß gehabt und ihm erklärt, dass der Weihnachtsmann ihm vielleicht kein echtes Auto zur Bescherung liefern könne. «Du meine Güte, Doc», sagte er, «ich hätte ja nie gedacht, dass so ein kleiner Kerl so zuschlagen kann.»

Barry hatte das Auge untersucht, sich vergewissert, dass der Augapfel und die Knochen der Augenhöhle unversehrt waren, und den Mann beruhigt. Das war einfach gewesen. Schwieriger fand Barry die Entscheidung, ob die Verletzung als Arbeitsunfall galt und der Verletzte folglich Krankengeld beziehen konnte. Barry hatte dem sichtlich dankbaren Billy die nötige Bescheinigung gegeben, und nun würden die Bürokraten im Amt das letzte Wort haben, aber Barry war der Ansicht, das Billy mit so einem Veilchen kaum noch einen glaubwürdigen Weihnachtsmann abgab.

Auf dem Weg zurück zum Wartezimmer erlaubte er sich immerhin ein Schmunzeln. Den größten Teil der besorgten Gesunden hatte er bereits untersucht und verarztet, und befriedigt stellte er fest, dass er gut klarkam. Er öffnete die Tür. Nur noch zwei Patienten. Zusammen mit denen, die er bereits behandelt hatte, waren das vierzehn ... nein, sechzehn. Doch Barry war sich ziemlich sicher, dass die Praxis heute weniger Zulauf gehabt hatte als sonst an einem Montagvormittag. In gewisser Hinsicht konnte ihm das nur recht sein, denn er wusste, dass er langsamer vorankam als O'Reilly. Gleich war Mittag, und er musste sich noch um Mrs Brown und ihren sechsjährigen Sohn Colin kümmern.

Colin trug kurze Hosen, den Blazer von seiner Schuluniform und die Schulmütze – eine Art Schirmmütze, die aus roten und blauen Stoffkreisen zusammengenäht war. Barry hatte als Schuljunge eine ähnliche getragen, und soweit er wusste, hatte diese eigenartige Mode ihren Ursprung in viktorianischer Zeit. Sie erschien ihm wie ein Symbol für die Unveränderlichkeit des ländlichen Ulster.

«Guten Morgen», sagte Barry. «Du kennst ja den Weg, Colin. Nimm deine Mama mit in den Behandlungsraum.» Vor ein paar Monaten war der Junge mit einer Schnittwunde in der Hand bei ihm gewesen, die genäht werden musste. Barry fragte sich, was heute wohl anstand. Er folgte Mutter und Sohn durch den Flur. Hoffentlich klagte Colin nicht, wie viele anderen Patienten an diesem Vormittag, über einen Infekt der Atemwege.

Barry hatte nicht wenigen Patienten sein Stethoskop auf den Brustkorb gesetzt und so viele Rezepte für die «Schwarze Flasche» ausgeschrieben – eine Mixtur aus Morphin und Ipecacuanha, *mist. morph. and ipecac.*, wie die lateinische Kurzschrift lautete, dass man das Wartezimmer damit neu tapezieren und die grässlichen Rosen hätte überkleben können. Die Dorfbewohner hatten großes Vertrauen zu diesser Mischung. Das Morphin unterdrückte natürlich den Husten, aber das Ipecacuanha hatte nur einen Zweck: Es schmeckte scheußlich bitter, und die Landbewohner waren der Überzeugung, dass eine Medizin umso besser wirkte, je ekliger sie schmeckte.

O'Reilly hatte recht gehabt, es war wirklich Schnupfen- und Hustenzeit. Derartige Beschwerden bekam man in einem Lehrkrankenhaus natürlich nicht zu sehen, aber für die Betroffenen waren sie genau so ärgerlich wie die exotischen Krankheiten, die Barry während seiner Ausbildung kennengelernt hatte.

Im Behandlungsraum setzte er sich auf den Drehsessel und wartete ab, bis Mutter und Kind ebenfalls saßen. Er entdeckte keinen offensichtlichen Hinweis darauf, was den Jungen quälte, vermutete aber, dass auch heute wieder Colin der Patient war. Kein Husten, keine Laufnase, kein Schweiß.

«Wie geht's deiner Hand, Colin?», erkundigte Barry sich.

Der Junge riss sich die Mütze vom Kopf, hielt sie in der einen Hand und bot Barry wortlos die andere zur Inspektion an. Die Narbe zog sich quer über die Handfläche. Es war eine böse Wunde gewesen, verursacht durch einen Meißel, und er hatte sie mit mehreren Stichen nähen müssen. Doch sie war prima zugeheilt.

«Sieht gut aus.» Er wandte sich an Colins Mutter und lächelte. «Und was kann ich heute für Sie tun?»

«Es geht um Colin, ja so.»

«Verstehe. Und was fehlt ihm?» Das Kind wirkte vollkommen gesund.

«Er will nicht zur Schule gehen, nein.»

«Nein?» Barrys erster Gedanke war, dass er in dem Alter die Schule ebenfalls verabscheut hatte. Zum zweiten Mal an diesem Vormittag war seine Fähigkeit, eine ernste Miene zu bewahren, gefordert. In all den Jahren seiner Ausbildung war keiner seiner Lehrer auf die Emotionen im Kindesalter eingegangen. «Hmmm …», sagte er, lehnte sich vor, stützte einen Ellbogen aufs Knie und legte das Kinn in die Hand. Er zwinkerte dem Jungen zu, hoffte das Beste und fragte: «Und warum nicht, Colin?»

«Weiß nich.»

Das war sehr hilfreich. Denk nach, sagte Barry zu sich selbst. Warum wolltest du damals nicht hin, als du in seinem Alter warst? «Liegt es an einem von deinen Lehrern?»

Colin senkte den Kopf und schüttelte ihn.

«Vielleicht ist die Arbeit dir zu schwer? Ich konnte früher gar nicht gut rechnen.»

Erneutes Kopfschütteln.

«Ärgert dich einer von den großen Jungs?»

«Nee.»

Nun hatte Barry sein Pulver verschossen. Er lehnte sich zurück und fragte Colins Mutter: «Haben Sie eine Ahnung, warum er nicht in die Schule will, Mrs Brown?»

Sie beugte sich vor und rüttelte Colin an der Schulter. «Erzähl dem netten Onkel Doktor doch mal von eurem Krippenspiel.»

«Keine Lust.»

«Vielleicht», meinte Mrs Brown, wobei die Besorgnis in ihrer Stimme ihre strengen Worte Lügen strafte, «vielleicht hast du mehr Lust auf 'ne saftige Ohrfeige?»

«Nee!» Colin presste die Lippen zusammen, zog die Stirn kraus und sah seine Mutter aus schmalen Augen an.

Das Schöne an Kindern ist, dachte Barry, dass sie ihre Emotionen nicht hinter einer gleichmütigen Miene verstecken.

«Ich warne dich, hörst du.»

Barry musste eingreifen. «Ist denn irgendwas mit eurem Krippenspiel?», fragte er, drehte Mrs Brown den Rücken zu und schaute Colin direkt in die Augen. Witzig, jetzt wurde dieses Ereignis heute Vormittag schon zum zweiten Mal erwähnt, und gestern Abend hatte auch O'Reilly davon gesprochen.

Colin nickte.

Barry wartete ab, aber Colin schwieg.

«Möchtest du mir davon erzählen?» Barry legte den Kopf schräg. «Ja?»

«Es ist Micky Corry, diese kleine Kanalratte.» Colin schniefte. «Er ist der Joseph. Das ist unfair, ja.» Eine Träne lief ihm über die Backe. «Die Lehrerin hat gesagt, ich darf wieder Joseph sein.» Er stieß sich mit dem Zeigefinger auf die Brust. «Ich hab die Kleider und den arabischen Turban und alles noch vom letzten Jahr.»

«Wissen Sie, Doktor Laverty, Colin hat nämlich im letzten Jahr den Joseph gespielt. Alle haben gesagt, er hätte seine Sache sehr gut gemacht», erklärte Mrs Brown.

«Und das stimmt auch. Aber jetzt hat Miss Nolan plötzlich gesagt, jemand anders ist dran. Das ist unfair.» Colin stampfte mit dem Fuß auf, und sein Kniestrumpf rutschte an seiner Wade herunter wie die Haut einer sich häutenden Schlange. «Ich will nich der Herbergsvater sein. Der hat doch nur drei Sätze zu sagen. ‹Wer ist da? Maria und Joseph?› und ‹Na gut, ihr könnt in den Stall gehen›.»

Ganze Nationen, dachte Barry, hatten schon wegen geringfügigerer Anlässe Kriege vom Zaun gebrochen, und im Moment sah er beim besten Willen keine vernünftige Lösung. Sollte er Colin anbieten, Miss Nolan aufzusuchen und mit ihr zu sprechen? Nein, denn falls sie sich daraufhin wieder umentschied, hatte er morgen aller Voraussicht nach Micky Corry mit seiner Mutter hier sitzen. «Hm.» Er zog die Brauen zusammen und bedauerte, dass er keine Halbbrille hatte, die er auf der Nase verschieben konnte, so wie O'Reilly es machte, wenn er eine harte Nuss zu knacken hatte. Außerdem bedauerte er, dass er nicht die salomonische Weisheit seines Mentors besaß. O'Reilly hätte sicher einen Weg gefunden, den kleinen Kerl wieder aufzumuntern.

«Möchtest du vielleicht Schauspieler werden, wenn du groß bist?», fragte Barry.

«Vielleicht.» Die Miene des Kindes hellte sich ein wenig auf. «So einer wie der Joseph Tomelty, vielleicht.»

Der Schauspieler mit dem üppigen grauen Haarschopf war vom Regionaltheater und nach Belfast gekommen und hatte in der BBC-Hörspielserie *The McCooeys* den Bobby Greer gesprochen. Inzwischen spielte er auch größere Rollen in englischen Filmen. «Mag schon sein, dass du eines Tages so ein Schauspieler wirst wie er.»

«‹Eines Tages› interessiert mich nich. Ich will in diesem Jahr der Joseph sein, doch ja.»

Barry wandte sich Colins Mutter zu, zuckte die Achseln und schüttelte den Kopf.

«Genau», sagte sie. «Geht mir genauso.» Sie war also genauso ratlos wie er.

Barry räusperte sich, schaute Colin ernst an – und hatte einen Einfall. «Sag mal, Colin, bei eurem Krippenspiel geht es doch um die Geburt des Christkindes, oder?»

«Ja.»

«Und als Jesus Christus größer wurde, da hat er uns doch gelehrt, dass wir unseren Feinden vergeben sollen, oder?» Im Stillen war Barry für die langweiligen Sonntagnachmittage dankbar, die er, wie jedes protestantische Kind seiner Generation, in der Sonntagsschule verbracht hatte. «Also, was meinst du wohl, was hätte Jesus mit deinem Klassenkameraden gemacht – wie hieß er noch?»

«Micky Corry.»

«Ja. Mit Micky Corry.»

«Ich glaube, Jesus hätte ein Wunder gewirkt … er hätte den kleinen Popel in einen Haufen Pferdeäppel verwandelt, jawohl.»

«Colin!» Seine Mutter verpasste ihm die angekündigte Ohrfeige, und Colin heulte auf.

Diesmal musste Barry sich sehr anstrengen, um sein Grinsen zu unterdrücken; dann hielt er Mrs Brown warnend den Zeigefinger vor. Er hatte gehofft, dass die respektvolle Haltung der Landbevölkerung den Ärzten gegenüber auch dem kleinen Colin Brown eingeimpft worden war und dass seine weisen Worte dadurch das Gewicht erhielten, das sie haben sollten. Doch ganz offensichtlich gehörte Colin nicht zu denen, die die andere Wange hinhielten.

«Also, Colin, vielleicht hast du ja sogar recht, aber wenn du meine Meinung hören willst: Ich würde die ganze Sache vergessen, ich würde wieder in die Schule gehen und das Krippenspiel einfach weiter mitproben.»

«Danke, Doktor.» Mrs Brown erhob sich und verneigte sich leicht vor Barry. «Siehst du, Colin, ich hab dir doch gesagt, dass er das sagen würde.»

«Ja.» Böse schaute der Junge Barry an. «Ihr Erwachsenen haltet immer zusammen, das ist gemein.»

Mrs Brown hob wieder die Hand, und rasch fügte Colin hinzu: «Na gut, dann gehe ich eben wieder zur Schule.»

«Wunderbar.» Barry erhob sich. «Ist das alles?» Er ging zur Tür. Während er Mutter und Sohn durch die Haustür hinausließ, sagte er zu Colin: «Und du bist bestimmt ein toller Herbergswirt.» Doch da funkelten die Augen des kleinen Jungen. Oh je, ein solches Glitzern hatte er in den Augen von Dämonen in mittelalterlichen Darstellungen gesehen. Einen Moment lang überlegte Barry, worauf sie sich wohl gefasst machen mussten.

Er wurde in seinen Gedanken jäh unterbrochen, denn auf der Schwelle stand ein finsterer Mann mittleren Alters. Er musste eins achtzig groß sein und trug eine schwarze Melone, graue Rehlederhandschuhe und einen halblangen Regenmantel. Ein Paar schmale, schmutzige Lacklederschuhe lugten unter den Nadelstreifenhosen hervor. Zwischen den weißen, gestärkten Dreiecken eines Kläppchenkragens prangte eine gepunktete Fliege und darüber der größte, kantigste Adamsapfel, den Barry je gesehen hatte. Das auffällige Organ hüpfte nach oben, als der Mann schluckte. «Tut mir leid», begann Barry, «aber Patienten müssen die Wartezimmertür benutzen –»

Der Fremde unterbrach ihn mit scharfer, hoher Stimme: «Ich bin kein Patient, Jungchen. Ich bin Doktor Fitzpatrick, und ich stehe hier, weil ich Doktor Fingal Flahertie O'Reilly besuchen will.»

«Ach so. In dem Fall –»

Weiter kam Barry nicht, denn Doktor Fitzpatrick drängte sich an ihm vorbei in den Flur. Barry schloss die Haustür, drehte sich um und schaute zu, wie der Besucher Hut und Handschuhe ablegte. Er betrachtete seine dünnen Lippen, die Mundwinkel, die auf zwanzig nach acht standen, das sauber rasierte, fliehende Kinn und die schmale Römernase, auf der ein goldener Kneifer klemmte. Durch die dicken Gläser waren die grauen, glanzlosen Augen des Besuchers nur verzerrt zu sehen. Wenn ich raten müsste, was der Mann von Beruf ist, dachte er, dann würde ich darauf tippen, dass er als Gehilfe bei einem Bestattungsunternehmen arbeitet.

Doktor Fitzpatrick warf seine Handschuhe in den Hut und reichte ihn Barry wortlos, wie ein herablassender Herr seinem Kammerdiener. Barry legte den Hut auf die Ablage der Flurgarderobe. Der Fremde knöpfte sich den Mantel auf und schlüpfte gerade aus den Ärmeln, als Mrs Kincaid aus der Küche auf den Flur trat. Mit über dem Busen verschränkten Armen, vorgerecktem Kinn und blitzenden schwarzen Augen betrachtete sie das Schauspiel.

«Und nehmen Sie auch meinen Mantel.»

«Nein danke, ich habe schon einen», lag Barry auf der Zunge, aber er verkniff sich diese Antwort, nahm den Mantel entgegen und hängte ihn an die Garderobe.

«Sie müssen Laverty sein», bemerkte Doktor Fitzpatrick.

«Ja», sagte Barry ruhig, «ich bin Doktor Laverty.»

Der Mann musterte Barry von Kopf bis Fuß. Seine

schmale Oberlippe kräuselte sich. «Sie sehen aus, als gehörten Sie noch an die Universität.» Er zog die Nase hoch. «Nun, ich bin nicht hier, um meine Zeit mit Untergebenen zu verschwenden. Ich bin hergekommen, um den Leiter der Praxis kennenzulernen. Wo steckt O'Reilly denn?»

Barry kniff die Augen zusammen. Mit leiser Stimme sagte er: «Doktor O'Reilly fühlt sich heute nicht ganz wohl. Er ist oben.» Barry schaute an die Decke. «Er empfängt keinen Besuch.»

Ein eigenartiges, schnarrendes Geräusch war die Antwort, und Barry wurde klar, dass der Mann lachte. «Sie meinen wohl, er hat einen Kater?»

«Keineswegs.» Barrys Hände, die bisher entspannt heruntergehangen hatten, ballten sich zu Fäusten. Er zögerte, bevor er fortfuhr, entschied dann aber, dass der Mann vor ihm ja vom Fach war und er daher nicht gegen die Schweigepflicht verstieß. «Mein älterer Kollege hat eine Tracheobronchitis.»

«Ach, er raucht auch noch?»

«Ja, Doktor O'Reilly ist Pfeifenraucher.»

«Ekelhafte Angewohnheit. Bronchitis, sagen Sie? Geschieht ihm recht.»

«Jetzt hören Sie mal –»

Aber Doktor Fitzpatrick schritt bereits zur Treppe und bemerkte über die Schulter: «Nun, ich bin kein Besuch. Ich bin Arzt und habe durchaus das Recht, einen kranken Kollegen aufzusuchen.»

«Sind Sie sich da so sicher, Sir?» Barry hörte den Unterton in Kinkys Stimme. Es war das gleiche leise Knurren, dass Lady Macbeth von sich gab – Sekunden, bevor sie die Reißzähne in das nächste weiche Stück Fleisch schlug. Er sah, wie der Mann den Kopf wandte, ruckartig stehen blieb und dann zwei Schritte rückwärts machte. Kinky Kincaid stand immer noch am Fuß der Treppe, breitbeinig und mit verschränkten Armen, wie ein Rammbock.

Fitzpatrick überlief ein Zittern, dann fasste er sich und fragte: «Und mit wem habe ich es zu tun?»

«Ich», erwiderte Kinky mit ausgesuchter Höflichkeit, «bin Mrs Kincaid, Haushälterin bei Doktor Fingal Flahertie O'Reilly.»

Barry musste daran denken, wie O'Reilly Kinky beschrieben hatte, als er sie ihm vorgestellt hatte: Sie sei sein Zerberus, hatte er gesagt, der dreiköpfige Hund, der den Eingang zum Hades bewachte. Aber Kinky war eine so fantastische Wächterin, dass sie eigentlich einen vierten Kopf verdient hatte.

Doktor Fitzpatrick jedoch schien das völlig zu entgehen. Er blieb auf seinem einmal eingeschlagenen Kurs. «Nun, Mrs Kincaid, ich bin hier, um meinen Kollegen zu besuchen. Wenn Sie mir freundlicherweise den Weg zeigen würden ...»

«Unter keinen Umständen, Sir.» Barry sah, wie Kinky die Schultern hob. «Als Sie heute Morgen angerufen haben, habe ich Ihnen bereits mitgeteilt, dass er keinen Besuch empfängt.»

«Blödsinn. Ich bin doch selbst Arzt.»

«Das mag sein, aber Doktor O'Reilly hat mir gesagt, er sei heute nicht in der Lage, Besuch zu haben.»

Wie um ihre Worte zu unterstreichen rief eine heisere Stimme von oben: «Was zum Teufel ist denn da unten los, Kinky?»

Bevor sie antworten konnte, legte Doktor Fitzpatrick den Kopf in den Nacken und schaute ins erste Stockwerk hinauf. Er machte einen Schritt nach vorn und sagte: «Nun, meine gute Frau, machen Sie Platz.» Allmählich wurde seine Stimme lauter.

Barrys geballte Fäuste entspannten sich. Er fing an zu grinsen. Doktor Fitzpatricks Hartnäckigkeit war ja bewundernswert, aber einer Kinky Kincaid war der Mann eindeutig nicht gewachsen. Er sah, wie Kinky die Augen zu schmalen Schlitzen zusammenkniff.

«Ihre gute Frau also? Ich gehöre nicht zu Ihrem beweglichen Hab und Gut, *mein* Herr. Und auch meine Tugend geht Sie, mit Verlaub, nichts an. Nein, ich werde Ihnen nicht Platz machen. Unser Doktor ist krank. Unser Doktor braucht seine Ruhe. Niemand wird ihn stören, und schon gar nicht jemand wie Sie, *mein* Herr.»

«Ich glaube, Sie wissen nicht, wer ich bin.» Der Adamsapfel des Mannes hüpfte wütend auf und ab. Seine Stimme wurde noch lauter.

Kinky kicherte, rührte sich aber nicht vom Fleck. «Ach, das weiß ich nicht? Ich weiß nicht, wer Sie sind, sagen Sie?»

«Ganz richtig, meine gute Frau. Ich bin nämlich *Doktor* Fitzpatrick. *Doktor*, haben Sie gehört? Ich lasse es mir nicht bieten, dass ein Dienstmädchen so mit mir redet. Und jetzt lassen Sie mich vorbei!» Inzwischen brüllte er.

«Ach, ich höre eigentlich noch recht gut.» Kinkys sprach in ruhigem, gemessenem Tonfall. «Dienstmädchen, ja? *Ihre gute Frau*, hab ich das richtig verstanden? Und dabei hatte ich gedacht, Ihr Ärzte müsstet alle ein hervorragendes Gedächtnis haben.»

«Was soll das denn heißen?»

«Stimmt doch, oder? Vor noch nicht mal einem Sekündchen habe ich Ihnen erklärt, dass ich *nicht* Ihre Frau bin, weder gut noch sonst wie. Und ich hab gesagt, dass Doktor O'Reilly nicht gestört werden darf. Vielleicht haben Sie das ja auch schon vergessen, deswegen gehe ich kein Schrittchen zur Seite.» Kinky holte so tief Luft, dass ihre verschränkten Arme auf ihrem sich hebenden Busen wie ein Fahrstuhl in die Höhe stiegen. «Ja», sagte sie, «es muss an Ihrem schlechten Gedächtnis liegen.» Und damit packte sie den ungebetenen Gast am Ellbogen und bugsierte ihn rückwärts durch den Flur. An der Garderobe blieb sie stehen, reichte ihm Hut und Handschuhe und half ihm in seinen Regenmantel. Sie warf Barry einen Blick zu und deutete mit dem Kopf in Richtung Haustür, und Barry riss sie weit auf. Ein kalter Wind fegte in den Flur. Kinky schob Doktor Fitzpatrick über die Schwelle nach draußen. «Ihr schlechtes Gedächtnis ist sicherlich auch der Grund, dass Sie mich gefragt haben, ob ich wüsste, wer Sie sind. Da muss man ja schon ein Gedächtnis wie ein Schweizer Käse haben, wenn man vergisst, wer man ist. Ich frage mich, ob Sie tatsächlich Arzt sind.»

Und damit schloss Kinky die Tür und wandte sich zu Barry um. Sie holte ganz tief Luft und atmete mit einem langen Seufzer wieder aus. Aber statt Freude über ihren Sieg zu zeigen, schien sie in sich zusammenzufallen. Sie schüttelte den Kopf. «Ich hoffe bloß, dass unser Doktor oben nicht böse auf mich ist, wenn er das erfährt.»

«Böse auf Sie, Kinky? Warum denn das?»

«Ich war ja nicht gerade höflich zu dem Herrn, und er ist doch wirklich ein Doktor, ja. Wenn er ärgerlich aus dem Haus gegangen ist, wird er das vielleicht an Doktor O'Reilly auslassen.»

Barry hörte die Besorgnis in ihrer Stimme und beeilte sich, sie zu beruhigen. «Kinky, ich glaube, dass Doktor O'Reilly selbst auf sich aufpassen kann, wenn es ihm wieder bessergeht. Und weil er jetzt gerade so angeschlagen ist, haben Sie es für ihn übernommen. Er wird stolz auf Sie sein. Ich jedenfalls bin das.»

«Ehrenwort, Sir?» Sie brachte ein Lächeln zustande.

Barry nickte.

«Also, normalerweise stelle ich mich ja nicht so auf die Hinterbeine, aber dieser neue Doktor wollte da hoch» – sie deutete mit dem Kopf nach oben – «und unseren Doktor stören.»

«Und das konnten wir nicht zulassen, stimmt's?»

«Stimmt genau, ja.» Nach kurzem Zögern fragte sie: «Und Sie glauben nicht, dass Doktor Fitzpatrick unserer Praxis schaden könnte?»

Als Barry das besitzergreifende «unser» hörte, wurde ihm wurde klar, dass Kinkys Beschützerinstinkt wachgerufen worden war. Falls es jemals zu einem Streit käme, würde er nicht zwischen Mrs Kinky Kincaid auf der einen und Doktor Fingal Flahertie O'Reilly auf der anderen Seite geraten wollen. Er lachte. Nachdem er den Finsterling Doktor Fitzpatrick gerade persönlich kennengelernt hatte, fiel es ihm schwer zu glauben, dass dieser Mann ihnen Patienten wegnehmen könnte. Vor allem aber erheiterte ihn die Erinnerung daran, wie Kinky mit dem widerlichen Kerl fertiggeworden war. «Deswegen würde ich mir keine Sorgen machen», sagte er. «Sie haben das prima gemacht, Kinky. Und das meine ich ehrlich.»

«Ach, das war ja bloß 'ne Kleinigkeit, ja.» Sie wischte sich die Hände an der Schürze ab und lächelte Barry zu. Das Lächeln verschwand jedoch gleich wieder, als eine heisere Stimme von oben rief: «Was soll denn das ganze Herumkrakeelen da unten? Und wann kriege ich endlich mein Mittagessen?»

7

Krankenbesuche

Die erhobenen Stimmen unten im Hausflur hatten O'Reilly geweckt, und er zwang sich, aufrechter in seinem Sessel zu sitzen. Während seines Nickerchens hatte Kinky das Feuer im Kamin angezündet und ihn mit einer Decke zugedeckt. Er strich sich mit der Hand unter dem Kinn entlang und über die Kehle. Seinem Hals hatte es nicht besonders gutgetan, dass er so laut gerufen hatte, aber verdammt, er wollte schließlich wissen, was da unten losgewesen war. Doch niemand hatte sich die Mühe gemacht, ihm zu antworten. Wahrscheinlich hatte er mit seinem Gebrüll einfach Kinky in die Küche gescheucht und Barry zum Lächeln gebracht, weil der nun seine Vermutung bestätigt fand, dass sein Arbeitgeber ein alter Griesgram war.

Bei jedem Einatmen verspürte O'Reilly ein unangenehmes Brennen, aber es schien nicht schlimmer geworden zu sein, und vielleicht hatte das kleine Schläfchen sogar ein bisschen Linderung gebracht.

Jetzt hatte er Hunger, und nicht nur sein Hals war gereizt. Kinky hatte zum Mittagessen Hühnersuppe versprochen, aber die Essenszeit war vorbei. Vermutlich war sie von dem Schreihals im Flur aufgehalten worden. Die Verzögerung ließ O'Reillys Neugier wachsen und war auch größtenteils schuld an seiner Gereiztheit.

Trotzdem, es erforderte eine gewisse Begabung, ärgerlich zu bleiben, wenn man ein schnurrendes weißes Kätzchen auf dem Schoß hatte. Lady Macbeth hatte sich auf seinem Bauch zusammengeringelt, und O'Reilly spürte ihre wohltuende Wärme durch die Decke hindurch. Er lächelte auf sie hinunter, streichelte sie und sah dann auf. Barry war eingetreten.

«Wie geht's dir, Fingal?», fragte er, indem er neben O'Reillys Sessel trat.

«Bin schon schlimmer drangewesen.» O'Reilly spürte, wie Barrys kühler Handrücken einen Augenblick auf seiner Stirn verweilte und seine Finger sich dann um sein Handgelenk legten.

«Du fühlst dich nicht fiebrig an, und dein Puls ist normal.»

«Also besteht eine Chance, dass ich noch ein bisschen weiterlebe und du die Praxis nicht sofort erbst?», knurrte O'Reilly. Wieder spürte er den verdammten Hustenreiz in der Kehle.

Barry lachte. O'Reillys Tonfall beeindruckte ihn offenbar überhaupt nicht. Er setzte sich in den anderen Sessel und sagte: «Dich müsste man erschießen, Fingal, und selbst dann würdest du dich noch nicht hinlegen.»

O'Reilly erkannte, dass es unfair von ihm war, seine schlechte Laune an Barry auszulassen. «Ich habe gehört, dass unten rumgezankt wurde», sagte er sanfter. «Was war denn da los?»

«Du solltest Besuch kriegen. Er hat mit aller Macht versucht, hier hochzukommen. Er wollte mit vollen Segeln an Kinky vorbeirauschen, aber da ist er auf ein Riff aufgelaufen.»

«Auf ein Riff?»

«Kinky.»

O'Reilly lachte in sich hinein. «Schöne Analogie, Barry. Die Titanic hat ja auch versucht, es mit einem Eisberg aufzunehmen, und dabei ein schlimmes Ende genommen.»

«Fünfzehnter April neunzehnhundertzwölf. Sie wurde hier in Belfast gebaut. Der Schiffsbauingenieur war Thomas Andrews, aus Comber bei Belfast.»

Der Junge kennt sich in Geschichte wirklich aus, dachte O'Reilly, während er sich bequemer hinsetzte. Er spürte Nadelstiche im linken Bein, weil Lady Macbeth ihr Missfallen zum Ausdruck brachte. Träge tätschelte er ihr den Kopf. «Und wenn Kinky das Riff war, wer ist dann aufgelaufen?», fragte er Barry.

«Ein Doktor Fitzpatrick.»

«Fitzpatrick?» Abrupt hörte O'Reilly auf, die Katze zu streicheln. «Der Bursche, der die Praxis von Doktor Bowman in Kinnegar übernommen hat?»

Barry nickte.

«Der heute Morgen angerufen hat, weil er mich besuchen wollte? ‹Heute nicht›, hatte Kinky doch gesagt.»

«Ja, ebender.»

«Aber er ist trotzdem gekommen.» O'Reilly runzelte die Stirn. Das waren einfach schlechte Manieren, und schlechten Manieren fand er einfach abstoßend – jedenfalls bei anderen. «Der ist ja ganz schön unverschämt.»

Barry lächelte. «Ja, und sein Adamsapfel sieht aus wie die Spitze einer Pflugschar.»

Das kam O'Reilly bekannt vor. Irgendwie hatte er das Gefühl, dass er dem Mann schon mal begegnet war. «Trägt er einen goldenen Kneifer und einen Kläppchenkragen?»

Barry nickte. «Und er hat einen Zinken im Gesicht, daneben würde die Nase von Julius Cäsar wie ein Stupsnäschen wirken.»

«Ach herrje.» O'Reilly erinnerte sich, wie er im Sezierkurs den Arbeitsplatz mit vier weiteren Studenten, einer nach Formalin stinkenden Leiche und Fitzpatrick geteilt hatte. Mit dem erstarrten Leichnam hätte man mehr Spaß haben können. «Er war am Trinity College Kommilitone von mir.»

«Tatsächlich?»

«Ja. Ronald Hercules Fitzpatrick. Warum seine Eltern ihn so genannt haben, ist mir ein Rätsel.» Wenn er wirklich der Mann ist, an den ich mich erinnere, dachte O'Reilly, dann hätten seine Eltern vielleicht besser daran getan, ihn gleich nach der Geburt zu erdrosseln.

«Hercules?» Barry schüttelte den Kopf. «Der Name passt aber gar nicht zu ihm.»

«Aber das Fitz passt dafür umso besser», knurrte O'Reilly. «Wie die Faust aufs Auge.»

Barry runzelte die Stirn. «Ich glaube, das verstehe ich nicht.»

«Vor langer, langer Zeit haben die Iren ihren neugeborenen Jungen Nachnamen gegeben, die von den Vornamen von Verwandten abgeleitet waren. Wenn mein Opa damals Reilly geheißen hätte, hätte man mich O'Reilly genannt, den Enkel von Reilly. Mein Vater, Gott hab ihn selig, hieß Connan.» Einen Moment lang erinnerte O'Reilly sich liebevoll an den Professor für klassische Literatur am Trinity College in Dublin. Drei Wochen, nachdem er stolz mit angesehen hatte, wie sein Sohn an der gleichen Universität sein Abschlussdiplom in Medizin erhielt, war er an Leukämie gestorben. «Wenn sie beschlossen hätten, mich nach ihm zu nennen, hätte ich MacConnan, Connans Sohn, geheißen. Aber das hat sich natürlich geändert, und die Iren haben die englische Art übernommen, wonach der Sohn einfach den Nachnamen des Vaters bekommt. Für die Akten ist das natürlich einfacher. Wir heißen O'Reilly, seit einer von uns 1014 mit Brian Boru im Kampf gegen die Dänen gefallen ist, in der Schlacht von Clontarf.»

«Jetzt hast du ‹O› und ‹Mac› erklärt. Und was ist mit ‹Fitz›?», fragte Barry.

Bevor O'Reilly antworten konnte, kam Kinky herein und stellte ein Tablett auf die Anrichte. O'Reilly schnupperte. Trotz seiner verstopften Nase ließ der Duft von Kinkys Hühnersuppe ihm das Wasser im Mund zusammenlaufen.

«Es gibt Hühnersuppe und Weizenbrot und Butter», sagte die Haushälterin.

Endlich essen. Wunderbar. O'Reilly richtete sich auf und schob Lady Macbeth von seinem Schoß.

«Fitz, ja?», bemerkte Kinky und reichte ihm einen Teller und einen Löffel. «Salz brauchen Sie dazu nicht», erklärte sie.

O'Reilly überhörte die Bemerkung und trank einen Löffel voll. Die Suppe war heiß, würzig und rann wie Balsam durch seinen kratzenden Hals. Er nahm noch einen Löffel und nickte Kinky zu. Sie hatte recht. Salz war nicht nötig. Der Geschmack war genau richtig.

Mrs Kincaid reichte Barry seinen Teller und einen Löffel.

«Bitte, Kinky», sagte Barry, «erklären Sie mir, was Fitz heißt.»

«Fitz», gab sie zur Antwort, «ist normannisch. Es heißt ‹Sohn von›, allerdings ist eine besondere Art Sohn gemeint.» Sie warf O'Reilly einen Blick zu. «Eine ganz besondere Art.»

O'Reilly sah das Zwinkern in ihren schwarzen Augen und verzog keine Miene. Er wusste, dass sie Barry ein bisschen an der Nase herumführen wollte, um ihn auf ihre Pointe vorzubereiten.

«Eine besondere Art Sohn?»

«Ja, Doktor Laverty, nämlich ein unehelicher Sohn.»

«Ein unehelicher Sohn? Wirklich?» Barry lachte und verschluckte sich an einem Mundvoll Suppe. «Ein Bastard?»

Bevor O'Reilly oder Kinky etwas sagen konnten, klingelte es an der Tür.

«Ich schaue mal, wer das ist», sagte Kinky, «und wenn er nicht gerade verblutet, bitte ich ihn zu warten, bis Sie beide fertig sind.» Sie verließ das Zimmer.

«Und deswegen hast du gesagt, der Name würde zu ihm passen, Fingal?»

«Genau. Er war schon damals ein Kotzbrocken erster Güte, und ich bezweifle, dass er sich sehr verändert hat.»

«Heißt das, du glaubst, dass er keine große Gefahr für uns sein wird?»

O'Reilly schüttelte den Kopf. Barry war so leicht zu durchschauen, so besorgt um seine berufliche Zukunft hier. Sollte er ihn beruhigen, oder sollte er ganz ehrlich sein? «Hast du jemals von einem Mann namens Rasputin gehört?»

«Meinst du den sibirischen Mönch?»

«Ja. Manche sagen ja, er hätte behauptet, er könne den Sohn von Zar Nikolaus, der Bluter war, durch Hypnose heilen.»

«Aber das ist doch Blödsinn.»

«Ich weiß das, und du weißt das auch, aber die Zarin und andere Leute am Zarenhof haben ihm geglaubt, weil sie ihm glauben wollten. Eine Weile hatte er ziemlich viele Anhänger.»

«Und du glaubst, Fitzpatrick könnte hier das Gleiche machen?» Barry zog die Stirn kraus zog und hörte auf zu essen.

«Vielleicht für eine Weile.» O'Reilly musste sich eingestehen, dass er sich auch selbst ein wenig Sorgen machte, aber als der Ältere hatte er die Aufgabe, seine Bedenken für sich zu behalten und Barry aufzumuntern. «Aber der alte Rasputin ist ja angeblich vergiftet und erstochen in der Newa gelandet.»

«Du meinst also, wir sollten das einfach aussitzen?», fragte Barry, «und abwarten, was passiert?»

«Hast du eine bessere Idee?»

«Nein, es sei denn, du möchtest, dass ich ihn ersteche und in den Ballybucklebo River schmeiße.» Barry grinste.

«So gefällst du mir wieder besser.» Eins musste man Laverty ja zugestehen – sein Sinn für Humor verließ ihn nie sehr lange. «Ich vermute –» Doch O'Reilly konnte nicht weitersprechen. Ein heftiger, bellender Husten schüttelte ihn.

Kinky kam herein, gefolgt vom Marquis von Ballybucklebo, einem hochgewachsenen Mann von Mitte sechzig mit wirrem eisengrauen Haarschopf und ordentlich gestutztem Schnurrbart. Über einem Hemd mit einer seidenen Krawatte in den Farben der *Irish Guards* trug er ein Norfolk-Jackett aus Tweed. Als Marquis nahm er in der Adelshierarchie den zweithöchsten Rang ein, zwischen einem Grafen und einem Herzog. «Guten Tag, Fingal. Ich hoffe, ich störe nicht.»

Barry stellte seinen Suppenteller ab und stand auf.

«Bitte, bleiben Sie doch sitzen, Doktor Laverty», sagte der Marquis. «Und lassen Sie sich nicht beim Mittagessen stören.»

«Ich weiß, wir hatten beschlossen, dass heute kein Besuch kommen soll», sagte Kinky, «aber als Seine Lordschaft den Mantel aufgehängt hatte und wir ein bisschen geplaudert hatten, hat er versprochen, er würde nur ein Sekündchen bleiben und Sie nicht anstrengen … und da hab ich nachgegeben, ja.» Sie fixierte den Marquis mit steinernem Blick und drohte ihm mit dem dicken Zeigefinger: «Denken Sie dran, Sie haben es versprochen.» Dann wurden ihre Gesichtszüge wieder weich, und sie sagte, fast wie zu sich selbst: «Vielleicht war ich mit dem anderen Herrn ein bisschen streng.»

Eine Frau wie Kinky musste man doch einfach liebhaben, dachte O'Reilly, als er sah, wie sie sich damit quälte, ob Sie nun richtig gehandelt hatte oder nicht. Sie hatte wahrhaftig ein Herz aus Gold. «Blödsinn, Kinky», beruhigte er sie. «Sie haben es in beiden Fällen richtig gemacht.» Er freute sich, als er sie lächeln sah.

«Dann verziehe ich mich jetzt wieder, Doktor O'Reilly», sagte sie. Doch bevor sie ging, wandte sie sich noch an den Marquis: «Kann ich Ihnen irgendetwas bringen, Eure Lordschaft?»

«Nein, gar nichts, danke. Ich will nicht lange bleiben.»

O'Reilly sah seiner Haushälterin an, dass sie bald wieder erscheinen und unzweideutige Bemerkungen machen würde, wenn sie der Meinung war, dass der Marquis seinen Besuch zu sehr ausdehnte. Im Gehen erklärte sie noch: «Und Sie sind der Letzte, Eure Lordschaft, den ich heute hier reingelassen habe, ja.» Sie schloss die Tür ein ganz klein wenig kraftvoller hinter sich als sonst. Kinky hatte Flagge gezeigt.

Mit einem Lächeln schüttelte er den Kopf und wandte sich dem Marquis zu. «Würde es Ihnen etwas ausmachen, den Sessel da herzubringen, damit Sie sich setzen können, John?» O'Reilly deutete auf einen Stuhl in der Ecke. In der Öffentlichkeit hätte er dem Marquis den gebührenden Respekt gezollt, ebenso wie seine Lordschaft ihn immer mit Doktor O'Reilly ansprach, aber privat gingen die beiden alten Freunde weniger förmlich miteinander um. Von Sonny, der in Bezug auf die Geschichte der Gegend ein Quell des Wissens war, wusste O'Reilly, dass der derzeitige Marquis von einem alten irischen Adelsgeschlecht abstammte, nicht von den späteren Invasoren, die sich viele irische Titel widerrechtlich angeeignet hatten.

Während der Marquis den Sessel mit der geflochtenen Rückenlehne und den geschnitzten Armlehnen heranholte, erinnerte O'Reilly sich daran, was Sonny ihm erzählt hatte.

John, der siebenundzwanzigste Marquis von Ballybucklebo, war der Jüngste in einer langen Kette irischer Lords, die sowohl von *Conn of the Hundred Battles* als auch von *Niall of the Nine Hostages* abstammten. Wie ihre bekannteren Vettern, die O'Neills, hatte die Familie ihren Grundbesitz hier in Ulster behalten, während viele andere irische Lords ihre Ländereien an die Normannen, die Plantagenets und die Tudors verloren hatten. John war durch und durch ein Edelmann, und doch konnte er, wie es Kipling in einem von O'Reillys Lieblingsgedichten ausdrückte, «mit Königen verkehren und den Bezug zum Volk nicht verlieren». O'Reilly beobachtete, wie der Marquis den Sessel mit dem Rücken zum Feuer hinstellte, damit er ihn und Barry anschauen konnte. Es schien ihm kein bisschen auszumachen, sich dazuzusetzen, während die beiden Ärzte ihr Mittagessen verzehrten.

«Ich habe auf der Main Street Cissie Sloan getroffen», erzählte er. «Die Frau kann ja quasseln, dass einem Hören und Sehen vergeht, aber immerhin hat sie mir erzählt, dass Sie nicht ganz auf dem Damm sind, Fingal. Und weil ich gerade vorbeikam, dachte ich, ich schau mal eben rein. Hoffentlich nichts Ernstes, oder?»

O'Reilly schüttelte den Kopf. «Eine kleine Bronchitis. Zu dieser Jahreszeit geht sowas um.» Er hustete.

«Mit so einem Husten sollten Sie nicht vor die Tür gehen», bemerkte der Marquis.

«Bin ganz Ihrer Meinung», sagte Barry.

«Dann kann ich also heute Abend nicht zur Vorstandssitzung des Rugbyclubs, oder was meint ihr?» O'Reilly war gar nicht enttäuscht, denn oft fand er die Sitzungen ein bisschen langweilig, obwohl er Schriftführer und Schatzmeister in einer Person war. «Kümmern Sie sich dann darum, dass für nächstes Jahr der Jahresbeitrag erhöht wird?»

«Ich sehe nicht –»

Die Tür flog auf, und O'Reilly starrte auf eine kugelrunde Gestalt auf der Schwelle. Nicht zu fassen, es war der Oberwichtigtuer, der Meister des Oranierordens in Ballybucklebo, Councillor Bertie Bishop höchstpersönlich. Er war in Melone und Mantel und sah recht zufrieden mit sich aus. «Wie zum Donner bist du denn hier reingekommen, Bertie?»

«Durch die Hintertür, und ich habe Kinky becirct. Ich hatte gerade im Dorf einen Kostenvoranschlag gemacht, da kam dieser neue Doktor rein. Er hat Gift und Galle gespuckt, weil Kinky ihn rausgeschmissen hat.» Bishop lächelte. «Und wir alle wissen ja, dass mit Kinky nicht zu spaßen ist, wenn sie sauer wird.»

Barry bemüht sich, ein Prusten zu unterdrücken.

«Du hast Kinky becirct?» O'Reilly fragte sich, ob seine Tracheitis sich auch auf sein Gehör auswirkte. Councillor Bishop war dafür bekannt, dass er wie ein Elefant im Porzellanladen agierte. Dass er jemanden becircen konnte, und noch dazu Kinky in Zerberusstimmung, war O'Reilly vollkommen neu.

«Ich habe ihr gesagt, ich hätte ein paar Kleinigkeiten für Sie. Da meinte sie, sie könnte irgendwas in ihrem Backofen nicht allein lassen, und ich sollte die Sachen schnell hochbringen und mich dann wieder aus dem Staub machen.» Er zeigte zwei braune Papiertüten vor und kam ins Zimmer. «Guten Tag, Mylord ... Doktor Laverty.»

Die beiden Männer begrüßten Bishop.

«Meine bessere Hälfte, die Flo, hat Cissie Sloan getroffen», begann der Councillor. «Und da hat sie zu mir gesagt: ‹Bertie, lauf doch mal rüber in den Laden und hol ein paar Weintrauben und eine Flasche Lucozade und bring das dem Doktor.› Das hab ich gemacht. Hier.» Er streckte O'Reilly die Tüten hin, und der Arzt nahm sie entgegen. Er fand allerdings, dass der gute alte Bertie mit seinem «Friede auf Erden und den Menschen ein Wohlgefallen» in diesem Jahr ein wenig früh dran war. «Danke schön, Bertie», sagte er.

«Jawoll. Ich bin dann mal wieder weg, und ich hoffe, dass Sie bald gesund werden.» Der Gemeinderat wandte sich zur Tür.

«Ja, danke, und sag auch Florence vielen Dank von mir.»

Bishop gab ein Knurren von sich und sagte mit finsterem Gesicht. «Flo? Sie wissen doch, wie die ist. Ein Gedächtnis wie ein Sieb. Bestimmt hat sie schon vergessen, dass sie mich hergeschickt hat.» Die Tür schloss sich hinter ihm.

O'Reilly hörte Bishop die Treppe hinuntergehen. «Die letzte Bemerkung war wieder ganz der alte Bertie … aber guter Gott, Weintrauben und Lucozade? Nehmen die Weihnachtswunder denn gar kein Ende?»

Barry und der Marquis schüttelten den Kopf.

«Ich hoffe», sagte der Marquis, «dass er heute Abend auch so freigiebig ist, wenn wir den Beitrag für das nächste Jahr festsetzen.» Er erhob sich. «So, ich bin lange genug geblieben. Ich will es mir nicht mit Mrs Kincaid verscherzen.»

O'Reilly erhob sich ebenfalls. Er stellte erfreut fest, dass ihn das lange nicht so anstrengte, wie er befürchtet hatte. Offenbar ging es bergauf mit ihm. «Danke für Ihren Besuch, John.»

«War mir ein Vergnügen, Fingal.» Der Marquis ging zur Tür, öffnete sie, drehte sich aber noch einmal um. «Ja, sorgen Sie dafür, dass Sie schnell wieder auf die Beine kommen. Am Samstag spielt unser Club gegen Glengormley.»

«Das will ich nicht verpassen», meinte O'Reilly, «schließlich wird es das spannendste Spiel der Saison.» Er ließ sich in seinen Sessel zurücksinken, und gerade als er bequem saß, erschien Kinky wieder. Sie stellte ein Tablett auf die Anrichte und zog die Ränder seiner Decke glatt. Als sie fertig war, richtete sie sich auf und holte ein Stück Papier aus der Schürzentasche. «Hier, Doktor Laverty. Zwei Anrufe für heute Nachmittag.»

O'Reilly war froh, dass Barry allein zurechtkam, und fragte nicht einmal, wer die Patienten waren. Stattdessen kuschelte er sich unter die Decke, und weil ihm das Nickerchen am Vormittag offenbar so gutgetan hatte, sagte er: «Dann zieh mal los, Barry. Ich mache jetzt ein kleines Schläfchen.»

«Ja, tun Sie das, Sir», sagte Mrs Kincaid, «aber erst inhalieren Sie noch einmal.»

O'Reilly verdrehte die Augen. «Ach, Kinky … bitte nicht.»

«Da gibt's kein ‹Ach, Kinky›», erklärte sie. «Ich habe alles dafür hier auf dem Tablett.»

O'Reilly brummte etwas, aber Kinky wandte sich Barry zu:. «Sie wollen bestimmt los und Ihre Patienten besuchen, Doktor Laverty. Ich kümmere mich hier um unseren Doktor.»

Barry nickte und erhob sich zum Gehen.

«Und übrigens», bemerkte Kinky, «die nette Miss Spence hat aus Cambridge angerufen und gesagt, sie wäre um sechs in ihrem Wohnheim und ob Sie da bitte anrufen könnten?»

Barrys Gesicht hellte sich auf, so wie eine Bucht aufleuchtet, wenn die Sonne hinter den Wolken hervorkommt. O'Reilly beneidete den jungen Mann. Verdammt dachte er, wenn Barry seine Patricia anruft, dann könnte ich mich ja auch an die Strippe hängen und ein Schwätzchen mit Kitty halten. Ja, das will ich tun, beschloss er. Sobald Kinky mich aus diesen scheußlichen Kräuterdämpfen entlässt.

8

Der *Winter* ist ein rechter Mann

«Doktor O'Reilly, haben Sie den Verstand verloren?» Kinky stand im Flur, die Fäuste in die Hüften gestemmt. Eine silberne Locke hing ihr in die Stirn und tanzte zum Rhythmus ihrer Worte. «Gehen Sie auf der Stelle in ihre gemütliche warme Wohnstube zurück, sonst holen Sie sich hier in der Zugluft noch den Tod!»

O'Reilly war nicht überrascht, dass sein Anblick, wie er mit dem Telefonhörer am Ohr im Flur stand, die arme Kinky schockierte, denn sie hielt ihren Arbeitgeber für sterbenskrank. Doch die Idee, mit Kitty zu sprechen, hatte seine Laune so gebessert, dass er sich wie ausgewechselt fühlte. Und er wollte sich durch nichts von seinem Vorhaben abhalten lassen. «Augenblick mal», bat er Kitty. Er legte die Hand über die Sprechmuschel und sagte mit einer ganz leichten Schärfe in der Stimme zu seiner Haushälterin: «Ich telefoniere gerade, Mrs Kincaid.»

«Und wenn Sie sich eine Lungenentzündung holen, liegen Sie bald unter der Erde, ja. Ist es nicht meine Aufgabe, Anrufe von Patienten entgegenzunehmen?»

«Doch», sagte O'Reilly, «aber ich telefoniere nicht mit einem Patienten. Ich telefoniere mit –»

«Und wenn es der Erzengel Gabriel persönlich wäre, das ist mir ganz egal. Sie haben hier unten nichts zu suchen –»

«Kinky.» Nun verlieh er seiner Stimme eine schneidende Schärfe. Er war es nicht gewohnt, unterbrochen zu werden. «Ich wäre Ihnen dankbar, wenn Sie warten würden, bis ich fertig bin, das dauert nur noch eine Minute. Bist du noch dran, Kitty?»

Kitty bejahte, und wieder bat er sie, zu warten.

Mrs Kincaid stand jetzt vor ihm. Die Hände hatte sie vor der Schürze gefaltet, den Kopf zwischen die Schultern gezogen. Sie presste die Lippen zusammen, runzelte die Stirn und schnaubte durch die Nasenlöcher. O'Reilly fand, dass sie wie ein kleiner Drache wirkte, der sich aufwärmte, bevor er Feuer spuckte.

«Bist du noch dran, Fingal?», drang es aus dem Hörer. «Ich halte hier das Stationstelefon besetzt. Eigentlich muss ich auflegen.»

«Ich habe es schon mal gesagt, und ich wiederhole es. Wenn ein Arzt sich selbst behandelt, ist er ein *amadán*.»

«Kinky, ich bin doch fast fertig.» Die arme Kinky, dachte O'Reilly. Ich hätte sie nicht so anfahren dürfen. Sie ist bestimmt ganz durcheinander, nach dem Vormittag, und wo es jetzt aussieht, als würden ihre Versuche, mich zu beschützen, doch kläglich scheitern.»

«Hören Sie, Kinky, ich spreche gerade mit Miss O'Hallorhan, und es dauert nicht mehr lange, das verspreche ich.» Aber Kinky wirkte nicht besänftigt. Sie hatte den Kampf mit Fitzpatrick gewonnen, hatte vor dem Marquis kapituliert und sich von Councillor Bishop überlisten lassen – und jetzt, dachte O'Reilly, stehe ich selbst als unverrückbare Bastion da. Er sprach in sanfterem Tonfall weiter und lächelte ihr dabei zu.

«Fingal, ich warne dich», hörte er Kitty sagen. «Ich lege gleich auf.»

«Kinky, Kitty ist im Dienst, im Krankenhaus, und sie kann nicht lange sprechen.» Kinkys Haltung wurde nachgiebiger. «Ich möchte sie gerne heute Abend zum Essen herbitten. Könnten Sie wohl noch eine Person mehr bekochen?» Fragend legte er den Kopf schräg. Kinky räusperte sich und erwiderte: «Ich glaube, es geht Ihnen noch nicht gut genug, um Gäste zu empfangen.»

«Das sehe ich anders. Möchten Sie eine zweite Meinung dazu hören?», brüllte O'Reilly. Er drückte Kinky den Hörer in die Hand, und sie fragte: «Haben Sie das alles mitgehört, Miss O'Hallorhan?»

O'Reilly konnte Kittys Antwort nicht verstehen, aber er sah Kinkys Grinsen und schließlich ihr Nicken.

«Doktor O'Reilly, sie sagt, sie hätte Ihr Gebrüll bis ganz nach Belfast hören können ... und sogar ohne das Telefon, aber sie will kommen, wenn Sie versprechen, sich zu benehmen. Und wenn nicht, dann steckt Miss O'Hallorhan Sie ins Bett und fährt wieder.»

«Sagen Sie ihr, es tut mir leid, und ich will auch ganz brav sein ... aber ich möchte sie wirklich gerne sehen.»

Kinky übermittelte die Botschaft und erkärte dann: «Prima, ja. Ich werfe einfach eine Kartoffel mehr in den Topf.»

Manche Frauen hätte es aus der Fassung gebracht, wenn sie ohne Vorankündigung einen Esser mehr hätten versorgen sollen, doch O'Reilly wusste, dass es Kinky Kincaid ein Vergnügen war, mit dieser Herausforderung fertigzuwerden.

«Und jetzt», fuhr sie fort, «gebe ich Sie an unseren Doktor zurück.»

O'Reilly nahm den Hörer entgegen. «Wenn man euch so kichern und lachen hört, Kitty, kann man nur sagen, der

Himmel helfe einem armen Mann, wenn zwei wie ihr sich gegen ihn zusammenrotten. Aber ich will dir verzeihen, wenn du gegen sechs kommst.» Er warf Kinky einen Blick zu und hob fragend die Augenbrauen. Erfreut registrierte er ihr Lächeln und ihr Nicken. «Wunderbar. Das heißt, wir essen ungefähr um halb sieben.» Kinky schüttelte den Kopf. «Entschuldige, Kitty. *Punkt* halb sieben.» Kinky nickte heftig.

«Schön», sagte O'Reilly. «Wir erwarten dich also um sechs? Großartig. Ah, die Pflicht ruft. Ich verstehe. Ja, geh nur. Bis nachher.» Er legte den Hörer auf die Gabel.

Seltsam, er war sechsundfünfzig, und bisher hatte er nur eine einzige Frau geliebt, doch bei dem Gedanken, dass er schon in ein paar Stunden Kitty O'Hallorhan sehen würde, ging sein Puls merklich schneller, als er eigentlich sollte.

«So, Kinky.» O'Reilly wandte sich zur Treppe. «Ich will tun, was Sie sagen, und wieder hochgehen.» Er hatte eine Hand schon auf dem Geländerpfosten, doch dann zögerte er. Mit der anderen Hand fuhr er sich übers Kinn. «Aber zuerst gehe ich nach oben ins Badezimmer. Ich muss mich wirklich rasieren. Dagegen haben Sie doch nichts, oder?»

«Nein», sagte Kinky, «aber ich habe etwas dagegen, dass Sie immer noch in diesem zugigen Flur herumstehen. Würden Sie jetzt bitte verschwinden?»

O'Reilly stieg die Treppe hoch. Als er im ersten Stock ankam, keuchte er nur ein kleines bisschen. Er war eindeutig auf dem Wege der Besserung. Während sein Atem sich rasch beruhigte, nahm er wahr, dass Kinky unten im Flur wartete und ihn wie eine Glucke beobachtete.

«Also», sagte sie, «und jetzt die nächste Treppe hoch ins Badezimmer, und ich gehe wieder in die Küche und kümmere mich um meine *Mince Pies*.»

«Mach ich, Kinky. Das schaffe ich schon.»

«Jaha», sagte sie, «aber wenn Sie den netten jungen Doktor Laverty nicht hätten und der Ihnen nicht so viel abnehmen würde, sähe die Sache anders aus.»

«Da haben Sie recht, Kinky», stimmte O'Reilly zu. Und während er die nächste Treppe emporstieg, fragte er sich, wie sein junger Kollege wohl mit den Hausbesuchen fertigwurde.

***

Barry hatte Brunhilde in der Siedlung am Straßenrand geparkt. Zwischen einigen anderen älteren Modellen hatte er eine Lücke für seinen Käfer gefunden. Einer der Wagen musste an die zwanzig Jahre alt sein.

Er schnappte sich seine Arzttasche, stieg aus, schlug die Wagentür zu und klappte gegen den bitterkalten Wind den Kragen hoch. Eine Bö schlug ihm den Regenmantel gegen die Beine, und er spürte den Stoff kalt auf den Waden. Sein Wagen stand vor der Nummer 19, also musste er nur an fünf schmalen Reihenhäusern vorbei, um Comber Gardens Nummer 31, sein nächstes Ziel, zu erreichen.

Er schritt rasch voran, aber nicht rasch genug. Trockene Blätter und das Einwickelpapier von Fish and Chips wehten an ihm vorbei über den schlecht verlegten Gehweg. Fast wäre er über eine Betonplatte gestolpert, die sich wie eine tektonische Platte über ihre Nachbarin geschoben hatte. Typisch für die Schlamperei von Councillor Bertie Bishop, dessen Arbeiter die Siedlung gebaut hatten.

Hier, in der Nummer 19, wohnten Kieran und Ethel O'Hagan. Barry hob den gusseisernen Türklopfer und ließ ihn fallen. Ein einziges lautes Klopfen reichte, um Ethel an die Tür zu holen. Bestimmt hatten die beiden Alten schon auf ihn gewartet. Obwohl sie über achtzig war, bewegte Ethel sich so flink und geschäftig wie eine viel jüngere Frau. «Kommen Sie rein, Doktor, das ist ja scheußlich draußen. Gleich pustet der Wind Sie um.»

«Danke, Ethel.» Barry trat in den schmalen Flur, und als Ethel die Haustür hinter ihm schloss, zitterte er. Hier drinnen war es nicht viel wärmer als draußen auf der Straße. Das erklärte, warum Ethel O'Hagan einen dicken Pullover, eine gestrickte Haube und Wollhandschuhe mit abgeschnittenen Fingern trug. Die ganze Siedlung war von Bertie Bishop errichtet worden, und von vernünftiger Isolierung oder so schönen Dingen wie Doppelscheiben hatten seine Arbeiter noch nie etwas gehört. Und Zentralheizungen waren in von Bishop gebauten Behausungen so selten wie Orang-Utans oben auf der Spitze des Maibaums von Ballybucklebo.

«Kieran ist in der Küche.»

Barry folgte Ethel. Bei seinem letzten Hausbesuch hier hatte der arme Kieran aufgrund seiner gutartigen Prostatahypertrophie unter akutem Harnverhalt gelitten. Im September war er dann operiert worden, und seitdem hatte er keine Beschwerden mehr. Kinky hatte ausgerichtet, er habe irgendwas am Finger, und Ethel wolle ihren hochbetagten Gatten nicht mit in den Sturm hinausnehmen.

Die Küche war klein. Ein an der Wand angebrachter Gasofen knallte und zischte und verbreitete eine erfreuliche Wärme. Kieran saß auf einem Küchenstuhl an einem sauber geschrubbten Holztisch. In einem Topf auf dem Herd köchelte eine Suppe. Vor dem Fenster hingen Chintzvorhänge.

Ethel löste die Bänder ihrer Haube, zog die Handschuhe

aus und füllte den Wasserkessel aus dem Hahn über dem Porzellanbecken. «Möchten Sie ein Tässchen Tee, Doktor?»

Barry lächelte. Das Tässchen Tee. Ethel musste es ihm anbieten, aber sie würde nicht gekränkt sein, wenn er ablehnte. Du liebe Zeit, wenn er bei jedem Hausbesuch eine Tasse Tee trank, würden seine Mandeln bald schwimmen wie die Arche Noah. «Nein, danke, Ethel, aber trinken Sie nur.» Barry zog seinen Regenmantel aus und hängte ihn über eine Stuhllehne. Dann fragte er: «Na, Kieran, was macht das Wasserlassen?»

Der alte Mann verzog das zerfurchte Gesicht zu einem breiten Grinsen. «Kennen Sie den Wasserfall oben am Anfang vom Ballybucklebo River, Sir?»

Barry nickte. «Ich habe gehört, dass es in dem Becken darunter viele Forellen gibt», sagte er mit einem Grinsen.

Kieran lachte in sich hinein. «Seit meiner Operation könnte ich glatt mit dem Wasserfall um die Wette – ich pisse wie ein Hengst. Könnte einen See für einen Wal vollstrullern.»

«Das freut mich sehr.» Barry lachte jetzt offen heraus. «Und was fehlt Ihnen heute? Mrs Kincaid sagte, Sie hätten was am Finger.»

«Mein linker Daumen.» Kieran streckte ihm den verletzten Körperteil entgegen. «Meine Gute hier wollte, dass ich ihr einen Haken für den Weihnachtsschmuck anbringe. Schauen Sie sich das bitte mal an.»

«Ich sehe schon.» Behutsam griff Barry nach dem Daumen und untersuchte ihn. Die Gelenke waren knubblig von seiner Altersarthritis, aber sie schienen nicht verletzt zu sein. «Können Sie den Daumen beugen, Kieran?» Unter großen Schwierigkeiten gelang es dem alten

Herrn. «Ich glaube nicht, dass etwas gebrochen ist», sagte Barry.

«Das ist ein Segen … aber er pocht und klopft wie eine Marschtrommel, doch ja.»

«Das ist das Blut unter dem Nagel. Ein dicker Bluterguss. Ich lasse das Blut raus, und dann geht es Ihnen besser.» Er wandte sich an Ethel. «Haben Sie einen Suppenteller für uns?»

«Ja.» Sie stellte den Kessel auf den Herd und ging zum Schrank.

Während Ethel den Teller holte, öffnete Barry seine Tasche und nahm eine Flasche mit dem Desinfektionsmittel Dettol heraus, ein paar Wattetupfer, ein steril verpacktes Skalpell und eine Rolle Leukoplast.

«Darf ich mir hier im Spülbecken die Hände waschen?»

«Selbstverständlich», sagte Kieran. Misstrauisch beäugte er das Skalpell, das durch die transparente Verpackung hindurch deutlich sichtbar war.

Barry wusch sich die Hände und schüttelte die Wassertropfen ab, trocknete sie jedoch nicht ab. Sie brauchten nicht ganz trocken zu sein, und er wollte das steril verpackte Handtuch nicht dafür verschwenden.

«Können Sie mir ein bisschen helfen, Ethel?»

«Ja, Sir, und hier ist ein sauberer Suppenteller.»

«Stellen Sie ihn einfach neben Kieran auf den Tisch.» Der Teller glänzte im Licht der Sechzig-Watt-Birne, die über dem Küchentisch hing. Wenn Ethel «sauber» sagte, meinte sie gründlich geschrubbt. Ihre Behausung mochte zwar an einen Slum erinnern, aber das konnte sie nicht davon abhalten, eine reinliche Hausfrau zu sein. «Kieran, halten Sie die Hand über den Teller, und Ethel, schrauben

Sie bitte die Flasche da auf …» mit einer Kopfbewegung deutete er auf das Dettol. «Und jetzt gießen Sie ein bisschen davon über Kierans Daumen.»

Sie tat, wie ihr geheißen, und Barrys Augen brannten von den starken Dämpfen des Desinfektionsmittels. «Danke, Ethel, und könnten Sie jetzt bitte noch die Packung mit dem Skalpell öffnen?»

Verwirrt schaute sie ihn an.

«Einfach an beiden Seiten mit Daumen und Zeigefinger anfassen und ziehen.»

Sie befolgte seine Anweisung. Barry ergriff das Skalpell. «So, Kieran», sagte er, «ich schneide jetzt ein winziges Fenster in den Daumennagel.» Bevor Kieran Einwände erheben konnte, hatte Barry aus Daumen und Zeigefinger der linken Hand einen Ring um den verletzten Daumen gebildet und hielt ihn fest. Mit der Spitze des Skalpells schnitt er über dem Bluterguss ein kleines Rechteck in Kierans Daumennagel. Das herausgeschnittene Nagelstückchen hob sich und fiel in den Teller, und das dunkle, geronnene Blut darunter quoll heraus und tropfte an Kierans Daumen herunter.

Kieran pfiff durch die Zähne und sagte: «Junge, Junge, kleiner Schnitt, große Wirkung. Das Pochen hat schon aufgehört.»

«Weil der Druck nachgelassen hat», erklärte Barry.

«Genau wie ein Überdruckventil bei einem Motor», sagte Kieran staunend und pfiff beim Einatmen wieder. «Die moderne Wissenschaft ist etwas … etwas Wunderbares.»

«Halten Sie den Daumen weiter so.» Barry wickelte einen Wattetupfer um den Nagel und klebte ihn mit Leukoplast fest. «Ungefähr eine Woche, dann merken Sie nichts mehr … aber wahrscheinlich werden Sie den Nagel irgendwann verlieren, und dann dauert es eine Weile, bis der neue nachgewachsen ist.»

«Ach», sagte Kieran, «dann wünsche ich mir einfach einen neuen zu Weihnachten.» Er lachte.

«Ich wasche den Teller ab», sagte Ethel, während der Kessel auf dem Herd anfing zu pfeifen. «Sind Sie sicher, Doktor, dass Sie nicht doch ein Tässchen möchten?»

Barry schüttelte den Kopf. «Ich wasche mir bloß nochmal die Hände, dann bin ich weg. Ich muss noch zu einem anderen Patienten.»

«Ja, die Gottlosen finden keinen Frieden, was, Doktor?» Kieran grinste.

«Gar keinen.» Barry trocknete sich die Hände an dem Handtuch ab, das Ethel ihm reichte. Dann zog er seinen Mantel wieder an. «Können Sie Ihren Mann morgen in die Praxis bringen, Ethel? Wenn es wieder wärmer ist? Ich möchte dann den Verband wechseln.»

«Ja.»

«Schön. Und jetzt genießen Sie beide Ihren Tee. Ich finde allein nach draußen.» Mit diesen Worten verließ Barry die behagliche Küche und ging in den kühlen Flur und dann durch die Haustür in die Fänge eines eisigen Sturmes hinaus, der offenbar irgendwo nördlich von Spitzbergen zur Welt gekommen war.

Sein nächster Patient wohnte sechs Häuschen weiter, und an einem wärmeren Tag hätte er sich über die Gelegenheit gefreut, sich die Füße zu vertreten und die Atmosphäre der Siedlung aufzunehmen. Heute jedoch beeilte er sich und ließ sich vom Wind schieben. Normalerweise hallte das Sträßchen von den hohen Stimmen spielender Kinder wider: Jungen in kurzen Hosen schaukelten an Seilen, die sie an die Laternenpfosten gebunden hatten, trieben mit gebogenen Drahtstücken laut klappernde alte Fahrradfelgen über den Asphalt oder fuhren auf an den Schuhsohlen festgeklemmten Rollschuhen. Mädchen sangen beim Seilspringen oder spielten in Kreidequadraten Himmel und Hölle. Heute jedoch war es für solche Spiele viel zu kalt.

Vor der Nummer 31 blieb Barry stehen. Er klopfte, schob die Schultern in den Wind und stampfte sich die Füße warm.

Vor zehn Tagen war O'Reilly zum ersten Mal hier gewesen, um den neunjährigen Sohn der Mieterin zu untersuchen. Der Kleine hatte sich, wie so viele andere Dorfbewohner, eine Infektion der Atemwege zugezogen. Barry hatte vor vier Tagen nach ihm gesehen, und der kleine Sammy schien sich gut zu erholen. Aber heute hatte Kinky gesagt, nach Ansicht der Mutter habe er einen Rückfall.

Die Frau, die nun die Tür öffnete, war erst achtundzwanzig, aber mit den dunklen Schatten unter den Augen, dem nur flüchtig gekämmten, strähnigen Haar und gänzlich ungeschminkt sah sie wie mindestens vierzig aus. Schade, denn eigentlich war Eileen Lindsay eine hübsche junge Frau. Sie hatte, wie Barry von O'Reilly wusste, Mut und Selbständigkeit bewiesen, als ihr Göttergatte vor zwei Jahren nach England abgehauen war. «Kommen Sie rein, Doktor Laverty.» Ihre Stimme klang matt, und sie hielt sich die Hand vor den Mund, um ihr Gähnen zu verbergen.

Barry folgte ihr in den Flur. Ein unangenehmer Geruch nach gekochtem Kohl schlug ihm entgegen.

«Danke, dass Sie gekommen sind, Doktor Laverty.» Sie machte ihm Platz, damit er vorangehen konnte. Der schmale Gang war der Zwillingsbruder des Flures, aus dem er gerade gekommen war, und er war genau so kühl. «Tut mir leid, dass ich Sie an so einem Tag wie heute gerufen habe.» Eileen schloss die Haustür. «Sammy ist oben. Er hat gestern Abend einen Ausschlag gekriegt, der gefällt mir gar nicht.»

Barry betrachtete ihre müden Augen. «Und Sie haben die ganze Nacht bei ihm gesessen, Eileen?»

Die junge Frau nickte.

«Warum haben Sie mich denn nicht gerufen?»

«Ach, es war doch bloß ein bisschen Ausschlag. Da brauchten wir uns doch nicht gleich beide die Nacht um die Ohren zu schlagen, und vielleicht hatten Sie ja auch was Wichtiges, eine Geburt oder so.»

Barry schüttelte den Kopf. Typisch für die Landbevölkerung. «Das war rücksichtsvoll, Eileen, aber wenn Sie wegen eines Kindes in Sorge sind, müssen Sie uns anrufen.»

«Nicht doch, Doktor, es ist bestimmt nichts weiter als ein kleiner Ausschlag.»

Für die meisten Kinderkrankheiten, die normalerweise von einem Ausschlag begleitet wurden, war es eigentlich die falsche Jahreszeit, aber weil Sammy gerade eine Atemwegsentzündung hinter sich hatte, war Barry schon auf halbem Wege zu einer Diagnose.

«Dann wollen wir uns den Patienten mal anschauen», sagte er. «Aber nächstes Mal rufen Sie bitte an, ja?»

«Das mache ich», sagte Eileen, aber an ihrem Tonfall hörte er, dass sie es wieder nicht tun würde.

Barry folgte ihr über die schmale Treppe nach oben und in ein kleines Zimmer, wo man zwischen einem Einzelbett und einem Etagenbett kaum Platz hatte, sich umzudrehen. «Normalerweise schläft die ganze Rasselbande hier, aber weil Sammy krank ist, habe ich Mary und Willy bei mir im Schlafzimmer einquartiert», erklärte Eileen.

Barry wusste, dass die junge Frau drei Kinder hatte und Bewundernswertes leistete. Sie ernährte ihre kleine Familie von ihrem Lohn als Schichtarbeiterin in einer Leinenweberei in Belfast. Zwischen den donnernden Webstühlen hin und her zu laufen und leere Spulen durch volle zu ersetzen war schwere körperliche Arbeit. Das unablässige Wummern der Maschinen, das auf die ungeschützten Ohren einhämmerte, führte bei vielen Fabrikarbeiterinnen zu Gehörschäden.

Der kleine Sammy mit seinem verstrubbelten Haar lag in dem Einzelbett. Barry sah auf den ersten Blick, wie schwer sein Kopf im Kissen ruhte. Das Kind regte sich kaum, und seine blauen Augen waren trüb. «Wie geht es dir, Sammy?»

«Meine Knie und meine Knöchel tun weh, Doktor», antwortete Sammy mit schleppender, leiser Stimme, «und ich hab überall Pickel, wie eine Saatkartoffel.»

«Ist das so?» Barry lächelte über den Vergleich. «Saatkartoffelknie? Soll ich dich jetzt so nennen? Oder vielleicht lieber Saatkrähe? Lass mal schauen, ob du auch so dünne Beine hast und ob deine Knie ganz schwarz sind …»

«So'n Quatsch, Doktor Laverty. Sie haben wohl Rosinen im Kopf.» Sammy brachte ein kleines Lächeln zustande. «Meine Knie sind gar nicht schwarz.»

«Das werden wir ja gleich sehen.» Barry bewunderte die Schlagfertigkeit des Jungen. Er setzte sich auf den Bettrand, fühlte ihm den Puls und bemerkte, dass seine Haut kühl und trocken und der Puls normal war. «Wie ist es Sammy denn mit seiner Erkältung ergangen?», wandte er sich an Eileen.

«In den letzten zwei oder drei Tagen ging es ihm schon viel besser. Ich wollte ihn wieder in die Schule gehen lassen, aber …» Sie zuckte die Achseln und presste die Lippen zusammen.

Man brauchte keine telepathischen Fähigkeiten zu besitzen, um nachzuvollziehen, was Sammys Mutter dachte. Sie war zu Hause geblieben, um ihren Jüngsten zu pflegen. Das würde die Finanzen der Familie spürbar beeinträchtigen. Bei seinem ersten Besuch hatte O'Reilly ihr eine Krankschreibung gegeben, und Barry hatte ihr erneut eine ausgestellt und würde das auch heute wieder tun, aber das bisschen Krankengeld, das der Staat zahlte, war wesentlich weniger, als Eileen in der Fabrik verdient hätte. Barry seufzte. Es war frustrierend. Wenn er den Jungen verarztet hatte, konnte er sich vielleicht etwas einfallen lassen, wie man ihr ein bisschen helfen konnte. O'Reilly jedenfalls würde das tun. «Ich höre dich mal ab. Setz dich auf, Sam», sagte Barry.

Mit ein wenig Unterstützung an den Schultern setzte der Junge sich auf. Barry hob seine Schlafanzugjacke an. Von einem Ausschlag war nichts zu sehen – ein weiterer Hinweis. Der Atem ging mühelos, und die Frequenz war normal. «Jetzt tief atmen.» Barry horchte die Lungen mit dem Stethoskop ab, erst auf der einen Seite, dann auf der anderen. Kein Knistern, kein Rasseln, nur das sanfte Rauschen der ein- und wieder ausströmenden Luft. Gut. «Jetzt», sagte Barry, «leg dich wieder hin, Sammy, und dreh dich auf den Bauch.»

Der Junge gehorchte. Barry lächelte Eileen an und machte eine Kopfbewegung zur Tür hin. Kleinen Jungs konnte es peinlich sein, wenn man ihnen die Hose herunterzog, selbst vor der eigenen Mutter.

Eileen machte große Augen, zog sich aber zurück.

Barry schob vorsichtig die Schlafanzughose des Kindes herunter, und entdeckte, wie erwartet, auf den Pobacken und den Rückseiten der Beine einen Ausschlag, den sein Lehrbuch als Nesselsucht bezeichnet hätte. Wenn seine Diagnose richtig war, dann müsste dieser Ausschlag in ein paar Tagen flachen, dunkelvioletten Flecken gewichen sein, den klassischen Petechien.

Es überraschte Barry nicht, dass beide Knie und beide Fußgelenke leicht angeschwollen waren. Diese Schwellungen und die Art des Ausschlags lieferten ihm eigentlich schon die Diagnose.

Sammy hatte eine Krankheit, die bei Kindern häufig auf Infektionen der Atemwege folgte, nämlich die Purpura Schönlein-Henoch. In den meisten Fällen war sie selbstlimitierend und heilte ohne Behandlung aus. Allerdings konnte es mehrere Wochen oder sogar Monate dauern, bis die Symptome vollkommen verschwanden. Barry zog dem Kind die Hose wieder hoch. «Du kannst dich umdrehen, Sammy. Also, du wirst eine Weile im Bett bleiben müssen.»

«Nicht zur Schule gehen?»

Barry schüttelte den Kopf. «Erst nach den Weihnachtsferien wieder.»

«Toll. Bis Weihnachten sind ja noch siebzehn Tage, und die Schule fängt erst nach Neujahr wieder an. Da kriege ich richtig lange Ferien.» Er lächelte breit, doch dann wurde er ernst. «Heißt das, dass ich ganz schlimm krank bin, ja?»

Barry sah die Besorgnis in den Augen des Jungen. Merkwürdig, dass ihm während seiner Ausbildung nie in den Sinn gekommen war, dass Kinder sich ebenso viele Sorgen machen konnten wie Erwachsene. Er suchte nach einfachen Worten, um seinem kleinen Patienten zu erklären, worunter er litt, doch ihm wurde klar, dass er schon genügend Schwierigkeiten gehabt hätte, einem Erwachsenen diese Krankheit zu erklären. Die Purpura Schönlein-Henoch war eine Autoimmunerkrankung. Zu dieser bisher noch kaum verstandenen Gruppe von Krankheiten zählten auch die rheumatoide Arthritis, die Dermatomyositis und der Lupus erythematodes. In allen diesen Fällen begann der Körper aus mysteriösen Gründen, sich selbst anzugreifen.

Barry hoffte, mit einer zuversichtlich vorgetragenen Beruhigung davonzukommen. «Du bist bald wieder auf den Beinen», versicherte er. «Spielst du Fußball?»

«Ja. Ich bin ein Rechtsaußen, ja.»

«Also», sagte Barry, «du kannst schon ganz bald wieder Tore schießen. Genau so wie Stanley Matthews.» Matthews spielte für Blackpool und war zurzeit der berühmteste Fußballspieler Großbritanniens. Barry interessierte sich nicht sehr für Sport, aber er wusste um die Kraft des Vertrauten, wenn es darum ging, jemanden zu beruhigen. Dass er den Namen des Fußballspielers hatte fallenlassen, würde für Sammy heißen, dass Barry zu den Eingeweihten der Fußballwelt gehörte und man ihm folglich vertrauen konnte.

«Toll», Sammy grinste wieder. «Genauso wie Stan.»

«Aber eine Zeit lang musst du genau das tun, was deine Mama sagt.»

Sam machte ein langes Gesicht.

Die nächsten Wochen würden für den Jungen langweilig werden, und das konnte die Sache auch für die Mutter schwierig machen. Dabei konnte Eileen wirklich nicht noch mehr Sorgen gebrauchen. Barry zögerte, entschloss sich dann aber, diesen Punkt noch einmal zu betonen. «Und wenn du deiner Mama nicht gehorchst, Sam, dann kommt der Weihnachtsmann vielleicht nicht.»

«Och», sagte Sammy, «das macht mir dieses Jahr überhaupt nichts aus.»

«Nein?»

«Nee. Mammy hat gesagt, der arme alte Weihnachtsmann ist dies Jahr ziemlich knapp bei Kasse, deswegen sollen ich und mein Bruder und meine Schwester nur ganz kleine Sachen auf unsere Wunschzettel schreiben.»

Barry verstand, warum der Weihnachtsmann ein bisschen knapp war. Und da der Junge jetzt noch länger im Bett bleiben musste und Eileen daher vermutlich nicht arbeiten konnte, würde sein Budget noch weiter reduziert werden. Barry war stolz auf seine sichere Diagnose gewesen, aber jetzt wünschte er sich O'Reilly herbei. Sein älterer Kollege würde bestimmt eine Lösung für Eileens finanzielle Probleme wissen.

Er stand auf. «Also, sei brav und hör auf deine Mama, Sam, und ich komme in ein paar Tagen wieder.»

Er wurde mit einem breiten Lächeln belohnt.

«Und wegen des Weihnachtsmannes mach dir mal keine Sorgen. Ich bin sicher, dass er kommt.»

«Der kommt ganz bestimmt.» Barry staunte über die absolute Gewissheit in der Jungenstimme. «Ich und Mary und Willy wissen schon, wie wir ihm helfen können.»

«Prima.» Barry ging zur Tür. «Also, bis in ein paar Tagen, Sammy.»

Während er die Treppe hinunterging, hörte er, wie der Junge ihm nachrief: «Wiedersehn, Doktor Laverty.»

«Ich bin hier, Doktor.»

Eileens Stimme ertönte aus einem Zimmer am Flur. Bestimmt wartete sie vorne in der guten Stube auf ihn. Barry trat ein. In diesem Raum lag Teppichboden. Eileen hatte sich ans Kaminsims gestellt. Vor einem kleinen Feuerrost standen zwei Bambussessel. Mit einem Blick sah Barry, dass das Kohlenfeuer vorbereitet, aber nicht angezündet war, und dass Eileens Nylonstrümpfe Laufmaschen hatten.

Die junge Frau musste seinen Blick gesehen haben, denn sie errötete, senkte den Kopf und sagte dann: «Wissen Sie, das war ein neues Paar, direkt aus der Schachtel, ja, und dann hat mich gestern im Dorf einer von Sonny Houstons Hunden angesprungen. Dem armen Sonny war das ja furchtbar peinlich. Er wollte unbedingt, dass ich mir ein neues Paar kaufe, aber, na ja ...» Voller Stolz und Entschlossenheit hob sie das Kinn ein wenig höher. «Jedenfalls tut's mir leid, dass das Feuer nicht brennt, Doktor, an so einem kalten Tag wie heute ...»

Barry verstand, warum nicht. Kohlen und Nylonstrümpfe kosteten Geld.

«Ich spare das Feuer für die Woche vor Weihnachten auf, wenn die Kinder ihre Briefe an den Weihnachtsmann schreiben.»

Barry erinnerte sich lebhaft daran wie er als Kind mit viel Mühe Briefe mit Wünschen an den Weihnachtsmann verfasst hatte, die dann im Wohnzimmerkamin verbrannt wurden. Das verkohlte Papier, auf dem die Worte noch zu erkennen waren, flog durch den Schornstein gen Himmel und direkt, jedenfalls behaupteten seine Eltern das, zur Werkstatt des Weihnachtsmannes am Nordpol. Dabei fiel ihm ein, dass er endlich seinen Eltern schreiben musste. «Ich habe gehört, dass der Weihnachtsmann in diesem Jahr ein bisschen knapp bei Kasse ist, Eileen», sagte er.

«Das stimmt, aber sehen Sie mal hier.» Eileen nahm eine Teebüchse vom Kaminsims und reichte sie ihm. Barry fiel auf, dass sie ein Bild von der Hochzeit von Prinzessin Elizabeth mit dem nicht ganz standesgemäßen griechischen Prinzen Philip trug. 1947. «Machen Sie mal auf.»

Zu Barrys Überraschung war die Dose mit Zehn-Shilling-Scheinen gefüllt.

«Sehen Sie», sagte Eileen mit verhaltenem Stolz und streckte die Hand aus, damit er ihr die Dose wiedergeben konnte, «ich hab, sooft ich konnte, zehn Shilling weggelegt, damit die Kinder Weihnachten nicht leer ausgehen. Jetzt hab ich fast fünfzehn Pfund da drin.»

«Toll, Eileen.»

Mit dem Handrücken schob sie sich ein paar Haarsträhnen aus der Stirn. «Für alle drei zusammen ist es ja nicht viel, aber ich kann ihnen immerhin ein paar Kleinigkeiten besorgen. Einfach, damit sie am Weihnachtstag etwas auszupacken haben.»

Barry hustete. Er spürte, wie ihm die Kehle eng wurde. Es konnte einen richtig beschämen, wenn man sah, wie sie sich für ihre Kinder verausgabte. Lieber Gott, er musste diese Frau einfach bewundern. Sie legte ihre mageren Ersparnisse für kleine Geschenke für ihre Kinder weg und übersah dabei ihre eigenen Bedürfnisse. Automatisch fuhr er mit der Hand in die Hosentasche und suchte nach einer Pfundnote. Doch dann stellte er sich vor, wie er ihr das Geld geben würde. Sie würde stocksteif vor ihm stehen, ihn finster ansehen und hochmütig sagen: «Die Lindsays nehmen keine Almosen an.» Verdammt, er konnte weder an dem mageren Krankengeld noch an ihrer Haltung etwas ändern. Immerhin aber konnte er ihr erklären, was ihrem Sohn fehlte, und sie damit vielleicht ein bisschen trösten. Er lächelte.

«Was Sammy angeht ...»

«Ja, Doktor?»

«Er hat eine Krankheit, die häufig nach Husten und Erkältungen auftritt. Sie hat einen ellenlangen deutschen Namen –»

«Ach, machen Sie sich gar nicht erst die Mühe, Doktor, ich würde ihn sowieso gleich wieder vergessen.»

«Es ist ein Wunder, dass ich ihn selbst behalte. Aber der Name ist ja egal. Sammy wird es jedenfalls bald wieder gutgehen.»

«Gott sei Dank», sagte Eileen. «Ich hab auch so genug um die Ohren, ohne dass ich noch dazu ein richtig krankes Kind pflegen muss.» Sie hatte eine Träne im Augenwinkel. «Er ist ein ganz lieber kleiner Kerl, doch, wirklich.»

«Der ist bald wieder putzmunter», sagte Barry, «und normalerweise gibt es auch keine bleibenden Schäden, wenn der Patient erst wieder gesund ist.» Er sah keinen Grund, warum er sie damit belasten sollte, dass Kinder mit dieser Krankheit gelegentlich Darmblutungen oder Nierenversagen bekamen. Solche Komplikationen waren schließlich äußerst selten. «Aber falls er über Bauchweh klagt oder falls Sie Blut im Urin beobachten, müssen Sie mich gleich anrufen.»

«Mach ich, Doktor.»

«Und, Eileen?» Er schaute ihr in die Augen. «Mit gleich meine ich *sofort*.»

«Ja, Sir.»

«Und ich komme in ein paar Tagen nochmal vorbei und sehe nach ihm.»

«Danke, Doktor.» Nachdem sie die Teebüchse auf das Kaminsims zurückgestellt hatte, wandte Eileen sich ihm wieder zu. Offenbar hatte sie noch eine Frage. Barry spürte ihre Besorgnis und fragte sich, ob er Sammys Krankheit gut genug erklärt hatte.

«Wie lange muss er denn voraussichtlich im Bett bleiben?», fragte sie schließlich.

Eigentlich hatte sie diese Frage nicht stellen wollen, wurde Barry klar. Die meisten Mütter in Ballybucklebo waren in der Lage, zu Hause bei ihren Kindern bleiben zu können. Aber Eileen machte sich bestimmt große Sorgen, wie sie gleichzeitig ihren Lebensunterhalt verdienen und ihren kranken Sohn betreuen sollte. Es konnte einen Monat oder sogar noch länger dauern, bis der Junge vollständig wiederhergestellt war. Barry holte tief Luft. «Ein paar Wochen könnten das schon sein, Eileen.»

Barry hörte, wie sie die Luft einsog. «Was heißt ‹ein paar›?»

«Zwei oder drei vielleicht.» Barry wusste, dass das eine optimistische Schätzung war. «Aber es könnte auch schneller gehen.»

Doch Eileen durchschaute ihn offenbar. «Oder auch länger dauern? Sechs oder sieben Wochen?»

Er wich ihrem Blick aus. «Das ist schwer zu sagen, Eileen, aber es kann eine ganze Weile dauern.»

Sie nahm die Teedose vom Kaminsims. Als sie sich Barry wieder zuwandte, sah er Tränenspuren auf ihren Wangen, aber sie hielt sich aufrecht, und er hörte eine Spur Stolz in ihrer Stimme, als sie sagte: «Wenn ich das Weihnachtsgeld von den Kindern angreifen muss, ist das nicht zu ändern.»

Vielleicht … vielleicht … eine Idee begann in Barry zu

keimen … eine Idee, wie O'Reilly sie gehabt hätte, aber er wollte Eileen keine falschen Hoffnungen machen. «Ich weiß, das es schwierig für Sie wird, zur Arbeit zu gehen, Eileen.»

«Schwierig?» Ihre Stimme war brüchig. «Nein. Das wird völlig unmöglich sein, Doktor.»

«Ich verstehe das, Eileen.»

«Ach, wie denn? Sie sind doch Arzt – Ihnen wird es nie an ein paar Shillings fehlen.» Ihre Augen blitzten kurz auf, dann jedoch ließ sie die Schultern hängen und sagte: «Entschuldigen Sie, Sir. Ich hätte nicht so die Beherrschung verlieren dürfen.»

Barry hätte sie am liebsten in die Arme genommen und wiederholt, dass er sie verstehe, sagte aber stattdessen: «Vielleicht habe ich einen Vorschlag.»

«Wirklich? Meinen Sie das ernst?» In ihrer Stimme lag Hoffnung. Erwartungsvoll schaute sie ihn an.

«Ich … ich komme morgen vorbei und sage Ihnen Bescheid.»

«Wirklich, Doktor? Das wäre wunderbar, doch ja.»

«Hören Sie, Eileen, ich kann nichts versprechen, aber ich will tun, was ich kann.»

«Die Kinder und ich wären Ihnen sehr dankbar», sagte sie, «und es tut mir leid, dass ich Sie so angefahren habe, Sir.»

«Machen Sie sich deswegen keine Gedanken, Eileen. Ich muss jetzt nach Hause, aber morgen komme ich wieder, das verspreche ich Ihnen.» Barry wühlte in seiner Tasche und fischte einen Block mit Vordrucken für Krankschreibungen heraus. Er füllte ein Formular aus und reichte es Eileen. «Die Krankschreibung ist für sechs Wochen, falls Sie sie brauchen.»

Bei den Worten ‹sechs Wochen› zuckte Eileen zusammen, aber sie holte tief Luft und sagte dann: «Ich bringe Sie nach draußen.» Sie begleitete ihn zur Tür. «Also dann, Doktor Laverty, und danke nochmal.»

Barry wünschte ihr einen guten Abend, zog den Kopf ein und kämpfte sich gegen den Sturm zu Brunhilde zurück. Er schaute auf die Uhr. Zeit, dass er in die Main Street Nummer 1 zurückfuhr und mit O'Reilly seine Idee besprach, wie er Eileen helfen könnte.

Um sechs sollte er Patricia anrufen. Darauf freute er sich. Und als könnte das Erwartete schneller eintreten, wenn er sich selbst beeilte, fing er an zu laufen.

Die Aussicht, bald mit Patricia zu sprechen, tauchte den Abend in ein weniger grimmiges Licht.

9

Wenn der Topf aber nun ein Loch hat

Als Arthur Guinness aus seiner Hütte herausgesprungen kam, den Blick fest auf Barrys Hosenbeine gerichtet, war Barry zu müde vom Tag und zu erpicht darauf, mit Patricia zu telefonieren, um sich irgendwelchen Blödsinn bieten zu lassen. «*Sitz, Hund!*», brüllte er, und zu seinem Erstaunen gehorchte das große Tier. Dann sagte Barry: «Geh nach Hause.»

Er wartete, bis der Labrador wieder in seiner Hütte verschwunden war, bevor er weiterging, und überlegte, warum Arthur sich von ihm hatte herumkommandieren lassen. Wuchs sein Selbstvertrauen, erlangte er ein bisschen mehr Autorität? Er hoffte es.

«'n Abend, Kinky», sagte er, als er die Tür zur Küche öffnete.

Mrs Kincaid stand an der Arbeitsplatte und hatte ihm den Rücken zugewandt. Doch nun drehte sie sich um und reichte ihm eine kleine Metallschüssel. «Würden Sie sich das hier bitte mal anschauen, Doktor?» Ihre Stimme war gedämpft, als wäre sie gerade Zeugin eines Wunders geworden.

Barry nahm die Schüssel und drehte sie um. Im Boden hatte sie ein unregelmäßiges Loch von etwa zwei Fingerbreit Durchmesser «Sieht aus, als hätte sie eine Granate abgekriegt», bemerkte Barry. «Wie ist das denn passiert?»

Kinky deutete auf einen runden, dunkelbraunen, mit Rosinen durchsetzten *Christmas Pudding*, der neben seinem Zwilling auf einem Teller lag. Er hatte genau die Form der Schüssel.

«Ich glaube, irgendwas hat an der Schüssel gefressen», sagte sie mit großen Augen. «Oder sonst muss es das kleine Volk gewesen sein.»

«Wie bitte, Kinky?» Barry lächelte. «Die Schüssel ist angefressen? Vom kleinen Volk?»

«Sehen Sie, Doktor Laverty, ich mache die *Christmas Puddings* immer schon früher im Jahr und bewahre sie dann in Schüsseln in der Speisekammer auf. Einmal im Monat nehme ich sie raus und würze sie mit einen Schuss Brandy. Ein paar Tage vor dem Fest hole ich sie aus ihren Schüsseln heraus und wickle sie in Pergamentpapier, damit ich sie am Weihnachtstag dann kochen kann.»

«Aha.» Da er Barry in kulinarischen Dingen vollkommen unbewandert war, hatte er von Kinkys Erklärungen nur Bahnhof verstanden, aber er hielt es für angeraten, sie in ihrer Aufregung ein bisschen zu beruhigen.

«Also …», seufzte sie, «als ich die beiden eben rausgeholt habe, hatte die Schüssel, die Sie da in den Händen halten, dieses Loch.» Sie machte ein Zeichen, um den bösen Blick abzuwehren. «Was ich gekocht habe, hat noch nie jemandem geschadet, Sir. Nein, niemals, aber irgendjemand muss das doch gewesen sein. Vielleicht die Kobolde. Vielleicht der Weihnachtsmann selbst.» Kinkys Stimme zitterte.

Ihr zu sagen, sie solle sich keine Gedanken machen, hätte keinen Sinn gehabt. Nur eine vernünftige Erklärung würde sie beruhigen. Barry runzelte die Stirn und versuchte angestrengt, sich an seinen Unterricht in organischer Chemie zu erinnern. Da war irgendwas mit Zucker in Früchten und Alkohol gewesen. «Kinky, Sie nehmen für Ihre *Christmas Puddings* Trockenfrüchte und Brandy, stimmt's?»

«Ganz richtig, Sir. Rosinen, Sultaninen, Korinthen, kandierte Kirschen, gemischte kandierte Zitrusschalen und dann jeden Monat ein Tröpfchen Brandy.»

Früchte und Brandy? Zucker plus Alkohol? Da fiel es ihm wieder ein. Diese Kombination konnte eine starke Säure erzeugen. So stark, dass sie … Barry schaute sich die Metallschüssel an. «Woraus ist diese Schüssel hier, Kinky?»

«Das ist rostfreier Stahl. Unser Doktor hat sie mir letztes Jahr aus der Praxis geholt. Da hatte ich die Teigmischung schon fertig, und eine von meinen normalen Schüsseln war mir kaputtgegangen. Eine wie die da.» Kinky deutete auf eine graue Keramikschüssel auf dem Küchentresen.

Barry lächelte. «Ich glaube, wegen des kleinen Volkes oder des Satans brauchen Sie sich keine Sorgen zu machen, Kinky.»

«Und warum nicht?»

«Ich bin ziemlich sicher, dass die Trockenfrüchte und der Brandy zusammen eine Säure bilden, die Edelstahl angreift, nicht aber Töpferwaren.»

Mrs Kincaid blickte von einer Schüssel zur anderen. «Was Sie nicht sagen.» Sie wirkte nicht völlig überzeugt, sagte jedoch: «Ich denke, ich muss Ihnen das glauben, Doktor Laverty, denn Sie sind ein gebildeter Mann und verstehen was von Naturwissenschaft.»

«Sie müssen mir gar nichts glauben, Kinky. Fragen Sie Doktor O'Reilly.»

«Ach, nein, ich glaube Ihnen, Doktor Laverty. Aber wenn

in dem Pudding Säure drin ist – dann müssten doch alle krank werden, die davon essen.» Traurig betrachtete sie ihre Werke. «Ich würde sie nur höchst ungern wegwerfen.»

«In dem Whiskeygrog für Doktor O'Reilly verwenden Sie doch Zitronensaft, oder nicht?»

«Ja.»

«Zitronensaft hat ganz viel Zitronensäure, und die hat noch niemandem geschadet, oder?»

«Nein.»

«Dann machen Sie sich mal keine Sorgen wegen der *Christmas Puddings*. Die werden bestimmt sehr gut.»

«Ganz bestimmt, Sir?»

«Ganz bestimmt.»

«Also schön. Dann wickle ich die beiden jetzt ein, und Sie erledigen Ihre Telefonate.»

«Telefonate? Ich dachte, es wäre nur eins.»

«Ihr Freund Doktor Mills hat auch noch angerufen. Sie sollen versuchen, ihn zu erreichen.»

«Das werde ich tun. Danke, Kinky.»

Während Barry in den Flur hinaustrat, zog er schon seinen Mantel aus. Als er ins Haus gekommen war, war ihm kühl gewesen, aber nach dem Schwatz mit Kinky in der überhitzten Küche war ihm jetzt unangenehm heiß. Er hängte den Mantel auf, nahm den Telefonhörer ab, wählte auswendig die Nummer vom Royal und bat die Dame am Telefon, Jack Mills anzupiepen.

«Hallo, Barry?» Der starke Cullybackey-Akzent war unverkennbar. «Wie geht's dir denn, altes Haus?»

«Gut. Und dir?»

«Super. Gestern Abend haben wir einen von euren Patienten reingekriegt und ihm seine kaputte Milz rausgeholt. Gut, dass ihr ihn so schnell hergebracht habt.»

«Da kannst du dich bei O'Reilly bedanken.»

Barry hörte ein leises Lachen. «Nee, nee, bedank du dich bei ihm. Jedenfalls geht's eurem Patienten gut. Allerdings hat er Schmerzen, von der OP und weil er ein paar Rippen gebrochen hat.»

«Könnt ihr ihn denn bis Weihnachten nach Hause schicken?»

«Wüsste nicht, warum das nicht klappen sollte.»

«Schön. Ich sage seiner Frau Bescheid.»

«Nicht nötig, Sir Donald hat sie gleich nach der OP angerufen.»

«Danke, Jack.»

«Stets zu Diensten. Und wie sieht's am Ende der Welt aus?»

«Viel zu tun. O'Reilly hat eine Bronchitis, deswegen mache ich die Praxis allein.»

«Und so wie ich dich kenne, Laverty, macht dir das einen Riesenspaß.»

«Na ja, ich –»

«Ist auch gut so, denn deine große Liebe ist ja weit weg.»

«Ja, aber ich rufe sie heute Abend an.»

«Ganz schön bescheuert. Hier gibt's so viele tolle Miezen, und die meisten von ihnen sind für ein bisschen Rumgeknutsche immer zu haben. Am Telefon ist das doch etwas schwierig, stelle ich mir vor.»

Barry schüttelte den Kopf. Das war typisch Jack Mills. «Triffst du dich noch mit Helen Hewitt?», fragte er ablenkend.

«Dem Rotschopf mit den grünen Augen?»

«Ja.»

«Oh ja, wenn ich nicht gerade mit deiner alten Freundin Mandy unterwegs bin, der Stationssekretärin mit dem braunen Haar und den tollen Beinen.»

Barry lachte. «Du bist unverbesserlich, Mills.»

«Wahrscheinlich wäre ich das, wenn ich wüsste, wie man das schreibt. Siehst du eine Chance, dass wir beide uns mal auf ein Gläschen treffen?»

«Erst, wenn O'Reilly wieder auf den Beinen ist. Es sei denn, du willst herkommen.»

«Vielleicht könnte ich am Wochenende, aber um diese Zeit gibt es immer jede Menge Weihnachtsfeiern. Im Schwesternheim veranstalten die Schwestern ihren Weihnachts-Tanzabend. Versuch du doch, nach Belfast zu kommen. Es würde dir so guttun, mal was anderes zu sehen.»

Barry schüttelte den Kopf. Das wäre Patricia gegenüber nicht fair. «Nein, komm du her. Kinkys Küche hast du doch schon mal probiert.»

«Allerdings, und sie schlägt das Kantinenfutter hier um Längen. Also, pass auf. Am Samstag habe ich frei. Ich rufe dich am Freitagabend an.»

«Gut.»

«Und, Barry?»

«Ja?»

«Falls sich bei der Splenektomie was verändern sollte, gebe ich dir Bescheid.»

«Danke, Jack.» Barry legte auf und ging die Treppe hinauf.

«Du bist wieder zu Hause», sagte O'Reilly aus seinem Sessel, als er Barry eintreten sah.

«Heimgekehrt aus der Wildnis der Sozialsiedlung in Ballybucklebo.»

«Na», meinte O'Reilly mit einem Nicken zur Anrichte hinüber, «darauf müssen wir unbedingt einen trinken.»

«Whiskey?»

«Was denn sonst? Und zu rein medizinischen Zwecken.» Er hustete und zwinkerte Barry zu.

Barry schüttelte den Kopf. «Dir geht's schon wieder besser, Fingal, was?» Er goss ein wenig Whiskey in ein Glas. «Oder nicht?»

«Doch», sagte O'Reilly, «ich bin auf dem Wege der Besserung. Das Atmen fällt mir nicht mehr so schwer, und ich huste nicht mehr so viel.» Stirnrunzelnd betrachtete er das Glas. «Aber die Dosis, die du mir hier zugedacht hast, würde ja ein Homöopath verschreiben, oder ein Tierarzt, der einen Floh behandelt.»

«Mehr kriegst du nicht.» Barry schenkte sich selbst auch einen kleinen Whiskey ein und brachte O'Reilly sein Glas.

O'Reilly nahm das Glas entgegen und trank es mit einem Schluck halb leer. «Das reicht ja gerade für eine Augenspülung bei einer Mücke.»

«Was? Als Spülwasser wäre mir der aber zu schade. Nein, im Ernst», sagte Barry, «wir wollen doch alle, dass du schnell wieder auf die Beine kommst.»

«Hast du denn nicht gehört …» O'Reilly leerte sein Glas und reichte es Barry, «hast du denn noch nie gehört, dass Alkohol desinfiziert? Whiskey tötet Bakterien.»

O'Reilly sah wie ein flehender Bittsteller aus. «Also gut.» Barry ließ sich erweichen. Er stellte sein Glas auf den Couchtisch und schenkte O'Reilly eine großzügigere Portion ein. «Hier», sagte er, als er ihm sein Glas zurückgab.

«*Sláinte*», sagte O'Reilly.

«*Sláinte Mhaith.*» Barry trank von seinem Whiskey.

«Jetzt erzähl mal, wie war dein Nachmittag?»

Barry schob Lady Macbeth aus seinem Sessel und setzte

sich. «Ganz locker. Zwei Patienten in der Siedlung. Kieran O'Hagan hatte ein subunguales Hämatom. Hab eine Trepanation gemacht.» Barry freute sich, dass O'Reilly wortlos nickte. «Dann war ich noch bei dem kleinen Sammy Lindsay.»

«Hat er's wieder auf der Brust?» O'Reilly schlürfte seinen Whiskey.

«Nein. Ich bin mir ziemlich sicher, dass er eine Purpura hat.»

«Schönlein-Henoch?»

«Ja. Ich behalte ihn im Auge.»

«Gut. Er könnte einen Nierenschaden davontragen.»

«Mensch, Fingal, er könnte sterben.»

O'Reilly zog die Brauen zusammen. «Ja, das steht in den Lehrbüchern. Aber ich habe es noch nie erlebt, und im Laufe der Jahre habe ich schon Gott weiß wie viele Fälle gesehen.»

«Ich weiß, aber ich werde ihn weiter beobachten.»

«Wir beide, mein Sohn. Wenn ich wieder auf dem Damm bin. Wir werden ihn gemeinsam beobachten. Er wird ja eine ganze Weile krank sein.»

«Ich weiß.» Barry trank einen großen Schluck Whiskey. «Deswegen mache ich mir auch Sorgen.»

«Solltest du nicht. Bald ist er wieder gesund.»

«Nicht um ihn, Fingal. Ich mache mir Sorgen um seine Mutter. Eileen ernährt die Familie ja ganz allein, und sie wird vorläufig zu Hause bleiben müssen. Die anderen beiden Kinder, Mary und Willy, können in die Schule gehen, aber Sammy ist noch zu klein, als dass sie ihn allein zu Hause lassen könnte.»

O'Reilly kratzte sich an seinem stoppligen Kinn. «Daran habe ich nicht gedacht. Und ausgerechnet in der Weihnachtszeit. Schlimm, wenn man gerade jetzt Ebbe in der Kasse hat.»

Barry dachte an die Teebüchse und den kleinen Vorrat an Zehn-Shilling-Scheinen darin.

«Hast du eine Idee?» Fragend schaute O'Reilly ihn an.

Barry stellte sein inzwischen geleertes Glas auf den Tisch. «Na ja, sie ist noch ein bisschen unausgegoren, deshalb möchte ich gerne deine Meinung dazu hören.»

«Und?»

«Erinnerst du dich noch, wie Sonny im August ins Krankenhaus musste und Maggie sich um seine Hunde gekümmert hat?»

«Na klar.»

«Was meinst du, wie Maggie wohl reagieren würde, wenn wir sie bitten würden, so eine Art ehrenamtliche Großmama für Eileens Rasselbande zu spielen?»

O'Reilly brach in schallendes Gelächter aus. Er beugte sich zu Barrys Sessel hinüber und klopfte ihm auf die Schulter. «Das ist ein Geniestreich, mein Junge! Mensch nochmal. Sonny und Maggie sind jetzt vier Monate verheiratet, und wahrscheinlich fände er es gar nicht schlecht, sie jeden Tag mal eine Weile aus dem Haus zu haben. Und sie kann sehr gut mit den kleinen Rabauken umgehen. Wirklich schade, dass sie selbst keine Kinder hat. Bestimmt würde sie mit Vergnügen auf Eileens Trio aufpassen. Und Eileen könnte wieder arbeiten.» Er trank sein Glas leer. «Einfach genial.»

Barry grinste. Er hatte seine Idee zwar auch nicht schlecht gefunden, aber mit einer derart überschwänglichen Bestätigung hatte er nicht gerechnet. «Dann fahre ich jetzt gleich los und spreche mit Maggie.» Er wollte aufstehen.

«Immer langsam mit den jungen Pferden», sagte O'Reilly. «Irgendwie ist mir doch, als hätte Kinky gesagt, du solltest um achtzehn Uhr eine gewisse Miss Spence anrufen – das wäre in zehn Minuten.» Barry schaute auf die Uhr. O'Reilly hüstelte. «Und wenn das erledigt ist und du genug mit ihr geplaudert hast, ist fast schon Zeit zum Essen, und du willst doch sicher nicht zu einer von Kinkys Spezialitäten zu spät kommen.»

«Eine Spezialität? Heute Abend?»

«Wir haben einen Gast. Kitty O'Hallorhan. Sie kommt um sechs.»

Barry sah O'Reilly an. Sein Chef bemühte sich heldenhaft, eine gelassene Miene zu machen, aber die Fältchen in seinen Augenwinkeln waren ein klein wenig tiefer als sonst, und seine Augen glänzten nicht nur vom Whiskey.

«Es geht dir wirklich wieder besser, Fingal. Ein Gast also.» Im Stillen freute sich Barry, zum einen, weil sein älterer Kollege wieder gesund wurde, und zum anderen, dass er Kitty wiedersehen würde. Er fragte sich, ob aus der Beziehung der beiden vielleicht mehr werden könnte als einfach ein regelmäßiger Erinnerungsaustausch unter alten Freunden. Doch, das hoffte er.

«Schön, Fingal», sagte er. «Ich rufe gleich in Cambridge an, und dann esse ich mit Kitty und dir, aber anschließend fahre ich gleich zu Maggie.»

«Also», sagte O'Reilly, während Lady Macbeth ihm auf den Schoß sprang, «du bist ein junger Mann mit Sinn für den richtigen Zeitpunkt, von deinem Taktgefühl ganz zu schweigen.» Er streichelte der Katze den Kopf, und sie machte es sich schnurrend gemütlich. Nachdem sie die Pfoten unter den Leib gezogen hatte, fragte O'Reilly sie: «Sollen wir ihn in der Praxis behalten, Pussi?»

Lady Macbeth gähnte so herzhaft und streckte ihre rosafarbene Zunge so weit heraus, dass Barry fast befürchtete, sie würde sich den Kiefer ausrenken.

10

Oh, wie so trügerisch …

«Wen bitte? Patricia Spence? Noch nie gehört», sagte eine Frauenstimme mit vornehmem Akzent.

Barry knurrte, dann sagte er: «Bin ich denn mit dem Aufenthaltsraum des Girton College verbunden?»

«Mmmm.» Dieser nichtssagende, kehlige Laut, den die englische Oberschicht so liebte und der bestätigend klingen sollte, ohne den Sprecher aber allzu sehr festzulegen.

«Meine Freundin sollte eigentlich da sein, um einen Anruf aus Irland entgegenzunehmen.»

«Tatsächlich? Sie haben in Irland Telefon? Da staune ich aber.»

«Nein», sagte Barry. Hauptsache, die blöde Zicke blieb dran, bis Patricia auftauchte. «Normalerweise schicken wir unsere Nachrichten in gespaltenen Stöcken, die lassen wir von trainierten Läufern tragen. Deswegen nennen die Engländer uns manchmal auch *Bogtrotter*, weil wir nämlich über Moor laufen können.»

«Also Moorläufer?» Er hörte sie kichern. «Na so was. Post in gespaltenen Stöcken. Sehr gut.» Weiteres Gekicher. «Warten Sie. Ist Ihre Patricia vielleicht so eine Dunkelhaarige? Die humpelt?»

Barry Herz machte einen kleinen Hüpfer. «Ja.» Dunkle Augen und Haar schwarz wie Ebenholz, wie in dem Lied

«My Lagan Love»: Der Dämmerung Schein in ihrem Aug', die Nacht auf ihrem Haar.

«Barry?» Patricia klang atemlos, aber ihre Altstimme mit dem County-Down-Akzent hätte er immer und überall erkannt.

«Patricia? Ich dachte schon, ich hätte dich verpasst.»

«Tut mir leid», erwiderte sie. «Es war so viel Verkehr.»

«Verkehr? In Cambridge? Ich dachte, Cambridge wäre gar nicht so groß.»

Sie lachte. «Stimmt ja auch, aber hier fahren alle Fahrrad, und wenn alle Seminare gleichzeitig zu Ende sind, ist der Teufel los. Auf der Trumpington Street sieht es dann aus wie in Schanghai oder in Dublin.»

«Ach so.»

«Ich musste wie verrückt in die Pedale treten, um rechtzeitig hier zu sein.»

Einen Moment lang sah Barry Patricia als die böse Hexe im *Zauberer von Oz* vor sich, wie sie in Kansas auf einer Piste entlangraste, mit Dorothys Hund Toto im Fahrradkorb. «Ich bin froh, dass du es geschafft hast.» Seine Stimme wurde weicher. «Du fehlst mir.» Es war eine Woche her, dass sie miteinander gesprochen hatten.

«Und du fehlst mir auch, Barry.»

Er sah sich um, ob ihm auch wirklich niemand zuhören konnte, und schalt sich dann selbst, weil nur Kinky als Lauscherin in Frage kam, und die wusste bestimmt, was er als Nächstes sagen würde – doch er konnte seine typische nordirische Zurückhaltung nur schwer überwinden. «Ich liebe dich, Patricia», sagte er leise. Er hoffte, dass sie die Sehnsucht in seiner Stimme hörte.

«Ich dich auch», antwortete sie, «aber ich stehe hier

mitten im Trubel … hör mal.» Sie hielt den Hörer offenbar in den Raum hinein, denn Barry hörte Frauenstimmen plappern. «Ich wünschte, ich wäre allein», sagte sie, «damit ich es dir richtig sagen könnte.»

«Ich auch.» Doch im Moment musste Barry sich mit diesen Brosamen zufriedengeben. «Aber bald kannst du es mir ja persönlich sagen, oder?»

«Mmmm.»

Du liebe Güte, hatte sie sich schon von den englischen Eigenheiten anstecken lassen? Was bedeutete «mmmm?» «Das stimmt doch, oder nicht?»

«Also, ich … ich …»

«Du hast doch versprochen, dass du über Weihnachten nach Hause kommst.» Barry spürte, wie er den Hörer fester umklammerte. «Und du kommst auch, oder?»

«Barry, versuche bitte, mich zu verstehen. Von hier aus nach Ulster zu fliegen kostet viel Geld, und meine Eltern sind nicht gerade reich.»

Sie kam also nicht? Aber im Sommer, als sie ihm erzählt hatte, dass sie das Stipendium für Cambridge bekommen hatte, hatte sie gesagt, sie würde in den Ferien nach Hause kommen. Barry holte tief Luft. Er würde nicht betteln, aber verdammt nochmal, sie hatte es versprochen. «Verstehe. Wo wirst du denn dann Weihnachten verbringen? In deinem Zimmer?» Er wusste, dass seine Stimme ihre Wärme verloren hatte.

Es dauerte eine Weile, bis Patricia erwiderte: «Ich weiß es noch nicht genau. Ich würde gerne nach Ulster kommen, Barry. Doch, wirklich.»

Barry verkniff sich die Antwort, die ihm auf der Zunge lag, ein sarkastisches: «Wie anständig von dir», und sagte stattdessen: «Es ist deine Sache, aber du weißt ja, wie gerne ich dich sehen möchte. Ich hab's dir gerade schon gesagt, ich liebe dich.»

«Das weiß ich.» Sie senkte die Stimme, und er musste sich anstrengen, um ihre nächsten Worte zu verstehen. «Und ich liebe dich auch, Barry. Wirklich, aber dieses Semester war teurer, als wir vorhergesehen hatten. Das Stipendium hat doch nicht alles abgedeckt, und ich musste meine Eltern um Geld bitten.»

«Aber wo willst du denn hin, wenn du nicht nach Hause kommst?»

«Ich habe Freundinnen gefunden, schließlich bin ich seit September hier.»

«Das ist schön», sagte Barry. Er hoffte bloß, dass Patricia nicht auch männliche Freunde gefunden hatte. Er selbst hatte sich in die Arbeit gestürzt und weibliche Gesellschaft gemieden, seit sie im Oktober nach Cambridge abgereist war.

«Ja, das ist wirklich schön. Du hast doch nicht erwartet, dass ich drei Monate lang allein herumsitzen würde, oder?»

«Nein», sagte er, obwohl seine Antwort wahrheitsgemäß «ja» hätte lauten müssen.

«Jenny Compton studiert auch Hoch- und Tiefbau. Und sie interessiert sich auch so für Ornithologie wie ich. Ihre Eltern leben in Bourn, das ist ein Dorf, nur acht Meilen von Cambridge entfernt, und sie hat mich eingeladen, die Ferien dort zu verbringen. Morgen fahre ich schon mit ihr nach Hause, denn das Semester ist ja vorbei. Wir können auf den Norfolk Broads Vögel beobachten.»

Barry seufzte. «Wie an dem Tag, als ich dich an die Bucht von Strangford mitgenommen habe, nach Gransha Point?» Er sah Patricia wieder vor sich, im Sommer, in einem Wolkenbruch hatte sie vor ihm gestanden und sich über das Unwetter gefreut, und der strömende Regen hatte ihr die nasse Bluse an die bloßen Brüste geklebt.

«Ja, genau.» Er hörte die Begeisterung in ihrer Stimme. «Und ich möchte so gerne in das Vogelreservat in Slimbridge am River Severn. Bis dahin ist es mit dem Auto nicht weit, und Jenny hat einen kleinen Wagen.»

«Slimbridge? Ist das nicht das Reservat, das Peter Scott damals eröffnet hat, …» – Barry musste nachdenken, aber er hatte den Naturforscher, den Sohn des Antarktisforscher Robert Falcon Scott, im Fernsehen gesehen – «1946?»

«Ja, das stimmt. Er hat es zu einem Mekka für Leute gemacht, die sich für Wasservögel interessieren, und da bin ich natürlich genau richtig.»

Und O'Reilly auch, dachte Barry, aber Fingal würde die Vögel abschießen wollen, und da Barry allmählich zu der Überzeugung gelangte, dass er für Patricia erst an zweiter Stelle kam, nach der Vogelwelt, fand er, dass es den Enten und Gänsen recht geschehen würde. Und außerdem – gerade hatte sie gesagt, das Semester sei vorbei. Sie hätte schon hier in Ulster sein können, wenn sie ihr Versprechen gehalten hätte. Barry wusste, dass er Patricia nicht überreden konnte, nach Hause zu kommen. Sie würde nur kommen, wenn sie es wirklich selbst wollte. Es war wohl besser, wenn er seine Niederlage würdevoll akzeptierte. «Wenn du das tun musst», sagte er, «musst du das eben tun.»

«Barry, du bist wunderbar», sagte sie. «Ich liebe dich wirklich sehr …» Ihm fiel auf, dass Patricia diesmal nicht mit gedämpfter Stimme gesprochen hatte. «Und ich habe nicht gesagt, dass ich nicht nach Hause komme. Ich habe bloß gesagt, ich weiß es noch nicht genau.»

Er seufzte. Mit diesem halben Versprechen musste er

sich wohl oder übel zufriedengeben. «Wann weißt du es denn?»

«Erst in einer Woche. Aber dann sind es immer noch neun Tage bis Heiligabend. Genug Zeit, um einen Flug zu buchen. Es hängt alles davon ab, wie viel Weihnachtsgeld Dad kriegt.»

«Patricia, du brauchst doch nur so viel Geld, wenn du fliegst.» Ihm war plötzlich eine andere Lösung eingefallen. «Und wenn du mit der Fähre fährst?»

«Mit der Fähre?»

«Ja, von Holyhead in Wales nach Dun Laoghaire in der Republik Irland.» Je mehr er darüber nachdachte, desto besser gefiel ihm diese Idee. «Wenn du nach Holyhead fahren und da die Fähre nehmen würdest, könnte ich mit Brunhilde kommen – von Belfast aus sind es nur ungefähr neunzig Meilen – und dich abholen, und wir könnten in Dublin übernachten, bevor wir dann wieder Richtung Norden fahren.»

«Na ja ...» Sehr enthusiastisch klang das nicht.

«Komm, Patricia, das ist doch wirklich eine Möglichkeit.»

«Na gut, Barry», sagte sie, «ich fahre jetzt für ein paar Tage mit zu Jenny, aber ich denke darüber nach ... versprochen.»

«Toll –»

Im Hintergrund hörte er eine Frauenstimme sagen: «Beeil dich mal, Patricia. Du telefonierst schon ewig. Jetzt bin ich an der Reihe.» Dann sagte Patricia: «Barry, es tut mir leid. Ich muss Schluss machen. Ich liebe dich, und ich rufe dich wieder an, wenn ich das mit der Fähre rausgekriegt habe. Versprochen.» Sie legte auf.

«Mist. So ein Mist.» Barry legte den Hörer auf die Gabel

zurück. Er hatte fest damit gerechnet, dass sie nach Hause kommen würde. Verdammt nochmal, sie hatte es ihm versprochen, da war es egal, dass sie bald wieder anrufen wollte. Er wollte sie ganz, nicht bloß ein dämliches Telefongespräch. Barry schüttelte den Kopf. Immerhin war sie bereit, nach einer Lösung zu suchen. Das musste doch etwas bedeuten, oder? Oder etwa nicht?

Sein einziger Trost war, dass anscheinend kein anderer Mann im Spiel war. Eins musste man Patricia lassen, sie würde nie mit etwas hinterm Berg halten, würde nie um den heißen Brei herumreden. Nein, sie wäre gleich damit rausgerückt. Doch das war bloß ein schwacher Trost.

Es klingelte, er musste an die Tür gehen.

An ihrer Stelle hätte er sich gleich nach der nächsten Fähre erkundigt. Und nicht noch irgendwelche Freundinnen besucht, wie diese Jenny. Er wäre so schnell wie möglich nach Hause gefahren. Vielleicht hatte Patricia gar nicht gemerkt, was sie dem Mann angetan hatte, den sie angeblich liebte. Sie hatte ihm, wenn auch nicht ausdrücklich, erklärt, dass ihr ein paar blöde Enten wichtiger waren als er – zumindest für ein paar Tage.

Er öffnete die Haustür.

«Hallo, Barry.» Kitty O'Hallorhan trat in den Flur, und er schloss die Tür hinter ihr. «Ganz schön kalt», meinte sie, «aber wenigstens ist der Wind nicht mehr so stark, und der Himmel ist wieder klar. Auf der Fahrt von Belfast hierher habe ich die Sterne gesehen, wunderschön.» Sie zog ihren cremeweißen Regenmantel und die Ziegenlederhandschuhe aus, nahm das Kopftuch ab, schüttelte den Kopf und ordnete dann mit der Hand ihr Haar.

Als Barry sie kennengelernt hatte, als Stationsschwester im Royal, war ihm aufgefallen, dass sie ausgesprochen attraktiv war, und er sah keinen Grund, diese Meinung jetzt zu ändern. Die Flurlampe warf einen hellen Schein auf die silbern- und schwarzmelierten Haare. «Kommen Sie mit hoch, Kitty», forderte Barry sie auf, «Fingal erwartet Sie, und in der Wohnstube brennt der Kamin.»

«Schön», sagte Kitty, «wie geht es dem alten Tunichtgut denn?» Ihr Dubliner Akzent war nicht zu überhören. Sie lächelte breit. «Ich wette, er ist so schlecht gelaunt, dass man am liebsten weglaufen würde. Ich möchte ihn nicht zum Patienten haben.»

Barry lachte. «Gehen Sie nur hoch und sehen Sie selbst.» Er trat zur Seite, um Kitty vorangehen zu lassen. Während er hinter ihr die Treppe hochstieg, bewunderte er die Konturen ihres runden Pos, der sich unter dem engen, knielangen schwarzen Rock abzeichnete, und darunter ihre Waden, deren hübsche Form durch die hochhackigen Wildlederpumps noch betont wurde. Oben blieb Kitty stehen und betrachtete das gerahmte Foto eines Kriegsschiffes. «Das ist doch die *Warspite*, oder?»

«Ja, das stimmt.» Barry war überrascht, dass eine Frau den Namen des alten Schiffes kannte. «Fingal hat darauf gedient, und mein Vater auch.»

«Von Ihrem Vater habe ich es nicht gewusst, aber Fingal war 1941 auf der *Warspite*, als seine Frau ums Leben gekommen ist.» Barry hörte, wie ihre Stimme rau wurde. Hatte sie sich damals vielleicht Hoffnungen gemacht? «Zich hatte 1939 zum letzten Mal von ihm gehört, als er sich zur Marine gemeldet hatte. Damals hat er mir ein Foto geschickt, das auf dem Schiff aufgenommen war.» Sie drehte sich um und grinste Barry an. «In seiner Uniform sah er wie ein waschechter Seebär aus.»

«Das glaube ich gern.» Barry öffnete die Tür zur Wohnstube. «Hier ist er. Treten Sie ein.» Er folgte Kitty in den großen, behaglichen Raum.

«Kitty.» O'Reilly stand auf. Erstaunt sah Barry, dass er frisch rasiert war und Hemd, Pullover und Tweedhosen trug. Zu den riesengroßen karierten Pantoffeln an seinen Füßen wirkte diese Kleidung allerdings etwas zu sportlich. Er schloss Kitty in die Arme. «Wie schön, dass du kommen konntest. Setz dich doch.» Er wartete, bis sie sich in dem zweiten Sessel niedergelassen hatte, und setzte sich dann ebenfalls wieder. Barry nahm den schlichten Lehnstuhl, in dem der Marquis am Mittag gesessen hatte.

«Also», Kitty betrachtete O'Reilly. «Wie geht's dir, Fingal?»

Er grinste. «Immer besser, und jetzt schon fast wieder gut, weil ich dich sehe, Caitlin O'Hallorhan. Wunderhübsch siehst du heute Abend aus.»

«Ach komm, Fingal Flahertie O'Reilly! Du hast schon immer gern Süßholz geraspelt», sagte sie kopfschüttelnd. Doch Barry hörte das Lächeln in ihrer Stimme, und ihre Wangen hatten ein ganz klein wenig mehr Farbe bekommen.

«Und», sagte O'Reilly, «mit einem Glas in der Hand würdest du sogar noch besser aussehen. Was möchtest du? Das Übliche?»

«Ja, bitte.»

«Barry, machst du den Wirt? Und schenk dir selbst auch ein.»

Barry stand auf. «Gerne.» Was O'Reilly wollte, wusste er ganz genau, aber er hatte keine Ahnung, was das «Übliche» war. Viele Frauen tranken Gin Tonic, Wodka Orange oder Babycham, einen leichten Birnensekt. Fragend schaute er Kitty an.

«Jameson bitte, Barry», sagte sie.

«Gut.» Er trat an die Anrichte und schenkte drei Whiskeys ein. Einen reichte er Kitty, den zweiten O'Reilly, und dann nahm er sein eigenes Glas.

«*Sláinte*», sagte O'Reilly, musste aber husten, bevor er den ersten Schluck trinken konnte.

«Ja», sagte Kitty, «ich trinke gerne auf deine Gesundheit, Fingal, wenn du mir versprichst, dass du darauf achtest.»

Barry verbarg sein Lächeln. Der arme O'Reilly. Jetzt wurde er nicht nur von Kinky bedrängt, sondern auch noch von Kitty O'Hallorhan. Wenn Besorgnis eine Medizin wäre, dachte Barry, dann wäre O'Reilly im Nu wieder gesund, so wie Lazarus.

«*Sláinte Mhaith*», sagte Barry. Er nippte an dem torfigen *uisce beatha*, dem Wasser des Lebens, und genoss dessen Wärme. Inzwischen mochte er Whiskey sogar lieber als Sherry, den er in seiner ersten Zeit in Ballybucklebo vorgezogen hatte.

Barry spürte eine Bewegung hinter sich, und als er sich umdrehte, stand Kinky in der Tür. Ihr Knoten war frisch aufgesteckt, und sie trug etwas Lippenstift und einen Hauch von Rouge. Ihre Baumwollschürze war offensichtlich ganz frisch, und sie hatte ihre besten flachen Schnürschuhe an. «Miss O'Hallorhan», sagte sie, «schön, Sie zu sehen.»

«Hallo, Kinky. Wie geht's?»

«Gut, ja.» Kinky lächelte. «Also, Sie sollen ja alle Ihren Whiskey genießen, aber …» Ihre Stimme hatte einen strengen Unterton. «Doktor O'Reilly hat darum gebeten, dass Sie um halb sieben mit dem Essen beginnen können, Miss O'Hallorhan. Wenn Sie noch etwas Zeit brauchen, um auszutrinken» – sie schaute O'Reilly direkt an – «unten im Esszimmer warten Honigmelonenkugeln. Sie verderben nicht, wenn sie noch ein paar Minuten länger warten, aber das Hauptgericht ist um Viertel vor sieben fertig. Ich möchte nicht, dass es verkocht.»

«Da haben Sie recht, Kinky», sagte O'Reilly. «Wir werden pünktlich sein.»

«Das Schweinefilet ist in fünfzehn Minuten fertig, ja», sagte Kinky. Dann warf sie einen Blick auf die Uhr auf dem Kaminsims und fügte hinzu: «Nein, gar nicht wahr. In vierzehn Minuten.»

11

Die Sterne auf ihrer Bahn

Das Abendessen war vorbei. O'Reilly schob seinen Stuhl zurück, ließ seine Stoffserviette auf den Esstisch fallen und unterdrückte ein zufriedenes Rülpsen. Wie immer, wenn Gäste kamen, hatte Kinky ihm Ehre gemacht. Aber, dachte er, all die Jahre, in denen er allein gegessen hatte, hatte sie ihn auch nicht gerade knapp gehalten.

Er war mit seinem einsamen Leben durchaus zufrieden gewesen. Über die Patienten hatte er mehr Kontakt als genug zur Menschheit gehabt. Aber er musste zugeben, dass es angenehm war, Barry zur Gesellschaft zu haben, auch wenn sie seit Juli wie zwei Junggesellen hier lebten, so wie die Wasserratte und der Maulwurf in Kenneth Grahames Klassiker *Der Wind in den Weiden*.

O'Reilly schaute Kitty an und lächelte still in sich hinein. Heute Abend hatte er es wirklich genossen, eine Frau am Tisch zu haben. Kitty verlieh dem Abend Glanz.

Und das Essen hatte ihm ausgezeichnet geschmeckt. Mit Ingwer bestreute Melonenkugeln als Vorspeise, dann gefülltes Schweinefilet, Röstkartoffeln, Blumenkohl in Käsesoße, Babykarotten und zum Nachtisch Kinkys Zitronenbaisertorte.

Zum Abschluss hatte es Kaffee gegeben, für O'Reilly noch einen Jameson und für Kitty einen kleinen Portwein

– einen Cockburn. Barry, der gleich loswollte, um Sonny und Maggie zu besuchen, hatte beschlossen, nichts mehr zu trinken. Im Stillen lobte O'Reilly ihn dafür.

Barry und Kitty unterhielten sich angeregt. O'Reilly war es zufrieden, Barry einfach zuzuhören und seine eigenen Gedanken für sich zu behalten.

«Die drei Sterne im Sommerdreieck sind Wega, Altair und Deneb.» O'Reilly wusste, dass Barry dank seines Vaters, der Navigationsoffizier auf der *Warspite* gewesen war, in Astronomie recht bewandert war.

Nicht gewusst hatte er allerdings, dass Kitty so erpicht darauf war, die Namen der Sterne und der Sternbilder zu erfahren, aber schließlich hatte sie sich schon immer für die Welt jenseits ihres Berufes interessiert. Er beobachtete ihr Gesicht, mal lebhaft, dann wieder ernst. Wenn Barry sich nicht klar ausdrückte, runzelte sie die Stirn.

«Altair ist also der hellste Stern in Orions Gürtel?»

«Nein. Altair ist der hellste Stern in einer Reihe von drei Sternen im Sternbild des Adlers, die häufig fälschlicherweise für Orions Gürtel gehalten werden. Erinnern Sie sich an die Namen der Gürtelsterne?»

«Alnilam, Alnitak ... der dritte fällt mir nicht mehr ein.»

«Doch, bestimmt. Lassen Sie sich Zeit.»

Kitty lächelte.

Ein schönes Lächeln auf einem schönen Gesicht, eingerahmt von ihrem gut geschnittenen, silbermelierten Haar. Ihre kräftigen Augenbrauen wölbten sich über grauen Augen mit bernsteinfarbenen Pünktchen. O'Reilly hatte in seinen Jahren als Arzt in viele Frauenaugen geschaut, aber er konnte sich nicht erinnern, jemals so umwerfend schöne Augen wie die von Kitty gesehen zu haben. Manchmal wirkten sie fast katzenhaft, und er erinnerte sich, dass auch Kitty selbst etwas von einer Katze haben konnte. Er seufzte. Damals waren sie beide noch so jung gewesen. In den dreißiger Jahren war es nicht üblich gewesen, dass Männer und Frauen gleich miteinander ins Bett gingen, aber er konnte sich an Sommerabende in seiner Studentenzeit erinnern, als er eigentlich noch ein großer Junge gewesen war. Er hatte Kitty auf seine Bude mitgenommen, hatte sie geküsst und in den Armen gehalten und liebkost, und sie hatte so intensiv reagiert. Vielleicht, dachte O'Reilly wehmütig, wäre sein Leben ganz anders verlaufen, wenn sie sich damals geliebt hätten.

Er stieß ein leises Brummen aus. Ach, Schnee von gestern.

Kitty unterbrach seine Träumereien. «Ich hab's», sagte sie aufgeregt, «Mintaka. Mintaka.» Ihr Lachen holte ihn wieder in die Gegenwart zurück.

«Ausgezeichnet, Kitty», sagte er.

«Das sind so schöne Namen, sie klingen wie Musik.»

«Es sind arabische Namen. Mintaka heißt Gürtel, und Alnilam bedeutet Perlenkette», erklärte Barry.

«Ja, wirklich?» Kittys Lächeln wurde noch breiter. «Glen Miller hätte seine Tanzmusik ‹Alnilam› nennen können.» Ihr Lachen kam tief aus der Kehle. Dann fragte sie Barry nach den Namen der Sterne im Körper Orions.

«Rigel, Betelgeuze, Meissa …», begann er.

O'Reilly ließ seine Gedanken wieder abschweifen. Der junge Barry frisst ihr aus der Hand, dachte er, und registrierte überrascht, dass sich in ihm etwas regte – dabei hatte er sich seit Deidres Tod geweigert, sich auf eine Frau einzulassen. Nicht, dass er vollkommen zölibatär gelebt hatte – das überließ er den katholischen Priestern. Er hatte bloß weder die Zeit noch das Bedürfnis gehabt, sich wieder zu verlieben. Und – bei dem Gedanken musste O'Reilly lächeln – auch nicht viel Gelegenheit dazu. Da alle weiblichen Wesen im Dorf seine Patientinnen waren, war die Chance, dass er bei der Arbeit eine Frau kennenlernte, recht gering.

Bei seinen gelegentlichen Ausflügen nach Belfast oder Dublin, wo er die irische Rugbymannschaft spielen sah und anschließend auch dort übernachtete, fand er nach einem Spiel manchmal, wie er es als Marineoffizier ausgedrückt hätte, ganz zufällig ein «Zielobjekt» im Hotelfoyer oder in der Bar. Solche Nächte waren für beide Seiten ganz hübsch, aber er hatte sich mit diesen Frauen selten mehr als zwei- oder dreimal getroffen. An etwas Dauerhaftem hatte er nie Interesse gehabt.

Warum also, fragte O'Reilly sich, hatte er Kitty seit August, seit er sie zur Hochzeit von Sonny und Maggie mitgenommen hatte, etwa einmal in der Woche gesehen? Doch ja, sie war eine alte Freundin, und sie schien gern mit ihm zusammen zu sein und erinnerte sich offenbar mit dem gleichen Vergnügen an die alten Zeiten wie er. Das war alles. Mehr war nicht dahinter.

Er betrachtete sie genauer. Sie war nicht nur eine gutaussehende Frau. Nein, seiner Ansicht nach war sie atemberaubend schön. Dass ihre Nase zu groß und ihre Lippen vielleicht ein wenig zu voll waren, spielte keine Rolle. Als sie sich zum Essen gesetzt hatten, hatte sie ihre Jacke ausgezogen, und er sah den Ansatz ihrer Brüste im Ausschnitt ihrer kirschroten Bluse. Der seidig glänzende Stoff betonte die Rundungen ihres vollen Busens.

O'Reilly lächelte. Auf dem Land hätte man sie als «starke Frau» bezeichnet. «Stark in jeder Hinsicht», murmelte er und merkte zu spät, dass er laut gesprochen hatte.

«Wie bitte, Fingal?» Kitty lachte leise. «Auf der Schwesternschule haben wir gelernt, dass Selbstgespräche ein Zeichen für eine geistige Störung sein können.»

«Ach was», O'Reilly schmunzelte, «ich habe bloß laut gedacht.» Überrascht merkte er, dass er sie plötzlich in anderem Licht sah. Es war eine Veränderung, wie er sie sonst vielleicht am Meeresufer wahrnahm, wenn er mit Arthur Enten jagte und die Morgensonne mit einem Mal verschwommene Formen in gestochen scharfe Felsen und Seetangklumpen verwandelte. Es kam ihm fast so vor, als hätte er Kitty an den Abenden, die er bisher mit ihr verbracht hatte, keine Aufmerksamkeit geschenkt.

Vielleicht, überlegte O'Reilly, war es das nach Moschus duftende Parfüm, das sie benutzte, vielleicht hatten sich auch all die Sterne, über die sie mit Barry gesprochen hatte, hintereinander aufgereiht – wie dem auch sein mochte, er würde es genießen, gleich mit ihr allein zu sein.

Er wandte sich an Barry. «Also, mein Lieber, ich will dich ja nicht hetzen, aber ...»

Barry stand auf. «Ich weiß. Ich habe versprochen, mit Sonny und Maggie zu sprechen. Es geht um den kleinen Sammy, den Sohn von Eileen Lindsay», entschuldigte er sich bei Kitty.

«Prima», sagte O'Reilly, «und könntest du mir dabei auch noch gleich einen kleinen Gefallen tun, Barry?»

«Na klar.»

«Arthur war heute noch nicht draußen.» Barry warf einen Blick zum Himmel, doch das konnte O'Reilly ihm nicht übelnehmen. Der große Labrador schien nach wie vor von dem Verlangen besessen zu sein, sich bei der geringsten Provokation mit Barrys Hosenbein zu paaren. «Er wäre dir wirklich dankbar, und außerdem darf er mir nicht fett werden. Ich nehme ihn bald mal für einen Tag an den Strangford Lough auf Entenjagd mit.»

Zu O'Reillys Überraschung sagte Barry: «Gut, Fingal, dieses eine Mal. Als ich vorhin nach Hause kam, konnte ich ihn anscheinend dazu bewegen, das zu tun, was er sollte.» Er wandte sich Kitty zu. «Ich sage schon mal gute Nacht, Kitty. Wenn ich zurückkomme, sind Sie vielleicht nicht mehr da.»

«Gute Nacht, Barry. Ich hoffe, dass wir uns bald mal wiedersehen.»

Bestimmt, dachte O'Reilly. Das war heute nicht das letzte Abendessen, das du in diesem Hause verzehrt hast.

«Ich möchte mehr über die Sternbilder erfahren.»

«Aber gerne», sagte Barry. «Fingal, wir sehen uns ja vielleicht nachher noch.» Mit dieser Bemerkung schloss er die Esszimmertür hinter sich.

«Gut.» O'Reilly erhob sich und stellte sich hinter Kittys Stuhl, um ihn zurückzuziehen, wenn sie aufstand. «Den Kaffee und weitere Drinks nehmen wir oben zu uns, ja? Da ist es wärmer. Möchtest du noch ein Gläschen Portwein?»

«Nein, danke, Fingal.» Kitty erhob sich. «Lass uns hochgehen.»

***

O'Reilly schenkte sich Whiskey nach und ließ sich in seinem Sessel nieder. Er beobachtete Kitty, die noch vor dem Kamin stand. Sie hatte ihm den Rücken zugekehrt und betrachtete eine Reihe von Weihnachtskarten auf dem Kaminsims. «Eigentlich ist es noch ziemlich früh für Karten», bemerkte sie.

«Die Karten von hier kommen normalerweise erst in der Woche vor Weihnachten, aber das sind alles welche aus dem Ausland. Von Klassenkameraden, die ausgewandert sind, und von Schiffskameraden aus der Marine. Eine ist von Barrys Eltern aus Australien. Die da» – er deutete auf eine Karte mit einer selbstgezeichneten Karikatur von einem Arzt – «stammt von alten Patienten von mir. Lies mal.»

Kitty nahm die Karte, drehte sie um und las: *Alte Ärzte sterben nie. Sie verlieren bloß ihre Patienten. Fröhliche Weihnachten und ein glückliches neues Jahr von Seamus, Maureen und Barry Fingal Galvin. Uns geht es hier sehr gut, und Barry Fingal wächst wie Unkraut …* «Da steht noch mehr, aber das sind bestimmt persönliche Dinge.» Sie stellte die Karte auf das Kaminsims zurück und drehte sich zu O'Reilly um.

«Die drei sind jetzt in Kalifornien. Sie sind im August ausgewandert», erklärte er. «Seamus Galvin war der größte Drückeberger in ganz Irland. Die Karte hat Maureen geschrieben, seine Frau.»

«Aber es ist nett, dass sie an dich denken.»

O'Reilly lachte. «Ich werde Seamus Galvin auch nicht so schnell vergessen. Aber er ist jetzt in Kalifornien, und wir sind hier.» Wieder betrachtete er Kittys Gesicht. Du lieber Gott, sie war wirklich schön. «Es gibt noch andere interessante Gesprächsthemen. Was hast du denn so gemacht, seit wir uns das letzte Mal gesehen haben?»

«Vor zehn Tagen, meinst du? Nicht besonders viel.»

«Komm und setz dich und erzähl mir trotzdem davon.» Er beobachtete, wie sie durch den Raum schritt, oder eher schwebte, ganz so, wie er sich eine keltische Prinzessin vorstellte.

Warum diese Frau nie geheiratet hatte, war O'Reilly ein Rätsel. Er wartete, bis sie bequem saß, mit übereinandergeschlagenen Beinen, die wohlgeformten Waden zu einer Seite gelegt.

«Also, was hast du so gemacht?», wiederholte O'Reilly seine Frage.

«Willst du wirklich wissen, was eine Stationsschwester so den ganzen Tag macht, damit der Betrieb reibungslos läuft?»

O'Reilly schüttelte den Kopf. «Nein, das habe ich nicht gemeint. Was hast du in der letzten Woche gemacht, wenn du nicht im Dienst warst?» Und hast du dich vielleicht mit einem anderen Mann getroffen?, dachte er, obwohl ihm klar war, dass ihn das nichts anging.

Kitty lachte leise. «Ich habe wild und gefährlich gelebt – wenn du es als gefährlich ansiehst, die Hausarbeit in meiner Wohnung zu machen, für mich zu kochen und einzukaufen und zum Friseur und zum Zahnarzt zu gehen. Montagabends gehe ich zu meinem Malkurs, und an einem Abend war ich mit meiner Freundin Mairead im Kino, in *My Fair Lady*. Ich finde, Audrey Hepburn ist nicht so gut wie Julie Andrews in der Bühnenproduktion.»

«Ich habe beides nicht gesehen», sagte O'Reilly, «aber ich war in *Pygmalion*. Ich habe …» Er sah das Abbey Theatre an der Lower Abbey Street in Dublin wieder vor sich, und einen jungen Fingal O'Reilly, der eine junge Kitty O'Hallorhan begleitete. «Ich habe dich mitgenommen.» Seine Stimme war nicht ganz fest, als er das sagte. «Damals waren wir noch schrecklich jung.»

In Kittys Stimme lag Wehmut, als sie antwortete. Sie schaute ihm in die Augen. «Ich erinnere mich an dich, als du noch jung warst, Fingal. Ich erinnere mich an vieles.» Er spürte ihre Hand an seinem Handrücken.

O'Reilly hustete, aber nicht, weil es ihn im Hals kratzte,

sondern weil er einen Augenblick Zeit brauchte, um seine Gedanken zu ordnen. Wenn seine Pfeife in der Nähe gewesen wäre, hätte er die Sekunde leicht zu einer Minute ausdehnen können. Er hatte sich auf das Alleinsein mit Kitty gefreut, aber jetzt, da es so weit war, fühlte er sich bei dem Verlauf ihres Gespräches nicht ganz wohl. Und wenn Kinky hereinkäme und sie praktisch beim Händchenhalten ertappte, wäre ihm das ziemlich peinlich.

«Es gibt noch einen weiteren Grund, warum ich wieder an die Arbeit muss», sagte er in der Hoffnung, sie abzulenken. «Wir haben hier einen neuen Arzt in der Gegend, Doktor Fitzpatrick, und wir fragen uns, ob er uns Patienten abspenstig machen will. Wenn ich, als ihr regulärer Arzt, zur Verfügung stehe, ist es weniger wahrscheinlich, dass sie zu ihm überwechseln. Das bin ich Barry schuldig. Ich muss mit Fitzpatrick sprechen. Vielleicht kann Kinky es organisieren, dass er morgen hier vorbeikommt.»

«Fitzpatrick?» Kitty runzelte die Stirn. «Doch nicht der große Ronald Hercules? Der hat doch mit dir zusammen studiert, oder?», sagte sie, nahm ihre Hand aber nicht fort.

«Niemand anders als der.» Es war schön, ihre Wärme zu spüren. O'Reilly drehte die Hand und umschloss ihre zarten Finger mit seiner Pranke.

«Er war der hässlichste junge Mann, den ich je gesehen hatte», stellte sie fest.

O'Reilly lachte schallend. Dann sagte er: «Und mit dem Alter hat sein Aussehen bestimmt nicht gewonnen.» Er schloss die Finger fester um Kittys Hand, achtete aber darauf, nicht den gleichen Druck auszuüben wie sonst beim Händeschütteln.

«Aber dein Aussehen hat gewonnen, Fingal», sagte

sie. Ihre Stimme war leiser als vorher, ein wenig belegt. Er spürte ihren Händedruck. «Du …» Sie zögerte. «Du wirkst distinguiert.»

O'Reilly wollte lachen, wollte eine abschätzige Bemerkung machen, aber dann schaute er ihr in die Augen und schwieg. Etwas Sanftes, Weiches lag in ihrem Blick. Irgendwie waren es noch die gleichen sanften jungen Augen, die ihn im Frühling seines Lebens angezogen hatten. Und Doktor Fingal Flahertie O'Reilly, der sich niemals, und von seinen Patienten schon gar nicht, auf der Nase herumtanzen ließ, ebendieser Doktor F. F. O'Reilly stellte fest, dass ihm die Worte fehlten.

Kitty löste das Problem, indem sie sich zu ihm herüberbeugte und mit weichen Lippen über seinen Mund strich.

Er öffnete den Mund und kostete ihren Portweingeschmack. Nein, er war nicht so ein verknöcherter unverbesserlicher alter Witwer, dass er die Freuden des Fleisches vergessen hätte, aber jetzt spürte er erneut, wie sich in ihm etwas anderes regte, etwas, das lange Zeit geschlafen hatte.

Er zog den Kopf weg, ein wenig atemlos und sehr verwirrt. Wieder schaute er ihr in die Augen. «Kitty», brachte er schließlich heraus.

Sie gab ihm keine Chance, noch mehr zu sagen. «Fingal, vor über dreißig Jahren war ich in dich verliebt. Ich habe dich nie ganz vergessen.» Immer noch hielt sie seine Hand.

Er starrte auf den Teppich hinunter.

«Ich könnte dich wieder sehr gernhaben, wenn du mich lassen würdest.» Ihre Stimme klang ruhig, aber immer noch leise und ein wenig heiser.

O'Reilly wusste nicht, was er sagen solllte, aber er sah das Mitgefühl, das Verständnis in ihren Augen. «Ich … Kitty … also … weißt du …»

Sie lachte leise. «Das hat dir die Sprache verschlagen, was, Fingal?»

Er nickte, denn er traute seiner Stimme nicht.

«Das ist ein großer Brocken, den du da zu schlucken hast. Ich verstehe dich. Vielleicht brauchst du eine Weile, um dich an den Gedanken zu gewöhnen.»

«Ja.» Das Wort entschlüpfte ihm einfach.

«So.» Sie ließ seine Hand los. «Jetzt schenk mir noch einen Portwein ein. Heute Abend wollen wir nicht mehr darüber sprechen, aber ich habe dir gesagt, was ich empfinde, und ich kann warten, bis du weißt, wie es in *dir* aussieht, Fingal.»

Er stand auf und trat an die Anrichte, um Kitty den Portwein einzugießen und sich nachzuschenken. Normalerweise verachtete er Menschen, die einen Drink brauchten, wenn sie überfordert waren, aber im Moment brauchte er selbst einen. Wenn er dem Weg folgte, den sein Herz ihm anscheinend zeigte, würde er Deidres Andenken untreu werden. Und trotzdem …

O'Reilly brachte Kitty ihren Wein. Die Lachfältchen in ihren Augenwinkeln und ihr Schmunzeln ließen ihr Gesicht strahlen. Wie hatte er sie vorhin genannt? Eine starke Frau. Das war sie wirklich, und schön noch dazu. Er reichte ihr das Glas.

Sie nahm es entgegen und sagte, indem sie ihm noch einmal tief in die Augen blickte: «Ich werde warten, Fingal, aber ich werde nicht ewig warten.»

12

Stehn zwei Stern am hohen Himmel ...

«Rein mit dir, du Trotteltier.» Barry hielt Brunhildes Beifahrertür auf und wartete darauf, dass Arthur Guinness auf den Rücksitz sprang. Der Käfer schaukelte unter dem Gewicht des großen Hundes. Barry hatte sich in seinen dunkelblauen Dufflecoat und seinen alten, zwei Meter langen Schal gehüllt. Er war schwarz-rot-weiß-gelb gestreift, in den Farben der *Belfast Medical Students Association*, und erinnerte ihn an seine noch nicht lange zurückliegenden Studententage.

Als er um den Wagen herum zur Fahrerseite ging, knirschte der Matsch des Fahrweges unter seinen Gummistiefeln. Die Pfützen waren mit Eis und Raureif überzogen, der im Licht des Halbmondes silbrig glitzerte. Der Himmel war klar.

Barrys Atem bildete kleine Wölkchen. Mit Anbruch der Nacht hatte der eisige Wind sich gelegt. Es war kalt, aber trocken – Weihnachtswetter, fand Barry. Die kriechende Feuchtigkeit, die einem durch Mark und Bein ging, war wie weggeblasen.

Er legte den ersten Gang ein.

Arthur richtete sich auf und legte Barry die Vorderpfoten um den Hals. Barry bremste, noch bevor er aus dem Fahrweg auf die Hauptstraße abbog. Mal sehen, ob Arthur sich noch daran erinnerte, wie er ihm vorhin gehorcht hatte. Barry drehte sich auf seinem Sitz um und hob die Vorderpfoten des Hundes nacheinander hoch. «Eins wollen wir jetzt mal klarstellen, Hund …» Er schob Arthur fort. «*Du* Hund. *Ich* Herr. Und jetzt … *mach Platz, Sir.*» Mit Genugtuung hörte er Arthur seufzen, wie nur ein Labrador seufzen kann, und soweit er in dem trüben Licht sehen konnte, ließ der Hund sich jetzt auf der Rückbank nieder. «Geht doch», sagte Barry und fuhr wieder an. «Und da bleibst du liegen, hörst du?»

Es herrschte wenig Verkehr, und die Straßen waren schneefrei. Die Fahrt zu den Houstons war ereignislos. Am Tage hätte Barry eine herrliche Sicht über Wiesen und Felder gehabt, bis hinunter zur Belfaster Bucht und den Antrim Hills auf der anderen Seite, aber jetzt war es schon seit Stunden dunkel.

Er parkte an der Straße vor dem eingezäunten Garten und befahl Arthur, im Wagen zu bleiben. Dann stieg er aus und betrat durch die eiserne Pforte das Grundstück. Als er vor kaum vier Monaten diesen Weg entlanggegangen war, hatte er dabei Schwarzen Andorn zertreten, der zwischen den Pflastersteinen wuchs. Er erinnerte sich noch an den unangenehmen Geruch. An jenem Abend hatte Councillor Bishop ein Versprechen eingelöst, das O'Reilly ihm abgerungen hatte: Er hatte den Männern, die das Haus renovierten, damit Sonny Houston und Maggie MacCorkle endlich heiraten konnten, zwei Fässchen Bier spendiert.

Schon auf dem Weg zur Haustür hörte Barry Hunde bellen. Sonny hatte fünf davon, und er liebte sie heiß und innig. Bevor er Maggie geheiratet hatte und in sein Haus gezogen war, hatte er in seinem Auto geschlafen, während die Hunde in einem alten Wohnwagen untergebracht waren. Jetzt wohnten sie offenbar alle zusammen im Haus. So ist das eben, dachte Barry, von Tieren begrüßt zu werden gehört bei Besuchen in den Häusern und auf den Bauernhöfen in Ulster einfach dazu.

Er stieg die beiden Stufen zur Haustür hinauf. Das Gebell drinnen war ohrenbetäubend. Dieses aufgeregte Kläffen war hier in Ulster oft das erste Anzeichen dafür, dass Besuch kam, es diente sozusagen als Frühwarnsystem, denn in vielen Häusern gab es kein Telefon, und soweit Barry wusste, besaßen auch Sonny und Maggie keins.

Bevor er an die Tür klopfen konnte, wurde sie von einem hochgewachsenen älteren Herrn geöffnet. Er hielt sich gerade, hatte leuchtende Augen, und seine Wangen waren ganz leicht bläulich verfärbt, ein Zeichen für eine Herzschwäche, die O'Reilly aber behandelte. In einer Hand hielt der Mann eine Hornbrille. Eine freudig japsende und bellende Hundemeute purzelte durch die offene Tür auf den vom Flurlicht erhellten Fußweg hinaus.

«Doktor Laverty.» Sonny streckte ihm die Hand hin. «Was für eine angenehme Überraschung.»

«Guten Abend, Sonny.» Barry zog den Handschuh aus, bevor er die dargebotene Hand schüttelte. «Darf ich reinkommen?»

«Bitte.» Sonny trat zur Seite. Als Barry an ihm vorbeiging, steckte er zwei Finger in den Mund und stieß einen Pfiff aus, auf den eine Dampflokomotive hätte stolz sein können.

Um Barry herum wogten die Hunderücken, als die Tiere drängelnd dem Ruf ihres Herrchens Folge leisteten. «Ab in die Küche», befahl Sonny, und die Hunde rannten durch den Flur. Sonny schloss die Haustür.

«Darf ich Ihnen den Mantel abnehmen, Doktor?»

Während Barry Mantel und Schal ablegte, fielen ihm die gerahmten Schwarz-Weiß-Fotos an der Flurwand auf: in Felswände gemeißelte Säulenhallen, Säulen und Häuserfronten. «Wo ist das, Sonny?», fragte er.

«Das ist Petra. In Jordanien. Die Schnappschüsse habe ich vor dreißig Jahren gemacht. Damals habe ich bei einer Ausgrabung mitgearbeitet. In Farbe ist das sehr beeindruckend.»

Barry erinnerte sich, dass Dr. Sonny Houston unter anderem Experte für die Kultur der Nabatäer war. «Petra.» Barry versuchte, sich an ein Zitat zu erinnern. «Da war doch irgendwas mit Rosen ...», sagte er.

«Petra, die ‹rosenrote Stadt, halb so alt wie die Zeit ...›», sagte Sonny mit einem Lächeln. «Dean Burgon hat die Stadt so genannt, nachdem ein Schweizer, Johann Ludwig Burckhardt, sie wiederentdeckt hatte. Eine faszinierende Stadt. Ich würde gerne wieder hinfahren, muss ich sagen, aber für Maggie wäre es dort zu heiß. Viel zu heiß.» Er lächelte liebevoll. «Sie ist in der Stube. Bitte, treten Sie ein, Doktor.» Er öffnete eine Tür und hielt sie für Barry auf.

Barrys erster Gedanke war, dass Sonny seine Maggie auf eine Reise nach Jordanien vorbereitete, indem er sie hier schon an die Hitze dort gewöhnte. In einem breiten Kamin knisterte ein gewaltiges Torffeuer, und die Temperatur im Zimmer näherte sich vermutlich derjenigen im Kesselraum eines Dampfers.

«Guten Abend, lieber Doktor», sagte Maggie von ihrem hochlehnigen Schaukelstuhl aus, «nur herein mit Ihnen.» Sie grinste ihr zahnloses Austerngrinsen und deutete auf einen gut gepolsterten Sessel, auf dem sich eine große einäugige, einohrige Katze zusammengerollt hatte. «Und du verschwindest da, General Montgomery.» Maggie zog ein Wollknäuel aus einem Strickbeutel auf ihrem Schoß und pfefferte es treffsicher in Richtung Kater, der aufwachte, miaute und vom Sessel sprang. «Setzen Sie sich, lieber Doktor.»

Barry gehorchte. Jedes Widerwort wäre bei Maggie sinnlos gewesen.

Sonny ließ sich in einem zweiten Schaukelstuhl nieder, neben seiner Frau, und nahm ein Buch in die knotigen Hände. Barry las den Titel: *Verfall und Untergang des Römischen Reiches*. Sonny setzte seine Brille auf und lächelte Barry zu.

«So.» Maggie legte ihr Strickzeug beiseite. «Bestimmt möchten Sie ein Tässchen Tee und ein Stückchen von meinem Früchtekuchen?»

Es war weniger eine Frage als ein Befehl. Barry hatte Maggies kulinarische Meisterwerke bereits probiert und daher eine Ausrede parat: «Furchtbar gerne, aber ich muss gleich noch einen Besuch machen, deswegen kann ich nur kurz bleiben.» Maggies Tee war nämlich so stark, dass eine Maus darüberlaufen konnte.

«Nicht mal ein Stückchen Kuchen?» Sie klang enttäuscht.

Er schüttelte den Kopf. «Leider nein.» Es war eine alte Sitte hier auf dem Land, bei Hochzeiten ein Stück vom Hochzeitskuchen auf die Erde zu werfen. Wenn das Stück zerbrach, was es normalerweise tat, war den Jungvermählten ein reicher Kindersegen sicher. Wenn es heil blieb, musste man mit Unfruchtbarkeit rechnen. Aber bei Maggies Kuchen stellte sich nur die Frage, ob der Erdboden heil bleiben würde oder nicht.

«Ach, dann schneide ich Ihnen etwas ab, das nehmen Sie mit nach Hause.» Sie beugte sich vor und kniff ihm in die Wange. «Junge Männer sind doch immer für was Süßes zu haben.»

«Das wäre wunderbar, Maggie. Aber gekommen bin ich, weil ich Sie um einen Gefallen bitten möchte.»

«Um einen Gefallen?» Ihre dunklen Augen funkelten. «Mich? Nur zu. Was möchten Sie denn?»

«Kennen Sie Eileen Lindsay?»

«Ja. Sie wohnt in der Siedlung und hat drei kleine Kinder, und dieser nutzlose Faulpelz von Ehegatte hat sich vor ein paar Jahren aus dem Staub gemacht.»

«Ja, die meine ich.»

«Was kann ich für Eileen tun?»

Barry beugte sich vor und sagte ernst: «Ihr Sammy ist ein bisschen krank und braucht Betreuung, damit Eileen wieder zur Arbeit gehen kann, und ich dachte … also, Doktor O'Reilly und ich haben gedacht …»

«Gott segne Sie, lieber Doktor Laverty. Selbstverständlich. Sonny und ich machen das mit Vergnügen, oder?» Sie lächelte Sonny an, und dieser erwiderte ihr Lächeln und nickte. «Wann sollen wir loslegen?»

Jetzt bedauerte Barry, dass er Maggies Tee nicht angenommen hatte. Er wusste, dass sie sich darüber gefreut hätte. «Wie wäre es mit übermorgen? Ich muss erst noch mit Eileen sprechen.»

«Das passt ausgezeichnet, ja. Wohnt sie immer noch in Comber Gardens 31?»

«Ja.»

«Du fährst mich doch hin, Sonny, ja?»

«Selbstverständlich, meine Liebe.» Sonny nahm seine Brille wieder ab, blinzelte sie an und fragte: «Ist dir auch bestimmt warm genug, Maggie?» Ohne ihre Antwort abzuwarten ließ er ihre Hand los, ging zum Kamin, holte ein Stück Torf aus dem Flechtkorb und warf es aufs Feuer. Wie ein Schwarm aufgeregter Glühwürmchen stoben die Funken und wirbelten und tanzten in die breite Schornsteinöffnung hinauf. «Sie friert, wissen Sie, Doktor Laverty.»

Barry hörte die Besorgnis in Sonnys Stimme. Der Mann hatte über dreißig Jahre gewartet, bis er die Frau, die er liebte, heiraten konnte, und es sah ganz so aus, als hätte sich das Warten für ihn gelohnt. Wenn Barry sich anschaute, in welchem Schneckentempo er mit Patricia weiterkam, fragte er sich, ob er wohl auch drei Jahrzehnte würde warten müssen. Allmählich kam es ihm tatsächlich so vor. Und er konnte überhaupt nichts dagegen tun.

Barry stand auf. «So, ich muss wieder los, aber ich spreche morgen mit Eileen.»

«Wenn Sie uns mitteilen möchten, was sie gesagt hat, brauchen Sie nicht nochmal den ganzen Weg hier herauszukommen, Doktor», meinte Sonny und öffnete die Stubentür. «Wir haben jetzt Telefon. Ich gebe Ihnen die Nummer.»

Barry schrieb sich die Nummer auf. Maggie drängte sich an ihm vorbei. «Danke, Sonny», sagte Barry und steckte Stift und Notizbüchlein wieder in die Innentasche seines Jacketts.

Maggie erschien aus der Küche und reichte ihm ein kleines Päckchen. «Bitte schön, lieber Doktor. Ein Stückchen Kuchen zum Tee. Und für Doktor O'Reilly habe ich auch eins mit eingepackt.»

Barry nahm das Geschenk entgegen. «Danke, Maggie.»

Sonny stand neben seiner Frau und hatte ihr den Arm um die Schultern gelegt. Nun neigte er den Kopf leicht zu dem Päckchen hin und zwinkerte Barry zu. Offenbar teilte er Barrys Ansicht über Maggies Kuchen, aber vielleicht war das die wahre Liebe – Sonny aß ihn, ohne sich zu beklagen, einfach um ihr eine Freude zu machen.

«Gute Nacht», sagte Barry und verließ das Haus.

Das Päckchen in seiner Hand wog schwerer, als seine Größe hätte vermuten lassen. Er schmunzelte. Arthur konnte sich auf eine Leckerei freuen.

Als Barry den Weg zur Pforte hinunterging, merkte er, dass er mit sich zufrieden war, und das vielleicht zu Recht. Er war auf dem besten Wege, Eileens Probleme zu lösen. Obwohl sie nicht medizinischer Art waren, machten sie ihm doch genauso zu schaffen, wie sie seinen älteren Kollegen belastet hätten. Und er hatte so darauf reagiert, wie O'Reilly es getan hätte.

Er öffnete die Wagentür und stieg ein. Arthur schnarchte auf dem Rücksitz, und Brunhilde duftete bereits nach Hund. Ach, für die Möglichkeit, hier in Ballybucklebo zu arbeiten, nahm er ein stinkendes Auto gern in Kauf. Dieses Dörfchen war so ganz anders als das unpersönliche Belfast. Hier kannten die Menschen einander, sie halfen sich gegenseitig und schoben ältere Leute nicht aufs Abstellgleis. Mit großem Vergnügen erinnerte sich Barry daran, wie im August das ganze Dorf an einem Strang gezogen hatte, um Sonnys Haus für die Frischvermählten rechtzeitig fertigzustellen.

Barry ließ den Motor an und schaltete das Licht ein. Die Scheinwerfer drangen nicht sehr weit durch die Dunkelheit, aber das machte nichts. Er würde langsam fahren, und er kannte den Straßenverlauf. Vielleicht gefiel ihm das Landleben gerade deshalb so gut. Er hatte viel zu tun, aber das Tempo blieb trotzdem gemächlich. Barry wusste, wo er leben wollte: genau hier in Ballybucklebo.

Brunhilde holperte über ein großes Schlagloch. Barry hoffte, dass sein persönlicher Weg kein solches Hindernisrennen werden würde. Gewiss gab es einige Schlaglöcher zu bewältigen: die vage Bedrohung, die von Doktor Fitzpatrick ausging, und die quälende Sorge, dass Patricias Fernbleiben zu Weihnachten ein Omen für die Zukunft sein könnte. Bauingenieure hatten die scheußliche Angewohnheit, sich zu fernen Zielen aufzumachen. Arbeitete sein eigener Vater nicht gerade in Australien?

An einer Kreuzung hielt Barry an, um einen Traktor vorbeizulassen. In der Ferne konnte er schon die Lichter des Dorfes sehen, die ihn glitzernd willkommen hießen.

Ach, verdammt, dachte er, als er weiterfuhr. Heute Abend wollte er sich keine Sorgen mehr machen. Er wollte den versprochenen Spaziergang mit Arthur absolvieren und den Hund anschließend mit einem Klumpen von Maggies Kuchen belohnen. Danach würde er, um O'Reilly noch ein bisschen mehr Zeit mit Kitty allein zu geben, auf einen Schlummertrunk im *Schwarzen Schwan* vorbeischauen. Und dann würde er in die Main Street Nummer 1 zurückfahren, in das große Haus. Inzwischen spielte sich dort nicht nur ein großer Teil seines Arbeitslebens ab, sondern es wurde ihm auch immer mehr zum Zuhause.

***

Barry und Arthur Guinness hatten einen flotten Spaziergang gemacht, erst an der Station Road entlang und unter der Eisenbahnbrücke hindurch, dann durch die Dünen, und nun waren sie auf dem festen Kiesstrand angelangt. Es war Ebbe, und Barry konnte das Wasser zwar nicht sehen, aber er hörte, wie die kleinen Wellen das Ufer liebkosten, und im Rhythmus dazu die Kieselsteine zischten und klackerten.

Die Brandung wurde lauter, wenn die Kielwellen eines der großen Frachter, die den Hafen von Belfast am Ende der Bucht ansteuerten oder von dort ausliefen, an den Strand schlugen. Dann erschien Barry der Salzgeruch des Meeres immer am kräftigsten.

Heute Abend jedoch hörte er nur die sanften kleinen Wellen, Arthurs schlurfende Pfoten und das Hecheln des Hundes, wenn er hin und her rannte. Das leise Brummen der Diesellok vor dem Zug von Belfast nach Bangor, in dem er Patricia kennengelernt hatte, war verklungen, und mindestens eine Stunde lang würde kein weiterer Zug kommen.

Barry genoss die friedliche Stille und die Dunkelheit. Das Licht der wenigen Straßenlaternen in Ballybucklebo reichte nicht bis an den Strand. Und die Lichter auf der anderen Seite der Bucht, von Greencastle über Greenisland bis nach Carrickfergus, sahen wie flackernde Kerzenflammen in einem silbernen Spiegel aus. Die Leuchttürme zu beiden Seiten des Eingangs der Belfaster Bucht – der auf den Copeland Islands und der von Blackhead – ließen ihre Lichtfinger in gleichmäßigen Abständen durch die Nacht wandern.

Barry schaute in den Himmel aus poliertem schwarzem Obsidian hinauf. Der Mond war schon früh im Westen untergegangen, hinter den Ballybucklebo Hills. In der kalten, klaren Luft strahlten die Sterne hell, und Barry sah sie so klar und deutlich, wie Ernest Shackleton, ebenfalls ein Ire, sie im kristallklaren Himmel über der Antarktis gesehen haben musste. Im Nordosten, knapp über dem Horizont, stand Ursa Major, der Große Bär. Ein Teil des Großen Wagens war schon hinter dem Horizont verschwunden.

Im August, als er Patricia in Kinnegar vom Bahnhof zu ihrer Wohnung begleitet hatte, hatte der Große Wagen im Nordwesten hoch am samtschwarzen Himmel gestanden, und die drei großen Sterne der Deichsel – Alkaid, Mizar und Alioth – hatten hell geleuchtet.

Heute Abend war nur noch Alioth zu sehen, der rechte Deichselstern, der dem Kasten des Wagens am nächsten stand. Es war, als würde der Große Wagen versinken, und einen Moment lang hoffte Barry, dass seine Liebe zu Patricia nicht genauso untergehen würde, wenn sie Weihnachten nicht nach Hause kam.

Dann riss er sich zusammen und pfiff nach Arthur. «Sitz», befahl er.

Arthur setzte sich. Barry wickelte die beiden Stücke von Maggies Früchtekuchen aus und legte sie Arthur vor die Füße.

In der Dunkelheit sah Barry, wie der große Kopf des Labradors sich senkte. Er hörte, wie Arthur schnupperte, wie er die milde Gabe beschnüffelte. «Rawuff», sagte der Hund, als wolle er erklären: «Das soll wohl ein Witz sein.» Dann stand er auf und schlenderte fort.

Barry musste lachen. Mit der Stiefelspitze grub er ein Loch in den Kies, stopfte den Kuchen hinein und bedeckte ihn mit Steinen. Zufrieden, dass die Indizien gut versteckt waren, rief er Arthur bei Fuß, und gemeinsam spazierten sie zum Gasthaus, das bei allen im Dorf nur Dreckspatz hieß. Er würde ein Bierchen trinken und noch ein bisschen Zeit vertrödeln, bis er seinem Taktgefühl Genüge getan und O'Reilly die Main Street Nummer 1 lange genug allein überlassen hatte.

13

Die kleine Kneipe in unserer Straße

Die Schwingtüren des *Schwarzen Schwans* schlossen sich hinter Barry und Arthur. Nach der knackigen Kälte draußen war der große, niedrige Raum mit den lauten Gesprächen und dem Nebel aus Tabakrauch und den Ausdünstungen feuchter Unterhemden ein heller, warmer Zufluchtsort. Es war brechend voll. Auf die Ellbogen gestützt standen die Männer nebeneinander an der Marmortheke. Alle Tische waren mit Gästen in kragenlosen Hemden und Westen, schwarzen Jacken und Tweedmützen besetzt. Die meisten rauchten billige Zigaretten oder kurze Tonpfeifen. Vor ihnen standen hohe Pintgläser mit schwarzem Guinness oder niedrige Gläser mit bernsteingoldenem Whiskey.

Mary Dunleavy, die Tochter des Besitzers, stand hinter der langen Theke und winkte Barry zu. Er lächelte und wartete, bis zwei Männer, die ihm den Rücken zukehrten, auf ihn aufmerksam wurden und ihm Platz machten, damit er an die Theke treten konnte. Barry erkannte Fergus Finnegan, den O-beinigen Jockey, in seiner ganzen Größe von knapp ein Meter fünfzig. Wie immer trug er Reithosen und eine Reitjacke aus Tweed.

Barry spürte, wie sich Arthur neben seinem Bein fallen ließ.

«'n Abend, Doc», sagte Fergus, «ist ein bisschen frisch draußen, was?»

«'n Abend, Fergus.» Barry zog seine Handschuhe aus. «Ja, es ist kühl draußen. Anscheinend haben sie vergessen, die Heizung anzumachen.»

Sie lachten zusammen. Dann fragte Barry: «Wie geht's Ihrem Bruder?»

«Declan? Seit der Operation zittert er ja viel weniger, das muss man sagen.»

«Das freut mich.» Declan Finnegan litt unter Parkinson.

«Und meinem Auge könnte es gar nicht bessergehen, Doc.»

«Schön.» Fergus hatte eine akute Bindehautentzündung gehabt.

«Wie wär's mit einem Pint, Doc?»

«Danke, Fergus, aber ich habe Notdienst. Heute Abend sorge ich selbst für mich, und Arthur soll auch ein Bier haben.» Die Wirkung des Whiskeys, den er zum Essen getrunken hatte, musste inzwischen längst verflogen sein, aber er wollte sich im Moment nicht auf die in Ulster üblichen Trinksitten einlassen, denn das hätte bedeutet, dass sie sich abwechselnd Runden ausgegeben hätten.

«Hallo, Doktor Laverty.» Die zwanzigjährige Mary, mollig und mit rotbrauner Mähne, Sommersprossen und Stupsnase, stand vor ihm. «Was soll's sein, Sir?»

«Ein Pint bitte, und ein Smithwick's für Arthur.»

«Gerne.» Sie betätigte die Zapfhähne.

«Freut mich, dass Sie Stout trinken, Doc», bemerkte Fergus. Er nickte zu einem Tisch hinüber, wo vier jüngere Männer helleres Bier tranken.

Wahrscheinlich Tennants Lager oder Harp Lager, das

ebenfalls von Guinness gebraut wurde, dachte Barry. Das helle, milde Bier kam bei den jüngeren Leuten richtig in Mode, insbesondere mit einem Schuss *Rose's Lime Juice*, dem süßen Limonensirup.

«Haben Sie so ein Lagerbier schon mal probiert, Doc?»

«Ab und zu trinke ich das mal. Wenn's heiß ist.»

Fergus schüttelte den Kopf und trank einen ordentlichen Schluck von seinem Guinness. Dann sagte er ernst: «Ich hab einmal eins getrunken. Wissen Sie, Doc, an dem Gesöff ist wirklich Hopfen und Malz verloren.» Er leerte sein Pintglas und sagte zu Mary: «Wenn du ein Augenblickchen Zeit hast, hätte ich gern noch einen Halben.»

«Immer mit der Ruhe, Fergus», sagte Mary. «Und hier, tu auch mal was, gib dem Arthur sein Bier.» Sie reichte Fergus eine Schüssel mit Smithwick's. «Tut mir leid, Doktor, aber Sie wissen ja, dass es ein bisschen dauert, ein ordentliches Pint zu zapfen.» Sie deutete auf das Glas unter dem Zapfhahn, das erst zu zwei Dritteln gefüllt war.

«Natürlich. Es muss sich setzen.» Barry beobachtete die geheimnisvollen Kaskaden im Glas und konnte nicht entscheiden, ob die weißen Bläschen aufstiegen oder ob das schwarze Stout sich absetzte. «Ja, das geht mir genauso, Mary. Muss auch erst mal zur Ruhe kommen.» Er legte einen Geldschein auf die Theke und wartete, bis sie ihm aus der Kasse das Wechselgeld gebracht hatte.

«Sie haben nichts dagegen, wenn ich Fergus zwischendurch seinen Whiskey einschenke?» Sie lächelte verschmitzt. «Hab gehört, das Lokal könnte verklagt werden, wenn ein Mann wie er hier verdursten würde.»

«Das könnte wohl sein», meinte Fergus, der Arthur gerade seine Schüssel hingestellt hatte und sich wieder aufrichtete. «Aber für ein Küsschen würde ich dir verzeihen, Mary.»

«Ein Küsschen, Fergus Finnegan? Was für eine Schnapsidee.» Sie reichte ihm seinen Whiskey. «Zwei Shilling und Sixpence, bitte.»

Er nahm das Glas und legte die Münzen auf die Theke. «Eine Schnapsidee, Mary? Nur ein einziges kleines Küsschen.»

Sie lachte. «Da würde ich lieber einen Ziegenbock mit Mundgeruch küssen.»

«Ach, das trifft mich bis ins Mark, Mary», erwiderte Fergus und griff sich an die Brust. «Du zerreißt mir das Herz, merkst du das nicht?»

«Du hast doch gar kein Herz.» Sie grinste und reichte Barry sein Guinness. «Du hast gar nichts in der Brust, Fergus, bloß einen großen harten Ziegelstein, der schaukelt hin und her. Deswegen bist du auch nicht richtig gewachsen.»

«Also», er bemühte sich, ihr einen möglichst lüsternen Blick zuzuwerfen, «du weißt ja, was man über kleine Männer sagt.»

«Ach, mach, dass du wegkommst.» Mary warf ihre Mähne zurück, streckte Fergus die Zunge heraus und lief ans andere Ende der Theke, wo ein Gast winkte.

Lachend schüttelte Fergus den Kopf. «Die hat wirklich eine spitze Zunge. Sie kann einstecken, aber auch austeilen.»

«Stimmt, Fergus. Aber bei dieser Arbeit hier muss sie das auch können.»

«Ach, eigentlich nicht, Doc», meinte Fergus. Plötzlich war der kleine Jockey ganz ernst. «Ein kleines Schwätzchen mit ihr ist schon in Ordnung, aber Gott sei dem

Mann gnädig, der ihr zu nahe treten würde. Die Jungs würden ihn umbringen.»

Barry schmunzelte. Hier galt Frauen gegenüber zwar nicht das mittelalterliche Gesetz der Ritterlichkeit, aber die Leute in Ulster hatten ihre eigenen Grundsätze.

Ein Stückchen weiter brachen die Männer an der Theke plötzlich in Lachen aus. Eine Hand in die Hüfte gestemmt, mit leuchtenden Augen und über beide Backen grinsend, stand Mary vor ihnen. Die Männer, die sie gerade bedient hatte, zeigten auf einen von ihnen, der offensichtlich peinlich berührt war. Alle außer ihm lachten schallend.

«Ich verstehe, was Sie meinen», sagte Barry. Er trank von seinem Guinness und ignorierte Arthur, der leise, kehlige Brummtöne von sich gab. «Ich könnte noch eins vertragen», hieß das.

«Das muss man ihr lassen», sagte Fergus. «Ihr Vater kann von Glück reden, dass sie jetzt Vollzeit als Barfrau hier arbeitet.»

«Allerdings», sagte Barry, «und in mehr als einer Hinsicht.» Vor noch gar nicht langer Zeit hatte Councillor Bishop vorgehabt, Willy Dunleavys Pachtvertrag für den *Schwarzen Schwan* nicht zu verlängern, sondern den Pub selbst zu übernehmen. Und das hätte er auch getan, wenn Doktor O'Reilly ihn nicht mit Hilfe von Sonny und dem Marquis daran gehindert und dafür gesorgt hätte, dass Willys Vertrag um weitere neunundneunzig Jahre verlängert wurde. Nachdem das geklärt war, hatte Willy seiner Tochter eine Ganztagsstelle geben können. Sie hatte ihren Job als Verkäuferin im Modelädchen von Mrs Moloney – der Dame, bei der Barry eine Anämie vermutete – kündigen können. Damit war sie ihrer kritiksüchtigen Chefin, die sie nur schikaniert hatte, endlich entkommen. Seitdem hatte Mary eine erstaunliche Verwandlung durchgemacht. Das verschüchterte junge Mädchen war zu einer selbstbewussten jungen Frau mit blitzenden Augen geworden. Vergnügt fragte sie ihn, ob er noch ein Pint wolle, und dann wandte sie sich an Fergus: «Was sagt man denn nochmal über kleine Männer? Oder bist du die Ausnahme, die die Regel bestätigt?»

Fergus schaute vorn auf seine Hose hinunter. Natürlich, beide spielten darauf an, dass es hieß, zwischen der Größe eines Mannes und der Größe seines Gliedes bestehe eine umgekehrt proportionale Beziehung. Was würde Mary jetzt wohl sagen?

Nichts, aber ihr schneidendes Lachen war ein Meisterstück an Sarkasmus.

Barry und Fergus lachten beide mit. «Also gut, Mary, du hast gewonnen.» Fergus trank, bis nur noch ein kleiner Rest Whiskey in seinem Glas zurückblieb. «Und für mich ist es Zeit, nach Hause zu gehen.»

Barry trank sein Pint aus. «Für mich auch», erklärte er. Beide stellten ihre Gläser gleichzeitig auf die Theke.

«Ich bin weg, Doc», sagte Fergus. «Übrigens, kommen Sie zur Weihnachtsparty vom Rugbyclub?»

«Ich hoffe doch.»

«Schön. Dann sehen wir uns da. Ich bin nämlich der Mannschaftskapitän.»

«Sind Sie nicht ein bisschen klein für Rugby, Fergus?»

«Oh nein, überhaupt nicht. Ich spiele als Gedrängehalb», erwiderte der Jockey voller Stolz.

«Als Gedrängehalb? Das ist ja toll, Fergus.» Der Spieler in dieser Position, das Äquivalent zum amerikanischen Quarterback, war üblicherweise ein kleiner Mann.

«Und Doktor O'Reilly werde ich da ja auch treffen, also kann ich Ihnen beiden dann noch fröhliche Weihnachten wünschen. Heute Abend ist es dafür ein bisschen zu früh, sind ja noch zwei Wochen bis dahin.»

«Da haben Sie recht, Fergus. Komm, Arthur.» Der große Labrador stand auf und folgte Barry und Fergus zur Tür.

«Nacht, Doc.» Fergus wandte sich zum Gehen. «Übrigens, wie geht's Doktor O'Reilly denn? Hab gehört, er hustet ein bisschen?»

«Stimmt, aber es geht ihm schon viel besser.»

«Das ist gut. Wissen Sie, ob er zur Vorstandssitzung vom Club kommt?»

«Das möchte ich bezweifeln.»

«Na, wir kommen bestimmt auch ohne ihn klar, aber richten Sie ihm aus, dass ich mich nach ihm erkundigt habe.»

«Mach ich, Fergus.» Barry spürte, wie Arthur ihn am Bein stupste. «Der Hund will nach Hause», sagte er. «Gute Nacht, Fergus.»

«Gute Nacht, Doc.» Fergus drehte sich um, und Barry ging mit Arthur bei Fuß zu Brunhilde zurück und fuhr nach Hause.

***

Nachdem er Arthur in seine Hütte geschickt hatte, ging Barry durch die Hintertür in die Küche.

«'n Abend, Doktor», begrüßte Kinky ihn. Sie trug einen dicken rosa Morgenmantel und flauschige Pantoffeln. Das Haar hatte sie auf Papier aufgedreht und darüber ein Haarnetz gezogen. Sie stand am Herd und wartete darauf, dass das Wasser kochte. «Möchten Sie noch irgendetwas, bevor ich ins Bett gehe?»

«Nein, danke, Kinky. Gehen Sie nur.»

«Gleich. Ich mache mir eben noch eine Wärmflasche.»

«Natürlich, Kinky. Ich nehme an, dass keine Anrufe gekommen sind?»

«Kein einziger, zum Glück.»

«Ist Doktor O'Reilly noch auf?»

«Ja. Und er ist wieder ganz der Alte.» Sie zog die Nase hoch. «Keine zehn Minuten, nachdem die nette Miss O'Hallorhan fort war, hab ich ihm gesagt, es wäre nochmal Zeit zum Inhalieren.»

«Und?»

«Als gute Christin kann ich nicht wiederholen, was er mir geantwortet hat.»

Einen Moment lang befürchtete Barry, dass Fingal es vielleicht zu weit getrieben hatte.

Der Kessel pfiff, und Kinky drehte die Gasflamme aus. «Ihr Ärzte redet doch viel über Symptome, oder?» Vorsichtig goss sie das Wasser in eine mit Stoff überzogene Gummiflasche. «Also, bei ihm gibt es immer ein Symptom, nach dem ich Ausschau halte. Wenn er so zänkisch wird wie ein nasses Huhn», Kinky schraubte den Verschluss auf den Hals der Wärmflasche, «dann ist er wieder ganz der Alte.» Sie trocknete die Stelle um den Verschluss ab. «Aber ich bin wirklich sehr erleichtert, dass es ihm bessergeht, ja.» In ihren Augenwinkeln lag ein kleines Lächeln.

«Ich auch, Kinky.»

«Also», sagte sie, «ich gehe jetzt ins Bett, aber laufen Sie doch hoch und schauen Sie noch nach ihm. Er sitzt noch in der Wohnstube.»

«Das werde ich tun.» Barry zog seinen Mantel aus.

«Doktor Laverty, würden Sie mir einen kleinen Gefallen tun?»

«Aber sicher.»

«Ermutigen Sie ihn nicht dazu, heute Abend noch mehr Whiskey zu trinken.»

Wieder klang Kinkys Stimme besorgt. «Das verspreche ich Ihnen», sagte Barry, «wenn es nach mir geht, soll er keinen Tropfen mehr bekommen.»

«Danke, Doktor Laverty. Also, bis morgen.»

«Gute Nacht, Kinky.» Barry trat auf den Flur hinaus. Als er die Treppe hochstieg, schallten ihm die majestätischen Klänge des letzten Satzes von Beethovens Neunter entgegen.

Oben in der Wohnstube war es nahezu dunkel. O'Reilly stand mit dem Rücken zur Tür und schaute in den Kamin, wo das Feuer zu schwelender Glut heruntergebrannt war. Er hatte das Licht ausgeschaltet und lauschte im Schein des erlöschenden Feuers der Musik. Mit seiner tiefen Baritonstimme sang er den Chor mit: *«Such ihn überm Sternenzelt! Über Sternen muss er wohnen.»*

Barry wartete still, bis die Sinfonie zu Ende war und O'Reilly den Plattenspieler abgestellt hatte. Dann hüstelte er. «Ich bin wieder da, Fingal», sagte er.

Einen Moment lang dachte er, O'Reilly hätte ihn nicht gehört, aber dann drehte der massige Mann sich langsam um. Selbst in dem trüben Licht konnte Barry sehen, dass O'Reillys Augen heller leuchteten als sonst, und als er sprach, war seine Stimme nicht ganz fest. «Kennst du die Sinfonie?»

«Ja.»

«Eine alte Freundin von mir hat sie sehr geliebt.» O'Reilly zog ein Taschentuch heraus, putzte sich die Nase und tupfte sich die Augen ab. «Dieser verdammte Schnupfen. Da läuft es einem aus Nase und Augen.»

Und bei Erinnerungen manchmal auch, dachte Barry, behielt das aber für sich. «Kinky meinte, es ginge dir schon viel besser.»

«Das stimmt, mein Junge.» O'Reilly ließ sich in seinem Sessel nieder. «Möchtest du noch ein Gläschen?»

«Nein, Fingal, danke.»

«Ich auch nicht», sagte O'Reilly sehr zu Barrys Überraschung. «Komm und setz dich. Wir müssen uns noch über das Neueste vom Tage unterhalten.»

Barry setzte sich in den anderen Sessel.

«Also», sagte O'Reilly. Er hustete einmal. «Es geht mir viel besser, aber ich bin noch nicht ganz wieder auf dem Damm, deshalb werde ich morgen noch nicht arbeiten. Aber ich rechne damit, dass ich am Donnerstag dann wieder richtig zupacken kann. Jedenfalls in der Praxis. Würde es dir etwas ausmachen, weiter die Hausbesuche zu erledigen und in den nächsten Nächten auch noch den Bereitschaftsdienst zu machen?»

«Gar kein Problem.»

«Gut», sagte O'Reilly. «Und jetzt lass uns über die Praxis sprechen. Ich weiß, dass du nicht sehr viel zu tun hattest, aber erzähle mir von den Patienten, die du nochmal zur Nachuntersuchung bestellt hast.»

Barry überlegte kurz. «Nichts richtig Ernstes», sagte er dann. Er zählte die Patienten auf, indem er mit dem rechten Zeigefinger in die linke Handfläche tippte. «Cissie Sloan mit einer Pharyngitis. Sie kommt nur wieder, wenn es in ein paar Tagen nicht besser ist.»

Im dämmrigen Licht konnte Barry nur erahnen, wie O'Reilly die Augen verdrehte. «Nur gut, dass es hier inzwischen ohnehin dunkel ist», brummte er.

«Weil sie redet, dass einem Hören und Sehen vergeht? Das hat der Marquis neulich auch gesagt.»

O'Reilly lachte und und stieß ein kurzes, bellendes Husten aus. «Und wer sonst noch?»

«Liam Gillespie müsste Weihnachten wieder zu Hause sein.»

«Das ist gut.»

«Colin Brown kommt nicht wieder –»

«Was hatte Colin denn?»

Barry lachte. «Einen schlimmen Anfall von Schulmüdigkeit. Er war zutiefst gekränkt, weil er im Weihnachtsspiel nicht der Joseph sein darf.»

«Typisch Colin. Wenn ich seine Lehrerin wäre, würde ich ihn gut im Auge behalten.»

Barry erinnerte sich, wie böse der Kleine ihn angefunkelt hatte, als er mit seiner Mutter das Haus verließ, gerade als Doktor Fitzpatrick hereinkam. Er war froh, dass er ausschließlich für die Krankheiten seiner Patienten zuständig war. «Und der Junge von Jeannie Jingles hat eine Lungenentzündung. Ich habe vergessen, mich im Krankenhaus zu erkundigen, wie es ihm geht, aber das mache ich morgen.»

O'Reilly nickte.

«Miss Moloney ist wieder da, und ich bin ziemlich sicher, dass sie eine Eisenmangelanämie hat. Sie kommt wieder, wenn ich die Ergebnisse habe.»

«Ach du je», sagte O'Reilly. «Ob sie wohl Vegetarierin ist?»

«Daran habe ich noch gar nicht gedacht.»

«Könnte sinnvoll sein, das rauszufinden.»

«Danke, Fingal.» Barry setzte sich in seinem Sessel zurecht. «Miss Moloney und der kleine Sammy Lindsay mit seiner Purpura sind die interessantesten Fälle. Und was Sammy angeht, habe ich Gück gehabt. Maggie sagt, sie kümmert sich gerne um den Jungen, damit Eileen arbeiten gehen kann. Ich fahre morgen hin und sage Eileen Bescheid.»

«Das war eine gute Idee von dir. Eileen wird bestimmt erleichtert sein.»

«Das hoffe ich. Es wäre schade, wenn sie ihre Ersparnisse für Weihnachten angreifen müsste. Sie arbeitet ohnehin schon hart genug.»

«Ach ja», sagte O'Reilly, «‹Um die Welt ist's schlecht bestellt. Wer sich am meisten plagt, bekommt das wenigste Geld.›»

«Das ist wahr und noch dazu poetisch ausgedrückt.»

«Klar. Hab's aus einem schottischen Volkslied geklaut.» O'Reilly beugte sich vor und legte Barry die Hand aufs Knie. «Das könnte auch für Landärzte und ihre Assistenten gelten.»

«Na, komm, Fingal. Du zahlst mir ein faires Gehalt.»

«Vielleicht, aber in den letzten Tagen hab ich dich ganz schön hart rangenommen.»

«Das macht mir nichts aus. Ehrlich nicht.»

O'Reilly lehnte sich zurück. «Ich bin dankbar dafür, Barry.» Er neigte den Kopf zur Seite. «Es ist wichtig, dass jetzt immer einer von uns hier die Stellung hält, weil in Kinnegar dieser neue Arzt ist.»

Barry hatte Doktor Fitzpatrick schon fast vergessen.

«Kinky hat ihn heute Abend angerufen. Er kommt morgen zu seinem ‹Anstandsbesuch›.»

«Wirklich? Na, vielleicht ist es gut, wenn wir ihn kennenlernen. Von wegen Berufsethos und so weiter.»

«Ethos, meine Fresse.» O'Reilly schnaubte verächtlich. «Besser man weiß, was auf einen zukommt. Ich will mehr über den Mann erfahren, und falls es so aussieht, als könnte er eine Bedrohung für uns sein, dann haben wir eine bessere Vorstellung davon, wie wir uns gegen ihn wehren können.»

«Stimmt.» Kinky hatte recht. O'Reilly war wieder in Form.

«So viel zu morgen, und übermorgen arbeite ich wieder.»

«Falls es dir entsprechend geht.»

O'Reilly brummte. «Und am Wochenende arbeite ich auch. Du hast eine Pause verdient.»

«*Falls* es dir entsprechend geht, Fingal.»

«Ganz bestimmt. Da kannst du Gift drauf nehmen.»

«Schon gut, schon gut. Ich hätte übrigens gar nichts dagegen, am Samstag frei zu haben. Ich möchte mich mit meinem Freund Jack Mills treffen.»

«Gut, denn ich möchte gerne den nächsten Samstag frei nehmen. Dann passt es mit der Tide gut, ich möchte nämlich mit Arthur am Strangford Lough auf Entenjagd gehen.»

«Schön. Dann bin ich ohnehin wieder an der Reihe.»

«Danke, Barry.» O'Reilly stand auf. «Und wir haben morgen beide viel zu tun.» Er gähnte. «Deswegen lege ich mich jetzt schlafen.»

«Gute Nacht, Fingal», sagte Barry, als O'Reilly den Raum verließ. Hoffentlich konnten sie beide durchschlafen. Er selbst wollte morgen ausgeruht die Praxisarbeit bewältigen, und Fingal sollte sein Treffen mit Doktor Ronald Hercules Fitzpatrick erfolgreich hinter sich bringen.

14

Namen sind Schall und Rauch

Doktor O'Reilly stand in seiner Wohnstube am Fenster und blickte hinaus. Die Fußgänger auf den Bürgersteigen unter ihm waren warm eingepackt und gingen raschen Schrittes, denn sie wollten lieber schnell aus der Kälte heraus, als bei einem Schwätzchen herumstehen. Der Schatten, den der Kirchturm warf, war doppelt so lang wie im Juni. Der Raureif an den Rändern des Kieswegs, der durch den Friedhof führte, zeigten, dass es ein frostkalter Morgen war.

O'Reilly schaute über das Kirchendach hinweg. Die Sonne stand niedrig am wolkenlosen blauen Himmel, und der Tag war so klar, dass er sich fast hätte einbilden können, es sei Sommer. Er beobachtete, wie zwei Silbermöwen träge vorbeiglitten, die eine im braun gesprenkelten Federkleid des Jungvogels, die andere mit dem Gefieder des erwachsenen Tieres, glatt wie ein gut gebügelter grauer Gehrock, der sich von einer neuen weißen Weste abhebt. Das schrille Gezänk der Möwen übertönte das Brummen des Verkehrs auf der Main Street.

In der Ferne, über der Belfaster Bucht, zog eine Schar Wildgänse nach Osten, nach Ballyholme und zu den Stoppelfeldern der Ards Peninsula. O'Reilly lächelte. Nächsten Samstag würde er vielleicht eine Gans schießen.

«Entschuldigen Sie, Doktor O'Reilly.» Als er sich umdrehte, sah er Kinky in der Tür stehen. «Soll ich Ihr Kaffeetablett abräumen?»

«Bitte.»

Doch statt das Tablett zu nehmen, betrachte Kinky ihn stirnrunzelnd. «Ts, ts, ts. Würden Sie sich mal Ihr Jackett anschauen, Sir?»

O'Reilly blickte an sich hinunter. Er hatte sich heute Morgen beim Anziehen besondere Mühe gegeben, denn er wollte schick aussehen, wenn Doktor Fitzpatrick ihn besuchte. Seine braunen Stiefel glänzten – er hatte sie selbst gewienert –, die Tweedhosen seines Anzugs waren frisch gebügelt, und dazu hatte er ein sauberes weißes Hemd angezogen und den Schlips der *Royal Navy Association* umgelegt. Aber Kinky hatte recht. Über der linken Tasche seines Jacketts prangte ein großer Fleck. Verdammt. Er musste Kaffee verkleckert haben. «Ach, tut mir leid, Kinky.»

«Geben Sie her», sagte sie, «ich nehm's mit und gehe mit dem Schwamm drüber, ja.»

O'Reilly zog das Jackett aus und reichte es Kinky.

«Ich bringe es gleich wieder», versicherte sie, und damit verließ sie den Raum.

O'Reilly setzte sich in seinen Sessel. Kinky würde nicht zulassen, dass er in einem fleckigen Jackett Besuch empfing, aber er selbst fand überhaupt nichts dabei, wenn der Gast ihn mit aufgekrempelten Hemdsärmeln antraf und sah, dass seine Hose von einem Paar roter Hosenträger gehalten wurde. Schließlich zählte nicht die Verpackung, sondern der Inhalt.

Er lächelte. Gerade erschien Kinky wieder. Sie würde diese Ansicht sicherlich nicht teilen. «Ziehen Sie's wieder an, Doktor.» Sie reichte ihm das Jackett, wartete, bis er es angezogen hatte, und zog dann seinen Schlips gerade. «Ts, ts, ts», sagte sie wieder. Dann bückte sie sich und nahm das Tablett vom Couchtisch. «Ich gehe jetzt. Ihr Besuch müsste in zehn Minuten hier sein. Ich bringe ihn hoch, wenn er kommt.»

O'Reilly dachte an Barrys Schilderung darüber, wie Kinky gestern mit dem ungebetenen Gast umgegangen war. «Aber Sie werden ihm doch nicht erst einen Schuss vor den Bug geben, Kinky?»

«Nicht, wenn er sich anständig benimmt und mich ordentlich behandelt», erwiderte sie.

«Das wird er bestimmt tun.»

Kinky trat mit dem Tablett zur Seite, um Barry Platz zu machen, der gerade hereinkam. «Na», sagte O'Reilly, «hast du die Sprechstunde heute etwas eher beendet?»

«Ja. Heute Vormittag war es gar nicht so schlimm. Ein paar Stammkunden, vier haben sich ihre Stärkungsspritze abgeholt», Barry lächelte. «Aber ich habe sie einzeln reinkommen lassen und sie gebeten, die Hosen runterzuziehen.»

Er erinnert sich an den Tag, als ich sechs Patienten nebeneinander hingestellt habe, dachte O'Reilly, und ihnen die Spritzen einfach durch die Klamotten hindurch gegeben habe. Es hat ihnen kein bisschen geschadet, und sechs auf einen Streich hat Zeit gespart, die ich dann für die richtig Kranken übrig hatte. Aber der junge Barry hatte seine eigenen Methoden, und es war gut, dass er tun und lassen konnte, was er für richtig hielt, um gegebenenfalls aus seinen Irrtümern zu lernen.

«Kieran O'Hagan war zum Verbandswechsel da», sagte Barry. «Sein Daumen heilt gut.»

«Schön.» O'Reilly deutete auf den Lehnstuhl. «Platz dich doch. Da hat unser werter Kollege, Doktor Ronald

Hercules Fitzpatrick, dich nicht im Blick, wenn er im Polstersessel sitzt. Aber du kannst ihn im Auge behalten, ohne dass er es merkt. Er müsste jetzt jeden Augenblick kommen.» O'Reilly hustete einmal.

«Wie geht's deinen Bronchien denn heute, Fingal?»

«Fast hundert Prozent in Ordnung. Morgen arbeite ich wieder.»

«Schön.» Barry sah ihn an. «Du hast auch wieder Farbe im Gesicht.»

Wenn dir das Pflaumenblau gefällt. O'Reilly lachte im Stillen. Über den Farbton seiner Wangen gab er sich keinerlei Illusionen hin. Seine Gesichtsfarbe war im Laufe der Jahre entstanden, in denen er Tag und Nacht den Elementen getrotzt hatte. Nicht nur die Farmer hier in Ulster hatten wettergegerbte Gesichter. Er schaute auf die Uhr. Um zwölf sollte Fitzpatrick hier sein. Noch fünf Minuten, und ... Er neigte den Kopf zur Seite und lauschte. Die Türglocke. Pause. Kinkys Schritte im Flur. Stimmen. Die Haustür wurde geschlossen, und Schritte kamen näher.

«Er kommt zu früh», sagte O'Reilly.

«Pünktlichkeit ist die Höflichkeit der Könige», sagte Barry.

«Ich dachte, sie wäre die Tugend der Prinzen», entgegnete O'Reilly.

Barry schüttelte den Kopf. «Nicht, wenn du dich auf Louis den Achtzehnten berufst.»

O'Reilly lachte in sich hinein. «Ich nehme alles zurück.»

Doktor Fitzpatrick trat ein, gefolgt von Kinky. Der Mann war tatsächlich eine ältere Version des Studenten, an den O'Reilly sich erinnerte. Hätte er drei ins Auge springende Merkmale seines Besuchers nennen sollen, dann wären es der kräftige Adamsapfel, der Kläppchenkragen und der Kneifer gewesen.

Kinky schob sich an Doktor Fitzpatrick vorbei. «Ist das der Gentleman, den Sie erwartet haben, Doktor O'Reilly?» Etwas in ihrem Tonfall sagte ihm, dass sie die Bezeichnung «Gentleman» für übertrieben hielt.

Über seinen Kneifer hinweg schaute Fitzpatrick die Haushälterin böse an. «Danke schön, meine gute Frau. Sie können jetzt gehen.»

Barry erhob sich halb. «Guten Tag, Doktor Fitzpatrick. Wir haben uns schon kennengelernt.»

O'Reilly blieb sitzen und achtete nicht darauf, wie sie Höflichkeiten austauschten. «Meine gute Frau», hatte Fitzpatrick Kinky genannt und sie dann kurzerhand weggeschickt. O'Reilly erinnerte sich plötzlich ganz deutlich, wie er vor über dreißig Jahren mit Fitzpatrick, damals auch Student am Trinity College, in einem Café in Dublin gesessen hatte. «Meine gute Frau», hatte Fitzpatrick damals zur Kellnerin gesagt. Diese hatte ihm daraufhin mit deutlichen Worten zu verstehen gegeben hatte, er solle verschwinden und etwas anatomisch Unmögliches tun.

Er fragte sich, ob Kinky wohl noch etwas sagen würde, aber sie begnügte sich mit einem gewaltigen Schniefen, einer steifen Kehrtwendung, die einen Feldwebel beschämt, und einem Abgang, der der Königin von Saba alle Ehre gemacht hätte, so hoch war ihr Haupt erhoben. O'Reilly lachte in sich hinein.

Barry hatte sich wieder gesetzt. Fitzpatrick machte es sich ebenfalls bequem und sprach den Hausherrn an.

«Bestimmt geht es Ihnen wieder besser, Fingal.»

«Oh, allerdings, Hercules.» Du kriecherisches Arschloch, dachte er.

Fitzpatricks Adamsapfel hüpfte. Seine Kehllappen bebten.

Du meine Güte, dachte O'Reilly, wenn er ein Truthahn wäre, würde er kollern.

«Ich glaube, schon damals, als wir noch Studenten waren, habe ich Ihnen gesagt, O'Reilly, dass ich die Anrede Ronald bevorzuge.»

«Ja. Wenn es um die richtige Anrede geht, sind die Menschen ja merkwürdigerweise ganz eigen, *Ronald*.» Bevor Fitzpatrick etwas erwidern konnte, fuhr O'Reilly fort: «Nehmen Sie zum Beispiel Kinky. Auf ‹Mrs Kincaid› reagiert sie ganz freundlich. Andere Anreden wiederum gefallen ihr gar nicht.» O'Reilly zwinkerte Barry zu und sagte: «Ich glaube, nach drei Tagen haben sie es aufgegeben, die Bucht abzusuchen.» Er sah, wie Barry breit grinste. Ob dem jungen Mann schon klar war, was er von ihm erwartete, falls Fitzpatrick den Köder schluckte?

«Das verstehe ich leider nicht. Welche Bucht? Wieso?» Fitzpatrick kratzte sich die Wange.

Er sprang nach dem Köder wie eine Forelle nach der Fliege. O'Reilly warf Barry einen Blick zu und freute sich, dass der junge Mann mit einem Lächeln erklärte: «Sie haben die Bucht nach der Leiche des Mannes abgesucht, der Mrs Kincaid das letzte Mal ‹meine gute Frau› genannt hat.»

O'Reilly hörte ein trockenes Knacken. Fitzpatricks schmale Schultern bebten. Der Mann lachte. Er nahm seinen Kneifer ab und polierte die Gläser mit einem Taschentuch. Ich beschäftige mich oft mit meiner Pfeife, wenn ich Zeit zum Nachdenken brauche, dachte O'Reilly. Ob *Ronald* wohl zu diesem Zweck seine Brille verwendet?

Endlich sagte Fitzpatrick: «Ha, ha. Spaßig. Sehr spaßig. Nach einer Leiche, also. Ha.»

Barry sprach wieder, und diesmal hatte seine Stimme einen Hauch von Schärfe. «Mrs Kincaid hat Ihnen gestern schon gesagt, dass sie sich nicht gerne so anreden lässt.» Dann wurde seine Stimme sanfter. Der Ölbaumzweig. «Das müssen Sie vergessen haben.»

Fitzpatrick setzte sich aufrechter hin und stellte die Knie zusammen, wie eine prüde Witwe, die befürchtete, ein Lüstling könnte ihr unter den Rock lugen. «In Zukunft werde ich daran denken. Mrs Kinsale, nicht wahr?»

«Nein», sagte O'Reilly. «Kincaid, Mrs Kincaid.»

«Mir scheint, dass Sie beide großes Theater um ein einfaches Dienstmädchen veranstalten.»

O'Reilly sah, wie Barry erstarrte, und schüttelte den Kopf. Da entspannte der junge Mann sich wieder, sagte aber nichts. Der Anlass für Fitzpatricks Besuch war eigentlich die Aufnahme diplomatischer Beziehungen zu seinen Kollegen. Wenn er sich nun aber gleich zur *persona non grata* machte, würde er das vermutlich bereuen. Kinky hatte er sich bereits zur Feindin gemacht, und sie gehörte mit Sicherheit zu den bedeutendsten Sprachrohren der öffentlichen Meinung in der ganzen Gegend. O'Reilly hatte gar nichts dagegen, dass der Mann sich sein eigenes Grab schaufelte. «Da könnten Sie recht haben», sagte er so beschwichtigend, wie er es nur vermochte, «aber ich bin sicher, dass Sie nicht nur hergekommen sind, um unsere häuslichen Angelegenheiten mit uns zu diskutieren. Eigentlich haben Doktor Laverty und ich uns ein Versäumnis zuschulden kommen lassen. Weil wir hier die alteingesessene Praxis haben, hätten wir Ihnen zuerst einen Besuch abstatten müssen, um Sie hier willkommen zu heißen.»

«Nun, ich bin froh, dass Sie das einsehen, Fingal.» Fitzpatrick schaute O'Reilly von oben herab an. «Sehr froh.»

Fitzpatrick, du warst schon am Trinity College ein zimperlicher Fiesling, und das bist du immer noch, dachte O'Reilly. Doch laut sagte er: «Wollen wir Vergangenes nicht ruhen lassen, Ronald?»

«Das wäre in der Tat christlich gehandelt.»

Ronald Hercules Fitzpatrick war damals Mitglied einer der ultrakonservativen fundamentalistischen Sekten gewesen, von denen es in Nordirland reichlich gab. Und bestimmt gehörte er immer noch dazu. «Die andere Wange hinhalten, meinen Sie?»

«Ganz recht.»

«Ach», O'Reilly stand auf, um seine moralische Größe auch körperlich zu unterstreichen. «Sehen Sie, ich halte meine hin.» Er schüttelte dem sitzenden Fitzpatrick die Hand. Ein weicher, feuchter Händedruck, fand O'Reilly, etwa so, als hielte man eine frisch gefangene Flunder in der Hand. «Wie läuft das Geschäft denn in Kinnegar?» O'Reilly ließ Fitzpatricks Hand los und widerstand der Versuchung, sich die eigene am Hosenbein abzuwischen. Er beschloss, stehen zu bleiben.

«Durchaus vielversprechend. Nachdem es anfangs ein bisschen schleppend lief. Ich habe den Verdacht, dass einige Patienten meines Vorgängers zu Ihrer Praxis übergewechselt sind.» Über seinen Kneifer hinweg sah er O'Reilly an und lächelte sein finsteres Lächeln. «Nun, es freut mich sehr, dass das Blatt sich im letzten Monat gewendet zu haben scheint. Eine ganze Reihe von Ihren Schäfchen kommen jetzt zu mir.»

«Tatsächlich?» O'Reilly schaute zu Barry hinüber, der auf der Sesselkante hockte und die Stirn in Falten gelegt hatte. Gerade holte er tief Luft, als wolle er etwas sagen, daher sprach O'Reilly rasch weiter: «Doktor Laverty und ich konnten allerdings keinen Rückgang unserer Patientenzahlen feststellen.» Er warf Barry einen strengen Blick zu. «Oder, Barry?»

«Überhaupt nicht.»

Braver Junge. Bloß nichts verraten. Das ist unsere Sache, nicht seine. O'Reilly ging zum Kamin und lehnte sich gegen das Kaminsims.

«Nun, ich denke, Sie werden es bald merken. Den Patienten scheinen meine eher traditionellen Methoden zu gefallen.»

«Und was meinen Sie damit?», erkundigte O'Reilly sich, «‹Molchesaug und Unkenzehe›?» Er lachte.

Fitzpatricks Adamsapfel sprang einmal in die Höhe.

«Oder vielleicht ‹Hundezung und Hirn der Krähe›?», ergänzte Barry.

O'Reilly lachte noch lauter. Bei jeder sich bietenden Gelegenheit spielte Barry ihr Zitatenspiel mit. Fitzpatrick war nicht der Einzige, der nach dem Köder schnappte, wenn es der richtige war.

«Spotten Sie nur, Fingal, aber ich habe einige recht spektakuläre Erfolge mit alten Heilmitteln vom Land.»

«Ist das wahr, Ronald? Würden Sie uns vielleicht ein Beispiel nennen?» O'Reilly setzte eine höchst interessierte Miene auf. «Ich lerne immer gerne dazu.» Ärgerlich war nur, dass es eben in diesem Moment in seinem Hals kratzte und er husten musste.

Fitzpatrick deutete mit seinem knochigen Zeigefinger auf O'Reilly. «Nun, Sie selbst sind ein derartiger Fall.»

O'Reilly hustete noch einmal. «Und wie meinen Sie das?», fragte er dann.

«Sie haben eine Bronchitis. Und wie behandeln Sie diese Krankheit? Nein, nein, lassen Sie mich raten. Mit Antibiotika. Die moderne Medizin ist diesen Medikamenten hoffnungslos verfallen.»

«Also nein, ich –»

«Unterbrechen Sie mich nicht.» Der Zeigefinger bewegte sich schneller. «Ich selbst setze sie auch hin und wieder ein, aber ansonsten finde *ich* eine selbst zubereitete Tinktur sehr wirksam.»

O'Reilly fand es irritierend, wie Fitzpatrick das *ich* betonte. «Möchten Sie uns nicht davon erzählen?»

«Aber mit Vergnügen. Man nehme Primelwurzeln, zerquetsche sie und lege sie in Ziegenmilchmolke.»

«Interessant», bemerkte Barry, «und wo kriegt man im Dezember Primelwurzeln her?»

O'Reilly vermochte nicht zu erkennen, ob Barry aus ehrlichem Interesse fragte oder ob er Fitzpatrick zum Besten halten wollte.

«Die Pflanze blüht natürlich im Winter nicht, aber ihre Wurzeln finden Sie in der Erde.»

«Ach so», sagte Barry. «Danke.»

«Primelwurzeln in Ziegenmilchmolke?» O'Reilly runzelte die Stirn. «Das klingt ja einfach. Und sollen die Patienten die Mischung trinken?»

Fitzpatrick beugte sich vor. Ein missionarisches Glitzern lag in seinen Augen. «Nein. Der nächste Schritt ist der entscheidende, denn er packt die Krankheit direkt an der Wurzel.» Fitzpatrick kicherte. «Das ist gut, hier werden Wurzeln verwendet, um an die Wurzel zu gelangen.»

«Fahren Sie fort», sagte O'Reilly. Ab und zu konnte die Redensart «Lachen steckt an» auch falsch sein. «Ich bin sehr gespannt.»

«Diese Mischung schiebt man dem Patienten in die

Nase.» Fitzpatrick lächelte arrogant. «Nun, Fingal, was halten Sie davon?»

O'Reilly brach in schallendes Gelächter aus. Eine ganze Weile konnte er nicht aufhören. Als er schließlich die Fassung wiedergewonnen hatte, sagte er: «Tut mir leid, Ronald, aber ich habe gerade erst begriffen, was Sie davor gesagt haben: ‹Hier werden Wurzeln verwendet, um an die Wurzel zu gelangen.› Das ist gut. Sehr gut.»

«Nun, dann bin ich beruhigt. Einen Augenblick lang dachte ich schon, Sie würden über meine Therapie lachen. Oder noch schlimmer, über mich. Ich hasse es, wenn Leute über mich lachen. Das war schon immer so. Ich *hasse* es einfach.» Er stampfte tatsächlich mit dem Fuß auf.

«Ich?» O'Reilly spielte die beleidigte Unschuld. «Ich über *Sie* lachen, Ronald?» Er schaute zu Barry hinüber, der Mühe hatte, eine ernste Miene zu bewahren. «So etwas würde ich nie tun. Ich erinnere mich noch, wie aufgebracht Sie früher darüber waren.»

«Danke.» Fitzpatrick schien besänftigt zu sein.

«Von einer so *unglaublichen* Methode hört man nicht jeden Tag», erklärte O'Reilly.

«Nun, danke schön, Fingal.» Der Mann verzog den Mund zu einem einfältigen Lächeln.

Wieder schaute O'Reilly zu Barry hinüber, der mit den Lippen das Wort *unglaublich* formte und dann breit grinste. Wirklich nicht zu glauben, dachte O'Reilly. Aber wenn es Fitzpatrick glücklich machte, warum sollte er ihm dann den Tag verderben? Ihm knurrte der Magen, und er merkte, dass er Hunger hatte. Barry sicherlich auch. Das Mittagessen musste gleich fertig sein, und folglich war es Zeit, den Kollegen loszuwerden.

«Es freut mich, dass Sie sich so gut hier einleben, Ronald.» O'Reilly begab sich zur Tür. «Und Doktor Laverty und ich möchten Sie nicht zu lange von Ihrer Arbeit abhalten, stimmt's, Barry?»

Barry erhob sich. «Auf keinen Fall.»

Fitzpatrick stand ebenfalls auf, machte eine knappe Verbeugung vor Barry und sagte: «Laverty.» Dann trat er zu O'Reilly, zögerte, reichte ihm die Hand und sagte: «Unsere kleine Zusammenkunft hat mich gefreut, Fingal. Ich hoffe doch, dass wir das wiederholen können.»

Lieber würde ich mir zwei Stunden lang eine Predigt vom presbyterianischen Pfarrer anhören, dachte O'Reilly, doch er sagte: «Ich wüsste nicht, was dagegen sprechen sollte. Vielleicht können wir ja mal ein bisschen darüber plaudern, was wir beide seit dem Medizinstudium so gemacht haben?» Und ich wette, Hercules, deine Geschichte ist genauso spannend wie die Gebrauchsanleitung für die Waschmaschine, die ich Kinky letztes Jahr gekauft habe.

«Das könnte vielleicht recht nett sein, Fingal, aber im Augenblick möchte ich die Sache doch lieber auf beruflicher Ebene belassen.» Er räusperte sich. «Vielleicht werden wir feststellen, dass wir uns gegenseitig Konkurrenz machen.»

«Ist mir auch recht», meinte O'Reilly. Er stand vor dem Kamin und hatte die altvertraute Angriffshaltung eines Boxers eingenommen, mit einem Fuß vorangestellt. Seit seiner Marinezeit hatte er nicht mehr geboxt, aber alte Gewohnheiten ließen sich nun mal schwer ablegen.

«Ich möchte Ihnen nicht den Spaß verderben», fuhr Fitzpatrick fort, wobei er ausnehmend vergnügt wirkte, «und schon gar nicht so kurz vor Weihnachten, aber ich frage mich, ob die Gegend hier für drei Ärzte genug hergibt.»

O'Reilly sah, wie Barry zusammenfuhr. Klar, der junge Kerl machte sich Sorgen. O'Reilly teilte seine Befürchtungen, aber wenn Fitzpatrick ihm den beruflichen Fehdehandschuh hinwerfen wollte, dann würde Fingal O'Reilly die Herausforderung annehmen. «Wahrscheinlich nicht, Ronald», sagte er sanft. «Doktor Laverty und ich werden Sie bestimmt vermissen, wenn Sie uns wieder verlassen.» Er öffnete die Zimmertür. «Und jetzt bringe ich Sie zur Tür.» Er warf Barry einen Blick zu. «Doktor Laverty und ich sind nämlich auf dem Weg zum Mittagessen. Leider können wir Sie nicht dazu einladen.»

15

Ein Pfeifchen in Ehren

O'Reilly klopfte den Tabakrest aus seiner Pfeife in den riesigen Aschenbecher, den Kinky an diesem Donnerstagmorgen nicht ohne Protest wieder an seinen gewohnten Platz auf dem Esstisch gestellt hatte. Er hatte keine Ahnung, warum sie davon ausgegangen war, dass er das Rauchen für immer aufgegeben hatte. Bloß weil er in den paar Tagen, in denen er es auf der Brust gehabt hatte, seine Pfeife nicht angerührt hatte? Er würde seinen Tabak so vermissen wie einen alten, teuren Freund.

Er stopfte die Pfeife in die Jackentasche, trank seinen Tee aus und erhob sich. Zeit, wieder an die Arbeit zu gehen. Er hatte Barry versprochen, heute Vormittag allein die Sprechstunde abzuhalten. Das wollte er auch tun, und bis Samstag würde es ihm wieder so gutgehen, dass er auch das Wochenende bewältigen konnte.

O'Reilly stieß den Stuhl zurück, stand auf, blickte an die Decke und hoffte, dass Barry noch schlief. Der Junge hatte in den letzten Tagen wirklich hart gearbeitet. O'Reilly hatte zwar nicht gehört, wie er am frühen Morgen das Haus verlassen hatte, aber er hatte ihn kurz nach dem Hellwerden zurückkommen hören. Sollte er ruhig schlafen. Das hatte er verdient.

Der Arzt ging an dem großen Tisch vorbei in den Flur

und öffnete die Tür zum Wartezimmer. Kreuzdonnerwetter, dachte er. Da drinnen war ja ein Betrieb wie auf dem Jahrmarkt. Es gab bloß noch Stehplätze. Barry würde es freuen, das zu hören. O'Reilly ignorierte das einstimmige «Guten Morgen, Doktor» und brüllte: «Wer ist zuerst dran?»

Cissi Sloan, mit einer blauen Tellermütze auf dem strubbligen Haar, einem Wollschal um den Hals und einem Mantel aus dem Army and Navy Store in Belfast, stolperte in ihren Gummistiefeln auf ihn zu. «Gut, Cissie», sagte er, «du kennst ja den Weg.»

Während er ihr in den Behandlungsraum folgte, erinnerte er sich an das gestrige Mittagessen. So sehr er sich auch bemüht hatte, es war ihm nicht gelungen, Barry davon zu überzeugen, dass Doktor Fitzpatrick aller Wahrscheinlichkeit nach keine echte Bedrohung darstellte. Wenn der Reiz des Neuen erst nachgelassen hatte, würden die Patienten aus Ballybucklebo gerne wieder in die Main Street Nummer 1 zurückkehren. Einige von ihnen, dachte O'Reilly, als er beobachtete, wie Cissie durch den Flur in den Behandlungsraum schlurfte, schienen allerdings gar nicht auf die Idee zu kommen, etwas Neues auszuprobieren. O'Reilly hörte den Stuhl knarren, als Cissie sich niederließ. Er ging an ihr vorbei und setzte sich in den Drehsessel.

«Doktor Laverty ist heute nicht da?»

«Ich bin an der Reihe, Cissie. Er war die halbe Nacht auf.»

«Ach ja? Er arbeitet sehr hart, doch ja.» Sie schnalzte mitfühlend mit der Zunge und beugte sich vor. «Und ich hab gehört, dass Sie selbst ein bisschen angeschlagen waren, Doktor.»

«Ach ja, bloß ein bisschen Pest und Lepra, und das hab ich im Nu abgeschüttelt.» Er schaute sie über seine Halbmondbrille hinweg an. «Ich habe eine Konstitution wie ein Kaltblut, ein Clydesdale, weißt du.»

Cissie lachte heiser, aber ob das an ihrer vergangenen Schilddrüsenunterfunktion oder an ihrer jüngsten Halsentzündung lag, konnte er nicht sagen.

«Sie sind wirklich schrecklich, Doktor, dass Sie eine arme Landfrau wie mich so aufziehen müssen. Lepra, ach du meine Güte. Die kriegt man doch nur im finstersten Afrika. Hab ich doch gerade zu meiner Cousine Aggie gesagt, Sie wissen ja, der mit den sechs Zehen, als sie und ich den Gemeindesaal für das Krippenspiel vorbereitet haben, wir hatten gerade eine rote Papiergirlande aufgehängt, da meint Aggie –»

«Cissie», sagte O'Reilly mit Nachdruck, «was fehlt dir heute? Doktor Laverty hat mir erzählt, dass du Halsweh hattest.»

«Würden Sie sich das mal anschaun? Ist nämlich noch nicht besser geworden. Ich glaube, Sie sollten mal gucken. Meine Cousine –»

«Mal sehen.» O'Reilly nahm einen Holzspatel aus dem Glas auf seinem Schreibtisch und zog eine Stiftlampe aus der Innentasche seines Jacketts. «Weit aufmachen und die Zunge rausstrecken.» Das würde jedenfalls Cissies endlosem Geplapper Einhalt gebieten. Ihr Rachen war gerötet, sah aber eigentlich so aus, wie es bei einer Pharyngitis nach ein paar Tagen Behandlung zu erwarten war. «Sieht gar nicht schlecht aus –», setzte O'Reilly an, als er den Spatel fortnahm.

«Aggie sagt, vielleicht wirkt das Tuch der heiligen Brigid doch nicht und vielleicht ist auch das Penicillin, das der junge Doktor, also nein, das soll jetzt keine Kritik sein …» Sie zögerte und schaute O'Reilly an, der sehr gut wusste, was dieser letzte Satz bedeutete. «Also, vielleicht ist das nicht das Richtige, was er mir da verschrieben hat, sie sagt –»

«Was sagt sie?» O'Reilly nahm die Halbbrille ab und ließ sie an einem Bügel baumeln. Er widerstand der Versuchung, Cissie zu fragen, an welcher der irischen Universitäten Aggie denn Medizin studiert habe.

«Sie sagt, ich soll die Pillen in den Ausguss schütten und mir Ziegenmolke besorgen und ein bisschen gemahlene Primelwurzel –»

O'Reilly ließ die Brille fallen, was Cissie für einen Moment zum Schweigen brachte, und richtete sich kerzengerade auf. «Und empfiehlt sie, dass du dir diese Mischung in die Nase stopfen sollst?»

Cissie strahlte. «Ach, Sie sind wirklich schlau, Doktor O'Reilly. Genau das hat sie gesagt. Was meinen Sie?» Sie zog die Stirn kraus. «Bei Aggie bin ich mir ja nie so sicher …»

O'Reilly bückte sich, hob seine Brille wieder auf, zog sein Pfeifchen aus der Tasche und stopfte es. Er war ganz froh, dass Cissie weiterplapperte, denn so konnte er rasch nachdenken. Erst einmal hatte Aggie nahezu mit Gewissheit Fitzpatrick konsultiert, entweder, weil sie selbst Halsschmerzen gehabt hatte, oder wegen ihrer Cousine Cissie. Bis zum gestrigen Tage hatte O'Reilly noch nie gehört, dass dieses Hausrezept unter den Bewohnern von Ballybucklebo beliebt war – dabei war er sich sicher, dass er alle Volksheilmittel aus der Gegend kannte.

«Ich denke ja immer, sie braucht einen Reinlauf.»

O'Reilly überhörte die Verballhornung. Mehr Sorgen machte es ihm, dass die vorgeschlagene Behandlung, die mit Sicherheit von Fitzpatrick stammte, reine Quacksalberei war und Barrys Patientin schaden konnte. Von ihm aus sollte Fitzpatrick seinen eigenen Patienten ruhig abgekochtes Wasser verschreiben. Aber wenn es so weit kam, dass auch die Patienten der Main Street Nummer 1 seine Ratschläge befolgten, war es Zeit, der Sache mehr Beachtung zu schenken. Seiner Ansicht nach brauchte Cissie das Penicillin, das Barry ihr verschrieben hatte.

«Aggie braucht einen Reinlauf», fuhr Cissie fort, «weil sie nämlich meistens voller Scheiße ist, also habe ich gedacht, ich komm mal zu Ihnen und hole mir sicherheitshalber eine zweite Meinung.»

O'Reilly unterdrückte seinen Ärger darüber, dass er Cousine Aggies Ansicht unterstützen sollte. Die Hauptsache war jetzt, dass Cissie ihre Tabletten weiter nahm.

Er steckte die gestopfte Pfeife in eine Jackentasche und beugte sich vor. «Im Juli habe ich bei deiner Behandlung einen Fehler gemacht, stimmt's, Cissie?»

«Ja. Sie haben nicht gemerkt, dass ich diese Schilddrüsensache hatte.» Cissie lächelte. «Aber auch ein Bischof kann sich manchmal irren. Nur unser guter Mann in Rom ist unfehlbesserlich.»

«Stimmt, Cissie, ich bin nicht unfehlbar, aber wer hat denn rausgekriegt, dass deine Schilddrüse nicht richtig funktioniert?»

«Doktor Laverty.»

«Und hat er dir jetzt zerdrückte Primelwurzel oder Penicillin für deinen Hals verschrieben?»

«Penicillin.» Verwirrt sah sie O'Reilly an. «Ja, und er hat auch noch gesagt, ich soll das Baumwolltuch von der heiligen Brigid weiter benutzen.»

«Sehr wirksam, dieses Tuch», sagte O'Reilly. «Also, Cissie, wenn du wetten müsstest, worauf würdest du dein Geld setzen? Auf das Penicillin oder auf die Primelwurzel?»

«Auf Doktor Laverty – doch, der wäre mein Favorit, ganz klar.»

«Bravo, Cissie.» O'Reilly stand auf und half ihr ebenfalls auf die Füße. «Doktor Laverty würde dir nichts Verkehrtes geben, das weißt du doch. Also, nimm das Penicillin so weiter, wie er es dir verschrieben hat, und dann geht es dir in ein paar Tagen wieder blendend.»

«Danke, Doktor», sagte sie. «Hab sowieso keine Lust, mir das Zeugs in die Nase zu stecken.» Sie kicherte. «Vielleicht könnte Aggie das für ihren Reinlauf benutzen. Ich glaub, das sage ich ihr –»

«Das wirst du sicherlich tun, Cissie.» Er bugsierte sie zur Tür, öffnete sie und führte Cissie hinaus. «Und komm jederzeit wieder her, wenn du dir Sorgen machst.»

«Danke, Doktor. Und ich –»

Sie redete auch noch, als er die Tür zum Behandlungsraum wieder schloss. Er kramte seine Pfeife hervor, zündete sie an und machte genüsslich ein paar schöne Züge, bis er hörte, wie die Haustür zufiel. Zufrieden, dass Cissie fort war, wanderte er erneut zum Wartezimmer. Er öffnete die Tür einen Spaltbreit und horchte. Er bekam gerade noch das Ende einer Unterhaltung zwischen zwei Patienten mit, zwei älteren Leuten, die ihren allwöchentlichen Besuch bei ihrem ärztlichen Berater mehr als geselligen Ausflug denn als therapeutische Unternehmung betrachteten.

«Letzte Woche hab ich dich hier gar nicht gesehen, Bertha.»

«Ich bin auch nicht hier gewesen, Jimmy.»

«Nein? Warum denn nicht?»

«Du weißt doch, dass es nur einen Grund gibt, warum ich nicht herkommen kann. Ich war *krank*, ja.»

O'Reilly lachte in sich hinein. Doch als Bertha weitersprach, war er fast ein wenig beschämt. Ihre Stimme war sehr ernst, als wolle sie die Wahrheit ihrer Aussage unterstreichen: «Und ich wollte die Ärzte nicht zu mir bemühen. Nicht, wo es mir so schlechtging.»

Er öffnete die Tür weit. «Wer ist als Nächstes dran?»

Die Tür nach draußen wurde aufgestoßen, und der Marquis kam herein. Alle standen auf, die Männer verbeugten sich, die Frauen machten einen kleinen Knicks. Dann machten sie Platz, um ihm den Vortritt zu lassen. Ehre, wem Ehre gebührt, dachte O'Reilly, wie so oft, wenn er sich selbst das Recht herausnahm, gleich an den Kopf einer Warteschlange zu gehen. «Morgen, Mylord», sagte er.

«Guten Morgen, Doktor, und bitte setzen Sie sich doch alle wieder.» Der Mann strahlte eine natürliche Liebenswürdigkeit aus. «Ich werde Doktor O'Reilly nur ganz kurz aufhalten.»

O'Reilly trat zur Seite und folgte dem Marquis dann in den Behandlungsraum. Er wartete, während sein Patient mit der gewohnten Gewandtheit den Kamelhaarmantel mit den schwarzen Samtaufschlägen und den Blazer mit dem Abzeichen der *Irish Guards* auf der Brusttasche ablegte, einen Ärmel hochkrempelte und sich auf die Untersuchungsliege legte.

«Sie haben keine Veränderungen bemerkt, seit Sie vor ein paar Monaten hier waren?», fragte O'Reilly, während er ihm die Manschette des Blutdruckmessgerätes um den Oberarm legte und sie aufpumpte.

«Gar keine, außer dass ich zu viel pinkeln muss, seit ich diese verflixten Pillen nehme. Aber das ist die Sache wohl wert, denke ich.» Er grinste.

«Unbedingt. In Ihrem Alter kann Bluthochdruck zu einem Schlaganfall führen, wenn er nicht behandelt wird.»

O'Reilly maß den Blutdruck. «Hat sich nicht verändert», sagte er und entfernte die Manschette. «Bitte, setzen Sie sich auf.»

Der Marquis schwang die Beine über den Rand der Liege und richtete sich auf. O'Reilly nahm ein Ophthalmoskop vom Instrumentenwagen und schaltete das Licht am Gerät ein. «Schauen Sie bitte einfach über meine Schulter an die Wand.» Er leuchtete in die linke Augenlinse, doch er sah nur einen verschwommenen roten Fleck. Erst als er scharf gestellt hatte, erkannte er die leuchtend rote Netzhaut mit der Sehnervenpapille und der Makula in der Mitte. Er entdeckte keine Anzeichen für eine Makuladegeneration und somit keinen Hinweis auf eine Verschlimmerung der Hypertonie. «Schön, links ist der Augenhintergrund in Ordnung», sagte er und wandte seine Aufmerksamkeit dem rechten Auge zu. «So, jetzt wollen wir uns, wie unsere Plattenfreunde sagen würden, mal die B-Seite anschauen.» Nach wenigen Momenten konnte O'Reilly bestätigen, dass auch die rechte Retina gesund war. «Damit haben Sie wieder für ein paar Monate Ruhe», meinte er.

Er ging zu seinem Schreibpult und setzte sich in den Drehsessel, während der Marquis seinen Mantel anzog. «Bitte schön.» O'Reilly reichte seinem Patienten ein Rezept für Chlorothiazid, fünfhundert Milligramm täglich. «Damit bleiben Sie gesund, John.»

«Danke, Fingal. Und jetzt möchte ich Sie wirklich nur noch eine Minute aufhalten. Es freut mich, dass es Ihnen bessergeht.»

«Fühle mich wieder kerngesund.»

«Prima, denn der Vorstandsvorsitzende unseres Rugbyclubs möchte gern, dass Sie am Samstagabend nach dem Spiel eine außerordentliche Sitzung besuchen.»

Erregt sah O'Reilly dem Marquis ins Gesicht. «Haben diese Idioten etwa am Mittwochabend gegen die Beitragserhöhung von einem Pfund gestimmt?»

«Nein, im Gegenteil. Die wurde fast kommentarlos abgesegnet. Als ich Sie am Dienstagvormittag besucht habe, habe ich bereits angedeutet, dass ich das Gefühl hatte, Bishop würde Einspruch erheben. Das hat er auch getan, aber wir wissen alle, dass der Mann für einen halben Penny gegen einen Bären antreten würde, deswegen konnten wir ihn schnell zum Schweigen bringen. Nein, Fingal, die letzten organisatorischen Dinge für die Weihnachtsfeier sollen geregelt werden, und wenn Sie sich entsprechend fühlen, wäre Ihre Anwesenheit für alle ein Gewinn.»

«Am Samstag?» O'Reilly runzelte die Stirn, dann sagte er: «Das müsste ich eigentlich schaffen. Ich habe zwar Bereitschaftsdienst, aber das kriege ich bestimmt irgendwie hin.»

«Gut», sagte der Marquis, schon auf dem Weg zur Tür. Er legte einen Finger an die Nase. «Es kann sein, dass der Vorstand eine kleine Überraschung für Sie vorbereitet, aber es wäre mir lieb, wenn Sie so tun würden, als wüssten Sie von nichts.»

«Eine Überraschung?» O'Reilly runzelte die Stirn. «Welcher Art?»

«Ach, mehr sage ich nicht.» Der Marquis trat auf den Flur hinaus.

«Danke für den Tipp, Sir.» O'Reilly folgte ihm zur Haustür. «Ich bin kein großer Freund von plötzlichen Überraschungen, auch wenn sie gut gemeint sind.»

«Das weiß ich, Fingal. Deswegen habe ich Sie vorgewarnt.» Und ohne eine Antwort abzuwarten, verließ er das Haus.

***

Kinky nahm den Aschenbecher an sich und funkelte O'Reilly ärgerlich an. «Der ist für nach dem Essen gedacht, Doktor. Bis dahin brauchen Sie Ihre Pfeife nicht, oder? Stimmen Sie mir zu, Doktor Laverty?»

«Oh, selbstverständlich, Kinky.» Barry, inzwischen frisch rasiert und angezogen, saß an seinem üblichen Platz am anderen Ende des Tisches.

«Ihr zwei rottet euch also gegen mich zusammen?», fragte O'Reilly, nickte dann aber und lächelte. Während der Sprechstunde hatter er bereits ein paar Pfeifchen mit seinem Lieblingstabak, Murray's Erinmore Flake, geraucht. Jetzt konnte er eine halbe Stunde warten. «Was gibt es denn zum Mittagessen, Kinky?» Ihm knurrte der Magen.

«Ich habe eine leckere Kartoffelsuppe gekocht», antwortete die Haushälterin, «und danach gibt es eine Pastete mit Speck und Eiern.» Sie ging zur Tür. «Und wenn Sie mich jetzt nicht wieder in meine Küche lassen, kriegen Sie gar nichts.»

O'Reilly wollte wissen, was Barry in den frühen Morgenstunden gemacht hatte. «Ich habe gehört, wie du heute Morgen zurückgekommen bist. Anstrengende Nacht?»

Barry gähnte. «Kennst du Jeremy Dunne?»

«Er ist Farmer», stellte O'Reilly fest. «Vierzig Morgen, Fleischrinder und Getreide. Im Westen grenzt sein Land an die Farm der Gillespies, im Osten an die Ländereien des Marquis. Sein erwachsener Sohn lebt bei ihm. Jeremy ist Witwer. Regt sich leicht auf. Er hat ein Magengeschwür, das bereitet ihm Probleme.»

«Ja, heute früh hatte er wirklich Probleme damit. Es ist nämlich durchgebrochen. Die Diagnose war nicht schwierig, weil sein Sohn mir von dem Geschwür berichtet hat. Der arme Kerl hatte einen Schock … schlimme Bauchschmerzen und alle Symptome einer Peritonitis. Ich konnte nur den Krankenwagen rufen und ihn schleunigst ins Royal bringen lassen. Und vorhin nach dem Aufstehen habe ich meinen Kumpel Jack Mills angerufen. Jack und dein Freund Cromie haben Jeremy operiert, sie haben das Loch geschlossen und die Bauchhöhle gereinigt. Sie rechnen damit, dass er zu Weihnachten wieder nach Hause kann.»

«Ja», meinte O'Reilly, «in einer Woche müsste das wieder besser sein, das wäre also am …»

«Am siebzehnten», sagte Barry. «Und dann ist immer noch viel Zeit.»

«Stimmt.» O'Reilly freute sich, denn die Vorstellung, dass jemand zu Weihnachten im Krankenhaus lag, gefiel ihm gar nicht. Auch dass Barry die richtige Diagnose gestellt hatte, freute ihn. Der Junge lernte, die Patienten gut im Auge zu behalten, selbst wenn sie im Krankenhaus in den Händen von Spezialisten waren. «Das hast du gut gemacht, Barry.»

Barry grinste. «Danke, Fingal, aber bei der Krankengeschichte des Mannes war die Diagnose wirklich nicht schwierig.»

Dem jungen Mann war eine natürliche Bescheidenheit zu eigen. Manch einer hätte diesen Charakterzug vielleicht als Mangel an Selbstvertrauen gedeutet, aber O'Reilly war sicher, dass er es besser wusste. «Doch, wirklich gut, mein Sohn», wiederholte er, «sehr gut sogar, und mit ein bisschen Glück wirst du heute Nachmittag nicht allzu viel zu tun haben. Wie viele Besuche hast du auf dem Zettel?»

«Ich springe schnell bei Eileen Lindsay rein und schaue mal, wie Sammy und Maggie miteinander klarkommen;

dann gehe ich kurz zu Kieran und wechsle seinen Verband. Er wohnt ja nur ein paar Häuser weiter. So spart er sich den Weg hierher. Ich glaube, das ist für heute schon alles, es sei denn, Kinky hat noch was für mich, oder es ruft noch jemand an.» Barry spielte mit seinem Suppenlöffel. «Wie war die Sprechstunde?»

O'Reilly streckte sich auf seinem Stuhl. «Mehr oder weniger Routinekram. Aber sehr voll. Nicht alle sind nach Kinnegar abgewandert.»

Diese Nachricht zauberte ein Lächeln auf Barrys Gesicht.

«Cissie war da», fuhr O'Reilly fort. «Sie war von der Wirkung deines Penicillins nicht so ganz überzeugt.»

Barry lachte. «Typisch Cissie. Was hast du ihr gesagt?»

O'Reilly freute sich über Barrys Lachen. Vor vier Monaten wäre sein Assistent gleich in die Defensive gegangen, weil er verunsichert gewesen wäre. Doch, der Junge lernte dazu. «Ich hab ihr gesagt, sie solle auf ihre Cousine Aggie und ihre hilfreichen Ratschläge einfach nicht hören.» O'Reilly entschied sich, Barry nicht zu beunruhigen und ihm zu verschweigen, wo der Ratschlag seiner Meinung nach herkam. «Der geht's bald wieder gut.»

Er zog die Nase kraus, denn der Duft von Zwiebeln, Lauch und Kartoffeln zog in den Raum. Auch wenn der alte Arthur ein guter Spürhund war, dachte O'Reilly, konnte doch niemand ihm selbst das Wasser reichen, wenn es darum ging, Kinkys Essen zu erschnuppern.

Die Haushälterin kam mit einer dampfenden Terrine herein, stellte sie auf den Tisch und reichte O'Reilly eine Suppenkelle. Er begann, seinen eigenen Teller zu füllen.

«Haben Sie heute Morgen Anrufe entgegengenommen, Kinky?» Nun schob Barry O'Reilly den Suppenteller hin.

Kinky stellte sich neben O'Reilly, die Hände vor der Schürze gefaltet, und erwartete ganz offensichtlich sein Urteil über die Suppe. «Ja, aber nicht von Patienten, Doktor Laverty», erklärte sie. «Ihre junge Dame hat angerufen, als sie noch geschlafen haben –»

Barry fuhr auf. «Als ich noch geschlafen habe? Was, ich habe ihren Anruf verpasst? Verdammter Mist.» Er sah, wie Kinky die Lippen zusammenkniff. «Verzeihung, Kinky.»

«Hab schon Schlimmeres gehört», meinte sie trocken.

Die gute alte Kinky, dachte O'Reilly, unser Fels in der Brandung.

«Miss Spence hat gesagt, sie würde irgendwohin aufbrechen und ich solle Sie nicht wecken, bloß ausrichten, dass sie wieder anrufen will.»

«Wann denn?»

«Gleich früh am Samstagmorgen.»

Barry sackte auf seinem Stuhl zusammen. Er seufzte. «Am Samstag?»

«Ach komm, Barry.» O'Reilly reichte ihm den ersten Suppenteller und füllte den zweiten für sich selbst. «Das ist doch schon ganz bald.»

«Ja, du hast ja recht.» Barry probierte die Suppe.

«Und bis dahin haben wir so viel zu tun, dass du gar nicht zum Nachdenken kommst.»

«Und das ist gut so», sagte Kinky ernsthaft. «Müßiggang ist aller Laster Anfang, ja.»

«Also, Kinky, von Müßiggang kann bei Ihnen ja nicht die Rede sein. Diese Suppe ist exzellent.» O'Reilly schmatzte lautstark mit den Lippen und wurde mit einem Lächeln belohnt.

«Köstlich», sagte Barry, wirkte dabei allerdings noch ziemlich geknickt. Der Junge vermisste sein Mädel.

Kinky nickte heftig. «Das ist ein Rezept von meiner Mutter, ja.» Sie schöpfte O'Reilly den Rest aus der Terrine auf den Teller. «So, lassen Sie sich das schmecken, ich gehe jetzt und hole die Pastete.»

O'Reilly aß seine Suppe auf und schaute aus dem Fenster. Der Himmel über dem Kirchturm zeigte das metallische Blau, das man nur an klaren, kalten Tagen sieht. Er beschloss, dass er frische Luft brauchte. Zu lange war er schon ans Haus gefesselt, und Barry hatte heute Nachmittag nicht viel zu tun. «Weißt du», sagte er und schaute Barry an, «Kinky hat recht mit dem Müßiggang und den Lastern, deshalb habe ich eine Idee.»

«Nämlich?»

«Ich würde gerne heute Nachmittag mit zu deinen Patienten fahren und danach im Gemeindesaal vorbeischauen und mal sehen, wie die Vorbereitungen für das Krippenspiel vorangehen. Anschließend mit Arthur spazieren gehen und –»

«Auf dem Nachhauseweg noch kurz im Dreckspatz einkehren.» Barry lachte.

«Woher weißt du das?» Doch O'Reilly erwartete eigentlich keine Antwort. Er wusste, dass Barry allmählich seine Gewohnheiten kannte, genauso, wie er selbst Barry immer besser kennenlernte.

«Und wenn Sie so viel in der Gegend herumsausen», sagte Kinky, indem sie eine große Pastete mit Speck- und Eierfüllung und glasierter brauner Kruste auf den Tisch stellte, «dann brauchen Sie beide Ihre Kraft, also essen Sie schön auf.»

16

Salto Mortale

Es war schon eine ganze Weile her, dass Barry von O'Reilly in dem Rover mit der langen Motorhaube chauffiert worden war, aber selbst mit verbundenen Augen hätte er gewusst, das er in dem alten Wagen saß, denn der Geruch nach Pfeifenrauch und nassem Hund war unverwechselbar. Arthur lag fest schlafend auf dem Rücksitz.

Bei seiner Fahrt durch das Dorf war O'Reilly an der Ampel aufgehalten worden und hatte erst an der Abbiegung zur Siedlung wieder beschleunigen können. Gezwungenermaßen hatte er seine Geschwindigkeit auf vernünftige dreißig Meilen pro Stunde begrenzt. Barry bedauerte es kein bisschen, dass ihr Tempo an diesem Nachmittag eher würdevoll war, ganz entgegen O'Reillys sonstiger Gewohnheit, den Rover als Rennwagen zu benutzen.

Sie parkten in Comber Gardens vor Eileens Haus.

Maggie öffnete und lächelte ihr zahnloses Lächeln. «Hallo, Sie kommen ja zu zweit, meine Lieben. Wie ich sehe, geht es Ihnen besser, Doktor O'Reilly.»

«Viel besser, danke, Maggie.»

«Kommen Sie rein. Ich habe den Kleinen im vorderen Zimmer aufs Sofa gepackt. Da brennt ein Feuer für ihn, ja.»

Barry fiel auf, dass sie eine braune gestrickte Haube trug, in die sie ein Zweiglein Ilex gesteckt hatte. Maggie wäre nicht Maggie gewesen, wenn sie nicht eine Kopfbedeckung mit Blumenschmuck getragen hätte. Barry fand, dass ihr Kopfputz wie ein Christmas Pudding vor dem Flambieren aussah. «Wie geht's ihm denn, Maggie?» fragte er, als sie die Haustür hinter den beiden Ärzten schloss.

«Sammy?» Sie runzelte die Stirn. «Ich glaube, es geht ihm etwas besser. Er hat immerhin sein Mittagessen aufgegessen. Aber von meinem Früchtekuchen hat er ein Stück liegen gelassen.»

Barry verbarg sein Lächeln. «Seine Krankheit verdirbt ihm den Appetit. Und wahrscheinlich langweilt er sich auch ein bisschen.»

«Ich hab ihn immer wieder aufgemuntert, doch ja, Doktor, aber er ist nach wie vor ein bisschen angeschlagen.»

«Das war zu erwarten», erwiderte Barry. Er folgte Maggie durch den Flur, und O'Reilly schloss sich ihnen an. Sammy war schließlich Barrys Patient, und die Umgangsformen unter Ärzten mussten beachtet werden. Das hieß, dass O'Reilly im Hintergrund blieb – es sei denn, er wurde nach seiner Meinung gefragt.

Maggie wartete im Flur. Weil sie nicht zur engeren Verwandtschaft gehörte, wollte es der Brauch, dass sie bei der Untersuchung nicht zugegen war, obwohl sie im Moment Elternstelle an Sammy vertrat.

Im vorderen Zimmer brannte fröhlich ein Kohlenfeuer im Kamin, und es war mollig warm. Barry vermutete, dass Eileen das Heizen erlaubt hatte, da sie nun ja wieder arbeitete. Sammy lag auf einem Sofa unter einer karierten Wolldecke, den Kopf auf zwei Kissen gestützt. Er blickte von einem Comicheft auf. «Hallo, Doktor Laverty», sagte er und wandte sich wieder seinen Comics zu.

«Ist das *The Beano?*», fragte Barry. «Immer noch mit Dennis the Menace und Lord Snooty?»

«Ja». Sammy zeigte ein klein wenig mehr Interesse. «Woher kennen Sie die denn?»

«Als ich in deinem Alter war, habe ich mir die Zeitschrift jede Woche gekauft.»

«Ja, wirklich?» Offensichtlich beeindruckte es den Jungen, dass sein Arzt die Comicfiguren kannte. Er hielt Barry das Heft hin und deutete auf die aufgeschlagene Seite. «Hier, der Billy Whiz ist dieses Jahr neu.»

Barry nahm das Comicheft entgegen, lächelte über die bunte Figur und gab es dann seinem Besitzer zurück. «Danke, Sammy. Wie geht's dir heute?»

«Diese komischen Pickel sehen jetzt anders aus, ja, und meine Knie und Knöchel sind etwas besser geworden.»

«Kein Bauchweh?» Barry glaubte zwar, die Antwort bereits zu kennen, aber er wollte ganz sicher sein. Patienten mit der Purpura Schönlein-Henoch konnten Bauchschmerzen bekommen und Blut mit dem Stuhl ausscheiden. Die Schmerzen waren normalerweise sehr heftig, und in Sammys Fall hätten seine Mutter oder Maggie bestimmt gleich einen Arzt geholt.

«Nee.» Der Junge schüttelte den Kopf. «Weihnachten muss ich wieder gesund sein, ja.»

Barry setzte sich auf den Rand des Sofas. «Darf ich mir mal kurz deinen Ausschlag angucken?»

«Na klar.» Sammy schlug die Decke zurück. Er erinnerte sich an Barrys letzten Besuch, zog seine Schlafanzughose herunter und wälzte sich auf den Bauch. «Bin jetzt keine Saatkartoffel mehr.»

Barry sah auf den ersten Blick, dass die Schwellungen an Sammys Knien und Knöcheln zurückgingen und dass die vorher erhabenen Flecken des Ausschlags sich zurückgebildet hatten und jetzt das typische Rotviolett zeigten. «Du kannst deine Hose wieder hochziehen», sagte er und sah O'Reilly an, der schweigend neben ihnen stand. «Was meinst du dazu, Fingal?»

«Du hast den Nagel auf den Kopf getroffen, Barry. Das ist eine *porphura*.»

«Wie bitte?»

«Das ist die griechische Wurzel von ‹purpur›. Oder auch von Purpura.»

«Freut mich, dass du das bestätigst.» Und das war die Wahrheit. Barry war sich seiner Diagnose einigermaßen sicher gewesen, aber es war schön, dass sein älterer Kollege der gleichen Ansicht war. Er wandte sich wieder dem Kind zu. «Du bist bald wieder gesund, Sammy.»

«Toll.» Der Junge lächelte schüchtern. «Ich glaub, das macht Mrs Houston.»

Mrs Houston? Barry brauchte einen Moment, bis der Groschen fiel. Natürlich, Maggie, die frühere Miss MacCorkle, hieß jetzt ja Mrs Sonny Houston. Wie dumm von ihm. Er bat Maggie, wieder hereinzukommen, und dann fragte er Sammy: «Und wie macht sie das?»

«Los, Mrs Houston», drängte Sammy sie, «zeigen Sie das den Ärzten doch mal.»

Maggie errötete. «Nein, kommt gar nicht in Frage.»

«Och, bitte.» Sammy ließ nicht locker.

«Und Sie beide haben nichts dagegen?»

Barry hatte nicht die geringste Ahnung, wovon die Rede war. Er schüttelte den Kopf. «Lassen Sie sich von mir nicht stören.»

O'Reilly zuckte die Achseln und zwinkerte Barry zu. Vielleicht, dachte Barry, wusste O'Reilly ja schon, was Maggie jetzt vorhatte.

«Warten Sie mal ab, Doktor Laverty, so was haben Sie noch nie gesehen», sagte Sammy mit einem breiten Grinsen.

Maggie stellte sich in den Türrahmen, hob die Hände, stemmte sich auf beiden Seiten gegen den Rahmen, ächzte gewaltig und schaffte es irgendwie, ihren Körper um einhundertachtzig Grad zu drehen.

Fassungslos schaute Barry zu. Sammy klatschte in die Hände, und O'Reilly murmelte: «Heilige Mutter Gottes.»

Kopfüber hängte sich Maggie mit den Absätzen oben am Türrahmen ein und ließ die Hände los. Nun hing sie nur noch an den Füßen. Ihr weiter schwarzer Rock bauschte sich um ihren Kopf, sodass sie wie eine riesige, etwas merkwürdige Fledermaus aussah, eine Fledermaus in knöchellangen weißen Unterhosen, die sie offenbar von ihrer Großmutter geerbt hatte.

«Maggie, komm sofort da runter. Du brichst dir den Hals», brüllte O'Reilly.

Sie machte einen Salto vorwärts, landete geschickt auf den Füßen, beugte einen Augenblick die Knie und stand dann so gerade wie eine Turnerin nach einer Übungsfolge.

«Klasse, Maggie», rief Sammy begeistert. «Das war super, ja!»

Barry schüttelte den Kopf und grinste.

«Junge, Junge», sagte O'Reilly, «Wunder gibt es immer wieder. Wo hast du das denn bloß gelernt, Maggie?»

Sie strich sich den Rock glatt und sagte etwas atemlos: «Wissen Sie noch, wie Sonny auf der Hochzeit verraten hat, dass ich als junges Mädchen Kunstspringerin war?»

«Ja, ich erinnere mich», sagte Barry.

«Und unser Trainer war für seine Zeit sehr fortschrittlich. Er hat uns Gymnastik machen lassen, damit wir geschmeidig blieben. Möchten Sie mal sehen, wie ich Spagat mache?»

«Ich glaube», sagte O'Reilly, «für heute haben wir genug Aufregung gehabt.» Er blinzelte Barry zu. «Doktor Laverty, meinen Sie, das könnte ein Grund für Maggies Kopfschmerzen sein?»

Barry erinnerte sich noch lebhaft, wie er Maggie zum ersten Mal bei O'Reilly gesehen hatte. Sie hatte über Kopfschmerzen geklagt, die sie eine Handbreit *über* ihrem Scheitel verspürte. Jetzt gab er sich größte Mühe, eine ernste Miene zu bewahren. «Gar keine Frage, Doktor O'Reilly.»

«Ach, Sie wollen mich verkohlen, Sie beide.» Maggie lachte. «Das hat mir in meinem ganzen Leben noch nie das kleinste bisschen geschadet.»

Aufgeregt redete Sammy dazwischen: «Und wenn ich wieder gesund bin, bringt sie mir bei, wie das geht!»

«Tatsächlich?» sagte Barry mit einem Seufzer. Es würde gar nicht so einfach sein, ein gebrochenes Genick zu verarzten, falls Sammy stürzen sollte – was er mit Sicherheit tun würde. «Da hast du ja etwas, worauf du dich freuen kannst», sagte er im Aufstehen, «es geht dir wirklich schon wieder besser. Vielleicht bist du Weihnachten wieder ganz gesund.» Er wandte sich an O'Reilly. «Was meinen Sie, Doktor O'Reilly?»

«Du kommst zur Weihnachtsfeier vom Rugbyclub, das wette ich, und da triffst du auch den Weihnachtsmann.»

Sammy grinste breit. «Ja. Und zu uns hier kommt er auch. Ich hab das geregelt. Wissen Sie noch, Doktor Laverty? Ich hab's Ihnen ja gesagt.»

Barry entsann sich vage, dass Sammy ihm stolz erzählt hatte, er und sein Bruder und seine Schwester hätten einen Plan, wie sie dem Weihnachtsmann dieses Jahr helfen könnten. Jetzt ging Eileen ja wieder arbeiten, und wahrscheinlich vergrößerte sie ihre Weihnachtsersparnisse noch. Die Teebüchse mit den Zehn-Shilling-Scheinen stand noch an ihrem Platz auf dem Kaminsims.

Er fuhr Sammy durchs Haar. «Gut gemacht», sagte er und wandte sich dann an Maggie. «Wir müssen wieder los. Kieran und Ethel warten auf uns.»

«Dann gehen Sie nur», sagte Maggie, «aber falls Sie mich brauchen ... ich werd hier noch 'ne ganze Weile rumhängen.» Sie warf den Kopf zurück, riss den zahnlosen Mund auf und gackerte lauthals los. Ihre Schultern bebten, und sie kniff die Augen fest zu. Endlich brachte sie hervor: «Rumhängen. Ach, du liebe Güte, der ist gut, doch wirklich. Wenn ich den Sonny erzähle – der lacht sich tot, ganz bestimmt.»

Sie kicherte immer noch, als Barry hinter O'Reilly auf die Straße trat. Den kurzen Weg zu den O'Hagans wollten sie zu Fuß zurücklegen. Unterwegs kam Eileen Lindsay ihnen eilig entgegen.

«Guten Tag», begrüßte Eileen die beiden Ärzte und blieb stehen. «Geht es Sammy wieder gut?» Ihre Stimme klang besorgt.

«Viel besser jedenfalls», erklärte Barry, «deutlich besser.»

«Gott sei Dank.»

«Sie kommen heute früher als sonst nach Hause», bemerkte O'Reilly.

«Ja. Die Manager haben die Fabrik geschlossen, weil Wartungsarbeiten an den Webstühlen gemacht werden sollen. Mir ist es ganz recht, dass ich früh Schluss hatte. Dann kann Mrs Houston nach Hause fahren, zu ihrem Mann.» Barry musste sich anstrengen, um Eileens nächsten Worte zu verstehen, so leise sprach sie: «Eigentlich sollten wir alle das Glück haben, einen Mann im Haus zu haben.» Mit lauterer Stimme fuhr sie fort: «Mrs Houston ist ein Gottesgeschenk, wirklich. Danke, Doktor Laverty. Ganz herzlichen Dank.»

«Bedanken Sie sich bei Maggie, nicht bei mir», erwiderte Barry, doch ihre Worte erwärmten ihm an diesem kalten Tag das Herz. «Und jetzt sehen Sie zu, dass Sie nach Hause kommen, Eileen.»

Er schaute ihr nach, wie sie im gleichen raschen Tempo die Straße weiter hinunterging, ein Mensch, der immer in Eile zu sein schien. Bei einer alleinstehenden Frau mit drei Kindern war das verständlich. Fast schmerzhaft überkam ihn das Mitgefühl. «Komm, Fingal, lass uns den letzten Hausbesuch hinter uns bringen.»

Schon waren Sie bei den O'Hagans angelangt, und Barry wechselte Kierans Verband. Der alte Nagel löste sich allmählich vom Nagelbett und würde bald abfallen. Barry beruhigte Kieran und Ethel, bat Kieran, in der nächsten Woche einmal kurz in der Praxis vorbeizuschauen, und nickte dann O'Reilly zu, als Zeichen, dass sie gehen sollten.

In einträchtigem Schweigen wanderten sie die schmale Straße entlang zum Rover. Barry freute sich auf eine entspannte Fahrt zum Gemeindesaal, einen Dünenspaziergang mit Arthur und auf ein Pint im Dreckspatz.

Als Maggie, trotz der Kälte ohne Mantel, ihnen auf der Straße entgegengerannt kam, verstand er zuerst überhaupt nichts. Maggie schwenkte die Arme und schrie: «Doktor

O'Reilly! Doktor Laverty! Kommen Sie schnell! Um Gottes willen, kommen Sie schnell!»

Ihr Geschrei konnte nur eins bedeuten: Sammy. Offenbar zeigte die Purpura Schönlein-Henoch sich jetzt doch noch von ihrer bösartigen Seite. Barry rannte los, und O'Reilly blieb ihm auf den Fersen. Verdammt. Vor einer halben Stunde hatte der kleine Kerl noch so gut ausgesehen. Wenn er innere Blutungen hatte, brauchte er sofort eine Adrenalininjektion, subcutan, und eine orale Gabe von Antihistaminika, und gleichzeitig musste ein Krankenwagen her, der ihn in die Kinderklinik brachte. «Es geht um Sammy, oder? Hat er Schmerzen?», rief Barry, während er Maggie entgegenlief. Dann stand sie ihm gegenüber, gebückt, die Hände auf die Knie gestützt.

«Nein … nein», keuchte sie und holte tief Luft. «Es geht nicht um Sammy. Es geht um Eileen.»

17

Zum Schornstein hinaus

Barry stürzte durch die offene Tür ins Haus und weiter in die Wohnstube. Dass O'Reilly ihm folgte, nahm er kaum wahr. Das Bild, das sich ihm bot, wirkte wie eine Szene im Theater. Eileen stand neben dem Kamin, sodass er ihr Profil sah. Sie hatte den Kopf gesenkt, und Tränen strömten ihr über die Wangen. In einer Hand hielt sie einen Zehn-Shilling-Schein. Mit der anderen umklammerte sie die Teebüchse mit dem Bild von Prinzessin Elizabeth. Der Deckel hing offen, und Barry sah, dass die Dose leer war.

Sammy saß auf seinem Sofa. Er hatte die Arme um die angezogenen Knie gelegt und starrte mit großen Augen auf die Büchse in der Hand seiner Mutter. Sein Comicheft lag neben der karierten Decke auf dem Fußboden.

Wenigstens lag Eileen nicht daneben, dachte Barry ganz erleichtert.

O'Reilly kam herein. «Was ist los?», fragte er.

«Weiß noch nicht», meinte Barry.

Eileen trat zu Barry und reichte ihm die Büchse. «Weg», sagte sie mit brechender Stimme. «Alles. Ich wollte diese zehn Shilling hier reintun, aber sehen Sie doch …»

Barry wünschte, er könnte das Geld wieder herbeizaubern.

«Fünfzehn Pfund. Alles, was ich seit letzten Weihnachten sparen konnte.»

Er selbst verdiente in der Woche fünfunddreißig Pfund, und schon das war nicht viel Geld. Barry schaute Eileen an, sah ihre Schultern zucken und bemerkte, dass sie wieder eine Laufmasche hatte. Ja, sie versagte sich selbst jeglichen Luxus, um Geld beiseitelegen und ihren Kindern etwas Kleines zu Weihnachten schenken zu können. Plötzlich hatte er einen Kloß im Hals. Kein Wunder, dass Eileen ihren Kindern erzählt hatte, der Weihnachtsmann sei in diesem Jahr knapp bei Kasse.

Aber wo zum Teufel konnte das Geld sein? Gab es eine Möglichkeit, es wiederzubeschaffen? Irgendetwas musste geschehen, irgendwie musste man ihr helfen. Aber wie? Bevor Barry einen klaren Gedanken fassen konnte, übernahm O'Reilly das Ruder.

Er ging an Barry vorbei, legte Eileen väterlich den Arm um die Schultern und fragte: «Wann hast du das Geld zum letzten Mal gesehen, Eileen?»

Sie schniefte und rieb sich mit dem Handrücken die Augen. «Heute Morgen, nachdem ich das Feuer für Sammy angemacht und ihn hier runtergebracht hatte.» Sie zwang sich zu einem Lächeln in Sammys Richtung. «Er langweilt sich in seinem Zimmer so furchtbar.»

«Also», sagte O'Reilly, «ist das Geld irgendwann seitdem verschwunden.»

«Ja, Doktor. So muss es sein.»

«Wer ist denn hier im Zimmer gewesen, seit du das Feuer angezündet hast – außer Sammy und Maggie?» Seine buschigen Augenbrauen stießen beinahe über der Nase zusammen.

Obwohl die Lage so ernst war, musste Barry ein Lächeln

verbergen. Er stellte sich Fingal Flahertie O'Reilly als Sherlock Holmes vor, mit der karierten Schirmmütze auf dem Kopf und der Meerschaumpfeife im Mund. Damit fiel ihm selbst natürlich die Rolle des Doktor Watson zu.

Eileen schluchzte, und O'Reilly zog ein großes Taschentuch hervor und reichte es ihr. «Lassen Sie sich Zeit», sagte er.

Sie putzte sich die Nase und gab das Schnupftuch zurück. «Sammy und seine Geschwister. Sie waren kurz allein hier drinnen, weil ich schon zur Arbeit musste. Mary und Willy passen nämlich immer auf Sammy auf, bis Mrs Houston kommt. Dann gehen sie in die Schule.»

In Barrys Gedächtnis regte sich etwas. Was hatte Sammy gesagt? Er hätte eine Idee, wie sie dem Weihnachtsmann aus der Patsche helfen könnten?

«Und ich bin um halb neun hier angekommen.» Immer noch atemlos stand Maggie in der Tür. «Und seitdem bin ich hier.»

«Und war Besuch da?», erkundigte O'Reilly sich.

«Nein», antwortete Maggie.

«Kein Vertreter an der Tür?»

«Niemand», versicherte Maggie, «bis auf Sie und Doktor Laverty.»

«Und Sammy ist die ganze Zeit hier im Zimmer gewesen?»

«Ja.» Maggie kratzte sich die Wange. «Nein», meinte sie dann, «das stimmt ja gar nicht. Er musste mal pinkeln.»

«Hmmm.» O'Reillys Augenbrauen stießen zusammen. «Hmmm.»

Barry sah deutlich, in welchem Dilemma er sich befand. Wenn niemand anders das Haus betreten hatte, kamen als Verdächtige nur Eileens Kinder und jetzt auch Maggie in

Frage. Als ihr Schützling zur Toilette gegangen war, hatte sie sich allein im Zimmer befunden.

Die Wahrheit ans Licht zu bringen würde viel Taktgefühl erfordern. Barry öffnete seinen Mantel. Mit vier Erwachsenen, einem Kind und einem Kohlenfeuer wurde es in dem kleinen Raum stickig.

O'Reilly nahm den Arm von Eileens Schultern, drehte sich um und schaute Sammy an.

Das Kind erwiderte seinen Blick.

«Also, Sammy», fragte O'Reilly sehr ruhig, «hat einer von euch – du oder Mary oder Willy – eurer Mama das Geld geklaut?»

Taktgefühl, dachte Barry, gehörte nicht gerade zu O'Reillys Stärken.

Sammy fuhr zurück. «Geklaut? Nein. Wir haben es nicht geklaut, nein, Ehrenwort.»

Und dieses «nein, Ehrenwort», war die stärkste Verneinung, die einem kleinen Jungen möglich war. Würde O'Reilly das Ehrenwort des Kindes akzeptieren oder noch einmal nachhaken? Oder würde er Maggie befragen? Im Moment allerdings schien es dem großen Mann die Sprache verschlagen zu haben.

Etwas raschelte, und als Barry sich umdrehte, sah er gerade noch, wie die Kohlen im Kamin zusammenfielen. Das Feuer. Was war mit dem Feuer? Barry schaute Sammy an. Der Blick des Kindes wanderte von der Blechdose in der Hand seiner Mutter zum Kamin und dann wieder zur Dose zurück. Barry erinnerte sich. Eileen hatte das Feuer erst anzünden wollen, wenn die Kinder ihre Wunschbriefe an den Weihnachtsmann verfassten. Sammy – nein, das war nicht möglich. Oder doch? Oh, verflixt. Barry sah den Blick des Jungen, und plötzlich wusste er, was geschehen war. Wenn er recht hatte – er schaute Eileen an –, würde es sehr schwer sein, ihr zu helfen. Aber konnte das wirklich sein? Barry spürte eine Kälte im Magen.

«Doktor O'Reilly», fragte er, «dürfte ich Sammy eine Frage stellen?»

«Nur zu.»

Barry zögerte. Sammy sollte nicht den Eindruck haben, dass die Erwachsenen sich gegen ihn zusammenschlossen. Er lächelte, dann sagte er: «Sammy, ich weiß, dass du das Geld nicht geklaut hast.»

«Sehn Sie.» Sammy schaute zu O'Reilly hinüber.

Über die Schulter warf Barry Maggie einen Blick zu. An ihrem Stirnrunzeln erkannte er, dass sie sich zusammengereimt hatte, dass sie nun die Hauptverdächtige war. «Und ich weiß auch, dass Sie es nicht gewesen sind, Maggie.» Sie nickte ihm zu.

Er ging zum Kamin, nahm einen Schürhaken, hockte sich hin, stocherte im Feuer und schaute Sammy dann in die Augen. «Aber du wolltest dem Weihnachtsmann helfen, oder?»

Sammy schaute zu seiner Mutter hoch und dann auf die Teebüchse in ihrer Hand. «Ja», sagte er sehr kleinlaut, «und ich wollte auch meiner Mummy helfen.» Er senkte den Kopf und nestelte an seiner Schlafanzugjacke herum. «Sie wissen doch noch, meine Mummy hat ja gesagt, der Weihnachtsmann hat dieses Jahr nicht so viel Geld und wir sollen nicht zu viel auf unsere Wunschzettel schreiben, wenn wir sie durch den Schornstein hochschicken.»

«Ja, das weiß ich noch, Sammy.»

«Sie war ganz, ganz traurig deswegen, ja.» Sammys Stimme brach. «Ich und Mary und Willy, wir haben gedacht, wenn der Weihnachtsmann etwas mehr Geld hätte, würde Mummy sich freuen … und ich wollte ihr heute erzählen, was wir gemacht haben, aber das konnte ich gar nicht.» Er fing an zu weinen. «Sie hat die Teedose aufgemacht und reingeguckt und dann ist sie ganz wütend geworden … und … und» – Sammys Worte gingen in Schluchzern unter – «und ich glaub, wir haben was ganz Schlimmes gemacht, ja … ja.»

«Dann habt ihr drei also dem Weihnachtsmann das Geld geschickt, Sammy? Durch den Schornstein?»

Eileen schlug sich die Hand vor den offenen Mund.

«Ja», brachte Sammy hervor. Und, als hätte es ihn schon ein wenig getröstet, dass er reinen Tisch gemacht hatte, fuhr er fort: «Aber jetzt hat der Weihnachtsmann massenweise Geld, oder?»

Aber Eileen hat keins mehr, dachte Barry.

Eileen ging zu ihrem kleinen Sohn und nahm ihn in die Arme. «Ist schon gut, Sammy. Weine nicht mehr. Es ist alles gut.»

O'Reilly legte ihr die Hand auf die Schulter und sagte: «Und es wird tatsächlich gut werden, Eileen. Mach dir keine Sorgen wegen des Geldes. Das kommt alles in Ordnung, du wirst schon sehen.» Er sah Barry streng an.

«Ja, Fingal», sagte Barry ohne die geringste Ahnung, wovon O'Reilly redete. Aber sein Chef hatte mit einer derartigen Autorität gesprochen, dass er auch «Ja, Fingal» gesagt hätte, wenn er ihm befohlen hätte zu levitieren – und dann wäre er an die Decke geschwebt.

«Wirklich, Doktor O'Reilly? Ehrenwort?» Durch ihre Tränen lächelte Eileen den Arzt an.

«Ehrenwort, Eileen», sagte er.

Barry erbebte innerlich. Schon das zweite Ehrenwort heute. Das war ein bindendes Versprechen, oder?

«Das ist ja wunderbar», mischte Maggie sich ein. «Ich bin sehr froh, dass alles geklärt ist. Wissen Sie, ich glaube, jetzt brauchen wir alle ein schönes Tässchen Tee und ein paar Scheibchen von meinem Früchtekuchen draußen in der Küche.»

Bevor Barry etwas erwidern konnte, sagte O'Reilly: «Maggie, koche den Tee aber nur für Eileen und dich. Doktor Laverty und ich müssen noch einen Besuch machen.»

***

Erst als der Rover sich auf einer Nebenstraße schon halb in die Ballybucklebo Hills hinaufgearbeitet hatte, ergriff Barry das Wort. «Fingal», sagte er, «du hast Eileen gesagt, sie solle sich keine Sorgen machen. Ich nehme an, du hast einen Plan?»

O'Reilly riss den Rover um eine Kurve herum. Auf der Innenseite holperten die Räder über den unbefestigten Straßenrand. Dann fuhr er wieder geradeaus, verlangsamte das Tempo, bog in die Einfahrt zu einem Feld ab und bremste scharf. «Mach das Tor auf.»

Barry tat, wie ihm geheißen, und wartete, bis O'Reilly hindurchgefahren war. Dann schloss er das Tor wieder und folgte dem Wagen zu Fuß. Sie befanden sich auf einem brachliegenden Feld, einem Viereck in dem großen Flickenteppich kleiner Felder und Wiesen. Manche wurden auch jetzt im Winter beweidet, von weißen Watteschäfchen oder hellbraunen Rindern. Andere waren frisch gepflügt, und ihre schwarzen Lehmfurchen erwarteten die Frühjahrsaussaat: Gerste, Hafer oder Weizen. Im Frühling würde das Getreide dann sprießen und das Land in zartgrünes Musselin kleiden. Im Spätsommer würden die Felder sich golden färben, und der leichte Wind würde das Korn sanft wogen lassen, wie die Abendbrise eine stille See. Barry blieb stehen und dachte an den gemächlichen Wechsel der Jahreszeiten hier auf dem Land. Er freute sich, dass er seinen ersten Sommer und Herbst schon hinter sich hatte und den ersten Winter hier erlebte.

Nur noch ein halbes Jahr, dann konnte er O'Reillys Teilhaber werden. Inzwischen war er sich ganz sicher, dass er in die Praxis einsteigen wollte. Vielleicht waren die Fälle, mit denen er zu tun hatte, nicht so herausfordernd wie die im Lehrkrankenhaus, aber am Leben des Dorfes teilzuhaben und nicht nur die medizinischen Probleme der Einheimischen zu lösen, entschädigte ihn dafür. Auch das Erlebnis gerade eben war ein Beispiel dafür, dass ein Landarzt wie O'Reilly Einfluss auf das Leben der Menschen nehmen konnte. Barry zweifelte nicht daran, dass sein älterer Kollege eine Lösung für Eileens Probleme finden würde. Doch, hier zu arbeiten hatte durchaus seinen Reiz, es sei denn, dieser elende Fitzpatrick …

Barry vollendete den Gedanken nicht, sondern ging zu O'Reilly hinüber, der seinen Wagen etwa zwanzig Meter weiter abgestellt hatte. Das Feld war klein, wie alle Felder und Wiesen in Ulster. Feldsteinmauern bildeten die unregelmäßigen Grenzen. Die grauen Steine waren mit Flecken aus braunen Flechten besetzt. Selbst jetzt am Nachmittag war das Gras noch mit einem Zuckerguss aus Raureif überzogen.

Mitten auf dem Feld erhob sich ein kleiner Hügel, den ein einzelner, von blühenden Stechginsterbüschen umringter Schlehenbaum krönte. Barry wusste, dass es ein Feenhügel war. Wenn das Feld wieder bewirtschaftet wurde, würde kein Pflug den Hügel antasten, denn man fürchtete, dass das kleine Volk, das dort wohnte, sonst die Milch sauer werden lassen oder die Ernte vernichten könnte.

Barry atmete den Mandelduft der gelben Stechginsterblüten ein und den stechenden Geruch von Kuhdung. Bis vor kurzem musste eine Viehherde hier geweidet haben. Aus dem benachbarten kleinen Tal stieg eine schmale Rauchfahne auf und hing noch eine Weile in der stillen Luft. Es roch nach brennendem Holz. Offenbar hatte jemand eine Hecke zurückgeschnitten oder einen Graben gesäubert und verbrannte jetzt die abgeschnittenen Zweige.

O'Reilly öffnete die hintere Tür des Wagens, um Arthur Guinness herauszulassen. Der große Hund sprang aus dem Auto und schnupperte wedelnd in die Luft. Dann stürmte er im Galopp davon, doch O'Reilly rief ihn zurück: «Hier, Sir. Komm her.»

Barry war nicht überrascht, dass der Labrador sofort gehorchte.

«Komm mit, Barry», rief O'Reilly und machte sich auf den Weg zum Feenhügel. «Bei Fuß, Arthur.» Der große Hund blieb an O'Reillys Seite, die Schnauze nicht einen Zollbreit vor dem Knie seines Herrchens.

Barry rannte den beiden nach. Er wollte wissen, was O'Reilly plante, um Eileen Lindsay zu helfen, ihr kleines Vermögen zurückzugewinnen.

Von oben erklang ein schwermütiges ki-witt, ki-witt. Als Barry aufschaute, sah er vor dem hellblauen Himmel einen Schwarm Kiebitze, die mit lockeren Flügelschlägen gemächlich nach Hause flogen.

O'Reilly und Arthur waren schon am Rand des Feenhügels angelangt. O'Reilly stellte sich breitbeinig hin. «Sitz», befahl er.

Arthur gehorchte. Seine Nase bebte, er schnupperte, suchte. Dabei gab er leise, brummende Laute von sich, und sein Schwanz schlug von einer Seite zur anderen und legte ein keilförmiges Stück gefrorenes Gras flach.

Barry holte die beiden ein. «Fingal», sagte er, «ich habe dich gefragt, was du für Eileen planst.»

O'Reilly runzelte die Stirn, er schien die Frage nicht gehört zu haben. «Der Stechginster da ist voller Kaninchen. Guck mal.» Er deutete auf die gelb blühenden Büsche. «Such, Arthur», sagte er leise.

Mit der Nase am Boden rannte der Hund los. Stöbernd lief er vor und zurück, um eine Fährte aufzunehmen. Plötzlich blieb er stehen, drehte sich um und rannte direkt auf den Rand des Gebüsches zu. Dort blieb er erneut stehen und schaute sich nach O'Reilly um.

«Treib sie raus, Junge, treib sie raus.»

Die Büsche knackten und schwankten, als Arthur sich dazwischendrängte, den Bauch tief am Boden. Er verschwand, und für ein paar Augenblicke war nur das Krachen im Unterholz zu hören. Dann wurde es von einem eiligen Rascheln abgelöst. Drei braune Kaninchen schossen mit flach angelegten Ohren aus der Deckung hervor und jagten über die Wiese.

O'Reilly grinste. «Wenn ich mein Gewehr dabeihätte, könnten wir morgen Abend Kaninchenpastete essen.»

Einen Momet lang verspürte Barry Mitleid mit den Kaninchen, doch dann wurde ihm bewusst, dass er überhaupt nichts dagegen hätte, sich an einer von Kinkys Wildpasteten gütlich zu tun. In der Erwartung, dass Arthur gleich erscheinen würde, schaute er auf die Stechginsterbüsche, doch er hörte nur ein erneutes Knacken, das tiefer ins Gebüsch hineinführte. Barry rieb sich die Hände.

Allmählich wurden sie kalt. Genauso wie seine Nasenspitze. Er wäre gern zum Wagen zurückgegangen und zum verlockend warmen Gemeindesaal gefahren, wie O'Reilly beim Mittagessen vorgeschlagen hatte. Und er wünschte sich eine Antwort auf die Frage, die ihm keine Ruhe ließ. «Fingal, nochmal zu Eileen. Wie wollen wir ihr das Geld wiederbesorgen?»

O'Reilly zuckte die Achseln. «Um ehrlich zu sein, Barry, im Moment habe ich nicht die leiseste Ahnung.»

«Aber bei ihr zu Hause klangst du so sicher und –»

Plötzlich schien im Gebüsch etwas zu explodieren, so heftig krachte es im Holz. Mit klatschenden Flügelschlägen und heiserem Keckern stieg ein Fasan aus den Stechginsterbüschen in den Himmel auf. Sein smaragdgrüner Kopf schillerte in der Sonne, und die langen gestreiften Schwanzfedern flatterten, als er sich in die Höhe kämpfte. Barry war zusammengeschreckt, sammelte sich aber sogleich wieder.

«Komm, Arthur», rief O'Reilly. Dann wandte er sich Barry zu: «Hast du den großen Kerl gesehen?»

«Der war ja nicht zu übersehen.»

«Dass Fasanen sich so weit entfernt vom Anwesen des Marquis aufhalten, ist ungewöhnlich», bemerkte O'Reilly, «aber unverhofft kommt eben oft.»

Arthur tauchte wieder auf, und O'Reilly rief ihn bei Fuß. «Komm, Barry, jetzt fahren wir zum Dreckspatz. Das Krippenspiel sehen wir uns ein andermal an.» Der Arzt machte sich auf den Weg zurück zum Wagen, und Barry folgte ihm. Hatten die Anstrengung und die Kälte seinen normalerweise unermüdlichen älteren Kollege so erschöpft? «Wie fühlst du dich?», fragte er O'Reilly.

«Könnte nicht besser sein», antwortete dieser. «Ich

habe bloß Lust auf ein Pint. Habe seit Montag kein Bier mehr getrunken.»

Eine Schwäche zuzugeben würde diesen Hünen von Mann umbringen, dachte Barry. «Also gut, und ... Fingal?»

«Was denn?»

«Was Eileen angeht, hast du tatsächlich keinen Plan, oder?»

«Nein, aber denke an den Fasan. Unverhofft kommt oft.»

«Dann willst du also einfach alle beruhigen und darauf bauen, dass sich etwas ergibt?»

«Nein.» O'Reilly öffnete die hintere Autotür und wartete, bis Arthur auf den Rücksitz gesprungen war. «Diese unspezifischen Erwartungen, dass sich etwas ergeben wird, überlasse ich Mr Micawber.»

«Charles Dickens.»

«*David Copperfield*, das weiß ich selbst.» O'Reilly schlug die Autotür zu. «Nein, ich habe gesagt, ich will mir was einfallen lassen, und das werde ich auch tun.» Er öffnete die Fahrertür. «Aber ich kann tausendmal besser denken, wenn ich ein Pint in der Hand habe. Also sei so gut und mach das Tor auf.»

Und Barry, ein wenig beruhigt, folgte seiner Anweisung.

18

Fährmann, hol über

Das Wetter hatte bis zum Samstag gehalten, und als Barry zum Frühstück herunterkam, tanzte das Sonnenlicht in den Facetten der Kristallkaraffen auf der Anrichte und brach sich am gewölbten Silberdeckel eines Speisewärmers. Der Duft nach frischem Kaffee mischte sich mit dem Geruch der Kippers, der gedünsteten Räucherheringe.

O'Reilly saß bereits am Kopfende der Tafel und deutete mit seiner Fischgabel in Richtung Anrichte. «Morgen, Barry. Bedien dich. Ich hab dir ein Paar übrig gelassen.» Er schob sich die Gabel in den Mund und fügte hinzu: «Nicht so wie du neulich bei den Klößen, auf die ich jetzt anspielen *könnte*.»

«Morgen, Fingal.» Barry gähnte. Er überhörte die Stichelei, die ausgerechnet von dem Mann kam, der vor noch gar nicht langer Zeit eine ganze gebratene Ente verspeist hatte, die eigentlich für sie beide gedacht gewesen war. Er nahm den Deckel des Speisewärmers ab und trat zurück, damit die nach Fisch riechende Dampfwolke sich auflösen konnte.

Er freute sich, dass Fingal heute Bereitschaftsdienst hatte. Gestern nach dem Mittagessen war es hektisch gewesen. Barry war bei Sammy und Maggie vorbeigefahren und hatte Jeannie Jingles besucht und weitere Besuche für ihren

Eddie vereinbart, der nach seiner Lungenentzündung gerade aus der Kinderklinik entlassen worden war. Anschließend hatte er noch drei weitere Hausbesuche gemacht.

Die Dampfwolke war verflogen, und Barry legte sich mit dem breiten Fischheber die goldbraunen, mit Eichenspänen geräucherten Heringe auf den Teller. Er trug den Teller zu seinem Platz und kam noch einmal zurück, um sich Kaffee einzuschenken. Jeden Augenblick musste Patricia anrufen. Vielleicht konnte sie ihm jetzt sagen, dass sie nach Hause kommen würde. Er hatte angeboten, ihr das Fährticket zu bezahlen. Vielleicht würde sie ja nachgeben und sein Angebot annehmen. Barry hoffte das sehr.

«Schenk mir auch nochmal ein, du stehst gerade.» O'Reilly reichte Barry seine Tasse und schob seinen mit Kippergräten beladenen Teller von sich.

Während Barry die beiden Tassen Kaffee einschenkte, zählte er Gräten von vier Fischen. O'Reilly hatte sich keinerlei Beschränkungen auferlegt. Kinky meinte ja, O'Reillys wiedererwachende Reizbarkeit sei ein Zeichen dafür, dass er wieder gesund werde. Das Gleiche galt für seinen Appetit. Barry gab ihm seine Tasse zurück. «Hier.»

O'Reilly nahm Tasse und Untertasse entgegen. «Danke, Barry. Wie war deine Nacht?»

Barry kehrte zu seinem Teller zurück und trank einen großen Schluck Kaffee. «Viel zu tun.»

«Ja?»

«Ja. Um zwei musste ich raus. Der Richter Egan hatte Schmerzen in der Brust.»

«Er hat Angina», meinte O'Reilly. «Hat er einen Herzinfarkt gehabt?»

«Das weiß ich nicht, aber seine Nitroglyzerin-Tabletten haben die Schmerzen nicht gelindert, also habe ich ihm Morphin gegeben und den Krankenwagen gerufen. Ich musste bei ihm warten, bis er kam.»

«Gut gemacht», sagte O'Reilly und strich Butter auf seine dritte Scheibe Toast. «Eoin ist ein anständiger Mensch. Nächsten Donnerstag wird er dreiundsiebzig.»

Barry schüttelte den Kopf. Er hätte schwören können, dass O'Reilly sämtliche nützlichen Informationen über jeden einzelnen seiner Patienten in seinem großen, zottigen Kopf mit sich herumtrug. Barry machte sich daran, seinen Hering zu entgräten, hielt aber inne, als O'Reilly sagte: «Sein Name passt zu ihm.»

«Eoin? Wieso? Das ist doch bloß eine alte irische Form von John. Heute sagt man meistens Sean.»

O'Reilly schüttelte den Kopf. «Nein, ich meine seinen Nachnamen, Egan. Der ist von *MacAodhagáin* abgeleitet. Diese Familie waren die *brehons*, sie warem über viele Generationen hinweg Rechtsanwälte und Richter bei den Herrschern von County Roscommen.»

«Na so was!» Barry lachte in sich hinein, während er seinen Fisch weiter filetierte. «Dann heißt er ja Richter Richter ... genauso wie dieser Typ in *Catch 22* Major Major heißt.»

«Joseph Heller. Verdammt witziges Buch.» O'Reilly hatte seinen Toast verspeist und betrachtete den Toastständer.

Barry schob den entgräteten Fisch an den Tellerrand. «Wir hatten mal einen Arzt in der Forschung, der über Harninkontinenz arbeitete. Der bedauernswerte Kerl hieß auch noch Lecky. Er war wirklich ein armer Tropf.»

O'Reilly lachte so laut, dass Barry das Telefon im Flur nicht klingeln hörte. Kinky trat ein und sagte: «Ihre Miss Spence ist dran.»

Wie ein Greyhound am Start sprang Barry von seinem

Stuhl auf, rannte an Kinky vorbei und packte den Hörer. «Hallo, Patricia.»

«Barry, wie geht's?»

«Gut. Und dir –» er senkte die Stimme – «mein Schatz?» Schließlich war die Tür zum Esszimmer offen.

«Du musst lauter sprechen», sagte Patricia.

Barry kehrte der Tür den Rücken zu, legte die Hand um die Sprechmuschel und sagte ein klein wenig lauter: «Ich liebe dich.»

Er hörte sie leise lachen. «Ich liebe dich auch, Barry. Wirklich.»

Das erleichterte ihn. Er wollte wissen, ob sie zu Weihnachten nach Ulster kommen würde, fragte aber stattdessen: «Wo bist du? Im Wohnheim?»

«Nein. Ich bin in Bourn. Ich verbringe das Wochenende hier bei Jenny.»

«Jenny wer?» Er wünschte bloß, sie würde das Wochenende bei ihm verbringen.

«Jenny. Jenny Compton. Ich habe dir doch von ihr erzählt.»

«Stimmt.» Das Mädel, bei dem Patricia auch Weihnachten sein wollte, falls sie nicht nach Nordirland zurückkam.

«Ihre Eltern sind stinkreich. Ihr Vater ist Börsenmakler und sagt, ich kann so lange telefonieren, wie ich will, egal, was es kostet. Er kann die Telefonkosten als Geschäftsausgaben abrechnen.»

«Das muss schön sein», sagte Barry. «Immerhin, ein richtiges Gespräch am Telefon ist mal was anderes als immer nur zwei Minuten oder ab und zu mal ein Brief.»

«Es tut mir leid, Barry», sagte Patricia, «aber ich muss hier wirklich sehr viel fürs Studium arbeiten. Ich habe einfach keine Zeit, jeden Abend lange Episteln zu verfassen.»

«Das verstehe ich», sagte Barry und überlegte, dass er seinen Eltern immer noch nicht zurückgeschrieben hatte. «Ich hab auch Briefschulden. Aber ich vermisse dich sehr, Patricia.»

«Und ich vermisse dich auch ... besonders abends in meinem Zimmerchen. Zu dieser Jahreszeit ist es ziemlich kalt.» Ihre Stimme war tiefer und ein wenig heiser geworden.

Ach, wie er sich danach sehnte, sie in den Armen zu halten. Fast hätte er ihr gesagt, wie gern er bei ihr wäre, um sie warm zu halten, doch sie plauderte weiter.

«Mein Zimmer hier ist sehr schön und gemütlich. Jenny und ihre Eltern wohnen in einem alten Haus auf dem Land. Strohdach, alte Eichenbalken. Es wurde 1643 erbaut.»

«Hört sich sehr urig an.» Wie konnte Patricia ihm das antun? Eine sexuelle Anspielung machen und dann einfach das Thema wechseln? Er wünschte, sie würde aufhören, Belanglosigkeiten von sich zu geben, und ihm endlich sagen, was er wissen wollte.

«Ist es auch. Es ist ganz nah bei dem Herrenhaus hier, Bourn Hall, und das ist wirklich ein faszinierendes Gebäude.»

«Ja, das glaube ich.» Aber bestimmt nicht faszinierender als ihr Mund und ihre Brüste. Er sehnte sich so sehr nach ihr.

«Es war im Besitz der Familie De La Warr ... nach denen ist der amerikanische Staat Delaware benannt.»

«Patricia ...» Barry lächelte Kinky zu, die gerade in die Küche zurückging. Doch dann wurde sein Gesicht ernst.

Normalerweise war Patricia keine Plaudertasche. Doch jetzt plapperte sie unaufhörlich weiter, weil sie ihm etwas Unangenehmes zu sagen hatte. Das spürte er.

«Dieser Familie gehört auch ein großer Wald und das war genau die Gegend, die A. A. Milne in der Geschichte von Pu dem Bären den Hundert-Morgen-Wald genannt hat.»

«Ach, tatsächlich?» Allmählich schlich Barrys Desinteresse sich in seinen Tonfall ein. Er war jetzt ganz sicher, dass Patricia mit diesem ganzen banalen Geplauder einen Rauchvorhang produzierte, um ihm nicht sagen zu müssen, dass sie nicht nach Hause kommen würde. «Das ist ja interessant.»

Er hörte sie kichern. «Da wir gerade von Pu reden, Schatz – du klingst ein bisschen wie I-Ah.»

Barry holte tief Luft. «Hör mal, Patricia, es ist schön, mit dir zu plaudern, aber ich muss es wissen, damit ich mit Fingal einen Plan für den Bereitschaftsdienst machen kann … kommst du nach Hause?»

Ihre Stimme klang ein ganz klein wenig gereizt. «Das weiß ich immer noch nicht.»

Barry versuchte, sich seine Enttäuschung nicht anmerken zu lassen. «Wenn du es immer noch nicht weißt, warum rufst du dann an?»

«Einfach, weil ich deine Stimme gern höre, Barry», sagte sie in ruhigem Tonfall, «und weil ich weiß, dass Jennys Vater nichts dagegen hat. Du fehlst mir, und ich habe mich darauf gefreut, mit dir zu sprechen.»

«Mensch, ich rede auch gerne mit dir, aber lieber würde ich dabei neben dir sitzen.» Oder liegen, dachte Barry.

«Das geht mir genauso.»

«Hast du dich wegen der Fähre erkundigt?» Er wartete, aber Patricia antwortete nicht. «Patricia? Bist du noch dran? Hast du dich wegen der Fähre erkundigt?»

«Noch nicht. Ich hatte so viel zu tun.»

«So viel, dass du nicht mal anrufen konntest? Verdammt, Patricia, ich bezahle das Ticket. Es kann doch nicht so teuer sein.»

Nach einer langen Pause sagte sie bestimmt: «Ich weiß nicht, ob ich das möchte, Barry.»

«Warum denn bloß nicht? Ich arbeite doch. Ich verdiene Geld. Aber du studierst noch. Ich liebe dich. Ich möchte dich sehen. Und ich nehme an, dass du mich auch sehen willst.»

«Jetzt sei nicht albern.»

Er presste die Lippen zusammen. «Warum ist es albern, wenn ich dir anbiete, deine Überfahrt zu bezahlen?»

«Ich habe natürlich gemeint, dass ich dich sehen will, und wenn du meinst, das wäre anders, dann bist du albern.»

«Dann lass mich für dein Ticket bezahlen.» Wieder wartete er.

«Barry ...» Ihre Stimme klang gelassen. «Ich liebe dich wirklich ... aber ...»

«Aber? Aber? Aber was denn?»

«Aber ich finde, für einen unterbezahlten Assistenzarzt ist das schrecklich viel Geld ...»

Er spürte, dass sie ihm die Enttäuschung erleichtern wollte. «Aber es ist doch *mein* Geld.»

«Und du arbeitest sehr hart dafür.»

Barry merkte, dass er diesen Kampf nicht gewinnen konnte. «Ich finde, darum geht es überhaupt nicht. Es ist dein verdammter Stolz. Irgendwie denkst du, deine Unabhängigkeit wäre bedroht, wenn du von mir Geld annehmen würdest.»

Er hörte, wie Patricia sich räusperte. Ganz ruhig sagte sie dann: «Ich bin tatsächlich der Meinung, dass Frauen finanziell nicht von Männern abhängig sein sollten.»

«Ach, komm, Patricia. Das will ich ja auch gar nicht. Ich verlange nicht von dir, dass du deine Prinzipien aufgibst. Ich möchte dich einfach nur sehen. Ich vermisse dich so wahnsinnig.»

«Und ich vermisse dich auch, Barry. Aber ich werde kein Geld von dir annehmen.»

«Da geht es doch nicht mehr um Prinzipien, das ist einfach Sturheit. Du hast gesagt, ich sollte nicht albern sein. Dann sei du aber bitte auch nicht blöd.» Er hielt den Hörer so fest, als wollte er ihn zerquetschen.

«Barry, ich liebe dich, aber dieses Gespräch führt uns nicht weiter.»

«Nein. Und wir kommen erst recht nicht weiter, wenn du dich weigerst, nach Hause zu kommen», rutschte es ihm heraus.

«Ich weigere mich nicht, nach Hause zu kommen, sondern ich weigere mich, Geld von dir anzunehmen.»

«Und das ist dein letztes Wort?» Er wartete. Klang ihre Stimme ein wenig brüchig, als sie ja sagte?

Barry hielt sich den Hörer vors Gesicht und starrte ihn an. Die Liebe wächst mit der Entfernung? So ein Blödsinn. Er hielt sich den Hörer wieder ans Ohr.

«Bist du noch dran, Barry? ... Barry?»

«Ja.»

Das Schweigen dehnte sich schier endlos. Aber er würde unter keinen Umständen als Erster wieder sprechen.

«Barry? Ich liebe dich.»

«Dann lass mich für die Fähre bezahlen.»

«Nein.»

Er kniff die Augen zusammen, holte tief Luft und sagte: «Ich lege jetzt auf, Patricia. Du weißt, wo du mich erreichen kannst, falls du es dir anders überlegst.» Barry spürte ein Brennen hinter den Augenlidern.

«Mach's gut, Barry.» Er hörte ein Klicken, und dann war die Leitung tot. So eine Scheiße. Warum konnte dieses blöde Weib denn nicht vernünftig sein? Er legte den Hörer auf die Gabel zurück. «Viel Spaß mit deinen dämlichen Enten», knurrte er in den leeren Flur. Er räusperte sich, fuhr sich mit dem Handrücken über die Augen, strich die Haarlocke glatt, die sich wieder mal auf seinem Kopf aufgerichtet hatte, und ging ins Esszimmer zurück.

O'Reilly kaute. Der Teller mit den beiden Räucherheringen, der eigentlich vor Barrys Platz hätte warten sollen, hatte sich wunderbarerweise vor O'Reilly geschoben, und er verzehrte soeben den letzten Bissen. Er lächelte schuldbewusst. «Sie wurden ja kalt», erklärte er. «Es wäre schade drum gewesen. Kinky kocht dir gerade ein paar Eier.»

«Mein Gott, Fingal ...» Aber Barry merkte, dass er keine Lust auf einen weiteren Streit hatte. Jedenfalls nicht unmittelbar nach dem Vorangegangenen. «Macht nichts. Eier sind schon in Ordnung.» Er nahm seine noch halbvolle Tasse und ging zur Anrichte, um sie mit heißem Kaffee aufzufüllen.

O'Reilly rülpste. «Entschuldige», sagte er und trat an das Erkerfenster, um hinauszusehen. «Ein wunderbarer Tag, Barry. Was hast du vor?»

Barry zuckte die Achseln. «Weiß nicht. Ich leg ein bisschen die Beine hoch.»

O'Reilly lachte. «Du klingst wie ein altes Weiblein. Kann es sein, dass du einfach ein bisschen allein sein willst?»

«Ja, kann sein», sagte Barry verlegen.

«Ich hab nicht gelauscht, aber ich habe deinen Tonfall gehört.»

Barry zuckte die Achseln. «Sie ist einfach stur, das ist alles.»

O'Reilly legte Barry eine Hand auf die Schulter und sagte sanft: «Sie wird ihre Haltung noch ändern, mein Sohn. Du wirst schon sehen.»

Jeden anderen Menschen, der das gesagt hätte, hätte Barry ausgelacht, aber O'Reillys war ein hervorragender Menschenkenner. Barry fand seine Einschätzung tröstlich, auch wenn er nicht ganz überzeugt davon war. «Danke, Fingal.»

«Und bis dahin», fuhr O'Reilly fort, «kannst du dich ausruhen und deine Kreuzworträtsel lösen, heute Vormittag jedenfalls, und heute Nachmittag nehme ich dich und Kitty mit.»

«Mich und Kitty? Wohin denn?»

«Ich habe Kitty gestern Abend angerufen. Sie kommt her, und wir vier – Kitty, Arthur, ich und du – werden uns den Kampf der Titanen angucken. Ein Rugbymatch zwischen den Ballybucklebo Bonnaughts und den Glengormley Gallowglasses.»

Barry lachte. Die Bonnaughts hatten ihren Namen von irischen Söldnern aus dem vierzehnten Jahrhundert, und die Gallowglasses waren nach schottischen Berufssoldaten benannt, die zum ersten Mal im Jahre 1258 nach Irland gekommen waren. Und so, wie die beiden Teams sich bei ihren Begegnungen verhielten, war es sehr passend, dass sie beide nach kriegerischen Formationen benannt worden waren. Einige ihrer Spiele waren in den Rugbykreisen Ulsters zur Legende geworden. «Müsste eine ganz schöne Rauferei werden», meinte Barry. «Ich komme mit, Fingal, aber –»

«Aber was?»

«Möchtest du nicht lieber mit Kitty allein sein?»

O'Reilly lachte herzlich. «Bei einem Rugbymatch? Allein? Du spinnst wohl. Aber am Abend lade ich sie nach Crawfordsburn zum Dinner ein, und da könnte ich deine Hilfe gebrauchen.»

«Was? Du brauchst beim Essen meine Hilfe?»

«Nein. Blödmann. Ich muss gleich nach dem Spiel zu irgendeiner mysteriösen Vorstandssitzung. Vielleicht kannst du Kitty unterhalten, bis das vorbei ist.»

«In Ordnung.»

«Aber, Barry, wenn du dich dann nach der Sitzung verziehen würdest, wäre ich dir gar nicht böse.»

Da O'Reillys Wangen normalerweise schon stark gerötet waren, konnte man unmöglich erkennen, ob er rot wurde. «Das kann ich machen, Fingal», sagte Barry. Ihm fiel ein, dass er ja noch Jack Mills anrufen sollte. Entweder wollte er ihn zu einer weiteren Probe von Kinkys Kochkünsten einladen, oder aber – ja, das war eine Idee – er würde mit ihm ins Schwesternheim zum Tanzen gehen. «Ich muss nur mal eben telefonieren.»

19

Anpfiff

O'Reilly parkte den Rover auf einem Kiesplatz. Neben dem Parkplatz stand vor einer grasbewachsenen Böschung eine Reihe uralter Buchen. Die Bäume mussten mindestens dreißig Meter hoch sein. O'Reilly beugte sich zu Kitty hinüber, gab ihr ein Küsschen auf die Wange und sagte: «Wir sind da.»

Er stieg aus und öffnete die hintere Tür für Arthur. Der Hund rannte sogleich zum nächsten Baum und hob das Bein. O'Reilly blickte zurück auf die Straße. Noch keine Spur von Barrys Wagen. Er war mit Brunhilde unterwegs, damit er Kitty nach dem Spiel, wenn O'Reilly seine Sitzung hatte, in die Main Street Nummer 1 zurückbringen konnte.

O'Reilly schaute durch das kahle Geäst der Baumkronen zu den Zirruswolken hinauf, die am hohen, blassblauen Himmel wie weiße Kreideflecken wirkten. Die Wolken bewegten sich kaum, es war wenig Wind und nicht sehr kalt. Kitty würde nicht erfrieren, während sie von der Seitenlinie aus dem Spiel zuschaute. Gut.

Er ging zur Beifahrerseite hinüber. Unter seinen Füßen krachten die Bucheckern. Kitty stand schon neben dem Wagen. Sie hielt nichts davon, dass die Dame wartete, bis der Herr den Wagenschlag für sie öffnete. Nein, sie war eine sehr selbstbewusste Frau. Den Eindruck hatte O'Reilly immer schon gehabt. Aber seit sie am Dienstagabend die Initiative ergriffen, ihn geküsst und ihm angedeutet hatte, dass sie immer noch in ihn verliebt war, zweifelte er nicht mehr daran. Kitty war eine eigenständige, starke Frau. Und das bewunderte er an ihr.

Sie trug einen dreiviertellangen flaschengrünen Mantel über schwarzen Steghosen und dazu flache Schuhe. Der Pelzkragen des Mantels war aufgestellt, sodass er die untere Gesichtshälfte bedeckte. Ihre auffallenden grauen Augen mit den bernsteingoldenen Pünktchen funkelten unter einem seidenen Kopftuch mit Rennpferd-Motiv hervor. Ach, dachte O'Reilly mit einem Lächeln, Kitty ist ja selbst ein Vollblut. Ein Vollblutweib. Sieh der Sache ins Auge, Fingal, sagte er zu sich, als er ihren sanften Blick sah – den Blick, an den er sich von früher her noch gut erinnerte –, sie hat dich wirklich sehr gern.

Und ihm wurde bewusst, dass er seit Dienstag eine ganze Menge über sie nachgedacht hatte, doch jetzt, auf dem Weg zu einem Rugbymatch, war nicht der richtige Zeitpunkt, um mit ihr darüber zu sprechen. Vielleicht heute Abend beim Essen. Wenn ihm bloß klar wäre, was er eigentlich genau empfand.

Er stellte sich neben Kitty. «Da kommt Barry», sagte er. Der Käfer kam den Fahrweg entlanggebrummt und parkte neben dem Rover. Barry stieg aus und trat zu ihnen.

«Warum hast du so lange gebraucht?»

«Mensch, Fingal, ich müsste Nachbrenner an meinem Auto haben, um mit dir mithalten zu können. Weißt du, dass du wieder mal einen Radfahrer in den Graben gescheucht hast?»

«Hab ich ihn angefahren?» O'Reilly grinste. «Wenn er

nicht einen kleinen Schubs von mir gekriegt hat, zählt es nicht.»

«Um ein Haar hättest du ihn wirklich geschubst, Fingal», sagte Kitty. «Ich hab mich furchtbar erschrocken.»

O'Reillys Grinsen verschwand. «Das tut mir leid», sagte er zerknirscht.

«Also wirklich.» Kitty schüttelte den Kopf und hängte sich bei ihm ein. «Diesmal verzeihe ich dir, aber ich erwarte, dass du in Zukunft vorsichtiger fährst.» Sie machte sich auf den Weg zum Spielfeld. «Kommt, lasst uns das Spiel anschauen.»

«Warte noch eben.» O'Reilly holte eine Jagdtasche aus dem Wagen. «Proviant», meinte er und hängte sie sich über die Schulter. «Kinky hat uns ein paar Thermosflaschen mit ihrer Tomatensuppe eingepackt, und ich» – er zog eine silberne Flasche aus einer Innentasche hervor – «habe das Schlangenserum mitgebracht … für alle Fälle.»

Kittys Lachen war tief und melodiös. «Ich dachte, der heilige Patrick hätte alle Schlangen aus Irland verjagt.»

«Ach», O'Reilly steckte die Flasche in seine Manteltasche, «man kann nie vorsichtig genug sein. Vielleicht sind ein paar heimlich zurückgekommen.» Er wollte gerade losgehen, da erschien ein schwarzer Sunbeam-Talbot, und niemand anders als Doktor Ronald Hercules Fitzpatrick stieg aus. O'Reilly wartete, bis sein Kollege bei ihnen angelangt war, begrüßte ihn höflich und stellte dann Kitty vor.

Offenbar erkannte der Arzt sie wieder. «Wie schön, Sie wiederzusehen, Miss O'Hallorhan. Dublin und unsere Studententage liegen ja nun schon sehr lange zurück.» Mit einem Vernügen, das ein Bestatter beim Anblick eines soeben Verstorbenen zeigen könnte, rieb er sich die behandschuhten Hände. «Nun, Fingal», fuhr er fort, «meinen Sie, dass Ihre Leute eine Chance haben?»

O'Reilly knurrte etwas Unverständliches. Dumme Frage.

«Ich bin nämlich hier, um die Gegner zu unterstützen. Ich bin schon seit Jahren Anhänger der Glengormley Gallowglasses.» Fitzpatrick zog die Nase hoch.

«Ach ja?», sagte O'Reilly. «Also, heute räume ich denen keine großen Chancen ein. Die Bonnaughts haben zwei Spieler aus Ulster …»

«Mein guter Mann …»

Dass er immer so schnell mit «meine guten» bei der Hand ist, dieser hochnäsige Dreckskerl, dachte O'Reilly.

«Aber wir haben einen Mann – er spielt als Schlussmann und soll namenlos bleiben – aus der nordirischen Mannschaft ausgeliehen. Er hat schon dreimal für Irland gespielt. Wir werden euch einfach in der Luft zerreißen, lebendig auffressen werden wir euch, ja!»

«Ach, tatsächlich?» O'Reilly verschränkte die Arme vor der Brust. Einen Spieler aus dem *North of Ireland Football Club* zu haben – einem der Clubs in der Senior League –, einen Spieler also, der kein reguläres Mitglied der Gallowglasses war, war fast schon Mogelei, aber er wollte jetzt keinen Streit anfangen. Stattdessen sagte er: «Ronald, ich weiß, dass Sie ein treuer Anhänger Ihrer Kirche sind, aber wollen Sie Ihre letzte Behauptung nicht mit ein paar Pfund unterstützen?»

Fitzpatrick runzelte die Stirn und legte den gekrümmten Zeigefinger an die Unterlippe. «Nun, eigentlich sollte ich das nicht tun.»

Er braucht bloß einen kleinen Stups, dachte O'Reilly. «Meiner Meinung nach sind eure Leute alle zusammen

Waschlappen, Hercules, die lassen sich ja einfach umpusten.»

Fitzpatrick schluckte, seine Kehllappen schaukelten, und sein Adamsapfel hüpfte. «Nun gut, Doktor O'Reilly, ich werde eine kleine Wette abschließen. Sagen wir ... sagen wir, ein Pfund.»

O'Reilly lächelte breit. «Ach, kommen Sie. Wenn schon, denn schon.» Er kniff die Augen zusammen, und seine Stimme wurde hart. «Setzen Sie zehn Pfund, dann mache ich mit.»

Fitzpatricks Kehlkopf machte einen weiten Ausflug nach oben, als er schluckte. Dann streckte er die Hand aus. «Die Wette gilt.»

O'Reilly schüttelte die dargebotene Hand, wobei ihm auffiel, dass dieser Mensch nicht einmal die Höflichkeit besaß, den Handschuh auszuziehen. «Abgemacht», sagte er. «Nach dem Spiel sehen wir uns im Clubhaus. Und wenn Sie uns jetzt entschuldigen wollen, wir möchten den Anpfiff nicht verpassen.»

Er führte die kleine Gruppe die Böschung hinauf und an den Rand des Spielfeldes. Unterwegs begrüßte er andere Anhänger der heimischen Mannschaft, die sich schon an der Seitenlinie einen Platz gesucht hatten. Die Schlachtenbummler, die lautstark die auswärtige Mannschaft unterstützten, standen auf der anderen Seite des Spielfelds. Schon jetzt flogen gutmütige Beleidigungen über den Platz hin und her.

«Seht ihr da euren Gedrängehalb aus Ballybucklebo?»

«Was soll denn mit unserem Fergus Finnegan sein?»

«Seine Beine sind so krumm, da könnte man glatt mit einer Ponykutsche durchfahren.» Gejohle und Pfiffe von der gegenüberliegenden Seitenlinie.

Doch Ballybucklebo wehrte sich. «Guckt euch doch euren eigenen Gedrängehalb an», brüllte Archie Auchinleck zurück. «Beim letzten Mal hier hat er den Ball nicht eurem Verbindungshalb zugespielt, nein, er hat ihn auf die Erde geworfen … und nicht getroffen!»

Laute Beifallsrufe und Gelächter von der heimischen Seite.

«Ach, du hast doch ein Rad ab!»

«Na, das nenne ich schlagfertig!» Lachsalven waren die Antwort. «Du bist so scharfsinnig, du schneidest dich noch, ja!»

O'Reilly stimmte in das Gelächter mit ein. An der Mittellinie blieb er stehen. Er befahl Arthur, sich hinzulegen, und wartete ab, bis die Einheimischen zur Seite traten und für ihn und seine Begleitung Platz machten. Dann baute er sich am Rand des Spielfelds auf und betrachtete das Bild, das sich ihm bot.

Der federnde, kurzgeschorene Rasen und die mit Kalk ausgestreuten Seitenlinien, die Mittellinnie, die Zweiundzwanzig-Meter-Linien und die Mallinien sowie die H-förmigen Malstangen an jeder Seite entsprachen ziemlich genau den Vorschriften. Das Spielfeld war aus einem Stück ungenutztem Farmland entstanden.

O'Reilly wusste das, denn er hatte damals, 1947, bei der Anlage geholfen.

Ursprünglich war es ein Stück brachliegendes Feld gewesen, uneben, steinig, zum Teil sumpfig und mit Stechginster, Brombeeren und Farnkraut bewachsen. Es war landwirtschaftlich nicht nutzbar. O'Reilly und eine Gruppe gleichgesinnter Dorfbewohner hatten Geld gesammelt, das Stück für einen Appel und ein Ei erworben und es gerodet und entwässert. Zugegeben, es lag auf halber Höhe auf einem der berühmten *drumlins* in County Down, kleinen, runden Hügeln, die in der letzten Eiszeit entstanden waren. Aus diesem Grund hatte es von einem Tor zum anderen zehn Grad Gefälle, aber das wurde einfach als lokale Eigenheit angesehen.

Was dieses Spielfeld wirklich einzigartig machte und worauf O'Reilly immer wieder stolz war, war die Tatsache, dass sich sowohl der *Rugby Union Club* als auch die *Gaelic Athletic Association* an der Anlage beteiligt hatten und nun gleiche Nutzungsrechte hatten. Das Rugby- und das Hurlingteam der *Gaelic Athletic Association*, rein katholisch, nutzten den Platz jeden zweiten Sonntag nach der Messe. Zu wichtigen Ereignissen, wie der bevorstehenden alljährlichen Weihnachtsparty, kamen die protestantische und die katholische Gruppe zusammen.

In anderen Gegenden von Nordirland gingen sich die gegnerischen Gruppierungen häufig an die Kehle, oder aber befanden sich in einem Zustand von, wie O'Reilly es nannte, «bewaffneter Neutralität». Dass sie in Ballybucklebo auf sportlichem Gebiet zusammenarbeiteten, sprach Bände und zeigte deutlich, dass in diesem Dorf zwischen den beiden Konfessionen Frieden herrschte.

Doch die beiden Mannschaften, die heute spielen wollten, würden sich niemals den Ölbaumzweig reichen. Sie waren schon seit der Eröffnung des Platzes Rivalen. Der Name Glengormley war vom irischen *Gleann gorm liath* abgeleitet. Das bedeutete «das blaugraue Tal» und bezeichnete einen Vorort von Belfast. Und Ballybucklebo war ein sehr ländliches Dorf.

Die Gründungsväter hatten nicht nur das Spielfeld geschaffen, sondern auch ein kleines, einstöckiges Clubhaus gebaut, das auf der anderen Seite des Platzes ein Stück abseits stand. Dort sollte die Vorstandssitzung stattfinden. Aber das war erst nach dem Spiel.

Auf der anderen Seite brandeten Jubelrufe auf, als die gegnerischen Glengormley Gallowglasses, fünfzehn an der Zahl, in Hemden mit senkrechten blauen und gelben Streifen und kurzen schwarzen Hosen aus dem Clubhaus gerannt kamen. Zwei der größeren Männer, Stürmer, trugen lederne Kappen, die *scrum caps*, um ihre Ohren zu schützen.

Ihnen folgten die Ballybucklebo Bonnaughts in ihren schwarz-weiß karierten Hemden und weißen Hosen. O'Reilly stimmte in die Beifallsrufe der Fans mit ein. Er war ein treuer Anhänger seines Clubs und wünschte sich, dass die Mannschaft heute gewann, ganz abgesehen von seiner Wette mit Fitzpatrick. Die verlieh dem Spiel noch zusätzliche Würze.

Eine hochgewachsene Gestalt mit eisengrauen Haaren lief auf den Platz. Der Mann trug das grüne Trikot Irlands und auf der linken Brust das weiße Stoffabzeichen mit dem dreiblättrigen Kleeblatt. Etwas wehmütig erinnerte O'Reilly sich daran, wie er einst, vor dem Krieg, selbst die Farben seines Landes getragen hatte.

Vermutlich war Ballybucklebo der einzige Rugbyclub überhaupt, in dem ein Angehöriger des Hochadels als Schiedsrichter fungierte. Als der Marquis die Mitte des Spielfelds erreicht hatte, blies er in sein Pfeifchen, und die beiden Mannschaftskapitäne traten zu ihm. Eine Münze wurde geworfen. Die Bonnaughts gewannen und entschieden sich, in der ersten Hälfte des Spiels bergauf zu spielen. Damit würden sie in der zweiten Hälfte, wenn ihre Kräfte allmählich nachließen, beim Bergabspielen die Schwerkraft auf ihrer Seite haben. Ihre Wahl gab den Gegnern das Recht auf den Anstoß.

Während die Bonnaughts sich etwa zehn Meter von der Mittellinie entfernt auf dem Spielfeld aufreihten, stellte der importierte Schlussmann der gegnerischen Mannschaft den ovalen Ball auf eines seiner spitzen Enden mittig auf die Mittellinie. Dann machte er genau acht Schritte nach rückwärts und drehte sich rasch nach beiden Seiten um, um sich zu vergewissern, dass seine Mannschaft hinter ihm und damit nicht im Abseits stand. Als der Marquis pfiff, stürmte er nach vorn und versetzte dem Ball einen gewaltigen Tritt. Als wäre sie plötzlich zum Leben erwacht, stürzte seine Mannschaft hinterher.

O'Reilly beobachtete, wie der Ball in den Himmel stieg, verharrte und dann auf die Erde stürzte, wo er vom Schlussmann der heimischen Mannschaft gefangen wurde. Fast gleichzeitig bekam er die Schultern eines gegnerischen Stürmers in den Bauch.

O'Reilly hörte den dumpfen Aufprall, hörte, wie der Schlussmann explosionsartig die Luft ausstieß. Er hätte seine Chance auf Unsterblichkeit dafür hergegeben, noch mitspielen zu können, aber die Jahre hatten ihren Tribut gefordert, und das musste er akzeptieren. Er griff nach Kittys Hand und lächelte ihr und Barry zu. Wenigstens konnte er jetzt in aller Ruhe hier stehen bleiben und sich achtzig Minuten lang inszeniertes Tohuwabohu anschauen.

20

Jedem sein Waterloo

Es war ein harter Kampf. Zwei Bonnaughts und drei Gallowglasses hatten bereits verletzt das Spielfeld verlassen. In keinem Fall war mehr als Erste Hilfe nötig gewesen, aber blaue Augen, blutige Nasen und gequetschte Rippen forderten ihren Tribut. Von beiden Mannschaften war jeweils nur ein Spieler zurückgekehrt. O'Reillys Jagdtasche war leichter geworden, seit die drei Kinkys angenehm wärmende Suppe verzehrt hatten. Arthur schnarchte leise. Vermutlich hatte er entschieden, es sei nicht der Mühe wert, den dreißig Gestalten nachzujagen, die da herumrannten. O'Reilly wurde allmählich ein wenig kühl. Er schaute Kitty an. «Ist dir warm genug?»

«Alles bestens, Fingal.»

Sie rückte dichter an ihn heran, und er bemerkte einen schwachen Duft nach Parfüm. Ihre Wangen waren rosig, und unter ihrer Nasenspitze hing ein kleines Tröpfchen. Doch, ihr war kalt, aber sie ertrug es, um ihm nicht den Spaß zu verderben. Er legte ihr den Arm um die Schultern und drückte sie. «Tapferes Mädel.» Dann zog er seinen Flachmann hervor. «Möchtest du ein Schlückchen?»

Sie schüttelte den Kopf.

«Und du, Barry?»

Barry stampfte mit den Füßen auf. Auch er schien zu

frösteln. «Warum nicht? Es ist schon eine ganze Weile her, seit ich mein letztes Rugbyspiel gesehen habe. Ich hatte ganz vergessen, wie spannend das sein kann.»

O'Reilly reichte Barry den Flachmann mit dem silbernen Becherchen.

«Dann siehst du dir solche Spiele also gerne an? Das ist schön. Du hast sehr hart gearbeitet, und heute ist dein erster freier Tag, seit ich krank geworden bin. Ich fände es furchtbar schade, wenn du ihn vergeuden würdest.»

«Statt zu Hause rumzuhängen und auf Jacks Anruf zu warten, bin ich viel lieber hier.» Barry schlürfte seinen Whiskey, und O'Reilly wartete gern, bis er fertig war, auch wenn er selbst nach dem Wasser des Lebens lechzte. Er freute sich, dass er Barry mitgenommen hatte. Der Junge war wirklich enttäuscht, dass sein Mädel ihm nicht versprechen wollte, Weihnachten zu kommen. Da war es besser, wenn man ihn beschäftigte.

O'Reilly schaute auf die Uhr. Nur noch drei Minuten der üblichen achtzig waren zu spielen, und Ballybucklebo führte mit zwei Punkten. Seine zehn Pfund schienen ihm sicher zu sein. «Na, Kitty», fragte er, «meinst du, dass unsere heimischen Gladiatoren das schaffen können?»

Sie zögerte und schaute auf das Spielfeld, wo die Bonnaughts gerade dicht vor der Mallinie der Gallowglasses angriffen. «Glengormley muss entweder ein Straftor schießen oder einen Touchdown erzielen.» Sie zog die Brauen zusammen. «Und wenn sie nah genug ans Mal rankommen – ihr Schlussmann ist ein verdammt guter Kicker. Aber das wäre ein weiter Weg für sie ... und dazu noch bergauf.»

«Ich bin ganz deiner Meinung, Kitty», erklärte O'Reilly und sagte dann, zu Barry gewandt: «Sie ist immer schon eine Expertin für dieses Spiel gewesen.»

Kitty lachte. «Mir blieb gar nichts anderes übrig. Ich habe ja genügend eiskalte Samstagnachmittage am Rand des Spielfeldes zugebracht und mir angeguckt, wie du dich mit deinen Freunden im Matsch herumgebalgt hast.»

O'Reilly drückte ihre Schultern fester. «Und wenn ich mich richtig erinnere, haben dir die Partys anschließend im Clubhaus immer Spaß gemacht.» Sie antwortete, indem sie sich noch näher an ihn heranschob, nach seinem Arm fasste und zu ihm hinauflächelte. «Du warst ein ganz schön guter Tänzer, Fingal.»

O'Reilly schaute ihr in die Augen und lachte.

Der Marquis pfiff laut. Ein Regelverstoß.

O'Reilly hatte das Foul nicht gesehen. «Was ist passiert?», fragte er.

«Ein Bonnaught war im Abseits», erklärte Barry. «Der Schiedsrichter wird ein Gedränge anordnen müssen. Ein Vorteil für die Gallowglasses.»

O'Reilly stimmte zu. Falls Ballybucklebo den Ball bekam, hatten sie eine sehr gute Chance, weitere Punkte zu machen und das Spiel – und damit seine Wette – zu gewinnen. Er grinste.

Die Stürmer beider Mannschaften bereiteten sich vor. Jeweils drei Männer eines Teams legten einander die Arme um die Schultern. Das war die erste Reihe. Der Mann in der Mitte, der *hooker* oder Hakler, würde versuchen, den Ball zu fangen. Hinter ihnen legten sich zwei weitere hochgewachsene Männer ebenfalls die Arme um die Schultern und schoben die Köpfe auf beiden Seiten am Hakler vorbei, zwischen seinen Hüften und den Männern rechts und links von ihm, den sogenannten *props* oder Pfeilern, hindurch. Ihre Schultern legten sie gegen die Hintern des Haklers, und der Pfeiler und bildeten so die zweite Reihe.

O'Reilly spürte, wie ihn der Neid packte. Das war immer seine Position gewesen. Wenn er die Augen schloss, konnte er den frischen Schweiß riechen und die festen Muskeln des Stürmers neben ihm in der zweiten Reihe spüren.

Ein weiterer Stürmer schob den Kopf zwischen den Hüften der Zweitereihestürmer hindurch. Auf jeder Seite der beiden Hälften des Gedränges wartete ein Mann. Diese insgesamt vier Männer waren die Flügelstürmer.

Ballybucklebo hatte den Fehler begangen, folglich war Glengormley in Ballbesitz. Ihr Gedrängehalb, ein kleiner Mann, stand mit dem Ball in der Hand etwas seitlich von den gegnerischen Spielern. Ihm gegenüber stand Fergus Finnegan, dicht neben seinen Mannschaftskameraden.

Der Marquis pfiff. Die Spieler in den ersten Reihen, vorwärtsgeschoben von ihren Hintermännern, beugten sich in den Hüften und griffen an. Die Flügelstürmer schoben mit ganzer Kraft an den Seiten mit. Die sechzehn Männer sahen aus wie eine riesige Wasserschildkröte, fand O'Reilly. Sie schoben und stöhnten und kämpften erbittert gegeneinander.

Zwischen den vorderen Reihen der gegnerischen Mannschaften hatte sich ein Tunnel gebildet. Der Gedrängehalb der Gallowglasses feuerte den Ball hinein. Weiteres Stoßen und Schieben, gefolgt von einem allgemeinen Aufstöhnen der Ballybucklebo-Fans und Gejubel von der Seitenlinie gegenüber.

Glengormley hatte den Ball in seinen Besitz gebracht, und als er hinter den Beinen ihres hinteren Stürmers erschien, griff ihr Gedrängehalb augenblicklich zu.

«Zum Schlussmann!», rief ein Anhänger der Gallowglasses.

Das war die klassische Verteidigungsstrategie, dachte O'Reilly. Der Schlussmann konnte den Ball dann mit einem Kick wo weit wie möglich über das Spielfeld schießen, damit das Spiel sich von der empfindlichen Mallinie seiner eigenen Mannschaft entfernte.

Aber da kaum noch Zeit übrig war, hatten die Gallowglasses beschlossen, alles auf eine Karte zu setzen. Die Dreiviertellinie des Gegners war in Bewegung. In staffelförmiger Aufstellung rannten die Spieler bergan. Dabei deckten sie fast die ganze Breite des Spielfelds ab. Wilde Jubelrufe von ihren Anhängern feuerten sie an.

«Achtung, der Schlussmann!», brüllte O'Reilly.

Der aus der nordirischen Mannschaft eingeschleuste Spieler rannte als zusätzlicher Angreifer ans Ende der Reihe. Das konnte gefährlich werden.

O'Reilly spürte, wie Kitty an seiner Seite aufgeregt hüpfte. «Tieffassen», murmelte sie fachmännisch.

Jedes Mal kurz bevor es einem Glengormley-Spieler an die Beine ging, gab er den Ball seitwärts an den nächsten weiter. Zug um Zug, wie bei einem schweißtreibenden Schachspiel. Der Ball wurde weitergereicht, und ein Spieler nach dem anderen wurde tiefgefasst, bis der Ball schließlich in die Hände des Schlussmannes gelangte. Zwischen ihm und dem unvermeidlichen Punktgewinn stand nur ein einziger Spieler aus Ballybucklebo.

O'Reilly merkte, wie er den Atem anhielt, als der Mann mit dem Ball unter dem Arm an ihm vorbeidonnerte, so dicht, dass er den schlafenden Arthur Guinness aufweckte.

«Rawuff», meldete sich Arthur.

O'Reilly ignorierte den Hund.

«Rawuff, rawuff», machte Arthur und ignorierte seinerseits O'Reilly.

«Achtung, er schießt!», brüllte O'Reilly plötzlich. Wenn

es dem Schlussmann gelang, den Ball an dem letzten Spieler aus Ballybucklebo vorbeizuschießen, konnte er vermutlich um den einsamen Verteidiger herumlaufen, den Ball wieder an sich nehmen und ihn zum Touchdown hinter die Mallinie tragen.

Der Schlussmann aus Glengormley schoss gezielt über den Bonnaught hinweg in das freie Spielfeld hinter ihm. O'Reilly zuckte zusammen. «Ach, Scheiße», murmelte er.

Auf der anderen Seite des Spielfeldes winkten die Schlachtenbummler mit ihren bunten Mannschaftsschals und jubelten aus voller Kehle.

«Ach», meinte O'Reilly resigniert, «da gehen sie hin, meine zehn Pfund.» Diesen Punkt hatten sie so gut wie in der Tasche. Das heißt, sie hätten ihn in der Tasche gehabt, wenn nicht ...

Arthur stieß ein schauerliches Geheul aus und raste auf das Spielfeld.

«Ruf ihn zurück, Fingal!», schrie Barry.

Kitty prustete wider Willen los.

Die Anhänger der Mannschaft aus Ballybucklebo skandierten einstimmig: «Lauf, Arthur!»

Zwei Gallowglasses warfen sich auf den Hund, als er an ihnen vorbeigaloppierte, aber er wich ihnen mühelos aus.

«Lauf, Arthur! Lauf, Arthur!» Das Grölen der Menge schwoll an, und von dem Jubelgeschrei angestachelt schnappte Arthur sich den Ball, legte rutschend eine rasend schnelle Kehrtwende hin und lief zu seinem Herrchen zurück, als apportiere er stolz einen abgeschossenen Vogel.

Der Marquis stieß nicht nur einmal in seine Trillerpfeife, nein, er spielte ein langes Solo auf seinem Instrument. O'Reilly fand, es klang wie ein Zug, der ankündigte, dass er auf ein Nebengleis auswich.

Ein Chor von Buhrufen erscholl von der anderen Seite des Platzes, wurde aber vom ohrenbetäubenden Jubel der Ballybucklebo-Fans übertönt.

O'Reilly bemühte sich redlich, sein breites Grinsen zu verbergen, als er Arthur den sabberfeuchten Ball aus dem Maul nahm. «Nächste Woche kaufen wir dir ein Bonnaught-Trikot», sagte er. «Hier, Barry, halt ihn am Halsband fest.»

Barry nahm den Hund am Halsband und befahl: «Sitz.»

Arthur grinste und hechelte, dass ihm die rosa Zunge lang aus dem Maul hing. Er wedelte heftig mit dem Schwanz und kümmerte sich nicht im geringsten um Barrys Kommando.

O'Reilly betrat das Spielfeld und brachte dem Marquis den Ball. «Bitte schön, John. Das tut mir leid.»

«Ist nicht zu ändern, Fingal. Ich werde ihnen einen Straftritt geben müssen.»

«Klarer Fall, Sir», sagte O'Reilly und verließ unter den Jubelrufen der Einheimischen das Spielfeld. Nur noch eine Minute zu spielen.

Die Mannschaften stellten sich wieder auf, die Bonnaughts hinter ihrer Mallinie.

«Glaubst du, dass er das mit einem Schuss schafft, Kitty?», fragte O'Reilly, als er wieder neben ihr stand.

«Dann gewinnen sie.» Sie beobachtete den Kicker der Gallowglasses, der den ovalen Ball gerade in eine flache Kuhle stellte, die er mit dem Stiefelabsatz in den Rasen gehackt hatte. Dann betrachtete sie mit zusammengekniffenen Augen die H-förmigen Malstangen. «Er steht fast auf der Seitenlinie, das ist also ein ganz kleiner Winkel, und die Entfernung ist ziemlich groß.»

«Und», fügte Barry hinzu, «er hat Gegenwind.»

«Der schießt daneben. Das geht gar nicht anders», sagte O'Reilly mit einer Zuversicht, die er selbst nicht recht empfand. Wenn der Ball zwischen den Malstangen hindurchgeschossen wurde, zählte das drei Punkte. Er konnte es sich zwar durchaus leisten, die zehn Pfund zu verlieren, aber dass sein Verlust Doktor Ronald Hercules Fitzpatrick eine gewisse Befriedigung verschaffen würde, gefiel ihm ganz und gar nicht.

Der Kicker ging sieben Schritte zurück, drehte sich um und blieb reglos stehen, die Arme an den Seiten, die Füße geschlossen.

Sämtliche Zuschauer wurden still. Man betrachtete es als grob unsportlich, in dieser Situation ein Geräusch von sich zu geben und den Spieler damit möglicherweise in seiner Konzentration zu stören.

Mit gesenktem Kopf rannte der Mann auf den Ball zu, holte mit dem rechten Bein aus und trat mit voller Wucht zu. Leder krachte auf Leder.

Der Ball flog in den Himmel. Er erreichte eine gute Höhe und würde weit genug fliegen, schätzte O'Reilly. Vielleicht ein bisschen weit nach links, aber er würde trotzdem zwischen den beiden Pfosten hindurchsausen. So ein Mist, dachte O'Reilly, meine zehn Pfund bin ich los. Doch da spürte er Wind an seiner Wange. Eine plötzliche, kräftige Bö. Er sah, wie der Wind den Ball erfasste und ihm einen Schubs gab, der ausreichte, um seine Flugbahn zu verändern, und ihn ein ganzes Stück seitlich der linken Malstange am Mal vorbeitrug.

O'Reilly ballte die Fäuste und warf die Arme in die Luft. «Super», brüllte er, «wunderbar!» Dann, ohne auf die Beifallsstürme und den Schlusspfiff des Schiedsrichters zu achten, nahm er Kitty in die Arme, hob sie hoch, schwenkte sie einmal im Kreis und gab ihr einen Kuss.

«Lass mich runter, Fingal», sagte sie lachend. «Lass mich runter.»

Das tat er schließlich auch, aber er nahm ihre Hand und hielt sie fest. «Das haben unsere Leute gut gemacht», stellte er fest.

«Ja», bestätigte Kitty. Sie tätschelte Arthur den Kopf. «Und du hast deine Sache auch gut gemacht, Arthur.»

«Blöder Hund», sagte O'Reilly liebevoll.

«Rawuff», erklärte Arthur.

«Und jetzt», meinte O'Reilly, «ist es Zeit, dass du wieder in deine Hütte kommst, Sir. Ich muss jetzt zu einer Vorstandssitzung.»

Barry hielt Arthur immer noch am Halsband fest. «Wenn Sie so weit sind, Kitty, fahre ich Sie zurück in die Main Street.»

«Ja, bitte.»

O'Reilly merkte, dass es ihm schwerfiel, Kittys Hand loszulassen. Er drückte sie, gab sie frei und sagte: «Das dauert nicht lange. Ich muss bloß die Sache mit Fitzpatrick klären, und die Sitzung ist bestimmt kurz. Da bin ich im Nu wieder zu Hause.»

«Und fahr vorsichtig, Fingal», sagte Kitty. «Hast du gehört?»

Fast hätte er geantwortet: «Ja, Schatz», aber er konnte sich gerade noch bremsen. «Also», sagte er, «fahrt los.» Während Barry, Arthur und Kitty zum Parkplatz hinübergingen, blieb er noch einen Moment lang stehen. Kittys Kopftuch fiel ihm wieder auf, und er erinnerte sich an seine Gedanken von vorhin. Sie war ein Vollblut, diese Kitty O'Hallorhan. Ja, ein veritables Vollblutweib.

21

«In Anerkennung Ihrer Verdienste»

O'Reilly stand draußen vor dem Clubhaus und beobachtete, wie der letzte der siegreichen Bonnaughts zu seiner wohlverdienten Dusche hineinging. Der Abend brach herein, und damit wurde es noch kälter. Ein Schwarm lärmender Dohlen war unterwegs zu den Schlafplätzen in den großen Buchen. O'Reilly schaute auf, als die Vögel über den blaugrauen, dämmernden Himmel taumelten. Ihr Gefieder glänzte wie das frischgestriegelte Fell einer schwarzen Stute.

Er stampfte in seinen Stiefeln auf und schlug sich kräftig die Arme um den Leib. Von Fitzpatrick war nichts zu sehen. Er schuldete O'Reilly zehn Pfund und hätte hier sein sollen, um diese Ehrenschuld zu begleichen. Falls er überhaupt eine Ehre hatte.

Seit seiner längst vergangenen Studienzeit wusste O'Reilly, dass Ronald Hercules Fitzpatrick ein erbärmliches Würmchen war. Aber wenn ein Mann mit Handschlag eine Wette besiegelt hatte – ein Vertrag, der in Irland bindender war als ein vom obersten Richter auf Pergament verfasstes Schriftstück, von zwei hohen Richtern bezeugt und mit Blut versiegelt – und sich dann einfach aus dem Staub machte, dann konnte man ihn nicht einmal mehr verachten.

Zumindest schuldete Fitzpatrick O'Reilly eine persönliche Erklärung. Dann hätte O'Reilly sogar zugeben können, dass die Wette ungültig war, weil Arthur Guinness eingegriffen hatte. Aber einfach nicht zu erscheinen war mehr als unhöflich. Es war feige.

Er beschloss, noch weitere fünf Minuten zu warten. Schließlich war es möglich, dass Fitzpatrick für seine Verspätung einen Grund hatte. Aber nach diesen fünf Minuten würde er hineingehen und sich aufwärmen.

O'Reilly wurde in seinen Gedanken vom Marquis unterbrochen, der in der Tür erschien. «Kommen Sie rein, Fingal?» Sein Haar war nach der Dusche glatt und feucht, und seine Wangen glühten. «Wir möchten die Sache gerne erledigen und nach Hause fahren.»

«Gut, ich komme.»

O'Reilly stieg die drei flachen Stufen hinauf und trat durch die große Tür, die der Marquis ihm aufhielt, in den Flur. An einer Wand hingen gerahmte Fotos von allen Rugbymannschaften, die seit der Gründung des Clubs hier gespielt hatten, und die andere Wand schmückten ähnlich eingerahmte Fotos von gälischen Rugby- und Hurlingteams. Er war so tief in Gedanken, dass er den Marquis neben sich kaum wahrnahm.

Dieser verdammte Fitzpatrick. Manche seiner medizinischen Praktiken ließen einiges zu wünschen übrig, aber O'Reilly war realistisch genug, um sich einzugestehen, dass ein großer Teil seiner eigenen Methoden wahrscheinlich auch Verdacht erregen konnte. Vieles von dem, was er und Barry praktizierten, basierte einfach auf den Aussagen ihrer Professoren, die es wiederum von ihren Vorgängern hatten. Aber nachdem Chirurgen in Leeds im letzten Jahr mit Erfolg eine Niere aus einer Leiche in einen lebenden

Patienten transplantiert hatten, musste man doch einfach beeindruckt sein.

War Fitzpatricks Quacksalberei eine echte Bedrohung? Für seine Patienten vielleicht, und in diesem Fall musste man etwas unternehmen. Aber würde er genügend Patienten anlocken, um den Fortbestand der Praxis in Ballybucklebo zu gefährden? O'Reilly bezweifelte das. Aber er hatte gesehen, wie besorgt Barry war, obwohl der Junge versuchte, seine Befürchtungen zu verbergen.

Das allein war Grund genug, Fitzpatricks Abreise mit unbekanntem Ziel zu beschleunigen. Dass er sich vor der Begleichung seiner Wettschulden drückte, war ärgerlich, aber für O'Reilly kein Anlass zur Blutrache. Allerdings machte es ihm Ronald Hercules Fitzpatrick auch kein bisschen sympathischer.

O'Reilly war sich nicht sicher, wie er Eileen Lindsay helfen sollte, aber er wusste, dass er es versuchen musste. Während er einen Plan für sie schmiedete, konnte er sich gleichzeitig überlegen, wie er vielleicht Fitzpatrick beikommen konnte. Wenn der Mann auf medizinischem Gebiet tatsächlich so gefährlich war, wie O'Reilly vermutete, dann würde er ihm bald den Garaus machen, das war so sicher wie das Amen in der Kirche. Und es konnte nicht schaden, jetzt schon ein bisschen darüber nachzudenken, wie er das am besten anstellen würde.

Jetzt musste er sich jedoch erst einmal auf die bevorstehende Sitzung konzentrieren.

Er öffnete die Tür zum Sitzungszimmer, hielt sie dem Marquis auf und folgte ihm in den behaglichen, eichengetäfelten Raum. Als der Marquis eintrat, verstummten die Gespräche.

Ein Petroleumofen vertrieb die Kälte aus der Luft, und

O'Reilly konnte die Dämpfe riechen. Durch den Nebel aus Tabakrauch waren auch hier Fotos zu sehen, frühere Vorsitzende, verschiedene andere Würdenträger, die Vorsitzenden des Frauenclubs und Porträts von Spielern, die im Laufe der Jahre für Ulster angetreten waren. O'Reilly lächelte, als ihm Schnappschüsse von sich selbst und dem Marquis ins Auge fielen. Sie waren die beiden Clubmitglieder, die für ihr Land gespielt hatten.

Er wandte den Blick von den alten Fotos ab und betrachtete die Vorstandsmitglieder an dem langen Mahagonitisch. Florence Bishop, die einzige Frau, war sitzen geblieben. Sie trug einen teuren Hut und hatte ihre massige Gestalt in ein schickes Kleid gehüllt, das eigentlich wohl für eine halb so alte Frau gedacht war. O'Reilly verbarg sein Schmunzeln. «Aufgetakelt wie eine alte Fregatte», hätte Kinky gesagt.

Die fünf Männer, die O'Reilly alle gut kannte, waren zu Ehren des Marquis aufgestanden. Fergus Finnegan, der Mannschaftskapitän, Reverend Robinson, der presbyterianische Pastor, mit seinem weißen Kragen, und Pfarrer O'Toole, der katholische Priester, in seiner Soutane. Der Kapitän des Hurlingteams war Dermot Kennedy, dessen Tochter Jeannie im August einen Blinddarmabszess gehabt hatte. Und schließlich war Councillor Bertie Bishop anwesend, als Vorstandsmitglied ohne besondere Aufgaben. Sein dunkler Dreiteiler war zerknittert, und über der Weste hing eine goldene Uhrkette, an der ein Freimaurerwinkel baumelte.

«Bitte, setzen Sie sich doch», sagte der Marquis, während er als Schirmherr und Ehrenpräsident des Clubs seinen Platz am Kopfende einnahm. Vor ihm lagen ein Hämmerchen und ein in Leder gebundenes Protokollbuch.

Die Männer setzen sich. Nachdem O'Reilly seinen Mantel, die Schirmmütze und den Schal an den Garderobenständer gehängt hatte, nahm er an der rechten Seite des Marquis Platz. Schließlich war er Schriftführer und Schatzmeister, und das schon mehr Jahre, als ihm lieb war. «'n Abend zusammen», sagte er. «'n Abend, Mrs Bishop.» Er nickte Florence Bishop zu, die in diesem Jahr die Vereinsfrauen vertrat.

«Guten Abend, Doktor.» Der einstimmige Chor hätte ihm aus seinem Wartezimmer entgegentönen können, aber hier war der Grund für die Ehrerbietung der Respekt vor seinen früheren Fähigkeiten als Rugbyspieler.

Erwartungsvoll schauten die Männer den Marquis an.

O'Reilly lächelte und lehnte sich zu Florence Bishop hinüber, die zu seiner Rechten saß. Leise fragte er: «Wie geht's, Florence?»

«Ausgezeichnet, Doktor, danke. Diese Tablettchen, die Doktor Laverty mir gibt, sind goldrichtig, ja wirklich. Ich bin überhaupt nicht mehr müde. Nein, ich springe herum wie ein junges Fohlen.»

«Das freut mich sehr», sagte O'Reilly. Im August hatte Barry klug eine *myasthenia gravis* bei ihr diagnostiziert, eine seltene Krankheit, bei der die Überleitung von Nervenimpulsen an die Skelettmuskulatur gestört war. Wer darunter litt, war ständig lethargisch. Doch das Neostigminbromid, das Barry ihr verschrieben hatte, tat offenbar seine Wirkung, und so hatte O'Reilly jetzt eine vor Energie sprühende Frau neben sich sitzen.

«Und ich habe sechs Kilo abgenommen.»

«Beeindruckend, Florence.» Wieder schaute er sie an. Nein, es würde ihr bestimmt nicht schaden, wenn sie mindestens noch einmal das Doppelte abnahm.

Der Marquis hüstelte, klopfte mit seinem Hämmerchen auf den Tisch und sagte: «Ich möchte die Versammlung zur Ordnung rufen. Dies ist, wie Sie alle wissen, eine außerordentliche Vorstandssitzung, daher können wir auf die Annahme des Protokolls unserer letzten Plenarsitzung verzichten.» Er schob das Protokollbuch ungeöffnet zur Seite.

Councillor Bertie Bishop hob die Hand, als wolle er auf die Tischplatte schlagen. Er wuchtete sich in seinem Sessel ein Stückchen nach vorn. Dabei musste er darauf achten, dass vor dem Tisch genügend Platz für seinen üppigen Bauch blieb. «Ich bin immer noch nicht glücklich mit der Beitragserhöhung um ein Pfund, nein, gar nicht.»

«Halt … den … Mund … Bertie», zischte seine Frau Florence und fixierte ihn mit einem Blick, der dem legendären Basilisken, dessen Blick einen Menschen in Stein verwandeln konnte, alle Ehre gemacht hätte. «Das ist doch Schnee von gestern», knurrte sie.

«Ja, Schatz.» Bishop legte die Hand leise wieder auf den Tisch und sackte murmelnd in sich zusammen.

Mit einem ironischen Lächeln bemerkte der Marquis: «Sie sind nicht ganz bei der Sache, Bertie.»

«Das ist Beutelschneiderei, ja.»

«Bertie.» Florence beugte sich über den Tisch. «Jetzt reicht's.»

Der Marquis nickte. «Wir haben heute zwei Punkte auf der Tagesordnung, und ich möchte sie gerne so schnell wie möglich abhaken. Der erste ist die Weihnachtsfeier. Würden Sie uns bitte darüber informieren, Florence?»

«Gerne, Sir.» Sie stellte eine Handtasche auf den Tisch, die leicht als Reisekoffer hätte dienen können, kramte darin herum und förderte ein Notizbuch mit Spiralbindung zutage. «Sie findet wie immer am dreiundzwanzigsten Dezember statt, das ist ein Mittwoch, in elf Tagen also. Sie fängt um fünf an, damit die kleinen Kinder ein Weilchen dabeisein können, bevor sie ins Bett müssen, und …» Florence lächelte O'Reilly zu, «um sechs kommt der Weihnachtsmann, wenn es Ihnen recht ist, Doktor O'Reilly.»

«Ho, ho, ho», sagte O'Reilly, der seinen Auftritt schon seit vielen Jahren immer wieder genoss.

Florence senkte den Kopf, griff erneut in ihre Handtasche und zog ein Maßband hervor. «Würden Sie bitte kurz aufstehen, Doktor?»

O'Reilly erhob sich, und Florence stand ebenfalls auf und legte ihm das Maßband um die Mitte. Mit Daumen und Zeigefinger markierte sie seinen Taillenumfang auf dem Maßband, rollte es wieder auf und machte sich eine Notiz in ihrem Heft. Kopfschüttelnd sah sie O'Reilly an. «Ich muss eine der Damen bitten, die Hosen im Bund drei Zentimeter weiter zu machen. Sie werden ein bisschen stark um die Taille, Doktor, wenn ich das mal so ausdrücken darf.»

O'Reilly lachte, nicht im Geringsten beleidigt. «Doktor Laverty hat mir erzählt, dass Miss Moloney von ihrem Besuch bei ihrer Schwester zurückgekehrt ist. Sie kann wunderbar nähen. Vielleicht können Sie mal mit ihr sprechen.» Immerhin könnte das ein erster Schritt dazu sein, dass Miss Moloney im Dorf wieder akzeptiert würde.

«Ja? Dann schaue ich mal in ihrer Boutique vorbei und frage sie. Also» – Mrs Bishop warf einen Blick in ihre Notizen – «meine Damen werden sich um die Verpflegung kümmern.» Mit einem Lächeln zu O'Reilly hin fragte sie: «Glauben Sie, dass Ihre Mrs Kincaid uns auch helfen möchte?»

«Ich werde sie natürlich fragen, aber ich bin sicher, dass sie gerne mitmacht.»

«Gut, und wenn wir im Gemeindesaal mit dem Schmücken fertig sind» – sie nickte Pfarrer O'Toole zu, der lächelte – «kümmern wir uns hier um das Clubhaus.»

«Danke, Mrs Bishop», sagte O'Toole.

«Und», fuhr sie fort, «können Sie den Baum besorgen, Fergus?»

«Sie können auf dem Gut einen Baum schlagen», bot der Marquis an.

«Danke, Sir, ich kümmere mich darum.»

«Herr Vorsitzender», unterbrach Bertie Bishop. Er war aufgestanden und hatte, wie es seine Gewohnheit war, die Daumen unter die Aufschläge seines Jacketts geklemmt. «Wird das mit den Geschenken für die Kinder wieder auf die gleiche Weise gehandhabt wie im letzten Jahr?»

Der Marquis runzelte die Stirn. «Ich glaube, die Schriftführerin der Damen hat noch das Wort.»

Florence starrte ihren Mann an. Vielleicht, dachte O'Reilly, war es voreilig gewesen, sie mit dem Basilisken zu vergleichen. Wenn sie statt der Haare ein paar Schlangen auf dem Kopf gehabt hätte, hätte sie eine erstklassige Medusa abgegeben. «Sprich nur weiter, Bertie ...» Doch ihr Gesichtsausdruck strafte ihren honigsüßen Tonfall Lügen.

«Wie gesagt, wird das mit den Geschenken für die Kinder wieder genauso gemacht?»

«Ja, Councillor.» Der Priester sprach leise, und sein Corker Akzent war, so wie Kinkys Akzent, Musik in O'Reillys Ohren. «Wir bitten die Eltern wieder, für jedes ihrer Kinder ein eingepacktes Geschenk mitzubringen. Sie schreiben den Namen des Kindes gut leserlich auf einen Anhänger und geben mir die Päckchen, damit ich sie in den großen Sack stecken kann.» Er lächelte O'Reilly zu. «Und kurz bevor der Weihnachtsmann eintrifft, lege ich den Sack unter den Tannenbaum. Der Weihnachtsmann holt dann ein Geschenk nach dem anderen heraus, liest den Namen auf dem Anhänger, ruft das Kind zu sich, und es kann sich seine Gabe abholen, ja.»

O'Reilly nickte. Das war eine gute Methode, die schon seit vielen Jahren funktionierte. Kein Wunder, es war seine Idee gewesen. Bertie Bishop schwafelte bereits weiter, aber O'Reilly hörte nicht mehr zu. Die Vorstellung, wie er Geschenke aus einem Sack zog, hatte ihn auf eine Idee gebracht, wieder einmal eine brillante Idee, wie er selbst sagen musste. Mit etwas Glück würde es ihm wirklich gelingen, Eileen Lindsays Weihnachtsbudget aufzubessern. «Allerdings», sagte er laut, «so könnte es klappen.»

«Wie bitte, Fingal?» Der Marquis schaute ihn verwirrt an, und O'Reilly wurde bewusst, dass er seine Gedanken laut ausgesprochen hatte.

Er hustete. «Tut mir leid. Hab bloß laut gedacht. Ich wollte nicht unterbrechen.»

«Gar kein Problem. Sie waren fertig, Bertie, oder?»

«Ja.» Der Gemeinderat setzte sich.

«Danke schön. Möchte noch jemand etwas zur Organisation der Weihnachtsfeier sagen?» Er wartete, aber niemand meldete sich. «Schön. Damit komme ich zum letzten Punkt. Er stand schon am Dienstag auf der Tagesordnung, aber leider war Doktor O'Reilly ein bisschen angeschlagen und konnte nicht bei uns sein. Fingal, würden Sie bitte aufstehen?»

O'Reilly runzelte die Stirn. Das musste die Überraschung sein, die der Marquis ihm bei seinem Besuch am letzten Dienstag angekündigt hatte. Er erhob sich.

Der Marquis nahm ein kleines, in braunes Papier gewickeltes Päckchen vom Tisch. O'Reilly war es bisher gar nicht aufgefallen.

«Doktor O'Reilly», sagte der Marquis feierlich, «nach reiflicher Überlegung und gründlicher Betrachtung ihrer Bemühungen um die Ballybucklebo Bonnaughts in den vergangenen fünfzehn Jahren, seit wir damals das Spielfeld angelegt haben, hat der Vorstand beschlossen, Ihnen in Anerkennung Ihrer Verdienste ein kleines Präsent zu überreichen.» Unter dem Beifall aller Anwesenden gab er O'Reilly das Päckchen.

«Machen Sie's auf, Doktor», drängte Florence.

O'Reilly hatte es vollkommen die Sprache verschlagen, unter anderem auch, weil er plötzlich einen beträchtlichen Kloß im Hals verspürte. Langsam und vorsichtig begann er, das Päckchen auszuwickeln. Er zupfte an einem Stückchen Tesafilm herum, mit dem es zugeklebt war. In aller Öffentlichkeit gezeigte Dankbarkeit war ihm immer peinlich, und wenn gelegentlich einmal ein Patient danke schön sagte, reichte ihm das schon als Entschädigung.

Unter dem Papier kam ein kleines, mit Samt bezogenes Kästchen zum Vorschein. O'Reilly öffnete es. In ein Polster eingebettet lagen da ein Füllfederhalter von Parker und ein dazu passender Drehbleistift. Immer noch ganz verlegen brachte O'Reilly heraus: «Danke Ihnen allen, vielen Dank.»

«Lesen Sie mal, was da eingraviert ist», rief Bertie Bishop. «Lesen Sie's laut vor!»

Im Deckel des Kästchens war eine kleine Messingplatte angebracht. Darauf stand: *Für Doktor Fingal Flahertie O'Reilly in Anerkennung seiner zahlreichen Verdienste um den Ballybucklebo Bonnaughts Rugbyclub.*

«Hört, hört!», riefen die Anwesenden im Chor und applaudierten, und Bertie Bishop, für den Zurückhaltung ein Fremdwort war, erklärte stolz: «Ich hab dafür gesorgt, dass ‹zahlreiche› mit draufsteht, jawoll.»

«Sei still, Bertie», sagte seine Frau, und ihr Tadel rief in der ganzen Tischrunde leises Gelächter hervor.

O'Reilly war dankbar dafür, denn diese Unterbrechung gab ihm Zeit, seine Gedanken zu ordnen. «Sehen Sie mal», sagte er und hielt seinem Publikum das geöffnete Kästchen so hin, dass alles es sehen konnten. «Ich habe noch nie einen Füllfederhalter von Parker besessen, geschweige denn einen Füller *und* einen Bleistift. Genau so eine Schreibgarnitur wie diese habe ich mir schon immer gewünscht, und wenn ich jetzt denke, unter welchen Umständen ich sie erhalten habe» – er schloss das Kästchen wieder und ließ es in die Tasche gleiten – «ja, ich werde sie hüten wie einen Schatz. Ganz bestimmt. Herzlichen Dank. Ganz herzlichen Dank euch allen.»

Wieder gab es Applaus, diesmal noch länger.

Gütiger Gott, dachte O'Reilly, das Geschenk war eine Anerkennung für die fünfzehn Jahre, die er mit dem Rugbyclub verbracht hatte, fast so viele Jahre, wie er in Ballybucklebo lebte. Gute Jahre, sehr gute Jahre, und es war nahezu beschämend, aber auch erfreulich, dass man ihn ausgewählt hatte, weil er etwas zum Wohlergehen der kleinen Gemeinschaft beigetragen hatte. Erst als er ein Brennen hinter den Augenlidern verspürte, wurde ihm bewusst, wie tief bewegt er war.

Als der Applaus verebbte, schauten ihn alle erwartungsvoll an.

O'Reilly schluckte. Nein, er war öffentliche Anerkennung wirklich nicht gewöhnt, und er war sich auch nicht ganz sicher, ob ihm diese Situation gefiel, aber er merkte, dass er noch etwas sagen musste. Er räusperte sich.

«Es ist so wie I-Ah in *Pu der Bär* sagt, ja, es ist schön, wenn jemand einen bemerkt. Aber ich muss sagen, es gibt so manch einen, der genauso viel für den Club getan hat wie ich, und noch mehr, ja –»

«Der Vorstand», unterbrach der Marquis ihn mit einem breiten Grinsen, «hat sich das Geschenk zur Selbsterhaltung ausgedacht.»

O'Reilly runzelte die Stirn.

Der Marquis hielt ihm das aufgeschlagene Protokollbuch unter die Nase. «Wir hatten das Gefühl, wenn unser hochgeschätzter Schriftführer und Schatzmeister die richtigen Werkzeuge hätte, bekämen wir vielleicht endlich eine kleine Chance, die Protokolle selbst zu lesen.»

Alle lachten.

«Ach so», sagte O'Reilly erleichtert. Sein Freund hatte offenbar seine Verlegenheit gespürt und die ganze Runde zum Lachen gebracht, um sie abzulenken und O'Reilly einen Moment Zeit zu geben, damit er sich sammeln konnte. «Wusstet ihr denn nicht, dass eine unleserliche Unterschrift das Markenzeichen eines jeden erstklassigen Arztes ist?»

«In diesem Fall, Doktor», sagte der Priester sanft, «kann ich nur sagen: Wenn das letzte Rezept, das Sie mir geschrieben haben, einigermaßen aussagekräftig ist, dann müssten sie bald für den Nobelpreis nominiert werden, ja.» Wieder allgemeines Gelächter.

Auch O'Reilly schmunzelte, schüttelte aber den Kopf. «Ich bin tief bewegt, und kann nur sagen, ich danke euch. Ganz herzlichen Dank. Ich werde dieses Geschenk hüten, doch, wie einen Schatz … und … weil ich sehe, dass der

Augenblick gerade günstig ist, möchte ich um eine Gefälligkeit bitten. Ich weiß, dass ich diesen Punkt eigentlich im Vorhinein auf die Tagesordnung hätte setzen lassen müssen, aber als ich eben sagte: ‹So könnte es klappen›, da war mir gerade ein Einfall gekommen.»

Der Marquis sah sich in der Runde um und sagte dann: «Bitte, sprechen Sie weiter.»

«Ich möchte darum bitten, dass Sie mir zunächst einmal einfach glauben, denn vorläufig muss es ein Geheimnis bleiben. Ich möchte eine Tombola veranstalten, und zwar für einen sehr guten Zweck. Im Moment kann ich noch nicht sagen, worum es geht, aber ich weiß, dass Sie alle» – O'Reilly schaute die beiden Geistlichen nacheinander an – «diesen Zweck gutheißen werden.» Er rechnete rasch etwas aus. «Und ich möchte, dass der Club sich bereiterklärt, nur fünfundzwanzig Prozent vom Gewinn einzufordern.»

«'tschuldigung, Doktor.» Bertie Bishop meldete sich von seinem Platz. «Ich verstehe nicht, was das mit dem Club zu tun hat. Warum veranstalten Sie die Tombola nicht einfach selbst?»

«Weil der Club vom Gesetz her berechtigt ist, eine Tombola zu veranstalten. Ich bin das nicht –»

«Richtig. Daran hatte ich nicht gedacht.»

«Und außerdem», fuhr O'Reilly fort, «wäre es sehr schön, wenn die Tombola auf der Weihnachtsfeier stattfinden könnte.» Denn, dachte er, wenn Eileen das Geld kriegt – und ich weiß jetzt, wie ich das einfädeln kann –, dann hat sie am nächsten Tag noch Zeit, Geschenke zu kaufen, und der Weihnachtsmann kann dann doch am Heiligen Abend zu ihren Kindern kommen. «Ich möchte den Vorstand um Zustimmung bitten.» Hoffnungsvoll sah er sich am Tisch um. Normalerweise hätte er erst seine politischen Hausaufgaben erledigt und, unterstützt von ein paar Gläschen, bei dem Vorstandsmitgliedern ein bisschen Lobbyarbeit gemacht.

«Möchten Sie einen förmlichen Antrag stellen, Doktor O'Reilly?», fragte der Marquis.

«Nicht, wenn alle einverstanden sind.» O'Reilly wartete ab.

«Hat jemand etwas dagegen?»

«Mir gefällt der prozentuale Anteil nicht», krähte Bishop. «Wir wäre es mit halb und halb?»

«Herr Gemeinderat», sagte Pfarrer O'Toole, «ich glaube, Doktor O'Reilly hat gesagt, dass es für einen guten Zweck ist.»

«Einen sehr guten Zweck», ergänzte O'Reilly. «Und außerdem ist Weihnachten, Bertie.»

Bishop war so anständig zu erröten. «In diesem Fall ziehe ich meinen Einspruch zurück.»

«Prima, Bertie.» Der Marquis sah sich erneut um und wartete einen Moment, bevor er sagte: «Ich höre keinen Widerspruch.» Er lächelte O'Reilly zu. «Sieht aus, als hätten Sie unsere Zustimmung. Und kümmern Sie sich selbst um die Einzelheiten?»

«Ja, das mache ich. Vielen Dank euch allen», sagte O'Reilly. Gut, Problem Nummer eins war damit so gut wie gelöst und konnte abgehakt werden. Fitzpatrick musste vielleicht noch warten, doch aufgeschoben hieß nicht aufgehoben.

«Sehr schön», sagte der Marquis, «wenn es sonst nichts mehr zu besprechen gibt, stelle ich den Antrag auf Vertagung.»

Dem Antrag wurde stattgegeben, und die Versammlung

löste sich auf. O'Reilly musste warten, bis die anderen Anwesenden ihre Hüte und Mäntel geholt hatten, bevor er selbst an seinen Mantel herankam. Er blieb am Tisch sitzen und wünschte, sie würden sich beeilen. Er zog sein Geschenk aus der Jackentasche. Es war wirklich eine schöne Schreibgarnitur. Und er würde sie tatsächlich hüten wie einen Schatz.

Die kleine Gesellschaft löste sich auf, und nacheinander wünschten die Vorstandsmitglieder O'Reilly zum Abschied einen guten Abend. Nur der presbyterianische Pastor blieb noch, als O'Reilly zum Garderobenständer ging, um Mantel, Schal und Mütze zu holen. «Doktor O'Reilly», sagte er, «ich glaube Ihnen aufs Wort, dass die Tombola für einen guten Zweck sein soll. Kann ich Ihnen dabei helfen?»

«Das ist sehr freundlich von Ihnen und, verzeihen Sie, sehr christlich gedacht ...»

Der Pastor lachte in sich hinein.

«Aber wenn ich gleich nach Hause komme, bespreche ich die Sache noch mit Doktor Laverty, und ich habe schon eine Idee, wer die Tombola für mich organisieren könnte.»

«Ja?»

«Ja», sagte O'Reilly. «Am Montag kommt Donal Donnelly von seiner Hochzeitsreise zurück, und ich habe nicht den geringsten Zweifel daran, dass er der richtige Mann dafür ist.»

22

Gut Ding will Weile haben

Auf dem Heimweg in die Main Street Nummer 1 fuhr Barry besonders vorsichtig. Kitty und er begrüßten Kinky und wollten dann nach oben gehen, aber der Brandyduft in der Küche hielt sie zurück. Kinky wollte gerade den *Christmas Cake*, den sie im August gebacken und seither regelmäßig reichlich mit Alkohol getränkt hatte, mit einem Zuckerguss versehen.

«Darf ich zuschauen, Mrs Kincaid?», fragte Kitty. «Bei meinen kriege ich nämlich die Glasur nie richtig hin.»

«Aber gerne, Miss O'Hallorhan, selbstverständlich.»

Schweigend schaute Barry ebenfalls zu.

Der Kuchen stand auf einem Teigbrett auf der Arbeitsplatte, und während sie arbeitete, erklärte Kinky Kitty Schritt für Schritt ihre Methode.

«Das Marzipan muss einen guten Zentimeter dick sein, und man klebt es mit Aprikosenmarmelade an», sagte Kinky. «Danach muss man vier Tage abwarten, und erst dann kommt der Zuckerguss drauf. Sonst schlägt die Mandelpaste nämlich durch den Guss durch.»

«Aha, das habe ich immer verkehrt gemacht», meinte Kitty. «Danke, Kinky.»

«Den Fehler machen die meisten», stellte Kinky fest. «Man muss den Kuchen vorher vier Tage stehenlassen.» Sie griff nach einer Keramikschüssel, die mit einem feuchten Gazetuch zugedeckt war. Als sie das Tuch fortzog, sah Barry eine schneeweiße Paste, die so weich war, dass man sie mit einem Messer auf das Marzipan streichen konnte. Kinky summte leise bei der Arbeit. Sie formte mit dem Messer eine Vielzahl von spitzen Senken aus der glatten Oberfläche, die Barry an die Sastrugi im Schnee der Polarregionen erinnerten. «So. Das sieht jetzt eher wie eine Schneelandschaft aus.» Sie kramte in einer Blechbüchse und förderte einen kleinen Schneemann, zwei Zirkusclowns und eine Ballerina in einem kurzen Gazeröckchen zutage. In einer Hand hielt sie einen Zauberstab mit einem Stern auf der Spitze. Alle Figürchen waren etwa fünf Zentimeter groß und standen auf flachen runden Sockeln. Kinky stellte sie in einer Gruppe auf eine Ecke des Kuchens und drückte die Sockel fest in den bereits antrocknenden Zuckerguss.

«Und am Festtag lege ich auf die andere Seite einen kleinen Ilexzweig», erklärte sie. «Die Kinder haben so viel Freude an den Verzierungen, und» – sie zwinkerte Kitty zu – «die großen Leute haben auch ihren Spaß daran.»

Kitty lachte leise.

Barry lachte mit, aber Kinky zu beobachten hatte ihn auch ein wenig traurig gemacht. Ihr Kuchen hatte ihn an Weihnachten in seiner Kindheit erinnert, daran, wie seine Mutter – die jetzt in Australien war und der er unbedingt schreiben musste – den Kuchen dekorierte. Es hätte ihn nicht überrascht, wenn selbst O'Reilly in der Vorweihnachtszeit ein wenig wehmütig wurde, weil bestimmte Dinge Erinnerungen wachriefen. «Der ist schön geworden, Kinky», sagte er.

Sie schrak ein wenig zusammen. «Du liebe Güte, Doktor Laverty. Ich hatte ganz vergessen, dass Sie auch hier sind», erklärte sie. «Schleichen Sie sich nicht so an. Da kann eine alte Frau aus Cork ja einen Herzinfarkt kriegen, ja.»

«Das tut mir leid», sagte Barry.

«Ist ja nichts passiert. Ich verzeihe Ihnen – aber Tausende würden das nicht tun.» Lächelnd setzte sie den Kuchen in eine große Blechdose. «Bringen Sie Miss O'Hallorhan jetzt nach oben, Sir? Ich habe hier noch zu tun.»

«Natürlich», antwortete Barry. «Doktor O'Reilly müsste auch gleich nach Hause kommen, Kinky. Wir haben ihn im Rugbyclub gelassen.» Dann wandte er sich an Kitty: «Kommen Sie, wir gehen hoch und warten auf Fingal.»

«Danke für die Lehrstunde, Kinky. Den Trick mit dem Marzipan werde ich mir merken», meinte Kitty.

«Ich habe ihn von meiner Mutter gelernt», sagte Kinky mit einem breiten Grinsen. «So, und jetzt raus mit Ihnen.»

«Ja.» Kitty öffnete die Tür zum Flur. «Ich kenne mich ja schon aus. Den Mantel hänge ich im Flur auf.»

Barry wollte ihr gerade folgen, da fragte Kinky: «Unser Doktor hat heute selbst Bereitschaftsdienst, oder?»

«Ja.» Barry zögerte. «Haben Patienten angerufen?»

«Kein einziger, aber Ihr Freund Doktor Mills hat angerufen und gesagt, es tut ihm leid, dass er sich gestern Abend nicht gemeldet hat und dass er heute Ihren Anruf verpasst hat. Er will es später nochmal versuchen.»

Barry hatte damit gerechnet, von Jack zu hören, aber er hatte sich schon gedacht, dass etwas Berufliches ihn abgehalten hatte, wie es im Leben von Assistenzärzten in der Ausbildung häufig der Fall war. «Danke, Kinky.»

Auf dem Weg zur Treppe kam er am Telefon vorbei, und er musste an einige Telefonate denken, die er in jüngster Zeit geführt hatte.

Vor ein paar Tagen hatte er Jack vorgeschlagen, doch mal zu einem von Kinkys wunderbaren Abendessen nach Ballybucklebo zu kommen. Aber seit sich herausgestellt hatte, dass Patricia zu stur war, um sich das Fährticket nach Hause von ihm bezahlen zu lassen, hatte Barry noch andere Ideen. Vielleicht würde er doch mit Jack auf eine der Partys von den Krankenschwestern gehen, oder sogar zu diesem Weihnachtstanz, von dem Jack gesprochen hatte. Das konnte vielleicht recht nett werden. Er würde dort mit ziemlicher Sicherheit auch ein paar Studienkollegen wiedersehen und erfahren, was aus ihnen geworden war. Warum nicht?, fragte Barry sich, als er die Treppe hinaufstieg. Warum eigentlich nicht?

Kitty stand vor dem Kamin in der Wohnstube, den Rücken dem Feuer zugekehrt. Zu ihren schwarzen Steghosen trug sie einen cremeweißen, aus dicker Wolle gestrickten Rollkragenpullover, und Barry konnte nicht umhin zu bemerken, dass sie ihn recht gut ausfüllte.

«Möchten Sie was trinken, Kitty?» Barry deutete mit dem Kopf auf die Kristallkaraffen auf der Anrichte.

«Nein, danke, Barry. Ich warte auf Fingal.» Sie hielt die Hände einen Moment lang hinter den Rücken, zum Feuer hin, rieb sie dann und blies hinein. «Da draußen ist es ganz schön frisch gewesen. Hab gar nichts dagegen, hier im Warmen zu sitzen», sagte sie und ließ sich in einem der Sessel nieder.

Mit einem eleganten Satz sprang Lady Macbeth ihr auf den Schoß. Kitty begrüßte sie mit Streicheln, und die kleine Katze machte es sich bequem. «Das ist ein Gesetz, wissen Sie», sagte Kitty zu Barry.

«Was ist ein Gesetz?»

«Welche Farbe die Katze auch hat, sie wird von Kleidung

in Kontrastfarben angelockt. Meine schwarzen Hosen sind gleich voll mit weißen Haaren.» Sie lachte in sich hinein. «Mir macht das nicht aus, und sie ist so ein hübsches kleines Geschöpf. Stimmt's?» Kitty kraulte Lady Macbeth unter dem Kinn und wurde mit leisem Schnurren belohnt. «Ich hätte nie gedacht, dass Fingal was für Katzen übrighat», sagte sie. «Er ist doch eher wie sein Hund, ein Elefant im Porzellanladen.»

Barry nickte. «Ich glaube auch nicht, dass er jemals auf die Idee gekommen wäre, sich eine Katze zu besorgen, aber jemand hat sie hier vor der Haustür ausgesetzt, und da hat er sie eben aufgenommen. Als wär's das Natürlichste von der Welt.»

Kitty sah Barry in die Augen. «Er ist schon immer so gewesen, wissen Sie, solange ich ihn kenne. Hat seit jeher ein Herz für die Ausgestoßenen und die Heimatlosen gehabt. Ich glaube, er hat überhaupt ein sehr weiches Herz, und sein ganzes Gepolter und Getue sollen das nur verbergen.» Barry war, als klinge ihre Stimme ein bisschen wehmütig.

«Da könnten Sie recht haben, Kitty.»

«Aber deswegen kann es schwer sein, ihn richtig kennenzulernen. Sehr schwer.»

Jetzt hatte Barry keinen Zweifel mehr. Und es war weniger der Klang ihrer Stimme als ihr Blick, aus dem Barry schloss, dass sie Bestätigung suchte. «Ich kann das schwer sagen, ich bin ja erst seit ein paar Monaten hier, aber ich glaube, allmählich verstehe ich ihn ein bisschen.» Lieber Gott, dachte er, Kitty könnte ja meine Mutter sein. Ich bin doch wohl kaum der richtige Ratgeber für sie. «Vielleicht braucht es einfach Zeit.»

Kitty seufzte. «Da könnten Sie recht haben.»

Barry hätte die Frau am liebsten in die Arme genommen und gemurmelt: «Ist ja gut, alles wird gut.» Er hatte nicht damit gerechnet, dass Kitty O'Hallorhan so offen mit ihm, der eigentlich ein Fremder für sie war, sprechen würde. Und als sie nun fortfuhr, fragte er sich staunend, ob sie Gedanken lesen konnte.

«Ich stelle Ihnen diese Frage nicht um meinetwillen», erklärte sie. «Ich mag den alten Brummbär sehr, Barry, aber bisher war nur Mrs Kincaid da, um ein bisschen auf ihn achtzugeben. Jetzt sind Sie dazugekommen. Würden Sie mir einen Gefallen tun?»

Tief in diesen bezaubernden grauen Augen mit den Bernsteinpunkten sah Barry etwas, das ihn einfach ja sagen ließ, selbst auf die Gefahr hin, dass sie ihn bitten könnte, sich selbst ein paar Fingernägel auszureißen. «Selbstverständlich», antwortete er.

«Nehmen Sie sich Zeit, ihn kennenzulernen, und versuchen Sie irgendwann – fragen sie mich nicht, wie lange das dauern wird –, sein Freund zu sein. Bitte.»

Barry war nicht ganz sicher, wie er reagieren sollte, deswegen sagte er einfach: «Ich werde mein Bestes tun, Kitty.»

«Danke, Barry.» Sie schaute fort und starrte irgendwo ins Leere. «Dafür wäre ich Ihnen sehr dankbar», sagte sie dann noch einmal. Ihre Augen schimmerten feucht.

Barry bemühte sich gerade, eine passende Antwort zu formulieren, da trat der Gegenstand ihres Gespräches ein.

«Da draußen ist es so kalt wie der Atem einer Schwiegermutter», sagte O'Reilly, indem er an Barry vorbei auf die Anrichte zustürzte. «Ich glaube», bemerkte er und schenkte sich einen großen Jameson ein, «jetzt ist ein bisschen innerlicher Frostschutz indiziert. Sonst noch jemand?»

Kitty hielt ihm weiterhin den Rücken zugekehrt, sagte aber fröhlich: «Könnte ich bitte einen Gin Tonic haben, Fingal?»

O'Reilly lächelte. «Normalerweise haben wir das Zeug hier nicht vorrätig, aber mir war wieder eingefallen, dass du es genauso gern magst wie Jameson, also habe ich eine Flasche besorgt.» Er bückte sich, öffnete eine Tür in der Anrichte, und holte eine Flasche Gilbey's Gin und eine Flasche Schweppes Tonicwater heraus. «Barry?» O'Reilly richtete sich wieder auf und mischte Kitty ihren Drink.

Barry schüttelte den Kopf. «Ich fahre nachher nach Belfast, Fingal, und wir haben ein bisschen Glatteis.»

«Davon habe ich nichts gemerkt», sagte O'Reilly, «aber ich hatte es auch eilig, nach Hause zu kommen.» Und in diesem Fall, dachte Barry, hätte nicht mal eine Eiszeit die Frechheit, dich aufzuhalten, Fingal, von ein bisschen Glatteis ganz zu schweigen.

O'Reilly reichte Kitty ihren Gin Tonic, ließ sich in den anderen Sessel plumpsen, grinste sie an, hob sein Glas und sagte: «*Sláinte*.»

Sie sah ihm ins Gesicht, stieß mit ihm an und lächelte. «Prost, Fingal. Schön, dass du wieder da bist.»

Barry fragte sich, ob in ihrer Bemerkung ein tieferer Sinn verborgen lag. «Wie war die Sitzung im Rugbyclub?», fragte er.

«Kurz und bündig», erklärte O'Reilly. «Für die Weihnachtsfeier ist alles organisiert. Ich bin der Weihnachtsmann.»

«Und wenn du meinst, ich sollte einen Kobold –»

«Dazu bist du viel zu groß», meinte O'Reilly, «und außerdem habe ich eine andere Aufgabe für dich.»

«Aber nicht heute Abend. Sobald mein Freund Jack anruft, fahre ich nach Belfast.»

«Gut. Viel Vergnügen, und schlaf morgen aus. Meine Aufgabe für dich kann bis Montag warten, bis Donal Donnelly und Julie von ihrer Hochzeitsreise zurückkommen.»

Bei der bloßen Erwähnung von Donals Namen war Barry, als höre er in der Ferne Alarmglocken läuten.

«Ja», fuhr O'Reilly fort, «ich habe die Lösung für Eileen Lindsays Geldsorgen.»

«Aha? Und die wäre?» Barry runzelte die Stirn. Er war ganz und gar dafür, Eileen zu helfen, aber wenn O'Reilly Donal dazu einspannen wollte, sah der Plan vermutlich vor, die Filiale der *Bank of Ireland* in Ballybucklebo auszurauben, und Barry hatte keine Lust, den Fahrer des Fluchtwagens zu spielen. Bevor O'Reilly zu einer Erklärung ansetzen konnte, klingelte unten das Telefon.

«Das ist bestimmt dein Freund», sagte O'Reilly. «Spring runter und geh dran, sei so lieb. Dann braucht Kinky nicht extra hochzukommen.»

Barry erinnerte sich, dass O'Reilly Kitty zum Dinner ins *Old Inn* nach Crawfordsburn einladen wollte und gesagt hatte, er sei gar nicht böse, wenn Barry verschwinden würde, sobald er wieder zu Hause war. «Mach ich, Fingal.» Er ging zur Tür, drehte sich jedoch noch einmal um und sagte: «Falls ich Sie nicht mehr sehe, Kitty – ich wünsche Ihnen einen schönen Abend.» Ohne auf Antwort zu warten, lief er die Treppe hinunter und nahm den Hörer ab. «Hallo?»

«Wie geht's dir denn, Barry?» Jacks Cullybackey-Akzent war so stark wie eh und je. «Tut mir leid, dass wir uns immer verpasst haben, aber du weißt ja, wie das ist, wenn auf einer Station viel zu tun ist.»

«Mir geht's super», sagte Barry, «und dass man mal

nicht da ist, wenn das Telefon klingelt, ist nicht zu ändern.» Er holte tief Luft und dachte an Patricia. Er merkte, dass er immer noch enttäuscht war, oder vielleicht auch wütend. Was sie nicht weiß, macht sie nicht heiß, beschloss er. «Hast du immer noch vor, heute Abend auszugehen?»

«Ist der Papst katholisch? Im Schwesternheim wird getanzt.»

«Dann lass uns hinfahren. Willst du vorher zum Abendbrot herkommen? Kinky hat eine Pastete mit Fleisch und Nierchen gemacht.»

«Nein, danke. Ich muss Mandy abholen, und die wohnt draußen an der Antrim Road. Da werde ich eine Weile brauchen, bis ich bei ihr bin, und bis sieben will ich zurück sein. Um acht geht's los – im Schwesternheim, Bostock House, gleich gegenüber vom Royal.»

«Hör mal, Jack, ich weiß noch, wo Bostock House ist. Hast du vergessen, dass wir beide da immer Schwestern abgeholt haben?»

«Stimmt, Effendi. Ich bin dumme Mann, aber ich stamme ja auch aus dumme Volk. Wir treffen uns in der Oase von O'Kane, so um sieben, ja? Sie gehört dem Stamm meines Vaters, den Beni-Sadr, nicht den Howeitat, und da können wir trinken, so viel wir wollen.» Jack imitierte perfekt den Akzent von Omar Sharif in dem Film *Lawrence von Arabien*, den Barry und er vor einigen Jahren zusammen gesehen hatten.

Barry lachte. «Du bist unschlagbar, Mills ... also, wir sehen uns um sieben im *Oak*.» Barry legte auf.

Er schaute auf die Uhr. Gut, er hatte noch genug Zeit, um sich feinzumachen und Kinkys Steak-and-Kidney-Pie zu essen. Er wusste, dass sie sehr gekränkt sein würde, wenn er ohne Abendbrot aus dem Haus ginge. Da O'Reilly heute Abend nicht zu Hause aß, wäre es rücksichtslos von Barry gewesen, wenn er sich zu dieser Mahlzeit nicht abgemeldet hätte. Ihm war klar, wie hart Kinky arbeitete, um ihre Schützlinge gut zu ernähren. Es machte ihr nichts aus, wenn die Ärzte eine Mahlzeit verpassten, weil sie zu Patienten gerufen wurden, aber sie konnte ziemlich eingeschnappt sein, wenn man wusste, dass man nicht da sein würde, und ihr das nicht rechtzeitig mitteilte. Und mit Recht, dachte Barry. Kinky über seine Pläne auf dem Laufenden zu halten, war das Mindeste, was er tun konnte, um ihr die Arbeit zu erleichtern.

Er stieg die Treppen zu seiner Dachkammer hoch. Als er an der geschlossenen Tür der Wohnstube oben vorbeikam, hörte er O'Reilly sagen: «... und Donal Donnelly ist der richtige Mann dafür», und darauf sein dröhnendes Gelächter und Kittys helleres Kichern.

Barry lächelte. Zu gegebener Zeit würde er erfahren, wofür Donal der richtige Mann war. Heute Abend aber wollte er sich mit seinem Freund treffen und die Medizin, die Einwohner von Ballybucklebo und die Sturheit seiner großen Liebe einfach vergessen.

23

Frau am Steuer

O'Reilly trat zurück und hielt Kitty ihren Mantel hin. Ihm fiel auf, wie schön sich die feinen Härchen in ihrem Nacken kräuselten, und er roch ihr zartes Parfüm.

«Ich glaube, Fingal», sagte sie, «ich sollte fahren, denn ich habe nur ein bisschen Gin Tonic getrunken, aber du hast während des Spiels dein Schlangenserum und jetzt gerade noch einen großen Jameson zu dir genommen.»

«Du willst meinen Rover fahren? Die große, schwere Kiste?»

«Mein Mini steht hinten auf dem Weg bei Barrys Volkswagen.» Sie hakte sich bei O'Reilly ein und ging in Richtung Küche. «Ich fahre uns nach Crawfordsburn zum *Old Inn*, und anschließend bringe ich uns wieder hierher, dann kannst du dort was trinken und brauchst dir wegen der Heimfahrt keine Gedanken zu machen.»

Die Küche war leer. Kinky musste in ihr Zimmer verschwunden sein, wo sie auch ein kleines Fernsehgerät hatte. Zu ihren Lieblingssendungen gehörte die Serie *Steptoe and Son*, über zwei englische Lumpensammler, Vater und Sohn, und ihr Pferd Hercules. Auch die politische Satire *That Was the Week That Was*, die spätabends ausgestrahlt worden war, hatte sie gerne gesehen, aber im vergangenen Jahr hatte man sie eingestellt.

«Ach, da würde ich mir keine Sorgen machen. Es wäre nicht das erste Mal, dass Constable Mulligan, unser Dorfsheriff, mich nach Hause fährt. Er sagt, das sei weniger aufwendig, als wenn er mich festnehmen würde. Aber ich trinke heute abend ohnehin nicht mehr viel, schließlich habe ich Bereitschaftsdienst.» Stirnrunzelnd öffnete er Kitty den Hinterausgang. Er war sich gar nicht so sicher, dass er sich mit einer Frau am Steuer wohlfühlen würde.

«Ich werde darauf achten», sagte Kitty, «aber wir nehmen trotzdem meinen Wagen. Du würdest ja nicht allein im Graben landen. Und ich möchte eigentlich gerne mit heiler Haut davonkommen.»

Das ist auch ganz in meinem Sinne, dachte O'Reilly. Er folgte Kitty durch die Küchentür nach draußen und schloss sie hinter sich.

«Du klingst schon fast wie eine Ehefrau, Caitlin O'Hallorhan», sagte er ohne nachzudenken. Er war froh, dass es draußen im Garten stockfinster war und sie sein Gesicht nicht sehen konnte. Wahrscheinlich grinste er ganz dämlich, denn noch während ihm die Worte herausrutschten, wurde ihm plötzlich klar, dass er es schlechter treffen könnte – falls er jemals wieder heiraten sollte. Doch dazu würde es erst kommen, wenn an seinen Apfelbäumen Kirschen wuchsen, an den kahlen Ästen, die er vor dem dunklen Himmel nur erahnen konnte. Die Sterne schienen wie verchromte Nieten im Ebenholzbrustpanzer eines schwarzen Ritters. «Aber … na gut. Du fährst.»

«Rawuff?», fragte Arthur schläfrig, als sie an seiner Hütte vorbeikamen.

«*Nächsten* Samstag», erklärte O'Reilly dem Hund. Der schnaufte einmal und blieb, wo er war.

Während O'Reilly Kitty die hintere Gartenpforte öffnete, erzählte er: «Nächstes Wochenende fahren wir beide nämlich für einen Tag an den Strangford Lough zur Entenjagd. Das macht Arthur immer einen Riesenspaß.»

«Das freut mich für Arthur», sagte Kitty, «aber um die armen Enten tut's mir leid. Die haben bestimmt gar nicht viel Spaß dabei.»

O'Reilly schauderte es. Genau so hatte Deidre das auch empfunden.

«Da sind wir», verkündete Kitty. «Steig ein.»

O'Reilly öffnete die Autotür und quetschte sich auf den Beifahrersitz des Morris Mini. Sofort verspürte er großes Mitgefühl mit den Studenten, die immer mal wieder versuchten, möglichst viele Leute in eine Telefonzelle zu pressen. Nur indem er ausatmete und die Arme fest an die Seiten presste, war es ihm möglich, seine Tür zu schließen. Ganz knapp. «Nettes kleines Auto», sagte er und verfluchte im Stillen Sir Alec Issigonis, den Designer.

Kitty bog auf die Straße von Belfast nach Bangor ein. Obwohl nur wenig Verkehr war, fand O'Reilly, dass sie sich ganz aufs Fahren konzentrieren sollte, daher saß er stumm neben ihr. Sie verließen Ballybucklebo und fuhren weiter die Landstraße entlang.

O'Reilly saß in der Dunkelheit und ließ seinen Gedanken freien Lauf. Er dachte über seinen Plan nach, wie er Eileen helfen wollte. Ziemlich narrensicher, fand er, und lächelte. Gut. Er fragte sich, wie das irische Rugbyteam sich in dieser Saison wohl bei den internationalen Begegnungen schlagen würde. Frankreich, Wales, England und Schottland – alle würden starke Mannschaften ins Feld schicken.

Das Wageninnere wurde von den Scheinwerfern eines entgegenkommenden Autos erleuchtet. O'Reilly drehte den Kopf und betrachtete Kittys Profil. Als Lernschwester war sie ein hübsches junges Mädchen gewesen. Jetzt war sie eine schöne reife Frau.

Warum, überlegte er seit Dienstag zum wiederholten Mal, warum hatte sie nicht geheiratet? Ihr Geständnis am Dienstag, dass sie ihn nie vergessen hätte und immer noch sehr gern haben könnte, hatte ihn überrascht. Sie konnte doch nicht die ganze Zeit, die ganzen fünfundzwanzig Jahre oder so, heimlich in ihn verliebt gewesen sein – oder etwa doch?

Warum denn nicht? O'Reilly rieb sich die Stirn. Er liebte Deidre jetzt seit dreiundzwanzig Jahren. In Kittys Augen spiegelte sich das Licht der ersten Straßenlaterne von Crawfordsburn. Dann war es im Wagen wieder dunkel. Vielleicht, dachte O'Reilly, sollte er diese Liebe ein kleines bisschen dämpfen. Nicht ersticken, nein, Gott bewahre, aber vielleicht ein bisschen weniger heiß brennen lassen.

Er erinnerte sich, wie Kitty nach dem Essen in der Main Street Nummer 1 seine Hand berührt hatte, wie sie mit den Lippen seinen Mund gestreift hatte, und einen Moment lang verspürte er das fast überwältigende Bedürfnis, sich zu ihr hinüberzulehnen und ihr einen Kuss auf die Wange zu geben. Aber sie hatte schon den Blinker gesetzt, um nach links in den Parkplatz des Restaurants abzubiegen, und er wollte sie nicht ablenken.

Kitty parkte, und sie betraten das Restaurant und hängten ihre Mäntel in der Garderobe im Flur auf. Dann nahm er ihren Ellbogen und steuerte sie zum Empfang. Der Eingang zum Gasthaus war schon weihnachtlich dekoriert. Ilexzweige steckten auf den vergoldeten Rahmen irischer Landschaftsbilder, und unter den Deckenbalken waren diagonal von einer Ecke zur andern zwei bunte Papiergirlanden gespannt. Ein Spiegel war zur Hälfte mit künstlichem Raureif besprüht.

O'Reilly blieb vor dem Rezeptionstresen stehen. «Guten Abend, John. Darf ich dir Miss O'Hallorhan vorstellen?»

«Guten Abend, Doktor O'Reilly. Freut mich, Sie kennenzulernen, Miss O'Hallorhan.»

Kitty lächelte ihm zu. «John.»

«Würden Sie mir einen kleinen Gefallen tun?», fragte O'Reilly.

«Das Gleiche wie immer, Doktor?»

«Ja. Miss O'Hallorhan und ich werden im Speisesaal sitzen. Falls Mrs Kincaid anruft, würden Sie mich dann holen?»

«Wie bei der Hochzeit?»

O'Reilly nickte.

«Gerne, Sir, aber ich hoffe, dass das nicht nötig sein wird.»

«Ich auch.» O'Reilly schaute auf die alte Standuhr an der Wand. «Wir sind ein bisschen früh dran, deswegen wollen wir an der Bar warten, bis unser Tisch fertig ist.» Er hielt Kitty immer noch am Ellbogen und führte sie jetzt in die Bar. Im Kamin brannte ein Torffeuer, und über dem Kaminsims an der Wand hing ein Kranz aus Ilexzweigen. In den Nischen saßen Gäste, großenteils die gleichen, die auch am Montag da gewesen waren, die Stammgäste. Eigentlich hatte O'Reilly nicht das Bedürfnis, häufiger herzukommen, aber im Dreckspatz gab es kein Restaurant, und außerdem hätte es in Ballybucklebo alle möglichen Gerüchte in Umlauf gesetzt, wenn er mit Kitty dort erschienen wäre – und das wollte er, wenn er ehrlich war, gern vermeiden.

Hinter der Bartheke stand Colette. Sie begüßte das Paar mit einem breiten Lächeln. «Wie geht's denn so, Doktor O'Reilly? Wie ich höre, wollen Sie bei uns essen. Ein Tisch für zwei? Ist sofort fertig. Möchten Sie beide etwas trinken, während Sie warten?» Sie hatte die Flasche Jameson schon in der Hand. So lange O'Reilly denken konnte, hatte Colette ihn bei seinen seltenen Besuchen im *Old Inn* bedient. Sie war eine hervorragende Barfrau und besaß ein enzyklopädisches Gedächtnis für die Vorlieben ihrer Gäste. Und sie kannte ihre Weine. Da das Restaurant zu klein war, um einen Sommelier anzustellen, war das auch nötig. O'Reilly lächelte und erklärte mit einem Nicken sein Einverständnis.

«Nein, danke», widersprach Kitty mit fester Stimme. «Wir trinken eine Flasche Wein zum Essen. Ich fahre, und Fingal hat Bereitschaftsdienst.»

Colette kriegte große Augen, behielt ihre Meinung aber für sich und stellte die Whiskeyflasche wieder zurück. «Dann setzen Sie sich doch, und ich hole Ihnen Speisekarten, ja.»

O'Reilly warf Kitty einen Blick zu, zuckte die Achseln und sagte sich, dass er ihr schließlich versprochen hatte, nur noch wenig zu trinken. Er wartete, bis sie sich an einen kleinen Tisch gesetzt hatte, zog seine Pfeife hervor und fragte: «Hast du was dagegen, wenn ich rauche?»

«Überhaupt nicht. Mein Vater hat auch Pfeife geraucht. Der Tabakgeruch erinnert mich immer an ihn.» Als die Pfeife brannte, beugte Kitty sich vor, legte die Hände mit den Handflächen nach oben auf den Tisch und schaute ihm in die Augen. «Danke, dass du mich heute zu dem Spiel mitgenommen hast, Fingal. Es hat mir wirklich Freude gemacht. Hat mich an alte Zeiten erinnert.»

O'Reilly lächelte sie an. Er wusste, dass sie auf die Male anspielte, als sie ihm beim Spielen zugeschaut hatte. Als er ihre Worte hörte, fiel ihm diese längst vergangene Zeit ebenfalls wieder ein, und seine Erinnerungen waren bittersüß. Er legte eine Hand auf eine ihrer Hände. «Mich auch.»

Er hörte ein Hüsteln. Colette war zurückgekehrt. «Hier sind die Karten», sagte sie und reichte ihnen die Speisekarten. «Und hier ist die Weinkarte.» Colette wollte sie O'Reilly geben, der aber schüttelte den Kopf. «Heute bekommt die Dame die Weinkarte, Colette.» Zum zweiten Mal innerhalb weniger Minuten machte die Barfrau große Augen. «Kitty ist die Weinkennerin. Ich könnte einen Merlot nicht von einem Merlan unterscheiden.»

Mit einem Achselzucken reichte Colette Kitty die Weinkarte. «Dann suchen Sie sich in Ruhe was Schönes aus.» Sie ging.

O'Reilly öffnete die Karte, überflog sie rasch und entschied sich. Scampi als Vorspeise und dann den Hummer «Thermidor». So wie der Küchenchef hier die Scampis zubereitete, mochte er sie besonders gern. Sie stammten aus der Dublin Bay und wurden in einem köstlichen Teig gebacken. Sein Magen knurrte in freudiger Erwartung. «Entschuldigung», sagte O'Reilly und legte die Karte auf den Tisch.

Kitty überhörte ihn, so sehr war sie ins Lesen vertieft. Er beobachtete, wie sie bei vielen Angeboten den Kopf schüttelte und zu anderen nickte. Schließlich nickte sie noch einmal bekräftigend und schloss die Speisekarte.

«Was möchtest du?», fragte er.

«Schnecken», sagte sie, «und dann … sind die Filetsteaks hier gut, Fingal?»

Er nickte.

«Schön. Ich möchte meins medium.»

O'Reilly lehnte sich zurück und nahm die Pfeife aus dem Mund. Er schüttelte rasch den Kopf und blinzelte zweimal, aber das Bild verschwand nicht. Ein kleines Restaurant in Dublin, gedämpftes Licht, eine Kerze flackerte auf dem Tisch, ein Medizinstudent fragte sich, ob er sich das Essen leisten konnte, das sie gerade bestellt hatten, um die bestandene Schwesternprüfung seiner Begleiterin zu feiern. «Genau das hast du gegessen, als ich dich zum ersten Mal zum Essen eingeladen habe», sagte er leise. «Das weiß ich noch, weil ich noch nie gesehen hatte, dass jemand Schnecken aß. Wir dachten, das täten nur die Franzosen.»

«Das Restaurant gehörte einem Franzosen.» Kitty lächelte, und er sah, wie sie ein wenig errötete. Sie legte ihre Hand auf seine. «Ich hätte nicht gedacht, dass du das noch weißt», sagte sie mit ein wenig heiserer Stimme.

«Doch, Kitty. Und du hattest ein grünes Kleid an, und als ich mich vorgebeugt habe, weil ich dir sagen wollte, dass du hinreißend aussiehst ... da habe ich dir Rotwein über den Schoß gekippt.» Er spürte, wie sie ihm die Hand drückte, und hörte ihr leises, tiefes Lachen.

«Du hast ein ausgezeichnetes Gedächtnis, Fingal.»

«Für manche Dinge, ja. Für die wichtigen Dinge.» Er schaute ihr in die Augen und sagte: «Damit ich dir den Wein heute Abend nicht über den Pullover schütten kann, wenn ich mich vorbeuge, möchte ich es dir jetzt gleich sagen, bevor du ihn bestellst.» Er beugte sich so weit vor, dass er ihr praktisch ins Ohr flüsterte: «Du siehst hinreißend aus.» Er drehte seine Hand um und hielt ihre fest. «Einfach bezaubernd.»

«Danke, Fingal.»

Als er Colette kommen sah, ließ er schuldbewusst Kittys Hand los, lehnte sich zurück, steckte die Pfeife wieder in den Mund und blies eine Rauchwolke aus, hinter der sich die ganze *Warspite* vor Feindesaugen hätte verbergen können.

«Fertig?», fragte Colette und zückte Stift und Notizblock.

O'Reilly bestellte das Essen.

Colette wandte sich an Kitty. «Und welchen Wein?»

«Ich glaube, wir hätten gerne den Bâtard-Montrachet», sagte Kitty. «Aber ist dir das auch recht, Fingal? Der kostet ein kleines Vermögen.»

Typisch Kitty, dachte er. Sie hat einen guten Geschmack, aber sie achtet auch aufs Geld. «Für dich, Kitty, und an einem Tag, an dem die Bonnaughts gewonnen haben, gibt meine Kasse das durchaus her.»

«Danke», sagte sie mit einem Lächeln. «Der Montrachet ist die paar Pfund mehr wirklich wert, und richtig teuer ist er auch wieder nicht, nicht so wie ein Lafite-Rothschild von '61.»

Colette riss die Augenbrauen hoch, und in ihrer Stimme lag Respekt, als sie erklärte: «Wir … wir haben einen Montrachet von '52. Das weiß ich ganz bestimmt, ja.»

«Das wäre wunderbar», meinte Kitty. «Vielleicht könnten wir jetzt schon ein Gläschen haben?»

«Ich bringe ihn sofort.» Colette verschwand.

O'Reilly lachte. «Und wahrscheinlich magst du deinen Martini auch geschüttelt, nicht gerührt, und du hast eine Beretta 418 oder eine Walther PPK bei dir?»

«Was meinst du, Fingal?» Sie zog die Brauen zusammen.

«Ich meine, wie James Bond … der ist auch so ein vorzüglicher Weinkenner.»

«Verstehe.» Sie lachte. «Hast du die Filme gesehen?»

«Nein», erklärte O'Reilly, «aber ich habe alle Bücher von Ian Fleming gelesen.»

«Gehst du nicht ins Kino?»

«Bisher habe ich dafür keine Zeit gehabt», sagte er, «aber jetzt habe ich ja Barry zur Unterstützung ...» – er erinnerte sich, wie er sie in der hintersten Reihe in einem Kino in Dublin geküsst hatte – «da könnten wir zusammen gehen.»

«Das würde mir sehr gefallen.»

«Und ich hoffe, der Wein gefällt Ihnen auch», sagte Colette, stellte zwei Gläser auf den Tisch und zeigte Kitty das Etikett auf der Flasche.

***

Ihr Tisch im Speisesaal stand in einer kleinen, hufeisenförmigen Nische des Speisesaals. Anstelle von Stühlen gab es eine halbrunde Bank, und O'Reilly saß behaglich nahe zur Linken von Kitty und mit dem Rücken zu den roten Samtvorhängen, die vor das Fenster in der Außenwand gezogen waren.

Auf die halbhohen Wände, die ihre Nische von den anderen abtrennten, hatte man Watteschnee geklebt. Der Saal war voller Gäste, und das Summen ihrer Gespräche lag in der Luft. O'Reilly war froh, dass es keine Musikberieselung gab, die in den meisten Restaurants in Ulster inzwischen dazugehörte.

Die beiden großen alten Kronleuchter spendeten ein angenehm gedämpftes Licht. Befrackte Kellner drehten leise ihre Runden, brachten volle Teller und räumten leeres Geschirr ab.

Mitten auf dem makellos weißen Tischtuch brannte in einem Kerzenhalter aus Kristallglas eine rote Kerze. Ihre Flamme spiegelte sich in Kittys Augen. O'Reilly lächelte ihr zu und hob sein Glas.

Er war eigentlich kein großer Weintrinker, aber der Montrachet, den sie ausgesucht hatte, war frisch und trocken. «Lecker», stellte er fest, «sehr lecker.»

«Ich dachte mir, dass er dir schmecken würde», sagte Kitty mit leisem Lachen. «Jedenfalls so lange, bis du die Rechnung siehst.»

«Das haben wir doch schon geklärt, und danke, dass du gefragt hast. Heute Abend», O'Reilly rückte ein wenig dichter an Kitty heran, «gibt es nach oben keine Grenze.» Er prostete ihr zu. «Auf deine strahlenden Augen.»

Während sie zur Antwort ihr Glas hob, erschien der Kellner. «Für die Dame», sagte er und stellte einen Teller mit Schnecken vor Kitty hin. Der Knoblauchduft kitzelte O'Reillys Gaumen. «Und für Sie die Scampi, Doktor. *Bon appetit*», sagte er mit starkem Belfaster Akzent, als er sich zurückzog.

O'Reilly schaute zu, wie Kitty sich die erste Schnecke in den Mund schob. Ihre Augenwinkel legten sich in Fältchen, als sie schluckte. «Sehr gut», sagte sie. «Köstlich.»

«Schön.» O'Reilly spießte drei Scampi auf, steckte sie in den Mund und kaute begeistert. Der Teig war knusprig und perfekt gegart, und das Fleisch der kleinen Schalentiere fest und köstlich im Geschmack. Als er die nächsten drei aufspießte, fragte Kitty: «Magst du Knoblauch, Fingal?»

Er nickte, mit der vollen Gabel schon auf halbem Wege zum Mund.

«Probier mal.» Kitty hielt ihm auf ihrer eigenen Gabel eine Schnecke hin. Bevor er etwas sagen konnte, hatte sie ihm die Schnecke in den Mund gesteckt, so wie eine Vogelmutter ein hungriges Küken füttern würde.

O'Reilly kaute.

Sie beugte sich näher zu ihm und sagte: «Das ist das einzige Problem bei Knoblauch: Es ist kein Vergnügen, von einem Knoblauchesser einen Kuss zu kriegen, wenn man selbst keinen Knoblauch gegessen hat.»

O'Reilly hörte auf zu kauen. Sein Mund öffnete sich ein wenig. Lieber Gott, wenn das eine Einladung sein sollte, ihr einen Kuss zu geben, dann würde er sie bei nächster Gelegenheit annehmen. Diese Vorstellung freute ihn, und doch – so wie der Wein einen leichten Nachgeschmack von Aprikosen hatte, so hörte er bei Kittys selbstbewusster Bemerkung noch etwas anderes heraus. Eine derartige Aussage konnte nur von einer Frau kommen, für die es nichts Ungewöhnliches war, dass man sie küsste. Und obwohl das völlig irrational war, regte sich Eifersucht in O'Reilly.

Er schluckte, grinste sie an und sagte: «Heute Abend brauchst du dir deswegen keine Gedanken zu machen, Kitty.» Sollte sie selbst entscheiden, ob er damit meinte, er würde sie nicht küssen oder er sei nach dieser Knoblauchschnecke gut darauf vorbereitet.

Ihr Lächeln war einladend, und er rückte noch ein wenig näher. Wieder roch er den Moschusduft ihres Parfüms. Mochten die anderen Gäste doch denken, was sie wollten. Er senkte den Kopf und gab ihr einen Kuss auf die Wange. Als er sich wieder aufrichtete, sah er John an ihrem Tisch stehen. «Ja, John?»

«Tut mir leid, dass ich stören muss, Doktor O'Reilly, aber Ihre Mrs Kincaid ist am Telefon. Sie sagt, es sei dringend.»

«Danke.» O'Reilly stand auf und schob den Tisch zur

Seite. Bei kleineren Wehwehchen wimmelte Kinky die Patienten geschickt ab, und sie rief ihn nur an, wenn wirklich Not am Mann war, das wusste er. Blind für seine Umgebung verließ er den Speisesaal und eilte durch den Flur. Als er einen Gast anrempelte, entschuldigte er sich nicht einmal.

Der Hörer lag auf dem Tresen. O'Reilly griff danach. «Hallo? Kinky?»

«Doktor O'Reilly, eben war Miss Hagerty am Telefon, die Hebamme. Sie ist bei einer Patientin, Gertie Gorman, Shore Road 27.»

Gorman? O'Reilly kannte den Namen nicht.

«Die Frau liegt in den Wehen. Miss Hagerty meint, es gibt Komplikationen und sie kann den Arzt der Frau nicht erreichen. Und weil Doktor Laverty in Belfast ist, lässt sie fragen, ob Sie vielleicht kommen und helfen könnten.»

«Selbstverständlich, Kinky. Rufen Sie Miss Hagerty an und sagen Sie ihr, dass ich unterwegs bin. Und holen Sie die Taschen für die Geburtshilfe schon in die Küche. In einer halben Stunde bin ich da.» Er reichte John den Hörer. «Legen Sie für mich auf.»

O'Reilly eilte in den Speisesaal zurück und schilderte Kitty die Situation. Der Oberkellner war einverstanden, dass er die Rechnung bei seinem nächsten Besuch beglich.

«Komm, Kitty», sagte O'Reilly, «fahr mich nach Hause.»

Während sie durch den Flur hasteten, sagte er: «Das tut mir leid. Wenn wir nach Hause kommen, steige ich in den Rover um, und du fährst nach Belfast zurück –»

«Kommt gar nicht in Frage», erklärte Kitty und nahm ihren Mantel vom Haken. «Ich bin doch Krankenschwester, erinnerst du dich? Ich komme mit.»

24

Tanze mit mir in den Morgen

Von O'Kanes Pub, dem *Oak Inn*, waren es zum Schwesternheim nur ein paar Schritte. Barry, Jack und Mandy wanderten einträchtig nebeneinanderher. Mandys Pfennigabsätze klackerten auf dem Pflaster.

Barry spürte die kalte Dezemberluft auf Wangen und Nase. Ein Krankenwagen jagte heran. Das schrille Tatütata übertönte den ebenmäßig brummenden Bass des übrigen Straßenverkehrs. Er atmete den typischen Stadtgeruch aus Abgasen und Schornsteinrauch ein. Welch ein Gegensatz zu der Stille und der sauberen Luft in Ballybucklebo. Barry erinnerte sich gerne an seine Studienjahre in Belfast, aber er wusste, dass er niemals hier würde leben können.

Während sie sich dem Schwesternheim näherten, hörten sie, erst ganz schwach und dann zunehmend lauter, die Klänge einer traditionellen Jazzband.

Die drei erklommen die Eingangstreppe. Joe, der Türsteher und Mann für alles, Boxer im Ruhestand und eifersüchtiger Wächter über seine jungen Schützlinge, saß an einem Tisch und nahm die Eintrittskarten entgegen. Jack reichte ihm alle drei. Es war anständig von ihm, dass er sie besorgt hatte und nun von Barry kein Geld für seine Karte haben wollte.

«Doktor Mills?» Joe, kahl wie eine Billardkugel, griff nach den Karten. «Na, wie geht's, wie steht's?» Er verzog das ramponierte Gesicht mit der zerschlagenen Nase und den Blumenkohlohren zu einem breiten Grinsen, sodass seine Zahnlücken zu sehen waren.

«Kann mich nicht beklagen, Joe», antwortete Jack. «Es ist schön, mal wieder hier im Bostock House zu sein.»

«Freut mich, Sie zu sehen, ja, und Sie auch, Doktor Laverty.»

«Guten Abend, Joe.» Schon komisch, dachte Barry, vor ein paar Jahren hatte Joe sie noch wutentbrannt über die Rasenflächen gejagt. Jack und er hatten zwei Lernschwestern erst nach dem Zapfenstreich nach Hause gebracht, und Jack war auf die Idee gekommen, Joe so zu ärgern, dass er die Beherrschung verlor, die beiden Quälgeister durch die Gartenanlagen hetzte und deshalb die Tür so lange unbewacht ließ, dass die beiden jungen Frauen ungesehen hineinschlüpfen konnten. So waren sie einer Meldung bei der Heimleiterin entgangen.

Jetzt grüßte Joe sie so freundlich, als hätte er diesen Vorfall vergessen. Andererseits wurde unter den Medizinstudenten auch gemunkelt, Joe habe einen Boxhieb zu viel auf den Schädel gekriegt und sei deswegen nicht mehr der Hellste.

Sie betraten die laute, überfüllte Eingangshalle. An den krankenhausgrünen Wänden klebten ausgeschnittene Weihnachts- und Schneemänner. Hinten in der Ecke stand ein mit Lametta und bunten Christbaumkugeln geschmückter Tannenbaum. Der goldene Stern oben auf der Spitze neigte sich zur Seite und deutete auf ein Schild: *Fröhliche Weihnachten* stand darauf.

Es war sehr warm. Barry wartete hinter Jack und Mandy in der Schlange, bis er seinen Mantel in der Garderobe aufhängen konnte. Mechanisch strich er seine blonde Locke glatt und rückte den Schlips in den Farben der Absolventen des Campbell College gerade.

Durch die offene Doppeltür, die in den großen Festsaal des Schwesternheims führte, kamen und gingen Paare und einzelne Männer und Frauen. Der Saal wurde für Versammlungen und für Laienschauspiele genutzt, und heute Abend diente er als Ballsaal.

Gerade wurde drinnen «Muskrat Ramble» gespielt. Barry versuchte mitzusummen und verfluchte sein schlechtes Gehör, lächelte dann aber über sich. Wenn Patricia hier wäre, könnte sie mit ihrer tiefen Altstimme mitsingen. Doch dann wurde er ernst. Wenn sie hier wäre? Er sehnte sich nach ihr und überlegte schon, ob er eine Ausrede erfinden und wieder nach Hause fahren sollte. Verdammt, warum musste sie auch so stur sein?

«Wir sehen uns drinnen, Barry.» Jack hielt Mandy fest an der Hand und führte sie zur Tanzfläche. Barry schaute ihnen nach, beobachtete, wie Mandy unter ihrem engen roten Röckchen kess mit dem Po wackelte, sah die Rundungen ihrer Waden, die durch die schwarzen Strümpfe und die hohen Absätze noch betont wurden. Die Frau hatte wirklich tolle Beine. Barry spürte, dass sich in seiner Hose etwas regte. Ach, es war lange her, dass er einer Frau nahe gewesen war.

«Njoah, Barry, wie geht's dir?» Hinter ihm stand sein alter Freund Harry Sloan. Harry war angehender Pathologe und leitete viele seiner Bemerkungen mit diesem seltsamen Laut ein. Um Barry einen Gefallen zu tun, hatte Harry die mikroskopische Untersuchung von Herzgewebe-Schnitten eines Patienten von ihm beschleunigt, der im

August gestorben war. Barry hatte die Ergebnisse dringend gebraucht, und er stand nach wie vor in Harrys Schuld.

«Danke, gut, Harry.»

«Ich dachte, du hättest eine feste Freundin. Ist sie noch in der Garderobe?»

Barry holte tief Luft, schüttelte den Kopf und stieß die Luft wieder aus. «Nein, ich bin allein hier.» Und obwohl er gerade vor ein paar Momenten noch an Patricia gedacht hatte, wollte er nicht wieder an sie erinnert werden. Nicht jetzt. Im Moment machte allein schon der Gedanke an ihre Weigerung, sein Angebot anzunehmen, ihn zornig.

«Njoah. Hat dich abserviert, was?» Harry schüttelte den frühzeitig weiß gewordenen Kopf und schnalzte leise mit der Zunge.

Barry kniff die Lippen zusammen. «Nicht ganz, aber sie hat ein Stipendium für Cambridge gekriegt, und bisher ist sie noch nicht nach Hause gekommen, obwohl schon Weihnachtsferien sind.» Und vielleicht kommt sie überhaupt nicht, dachte Barry.

Harry grinste breit. «Verstehe. Und wenn die Katze aus dem Haus ist, tanzen die Mäuse, was?»

Barry zuckte die Achseln. «So was in der Art», murmelte er. Ihm war bewusst, dass er unter anderem auch hergekommen war, um Patricia zu bestrafen. Allerdings war ihm nicht ganz klar, wie seine Teilnahme an einem Tanzvergnügen sie auch nur im Geringsten betreffen sollte, es sei denn, er erzählte ihr davon. Und in dem, was Harry da sagte, lag ein Körnchen Wahrheit. Barry war Patricia treu gewesen, seit sie im September nach England abgereist war, aber allein ein Blick auf Mandys Beine hatte schon einen Wonneschauer bei ihm ausgelöst. Und der Saal nebenan war voller attraktiver, ungebundener junger Frauen.

«Na, dann komm», sagte Harry und wandte sich den Doppeltüren zu. «Schauen wir uns die Kandidatinnen mal an.»

Im Saal herrschte gedämpftes Licht, und Barry blinzelte, bis seine Augen sich an das Dämmerlicht und den Tabakrauch gewöhnt hatten. Die Band auf ihrem Podest an der Stirnseite des Saales spielte gerade: *«When the Saints Go Marching In»*. Ja, jetzt konnte er die Buchstaben auf der Basstrommel lesen. Die *White Eagles* nannten sie sich. Auf den Festen der Medizinstudenten hatte er oft zur Musik dieser bekannten Belfaster Gruppe getanzt.

An der Decke hing eine große Kugel, die sich drehte, sodass die zahllosen winzigen Spiegel darauf das Licht reflektierten und die Wände, den Fußboden und die tanzenden Paare mit kreiselnden hellen Flecken sprenkelten. Die Muster hätten von einem monochromen Kaleidoskop stammen können. Die Tanzfläche war brechend voll. Manche Paare tanzten Quickstep, die meisten aber vergnügt den Jive. Die Männer drehten und wirbelten ihre Partnerinnen herum, dass die Absätze aufblitzten. Bei den Pirouetten wirbelten die Röcke fröhlich hoch, wie die runden Dächer einer Unmenge von Karussells, und gaben den Blick auf Strumpfränder und die Schenkel darüber frei.

Der Trompeter hielt seinen hohen Ton lange aus, und der Trommler schlug einen rasenden Wirbel. Die Musik bebte dem Höhepunkt entgegen. Manche Paare blieben zusammen, als sie die Tanzfläche verließen. Andere Tänzer bedankten sich bei ihren Partnerinnen und kehrten auf ihre Seite des Saals zurück, die Herren nach rechts, die Damen nach links. Die Lampen wurden heller. Barry merkte, wie Harry ihm einen Stups gab.

«Siehst du die kleine Blonde da?» Er nickte zu einer

jungen Frau hin, die mit einer zierlichen Brünetten sprach. «Sie heißt Jane Duggan. Ich bin im letzten Jahr ein paarmal mit ihr ausgegangen. Eine ganz flotte Biene, wirklich wahr.»

«Aha?»

«Ich will sie um den nächsten Tanz bitten. Würdest du ihre Freundin auffordern?»

Barry zögerte. Ob Patricia gekränkt sein würde, wenn sie es herausfände? Aber verdammt nochmal, wenn sie hier in Ulster wäre, wäre er überhaupt nicht zu dieser Tanzveranstaltung gegangen – oder sie wäre bei ihm, trotz ihres lahmen Beines. Und er wollte die Brünette ja auch nicht mit ins Bett nehmen, sondern bloß zum Tanzen auffordern. «Klar», erwiderte er.

Gemeinsam überquerten sie die Tanzfläche. Barry musste an die Geschichte von einem jungen Mann denken, der ein Mädchen, eine Arbeiterin aus Gallaghers Tabakfabrik aufgefordert hatte und von ihr zu hören bekam: «Nee, aber fragen Sie mal meine Schwester. Ich schwitze so doll.»

«Na ja», sagte die Brünette gerade, «die Oberschwester ist fast an die Decke gegangen …» Sie verstummte, als Harry die Blonde zum Tanzen aufforderte und auf die Tanzfläche führte.

Mit einem Lächeln fragte Barry die Brünette: «Würden Sie mir den nächsten Tanz schenken?» Sie hatte dunkle Augen und volle Lippen und erwiderte freundlich sein Lächeln. Ihr schulterlanges Haar rollte sich unten ein und umrahmte ihr Gesicht, so wie Diana Riggs Frisur in der Fernsehreihe *Mit Schirm, Charme und Melone*. Barry schätzte sie auf zwanzig oder einundzwanzig.

«Mit Vergnügen.» Sie reichte ihm die Hand, und er nahm sie in seine.

«Barry Laverty», stellte er sich vor, «aus Ballybucklebo.» Ihre Hand war angenehm kühl. Sie trug einen limonengrünen Pullover mit V-Ausschnitt, der den Ansatz ihrer Brüste erahnen ließ, und dazu einen breiten schwarzen Lacklledergürtel und einen dunkelgrünen, knielangen Faltenrock.

«Peggy Duff. Ich wohne in Knock. Da sind wir ja beinahe Nachbarn.»

Normalerweise war Barry im Gespräch mit Frauen schüchtern, und meistens fiel ihm als Eröffnung nichts Besseres ein als eine blödsinnige Frage wie «Kommen Sie oft hierher?» oder eine Bemerkung über das Wetter. Aber plötzlich fiel ihm wieder ein, was Peggy eben gesagt hatte. «Und warum ist die Oberschwester ausgerastet?»

Sie lachte, ein Glucksen, das tief aus der Kehle kam und in einem Prusten endete. «In meinem ersten Jahr als Lernschwester hat sie mich losgeschickt, ich sollte die Gebisse der alten Männer reinigen. Ich hab nicht nachgedacht und alle in einer Schüssel eingesammelt und saubergebürstet und …»

«Und ich wette, Sie hatten einen Heidenspaß dabei, rauszufinden, welches Gebiss welchem Patienten gehörte.» Barry lachte.

«Ich habe zwei Tage dazu gebraucht, immer wieder probiert.» Peggy lachte wieder. «Die Oberschwester war stocksauer auf mich.»

Ihre Fähigkeit, so unbekümmert über sich selbst zu lachen, gefiel Barry. «Na, sie hat's bestimmt auch wieder vergessen», sagte er.

Das Licht wurde wieder abgedämpft. Die Band begann ein langsames Stück, «*Saint James Infirmary*». Barry nahm Peggy mit auf die Tanzfläche, legte ihr den rechten Arm um die Taille, ergriff mit der linken Hand ihre rechte Hand und streckte den Arm aus. Diese Haltung hatte er in den Tanzstunden in seinem Jungeninternat gelernt. Allerdings war seine Partnerin dort ein Stuhl gewesen und keineswegs so weich wie die junge Frau, die er jetzt im Arm hielt. Und Parfüm hatte der Stuhl auch nicht getragen. Barry erkannte, dass es *Je Reviens* war, denn davon hatte er einer gewissen Lernschwester einmal einen Flakon zum Geburtstag geschenkt. Einem grünäugigen Mädchen, das er vor Patricia kennengelernt hatte.

Mit ruckartigen Bewegungen führte er seine Partnerin über die Tanzfläche. Sein schlechtes Gehör wurde von seinem fehlenden Gefühl für Rhythmus ergänzt. Er kannte Filmstars wie Glenn Ford oder Henry Fonda, die dieses Mädchen herumgewirbelt und sie mit ihrer Kunst umgarnt hätten. Barry Laverty jedoch schob sie unbeholfen auf dem Tanzboden herum, mit einem Schritt irgendwo zwischen Walzer und dem Schlurfen eines neurologisch gestörten Patienten. Immerhin schaffte er es, ihr nicht auf die Füße zu treten.

Beim Tanzen sprachen sie nicht, aber Peggy erlaubte ihm, sie enger an sich zu ziehen und seine Wange an ihre zu legen. Er spürte ihre weichen Brüste und ließ die Hand abwärts in ihr Kreuz gleiten. Wieder verspürte er die Erregung, die ihn erfasst hatte, als er Mandys Po beobachtet hatte. Tut mir Leid, Patricia, dachte er und fuhr sanft mit den Lippen über Peggys Wange, aber eigentlich müsstest du hier bei mir sein. Doch, wirklich.

Als die Musik aufhörte, war er ein wenig atemlos, aber nicht, weil das Tanzen so anstrengend gewesen wäre. Sie lösten sich voneinander, doch Barry hielt ihre Hand fest, und sie erhob keinen Einspruch.

«Ein Fred Astaire bist du nicht gerade», sagte sie mit einem Lächeln. «Wollen wir wirklich weitertanzen, oder besorgst du mir was zu trinken?»

«Ich dachte schon, du würdest mich nie darum bitten», sagte Barry, erleichtert, dass er nicht mehr so tolpatschig herumstolpern musste. «Die Bar ist draußen im Foyer.» Er führte sie an der Hand um die Tanzfläche herum. Harry und seine blonde Tänzerin waren nirgends zu sehen, aber Barry winkte Jack und Mandy zu, als sie vorbeiwirbelten. Er geleitete Peggy durch die Doppeltüren in die Eingangshalle. «Was möchtest du denn?»

«Wodka Orange bitte.»

Er suchte ihr einen Stuhl, wartete, bis sie saß, und stellte sich vor der kleinen Bar an. Dann drehte er sich um und betrachtete sie. Peggy war wirklich eine außergewöhnlich attraktive junge Frau. Nicht so schön wie Patricia, erinnerte er sich – keine Frau konnte mit ihr mithalten –, aber Jack Mills hätte Peggy Duff als «Augenweide» bezeichnet.

Er bestellte ihren Drink und für sich selbst einen Orangensaft, schließlich wollte er ja noch nach Hause fahren. Er hatte nicht vorgehabt, lange zu bleiben, aber es war schön, Jack und Mandy zu sehen, und Harry. Barry bezahlte die Getränke und brachte sie zu Peggy hinüber. «Bitte schön», sagte er, reichte ihr den Wodka und setzte sich zu ihr.

«Danke. Trinkst du auch Wodka?»

Barry schüttelte den Kopf. «Bloß Orangensaft. Ich muss noch fahren.»

Sie tätschelte seine freie Hand. «Das ist klug, Barry. Als ich auf der Unfallstation gearbeitet habe, hab ich genug junge Leute gesehen, die total zerfetzt waren, bloß weil irgendein Idiot gedacht hatte, er könnte sich volllaufen lassen und trotzdem noch Auto fahren.»

«Ich hab selbst auch ein paar gesehen.»

«Wie kommt das?»

«Ich bin praktischer Arzt, im Moment Assistent bei Doktor O'Reilly in Ballybucklebo, aber letztes Jahr habe ich drei Monate Notfallmedizin im Royal gemacht.»

Peggy trank einen Schluck von ihrem Drink. «Da muss ich dich gerade verpasst haben. Ich war in diesem Juni dort, kurz vor meiner Prüfung.» Sie betrachtete ihn eingehend und runzelte ein wenig die Stirn. «Barry Laverty? Laverty? Bist du der Mann, der mal mit Brid McCormack gegangen ist?»

«Der bin ich.» Barry erinnerte sich an Brids grüne Augen und ihr rotbraunes Haar, und der Duft von Peggys Parfüm ließ die Erinnerung noch lebhafter werden.

«Und im September hat sie Roger Grant geheiratet, den Chirurgen.»

Im Januar letzten Jahres hatte Brid ihm in aller Seelenruhe eröffnet, dass sie jemand anders heiraten würde. Jetzt war es Dezember, und es sah aus, als verlöre nun auch Patricia das Interesse an ihm. Der Winter und die Frauen und er selbst – irgendwie war das wie verhext. Barry seufzte und merkte überrascht, dass Peggy ihre Hand auf seine legte.

«Brid ist eine sehr hübsche Frau. In der Schwesternschule war sie in der Klasse über mir.» Als Barry ihr in die Augen schaute, sah er Mitgefühl.

«Ach», sagte er achselzuckend, «das ist lange her.» Als Nächstes würde Peggy wahrscheinlich fragen: «Und hast du wieder eine Freundin?» Er wusste nicht, was er darauf antworten würde, denn der zunehmende Druck ihrer Hand wärmte ihn durch und durch.

«Es ist nicht schön, wenn man so sitzengelassen wird»,

bemerkte Peggy. «Mein Freund und ich haben uns vor sechs Monaten getrennt.» Sie seufzte. «Es tut weh, aber man kommt drüber weg.»

«Ja?» Barry fragte sich, ob er es jemals verwinden würde, wenn Patricia ihn verließe. Er wusste, dass O'Reilly immer noch um seine tote Frau trauerte, aber wenigstens traf er sich jetzt mit Kitty.

«Ja», sagte Peggy, «das muss man doch. Das Leben muss ja weitergehen.»

Barry bemerkte, dass ihr Glas leer war. «Möchtest du noch einen?»

Sie schüttelte den Kopf und schaute auf die Uhr. «Ich wohne ja in Knock, und ich muss morgen früh aufstehen. Meine Freundin hat mich hergefahren, aber jetzt ist sie anscheinend mit deinem weißhaarigen Kumpel verschwunden. Ob du mich unter Umständen nach Hause bringen könntest? Wenn du nach Ballybucklebo fährst, liegt es am Weg.»

Barry trank seinen Orangensaft aus und stand auf. «Mit Vergnügen», sagte er ohne Zögern. «Wir holen unsere Mäntel, und dann begleite ich dich zu meinem Wagen.»

Mit dem Kuss wartete sie, bis sie sich weit genug vom Bostock House entfernt hatten und im Dunkeln standen, verborgen vor neugierigen Blicken. Erst küsste Peggy ihn sanft, dann fordernder, und Barry hatte nichts dagegen. Nein, er hatte überhaupt nichts dagegen.

25

Abwesende haben immer unrecht

«Das hier ist das Haus.» O'Reilly parkte den Rover vor der Shore Road 27. «Raus», sagte er zu Kitty, sprang selbst aus dem Wagen und öffnete die hintere Tür. Er griff nach den beiden schweren Taschen, die er gerade aus der Küche seines Hauses geholt hatte. «Machst du bitte die Autotür zu, Kitty?»

Sie kam um den Wagen herum und schlug die Tür zu.

«Öffne die Gartenpforte.»

Die rostigen Angeln kreischten, sie übertönten das rhythmische Klatschen der Brandung am nahen Strand. Die niedrige Eisenpforte befand sich in einer knapp ein Meter hohen Backsteinmauer. Kitty eilte auf das Haus zu, und O'Reilly folgte ihr. Die Pforte ließ er offen.

Die frei stehenden Häuser an diesem Teil der Shore Road sahen alle gleich aus. In diesem Haus war O'Reilly zwar noch nicht gewesen, aber einige seiner Patienten wohnten in der Nähe.

Auf Kittys Klopfen hin öffnete sich die Tür. Miss Haggerty, die Bezirkshebamme, wie immer in ihrer blauen Schwesterntracht mit der gestärkten weißen Schürze, stand im Schein der Flurlampen. «Ich bin sehr froh, dass Sie kommen konnten, Doktor O'Reilly», sagte sie, bevor sie sich umdrehte und rasch wieder ins Haus ging. «Die

Patientin liegt oben im Schlafzimmer», rief sie über die Schulter zurück. «Ich möchte sie nicht lange allein lassen. Folgen Sie mir.» O'Reilly dachte sich schon, dass der Ehemann im Pub war, so wie alle vernünftigen Männer in Ulster, wenn ihre Frauen in den Wehen lagen. Daher war Miss Hagerty an die Tür gekommen.

«Ich habe Schwester O'Hallorhan mitgebracht!», rief er, um Kitty vorzustellen, als er die schweren Taschen durch den mit dickem Teppichboden ausgelegten Flur schleppte und dann weiter die breite Treppe hinauf. Ölbilder von Fischern und Landschaften, offensichtlich Werke des Malers James Humbert Craig, waren treppenförmig an der Wand aufgehängt und begleiteten ihn auf dem Weg nach oben. Craig war in Belfast geboren, und er hatte häufig die Landschaft um die Belfaster Bucht gemalt.

O'Reilly hörte eine Frau stöhnen, und Miss Hagerty verschwand durch eine offene Tür rechts vom Flur.

Er folgte ihr, stellte die Taschen auf dem Teppich ab, riss sich Mantel und Jackett vom Leibe und warf beides in eine Ecke des Zimmers. Er krempelte sich die Ärmel hoch und trat neben das große Doppelbett. Miss Hagerty stand schon auf der anderen Seite. Kitty kam herein und wartete unaufdringlich an der Tür.

Gertie Gorman, eine Frau von schätzungsweise Ende zwanzig, lag auf einem Gummilaken, das Miss Hagerty zum Schutz der Matratze unter ihr ausgebreitet hatte. Das Bettzeug lag auf einem Haufen neben dem Frisiertisch. Gerties Nachthemd war bis unter ihre Brüste hochgeschoben. «Guten Abend, Mrs Gorman», begrüßte er sie. «Ich bin Doktor O'Reilly.»

Sie brachte ein schwaches Lächeln zustande. «Danke, dass ...» Die Gebärende verzog das Gesicht und biss stöhnend die Zähne zusammen. O'Reilly warf Miss Hagerty einen Blick zu und hob eine buschige Augenbraue.

«Sie sagt, die Wehen haben vor etwa zehn Stunden angefangen, kommen alle drei Minuten und dauern dann eine Minute. Sie ist schon ziemlich weit.»

O'Reilly nickte. «Ihr wievieltes Baby ist das?»

«Das dritte. Die beiden anderen kamen ziemlich schnell, bei dem einen hat es acht, bei dem anderen sechs Stunden gedauert. Und ihre Babys sind klein, das eine hat knapp drei Kilo gewogen, das andere etwas über drei Kilo.»

Glück im Unglück, dachte O'Reilly. Die zweite, dritte und vierte Geburt waren am leichtesten und am seltensten mit Komplikationen verbunden. Andererseits ging eine Geburt normalerweise von Kind zu Kind schneller. Diesmal jedoch brauchte die Mutter deutlich mehr Zeit, und das war ein Anlass zur Sorge. Aber wahrscheinlich stand die Geburt kurz bevor. Jetzt musste er untersuchen, was eigentlich los war, und alle Kräfte mobilisieren. «Kitty, könntest du auf dem Frisiertisch Platz schaffen und die sterilen Päckchen aus den Taschen holen?»

Kitty ging zur Frisierkommode und räumte sie ab.

«Miss Hagerty, bitte berichten Sie. Wann sollte der Entbindungstermin sein?»

«Sie ist jetzt in der achtunddreißigsten Woche», erklärte die Hebamme, «und soweit ich weiß, hat es in der Schwangerschaft keine Komplikationen gegeben.»

O'Reilly runzelte die Stirn. Soweit ich weiß? Bei einer komplikationslosen Schwangerschaft lagen die Betreuung und die Geburtsvorsorge doch normalerweise zum größten Teil in den Händen der Hebamme.

«Wann haben Sie Mrs Gorman denn das letzte Mal gesehen?»

«Vor einem Monat.»

O'Reilly merkte, dass seine Stimme lauter wurde. «Vor einem Monat? Und das im dritten Trimester?»

Miss Hagerty sog die dünnen Wangen ein. «Doktor Fitzpatrick war nicht davon abzubringen, dass er so gut wie allein für ihre Betreuung zuständig sei.»

O'Reilly schüttelte den Kopf. Dumm. Saudumm. Eine erfahrene Hebamme wie Miss Hagerty war eine der besten diagnostischen Hilfen, die es überhaupt gab. Es war der Gipfel der Arroganz, dass Fitzpatrick ihre Kompetenz ignorierte.

«Aber soweit Sie wissen, hat es keine Probleme gegeben?»

«Soweit ich weiß, nicht. Als ich hier ankam, habe ich Gertie sofort danach gefragt. Sie hat gemeint, Doktor Fitzpatrick hat ihr immer gesagt, alles sei in Ordnung. Blutdruck nicht zu hoch, Gewichtszunahme gut, das Baby würde wachsen, und seine Herzfrequenz sei normal.» Mit einem verächtlichen Unterton in der Stimme setzte die Hebamme hinzu: «Soweit ich weiß, hat es also bisher keine Schwierigkeiten gegeben ... zumindest wurden keine festgestellt.»

Wieder runzelte O'Reilly die Stirn. Was sollte das heißen? Er besprach die Belange der Patientin nicht gern auf so unpersönliche Weise in ihrer Gegenwart, aber er brauchte die Informationen, und während einer Wehe konnte sie sich ohnehin nicht dazu äußern. O'Reilly versuchte, Gertie mit einem Händedruck zu beruhigen, und war froh, dass sie sich mit einem schwachen Lächeln bedankte, als die Wehe nachließ. Höchste Zeit, sie zu untersuchen. Miss Hagertys Andeutungen würde er später nachgehen.

«Ich werde jetzt Ihren Bauch abtasten», erklärte O'Reilly und schaute die Hebamme fragend an. Problemlos las er ihr von den Lippen ab, was sie ihm zuflüsterte: «Ich glaube, es ist eine Steißlage.»

Eine Steißlage? Ach du je. Wenn ein Kind mit dem Hintern voran zur Welt kam, war das Risiko, dass die Mutter bei der Geburt eine schwere Verletzung davontrug und das Kind Schaden litt oder gar erstickte, um ein Vielfaches höher als sonst.

Das würde natürlich Miss Hagertys Bemerkung «zumindest wurden keine festgestellt» erklären. Zu den wichtigen Aufgaben der Hebamme oder des betreuenden Arztes gehörte es, eine anomale Lage des Babys zu erkennen und dafür zu sorgen, dass die Gebärende auf eine gut ausgestattete Entbindungsstation überwiesen wurde. Eine Steißgeburt sollte von einem Facharzt für Geburtshilfe überwacht werden, der notfalls auf die Unterstützung eines ganzen Teams zurückgreifen und auch einen Kaiserschnitt vornehmen konnte.

O'Reilly hatte vor dem Krieg zuletzt ein Kind in Steißlage entbunden. Seine Handflächen begannen zu schwitzen. Auch Miss Hagerty konnte sich irren, und andernfalls hoffte er, dass die Geburt noch in den Anfängen war, sodass er Gertie in die Frauenklinik bringen lassen konnte.

Er legte auf beiden Seiten die Hände auf ihren dicken Bauch. Durch die Bauchwand und die vorübergehend entspannte Gebärmutter konnte er auf der rechten Seite den weichen, gerundeten Rücken des Kindes ertasten. Er verfolgte ihn nach oben, bis er ihn nicht mehr spüren konnte. Dann legte O'Reilly die Hände rechts und links auf den oberen Teil der Gebärmutter und bewegte sie sacht von einer Seite zur anderen. Etwas Festes glitt unter seinen

Händen hin und her. Was er da ertastete, war vermutlich ein Köpfchen, denn der kleine Po wäre weicher gewesen. Mit Daumen und Fingern der rechten Hand umfasste er das rundliche Gebilde. Doch, das musste der Kopf des Babys sein. Er suchte Miss Hagertys Blick und nickte ihr zu.

Während er die Gebärende weiter mit beiden Händen abtastete, konnte er eine Form ausmachen, die tief im Becken saß. Das wiederum fühlte sich nicht wie ein Köpfchen an. Es war schmaler. Wieder nickte er Miss Hagerty zu. «Ist die Herzfrequenz des Kindes in Ordnung?»

«Hundertvierzig, kurz bevor Sie kamen.»

Gut. Wenigstens das war normal.

Bevor O'Reilly weitere Untersuchungen durchführen konnte, spürte er, wie die nächste Wehe einsetzte. Bis sie vorbei war, würde er nichts als die eisenharte Uterusmuskulatur ertasten können. Jetzt war der richtige Zeitpunkt, sich auf die vaginale Untersuchung der Patientin vorzubereiten.

«Ist das Badezimmer hier oben?»

«Ja, die zweite Tür rechts.»

Gerties Stöhnen verfolgte ihn, aber als er seine Hände geschrubbt hatte und zurückkehrte, war sie still geworden. Während Kitty ihm ein steriles Handtuch reichte und dann, während er sich die Hände abtrocknete, ein Päckchen mit Gummihandschuhen öffnete, begann die Patientin wieder zu stöhnen. Dann rief sie: «Ich muss pressen! Ich muss pressen!» «Hecheln, Gertie», sagte Miss Hagerty darauf. «Hecheln.» O'Reilly zog die Handschuhe über, während die Gebärende rasche, flache Atemzüge machte. Er hoffte bloß, dass der Gebärmutterhals voll verstrichen war.

Falls – und da war er sich inzwischen so gut wie sicher –

das Baby mit dem Steiß voran auf die Welt kam, konnte der Po bereits durch den Gebärmutterhals ins Becken rutschen, bevor dieser ganz verstrichen war. Der Druck, den der kleine Steiß auf die Beckenbodenmuskeln ausübte, löste bei der Frau einen unkontrollierbaren Drang zum Pressen aus.

Den relativ schmalen Körper des Kindes konnte die Gebärende dann ohne große Schwierigkeiten herauspressen, doch während der Hals noch durch den Muskelring des Gebärmutterhalses hindurchrutschen konnte, würde der Kopf, als breitester Körperteil des Babys, stecken bleiben. Mit verheerenden Folgen für Mutter und Kind.

O'Reilly nahm eine Tupferklemme von Kittys provisorischem Instrumentenwagen, der Frisierkommode. Er legte eine Handvoll Wattetupfer in eine Schüssel mit Savlon-Desinfektionslösung und trat an die Seite der Patientin. Kitty stellte sich mit der Schüssel neben ihn.

«Könnten Sie mal die Beine anziehen, Gertie?» Miss Hagerty half der Gebärenden, die Knie anzuwinkeln und die Schenkel zu spreizen. Die Schamlippen klafften auseinander, und in der Öffnung war etwas Weiches, Dunkles zu erahnen. Das war ein Po. Die Pflaumenfarbe rührte daher, dass das Blut sich in den Blutgefäßen staute, weil der Beckenkanal so eng war. Damit waren zwei Fragen beantwortet: Es handelte sich mit Sicherheit um eine Steißlage, und für einen Transport ins Krankenhaus war keine Zeit mehr. Der verdammte Fitzpatrick hätte diese Diagnose schon vor Wochen stellen müssen. O'Reilly wusste, dass Miss Hagerty das getan hätte – wenn sie die Möglichkeit dazu bekommen hätte.

Aber jetzt war keine Zeit, sich darüber aufzuregen. Er würde sich später darum kümmern. Gertie Gorman brauchte seine ungeteilte Aufmerksamkeit.

«Ich werde Sie jetzt waschen», sagte O'Reilly und klemmte einige mit blassgelber Desinfektionslösung getränkte Baumwolltupfer in die Zange. «Tut mir leid, wenn es ein bisschen kalt ist.» Sie zuckte zusammen, als er anfing, ihre Vulva, die Innenseite der Oberschenkel und die Gesäßbacken mit der Savlonlösung einzufärben. Der aufsteigende Geruch kitzelte ihn in der Nase. Er legte die Zange in die Schüssel zurück. «Jetzt werden Sie spüren, dass ich Sie abtaste.»

«Hier.» Kitty bot ihm eine offene Packung mit sterilen Handtüchern an.

«Danke.» O'Reilly nahm sich eins und legte es der Patientin über das Schambein und den unteren Bauch. Dann legte er die linke Hand auf das Handtuch und untersuchte mit der rechten ihre Vagina. Er konnte die Oberschenkel des Babys fühlen, die an den Bauch hochgeklappt waren. Die Zehen befanden sich offenbar noch in der Gebärmutter, dicht am Kopf des Babys. O'Reilly schloss daraus, dass er eine reine Steißlage vor sich hatte, keine Fußlage, bei der die Füßchen zuerst herauskamen, und auch keine Steiß-Fuß-Lage, bei der das Baby die Beine gekreuzt hatte wie im Schneidersitz. Ein Glück. Das Risiko, dass die Nabelschnur am Kind vorbeirutschte, zusammengedrückt wurde und so während der Geburt die Sauerstoffversorgung unterbrochen wurde, war bei einer reinen Steißlage nicht so groß.

Wieder spürte O'Reilly, wie eine Wehe begann. Gertie stöhnte und wand sich auf dem Bett. Miss Hagertys Anweisung zu hecheln stieß auf taube Ohren. O'Reilly spürte, wie Gerties Bauchmuskeln fest wurden, als sie presste, und wie der Po des Babys weiterwanderte. Es gelang ihm, die untersuchende Hand tiefer in die Vagina zu schieben, und zu seiner großen Erleichterung fand er keinen Hinweis darauf, dass der Gebärmutterhals noch nicht voll verstrichen oder dass die Nabelschnur vorgefallen war.

Obwohl O'Reilly eigentlich kein religiöser Mensch war, murmelte er leise ein paar Dankesworte.

«Sie ist voll verstrichen», sagte er und zog seine Hand zurück. Trotzdem, wie gerne hätte er sie im Krankenhaus gehabt. Einmal hätte es ihm die nötigen Handgriffe, um die Geburt des Kindes zu beschleunigen, sehr erleichtert, wenn Gertie die Füße auf Fußstützen gehabt hätte und wenn sie das Gesäß über den Rand des Gebärbettes hätte schieben können. Wichtiger noch aber war, dass er einen Anästhesisten zur Seite gehabt hätte für den Fall, dass schwierige Maßnahmen erforderlich wurden.

Doch jetzt musste sich mit dem begnügen, was er vorfand, und diese Situation erlebte er ja nicht zum ersten Mal. «Kitty, in meinen Taschen findest du auch Instrumente für eine örtliche Betäubung und außerdem eine Flasche Xylocain. Bringst du mir das?» Keine Zeit für Höflichkeitsfloskeln wie «bitte» und «danke».

«Miss Hagerty, tun Sie, was Sie können, damit Gertie nicht presst.» Er brauchte eine so erfahrene Hebamme nicht anzuweisen, zwischen den Wehen die Herzfrequenz zu überprüfen. Sie würde ihm sofort berichten, wenn sie Unregelmäßigkeiten entdeckte.

«Das Päckchen für die Pudendusblockade ist bereit», sagte Kitty vor der Frisierkommode. «Ich habe sowas zuletzt während meiner Hebammenausbildung im Krieg gesehen.»

«Ich wusste gar nicht, dass du Hebamme bist.» O'Reilly griff zu der großen Spritze mit der langen Nadel. In Irland mussten die staatlich geprüften Krankenschwestern, die Hebammen werden wollten, nach ihrer bestandenen Schwesternprüfung zusätzlich noch zwei Jahre lernen.

Gertie stöhnte unter der nächsten Wehe.

«Ich hatte gedacht, Geburtshilfe wäre das Richtige für mich», sagte Kitty und hielt ihm die Flasche mit dem Xylocain hin. O'Reilly durchstach den Gummiverschluss mit der Nadel, um das Lokalanästhetikum aufzuziehen.

«Aber es war doch nicht das Richtige?» Er zog den Kolben der Spritze zurück.

Kitty schüttelte den Kopf. «Die allgemeine Krankenpflege war mir lieber.»

Jedem das Seine, dachte O'Reilly, aber selbst wenn ihr Wissen nicht mehr auf dem neuesten Stand war, fand er es coh sehr beruhigend, dass ihm nicht nur eine, sondern zwei ausgebildete Hebammen zur Seite standen.

Nach zwei weiteren Wehen konnte O'Reilly die Nerven identifizieren, die die untere Vagina und den Bereich zwischen Anus und Schambein versorgten. Ihm war wohler, sie mit dem Xylocain zu betäuben, denn ganz gleich, was er jetzt machte, es würde der Patientin nicht mehr wehtun.

«Kitty», sagte er. «Da ist eine Gummischürze in einer der Taschen. Hilfst du mir, sie anzuziehen?» Er reichte ihr die benutzte Spritze.

Sie schob ihm die Schlinge über den Kopf und band die Schürzenbänder hinten zusammen. Die Patientin war gesäubert und abgedeckt, der Arzt trug Handschuhe und Schürze. Die Geburt schritt voran, und jetzt kam der schwierige Teil: das Warten. O'Reilly wusste, dass ungeduldige Helfer, die zu früh eingriffen, bei Steißgeburten häufig noch mehr Schaden anrichteten.

«Lassen Sie Gertie pressen, Miss Hagerty. Öffne das Päckchen, Kitty.» Mit Zeigefinger und Mittelfinger der rechten Hand machte er eine Schneidebewegung.

Kitty nickte und öffnete ein Päckchen, das eine kräftige Schere enthielt.

O'Reilly wartete ab, bis die nächste Wehe vorbei war und eine Pobacke und die kleine Spalte im Hintern in der Vaginaöffnung zu sehen waren.

«Jetzt legen wir Sie ein bisschen anders hin, Gertie», sagte er. «Vielleicht können Sie uns dabei helfen.»

Mit der Unterstützung von Kitty und Miss Hagerty gelang es ihm, Gertie so zu drehen, dass sie quer auf dem Bett lag. Ihr Kopf war von Kissen gestützt, das Gesäß lag an der Bettkante. O'Reilly nahm die Schere und stellte sich zwischen ihre Beine. Kitty und Miss Hagerty wussten beide, was zu tun war. Sie nahmen jede ein Bein und hielten es fest, agierten also als menschliche Fußstützen. So hatte O'Reilly ungehinderten Zugang zum Operationsfeld.

Er wartete auf die nächste Wehe und machte einen Dammschnitt, um dem Baby mehr Platz zu verschaffen. Das Blut roch metallisch, es tropfte auf den Teppich. Nicht zu ändern. O'Reilly ließ die Schere fallen.

Jetzt mussten sie wieder warten. Es würde Selbstbeherrschung erfordern, nicht an den Hüften des Babys zu ziehen, wenn sie erschienen. «Und warum hat dir die Geburtshilfe nicht gefallen, Kitty?», fragte er, während Miss Hagerty die Gebärende zum Pressen aufforderte.

«Gefallen hat sie mir eigentlich schon. Aber ich hatte auch auf der Neurologie und auf der Neurochirurgie gearbeitet, und das fand ich einfach faszinierender.»

Interessant. O'Reilly schaute sie an. Ihm hatte die Geburtshilfe immer Freude gemacht, und er hätte sich vielleicht darauf spezialisiert, wäre der Krieg nicht dazwischengekommen. Krankheiten des Nervensystems dagegen hatten ihn immer ein bisschen eingeschüchtert. Die Beschäftigung damit war eine sehr intellektuelle Angelegenheit. Er lächelte im Stillen. Auch wenn er es nur ungern zugab: Kitty hatte wahrscheinlich in gewisser Hinsicht mehr auf dem Kasten als er. Er wandte sich wieder um und sah die Patientin an. Er durfte seine Gedanken nicht abschweifen lassen.

«Nochmal pressen, Gertie», sagte Miss Hagerty aufmunternd. «Ganz kräftig pressen.»

Der Körper des Babys erschien, mit dem Rücken zur rechten Seite der Mutter, und schob sich, bedingt durch die Kontraktionen der Gebärmutter und die Struktur des Geburtskanals, nach oben. O'Reilly sah, dass es ein Mädchen war. Nun waren beide Pobacken draußen, und gleich darauf folgten die Hüften und der Bauch mitsamt Nabel und Nabelschnur.

Gleich würde er handeln müssen. Er wartete, bis Miss Hagerty Gertie noch einmal zum Pressen aufforderte, dann zog er mit Daumen und Zeigefinger eine Schlinge der Nabelschnur nach unten. Er legte die Zeigefinger in die Leistenbeugen des Kindes und zog sanft, bis die Kniekehlen erschienen und dann auch die kleinen Unterschenkel.

Er nahm die Hände fort. Das Baby drehte sich, bis es mit dem Rücken nach oben lag. Diese Drehung war eine Folge der Uteruskontraktionen, die jetzt den breitesten Teil des kleinen Körpers in den weitesten Teil des Geburtskanals drückten. Immer mehr vom Rücken des Kindes wurde sichtbar. Die Schwerkraft half der Gebärmutter, das Baby herauszupressen.

Er warf Miss Hagerty einen Blick zu, und sofort legte sie eine Hand auf Gerties Bauch, um zu fühlen, wann die nächste Wehe einsetzte, und dann zu drücken, damit die Arme des Kindes nicht gedehnt wurden.

O'Reilly griff unter den kleinen Körper, schob zwei Finger in den Geburtskanal und stellte fest, dass das Kleine die Arme vor der Brust verschränkt hatte. Im Nu hatte er sie herausgeholt, und sie hingen schlaff nach unten.

Gertie knurrte tief in der Kehle.

«Da kommt die nächste», sagte Miss Hagerty, «Pressen, Gertie.»

Nun stand der heikelste Teil bevor, die Geburt des Kopfes. Er trat gerade in den Geburtskanal ein, und dabei würde er die Nabelschnur zusammendrücken und damit die Sauerstoffversorgung des Babys beeinträchtigen. O'Reilly hatte vier Minuten, um den Kopf herauszuholen, bevor das Kind erstickte. Er wusste, dass es zwei von diesen vier Minuten dauern sollte, bis der Kopf in das schmale knöcherne Becken hinunterrutschte, ganz langsam, um den weichen Schädel und das empfindliche Gehirn zu schützen.

O'Reilly wartete ab, bis das Baby mit seinem eigenen Gewicht den Kopf ins Becken der Mutter zog. Der kleine Nacken erschien, und der Arzt drehte sich, sodass er mit dem Rücken zum linken Bein der Patientin stand. Er grinste Kitty zu, die das rechte Bein hielt.

«Harte Arbeit», sagte sie, und er wusste nicht, ob sie das auf sich selbst, auf ihn oder auf Gertie bezog.

Er konzentrierte sich wieder auf seine Arbeit. Er nahm die Fußgelenke des Kindes in die rechte Hand, zog sanft und hob die Beinchen dann über dem Schambein der Mutter senkrecht in die Luft.

«Jetzt, Doktor?», fragte Miss Hagerty.

Er nickte, und die Hebamme bat Gertie, nicht mehr zu pressen, wenn sie irgend könne. O'Reilly übte mit der linken Hand Druck auf den Damm der Mutter aus. Wenn er so drückte und die Gebärende gleichzeitig nicht mehr presste, konnte er das Köpfchen langsam nach draußen geleiten.

Das Gesichtchen erschien, der kleine Mund. O'Reilly hätte seine unsterbliche Seele für ein zweites Paar Hände verkauft. Und dann hätte er ein Absauggerät eingesetzt und Mund und Kehle des Kindes von Schleim befreit.

Ganz langsam ließ er den kleinen Kopf herausgleiten, bis er das Neugeborene schließlich an den Fersen in die Höhe hielt. Mit dem kleinen Finger der linken Hand räumte er ihm den Schleim aus dem Mund. Das kleine Mädchen kniff die Augen zusammen, saugte Luft in die Lungen und stieß einen hohen, zittrigen Schrei aus.

«Es ist ein Mädchen», brüllte O'Reilly, damit Gertie es bei dem Geschrei ihres Kindes auch wirklich hörte. «Ein süßes kleines Mädchen.»

Miss Hagerty und Kitty winkelten Gerties Beine an und stellten ihre Füße behutsam wieder auf das Bett.

«Puh», bemerkte Kitty, «sie wurde schon richtig schwer.»

«Das war wohl das geringste Problem», sagte O'Reilly mit einem Grinsen. «Bitte die Klemme.»

Im Nu hatte er die Nabelschnur abgeklemmt und durchgeschnitten, das Neugeborene in ein Handtuch gewickelt und es Miss Hagerty gereicht, die es wiederum Gertie zum Halten gab.

O'Reilly lächelte. Es gab wenige Anblicke, die so befriedigend waren wie eine Mutter mit ihrem gesunden Neugeborenen im Arm.

Aber noch hatte er eigentlich keine Zeit, sich an dem Bild zu erfreuen.

Ein kleiner Blutschwall, das Stück Nabelschnur, das

aus der Vagina heraushing, wurde länger, und die Plazenta rutschte heraus. Wie ein großer Klumpen rohe Leber sah sie aus. «Geben Sie ihr Ergometrin, Miss Hagerty», wies O'Reilly die Hebamme an, «und würdest du bitte das Nahtmaterial bereithalten, Kitty?» Er betrachtete den offenen Dammschnitt. «Ich muss jetzt ein bisschen sticken.»

Er krümmte den Rücken und zog die Schulterblätter nach hinten, um die Verspannungen im Nacken etwas zu lösen. Dann kniff er die Augen zusammen und blinzelte. Als das Päckchen mit dem Nahtmaterial geöffnet war, nahm er Zange, Faden und Nadelhalter zur Hand und machte sich an die Arbeit.

In überraschend kurzer Zeit war der Schnitt genäht, Gertie trank bereits eine Tasse Tee, die Miss Hagerty zubereitet hatte, und das Baby war gewickelt und schlief fest in seinem Bettchen.

O'Reilly räumte die Instrumente zusammen, zog die Gummihandschuhe aus und bat Kitty, seine Schürzenbänder zu lösen. Dann wusch er sich im Badezimmer Blut und Käseschmiere von Händen und Unterarmen.

Als er zurückkam, war der Säugling erwacht und verlangte nach Nahrung.

Während Miss Hagerty die Kleine zu ihrer Mutter brachte, hob O'Reilly sein Jackett auf, zog es an und trat neben Kitty.

Sie lächelte ihn an. «Das war sehr gut, Fingal. Ich habe Fachärzte gesehen, die eine Steißlage nicht so gut entbunden haben.»

«Das ist wahr, Doktor O'Reilly», bestätigte Miss Hagerty.

Normalerweise hätte O'Reilly ein derartiges Kompliment mit einer schroffen Erwiderung abgewiesen, aber weil es von Kitty kam, freute er sich darüber. Er spürte, wie seine Wangen warm wurden. «Danke, Kitty. Es war verdammt gut, dass ihr beide dabei wart. Ohne dich und Miss Hagerty hätte ich es nicht geschafft.»

Kitty gab ihm rasch einen Kuss auf die Wange. «Es war gute Arbeit, und ich kann mich glücklich schätzen, dass ich dabei sein durfte. Ich hatte fast vergessen, wie bewegend eine Geburt sein kann.»

Ihre Augen glänzten, als sie sich zu dem jüngsten Spross der Familie Gorman umsah. O'Reillys Wangen wurden noch wärmer, aber Miss Hagerty war zum Glück so damit beschäftigt, Gertie beim Anlegen des Kindes zu beraten, dass sie es nicht bemerkte.

«Obwohl es dich um dein Essen gebracht hat?»

«Mir war es wichtiger, mit dir hier zu sein, Fingal. Wir können doch jederzeit wieder zum Dinner ausgehen.»

Darauf freute O'Reilly sich schon. «Ich mache das verpatzte Dinner wieder gut, das verspreche ich dir», sagte er mit knurrendem Magen. «Wie wär's nächsten Sonntag? Da hat Barry Bereitschaftsdienst, daher kann uns niemand stören, nicht so wie heute Abend.»

Kitty schüttelte den Kopf. «Das geht nicht, tut mir leid», sagte sie. Es klang enttäuscht. «Ab Montag den vierzehnten habe ich eine Woche Ferien, und ich habe meiner Mutter versprochen, sie zu besuchen. Sie ist einundachtzig und lebt in Tallaght, am Rand von Dublin.»

O'Reilly merkte, dass er selbst auch enttäuscht darüber war, dass sie am Sonntag nicht konnte. Und in den Tagen danach war er entweder beschäftigt oder hatte Bereitschaftsdienst. Doch dann kam ihm eine Idee. «Aber Freitag in einer Woche bist du wieder hier oben im Norden, oder? Am Weihnachtstag?»

«Ja.»

«Hättest du Lust, zu uns zum Essen zu kommen?»

Kittys Augen funkelten. «Ja, sehr gerne.»

O'Reillys Magen knurrte noch lauter.

Sie kicherte. «Du musst einen Bärenhunger haben. Bring mich zu dir nach Hause zurück», sagte sie. «Wenn Kinky nichts dagegen hat, dass ich ihre Küche benutze, mache ich uns rasch einen Happen zu essen.»

«Wunderbar, abgemacht. Ich bin gleich fertig.» Er trat an das Bett.

Die Mutter stillte ihr Kind. Auf Gerties liebem Gesicht lag eine stille Heiterkeit, sodass O'Reilly sofort an die *Madonna mit Kind* von Michelangelo denken musste. Die Wöchnerin lächelte zu ihm hoch. «Tut mir leid, dass wir Sie herbemühen mussten, Sir.»

«Unsinn. Dafür bin ich doch da, oder?» Er wartete die Antwort nicht ab. «Wie soll die Kleine denn heißen?»

«Es ist ja Weihnachtszeit, und ich kann mich nicht zwischen Carol und Noelle entscheiden, aber ich glaube, Noelle gefällt mir am besten.»

«Toll», sagte O'Reilly, «das ist ein wunderschöner Name, finden Sie nicht, Miss Hagerty?»

«Ja, wirklich sehr schön. So hieß meine Mutter.» Die Hebamme richtete sich auf und sagte: «Danke, dass Sie gekommen sind, Doktor O'Reilly. Das Aufräumen besorge ich schon allein. Fahren Sie nur wieder los mit Schwester O'Hallorhan.»

«Das machen wir auch», meinte O'Reilly und hob seinen Mantel auf. «Und ich verabrede mit Doktor Fitzpatrick, dass er die weitere Betreuung übernimmt.»

«Soll ich mal mit ihm reden?» Miss Hagerty zögerte und fuhr dann leise fort: «Ich habe nicht das Recht, ihn zu kritisieren, aber er hätte herkommen müssen. Doch, wirklich.»

Ganz genau, dachte O'Reilly, und außerdem hätte er schon vor Wochen die Diagnose Steißlage stellen müssen. Damit hätte er uns allen viel Sorgen erspart. «Ach, ich bin sicher, es gibt eine Erklärung dafür, dass er nicht hier war. Und zum Glück können wir ja sagen ‹Ende gut, alles gut›. Aber sprechen sollten Sie mit ihm. Doch, das müssen Sie tun, Miss Hagerty.»

O'Reilly fasste Kitty am Ellbogen und geleitete sie aus der Tür. Im Flur sagte er: «Aber ich muss auch mit ihm reden.» Sein Blick fiel in einen Spiegel an der Wand, und er sah sein Gesicht. Seine Nasenspitze und der halbe Nasenrücken waren alabasterweiß. «Doch, und das werde ich auch tun.»

26

Weh denen, die sitzen bis in die Nacht

Barry hielt Peggy die Tür auf, ging hinüber auf die Fahrerseite und stieg ein. «Schnall dich besser an», sagte er und tat es auch selbst. Er benutzte den Gurt nicht immer, aber er wusste, dass es ihr gefallen würde. «Du hast schließlich selbst vorhin das viele Blut in der Notaufnahme erwähnt. Einmal habe ich ein Mädchen gesehen, das mit dem Gesicht durch die Windschutzscheibe geknallt war. Die plastischen Chirurgen haben fünfzehn Stunden gebraucht, um etwas wiederherzustellen, das entfernt an ein Gesicht erinnerte.»

«Üügh», machte Peggy.

«Sitzgurte gibt es nicht serienmäßig, aber ich habe Brunhilde damit ausrüsten lassen.» Er ließ den Motor an.

«Brun wen?»

«Brunhilde. Mein Auto.» Er fuhr vom Parkplatz. «Ich fand, es hatte einen Namen verdient. Volkwagen werden in Deutschland hergestellt, und Brunhilde ist eine germanische Sagenfigur.»

«Ach.» Peggy schwieg kurz, während Barry blinkte, nach rechts in die Grosvenor Road einbog und sich in den Verkehr Richtung Stadtzentrum einreihte. «Und wer genau war diese Brun-Dingsbums?»

«Eine nordische Göttin. Wagner hat sie zur Heldin in einigen seiner Opern gemacht.»

«Du magst Opern?» Ihre Stimme stieg vor Erstaunen in die Höhe. «Du liebes bisschen.» Sie kicherte. «Ich ziehe die Beatles und Buddy Holly vor. Ich hab geweint, als er starb. Blöd von mir, was?» Sie kicherte.

«Am dritten Februar 1959», sagte Barry, «zusammen mit J. P. Richardson, dem Big Bopper.»

«Und Ritchie Valens.» Sie plauderte fröhlich weiter über Popmusik und setzte ihn stolz darüber in Kenntnis, welches die beiden besten Songs von 1964 seien: «I Won't Forget You» von Jim Reeves und «It's Over» von Roy Orbinson.

Barry war vollauf darauf konzentriert, in den College Square und dann auf den Wellington Place einzubiegen.

Peggy schien es nichts auszumachen, sie schwatzte munter weiter darauflos. «Ich war noch nie in der Oper. Wie ist das denn so?»

«Ich weiß auch noch nicht viel darüber», sagte er und dachte an die erste Opernarie, die er gehört hatte – und in wessen Gesellschaft. Verdammt sollst du sein, Patricia. *Warum* kommst du nicht nach Hause?

«Erzähl mir weiter von Brun-Dingsda», sagte sie.

«Brunhilde. Sofort.»

Auf dem Donegall Square ging es nur im Schritttempo voran. Barry hatte jede Menge Zeit, die hell erleuchteten Schaufenster zu seiner Linken zu betrachten. Das Sportgeschäft zeigte eine Ski-Szene mit Bergen von künstlichem Schnee und Schaufensterpuppen in bunter Skikleidung.

Die Fenster von Robinson and Cleaver's an der Ecke Donegall Square und Donegall Place erstrahlten im Licht. Es gab eine Krippe und .... Peggys Parfüm stieg ihm in die

Nase und lenkte ihn ab. Er warf einen Blick auf ihr Profil. Gute Wangenknochen hatte sie zweifellos.

An der Kreuzung hielt er an einer roten Ampel. Aus Lautsprechern erklang «O Bethlehem, du kleine Stadt».

Er dachte an Peggys Parfüm, ihre geöffneten Lippen, die Art, wie sie vorhin auf dem Parkplatz auf seine Küsse reagiert hatte. Sie war schon ziemlich – nein, äußerst sexy. Barry fragte sich, ob sie ihn wohl mit hoch bitten würde, und, noch wichtiger, wie er reagieren sollte. Er schluckte und schaute nach rechts auf die Kuppeln des mit bunten Lichtern geschmückten Rathauses. Direkt davor, mitten auf der breiten Auffahrt vom Donegall Square zum Säulenvorbau des Rathauses, stand ein gewaltiger Weihnachtsbaum. Seine Lichter funkelten und blitzten.

«Das jährliche Geschenk Norwegens an Belfast», sagte sie.

Es ging wieder weiter. «Ich weiß», sagte er, «und Brunhilde kam aus Island. Sie war eine Prinzessin und eine mächtige Kriegerin. Ein Typ namens Siegfried verliebte sich in sie, aber als er sie mit einer anderen Frau betrog, Gudrun, brachte Brunhilde sich um.»

«Oh», sagte sie, «wie traurig. Arme Brunhilde. Ich weiß genau, wie sie sich gefühlt haben muss.»

Der Verkehr floss wieder, und Barry fuhr weiter. «Wieso denn das?», fragte er.

«Ich hab herausgefunden, dass mein Süßer sich mit einem Mädchen getroffen hat, einer Angestellten im öffentlichen Dienst. Als ich ihn danach gefragt habe, hat er geschworen, es wäre nicht wahr. Dieser Mistkerl.» Ihre Stimme stockte.

«Das muss hart für dich gewesen sein», sagte er und fragte sich, wer da gerade sprach. Barry Laverty, der ganz normale junge Mann, der mitfühlend auf eine junge Frau reagieren konnte, oder Barry Laverty, der Arzt, der ein berufliches Interesse an Menschen mit Problemen hatte. Manchmal, stellte er fest, war es gar nicht so leicht, die beiden Seiten seines Lebens zu entwirren. Barrys Arzt-Ich war nie ganz außer Dienst – genau wie bei O'Reilly.

«Ich fand es gar nicht mal so schlimm, dass er mit ihr ausgegangen ist. Aber dass er gelogen hat … das konnte ich nicht ertragen. Es ist noch gar nicht so lange her, da hätte ich's fast Brunhilde gleichgetan. Ganz ehrlich.»

Barry bog nach links in die Victoria Street ein und ging gleichzeitig im Kopf eine Checkliste der Punkte durch, die zu beachten waren, wenn jemand drohte, sich umzubringen. Wie sollte er auf Peggys Geständnis reagieren?

«Aber» – ihr Ton wurde leichter, und sie lachte fröhlich – «das Leben muss weitergehen. Es ist schon so, wie meine Freundin Diana immer sagt: Männer sind wie Busse. In ein paar Minuten kommt immer der nächste.» Er spürte, wie ihre Hand seinen linken Oberschenkel drückte.

«Es gibt jede Menge Fische im Meer», bestätigte er. Er wusste nicht genau, ob es ihm gefiel, in einem solchen Licht betrachtet zu werden. Aber wenn sie so dachte, konnte er sich auf Jacks Ausspruch berufen: «Warum eine Kuh kaufen, wenn man einen Liter Milch im Laden kriegt?» Willst du diese Peggy als eine Flasche Milch?, fragte er sich. Für ein schnelles Techtelmechtel?

«Das habe ich auch schon gehört.» Sie kicherte. Es klang scharf und gellend. «Bist du ein guter Schwimmer?» Ihre Stimme war tiefer geworden, ein wenig heiser. Barry war ein begeisterter Fliegenfischer. Es fiel ihm nicht schwer, einen Wurf zu erkennen, der den Fisch zum Steigen provozieren sollte. In seiner Hose regte sich etwas.

Wenn du das hier so weiterlaufen lässt, wie es zu laufen scheint, wirst du dann noch jederzeit einen Rückzieher machen können?, fragte er sich. Oder würde er Peggy wiedersehen wollen, und wenn er das tat, würde er Patricia dann noch in die Augen blicken können? Vorausgesetzt, der kleine Sturkopf kaufte endlich eine Fahrkarte und kam heim nach Ulster. Patricia, ich säße jetzt nicht mit dieser Frau im Wagen, wenn du dein Versprechen gehalten hättest.

Er beschloss abzuwarten, wie weit das Mädchen das Spiel treiben wollte. «Schwimmen? Das war mein Lieblingssport in der Schule.»

Sie näherten sich dem Albert Clock Tower, einer Mini-Ausgabe des Big Ben. Gleich kam die Queen's Bridge, und dann schon die Newtownards Road in Richtung Belmont.

Peggy kicherte wieder. Es klang wirklich gellend. «Oooh», machte sie und knetete seinen Schenkel. «Ich mag Schwimmer.»

Und ich verliere gerade den Boden unter den Füßen, dachte Barry. Ich trete besser mal Wasser und verlangsame die Sache ein wenig. «Das ist lange her. Während des Medizinstudiums hatte ich nicht viel Gelegenheit zum Schwimmen. Ich bin ein bisschen eingerostet.»

Auf der Brücke ging es wieder schneller voran, und er konnte nicht riskieren, einen Blick auf Peggys Gesicht zu werfen, um im Schein der Laternen, die in regelmäßigen Abständen auf dem Brückengeländer angebracht waren, ihre Reaktion einzuschätzen. Da sie schwieg und aufgehört hatte, sein Bein zu kneten, dachte sie wohl über seine letzte Bemerkung nach und überlegte, was sie antworten sollte.

Zur Linken lag Queen's Quay, die Endstation der Zuglinie Belfast–Bangor. Hier hatte er im August auf Patricia gewartet, damit sie zusammen in den letzten Zug dieser

Sommernacht steigen konnten. Auf dieser Zugfahrt hatte er sein Herz verloren; für immer, da war er sich damals ganz sicher gewesen.

«Vielleicht», meinte Peggy, «muss der Karren dann einfach ein bisschen geschmiert werden.»

Er hatte sich schon oft gefragt, welche Signale – vielleicht eine Ahnung der scharfen Spitze des Angelhakens an der Lippe – eine Forelle bewogen, an der Fliege zu knabbern und sie dann wieder auszuspucken, mochte sie auch noch so hungrig sein. «Kann sein.» Er ließ seine Stimme neutral klingen. «Vielleicht.»

Er spürte, wie Peggy sich ein wenig zurückzog. «Wie du willst», sagte sie. Er hörte ein gedämpftes «Häh.»

Gut. Das hatte die Sache abgekühlt und ihm Zeit zum Nachdenken gegeben. Sie hatte nicht gezögert, die Initiative zu ergreifen. In Ulster machten die Mädchen das normalerweise nicht. Barry war sicher, dass es nicht schwer sein würde, Peggy zu erregen, wenn er die Sache wirklich durchziehen wollte, aber im Moment war er es zufrieden, einfach weiterzufahren.

«Gleich musst du abbiegen», sagte sie und nahm die Hand von seinem Bein.

«Um dahin zu kommen, wo du wohnst?»

«Genau. Du biegst in die Upper Newtownards Road ein und dann in den Ormiston Crescent. Ich wohne in Nummer zwölf, in einem Mietshaus.»

«Gut.» An der Abzweigung Holywood Arches, wohin O'Reilly den Krankenwagen bestellt hatte, um Liam Gillespie mit seinem Milzriss abzuholen, bog Barry rechts ab. Liam sollte es mittlerweile schon viel bessergehen. «Und wenn ich den Ormiston Crescent weiter runterfahre, komme ich auf die Belmont Road?»

«Genau.»

«Dachte ich mir. Ich bin aufs Campbell College gegangen, das ist direkt um die Ecke.» Er war vier Jahre lang auf der Schule gewesen, wo er auch Jack Mills kennengelernt hatte. Wenn Jack nicht wäre, wäre Barry jetzt nicht hier.

«Du bist ein alter Campellaner?», fragte Peggy.

«Richtig.» Die reine Jungsschule hatte den Ruf, versnobt zu sein. «Die Schule für die Söhne der Elite von Ulster.»

«Der Elite?»

«Oh ja», sagte er und bog links ab, «mancher von denen fasst sich an den Kopf – und greift ins Leere.»

Sie lachte laut über den alten Witz über die Schule.

Offenbar war sie ihm nicht böse, weil er gegenüber ihren Avancen abgekühlt war.

Barry parkte vor einem dreistöckigen Backsteinhaus, löste den Anschnallgurt, stieg aus, ging ums Auto herum und öffnete Peggy den Wagenschlag.

Sie stieg aus. «Danke fürs Mitnehmen.» Sie stellte sich auf die Zehenspitzen und küsste ihn auf die Wange. «Willst du noch mit reinkommen? Es ist noch nicht so sehr spät …»

Barry zögerte. Er sog ihr schweres Parfüm ein. Seine Arme legten sich um ihre Taille, und sie rückte näher. Er senkte seine Lippen auf ihren Mund, spürte ihre Wärme. Er schmeckte sie, fühlte ihre Zunge in seinem Mund kreisen. Als er sie enger an sich zog, fühlte er unter den Kleidungsschichten ihre festen Brüste. Er unterbrach den Kuss und dirigierte ihren Kopf so, dass er auf seiner Schulter zu liegen kam. Es fühlte sich so natürlich an, sie in den Armen zu halten, und Patricia war schon seit Monaten in Cambridge. Sein Atem beschleunigte sich, und er beugte sich wieder hinab, um Peggy zu küssen, härter und tiefer.

«Wir sollten wirklich reingehen», sagte sie heiser, nahm seine Hand und ging zum Gartentor.

Barry folgte ihr.

«Meine Mitbewohnerin Jane, die Blonde, die mit deinem weißhaarigen Freund zusammen war, wird noch Ewigkeiten weg sein, wie ich sie kenne.» Die Einladung in ihrer Stimme war unüberhörbar.

Barry holte tief Luft. Was ich nicht weiß, macht mich nicht heiß, hieß es. Aber stimmte das wirklich?

«Du kommst also mit rein», stellte sie fest. «Ich habe ein paar klasse Platten von Buddy Holly und den Everley Brothers.» Und dann kicherte sie. Es klang so grell und hart, dass der Zauber zerbrach, den sie um ihn zu spinnen begonnen hatte.

Ihr metallisches Wiehern in den Ohren, hörte er im Geist Patricias tiefen, kehligen Alt. Statt Peggys schwerem, süßlichem Parfüm roch er den zarten, würzigen Duft, den Patricia manchmal trug. Statt Buddy Holly, dessen Musik er nicht mochte, stellte er sich vor, die wunderschöne Arie zu hören, die er zuerst in Patricias Wohnung kennengelernt hatte. Die Arie *Voi che sapete* aus der *Hochzeit des Figaro*, hatte sie gesagt. Er wollte Peggy, aber nicht genug, um seine Beziehung zu Patricia aufs Spiel zu setzen, die, wie er hoffte, für immer dauern würde.

Barry blieb stehen und löste seine Hand aus ihrer. «Peggy …»

«Was ist?»

«Ich komme nicht mit rein.»

«Was!? Herrje. Da hast du ein Mädchen ja ganz schön an der Nase herumgeführt.»

«Es tut mir leid», sagte er. «Wirklich. Aber ich habe eine Freundin – sie ist im Moment in England –, und es wäre nicht fair ihr gegenüber, und dir gegenüber wäre es auch nicht fair.»

Peggy schüttelte den Kopf. «Das Mädchen kann von Glück sagen, wer immer sie sein mag.» Sie drückte einen raschen Kuß auf seine Wange. «Und du bist ein anständiger Kerl, weil du es mir gesagt hast, nicht wie einige andere, die ich nennen könnte.» Sie küsste ihn sanft. «Gute Nacht, Barry Laverty», sagte sie leise und wandte sich zum Gehen. «Wenn du dein Mädchen irgendwann satthast, weißt du ja, wo ich zu finden bin.»

«Danke, Peggy», sagte Barry, «aber das habe ich eigentlich nicht vor.» Obwohl ich mir, dachte er, bei ihr da nicht so sicher bin. «Gute Nacht und fröhliche Weihnachten.»

«Fröhliche Weihnachten, Barry, und komm gut heim.» Sie trat durch das Gartentor, und er wartete, bis sie sicher in dem großen Haus angelangt war.

Dann sprang Barry Laverty in seinen Käfer und lenkte den Wagen zu der Nebenstraße, die in die Craigantlet Hills kletterte, bevor sie wieder hinunterführte und in die Straße nach Ballybucklebo mündete.

Hoffentlich hatte O'Reilly den Abend mit Kitty genießen können, ohne zu Patienten gerufen zu werden. Diese Kitty O'Hallorhan war etwas ganz Besonderes, und, bei Gott, das war seine Patricia Spence auch. Und wenn er wirklich wissen wollte, ob sie zu Weihnachen nach Hause kommen würde, sollte er Kinky fragen. Sie war hellsichtig, davon war er überzeugt. Er sollte an so was nicht glauben, schließlich hatte er eine naturwissenschaftliche Ausbildung, aber wenn Kinky keinen siebten Sinn besaß, wollte er seinen Hut verspeisen. Kinky würde es wissen. Natürlich.

27

Mitten im Fluss wechselt man nicht die Pferde

Nach seiner finsteren Miene zu urteilen, war O'Reilly in einer seiner Brummbär-Stimmungen. Er dankte Mrs Kincaid kaum, als sie einen Servierteller mit einem großen Omelett vor ihm abstellte und schweigend den Raum verließ, sondern nahm sich zwei Drittel davon und befahl Barry, seinen Teller rüberzureichen.

Barry nahm sein Drittel entgegen, beschloss, dass Vorsicht besser war als Nachsicht, und protestierte nicht. Er schenkte sich eine Tasse Kaffee ein, trank geruhsam und schaute aus dem Erkerfenster am Kirchturm vorbei auf einen Himmel, der so leuchtend blau war, als hätte Gott ihn aus Emaille gegossen. Barry lauschte auf das Sonntags-Glockengeläut, das laut durch die klare und zweifellos frostigkalte Luft drang.

Er probierte das Omelett. Es war leicht, locker und gefüllt mit geschmolzenem Cheddar. Er schmeckte eine leichte Andeutung von Zwiebeln heraus. Das Omelett war großzügig mit Champignons gespickt und zerschmolz im Mund. Köstlich.

Barry versuchte, O'Reilly zu ignorieren, der an seinem gewohnten Platz saß, über seinen Teller gebeugt, und sein

Omelett verschlang. Es konnte keinen Zweifel daran bestehen, dachte Barry, der eifrige Angler, dass sein Mentor in Anglerkreisen als «Gierschlund» bezeichnet werden würde. Aber wenn nichts Besonderes vorgefallen war, würde das Omelett direkt von seinem Magen in das Gehirnzentrum gelangen, das für seine Laune verantwortlich war, und diese rasch bessern.

«Das war doll», erklärte O'Reilly und schluckte den letzten Bissen von seinem Löwenanteil herunter. Er grinste und rülpste zufrieden. «Guten Morgen, junger Barry.» Er streckte sich und griff nach der Kaffeetasse.

Barry lächelte. Die Transitzeit vom Bauch zum Gehirn war heute extrem kurz gewesen.

«Guten Morgen, Fingal», sagte er.

«Und wie war's gestern Abend in deinem speziellen Glocca Morra, mein Junge?»

Barry kaute zu Ende, bevor er antwortete. «Tja», sagte er, gern bereit, das Zitatenspiel zu spielen, «die Weide trauerte, und Finians Regenbogen leuchtete wie eh und je. Es war schön, Jack mal wiederzusehen, und der Tanzabend bei den Krankenschwestern hat Spaß gemacht.» Er spießte einen neuen Bissen auf. «Und wie war dein Abend, Fingal? Ich war relativ früh zu Hause, und ich habe dich und Kitty im Speisezimmer gehört. Aber ich wollte nicht stören, also bin ich gleich ins Bett gegangen.» Er hatte sich gefragt, warum die beiden im Speisezimmer waren und nicht oben in der Wohnstube.

O'Reilly grunzte und langte nach dem Toastständer. «Wir waren im Speisezimmer, weil Kitty ein verdammt leckeres Pfannengericht zusammengezaubert hatte. Sie hat wirklich ein Händchen für die Bratpfanne.» In O'Reillys Augen war ein träumerischer Blick getreten.

Wenn der Weg zum Herzen eines Mannes durch den Magen geht, dachte Barry, muss Kitty O'Hallorhan schon ein gutes Stückchen vorangekommen sein. Aber das beantwortete seine Frage nicht. War O'Reilly nach einem Essen im Crawfordsburn etwa immer noch hungrig gewesen? «Ich dachte, du wolltest sie zum Essen ausführen», sagte Barry.

«Dieser verdammte Fitzpatrick. Seinetwegen wäre ich fast verhungert.»

Barry zögerte, die Gabel auf halbem Weg zum Mund. Es gab lässliche Sünden und Todsünden. Wie Mord, Ehebruch und Abgötterei gehörte es eindeutig zu den letzteren, O'Reilly von der Futterkrippe fernzuhalten. «Wie denn das, Fingal?»

«Kitty und ich hatten gerade mit der Vorspeise angefangen, als Kinky anrief und mich zu einer von seinen unglückseligen Patientinnen schickte. Die Frau lag in den Wehen, und ihr Arzt hätte genauso gut auf der anderen Seite des Mondes sein können.» Er strich Butter auf eine Scheibe Toast.

«Und Miss Hagerty konnte nicht allein damit fertigwerden?» Barry wusste längst, dass Hebammen durchaus in der Lage waren, eine normale Geburt zu überwachen und anzuleiten, wenn der behandelnde Arzt nicht erreichbar war. Er schob sich die Gabel in den Mund und kaute.

«Damit nicht.» O'Reilly verteilte großzügig Kinkys selbstgekochte Orangenmarmelade auf seinem Toast. «Der Klotz aus Kinnegar hatte die Schwangerenfürsorge selbst übernommen und Miss Hagerty mitgeteilt, er könne auf ihre Dienste verzichten.»

Barry wäre fast an seinem Bissen erstickt. Er hustete. «Was für ein Idiot», sagte er.

«*Amadán* trifft es genau. Ihm ist eine Steißlage entgangen. Miss Hagerty war sich ziemlich sicher, dass es eine war – der Ehemann hat nach ihr geschickt, als er Fitzpatrick nicht auftreiben konnte. Aber sie wollte erst einen Krankenwagen rufen, wenn ein Arzt die Patientin untersucht hatte – Gertie Gorman heißt sie. Miss Hagerty sagt, Gertie gehört zu den Leuten, die anderen keine Umstände machen wollen, also wartete sie, bis die Geburt schon ziemlich weit fortgeschritten war. Diesmal hat sie zu lange gewartet.»

«Ihm ist eine Steißlage entgangen?» Steißlagen waren immer eine heikle Sache, aber jeder halbwegs annehmbare Arzt sollte die Diagnose stellen können.

«Miss Hagerty versuchte erst, ihn zu finden, dann hat sie nach mir geschickt. Und als ich kam, war der Muttermund bereits vollständig geöffnet, und es war zu spät, die Patientin ins Krankenhaus zu bringen. Ich musste sie an Ort und Stelle entbinden.»

«Und ist alles gutgegangen?»

«Och, ja.» O'Reilly verschlang den größten Teil einer dreieickigen Toastscheibe mit einem Bissen, und seine nächsten Worte waren schwer zu verstehen, da er mit halbvollem Mund sprach. «Ein hübsches kleines Mädelchen. Ihre Mutter will sie Noelle nennen.» Er schluckte den Toast hinunter und warf einen Blick auf die Uhr. «Viertel vor zehn. Eigentlich hätte Fitzpatrick sich mittlerweile längst melden sollen …»

«Um dir zu danken, dass du dich der Sache angenommen hast?»

«Mir danken?» O'Reilly schüttelte den struppigen Kopf. «Ich bezweifle, dass er das Wort überhaupt kennt. Nein. Um zu erfahren, wie der Verlauf der Geburt war. Das muss er wissen, um sich ordentlich um seine Patientin kümmern zu können.» Der Rest Toast verschwand.

«Vielleicht kommt sie ja jetzt zu uns in die Praxis», sagte Barry. Er verspürte einen Anflug von Optimismus. Vielleicht würde sich die Flut von Patienten, die zu Fitzpatrick strömte, ja jetzt wenden.

O'Reilly langte nach dem Toastständer und bestrich eine zweite Scheibe mit Butter und Orangenmarmelade. Er schüttelte den Kopf. «Ich habe Gertie bereits gesagt, dass sie lieber bei ihrem Arzt bleiben soll.» Er schaute Barry direkt in die Augen. «Fitzpatrick mag ein unethischer, parasitischer Patientenwilderer sein, aber wir in unserer Praxis machen so was nicht. Wenn sie zu uns kommen will, nachdem die notwendigen Wochenbett-Kontrollbefunde vorliegen und die Untersuchungen des Neugeborenen abgeschlossen sind, ist das was anderes. Es ist nicht gut für die Patienten, mitten in der Behandlung den Arzt zu wechseln.»

Barry nickte. O'Reillys Worte überraschten ihn nicht. Mittlerweile hätte er nichts Geringeres von seinem älteren Kollegen erwartet. Zudem freute er sich darüber, dass O'Reilly von «unserer» Praxis gesprochen hatte. Barry aß sein Omelett auf und warf einen hoffnungsvollen Blick auf die letzte Scheibe Toast im Ständer. «Werden wir etwas wegen Doktor Fitzpatrick unternehmen, Fingal?», fragte er.

O'Reilly nickte bedächtig und verschlang seinen Toast, bevor er sagte: «Ich war bereit, erst mal abzuwarten, aber der Mistkerl nimmt uns Patienten weg, er war verdammt unhöflich zu Kinky, er erteilt medizinische Ratschläge, die an Quacksalberei grenzen, er hat sich davongemacht, ohne seine Wettschulden zu bezahlen, und das hier, dass er eine Patientin und ihr Baby in Gefahr gebracht hat, ist die kleine, kugelförmige Flüssigkeitsmenge, die das Aufnahmevermögen des bauchigen Gefäßes übersteigt.»

«Der Tropfen, der das Fass zum Überlaufen bringt?», sagte Barry mit einem Lächeln.

«Richtig», sagte O'Reilly. «Von mir aus kann der Mann sich ruhig ein oder zwei ägyptische Plagen zuziehen und in der Wildnis verschwinden.»

Barry sah O'Reilly vor sich, der wie Moses Läuse über den Pharaoh kommen ließ, eine Viehpest oder, Gott bewahre, einen Blutregen über Kinnegar. «Du hast doch nicht etwa vor, seinen Erstgeborenen zu beseitigen, oder?»

O'Reilly lachte. Ein dämonisches Lachen, dachte Barry, das gut zu dem Feuer passte, das tief in O'Reillys braunen Augen brannte.

«Nein», sagte er, «aber ich habe vor, mich mit ihm zu treffen und ihn behutsam auf seine Fehler hinzuweisen. Ihn zu verwarnen.»

«Eine Art Schuss vor den Bug?»

«Ja», sagte O'Reilly, «und wenn das bei diesem blinden Pferdearsch nicht genügt ...» – seine Nasenspitze wurde weiß – «nehme ich ihn aus, filetiere ihn und werfe den Rest den Möwen vor. Irgendwann in den nächsten Tagen fahre ich rüber nach Kinnegar und statte ihm einen Besuch ab. Wenn ich ihn nicht vorher zufällig treffe.» O'Reilly mampfte sein zweites Stück Toast.

Barry stand auf, flitzte um den Tisch herum, schnappte sich die letzte Scheibe, ohne um Erlaubnis zu fragen, kehrte rasch zu seinem Platz zurück und ignorierte den gekränkten Blick in O'Reillys Augen. «Reichst du mir mal die Butter und die Marmelade, Fingal?»

«Was war das denn?», sagte O'Reilly. «Meuterei?»

«Nein, aber nach dem, was du neulich mit meinen

Kippers gemacht hast, begreife ich so langsam: Bei einer Mahlzeit mit dir ist jemand, der lange zögert, verloren.»

O'Reilly lachte. «Sehr gut, Barry, aber eigentlich heißt es ‹Die Frau, die lange nachdenkt, ist verloren.› Thomas Addison.»

«Ich gebe meinen Fehler zu, und ich hätte immer noch gern die Butter ...»

«Und die Marmelade.» O'Reilly schob beides über den Tisch. Als Kinky erschien, musterte er wehmütig den Toastständer.

«Guten Morgen, Doktor Laverty», sagte sie. «Wie war das Frühstück?»

«Wunderbar. Danke, Kinky», sagte Barry. «Das Omelett war wirklich total lecker.»

«Ah ja, und war es nicht nur eine Kleinigkeit?»

«Nein», sagte O'Reilly, «war es nicht. Es war großartig.»

Barry sah ihre vielen Kinne wackeln, als sie leise lachte. Er überlegte, ob er sie jetzt gleich fragen sollte, ob Patricia zu Weihnachten nach Hause kommen würde, aber O'Reilly kam ihm zuvor. «Das Omelett war wirklich großartig, aber, Kinky ... Ich finde, Sie waren ein wenig, nun ja ...» Er starrte auf den leeren Toastständer.

«Geizig? War ich nicht, nein.» Kinky stemmte die Hand in die stattliche Hüfte. «Während Sie krank waren, wollte ich, dass Sie was zu sich nehmen, ja, aber jetzt, wo es Ihnen wieder bessergeht –» Sie musterte O'Reillys Taille. «Ich habe gehört, dass Ihr Weihnachtsmannkostüm weiter gemacht werden muss. Mehr will ich dazu nicht sagen.»

O'Reilly holte tief Luft, seufzte und tätschelte geistesabwesend seinen Bauch.

Barry verspeiste genüsslich die letzte Scheibe Toast. Es

gelang ihm nicht oft, sich gegenüber Fingal durchzusetzen. Er hatte vor, das Gefühl auszukosten, aber das Klingeln des Telefons in der Diele hielt ihn davon ab.

«Sie entschuldigen mich», sagte Kinky und verließ den Raum.

Barry schluckte den letzten Bissen hinunter, drehte sich zur Tür um und wartete. Als sie zurückkam, meldete Kinky: «Das war Cissie Sloan, Doktor O'Reilly. Ihr kleiner Callum hat ein Sixpence-Stück verschluckt. Ich hab ihr gesagt, sie soll ihn in die Praxis bringen und an der Vordertür klingeln. In etwa einer Viertelstunde ist sie hier.»

«Gut, Kinky», sagte O'Reilly. «Sie werden in der Küche zu tun haben, also warte ich einfach hier und lasse die beiden rein, wenn sie kommen.»

***

Barry war gern bereit gewesen, ihnen beiden eine zweite Tasse Kaffee einzuschenken und sich mit O'Reilly zu unterhalten. Eigentlich hatte er vorgehabt, nach oben zu gehen und zu versuchen, das Kreuzworträtsel der *Sunday Times* zu lösen, aber das konnte warten, bis er Cissie untersucht hatte. Barry wollte sehen, ob ihr Hals besser war. Wenn ja, würde ihr das einen zweiten Besuch in der Praxis ersparen. Zudem fragte er sich, wie O'Reilly wohl mit dem fehlenden Sixpence-Stück umgehen würde.

Die Klingel schrillte. O'Reilly erhob sich und schlenderte gemächlich aus dem Speisezimmer. Barry folgte ihm. Er spürte den Luftzug, als die Haustür geöffnet wurde. Es ist kalt draußen, dachte er, der Zug ist also vermutlich ein natürliches Phänomen und nicht auf Cissies pausenlosen Redestrom zurückzuführen.

«Vielen Dank, dass wir kommen durften, Doktor O'Reilly, Doktor Laverty ... und das auch noch an einem Sonntag ... Und ich war gerade auf dem Weg zur Messe.»

Das, dachte Barry, erklärte den Topfhut und die Handschuhe, die sie als Beigabe zu ihrem besten Mantel und derben Schuhen trug.

«Und dieser Nichtsnutz hier ...» Sie schob einen Jungen von ungefähr sieben oder acht Jahren vor. «Dieser Tunichtgut geht hin und verschluckt ein Sixpence-Stück und –»

«Bring ihn in den Behandlungsraum, Cissie.» O'Reilly machte die Haustür zu.

«Und Gott weiß, ob es jetzt in seinem Bäuchlein festsitzt, und sein Vater ist mit dem Frühzug nach Belfast gefahren, ausgerechnet heute, weil er ein Frettchen kaufen will. Ekelhafte, stinkige Viecher, aber er will eins haben, um Kaninchen zu jagen ...»

In der Zeit, die Cissie gebraucht hatte, um das zu sagen, hatte O'Reilly sie und Callum ins Sprechzimmer bugsiert, den Jungen dazu gebracht, den Hosenbund zu öffnen, Hemd und Unterhemd herauszuziehen und sich auf die Untersuchungsliege zu legen.

Barry blieb direkt hinter der Tür stehen, um zuzuschauen und – Gott helfe ihm – zuzuhören. Es konnte keinen Zweifel daran bestehen, dass Cissies Halsentzündung besser war.

«Ich mache eine sehr leckere Kaninchenpastete, ja doch, auch wenn ich das selber sage. Das Rezept habe ich von Ihrer Mrs Kincaid ... Wirklich eine sehr nette Frau ... Für jemanden aus der Republik ...»

Was man da hörte, war das Misstrauen vieler Leute aus Ulster, sogar von Katholiken wie Cissie, gegenüber ihren

Landsleuten südlich der Grenze, obwohl es hier in Ballybucklebo keine sektiererischen Zwistigkeiten gab. Barry sah zu, wie O'Reilly den Jungen dazu brachte, sich flach hinzulegen. Dann tastete er behutsam Callums Bauch ab.

«Man fragt sich, ob es je wieder ein vereintes Irland geben wird», fuhr Cissie fort. Diese Überlegung musste tiefere Gedankengänge ausgelöst haben, denn sie runzelte die Stirn, rieb sich mit der linken Hand die Oberlippe, bohrte unbewusst in der Nase und schwieg mindestens zwei Sekunden lang.

Wie ein Hintermannschaftsspieler beim Rugby, der mit dem Ball läuft und eine Lücke in den gegnerischen Verteidigungslinien sieht, nutzte O'Reilly die Gelegenheit. «Alles in Ordnung, Cissie. Kein Grund zur Sorge. Die Münze wird in ein, zwei Tagen auf natürlichem Weg abgehen.»

Sie hörte mit dem Popeln auf. «Ganz ehrlich, Herr Doktor?»

«Hand aufs Herz. Ich bin mir so sicher, dass ich Sie noch nicht mal bitten werde, ihn aufs Töpfchen zu setzen, um seinen Stuhlgang zu kontrollieren, damit Sie sicher wissen, dass es draußen ist.»

Cissie rümpfte die Nase. «Da wäre ich nicht gerade wild drauf, also werde ich's lassen. Es wäre aber immer noch besser als das, was meine Cousine Aggie vorgeschlagen hat ... Sie kennen ja Aggie, die mit den –»

«Sechs Zehen.» Barry formte die Worte unhörbar mit den Lippen. Cissie ließ selten eine Gelegenheit aus, Aggies sechs Zehen zu erwähnen. Er sah O'Reilly nicken und lächeln.

«Jedenfalls, Aggie meinte, Callum müsste operiert werden, von einem dieser Chirurgen im *Royal Hospital*, aber schließlich wollte sie ja auch, dass ich mir Primelwurzeln in die Nase stecke.» Sie drehte sich zu Barry um. «Diese Tabletten, die Sie mir gegeben haben, haben sagenhaft gewirkt, ja, das haben sie. Jetzt haben Sie mich schon zweimal wieder hingekriegt, Doktor Laverty ...»

«Dann brauchen Sie nächste Woche nicht noch einmal vorbeizukommen, Cissie.»

«In Ordnung», sagte sie und ließ sich von O'Reilly zur Tür steuern. Callum war dabei, sich mit einer Hand das Hemd wieder in die Hose zu stopfen; die andere Hand wurde von seiner Mutter umklammert, die den Jungen hinter sich herzog.

«Ab mit euch, Cissie», sagte O'Reilly und machte Anstalten, die Vordertür hinter ihr zu schließen. «Und wenn du meinen Rat hören willst, Callum» – der kleine Junge, der immer noch Cissies Hand umklammert hielt, schaute zu dem Arzt hoch – «lass deine Mutter die Sixpence nicht von deinem Taschengeld für nächste Woche abziehen. In zwölf Tagen ist Weihnachten.»

Er lachte immer noch, als sich die Tür hinter den beiden geschlossen hatte. «In zwölf Tagen. Ehe man sich versieht, steht Weihnachten vor der Tür. Dabei kommt es mir so vor, als wäre das letzte Weihnachtsfest gerade eben vorbei. Die Zeit scheint jedes Jahr schneller zu vergehen.» Barry fand, dass die Stimme des Älteren leicht wehmütig klang.

«Ist mir noch nicht aufgefallen», sagte er, «aber da es nur noch ein paar Tage hin ist, sollten wir uns vielleicht beide nächste Woche einen Tag freinehmen, um unsere Weihnachtseinkäufe zu erledigen.»

«Gute Idee.»

«Und ich weiß ja nicht, was du heute Vormittag noch vorhast, Fingal, aber der kleine Junge und seine Mutter haben mich an etwas erinnert, was ich schon zu lange auf morgen verschoben habe.»

«Aufschub ist, wie Edward Young etwa um 1695 herum bemerkte, der Dieb der Zeit.»

«Vollkommen richtig.» Barry stieg die Treppe hinauf. «Heute Vormittag werde ich also meinen Eltern schreiben. Zum Teufel mit dem Kreuzworträtsel.»

«Grüß sie von mir, Barry, aber schreib nicht zu lange. Ich möchte, dass du mir nachher noch einen Gefallen tust.»

«Oh?»

«Der Gärtner seiner Lordschaft schlägt immer einen Baum für mich. Heute sollte er bereitstehen. Könntest du hinfahren und ihn abholen?»

«Klar, Fingal.»

«Danke. Ich würde das gern heute erledigt sehen, denn ich habe so das komische Gefühl, dass wir nächste Woche alle Hände voll zu tun haben werden.»

28

Verzweigte Unternehmungen

O'Reilly genoss den würzigen Geschmack des Pfeifentabaks, den er schon als junger Student kennen- und liebengelernt hatte. Von Zigaretten hielt er nichts. Viel zu schwach. Er stieß eine Rauchwolke aus, die an die Decke des Wohnzimmers schwebte, und inhalierte wieder. Sein Hals und sein Brustkorb fühlten sich nicht mehr an, als würde grobes Schmirgelpapier über aufgeschürfte Haut gezogen. Er war vollständig wiederhergestellt.

Gestern Abend hatte er seine Jacke über die Sessellehne geworfen. Jetzt lag sie zusammengeknüllt auf der Sitzfläche. Ihre Ladyschaft hatte sie hinuntergezerrt und sich darauf zusammengerollt, den Schwanz über die Nase gelegt. Sie gab leise pustende Geräusche von sich, ihre Gliedmaßen zuckten dann und wann, und ihre Augen rollten hinter geschlossenen Lidern. «Tut mir leid, wenn ich deine Träume störe», sagte er, hob die Katze hoch und griff sich seine Jacke.

Lady Macbeth warf ihm einen verächtlichen Blick zu, sprang zu Boden und spazierte über den Teppich in eine Ecke des Raums. Dort stand eine frischgehauene Nordmanntanne, über zwei Meter hoch, in einer alten Butterkiste, gehalten von einem Ständer aus kreuzweise genagelten Brettern. Lady Macbeth streckte die Vorderbeine, stellte die Vorderpfoten auf die Kiste, bog den Rücken zu einem Buckel durch und gähnte gewaltig. Sie begutachtete die Tanne, und kurz fragte O'Reilly sich, was wohl aus baumelndem Christbaumschmuck werden würde, der die Aufmerksamkeit der kleinen Katze erregte.

Sollte die Tanne noch eine Weile ungeschmückt bleiben; später würde O'Reilly dann Kinky und Barry antreten lassen, damit sie ihm halfen, den Baum zu dekorieren und die Geschenke darunterzulegen, die mit der Post eintrudelten. Ein Paket aus Australien für Barry war bereits da.

O'Reilly warf einen Blick auf den Kaminsims. Dort standen alle Weihnachtskarten, die er und Barry bekommen hatten. Bald würden sie neu eintreffende Karten auf der Anrichte und unten im Speisezimmer aufstellen müssen. Das heute mit der Vormittagspost eingetroffene Kontingent lag noch ungeöffnet auf der Anrichte: sechs Karten für ihn und drei für Barry.

Barry machte einen Hausbesuch bei einem Kind mit Asthma, zu dem O'Reilly schon in der Nacht gerufen worden war. Der Junge, Billy Cadogan, war eins der fünf Kinder von Phyllis und Eamon, dem Paar, das den Zeitungsladen führte. Sie wohnten in einem Häuschen mit Strohdach neben dem Laden, ein Stück die Hauptstraße hinauf. Barry hatte nicht gewusst, dass Phyllis Psoriasis hatte und Eamon eine Hernie, aber O'Reilly war seit Jahren der Arzt der Familie.

Er hatte alle Cadogan-Kinder auf die Welt gebracht – alle bis auf eins. Brid, die im September sechs wurde, war so schnell gekommen, dass Miss Hagerty schon beim Aufräumen war, als O'Reilly eintraf. Die Kleine war bereits gebadet und schlief in einer Schreibtischschublade.

Gestern Abend hatte O'Reilly dem kleinen Billy 0,3 Milliliter Adrenalin in einer 1/1000-Lösung unter die Haut gespritzt, wie schon häufiger in den letzten drei Jahren.

Das Röcheln war besser geworden, aber vor einer halben Stunde hatte die Mutter angerufen, um zu sagen, dass sich der Zustand des Kindes wieder verschlechtert hatte. Barry würde ihm wahrscheinlich noch mehr Adrenalin geben müssen, und zusätzlich noch zehn Milligramm Epinephrin als Tropfen.

Asthma war eine furchtbare Krankheit. Als O'Reilly bei den Cadogans eingetroffen war, rang Billy nach Luft, hielt mit einer Hand seine Kehle umfasst und verdrehte die Augen, eine stumme Bitte um Hilfe. Schon Minuten nach der Injektion hatte er schon wieder keuchen können: «Danke, Doktor.» O'Reilly segnete im Stillen den Mann, der entdeckt hatte, dass Adrenalin, ein Hormon, das in einer Drüse gebildet wurde, die oben auf den Nieren saß, eine Verkrampfung der Bronchien lösen konnte.

O'Reilly hatte, während er auf Billys Atem achtete, festgestellt, dass er selbst wieder leichter Luft bekam, und nachdem er sich nun auch noch ordentlich ausgeschlafen hatte, war er Gott sei Dank wieder ganz der Alte. Er sog den frischen Tannenduft ein.

Dieser Duft, dachte er, erinnerte von allem, was man sehen, hören, riechen und schmecken konnte, am meisten an Weihnachten. Wenn er die Augen schloss, konnte er sich von dem Tannenduft ins Jahr 1940 zurückversetzen lassen, dem einzigen Weihnachtsfest, dass er und Deidre gemeinsam gefeiert hatten, bevor der Krieg sie beide fortführte, ihn zur See und Deidre auf immer.

Sie hatten in einer kleinen Unterkunft in Portsmouth gewohnt. Er hatte drei Wochen Landurlaub. Ihr Baum war winzig gewesen, aber der Tannenduft hatte das ganze

Wohnzimmer erfüllt. Deidre war nervös gewesen wie ein Kätzchen, weil sie noch nie einen Truthahn gebraten hatte, und sie wollte, dass ihr erstes gemeinsames Weihnachtsfest perfekt war.

Er hatte ihr eine Perlenkette gekauft, und er erinnerte sich noch genau an ihren freudigen Aufschrei beim Öffnen der Schachtel und daran, wie sie ihn geküsst hatte.

Der Truthahn war noch nicht ganz durch gewesen, aber das spielte überhaupt keine Rolle.

O'Reilly betrachtete seine goldenen Manschettenknöpfe. Die hatte sie ihm damals zu Weihnachten geschenkt, und er trug sie bis heute. Er seufzte, zog sein Jackett über und ging nach unten in die Praxis.

Er hatte sich vorgenommen, dieser Flamme etwas weniger Nahrung zu geben, und jetzt, wo Kitty wieder in sein Leben getreten war, wollte er das Versprechen halten, das er sich selbst gegeben hatte. Schon komisch, dachte er. Jede Fleischwunde, es sei denn, sie ist tödlich, heilt wieder – nicht ohne Narben, sicher, und manchmal muss sie genäht werden, oder es braucht eine Salbe –, aber die Wunde heilte. Sogar Verletzungen am Herzen heilen, dachte er mit einem schiefen Lächeln.

Aber wenn Kitty Balsam für sein verwundetes Herz sein sollte, musste er sie in sein Herz hineinlassen. Er musste sich erlauben, verletzlich zu sein, wenn er je wieder die Freude und Zufriedenheit erleben wollte, die eine gute Frau schenken konnte, wenn man ihre Zuneigung spüren wollte.

Es würde nicht der wilde jugendliche Überschwang sein, den er mit Deidre erlebt hatte – das war unmöglich –, aber seine Gefühle waren für Kitty O'Hallorhan geweckt. Für das junge Mädchen, an das er sich erinnerte, und für die Kitty von heute, die reife, unabhängige Berufstätige und die, wie er sich nun gern eingestand, schöne und begehrenswerte Frau.

Sollte er es riskieren, zurückgewiesen zu werden oder nach einiger Zeit festzustellen, dass sie doch nicht zueinander passten, dass es «just one of those things» gewesen war? Er lächelte. 1935 hatte er mit Kitty zu diesem Lied von Cole Porter getanzt.

Bei Gott, entschied er, ja, es war das Risiko wert. Er grinste. Kitty war nicht nur hübsch, sondern auch eine hervorragende Köchin. Mit Genuss erinnerte er sich an das Pfannengericht, das sie für ihn zubereitet hatte. Er fragte sich, wer wohl das Kochen übernehmen würde, wenn sie in Tallaght war, sie oder ihre Mutter.

Die arme Deidre hatte die Kochkunst nie so recht gemeistert, aber bei ihr war er vollauf damit zufrieden gewesen, einen Teller Tomatensuppe aus der Dose mit Brot vom Bäcker vorgesetzt zu bekommen. Er lächelte – und freute sich darüber, dass er mit einem Lächeln an sie denken konnte.

O'Reillys Schritte wurden leichter, als er die beiden letzten Stufen hinabstieg und durch den Flur zum Wartezimmer ging. Er öffnete die Tür und sah, dass es nur noch Stehplätze gab. «Gut, wer ist als Erstes dran?», brüllte er.

«Wir, Sir.»

Sofort erkannte O'Reilly den karottenroten Schopf und die vorstehenden Hasenzähne von Donal Donnelly und das maisblonde Haar von Julie Donnelly, geborene MacAteer. «Dann kommt. Den Weg kennt ihr ja.» Er ging zum Behandlungsraum, gewiss, dass sie ihm folgten. Was für ein glücklicher Zufall. Er hatte vor, Geld für Eileen Lindsay aufzutreiben, aber dazu brauchte er Donals Hilfe.

An der Tür zum Behandlungsraum trat O'Reilly zur Seite, und Donal, der fest Julies Hand hielt, ließ seiner Frau den Vortritt. Er stellte sich hinter einen der Holzstühle, wartete, bis sie Platz genommen hatte, und setzte sich erst danach selbst.

O'Reilly nahm seinen Platz auf dem Drehsessel ein und setzte die Halbbrille auf. «Also», sagte er. «Schön, dass ihr beiden wieder da seid. Wie war die Hochzeitsreise?»

Donals Gesicht wurde so rot wie sein Haar.

«London war großartig», sagte Julie. Ihre grünen Augen funkelten. «Und wir hatten eine ganze Woche! Wir haben den Buckingham Palace gesehen, und den Wachwechsel, und den Tower …»

«Klingt gut», sagte O'Reilly, «aber ich nehme nicht an, dass ihr beiden hergekommen seid, um über London zu reden.»

«Oh nein, Herr Doktor», sagte Julie. «Wissen Sie noch, auf der Hochzeitsfeier habe ich Ihnen erzählt, dass ich wieder guter Hoffnung bin.»

O'Reilly nickte.

«Sie haben mir geraten, zu Ihnen oder Doktor Laverty zu kommen, wenn wir wieder hier sind.» Sie nahm Donals Hand, sah ihn lange an und fuhr fort: «Sie wissen noch, was letztes Mal passiert ist, Doktor O'Reilly?»

«Ja.» Natürlich wusste er das. Im August hatte sie eine Fehlgeburt gehabt. «Wirklich ein Jammer.»

Er sah etwas in ihren Augen glitzern, aber sie sagte mit fester Stimme: «Donal meint, diesmal sollten wir kein Risiko eingehen, also hat er mich gleich hergebracht.»

«Sehr vernünftig von ihm.» O'Reilly schaute Donal über seine Brille hinweg an. «Ich muss dir ein paar Fragen stellen und dich untersuchen, Julie, und ich muss dich an die Klinik überweisen, damit ein Blutbild gemacht wird. Stört es dich, wenn Donal hierbleibt?»

«Ganz und gar nicht.» Sie schüttelte den Kopf, dass ihre schönen Haare flogen. «Wir sind neun Monate miteinander gegangen und sind seit einer Woche verheiratet, und er hat mich zweimal geschwängert. Was Donal nicht über mich weiß, könnte man mit einem Schulfüller auf die Rückseite einer Briefmarke schreiben.»

«Schön.» O'Reilly öffnete eine Schreibtischschublade und zog ein Formular für schwangerschaftsbegleitende Eintragungen heraus. Oben kritzelte er Julies Namen hin, dann trug er den Namen des Vaters ein. Er fragte nach ihrer Adresse («Comber Gardens 12»), ihrem Alter («zwanzig») und ihrem Beruf («Hausfrau»).

Rasch trug er Angaben zu Julies Krankengeschichte ein, zu der ihrer Familien sowie die Daten und den Verlauf vorangegangener Schwangerschaften. «Und deine Regelblutung, Julie. Kommt sie regelmäßig?»

«Wie ein Uhrwerk.»

«Und wann war der erste Tag der letzten Blutung?»

«Siebzehnter Oktober.»

O'Reilly rechnete rasch. Er nahm die Naegel'sche Regel: sieben Tage hinzufügen und drei Monate abziehen. «Das bedeutet, der Geburtstermin ist der vierundzwanzigste Juli.»

«Im Juli, Doktor?», fragte Donal. «Wenn es ein kleiner Junge wird und er ein bisschen früher kommt, ist sein Name praktisch vorgegeben: William», erklärte er stolz.

«Sieger der Schlacht am Boyne am 12. Juli 1690. König Wilhelm von Oranien ruhmreichen und unsterblichen Angedenkens», fügte O'Reilly an.

«Kommt gar nicht in Frage, Donal Donnelly», erklärte

Julie entschieden. «Wenn es ein Junge wird, nennen wir ihn Brendan, nach meinem Vater. Und wenn es ein Mädchen wird, nennen wir sie Minnie nach deiner Mutter.»

«Ja, Schatz», sagte Donal lammfromm.

Obwohl Donal wie üblich seine Moleskin-Hosen trug und Julie einen hellblauen Rock, bestand für O'Reilly kein Zweifel daran, wer in dieser Ehe die Hosen anhaben würde. Überhaupt keiner. Und das war auch gut so. Donal mochte ein herzensguter Kerl sein, aber von Zeit zu Zeit brauchte er jemanden, der ihn davon abhielt, einen Schritt von Wege zu tun.

O'Reilly stand auf und wusch sich die Hände. «Geh bitte hinter den Wandschirm, Julie. Du weißt ja, was du ausziehen musst. Leg dich auf die Liege und deck dich mit dem Laken zu.»

Die Untersuchung war rasch beendet. Ihr Blutdruck war 120 zu 80, ganz normal, wie er erfreut feststellte, und als er Gummihandschuhe anzog und sie vaginal untersuchte, ertastete er eine feste Gebärmutter, deren Größe den neun Wochen entsprach, die seit der letzten Menstruation vergangen waren. «Zieh dich wieder an», sagte er und half Julie von der Liege hinunter, «und wenn du fertig bist, komm wieder zu uns.»

Er zog die Gummihandschuhe aus, ließ sie in einen Treteimer fallen, wusch sich die Hände und setzte sich an den Schreibtisch. Im Handumdrehen hatte er die Überweisung ausgefüllt.

O'Reilly saß Donal gegenüber, als Julie hinter dem Wandschirm hervorkam und sich wieder setzte. «Geht damit in den nächsten Tagen nach Bangor ins Krankenhaus», sagte er und reichte ihr das Formblatt. «Reine Routine. Es gibt keinen Grund zur Sorge.»

«Ich weiß das.» Sie zögerte. «Aber letztes Mal ... musste ich das doch nicht machen, oder?» Ihre Lippen zitterten.

O'Reilly verstand ihre natürliche Sorge. Was er auch sagen mochte, nichts würde eine Frau, die einmal eine Fehlgeburt gehabt hatte, davon abhalten, sich beim nächsten Mal zu ängstigen. Aber er wollte es versuchen. «Mach dir keine zu großen Sorgen, Julie. Es passiert schon mal, dass es zu einer Fehlgeburt kommt, das gebe ich zu, aber selten zweimal hintereinander.» Er legte die flache Hand auf die Brust. «Hand aufs Herz.»

«Danke, Doktor O'Reilly», sagte Julie. «Bei Ihnen und Doktor Laverty fühle ich mich immer richtig gut aufgehoben. Wirklich.»

«Och», meinte O'Reilly, «ist mir ein Vergnügen. Es scheint alles in Ordnung zu sein, ganz ehrlich.»

Julie lächelte, hielt ihr rosa Formular umklammert und erhob sich. «Sie haben sicher viel zu tun. Wir gehen dann mal. Ich fahre noch heute nach Bangor.»

«Bitte setz dich wieder, Julie», sagte O'Reilly. «Bevor ihr geht, möchte ich Donal um einen kleinen Gefallen bitten.»

Donal richtete sich gerade auf. «Mich?»

«Ja, dich.» O'Reilly tippte sich seitlich an die schiefe Nase. «Aber ihr beide müsst mir versprechen, dass ihr es für euch behaltet. Es soll eine Überraschung sein.»

«Das werden wir, das werden wir. Oder, Julie?»

«Klar.»

«Ihr kennt Eileen Lindsay?»

«Die kleine Frau mit den drei Knirpsen und ohne Mann?», fragte Donal. «Schichtarbeiterin in der Belfast Mill?»

«Genau die. Sie ist dieses Jahr sehr knapp bei Kasse.»

«Das tut mir leid», sagte Julie.

Donal grinste breit. «Und Sie wollen, dass ich die Jungs im Pub zusammentrommle? Mal sehen, ob wir ein bisschen Schotter zusammenkriegen? Das schaffen wir locker aus dem Handgelenk.»

O'Reilly schüttelte den Kopf. «Nein, Donal. Wenn wir das machen, weiß Eileen, dass es Wohltätigkeit ist, und sie ist eine stolze Frau. Sie würde das Geld nicht nehmen.»

Donal zog die Augenbrauen zusammen. Senkrechte Falten erschienen auf seiner Stirn. «Na gut», meinte er, «das wird dann ein bisschen kitzelig, doch. Ich weiß nicht genau, wie man das hinkriegen könnte. Darüber werd ich ein bisschen nachdenken müssen.»

O'Reilly lächelte über Donals sichtbares geistiges Ringen. Er war ein anständiger junger Mann, aber es war unwahrscheinlich, dass er in Kürze nach Stockholm reisen würde, um den Nobelpreis entgegenzunehmen.

«Doktor O'Reilly hat bestimmt einen Plan», sagte Julie ruhig.

Das Stirnrunzeln verschwand.

«Ja, das habe ich», bestätigte O'Reilly. «Ich will eine Tombola veranstalten.»

«Eine Tombola?» Donal kniff die Augen zusammen. Die senkrechten Falten tauchten wieder auf. «Eine Tombola? Ich weiß nicht, wozu Sie uns da brauchen. Eine Tombola veranstalten kann doch jeder. Man braucht nur einen Gewinn, möglichst viele Leute, die Lose kaufen, eine Ziehung und einen Gewinner.»

«Und kann man im Voraus wissen, wer der Gewinner sein wird, Donal?»

«Nein. Man verkauft Lose mit einer Nummer auf dem Los und dem Kontrollabschnitt. Der Wetter behält das Los, der Käufer den Kontrollabschnitt. Man tut alle Kontrollabschnitte in einen Hut, mischt gründlich durch und lässt einen ehrlichen Mann die Ziehung machen. Gewinnen tut, wer das Los mit der gezogenen Ziffernfolge hat. Man kann das nicht …» Als würde sich ein Vorhang von Donals Augen heben, wurden sie plötzlich größer und heller. Er grinste so breit, dass das Zahnfleisch über seinen Hasenzähnen sichtbar wurde. «Man kann die Ziehung nicht manipulieren, es sei denn –»

«Donal», unterbrach O'Reilly ihn, «ich will das gar nicht wissen.»

«Oh.» Donal machte ein langes Gesicht.

O'Reilly senkte die Stimme. «Ich will nicht wissen, wie es zu bewerkstelligen wäre.» Er zwinkerte Donal zu. «Was ich wissen will, ist, ob du das hinkriegen könntest.»

«Ist der Papst katholisch?» Donal stand auf. «Sagen Sie mir nur, was der Gewinn sein soll und wie viel die Lose kosten sollen. Julie und ich, wir besorgen eine Rolle Lose und kümmern uns um den Verkauf.»

«Großartig», sagte O'Reilly.

«Was soll der Gewinn sein?», fragte Donal.

O'Reilly schob die Hand in eine Tasche seiner Tweedjacke und zog eine Zehnpfundnote hervor. Er reichte sie Julie. «Ich möchte, dass du damit zum Geflügelhändler gehst, den größten Truthahn kaufst, den du kriegen kannst, und Johnny Jordan sagst, dass er ihn am dreiundzwanzigsten Dezember frisch in den Rugbyclub liefern soll. Die Ziehung soll bei der Weihnachtsfeier sein.»

«Mach ich.»

«Wie viel soll ein Los kosten?», fragte Donal.

«Ein Pfund pro Stück.»

«Gut. Wir sammeln das Geld ein und geben es Ihnen …» Donal musste gesehen haben, wie O'Reillys Augenbrauen hochschossen. «Schon gut, Doc. Die *ganzen* Einnahmen, keine Sorge.»

«Das ist ja wohl das Mindeste», sagte Julie ruhig. «Das Geld soll Eileen bekommen, oder, Doktor O'Reilly?»

«Ja», entgegnete O'Reilly. «Eileen bekommt den Löwenanteil, fünfundsiebzig Prozent, der Club den Rest. Das ist bereits mit dem Vorstand abgeklärt.»

«Aber wird sie das Geld annehmen?»

O'Reilly nickte. «Das wird sie, wenn sie es gewinnt.»

«Es gewinnt?» Donal runzelte die Stirn. «Ich dachte, der Gewinn wäre ein Truthahn.»

«Ist ja auch so», sagte O'Reilly, «aber wir werden einen Sondergewinn für jeden ankündigen, der ...» Er ballte die Faust. Er hatte die Sache noch nicht gründlich genug durchdacht. «Für jeden, der ... komm schon, Donal, das ist dein Ressort.»

«Der den Truthahn gewonnen hat. Den Truthahn bekommt der Gewinner in jedem Fall, aber ...» – Donals Grinsen reichte von Ohr zu Ohr – «wenn das Los zudem lauter gleiche Ziffern hat, 111 zum Beispiel ...»

Wenn die Einnahmen an dich gehen würden, würde die Zahlenfolge 666 lauten, dachte O'Reilly mit einem Lächeln.

«Kriegt er auch den Schotter.»

«Brillant», rief O'Reilly und klopfte Donal auf die Schulter. Dann kam ihm ein Gedanke. «Aber Donal, wenn du zweihundertfünfzig Lose verkaufst, könnte der Gewinner doch 111 oder 222 haben und das –»

Donal schüttelte den Kopf wie ein Vater über ein nicht sonderlich gewitztes Kind. «Doktor, bleiben Sie mal beim Verarzten von Leuten. Überlassen Sie das Frisieren von Tombolas mir.»

«Ich denke», sagte O'Reilly, «dafür spricht vieles. Nur eine Frage habe ich noch.»

«Schießen Sie los, Doc.»

«Bist du absolut sicher, dass du dafür sorgen kannst, dass Eileen die Gewinnerin ist?»

Donal schüttelte den Kopf. «Ich nicht, Sir. Sie.»

«Ich?»

«Ja. Wenn Eileen so pleite ist, wie Sie sagen, wird sie sich das Pfund für ein Los nicht leisten können ... Aber Sie könnten ihr eins geben.»

«Unter welchem Vorwand?» Jetzt war es an O'Reilly, die Stirn zu runzeln.

Donal kratzte sich am Kinn und schürzte die Lippen. «Sagen Sie ihr, Seine Lordschaft hätte einen Haufen Lose gekauft, damit der Club sie verteilt. Das wird sie Ihnen abnehmen. Sie wissen und ich weiß, dass die Ziffern auf dem Los, das Sie ihr geben, alle gleich sein werden.»

Und dieses Los würde gewinnen. Wie Donal das bewerkstelligen wollte, war seine Sache, aber er würde es hinkriegen. «Donal», sagte O'Reilly, «du bist ein Genie.» Und vielleicht steht doch Stockholm in deinen Sternen, dachte er. «Also gut. Ab mit euch.» Er begleitete die beiden zur Tür und ging zum Wartezimmer. Die Donnellys waren eine ganze Weile bei ihm drin gewesen, also würde er den Rest der geduldig wartenden Meute schneller abfertigen müssen. Aber das war für Dr. Fingal Flahertie O'Reilly, Praktischer Arzt und Chirurg, Arzt für Geburtshilfe, kein Problem, zumal wenn damit einem guten Zweck gedient wurde. Es waren noch drei Stunden bis zur Mittagspause, und er verspürte schon jetzt leichten Kohldampf. Es gab keinen Grund, warum die Patienten zwischen ihn und sein Mittagessen treten sollten. Nicht den geringsten.

29

Bis das Schießpulver aus den Ohren rieselt

O'Reilly dachte eigentlich, dass er jeden in Ballybucklebo kannte, aber dieser Mann, der letzte Patient im Wartezimmer, war ihm fremd. «Na, dann kommen Sie mal», sagte er. «Ich bin Doktor O'Reilly.» Auf den ersten Blick war nicht ersichtlich, warum der Mann hier war.

Er war ungefähr Anfang dreißig und hatte ein mageres Gesicht. Er trug einen Dexter-Regenmantel, einen Wollschal in den Farben des Fußballvereins Glentoran und eine formlose Tweedkappe. Mit einem schwachen Lächeln erhob er sich von der Bank und folgte O'Reilly ins Sprechzimmer.

Im Flur stieg O'Reilly ein höchst aromatischer Duft aus der Küche in die Nase.

«Platzen Sie sich, Mr ...?»

«Shanks, Sir. Gerry Shanks.» Der Mann nahm Platz und riss sich die Kappe vom Kopf.

«Neu hier, oder?», fragte O'Reilly.

«Ich bin gerade von Kinnegar hergezogen, ja.»

«Moment», sagte O'Reilly. «Ich brauche noch ein paar Angaben von Ihnen.» Er zog eine neue Patientenkarte hervor und trug Shanks' Adresse und Telefonnummer ein.

«Schicker Füller, das», bemerkte Shanks. «Von Parker, oder?»

«Ja.» Liebevoll betrachtete O'Reilly sein neues Schreibgerät. «Es war ein Geschenk. Er schreibt wirklich sehr gleichmäßig.» Er hielt den Füllfederhalter schreibbereit über der Patientenkarte. «Also, was führt Sie zu mir, Gerry?»

«Ja, also ... Also, ich komm speziell zu Ihnen. Mein Kumpel Charlie wohnt hier. Schon sein ganzes Leben lang. Wir sind Nieter auf der Insel, er und ich. Charlie meinte, Sie könnten mir vielleicht helfen.»

«Sie und Charlie bauen also Schiffe auf Queen's Island?» O'Reilly wollte das Patientengespräch hinter sich bringen und feststellen, was für ein Gericht den köstlichen Geruch verströmte. Es irritierte ihn, dass er keine Ahnung hatte, wer Charlie sein mochte, obwohl er das eigentlich wissen musste, wenn der Mann hier lebte. O'Reilly wollte es herausfinden, ohne direkt zu fragen. Ihm fiel kein Charlie im Dorf oder unter seinen Patienten ein, der Schiffszimmermann war.

Der neue Patient trug einen Glentoran-Schal. Wenn er herausbekam, Anhänger welcher Fußballmannschaft Charlie war, hätte er vielleicht einen Anhaltspunkt, also fragte O'Reilly: «Ist Charlie auch Glentoran-Fan?»

«Nee.» Gerry grinste. «Er ist da ein bisschen schwer von Kapee. Er ist Blues-Anhänger. Den Flaschen muss man doch ein Schild aufstellen, damit sie das Tor finden. Charlie hält sie für absolute Spitze. Aber wir sind trotzdem die besten Kumpels, ja. Seitdem wir kleine Knirpse waren und auf die Sullivan Upper School in Holywood gegangen sind.»

O'Reillys Wissen nach gab es keine Blues-Anhänger – offiziell *Linfield FC*, ernsthafter Rivale von Glentoran – unter seinen Patienten. Sein Magen knurrte. Gerade wollte der Hunger den Stolz überwinden, als Gerry Shanks hinzufügte: «Sie kennen ja Charlie … Charlie Gorman, den Mann von Gertie.»

O'Reilly grinste. Kein Wunder, dass ihm der fragliche Charlie nicht sofort eingefallen war. Wahrscheinlich war er wie seine Frau, zu deren Steißgeburt O'Reilly am Samstagabend gerufen worden war, ein Patient von Fitzpatrick. «Ach, *der* Charlie. Genau», sagte er.

«Jedenfalls, Charlie meinte, Sie hätten bei der Entbindung seiner Frau wirklich prima Arbeit geleistet, und da dachte er, Sie könnten mir vielleicht auch helfen.» Gerry Shanks saß stocksteif auf seinem Stuhl und schaute sich um, wie um sich zu versichern, dass niemand mithörte. «Er und ich, wir waren bei dem guten alten Doc Bowman, aber der ist ja jetzt im Ruhestand. Unsere Eltern waren schon bei ihm, da waren Sie noch gar nicht hier, Sir. Jetzt gehen wir zu Fitzpatrick, weil der seine Praxis übernommen hat.» Gerry senkte die Stimme. «Ehrlich gesagt, und ich sollte das wahrscheinlich gar nicht sagen, schließlich halten Ärzte alle zusammen, aber Charlie und ich, wir sind uns nicht so sicher, ob der Mann ganz richtig im Kopf ist.»

O'Reilly schob seine Halbbrille bis zur Nasenspitze hinunter und starrte Gerry an. Er würde einen Patienten nicht sagen, was er von Fitzpatricks ärztlichem Können hielt. Das wäre unethisch. Stattdessen erklärte er: «Wir Ärzte sollten einander unterstützen, das ist wahr, aber» – er nahm seine Brille ab – «Patienten steht es jederzeit frei, eine zweite Meinung einzuholen.» Er lehnte sich behaglich in seinem Drehsessel zurück und ließ die Hand mit der Brille über die Armlehne baumeln. «Also, was kann ich für Sie tun, Gerry?»

Gerry entspannte sich sichtlich. «Es macht Ihnen nichts aus?»

«Nur los. Ich höre zu.»

«Es ist schon ein bisschen peinlich, ja.»

O'Reillys Magen knurrte, aber er sagte: «Lassen Sie sich ruhig Zeit.»

Shanks holte tief Luft. «Also, es geht um mich und meine Frau.»

«Sprechen Sie weiter.» Nicht alle Ehen wurden im Himmel geschlossen, O'Reilly wusste es, aber hoffentlich bekam er jetzt keine längere Leidensgeschichte zu hören.

«Wir hätten gern noch ein Kind, ja.»

«Mmm», meinte O'Reilly und überlegte, ob Barry da vielleicht helfen könnte. Er würde sich zweifellos besser auskennen mit den neuen Fruchtbarkeitsbehandlungen wie den kürzlich eingeführten Medikamenten Clomifen und Pergonal, das als stark gonadotropes Hormon verwendet wurde. «Und was hat man Ihnen geraten?»

Shanks zuckte mit den Achseln. «Es ist schon komisch, ja. Wir haben zwei Kinder. Angus ist jetzt fünf und Siobhan ist vier, und meine Frau hat sie achtzehn Monate lang gestillt, also haben wir erst vor ein paar Jahren angefangen, es nochmal zu probieren.» Er runzelte die Stirn. «Früher war's so, da musste ich nur meine Hosen am Bettende aufhängen, und schon hatte Mairead ein Päckchen, aber diesmal kam nichts dabei raus.» Er wurde rot. «Dabei haben wir's oft genug probiert, jedenfalls am Anfang.»

«Und waren Sie deshalb schon beim Arzt?»

«Ja, bei Doktor Bowman, kurz bevor er in Ruhestand ging. Er war ein echt anständiger Kerl, ein vernünftiger, zuverlässiger Mann, das war er. Er sagte uns sofort, dass er sich mit Fruchtbarkeitssachen nicht auskennt, also hat er uns ins *Royal* zu den Spezialärzten geschickt.»

«Und?»

«Sie haben alle möglichen Untersuchungen gemacht, und schließlich haben sie gesagt, dass sie nichts finden können.»

O'Reilly runzelte die Stirn. «Wenn Sie bereits bei einem Spezialisten waren, Gerry, bezweifle ich, dass ich viel für Sie tun kann. Ich bin Landarzt.» Fingal Flahertie O'Reilly hatte keinerlei Probleme damit, zuzugeben, dass er sich in bestimmten Bereichen nicht auskannte.

«Och, Doc, das weiß ich doch, ja.»

O'Reilly warf einen verstohlenen Blick auf die Uhr.

«Ich stehle Ihnen die Zeit. Ich hätte da noch eine kleine Frage, das ist alles.»

«Schießen Sie los.»

«Dann kam Fitzpatrick, und meine Frau meinte, wir haben ja nichts zu verlieren, wenn wir mal zu dem neuen Arzt gehen.»

Das ist nicht gesagt, dachte O'Reilly. Unfruchtbare Ehepaare gehörten zu den verwundbarsten Patienten. Oft klammerten sie sich an jeden Strohhalm, sogar den nutzlosesten, und das konnte manchmal durchaus schaden. Gott allein wusste, auf welche sonderbare Idee Fitzpatrick als Behandlung für Unfruchtbarkeit verfallen war. «Und was hat er vorgeschlagen, zerstoßene Primelwurzeln in Ziegenmilch?», fragte er.

Gerry schüttelte den Kopf.

«Oder hat er Ihnen geraten, einmal im Monat bei Mondlicht Kürbismarmelade ins linke Ohr zu tun?» Die meisten Patienten, sogar die mit unerfülltem Kinderwunsch, würden über einen so idiotischen Vorschlag lachen. Er hatte den Spruch schon oft als Metapher für eine nutzlose Behandlung angebracht, die ein Patient unbedingt haben wollte.

Er war überrascht, als Gerry nicht lachte, sondern ernsthaft sagte: «Ich wünschte, das hätte er getan, ja, das wünschte ich. Er hat Mairead was viel Schlimmeres geraten.»

«Ach?»

«Ja. Ich mach keine Witze, Sir. Sie soll aufhören, mir morgens Zucker in den Tee zu tun, das hat er gesagt.»

«Das wird Sie kaum umbringen, Gerry.»

«Aber stattdessen einen Teelöffel, einen ganzen Teelöffel, schwarzes Schießpulver reinzutun.»

O'Reilly klappte der Mund auf. «Schießpulver? *Schießpulver?*» Er setzte seine Brille wieder auf und bemühte sich um eine ernste Miene.

«Ja. Er hat zu Mairead gesagt, das würde meine Manneskraft stärken.» Gerry hatte angefangen, mit der rechten Hand die Handknöchel der Linken zu kneten. Er sah O'Reilly gerade in die Augen. «Es schmeckt furchtbar, aber das ist mir egal. Ich würd's ja nehmen, wenn's hilft. Ich schlucke das Zeug seit vier Monaten» – seine Stimme stockte – «aber es ist so furchtbar, Maireads Gesicht zu sehen, wenn wieder ihre Tage einsetzen.»

O'Reilly beugte sich vor. Er legte seine Pranke über Gerrys Hände, damit er aufhörte, sie zu ringen. «Gerry, von einer solchen Behandlung habe ich noch nie gehört. Ich kann beim besten Willen nicht erkennen, was das nützen sollte. Schießpulver besteht aus Kohle, Schwefel und Salpeter. Schwefel kann Durchfall auslösen, aber Kohle stopft. Haben Sie irgendwelche Veränderungen in Ihrem Stuhlgang bemerkt?»

«Nein.»

«Salpeter ist ein Nitrat, wie das Zeug, das die Bauern zum Düngen verwenden. Wenn man zu viel davon nimmt, kann es Hautausschläge auslösen. Ist Ihnen etwas dergleichen aufgefallen?»

«Nein, Herr Doktor.»

«In der Marine ging das Gerücht um, wir Ärzte würden den Männern Salpeter in den Tee tun, damit sie aufhören, sich rammelig zu fühlen. Das haben wir nicht getan, aber viele Seeleute waren davon überzeugt.»

Gerry lächelte gequält. Er senkte die Stimme. «Vielleicht hat es diese Wirkung bei mir. Es fällt mir schwer, Interesse aufzubringen, ja. Fitzpatrick sagt, ich muss es aufsparen für den vierzehnten Tag im Monat.» Sein Gesicht verdüsterte sich. «Mairead ist ein verdammt hübsches Mädelchen. Es ist nicht fair ihr gegenüber.»

O'Reilly nickte und legte so viel Mitgefühl in seine Worte, wie er konnte. «Ich glaube nicht, dass es das Schießpulver ist, das diese Wirkung hat. Ich denke, es liegt daran, dass Sie sich an einem ganz bestimmten Tag im Monat lieben sollen, um ein Baby zu machen – was auch immer für ein Tag das sein soll, ich jedenfalls weiß es nicht. Sicher, am vierzehnten Tag des Zyklus können die Chancen ein bisschen größer sein, aber manche Frauen haben ihren Eisprung gar nicht am vierzehnten Tag. Das wissen wir genau, es ist eine Tatsache. Und es würde jedermanns Begeisterung dämpfen, nach ärztlicher Verordnung Leistung bringen zu müssen.»

«Das ist wohl wahr. Es hat mir mein Glück so ziemlich vergällt.»

O'Reilly spürte, wie seine Nasenspitze bleich wurde. «Ich bin nicht unfehlbar, das wissen Sie, aber ich glaube,

Liebe nach Plan ist eine verdammte Zeitverschwendung, und das Schießpulver ist schlimmer als nutzlos.»

«Ernsthaft, Sir?» Gerry brachte ein schwaches Lächeln zustande.

O'Reilly nickte. «Soll ich mal paar Worte mit Mairead wechseln? Damit sie es aus berufenem Munde erfährt?»

«Würden Sie das tun, Sir? Das wäre mir sehr lieb.»

«Dann kommen Sie Mittwoch gemeinsam vorbei, aber nehmen Sie weiter das Schießpulver, bis ich ihr selber sage, dass das nichts bringt. Sonst regt sich Mairead nur noch mehr auf. Nach unserer kleinen Unterhaltung können Sie das Zeug dann wegschmeißen – oder irgendwas damit in die Luft sprengen.» Vorzugsweise diesen verdammten Scharlatan Fitzpatrick, dachte O'Reilly. Er kritzelte rasch eine Notiz in die Patientenakte.

«Gut, Doktor.» Gerry stand auf. «Wir sehen uns dann am Mittwoch. Vielen Dank, Sir. Danke. Ich bin Ihnen wirklich dankbar, ja.» Er setzte seine Kappe wieder auf und ging zur Tür. O'Reilly folgte ihm. «Also dann bis Mittwoch», sagte er, als Gerry das Haus verließ. Dann eilte er ins Speisezimmer zum Mittagessen – endlich.

30

Ein ganz neuer Plan

«Fertig, Fingal?», fragte Barry, der bereits am Tisch saß.

«Fertig und fast verhungert.» O'Reilly nahm Platz, rieb sich die Hände und griff nach Messer und Gabel. Er warf einen Blick auf die Anrichte. Sie war vollkommen leer. O'Reilly runzelte die Stirn.

Vor ihm stand ein Teller. Darauf lagen ein einzelnes hartgekochtes Ei, drei Salatblätter, eine Tomate, sechs Stückchen Gurke und etwas Staudensellerie.

«Kaninchenfutter», knurrte er. Aber dann wurde er milder gestimmt. Er wusste ja mit absoluter Sicherheit, dass noch ein zweiter Gang folgen würde. Schließlich war da vorhin der leckere Duft aus der Küche gekommen. Er konnte also beruhigt seinen Salat verzehren. «Gib mal die Mayonnaise rüber», sagte er und streckte die Hand aus.

Er nahm sich von der cremigen, selbstgemachten Salatsoße. «Und wie war dein Vormittag, Barry?»

«Kann nicht klagen. Dem Jungen mit Asthma, Billy Cadogan, ging's nicht so gut, er reagierte nicht auf weitere Adrenalingaben. Furchtbar ist das. Die armen kleinen Dinger denken immer, dass sie ersticken müssen.» Barry verspeiste ein Stück Ei. «Ich könnte nie Kinderarzt werden, Fingal. Ich hasse es, wenn Kinder krank sind. Ich weiß noch, wie ich die Masern hatte, als ich klein war. Gar nicht schön.»

Er hatte eine sehr empfindsame Seite, dieser Barry Laverty. O'Reilly fand das gut. «Wir haben alle ein Gebiet der Medizin, das uns nicht gefällt. Bei mir ist es der Krebs.» Kurz vor Barrys Ankunft in Ballybucklebo hatte O'Reilly mit ansehen müssen, wie ein alter Fischer an Bauchspeicheldrüsenkrebs einging. Am Ende konnte nicht einmal mehr das Morphium die Schmerzen lindern.

«Ich würde wahnsinnig gern den Krebs besiegen», sagte er ernst. «Aber ich könnte nie Krebsspezialist sein.»

«Das erstaunt mich, Fingal. Ich dachte immer, dich kann nichts aus der Fassung bringen.»

«Krebs schon. Die Behandlungen – chirurgische Eingriffe, Bestrahlung und Chemotherapie – sind alle brutal, und ich bin keineswegs überzeugt, dass sie sonderlich viel bringen. Es ist eine schreckliche Krankheit. Wir tun unser Bestes, aber egal, wie gut die Absicht sein mag, ich könnte nie der Arzt sein, der irgendeinem armen Schwein solche Behandlungen zumutet.»

«Ich auch nicht», sagte Barry.

«Vielleicht wird es irgendwann bessere Methoden geben», sagte O'Reilly. «Ich bin sicher, dass die Ursache teilweise genetisch ist, und jetzt, wo die Jungs in den Laboren anfangen, die DNA zu verstehen, müsste es eigentlich bald Fortschritte geben.» Er hoffte es sehr. «Vielleicht werden wir dem Krebs eines Tages sogar vorbeugen können. Aber heute? Heute sind wir ziemlich machtlos.» Impotent wie Gerry Shanks, dachte er.

«Komm schon, Fingal, ganz so düster sieht es nun auch wieder nicht aus. In der Gynäkologie gibt es den Abstrich für die Früherkennung von Gebärmutterhalskrebs. Der Zusammenhang zwischen Rauchen und Lungenkrebs ist erwiesen –»

«Ja, und alle haben plötzlich aufgehört zu rauchen, nehme ich an? Und Lungenkrebs wird über Nacht verschwinden?» O'Reilly grinste. «Ich jedenfalls werde nicht auf meine Pfeife verzichten.»

«Das habe ich nicht anders erwartet, aber ich *habe* aufgehört, und andere werden das auch tun.» Barry deutete mit der Gabel auf O'Reilly. «Die Zahl der Lungenkrebsfälle wird zurückgehen, du wirst schon sehen. Und die Forschungen, die zeigen, dass Asbest das maligne Pleuramesotheliom hervorruft, wurden hier in Belfast von Doktor Elwood durchgeführt. Auch davon wird es weniger Fälle geben, nachdem wir jetzt die Ursache kennen.»

Gratuliere, Barry, dachte O'Reilly. Vor fünf Monaten hättest du nie mit der Gabel auf mich gezeigt, und noch weniger hättest du mich aufgezogen und mit mir gestritten. «Du hast recht», sagte er. «Ich erinnere mich, Elwood hat Werftarbeiter untersucht, die mit dem Zeug in Berührung gekommen sind.» Er seufzte. «Ja, wir machen Fortschritte, aber langsam.» Dann fügte er hinzu: «Wäre es nicht wunderbar, wenn es eine Impfung gegen Krebs gäbe?» Er kaute und schluckte. «Es ist eine schreckliche Krankheit. Man fühlt sich so verdammt machtlos.»

«So betrachtet, ist es wahrscheinlich gar nicht so schlimm, ein Kind mit Asthma als Patienten zu haben. Man kann sie nicht verhindern, aber zumindest lässt sich die Krankheit gut therapieren.»

«Sicher, aber ich weiß sehr wohl, wie es einen mitnimmt, wenn ein Kind Angst hat oder Schmerzen leidet.» Er seufzte. «Du musst einfach versuchen, dich daran zu gewöhnen, wenn du helfen willst.»

«Ich weiß. Ich versuch's.»

«Also was hast du bei Billy unternommen?»

Barry zuckte die Achseln. «Das Übliche. Den Krankenwagen gerufen.»

«Ich glaube, das ist das elfte Mal in diesem Jahr, dass Billy in die Kinderklinik musste.» O'Reilly lächelte. «Seine Mutter hat so oft an seinem Krankenbett gesessen, während er intravenös Bronchodilatoren verabreicht bekam, dass sie vermutlich den Ärzten sagen könnte, welche Dosis Aminophyllin er braucht.»

Barry lachte. «Jedenfalls war sie ziemlich gelassen heute.»

«Phyllis Cadogan ist eine der vernünftigsten Frauen von Ballybucklebo», sagte O'Reilly. «Ihr Mann glaubt, dass er den Zeitungsladen führt, aber in Wirklichkeit macht sie das. Muss sie auch, weil ihr Mann auf der Warteliste für eine Hernien-OP steht, und solange er noch nicht unter dem Messer war, darf er nichts Schweres heben – das muss sie übernehmen.»

«Ich werd daran denken.»

«Gut.» Mit einem Bissen verspeiste O'Reilly den größten Teil seines hartgekochten Eis. «Und war's das an Krankenbesuchen heute Vormittag?»

«Nein. Ich habe noch bei Sammy und Maggie vorbeigeschaut. Der Junge ist auf dem Weg der Besserung. Maggie meint, dass er vielleicht sogar nächsten Mittwoch an der Weihnachtsfeier des Rugbyclubs teilnehmen kann, und ich glaube, sie hat recht. Vielleicht wird er es sogar zum Krippenspiel am einundzwanzigsten schaffen. Eileen möchte nicht, dass ihre Kinder es versäumen, und wenn sie mit Sammy zu Hause bleiben muss, sieht das schlecht aus.»

O'Reilly aß das Ei auf und verdrückte den Staudensellerie. «Die Kinder haben immer solchen Spaß am Krippenspiel und an der Weihnachtsfeier, es wäre wirklich eine

Schande, wenn sie das verpassen.» Er schnitt die Tomate in zwei Hälften. «Zudem will ich, dass Eileen hinkommt.»

«Warum?»

O'Reilly vertilgte die erste Hälfte. «Heute waren Donal und Julie bei mir, und bevor du fragst – ich weiß, du bist besorgt, dass sie nach der Fehlgeburt zu schnell wieder schwanger geworden sein könnte –, sie ist in der neunten Woche, und alles sieht gut aus.»

«Das freut mich, Fingal, aber was haben die Donnellys damit zu tun, ob Eileen zu irgendwelchen Veranstaltungen kommt oder nicht?»

Der Rest der Tomate verschwand. «Was weißt du über Tombolas?»

«Eine Lotterie? Und Donal hat was damit zu tun?» Barry machte große Augen. Er grinste. «Sprich weiter.»

Eine Gurkenscheibe wurde durchbohrt und landete in O'Reillys Mund. «Ich hatte da eine Idee, wie man Eileens Finanzen aufbessern könnte ...»

«Und Donal hilft dir dabei?»

«Ja.»

«Was hat er vor? Will er irische Dreipenny-Münzen als Beatrix-Potter-Medaillen verlosen, weil ein Hase darauf abgebildet ist?»

O'Reilly lachte. «Bei den Leuten von hier würde er damit kaum durchkommen.»

«Im August hat er es geschafft, diesen furchtbaren englischen Hauptmann davon zu überzeugen, dass irische Halbkronenstücke Gedenkmünzen für Arkle seien.»

«Donal ist ein gewiefter Bursche. Aber diesmal hat er einen besseren Plan. Wir werden auf dem Weihnachtsfest des Rugbyclubs eine Tombola veranstalten. Der Gewinn ist ein Truthahn.»

«Ich sehe nicht, wie das Eileen helfen sollte, selbst wenn sie ihn gewinnt.»

«Wenn ein großer Truthahn als Gewinn winkt, werden viele Leute ein Los kaufen. Das bringt das Geld rein.»

«Wovon der Club profitiert.»

«Nicht sonderlich», sagte O'Reilly, froh darüber, dass er es geschafft hatte, den Vorstand zur Zustimmung zu bewegen. «Der hat zugestimmt, die Einnahmen mit dem Gewinner zu teilen, und zwar bekommt der Gewinner fünfundsiebzig Prozent und der Club fünfundzwanzig – wenn der Gewinner zudem ein besonderes Los hat.» Er verfolgte, wie das Stirnrunzeln auf Barrys Gesicht einem Lächeln wich. Er war so schnell auf die Lösung gekommen wie bei seinen Kreuzworträtseln, bei denen man um die Ecke denken musste und die O'Reilly, so ungern er es auch zugab, eindeutig zu hoch waren.

«Eileen wird beides gewinnen, den Truthahn und das Geld. Darauf wette ich, wenn ihr damit zu tun habt, du und Donal.»

«Richtig, aber das behalten wir für uns. Wenn Eileen Verdacht schöpft, nimmt sie keinen Penny an.»

«Da hast du recht. Ich hatte den Eindruck, dass sie stolz ist.» Barry kratzte sich am Kinn. «Wie will Donal denn dafür sorgen, dass sie das Gewinnerlos kriegt?»

O'Reilly lachte. «Frag mich nicht. Ich habe nicht die leiseste Ahnung. Aber er wird es schaffen. Damit wäre zumindest *ein* schwieriges Problem gelöst.» O'Reilly gestattete sich einen Anflug von Selbstzufriedenheit.

«Ich wünschte, Donal könnte uns auch bei unserem anderen Problem helfen: dem lieben Doktor Fitzpatrick.»

Barry machte sich also immer noch Sorgen, dass sie Patienten verlieren könnten. O'Reilly mampfte das erste

Salatblatt. «Heute war schon wieder einer seiner Patienten hier. Sekundäre Unfruchtbarkeit. Sie haben zwei Kinder, aber Nummer drei lässt sich Zeit. Die Spezialisten im *Royal* sind ratlos.» Das zweite Salatblatt folgte. Als es verspeist war, legte O'Reilly Messer und Gabel über Kreuz auf seinen Teller. «Ich wette, du errätst nie, was der Herr aus Kinnegar verordnet hat.»

Barry schüttelte den Kopf. «Fingal, ich werd's noch nicht mal versuchen. Sag's mir.»

«Schießpulver.»

«Was?!» Barry setzte sich kerzengerade hin.

«Du hast richtig gehört. Schießpulver, jeden Morgen einen Teelöffel voll in den Tee des Ehemanns.»

«Großer Gott. Ich weiß gar nicht, ob ich lachen oder weinen soll. Das ist absurd. Schießpulver!»

«Ich denke», sagte O'Reilly langsam, «wir sollten Fitzpatrick unsererseits mal einen Höflichkeitsbesuch abstatten.» Er sah Barry an. «Ich glaube wirklich nicht, dass er eine Bedrohung für uns ist, mein Sohn. Eine Zeit lang mag er vielleicht mit seinen merkwürdigen Quacksalbermittelchen durchkommen ... Man kann alle Leute eine Weile zum Narren halten –»

«Sagte Abraham Lincoln.»

«Aber die Leute vom Land sind nicht so dumm, wie viele meinen. Sie werden bald genug anfangen, ihn zu durchschauen.»

«Weißt du, Fingal, seit du mir von der Steißlage erzählt hast, die er nicht erkannt hat, habe ich über Fitzpatrick nachgedacht.»

«Und?»

«Der Gedanke, dass er uns Patienten wegnehmen könnte, plagt mich immer noch, aber inzwischen mache ich mir mehr Sorgen, dass er jemanden umbringen könnte», sagte Barry.

«Ja. Ich weiß. Oder dass er Krankheiten eher schlimmer macht als besser. Man könnte meinen, er habe die wichtigste Regel in der Medizin noch nie gehört, die lautet: ‹Richte vor allen Dingen keinen Schaden an.›»

«Also was sollen wir tun? Ihn bei den zuständigen Stellen melden? Oder versuchen, mit ihm zu reden?»

O'Reilly runzelte die Stirn. «Ich halte nicht viel von Amtsgewalt und … wisch dir das Grinsen vom Gesicht, Laverty. Ich weiß genau, was du denkst. Ich zolle durchaus denen Respekt, denen Respekt gebührt.»

«Entschuldige, Fingal.»

«Ich bin nicht gerade versessen darauf, einen Kollegen zu melden, nicht einmal Fitzpatrick. Man läuft nicht rum und schreibt Berichte, nur weil man jemanden nicht mag.»

«Es ist nicht einfach, den Mann zu mögen.»

«Keiner hat ihn sonderlich gemocht, als wir Studenten waren. Kitty kann dir das bestätigen. Er hat ständig auf den Lernschwestern rumgehackt. Ich musste ihm sagen, dass er sie in Ruhe lassen soll. Heute gefällt der Mann mir noch weniger. Aber ich bin ganz deiner Meinung, Barry; weitaus größere Sorgen macht mir, dass er einem Patienten ernsthaften Schaden zufügen könnte, und du weißt ja, wie langsam die Mühlen bei den Behörden mahlen. Wenn ich morgen einen Bericht schreibe, könnte es Monate dauern, bis etwas passiert.» O'Reilly beugte sich vor. «Es ist an uns, etwas zu unternehmen. Und zwar bald.»

«Aber was?»

«Ich rufe ihn heute noch an und vereinbare ein Treffen.» O'Reilly kratzte sich am Kinn. «Der erste Punkt auf der Tagesordnung wird sein, zu versuchen, ihn zur Vernunft zu bringen.»

«Und die anderen Punkte?»

O'Reilly hob die Schultern. «Ich bin nicht sehr für aussichtslose Sachen, aber er war kein schlechter Medizinstudent. Gut, ich mochte ihn nicht, aber man muss ja nicht jeden mögen. Vielleicht, ganz vielleicht, können wir ihn auch zur Einsicht bringen, und er wird ein besserer Arzt.»

«Und wenn nicht? Fällt dir sonst noch irgendwas ein?»

Es war eine schwache Hoffnung, das war O'Reilly klar, und er wollte nicht, dass Barry dachte, er wollte die Sache auf der persönlichen Ebene austragen. Er schaute Barry an und sagte: «Du weißt ja, in Irland sagt man, wenn jemand die Schwester seines besten Freundes vergewaltigt, wird der ihm möglicherweise vergeben; aber wenn jemand andere an die Briten verrät oder eine Wette nicht einlöst, nachdem er verloren hat, dann redet man in hundert Jahren noch davon.»

«Ich weiß nicht, was das mit Fitzpatrick zu tun haben soll.»

«Er hat eine Wette mit mir abgeschlossen, und nachher wollte er nichts mehr davon wissen.»

«Er hat was?! Hier im Norden von County Down? Er muss verrückt sein. Wenn die Leute das erfahren, ist sein Ruf im Eimer.» Barry grinste. «Du kannst ihn erpressen, Fingal. Ihm drohen, es herumzuerzählen.»

«Du hast es genau erfasst: ihm drohen. Ich würde es nie jemandem erzählen, denn soweit es mich betrifft, ist das eine Sache zwischen ihm und mir. Aber das kann er nicht wissen.»

«Er wird denken, du könntest es erzählen und dann würde keiner mehr etwas von ihm wissen wollen.»

«Ja, aber ein Außenseiter war er immer schon ein bisschen.»

«Und du glaubst ernsthaft, dass wir ihn zur Einsicht bringen können? Wird er sich ändern, wenn wir vernünftig mit ihm reden oder ihm drohen?»

O'Reilly schüttelte den Kopf. «Der Mensch kann nicht aus seiner Haut ... aber ein Versuch kann nichts schaden.»

«Gut. Soll ich mitkommen? Vielleicht kann ich dir behilflich sein.»

«Sehr gern, Barry.» Finster betrachtete O'Reilly seinen leeren Teller. «Und ich hätte auch gern den zweiten Gang von meinem Mittagessen.»

Wie aufs Stichwort kam Kinky geschäftig mit einem Tablett für die leeren Teller herein. «Es gibt keinen zweiten Gang. Ich werde nicht zulassen, dass die Frauen im Dorf anfangen zu lachen, weil mein Doktor aussieht wie einer von diesen Zeppelinen, die neulich in einem Dokumentarfilm im Fernsehen gezeigt wurden.»

«Zeppelin?! Zeppelin!? Wer hat das gesagt, Kinky?», schnaubte O'Reilly.

«*Noch* niemand. Ich mein ja nur, ich werde es nicht so weit kommen lassen. Beruhigen Sie sich.»

O'Reilly schluckte. Verflixt und zugenäht, er hatte immer noch Hunger. «Aber es muss einen zweiten Gang geben. Sie hatten doch etwas auf dem Herd, das habe ich gerochen, ist keine halbe Stunde her.»

«Mein lieber Doktor», sagte sie und griff nach seinem Teller, «das war kein zweiter Gang. Das war die süße Füllung, die ich für die Weihnachtspastetchen mache, ja, mit

Äpfeln und Rosinen. Ich muss eine Menge süßer *Mince Pies* zubereiten, für die Weihnachtsfeier und für Sie hier.»

«Ach so.» O'Reilly seufzte. «Na schön.» Er wusste, er würde sich damit bescheiden müssen. Weihnachtspastetchen taugten sowieso nichts als zweiter Gang eines Mittagessens, aber vielleicht konnte er Kinky bewegen, heute Nachmittag welche zum Tee zu servieren.

«Also», sagte sie, als sie mit ihrem beladenen Tablett zur Tür ging, «heute Nachmittag brauchen Sie keine Besuche zu machen, lieber Doktor Laverty. Keine Krankenbesuche jedenfalls, aber es hat einen Anruf gegeben.»

«Patricia?» Barry fuhr herum, ein strahlendes Lächeln im Gesicht.

Kinky schüttelte den Kopf, und Barry machte ein langes Gesicht. Armer Kerl, dachte O'Reilly.

«Nein. Nicht Miss Spence. Cissie Sloan.»

«Cissie?» Barry runzelte die Stirn. «Hatte sie einen Rückfall? Fehlt ihr sonst irgendwas?»

«Vielleicht», sagte O'Reilly mit einem Grinsen, «musste sie für eine halbe Stunde zu reden aufhören, und das hat ihr Korsett gesprengt.»

Barry lachte.

Kinky machte Tss-tss. «Das war nicht ganz fair, Herr Doktor, aber sie hat schon ein flottes Mundwerk, das muss ich zugeben. Jedenfalls, sie ist nicht krank. Sie wollte nur wissen, ob die beiden Herren mal im Gemeindesaal vorbeischauen wollen, um zu sehen, wie die Vorbereitungen so laufen.»

O'Reilly fiel ein, dass er letzte Woche schon versprochen hatte, kurz vorbeizuschauen, aber das Drama um Eileens Geldnöte hatte ihn abgelenkt. «Das könnten wir doch heute Nachmittag machen. Was meinst du, Barry?»

Barry seufzte. «Ja, gut. Ich habe sowieso nichts Besseres vor.»

«Richtig», sagte Kinky mit einem Augenzwinkern. O'Reilly wusste, dass er der Einzige war, dem das auffiel, so wie er der Einzige war, der merkte, dass sie mit der Sanftheit einer Mutter sprach, die ein enttäuschtes Kind tröstet. «Aber das wird sich bald ändern … wenn Ihre Miss Spence kommt.»

31

Leben im Schatten des Kirchturms

Barrys Nackenhaare waren immer noch gesträubt, als er mit O'Reilly in den Garten ging, und das lag nicht an dem schneidenden Wind. Ihm war unheimlich. Kinky konnte in die Zukunft sehen. Barry hegte keinen Zweifel daran. Nur schade: Als er sie gedrängt hatte, ihm Näheres zu verraten, hatte sie nur gelächelt, den Kopf geschüttelt und gesagt: «Das ist alles, was ich weiß.»

Das Kribbeln im Nacken ließ nach, als sie Arthurs Hundehütte passierten. Der Labrador kam herausgeschossen, wedelnd wie eine Dreschmaschine mit defekten Gängen, schob seine Nase dicht hinter O'Reillys Bein und blieb bei Fuß, ohne dass es ihm jemand hätte sagen müssen.

«Während der Entenjagdsaison benimmt er sich immer tadellos», sagte O'Reilly. «Ich glaube, er kann den Kalender lesen.» Er blieb stehen, um den großen Hund am Kopf zu tätscheln. «Wir gehen Samstag auf die Jagd», erklärte er. «Samstag. In fünf Tagen.»

«Aaarwau», sagte Arthur. Er ließ den Schwanz hängen und stieß einen gewaltigen Seufzer aus.

«Aber jetzt darfst du mitfahren», sagte O'Reilly, tat den letzten Schritt zur hinteren Gartenpforte und öffnete sie.

Barry und Arthur zwängten sich in den Rover. Barry war

froh, aus dem starken Wind herauszukommen. Er liebte Ulster, aber zu dieser Jahreszeit war es durchaus denkbar, dass er sich überreden ließe, irgendwo zu praktizieren, wo es sehr viel mehr Sonne gab – auf den Fidschi-Inseln oder Tahiti beispielsweise. Er schnüffelte. In einem trockeneren Klima würde er sich auch nicht mit dem Gestank nach feuchtem Hund abfinden müssen.

O'Reilly startete den Motor, fuhr los und bog nach links in die Straße ein. Mittlerweile kannte Barry die Anlage des Dorfs gut. Zur Kapelle und dem angrenzenden Gemeindehaus mussten sie ganz Ballybucklebo durchqueren.

Barry schaute die Reihen einstöckiger Häuschen an, die die Hauptstraße säumten, wenn man von der Praxis kommend zur einzigen Kreuzung des Dorfes fuhr. Mittlerweile wusste er auswendig, welche seiner Patienten in welchem Haus lebten. Er hatte viele Krankenbesuche gemacht, seit er im Juli hier angefangen hatte.

An den Türen vieler Häuser hingen Stechpalmenkränze. Kleine Weihnachtsbäumchen, mit Lichtern geschmückt, standen vor den Wohnzimmerfenstern.

Das Auto hielt vor der roten Ampel. In Barrys erster Woche in Ballybucklebo hatte O'Reilly genau hier, ergrimmt über Donal Donnelly, der den Motor seines Treckers abgewürgt und über mehrere Ampelphasen nicht wieder in Gang bekommen hatte, gebrüllt: «Wartest du eigentlich auf ein bestimmtes Grün?»

Barry lachte in sich hinein. Komisch, wie es dazu gekommen war, dass Donal jetzt eine so wichtige Rolle in Ballybucklebo spielte.

«Was gluckst du so?», wollte O'Reilly wissen.

«Über Donal», erklärte Barry, nicht gänzlich an der Wahrheit vorbei. «Donal und seine Machenschaften.»

«Ja», sagte O'Reilly, «der ist mit allen Wassern gewaschen.»

Immer noch schmunzelnd schaute Barry nach links, wo der Maibaum wie ein steifer Finger in den dunklen Himmel ragte. Dicke Wolken, möglicherweise voller Schnee, jagten dahin, getrieben von dem steifen Nordostwind. Ob es wohl weiße Weihnachten geben würde? Schnee zu Weihnachten, das hatte es zuletzt gegeben, als Barry sieben Jahre alt war; sein Vater hatte auf den Abhängen des Golfplatzes von Bangor mit ihm gerodelt.

Auf der anderen Straßenseite putzte Mary Dunleavy gerade die Fenster des *Schwarzen Schwans* mit einem Ledertuch, das sie immer wieder in einen Eimer mit schaumigen Wasser tauchte. Sie erkannte den Wagen und winkte mit dem Fensterleder. Barry winkte zurück.

Die Ampel schaltete auf Grün, und das Auto bewegte sich langsam vorwärts, behindert durch eine kleine Herde schwarzbunter Kühe mit prallen Eutern, die von einem Collie und einem Mann auf einem Fahrrad gemächlich die Straße entlanggetrieben wurden. Eine der Kühe hob den Schwanz und ließ einen dampfenden Kuhfladen fallen.

Sogar durch die geschlossenen Wagenfenster hindurch konnte Barry das beißende Aroma riechen. Diese frische Landluft mochte zwar ein wenig angenehmer sein als der Geruch nach feuchtem Hund, aber manchmal dachte Barry, er hätte nichts dagegen, unter Anosmie zu leiden, dem Fehlen des Geruchsvermögens. Er hätte nie gedacht, dass er einmal dankbar dafür sein würde, dass Fingal sich seine Pfeife anzündete. Er hatte sich geirrt.

Es waren nicht viele Fußgänger unterwegs. Der Wind war eisig, und außerdem würden nicht viele Hausfrauen an einem Montag losgehen, um verderbliche Lebensmittel einzukaufen. Sie wussten, alles, was noch im Angebot war, war von Freitag übrig geblieben und nicht mehr frisch.

Alle Schaufenster waren weihnachtlich geschmückt. Kunstschnee, Stechpalmenzweige, Lametta, ein Weihnachtsmann aus Pappe, Papiergirlanden aus Buchstaben, die «Fröhliche Weihnachten» wünschten, und eine Krippe, bewacht von einem Engel mit nur einem Flügel, der an einer Schnur darüber schwebte, wetteiferten um die Aufmerksamkeit der Passanten. Die Hauptstraße von Ballybucklebo erinnerte an den Donegall Square in Belfast, aber in Kleinformat und viel persönlicher.

Hier im Dorf konnte es gut sein, dass die Verkäufer schon einmal bei ihm in der Praxis gewesen waren; die meisten würden seinen Namen kennen und sich besonders anstrengen, um ihn gut zu bedienen. In Belfast vermittelten die Verkäufer ihm oft das Gefühl, nicht mehr zu sein als ein Objekt, das Bargeld bei sich trug und vielleicht etwas davon im Laden lassen würde.

Barry liebte diesen Ort jeden Tag mehr – weil er so klein war, die Dorfgemeinschaft so zusammenhielt und weil es hier so geruhsam zuging. Er fragte sich, was Patricia, die selbst aus einer Kleinstadt stammte, wohl nach ihren drei Jahren in Cambridge von Ballybucklebo halten würde.

Drei Jahre. Wie sehr würde sie sich nach einer so langen Zeit verändert haben? Er wusste ja, wie viel sich schon in den fünf Monaten, die er jetzt hier war, bei ihm getan hatte. Es wäre unvernünftig zu erwarten, dass es bei Patricia anders sein würde, und doch – der Gedanke, das Mädchen, in das er sich verliebt hatte, könnte zu einem anderen Menschen werden, tat weh.

Dass es ihr so gar nicht eilig damit war, zu Weihnachten nach Hause zu kommen, war vielleicht ein Zeichen dafür, dass der Prozess nach nur drei Monaten bereits eingesetzt hatte. Vielleicht würde sie nach ein paar Jahren zu dem Schluss kommen, dass sie einem einfachen Landarzt entwachsen war.

Die Heizung des alten Rover tat ihr Bestes, aber bei dem Gedanken, Patricia zu verlieren, fröstelte Barry.

Cambridge war keine Großstadt, aber sie bot Gelegenheit, jede Menge interessanter Leute zu treffen und Teufel, auch jede Menge interessanter junger Männer.

Die Universitätsstadt war nur einen Steinwurf von London entfernt. Als Kind war er einmal dort gewesen, und der Lärm, die Gerüche, der Verkehr und die schiere Anzahl von Menschen auf der Straße hatten ihn schrecklich eingeschüchtert.

Hier in Ballybucklebo, wo das Aroma von Kuhdung in dem alten Rover hing, wo er auf die Hinterteile von Kühen blickte, war das Risiko größer, von einer Kuhherde niedergewalzt zu werden, als von einem Auto überfahren zu werden. Verdammt, er fuhr nur nach Belfast, wenn es unbedingt sein musste.

Patricia war anders. Sie genoss neue Erfahrungen in vollen Zügen. Es wäre dumm von ihr, nicht mal nach London zu fahren. Die Zugfahrt nach Liverpool Station dauerte weniger als eine Stunde. Und nachdem sie die Oxford Street und die Bond Street gesehen hatte, wie würde ihr da Belfast vorkommen, ganz zu schweigen von Ballybucklebo, wo das einzige Bekleidungsgeschäft das von Miss Moloney war?

Als der Rover an Miss Moloneys Laden vorbeikroch, fiel Barry ein, dass er nachsehen musste, ob die Ergebnisse ihrer Blutuntersuchung schon vorlagen. Sie würde wieder in die Sprechstunde kommen, vielleicht schon morgen. Ob sie die Hosen von O'Reillys Weihnachtsmannkostüm wohl schon ausgelassen hatte?

«Verflixte Kühe», schimpfte O'Reilly. Er hupte. Eine Kuh blieb stehen, drehte den Kopf und starrte sie mit ihren sanften Samtaugen an, während sie geistlos wiederkäute. «Verflixte Kühe», wiederholte O'Reilly und schüttelte den Kopf. «Aber wenn man auf dem Land lebt, muss man sich mit so was abfinden.»

«Immer noch besser als der Verkehr in Belfast, Fingal.» Barry ließ sich tiefer in das abgewetzte Lederpolster sinken. Und ich sitze ja nicht am Steuer, dachte er, und ich bin nicht in Eile. Die Augen fielen ihm zu.

«Stimmt, Barry, stimmt haargenau.»

O'Reillys Stimme war enthusiastisch. Barry öffnete blinzelnd die Augen und sah, warum. Der Viehhirte, jetzt an der Spitze der Herde, wedelte mit seinem Stab und trieb die Kühe auf die Straße, die nach links abbog und an der Siedlung vorbei in die Ballybucklebo Hills führte. Der Viehhirte folgte der letzten Kuh und tippte grüßend an die Mütze.

O'Reilly winkte zurück. «Der kleine Bruder von Liam Gillespie», erklärte er. Er kurbelte das Fenster hinunter und brüllte: «Paddy. Gibt's was Neues von Liam?»

«Er ist wieder zu Hause und schon wieder auf den Beinen, danke, Doc. Arbeiten kann er noch nicht wieder. Das ist sein Vieh, ich bring's nach Hause, zum Melken.»

«Weiter so, Mann!», brüllte O'Reilly, ohne auf das Hupen des Autos hinter ihnen zu achten. «Grüß ihn schön von mir, wenn du ihn siehst.» Er kurbelte das Fenster wieder hoch und wollte beschleunigen, aber bevor er das tun konnte, bog ein roter Trecker mit Anhänger, hochbeladen mit Mist, in die Belfast Road ein und setzte sich direkt vor den Rover. «Mist», schimpfte O'Reilly. Er trommelte mit dem Fingern auf dem Lenkrad und sagte dann: «Was sich nicht ändern lässt, muss man ertragen.» Es war nicht das erste Mal, das Barry diese Bemerkung hörte.

Barry war es zufrieden, im Auto zu sitzen, das sich mit Treckergeschwindigkeit vorwärtsbewegte. «Heißt das», bemerkte er, «wenn wir Fitzpatrick nicht ändern können, müssen wir ihn ertragen?»

«Ich hoffe doch», sagte O'Reilly, «dass wir ihn dazu bringen können, sich ein klein wenig zu ändern. Ich kann damit leben, wenn er Leuten mit Erkältungen zerstoßene Primelwurzeln verschreiben will.»

«Eine Erkältung wird sowieso von selbst wieder besser. Und wenn der Patient sich dadurch besser fühlt –»

«Es ist genau wie mit unserer schwarzen Flasche. Ich weiß das, aber trotzdem werde ich ihn dafür zur Schnecke machen, dass er auf Miss Hagertys Dienste verzichtet hat.» O'Reilly trat auf die Bremse, weil der Trecker durch Blinken anzeigte, dass er rechts abbiegen wollte. O'Reilly schaute Barry an. «Das darf nicht wieder vorkommen. Miss Hagerty ist eine erfahrene Hebamme. Sie hat es verdient, mit Respekt behandelt zu werden. Verdammt nochmal, jeder hat es verdient, mit Respekt behandelt zu werden, zumindest, bis er einem Anlass gibt, damit aufzuhören.»

Diese Bemerkung überraschte Barry nicht. Er hatte O'Reilly das tun sehen, was er predigte. «‹Wie ihr wollt, das euch die Leute tun sollen, also tut ihnen auch›?»

«Ja. ‹Bevor sie es dir tun›, wie ein alter Freund von mir hinzuzufügen pflegte. Ich bin ganz seiner Meinung, und es wird Zeit, dass wir mit Fitzgerald Tacheles reden.» O'Reillys Stimme wurde scharf. «Ich hätte Gertie und ihr Baby verlieren können.»

Barry verstand seinen älteren Kollegen gut. Denn O'Reilly regte sich nicht darüber auf, dass er als Geburtshelfer in eine schwierige Lage gebracht worden war, sondern er war wegen der Patientin wütend.

«Ich habe ja gesagt, ich würde ihn anrufen … und das werde ich auch tun.» O'Reilly fuhr an den Straßenrand und parkte auf dem Grünstreifen hinter einer Reihe von Autos. «Arthur, du bleibst hier», befahl er. «Komm, Barry.»

Barry schlug seinen Mantelkragen hoch, um sich vor dem Wind zu schützen, der über die Sanddünen fegte. Er kniff die Augen zusammen, als ihm feine Sandkörnchen hineinflogen.

Er beeilte sich, O'Reilly einzuholen, der bereits in die Auffahrt des einstöckigen Gebäudes neben dem grauen Steinkirchlein einbog.

Der Anblick der Kirche brachte Erinnerungen zurück, so klar, dass Barry die Szene fast hören und sehen konnte.

Im September, kurz bevor Patricia gegangen war, um ihr Ingenieurstudium in Cambridge fortzusetzen, war Barry mit ihr an dieser Kirche vorbeispaziert. Er hatte sie gebeten, ihm die interessante Architektur zu erläutern. Sie hatten Händchen gehalten, und sie hatte seine Hand losgelassen, um ihre Augen vor der Spätnachmittagssonne abzuschirmen, während sie zum Kirchturm aufblickte.

«Die Kirche ist ungefähr zweihundert Jahre alt», hatte sie gesagt. «Man sieht es an dem dreistufigen Turm. Der Baustil nennt sich Early English.»

«Och, klar doch», sagte er im breitesten irischen Bühnenakzent und einem Stocken in der Stimme, «und kommen die Engländer nicht überall hin in diesem traurigen Land, sogar in die irischen Kirchtürme? Armes Irland.»

Sie lachte und sagte: «Sei doch mal ernst, Idiot. Du hast mich gebeten, es dir zu erklären. Soll ich nun oder soll ich nicht?»

«Du bist die Ingenieurin», sagte er. «Ja bitte.»

Sie deutete auf das Bauwerk. «Du siehst, dass der Turm sich von einem Sandstein-Sockel erhebt, mit zwei Lanzettfenstern in jeder Seite?»

«Ja. Ja, ich sehe es.» Er hatte die Augen zusammenkneifen müssen, weil es Herbst wurde und die Sonne niedrig am Himmel stand.

«Die runden Fenster über den spitzen Fenstern werden Okuli genannt.»

«‹Augen› auf Lateinisch.»

«Genau. In diesem Teil befindet sich die Glockenstube. Es ist ein kunstvoller Bau mit Schallfenstern zwischen Pilastern und darüber einer Balustrade und Filialen, das sind diese schlanken, spitzen Ziertürmchen. Darüber kommt dann die schmale achteckige Turmspitze, bekrönt von einem Kreuz. Der klassische dreistufige Kirchturm.»

«Patricia», hatte er gesagt, beeindruckt von ihrem Wissen, «was um alles in der Welt hat dein Interesse daran geweckt?»

«Ich habe schon immer schöne Dinge geliebt.»

«Wie Opern beispielsweise?»

«Genau … und eindrucksvolle Bauwerke. Mein Vater hat das verstanden und hat mir Bücher über Architektur geschenkt.» Sie blickte zu Boden. «Hast du mal ein Bild vom Schiefen Turm von Pisa gesehen?»

«Hat doch jeder.»

«Hast du dich je gefragt, warum er so schief ist, und, noch wichtiger, warum er nicht umfällt?»

«Eigentlich nicht.»

«Ich schon. So sehr, dass ich die Antwort herausfinden wollte. Ich wollte wissen, wie man etwas baut –»

«Und deshalb hast du dich entschieden, Ingenieurin zu werden?»

«Genau.»

«Und ich bewundere dich dafür. Ich liebe dich deswegen.»

Und dann hatte sie ihn geküsst, ihre Lippen waren warm, und die Welt verschwand.

«Kommst du denn mal, oder willst du da stehen bleiben, hochstarren und auf das Kommen Christi warten?», brüllte O'Reilly.

Stracks war Barry wieder zurück in der kalten, windigen Welt. Er wünschte, Patricia mit ihren warmen Küssen wäre hier. Hoffentlich behielt Kinky recht. Er vermisste Patricia, ihm war kalt ohne sie. Barry trottete weiter.

Die Kirche war massiv, sie war eindrucksvoll, und – im Stillen dankte er den Baumeistern – sie sorgte für Schutz, sobald er in ihren Windschatten trat.

O'Reilly hielt ihm die Tür auf und machte sie zu, sobald Barry eingetreten war. Barry zog seinen Mantel aus. Die Zentralheizung lief offenbar auf Hochtouren. Was er hörte, klang nach einem Harmonium, das einen Kinderchor begleitete. Es erinnerte ihn an seine Kindheit und die Sonntagsschule an Sonntagnachmittagen. Er lächelte. Er war rausgeflogen, weil er einmal seine weiße Maus mitgebracht und die kleinen Mädchen damit erschreckt hatte.

Als Kind hat Patricia Bauwerke gemocht, dachte er. Ich war von Tieren fasziniert.

Weihrauchgeruch stieg ihm in die Nase. Zuletzt hatte er diesen Duft gerochen, als er letztes Jahr auf der Hochzeit eines katholischen Freundes gewesen war. Damals hatte er gedacht, dass Freddy, ein früherer Klassenkamerad, noch zu jung zum Heiraten war. Vielleicht hatte Freddy es doch richtig gemacht, aber im August, auf der Hochzeit von Sonny und Maggie, hatte Patricia erklärt, dass eine Hochzeit für sie nicht in ihren Sternen stehe – noch nicht.

Barry hängte seinen Mantel auf einen Haken und schaute sich um.

Er stand in einer kleinen Vorhalle mit Parkettboden und getäfelten Wänden. Sie erinnerte ihn an die Aula seiner alten Schule, dem Campbell College.

O'Reilly öffnete eine der großen Doppeltüren, die, wie Barry sah, in den Gemeindesaal führten. Am Türsturz hing ein Holzkruzifix. «Also dann», sagte O'Reilly, «werfen wir einen Blick rein und sagen Cissie guten Tag, damit sie sieht, dass wir Männer sind, die zu ihrem Wort stehen.»

32

Ihr Kinderlein, kommet

«Nur herein, nur herein.» Reverend Robinson, der hinten im Saal stand, sprach leise. So leise, dass er über das Harmonium und die Kinderstimmen hinweg kaum zu verstehen war. Barry erinnerte sich an den Pastor, er hatte ihn bei Sonnys und Maggies Hochzeit kennengelernt.

«Mr Robinson», sagte Barry mit gedämpfter Stimme, bass erstaunt über die Anwesenheit eines protestantischen Geistlichen an einem Ort, der in vielen Teilen Ulsters als Hort des Antichrist gelten würde. «Wie geht's?»

Der Pfarrer lächelte, schüttelte den Kopf und legte einen Finger an die Lippen.

Barry verstand und nickte zustimmend. Er schaute sich um und sah, dass er in einem großen Saal stand. Die Wände bestanden aus gelbgetünchtem Schlackenstein, und die dreikantigen Deckenträger waren sichtbar. Bunte Ketten aus Papierringen hingen davon herab.

«Habt keine Angst» sprach er, da bleich vor Schrecken warn die Leut …

Barry lächelte. Also probten sie «Als Hirten wachten in der Nacht». Seine Freunde in der Grundschule hatten das Lied «Hirten waschen sich im Bach» getauft.

«Denn große Freude künd ich euch und allen Menschen heut.»

Einige der kleinen Jungs hatten ganz offensichtlich genauso viel Gefühl für Töne wie er als Kind. Ihr falsches Geschmetter klang deutlich aus den melodischeren Bemühungen ihrer Mitschüler heraus.

Barry konnte sich noch an die Krippenspiele seiner Kindheit erinnern. Er hatte im Chor mitsingen dürfen, aber unter der strikten Auflage, lediglich den Mund zu bewegen. Miss Fanshawe, seine Musiklehrerin, hatte offenbar unter dem Eindruck gestanden, dass sie mit dem berühmten Belfast Harlandic Männerchor probte und nicht mit einer Gruppe Schulkinder.

Die junge Frau, die den Kinderchor von Ballybucklebo dirigierte, war eine deutliche Verbesserung gegenüber der knochigen Miss Fanshawe. Sie stand mit dem Rücken zu Barry. Er sah ihre Schultern, eine schmale Taille, langes kupferrotes Haar, zu einem Zopf gebunden, das bis zu den schlanken Hüften reichte, und wohlgeformte Waden unter dem Saum des knielangen schwarzen Rocks.

Barry war gern bereit zu schweigen und hoffte, sie würde sich umdrehen, wenn das Weihnachtslied zu Ende war. Er wollte sehr gern ihr Gesicht sehen.

«Es ist euch heut in Davids Stadt geborn aus Davids Haus ...»

Es gelang ihm, den Blick von der Chorleiterin abzuwenden, und er blickte zum Harmonium, an dem Pfarrer O'Toole in Rollkragenpullover und Cordhosen saß. Er trat wild in die Pedale und hieb in die Tasten. Barry sah Schweißperlen auf der Stirn des Priesters.

«Das Himmelskind, ihr findet's dort ...»

Er warf einen Blick auf Reverend Robinson, der lächelnd mit einer Hand den Takt schlug. In Anbetracht des unerbittlichen Hasses zwischen den Konfessionen, der einen Großteil der sechs Grafschaften entstellte, kam Barry die Anwesenheit dieser beiden Männer unter einem Dach wie ein Zeichen vor, dass es vielleicht doch einen Funken Hoffnung für die Zukunft gab. Die Hoffung, dass die Gewalt, die seit Jahrhunderten verübt worden war – und jederzeit wieder ausbrechen konnte, im Namen ebenjenes Himmelskindes, des milden, sanftes Jesus –, eines Tages ein Ende haben würde.

Und es waren nicht nur der Priester und der Pastor, die miteinander auskamen. Barry sah, dass Reihen von Klappstühlen im Saal aufgestellt waren, mit einem Mittelgang dazwischen.

Am Montagabend würden Eltern, Großeltern, Brüder, Schwestern, Vettern und Cousinen, Tanten und Onkel von Schülern beider Konfessionen auf diesen Stühlen sitzen. Die Lehrer der protestantischen MacNeill-Grundschule, die vor langen Jahren von einem früheren Marquis von Ballybucklebo gestiftet worden war, würden kommen. Sie würden mit den Nonnen von der katholischen Schule zusammensitzen, die an das Kloster der schmerzensreichen Mutter Gottes angeschlossen war.

Wann würde endlich mal jemand aufwachen und erkennen, dass es einer der ersten Schritte hin zu religiösen Kämpfen war, die Kinder getrennt zu unterrichten?, überlegte Barry.

In der ersten Reihe erkannte er Florence Bishop und Mrs Brown. Zwischen ihnen saß Cissie Sloan. Von hier aus war nicht zu sehen, ob Cissie gerade redete, aber da ihre Nachbarinnen nur der Musik zu lauschen schienen, gönnte sie ihrem Kinnladen wohl ausnahmsweise mal eine Pause.

«Ehre sei Gott in der Höhe / und auf Erden Frieden / Vom Himmel hoch kommt Gott herab / zu den Menschen hienieeeeden.»

Die Chorleiterin drehte sich um. Barry machte große

Augen. Er konnte ihre Züge nicht klar erkennen, aber sie hatte ein ovales Gesicht und, soweit er feststellen konnte, grüne Augen. Er versuchte, einen besseren Blick auf sie zu erhaschen, indem er sich vorbeugte, merkte aber, dass O'Reilly gerade etwas sagte. Er drehte sich zu ihm um.

«Eine gute Sache, das mit dem Frieden auf Erden», bemerkte O'Reilly gedämpft. «Wohlgemerkt, wenn es um Fitzpatrick geht, fällt es mir schwer, friedfertig gestimmt zu sein.» Er seufzte. «Tja, aber schließlich ist bald Weihnachten.»

Offenbar zerbrach er sich immer noch den Kopf darüber, was er mit dem Mann machen sollte. Barry sagte: «Ganz deiner Meinung», aber er glaubte nicht, dass O'Reilly ihn gehört hatte. In diesem Moment rief Pfarrer O'Toole: «Sehr gut, Kinder. Sehr gut», stand auf und applaudierte. Anschließend fuhr er fort: «Dann lauft mal jetzt. Wir machen eine kleine Pause, damit die Kinder, die im Krippenspiel mitwirken, sich fertig machen können.»

Die Kinder stiefelten nach rechts von der Bühne ab. Barry erkannte Colin Brown. Wie üblich hing eine zerknitterte Socke auf Halbmast über dem Schuh. Colins Mutter erhob sich und verschwand durch eine Tür neben der Bühne.

«Sie sind wirklich ziemlich gut», sagte Reverend Robinson. «Ich höre Kinderchöre immer so gern.» Er winkte Pfarrer O'Toole zu, der zurückwinkte. «Ich muss eben kurz was mit ihm besprechen.» Er ging durch den Mittelgang nach vorn.

«Und es würde keinen Kinderchor und kein Weihnachts-Krippenspiel geben», sagte O'Reilly, «wenn diese beiden und ihre Vorgänger nicht wären, katholische Priester und presbyterianische Pfarrer. In beiden Konfessionen gibt es nicht genug Kinder für zwei getrennte Chöre, aber zusammen reicht es.» Er fischte seine Pfeife aus der Tasche.

«Kurz bevor ich hierherkam, setzten sich die beiden Kirchen zusammen und beschlossen, im weihnachtlichen Geist ein Adventsliedersingen mit den Kindern zu veranstalten, nur dieses eine Mal. Es gab Widerstände, aber den Kirchenältesten der Presbyterianer, den christlicheren unter ihnen, gelang es, ihre Gemeinde zu überzeugen. Und dazu kann man sie nur beglückwünschen, sage ich. Als der Gottesdienst vorbei war, hatten alle so viel Freude daran gehabt, dass beschlossen wurde, es jedes Jahr stattfinden zu lassen.»

«Warum? Wieso machen sie etwas so Vernünftiges?» Barry runzelte die Stirn. «Es scheint fast unglaublich. Irland ist seit Hunderten von Jahren gespalten.»

O'Reillys Stimme wurde plötzlich wehmütig. «Weißt du, was 1941 passiert ist? Zu Ostern?»

Barry schüttelte den Kopf. «Da war ich erst sechs Monate alt.»

«Die deutsche Luftwaffe hat Belfast bombardiert.»

Gütiger Himmel. Barry fiel ein, was Kinky ihm erzählt hatte: O'Reillys junge Frau war bei diesen Luftangriffen umgekommen. «Wie schrecklich, Fingal.»

«Ja», sagte O'Reilly und schaute weg. Barry hörte ein Schniefen. Als er sich wieder umdrehte, glitzerte es in seinen Augen. Er saugt an seiner unangezündeten Pfeife, dachte Barry, wie ein Baby am Schnuller.

O'Reilly fuhr fort: «Tausende von Menschen wurden evakuiert und aufs Land geschickt. In ganz Ulster fielen die Mauern. Katholiken beherbergten Protestanten und umgekehrt. Eine Gruppe von Katholiken kam auch nach

Ballybucklebo. Es spielte keine Rolle. Jedermann half. Einige der Flüchtlinge wurden sogar in der Orange Lodge einquartiert. Als Weihnachten näher rückte, wollte der damalige Priester, Vater Moynihan, einen Dankgottesdienst mit Weihnachtsliedern abhalten, und er sprach den Pastor an, einen Mr Holmes …»

«Das ist wundervoll.» Barry spürte einen kleinen Kloß im Hals. Er verabscheute sektiererische Gewalt, und O'Reillys Worte bewegten ihn tief. «Danke, dass du mir die Geschichte erzählt hast, Fingal.» Barry wusste, wie schrecklich der deutsche Bombenhagel den großen Mann getroffen hatte.

O'Reilly zuckte die Achseln. «Im darauffolgenden Jahr meinte jemand, wer A sagt, muss auch B sagen, und es wurde vorgeschlagen, doch die Sache gründlich zu machen und ein Krippenspiel mit Weihnachtsliedersingen und allem zu veranstalten. Seitdem findet das Krippenspiel abwechselnd in einer der beiden Kirchen statt.»

«Das ist einfach großartig.»

«Ich glaube», sagte O'Reilly und schob die Pfeife wieder in seine Tasche zurück, «so hätte der Bursche, der Weihnachten Geburtstag hat, es gewollt. Und deshalb» – er wies auf die erste Reihe – «siehst du Pfarrer O'Toole und Mr Robinson die Köpfe zusammenstecken, und die Gattin von Bertie Bishop, dem hochwohllöblichen Meister der hiesigen Orange Lodge, sitzt in einer katholischen Kirche und plaudert munter mit Cissie Sloan, der diesjährigen Sekretärin der Ortsgruppe des katholischen Frauenverbandes.»

Barry schaute hin. So wie Cissies Kinnladen arbeitete, redete Florence nicht, sondern es wurde auf sie eingeredet. Er lachte. «Aber wir sind gekommen, um Cissie zu besuchen –»

«Ja», sagte O'Reilly und stiefelt bereits nach vorn. «Sind wir.»

Barry folgte ihm. Er bemerkte eine schöngearbeitete Krippe, die an der rechten Seite der Bühne stand, und über der Bühne verkündeten die Schnitzereien auf einem Holzbogen: «Friede auf Erden. Den Menschen ein Wohlgefallen.» Es handelte sich wohl um eine Requisite, die jedes Jahr wieder hervorgeholt wurde, vermutete Barry.

«Hallo, Florence. Cissie», grüßte O'Reilly. «Schön, euch beide zu sehen.»

Die Damen, die ins Gespräch vertieft waren, nickten kurz, bevor sie sich wieder einander zuwandten.

Pfarrer O'Toole unterbrach sein Gespräch mit Mr Robinson und streckte O'Reilly die Hand entgegen, und der schüttelte sie. Dann gab der Priester Barry die Hand. «Und was bringt euch Männer der Heilkunst heute hierher?»

«Cissie Sloan», sagte O'Reilly. «Sie wollte, dass wir uns selbst einen Eindruck davon machen, wie die Vorbereitungen so laufen.»

«Sie und die anderen Damen haben großartige Arbeit geleistet. Die Dekorationen sind alle angebracht, ja, und die Chorproben sind gut verlaufen. Das Bühnenbild ist noch nicht fertig, und ein bisschen muss das Krippenspiel noch geprobt werden, aber Miss Nolan, Gott segne sie, arbeitet wie ein Pferd. Da kommt sie ja.»

Barry konnte endlich einen anständigen Blick auf sie erhaschen. Sie war zierlich und schlank, aber unter der weißen Bluse mit dem offenem Kragen wohlgeformt. Die weit auseinanderstehenden Augen über der Stupsnase waren von einem betörenden Grün. Sie ging aufrecht und geschmeidig wie ein Mannequin auf dem Laufsteg, aber ohne das übertriebene Gehabe.

«Miss Susan Nolan», sagte der Priester. «Darf ich vorstellen, Doktor O'Reilly und Doktor Laverty.»

Die junge Lehrerin, die Hände sittsam vor dem Bauch verschränkt, neigte zum Gruß den Kopf. «Es freut mich, Sie kennenzulernen, meine Herren», sagte sie. Ihre Stimme war weich und wohlklingend, und Barry glaubte, einen Anflug des unverwechselbaren County-Antrim-Akzents mit seinen langgezogenen Vokalen herauszuhören. «Bitte nennen Sie mich Sue.»

Weiter kam sie nicht.

Cissie hatte sich erhoben und mischte sich ins Gespräch ein. «Ach Barmherzigkeit, mit Verlaub, Herr Pfarrer, aber es ist eine Freude, Sie beide hier zu sehen, meine lieben Herrn Doktoren.»

Barry nickte ihr zu.

«Wie gefällt Ihnen der Gemeindesaal? Ich finde, er ist wunderbar geschmückt, und das Bühnenbild ist auch fast fertig –»

«Das sehe ich», sagte O'Reilly. «Wer macht denn die –»

Barry wusste nicht genau, ob er «Tischlerarbeiten» oder «Malerarbeiten» hatte sagen wollen.

«Ja», sagte Cissie. «Der Hintergrund, der wird gerade gemalt – Boxen in einem Stall. Sammy McCoubrey, er ist Anstreicher von Beruf, malt die Köpfe von Tieren, also von einem Pferd und ein paar Ochsen, die aus den Boxen gucken. Und die linke Seite der Bühne, das wird die Tür zur Herberge.» Sie stieß O'Reilly in die Rippen und sagte verschwörerisch: «Er wird ein großes Schild malen, das kommt über die Tür, ja. Bethlehem Inn wird daraufstehen, in Großbuchstaben …» Barry fand, es klang, als rede sie selbst in Großbuchstaben. «… wegen der Leute, die immer ein bisschen länger brauchen, bis sie was kapieren.»

«Es wird sicher großartig, Cissie», warf O'Reilly ein. «Einfach großartig.»

Falls er vorgehabt haben sollte, damit ihren Redefluss ein wenig zu bremsen, dachte Barry, hätte er ebenso gut ein paar Kieselsteinchen vor einen gerade gebrochenen Staudamm werfen können.

«Ich hab gerade vorhin zu Aggie gesagt ... ihr Rücken ist besser, sie ist ja auf einer Pfütze gefrorener Milch ausgerutscht ... also, wie ich vorhin zu Aggie sagte ...»

Barry, der immer noch die Lehrerin ansah, erhaschte ihren Blick und sprach lautlos die Worte «meine Cousine mit den sechs Zehen» mit. Er wurde von einem reizenden Lächeln belohnt und erriet, dass Sue Nolan ebenfalls schon von der berühmten Cousine gehört hatte.

«Also, ich sag zu ihr, das Krippenspiel dieses Jahr wird das beste, das je ein Mensch gesehen hat. Wie gefiel Ihnen der Chor? Ich finde, sie sind einfach Spitze, ja. Wie sie *Scarlet Ribbons for Her Hair* singen, einfach toll ...»

«Ich finde, sie sollten dieses Lied nicht singen.» Florence Bishop stand standhaft mit verschränkten Armen da. «Es ist kein altes Weihnachtslied, das ist es nicht. Was meinen Sie, Doktor O'Reilly? Sie billigen es, Herr Pfarrer, das weiß ich, sonst wäre es nicht im Programm. Ich mag das Lied gern, aber es ist keins der schönen alten Weihnachtslieder, und ich finde, wir sollten nur die singen.»

Das konnte interessant werden, dachte Barry. Was würde als höherer Trumpf in einer doch offenbar kirchlichen Frage gelten, ein Medizinstudium oder die Ordination in der katholischen Kirche? Er bekam keine Gelegenheit, es herauszufinden. Bevor O'Reilly sich äußern konnte, redete Cissie schon weiter. «Ja, aber es ist so schön. Wie dieser Harry Belly Fronty das singt, es könnte Steine erweichen … ein kleines Mädelchen, das nichts zu Weihnachten kriegt, weil sein Papa so arm ist …»

Barry erinnerte sich gut an Harry Belafontes Version des Liedes, das 1959 herausgekommen war. Da war er noch ein Schuljunge gewesen. Er hätte sich nie träumen lassen, dass er einmal ein Landarzt sein würde, dessen älterer Kollege, ein Doktor Fingal O'Reilly, sich bemühen würde, Geschenke für die Kinder einer bedürftigen Mutter zu beschaffen.

Cissies Redeschwall ging mit der Kraft eines Tsunamis weiter. «Und seine Kalypsos. *Day-o, Day-o, daylight come …*»

Barry sah, wie Miss Nolans Lippen sich bewegten, und hörte ihren weichen, süßen Sopran: «*And me wan' go home.*» Sie wies mit dem Kopf zur Seite. Er folgte ihr durch eine der Stuhlreihen, bis Cissies Stimme sie nur noch als gedämpftes Gemurmel erreichte.

Susan Nolan drehte sich um, und er sah ihren amüsierten, mitfühlenden Blick. Es war nicht ganz ein Lächeln, aber ihre Augenwinkel und ihre Nase kräuselten sich. Sie war ausgesprochen attraktiv.

«Danke», sagte er.

«Cissie hat ein Herz aus Gold, aber sie ist eine Quasselstrippe. Da sie zu jeder Probe kommt, hatte ich reichlich Gelegenheit, ihr zuzuhören, und nach Ihrem Gesichtsausdruck zu urteilen, haben Sie sie auch schon zur Genüge erlebt. Ich dachte, Sie könnten mal eine Pause brauchen.»

«Da haben Sie recht.» Barry lachte. «Ich kenne Cissie gut. Ich glaube, sie ist als Kind mit einer Grammophonnadel geimpft worden.»

Er freute sich, als Sue Nolan lachte. Wahrscheinlich hatte sie diese olle Kamelle schon häufiger gehört, war aber höflich genug, so zu tun, als fände sie es witzig. Das gefiel ihm. Es war erstaunlich, wie schnell sie es geschafft hatte, ihn, der in der Gegenwart von Frauen notorisch schüchtern war, die Befangenheit zu nehmen. «Also», fragte er, «wie lange unterrichten Sie schon in Ballybucklebo?»

«Seit ich vor zwei Jahren meinen Abschluss am Lehrerkollegium in Stranmillis gemacht habe. Ich komme aus Broughshane in Antrim ...» Also hatte er recht gehabt mit dem Akzent. «Das ist auch ein kleiner Ort. Mir gefällt es auf dem Land, und ich fühle mich sehr wohl hier. Die Kinder wollen etwas lernen und sind folgsam.»

«Alle?»

Sie lachte. «Tjaaaa, die meisten. Ein oder zwei ...» Sie bewegte die ausgestreckte Hand hin und her.

Er bemerkte, wie schlank ihre Finger waren und dass sie keinen Ring an der linken Hand trug. Das hatte ihn nicht zu interessieren, klar, aber es interessierte ihn doch.

Fast unmerklich hob sie die rechte Augenbraue. «Sie wissen ja, wie Jungs so sind.»

«Jungs wie Colin Brown?»

Ihr leises, tiefes Lachen war wie warme Schokolade. «Doktor Laverty, damit würde ich ein Berufsgeheimnis lüften.»

Er trat einen Schritt näher und erschnupperte ein zartes Parfüm. Mit gesenkter Stimme sagte er: «Aber doch nicht von Lehrerin zu Arzt.»

Sie schaute ihm direkt in die Augen, vielleicht eine Sekunde zu lange. «Ja, vermutlich dürfen wir uns Geheimnisse anvertrauen – Berufsgeheimnisse natürlich.» Lachfältchen bildeten sich um ihre bemerkenswert grünen Augen.

Barry schluckte. Er merkte, wie sein Puls schneller wurde. «Natürlich.» Vielleicht, dachte er, sollte ich lieber zum

Smalltalk zurückkehren, das ist sicherer. «Und wohnen Sie in Ballybucklebo? Ich habe Sie noch gar nicht im Dorf gesehen.» Sonst hätte ich mich erinnert, dachte er. Sie war wirklich hinreißend.

«Nein», sagte sie. «Während der Schulzeit wohne ich in einer Pension in Holywood und fahre mit dem Zug hierher.»

«Es sind ja nur ein paar Haltestellen», sagte er. «Keine lange Pendlerfahrt.» Es gab gute Ärzte in Holywood, da war es unwahrscheinlich, dass sie je seine Patientin werden würde.

«Und wo leben Sie in den Schulferien?»

«Bei meinen Eltern auf ihrem Hof. Ganz in der Nähe der Glens of Antrim. Die Gegend ist wunderschön …»

Barry hatte schon von den Glens gehört, bewaldeten grünen Gletschertälern, die sich von einem Hochplateau hinunter zum Meer erstreckten. Ein Schulfreund von ihm hatte sogar einmal angedeutet, dass die Gegend etwas Mystisches besaß. Zahlreiche prähistorische Stätten gab es jedenfalls. Er hatte immer schon vorgehabt, die Glens mal zu besuchen.

«Ich war noch nie da, aber wie ich gehört habe, soll es wunderschön sein.»

Sue Nolan schaute ihn aufmerksam an, wie um abzuschätzen, wie aufrichtig er es meinte. Dann senkte sie den Blick und sagte vorsichtig: «Ich würde Sie gern mal herumführen. Bis nach dem Krippenspiel bleibe ich allerdings in Holywood.»

Barry wünschte, sie würde wieder aufblicken, damit er ihre Augen sehen konnte. War das nur eine höfliche Einladung, weil bald Weihnachten war? Zu dieser Zeit des Jahres waren die Leute immer gastfreundlicher. Sie war eindeutig keine seiner Patientinnen, es sprach also nichts dagegen, vielleicht eimal mit ihr auszugehen. Und sie schien anzudeuten, dass sie dann nicht abgeneigt wäre.

Er schalt sich selbst dafür aus, an so etwas zu denken, aber sie war wirklich reizend. Und verdammt nochmal, er war ein gesunder junger Mann, kein Mönch. Es hatte keine großen inneren Kämpfe bedeutet, Peggy nach dem Tanzabend ein keusches Lebewohl zu sagen, aber Sue Nolan war anders. Nur gut, dass Kinky so sicher war, dass Patricia bald kommen würde. Aber wenn sie nun nicht kam? Oder wenn sie zwar kam, aber, Gott bewahre, ihre Gefühle für ihn abgekühlt waren?

Barry schürzte die Lippen, holte tief Luft und schaute Sue direkt in die Augen. «Eines Tages werde ich vielleicht darauf zurückkommen … vielleicht klappt es ja mal, dass Sie mir die Glens zeigen. Aber im Moment haben wir in der Praxis sehr viel zu tun, und ich bekomme nur ein paar Tage frei.»

Sie neigte den Kopf. «Jederzeit. Aber jetzt muss ich wieder an die Arbeit.» Sie warf einen Blick auf die Bühne, auf der die Kinder sich aufzustellen begannen. «Ich würde gern bleiben und noch ein bisschen plaudern», sagte sie, «aber wir müssen mit der Probe anfangen.»

«Es hat mich gefreut, Sie kennenzulernen, Sue», sagte Barry. «Ich habe mich gern mit Ihnen unterhalten.»

«Es war mir ein Vergnügen. Vielleicht können wir das ja eines Tages wiederholen, und nicht nur bei der Arbeit.» Sie legte die Hand auf seinen Arm, drehte sich um und ging.

Innerlich verfluchte er sich, weil er so blöd gewesen war, sie nicht nach ihrer Telefonnummer zu fragen. Dann fiel ihm ein, dass er sie ja beim Krippenspiel sehen würde, und entspannte sich. Da würde sich sicher eine Gelegenheit ergeben, unter vier Augen mit der reizenden Miss Nolan zu plaudern, wenn ihm danach war – und sie nach ihrer Telefonnummer zu fragen. Er brauchte ja nicht unbedingt anzurufen, nur weil er die Telefonnummer hatte, oder? Er folgte ihr durch die Stuhlreihe zurück zu Pfarrer O'Toole und Doktor O'Reilly, die mit Florence Bishop und Cissie zu sprechen schienen. Aber bald wurde klar, dass sie nur zuhörten – reden tat nur Cissie.

«Und Sie bleiben wirklich nicht zur Probe, Doktor O'Reilly? Es wird gut, wissen Sie. Jeannie Kennedy ist eine wunderbare Maria, und … Was ist denn?» Sie drehte sich um, als jemand auf der Bühne nach ihr rief.

Mit der Durchschlagskraft eines Sturmtrupps sprang O'Reilly in die Bresche. «So leid es mir tut, aber wir müssen jetzt los, Cissie … Florence. Wir sind beeindruckt, oder, Barry?»

«Ja, wirklich.»

«Danke, Doktor», sagte Florence, ein wenig verstimmt, wie Barry fand. «Aber ich glaube immer noch, dass Sie unrecht haben. Wenn wir dieses Jahr *Scarlet Ribbons* mit ins Programm nehmen, was, um Himmels willen, kommt dann nächstes Jahr? *Rockin' Around the Christmas Tree?*» Sie errötete. «Entschuldigen Sie, Herr Pfarrer.»

«Sie brauchen sich nicht zu entschuldigen», sagte Pfarrer O'Toole. «Ich habe nichts dagegen, gelegentlich ein weltliches Lied mit reinzunehmen, aber es gibt Grenzen.»

Barry unterdrückte ein Grinsen. O'Reilly war offenbar zu dem Schluss gekommen, dass bei einer theologischen Auseinandersetzung mit Pfarrer O'Toole eine gewisse Vorsicht weise war. Eins zu null für Cissie in der großen Weihnachtslied-Debatte.

O'Reilly warf Barry einen Blick zu, wies mit dem Kopf

zum Ausgang und stiefelte durch den Mittelgang davon. Barry folgte ihm. Als sie schon fast an der Tür waren, wurde das Licht im Saal gedimmt, und die Bühnenbeleuchtung ging an. Barry blieb stehen und drehte sich um.

Auf der Bühne waren drei Kinder zu sehen. Ein Junge hielt ein kleines Mädchen an der Hand. Ein zweiter Junge – Barry erkannte Colin Brown – stand in der offenen Tür. Das mussten also Maria und Joseph sein. Barry erkannte das kleine Mädchen – Jeannie Kennedy. Im Juli hatte sie eine Blinddarmentzündung gehabt. Den Jungen kannte er nicht – jedenfalls noch nicht. Irgendwann würde er, genau wie O'Reilly, jeden hier im Dorf kennen.

Die Schauspieler begannen, ihren Text zu sprechen.

«Hallo, Wirt.»

«Wer ist da?»

«Maria und Joseph. Wir sind gekommen, um uns schätzen zu lassen.»

Barry überlegte, ob diese Zeile wohl am großen Abend unbeabsichtigerweise für ein gewisses Raunen im Publikum sorgen würde. Die Bauern aus Ulster waren von einem unversöhnlichen Hass gegenüber dem Finanzamt erfüllt.

«Maria und Joseph?»

«Könnten wir ein Bett für die Nacht bekommen? Meine Frau ist schwanger, und sie ist sehr müde.»

«Nun, das Gasthaus ist voll belegt, aber ihr könnt gern in den Stall gehen.» Colins Stimme war warm und herzlich.

Barry grinste. Das war nicht ganz der Text, von dem Colin neulich erzählt hatte. Vielleicht hatte Sue Nolan das Stück ein wenig umgeschrieben. Colin hatte seinen Text gut gesprochen, also war anscheinend die Enttäuschung darüber, dass er nicht den Joseph spielen durfte, überwunden. Vermutlich hatte jemand Öl auf die Wogen gegossen. Barry holte O'Reilly ein, und zusammen traten sie in den scharfen Wind hinaus.

«Meine Güte», sagte O'Reilly, «ist das eine Lausekälte. Ein heißer Whiskey wäre jetzt nicht schlecht, und Arthur schlabbert sicher gern ein paar Smithwick's. Wollen wir noch kurz im Dreckspatz vorbeischauen?»

«Warum nicht?»

«Nur einen also», sagte O'Reilly, «und falls du denken solltest, ich hätte es vergessen – habe ich nicht. Sobald wir nach Hause kommen, rufe ich Fitzpatrick an und vereinbare einen Termin.» Er schlug den Mantelkragen hoch. «Vielleicht werde ich, so im weihnachtlichen Geist, sogar ein wenig milder gestimmt – sofern er sich bereiterklärt, nicht mehr auf Kinky herumzuhacken und anzuerkennen, wie wertvoll Miss Hagerty sein kann. Eine Entschuldigung wäre auch nicht schlecht.»

«Und was ist, wenn du all das nicht bekommst?»

O'Reillys Miene verdüsterte sich. «In dem Fall könnte ich versucht sein, die Medizin anzuwenden, die er selbst verschrieben hat.»

«Primelwurzeln?» Barry lachte.

«Keineswegs. Schießpulver.»

Barry, der aus erster Hand wusste, wie leicht bei O'Reilly die Sicherung durchbrannte, empfand einen Anflug von Mitleid für Doktor Ronald Hercules Fitzpatrick.

33

Mach dick mein Blut

«Würden Sie bitte mitkommen, Miss Moloney?» Barry drehte sich um und ging zum Behandlungszimmer, in der Annahme, dass sie ihm folgte. Auf dieses Patientengespräch freute er sich nicht im Geringsten. Als er Miss Moloney im August kennengelernt hatte, war sie ihm gallig und unhöflich erschienen. Sie hatte ihre beiden Verkäuferinnen, Helen Hewitt und Mary Dunleavy, terrorisiert. Und als er vorsichtig andeutete, sie solle doch nicht so hart mit den Mädchen umspringen, hatte sie ihm klipp und klar bedeutet, er solle sich gefälligst um seine eigenen Angelegenheiten kümmern.

Es gibt Menschen, mit denen kann man nicht, hatte O'Reilly einmal bemerkt. Das gelte auch für Ärzte und Patienten. Sollte Barry jemals eine Abneigung gegenüber einem Patienten empfinden, wäre es vielleicht besser, demjenigen zu raten, er möge lieber einen anderen Arzt konsultieren. Vielleicht sollte Barry das in diesem Fall in Erwägung ziehen. Natürlich waren Miss Moloneys Möglichkeiten ziemlich begrenzt – sie konnte zwischen Ballybucklebo und Kinnegar wählen.

Barry überlegte, ob Miss Moloney mit ihrer ätzenden Art wohl besser mit dem arroganten Doktor Fitzpatrick auskommen würde. Dann verbannte er den Gedanken.

Gut, er mochte die Frau nicht, aber das war kein Grund, sie dem zweifelhaften Herumgedokter von Ronald Hercules Fitzpatrick zu überlassen. Ob sie ihm nun sympathisch war oder nicht, er würde sein Bestes geben.

«Und wie fühlen Sie sich heute?», fragte er im Flur.

«Ich bin immer noch sehr müde, Herr Doktor», sagte sie. Ihre Stimme, die normalerweise scharf und hart war, klang zittrig. Ihm fiel auf, wie blass die Frau aussah. «Ich habe überhaupt keine Energie mehr. Ich bin gar nicht mehr ich selbst, und ich werde so schnell kurzatmig.»

Er schloss die Tür, wartete, bis sie Platz genommen hatte, und setzte sich dann auf O'Reillys Drehsessel. Es behagte ihm, ihn auszufüllen, bildlich gesprochen zumindest, denn die Größe und Masse, ihn körperlich auszufüllen, würde er nie haben. Er griff nach dem Laborbericht, der gestern in der Post gewesen war. «Ich habe Ihre Ergebnisse hier.»

Miss Moloney zuckte die Achseln. «Dann sagen Sie es mir wohl besser.» Matt und scheinbar gleichgültig starrte sie auf den Teppich. «Ich hoffe, es ist nichts Ernstes.»

Etwas in ihrem Ton strafte ihren scheinbaren Mangel an Interesse Lügen: Miss Moloney hatte Angst. Barry runzelte die Stirn. Er hatte sich zwar die Blutwerte angesehen und wusste, dass er mit der Diagnose Anämie richtiglag, doch solange er die Ursache nicht abgeklärt hatte, konnte er Miss Moloney nicht guten Gewissens beruhigen.

Zumindest nicht, wenn er ehrlich war. Aber musste er deshalb gleich brutal offen sein? Bei ihrem ersten Besuch war er das auch nicht gewesen. Es konnte nichts schaden, die Täuschung noch eine Weile länger aufrechtzuerhalten. Barry lächelte sie an. «Sie sind anämisch, Miss Moloney. Blutarm», erklärte er. «Deshalb sind Sie nicht Sie selbst.»

Er beugte sich vor. «Der Laborbericht zeigt, dass nichts sonst mit ihrem Blut ist. Es ist nur Anämie, und das ist nichts Ernstes.»

«Aber mit meinem Blut … ist irgendwas nicht in Ordnung?» Sie saß zusammengesunken auf ihrem Stuhl, ohne ihn anzuschauen.

Vielleicht würde es sie trösten, wenn er ihr sagte, dass sie keine der tödlichen Blutkrankheiten hatte. Er lächelte. «Ja, aber es ist nichts Schlimmes wie etwa Leukämie. Das führt auch zu Blutarmut.»

«Leukämie? O mein Gott.» Jetzt schaute sie Barry eindringlich an, ihre Lippen bebten, und eine Träne rann ihr über die Wange.

Gütiger Gott, was hatte er da gesagt? Denk nach, Mann. Sag was. «Nein, nein, Miss Moloney. Sie haben keine Leukämie. Es ist nur Anämie. Wirklich», sagte er und wünschte, er hätte nie die Möglichkeit von Blutkrebs erwähnt.

Ihre Finger zupften ziellos an den Fransen des gemusterten Wolltuchs, das sie über ihrem grauen Mantel trug. Sie schniefte, wischte sich mit dem Handrücken über die Augen und richtete sich gerader auf. Dann holte sie tief Luft und sagte ruhig: «Es tut mir leid. Ich hätte mich nicht so gehenlassen dürfen.»

«Ist schon gut, Miss Moloney. Wirklich.» Barry schaute ihr in die Augen, so tief er konnte. Das war eine ganz andere Frau als der Zankteufel, den er im August kennengelernt hatte. Sie tat ihm leid. Er griff nach dem Laborbericht mit ihren Blutwerten. «Hätten Sie gern, dass ich Ihnen alles erkläre, Miss Moloney?», fragte er und hoffte, sie würde ablehnen. Sie war nicht in der Verfassung für Begriffe wie «mittlere korpuskuläre Hämoglobin-Konzentration» oder «mittleres korpuskuläres Volumen».

Sie schüttelte den Kopf. «Ich vertraue Ihnen, Doktor Laverty.»

«Vielen Dank.» Ihre Worte wärmten sein Herz.

«Und», fügte sie hinzu, «Miss Moloney klingt doch sehr formell. Ich heiße Alice.»

«Alice. Ein hübscher Name.»

«Danke», sagte sie mit einem kleinen Seufzer. «Aber abgesehen von meiner Schwester in Millisle nennt mich niemand mehr so.» Sie lächelte ihn an. «Ich hätte gern, dass Sie Alice zu mir sagen, Doktor.»

«Aber natürlich ... Alice.» Und er dachte, wenn das kein Anzeichen dafür ist, dass sie mich akzeptiert, weiß ich auch nicht. Es freute ihn. «Also» – er hielt den Laborbericht so, dass sie hineinsehen konnte – «ich werde nicht alles erklären, weil hier alle möglichen Zahlen stehen, aber eigentlich nur zwei eine Rolle spielen. Dieser Wert, das Hämoglobin, liegt bei 12.2. Eigentlich sollten es 14.8 sein, und dieser Wert hier, das Hämatokrit, ist ebenfalls sehr niedrig. Er liegt bei 39, und eigentlich sollte er mindestens bei 42 liegen.»

Sie verrenkte den Hals, um besser sehen zu können. «Und was bedeutet das?»

«Es bedeutet, Alice, dass die Zahl der roten Blutkörperchen und des Blutfarbstoffs Hämoglobin zu gering ist, weil Sie unter Eisenmangel leiden. Deshalb die Luftnot, denn das Blut transportiert den Sauerstoff, den wir einatmen, in alle Winkel des Körpers.»

«Ich verstehe», sagte sie mit einem kleinen Stirnrunzeln. «Interessant.»

Barry nahm ihre Hand und hielt sie in seiner Handfläche, sodass der Handrücken nach oben zeigte. Ihre Hand war kalt. Er zeigte auf die muldenförmigen Dellen in ihren

Fingernägeln. «Das nennt man Koilonychia. Löffelnägel. Auch das ist auf Eisenmangel zurückzuführen.»

«Ach so.» Sie entzog ihm ihre Hand und neigte den Kopf zur Seite. «Und warum habe ich zu wenig Eisen?»

Barry versuchte, nicht die Stirn zu runzeln. Jetzt stellte sich die Frage, ob er weiter Ausflüchte machen sollte oder nicht. Es freute ihn, dass sie bereit war, ihm zu vertrauen. Er wollte dieses Vertrauen nicht verlieren. Er wusste, er musste jetzt ehrlich sein. Erneut griff er nach ihrer Hand und beugte sich vor. «Das kann ich noch nicht genau sagen.» Er begegnete ihrem Blick und spürte, dass sie stark genug war, mit der Ungewissheit fertigzuwerden.

«Oh. Könnte es etwas Ernstes sein?»

Jetzt nicht lügen, Barry, sagte er sich. «Ja, Miss Molo… ich meine Alice … ja, das könnte sein, aber in neunundneunzig von hundert Fällen ist es das nicht.»

«Ich verstehe.» Zum zweiten Mal entzog sie ihm ihre Hand und faltete die Hände im Schoß. «Vielen Dank für Ihre Ehrlichkeit, Doktor Laverty. Nicht jeder Arzt wäre so ehrlich gewesen, das weiß ich.» Wieder zitterten ihre Lippen.

Barry beglückwünschte sich dafür, sie richtig eingeschätzt zu haben. Irgendein Arzt hat ihr wehgetan, dachte er und fragte sich, ob sie vielleicht auch zu Fitzpatricks Opfern gehörte.

Alice saß steif auf ihrem Stuhl. «Ich nehme an, Sie wissen, was getan werden muss, um die Ursache herauszufinden?»

«Selbstverständlich.»

Sie spitzte die Lippen. «Dann mal los.»

«Gut. Es ist nicht schwer. Ich werde Ihnen ein paar Fragen stellen, Sie untersuchen und vielleicht zum Röntgen schicken.»

«Was für Fragen?»

Barry legte den Laborbericht auf den Schreibtisch. «Eisenmangel entsteht entweder, weil man nicht genug Eisen mit der Nahrung aufnimmt oder weil man Blut verliert. Meine Aufgabe ist es, herauszufinden, was von beiden hier zutrifft.»

Ihr Mund klappte zu einem stillen «Oh» auf. Sie runzelte die Stirn und nickte dann, als stimme sie sich selbst zu. «Ich verstehe. Also, fragen Sie.»

«Doktor O'Reilly sagte mir, dass Sie einmal wegen Hämorrhoiden bei ihm in Behandlung waren.» Barry war froh, dass ihm dieses Detail eingefallen war.

«Vor ungefähr drei Jahren. Scheußlich!» Sie verzog den Mund. «Es hat furchtbar gejuckt, aber Doktor O'Reilly hat mir eine Salbe und ein mildes Abführmittel gegeben, und seitdem hatte ich keine Probleme mehr damit.»

«Gut.» Das klang, als hätte sie unter äußeren Hämorrhoiden gelitten. Dass eine Besserung eingetreten war, schloss nicht aus, dass es zu einer Erweiterung der Gefäße gekommen war. Er würde das überprüfen, wenn er sie untersuchte. «Sie sind einundfünfzig, haben Sie letztes Mal gesagt.»

«Ja. Im Januar werde ich zweiundfünfzig.»

Vielleicht war die Menopause noch nicht eingetreten, vielleicht hatte sie noch starke Periodenblutungen. Barry wollte gerade danach fragen, aber eine kleine Alarmglocke riet ihm, noch zu warten und sich erst Dingen zuzuwenden, die ihr weniger peinlich sein würden. Ältere Frauen vom Land, hatte er gelernt, konnten äußerst zurückhaltend sein, wenn sie über «Frauensymptome» sprechen sollten. «Schmeckt Ihnen Ihr Essen?» Sie war ausgesprochen mager.

«Doch, ganz gut. Ich nehme drei Mahlzeiten am Tag zu mir, aber nur kleine Portionen. Ich bin keine große Esserin. Ich lebe allein – na ja, mit meiner Katze und meinem Wellensittich – und muss für niemanden kochen.» Barry hörte die Resignation aus ihrer Stimme heraus. Ihre Einsamkeit erklärte vielleicht, warum sie so bösartig mit ihren hübschen jungen, heiratsfähigen Verkäuferinnen umgesprungen war. «Ich kann also essen, was mir schmeckt», fuhr sie fort. «Ich mag keine Eier und kein grünes Gemüse. Ich esse kein rotes Fleisch, aber Fisch und Huhn mag ich gern.»

«Ah ja.» Also, dachte Barry, nimmt sie nicht genug von den drei wichtigsten Quellen von Eisen in der Nahrung zu sich, und die tägliche Eisenzufuhr ist wahrscheinlich unzureichend. «Und wie lange ernähren Sie sich schon so?»

«Seit ich als junge Frau in Indien war.»

«In Indien? Das wusste ich ja gar nicht.» Miss Alice Moloney, Inhaberin eines kleinen Bekleidungsgeschäfts in Ballybucklebo, war in Indien gewesen?

«Oh ja», sagte sie. «Mein Vater hat die ganze Familie mitgenommen, als er dort hinging. Das war 1932. Ich war damals neunzehn.»

Das war interessant. «Und was hat Ihr Vater dort gemacht?»

«Er war bei der britischen Verwaltung. In Kalkutta. Als Indien 1947 unabhängig wurde, hat man ihn behalten.» Wieder bebten ihre Lippen. «Meine Schwester und ich sind in Ballybucklebo geboren, und wir sind nach Irland zurückgekehrt, als …» – ihre Hand zitterte – «als er 1948 während der Unruhen zwischen den Hindus und Moslems ums Leben kam.»

Ulster ist nicht das einzige Land, das unter religiösen Konflikten zu leiden hat, dachte Barry.

Sie spitzte die Lippen und rang sich ein schwaches Lächeln ab. «Aber es war wunderbar für ein junges Mädchen, in Indien zu leben. Wir hatten einen riesigen Bungalow, Pferde und Tanzabende mit den gutaussehenden jungen weißen Subalternoffizieren in der indischen Armee …»

Kurz fragte sich Barry, warum sie keinen dieser Offiziere geheiratet hatte. Vielleicht war sie verliebt gewesen, aber ihr jungen Leutnant war versetzt worden, und sie hatten sich auseinandergelebt. Das kam vor. Er biss die Zähne zusammen, er wusste, wovon er redete.

Sie schwelgte immer noch in Erinnerungen. «Im Sommer waren wir in den Bergen, und wir hatten jede Menge Dienstboten …»

Was möglicherweise erklärte, warum sie so mit Helen und Mary umgesprungen war.

Sie schaute sinnend in die Ferne, und Barry überlegte, ob sie wohl den Mandan sah oder die Schlammzonen des Hugli roch. Als Junge hatte er die Bücher von Rudyard Kipling geliebt.

«Ich liebe Indien. Haben Sie schon einmal einen Elefanten gesehen?»

«Also doch, ja, im Zoo von Dublin gab es einen Elefanten namens Sarah. Und ich habe Elefanten im Zirkus gesehen.»

Sie schnaubte. «Arme Geschöpfe. Ich meinte einen prachtvoll geschmückten Kultelefanten mit einer Howdah auf dem Rücken und einem Mahout – das ist der Elefantentreiber –, der direkt hinter dem Kopf sitzt.»

«Ich fürchte nicht. Ich war noch nie weit von Irland weg.» Noch nicht mal in Cambridge.

«Sie sollten reisen, junger Mann. Andere Völker kennenlernen. Ich fand die Inder faszinierend.» Sie kicherte. «Sie halten das wahrscheinlich für albern, aber ich habe sogar ein bisschen Yoga gelernt. Früher konnte ich in der Lotusposition sitzen.»

«Daran kann ich nichts Albernes finden.»

«Vielen Dank. Der Westen könnte viel vom Osten lernen. Ich habe viel in den Upanishaden gelesen, zur wedischen Philosophie.»

Barry war verlegen, nicht wegen ihres Geständnisses, sondern weil er Miss Moloney nach zwei kurzen Begegnungen völlig falsch eingeschätzt hatte.

«Und der Gedanke, kein Fleisch zu essen, hat mich sehr angesprochen. Bis zum heutigen Tag bringe ich kein Rindfleisch herunter. Kühe sind in Indien heilig, wissen Sie. Und wie schon gesagt, mag ich grünes Gemüse nicht besonders, aber ich esse Möhren und Pastinaken.»

«Ich verstehe.» Das war fast mit Sicherheit die Ursache. Wie interessant. Indien. Vegetarismus. Plausibel war es. Barry war versucht, es dabei bewenden zu lassen, aber damit würde er seiner Verantwortung ihr gegenüber nicht gerecht.

Es konnte durchaus sein, dass sie Blut verlor, entweder durch starke Periodenblutungen oder, weitaus bedrohlicher, aufgrund einer der zahlreichen Erkrankungen von Magen und Darm – zu denen auch Krebs gehörte. Er machte unverdrossen weiter. «Haben Sie Magenbeschwerden? Schmerzen während des Essens oder danach? Spucken Sie manchmal Blut?» Alles Symptome von Gastritis oder eines Magen- oder Duodenalgeschwürs.

«Nein.» Sie schüttelte den Kopf. «Nichts von alledem.»

«Sind Ihnen Schmerzen im Unterbauch aufgefallen, oder eine Veränderung der Stuhlgewohnheiten – Durchfall, schwarzer Stuhl oder sichtbares Blut im Stuhl?» Schwarzer Stuhl, Melaena genannt, kam bei Blutungen in den oberen Abschnitten des Verdauungstrakts vor, Beimengungen von rotem Blut bei Blutungen in den unteren Abschnitten. Hämorrhoiden, Colitis ulcerosa, Morbus Crohn, gutartige Darmpolypen und, am besorgniserregendsten, Darmkrebs konnten diese Symptome auslösen.

«Ich habe keine Schmerzen, und ich glaube, mit meiner Verdauung ist alles in Ordnung. Nicht, dass ich oft hinsehe.»

«Das tun die meisten Leute nicht, aber ich muss danach fragen.» Ihre Antworten schlossen eine beschwerdefreie Erkrankung noch nicht aus, wie etwa Darmkrebs im Frühstadium.

«Ich verstehe, Herr Doktor. Was wollen Sie noch wissen?»

Barry schluckte, hüstelte und fragte dann: «Was ist mit Ihrer Periode?»

Sie zuckte die Achseln. «Die Blutungen waren nie stark, wenn es das ist, was Sie meinen. Sie haben vor ungefähr drei Jahren aufgehört ... und ich bin heilfroh darüber, wenn Sie mich fragen.» Sie beugte sich vor und legte eine Hand auf Barrys Knie. «Jetzt habe ich Hitzewallungen.»

Barry nahm sich vor, bei einem späteren Termin mit ihr über die Einnahme einer kleinen Dosis Äthinylöstradiol pro Tag zur Eindämmung der Hitzewallungen zu sprechen. Aber im Augenblick hatte ihre Anämie Vorrang. Er sah sie offen an und sagte: «Wenn Sie nie Probleme mit der Menstruation hatten und sie jetzt aufgehört hat, kann das nicht die Ursache für Ihren Blutverlust sein. Damit bleiben noch zwei mögliche Ursachen für Ihren Eisenmangel übrig.»

«Und welche sind das?»

«Meine erste Vermutung wäre, dass Sie sich nicht richtig ernähren.»

«Kann sein.»

Er wollte sie nicht beunruhigen, aber er wollte auch nicht unehrlich sein. «Oder es könnte etwas mit Ihrem Darm sein.»

Sie schaute ihn direkt an. «Krebs, zum Beispiel?»

Etwas in ihrem Ton bewog ihn zu der Frage: «Alice, Sie machen sich wirklich große Sorgen wegen Krebs, oder?»

«Mit gutem Grund.»

Barry wartete ab. Sie würde es ihm schon sagen, wenn sie wollte.

«Es heißt, dass Sie verliebt sind, Herr Doktor.»

Erst wollte er es abstreiten, aber er spürte, wie ihm das Blut ins Gesicht stieg. Und in diesem Gespräch schien es darum zu gehen, die Wahrheit zu sagen. «Ja. Das bin ich.» Verflixte Gerüchteküche. Er liebte Ballybucklebo, aber das Leben in einem Dorf hatte schon auch Nachteile.

«Das war ich auch einmal.» Derselbe träumerische Ausdruck wie vorhin, als sie über Indien sprach, huschte über ihr Gesicht. «Er war Hauptmann beim Skinner's Horse. Das war ein berühmtes Kavallerieregiment.» Das Leuchten erlosch, und etwas glitzerte in ihren Augen, als sie hinzufügte: «Seine Ärzte haben ihn angelogen.»

«Das tut mir leid.»

«Sie haben gelogen. Sie haben behauptet, er würde wieder gesund.» Sie holte tief Luft. «Er ist gestorben.»

«Das tut mir schrecklich leid, Alice.» Was für ein abgedroschener Satz.

«Wissen Sie, woran er gestorben ist?»

Barry schüttelte den Kopf.

«Leukämie.»

«Mein Gott.» Kein Wunder, dass sie so reagiert hatte. Und kein Wunder, dass sie sich Sorgen wegen Krebs machte. Gott sei Dank war er ehrlich gewesen, und das würde er auch weiterhin sein.

«Alice, ich kann Ihnen nicht versichern, dass Sie keinen Krebs haben. Nicht bevor alle Untersuchungen abgeschlossen sind. Als Erstes muss ich Ihren Bauch nach Knoten abtasten und eine rektale Untersuchung durchführen.»

Sie spitzte die Lippen. «Das ist mir unangenehm, aber es lässt sich wohl nicht vermeiden.»

«Ich fürchte nein.»

Sie stand auf, legte Schultertuch und Mantel auf dem Stuhl ab und trat zu der Untersuchungsliege hinter dem Wandschirm. «Also, bringen wir es hinter uns.»

Barry tastete ihren Bauch ab und ihren Darm aus, ohne etwas zu finden. Als er die Gummihandschuhe ausgezogen, sich die Hände gewaschen und ein Rezept für Eisentabletten ausgeschrieben hatte, war Alice Moloney bereits wieder angezogen und stand neben dem Stuhl. Barry blieb ebenfalls stehen.

«Also, Doktor Laverty?»

Barry schüttelte den Kopf. «Ich habe nichts gefunden, Alice.»

«Sie erwähnten eine Röntgenuntersuchung?»

«Einen Kontrasteinlauf.»

«Sollte ich das machen?»

«Ja. Ich melde Sie im Krankenhaus an. Ich werde versuchen, noch vor Weihnachten einen Termin zu bekommen.»

«Das wäre schön.»

«Haben Sie Telefon im Geschäft?»

«Nein. Aber oben in meiner Wohnung. Ich wohne über dem Geschäft.»

«Sind Sie abends normalerweise zu Hause?»

Sie verzog das Gesicht. «Wo sollte ich denn sonst sein?»

Barry spürte ihre Einsamkeit, und nun, wo er ihre Geschichte gehörte hatte, verstand er, wie tief sie war. Wie Alice Moloney wohl als junge Frau in Indien gewesen war? Wahrscheinlich ebenso lebhaft und schelmisch wie Helen Hewitt jetzt. Vielleicht erklärte das, was in Kalkutta geschehen war, Alice Moloneys Abneigung gegenüber jungen Mädchen. Er konnte es ihr kaum verübeln, dass sie einen bitteren Zug hatte. Er seufzte und legte ihr die Hand auf die Schulter. «Langsam beginne ich zu verstehen. Danke, dass Sie mir Ihre Geschichte erzählt haben, Alice.»

«Vielen Dank, dass Sie mir zugehört haben, Herr Doktor.»

«Gut denn. Ich rufe im *Royal* an und mache einen Termin für Sie aus.»

«Würden Sie das tun?» Sie zog ihren Mantel an.

«Aber natürlich.»

«Das ist sehr nett von Ihnen.» Sie warf sich das Schultertuch über.

«Und davon», Barry reichte ihr das Rezept, «nehmen Sie eine pro Tag. Es sind Eisentabletten. In zwei bis drei Monaten sollten Sie wieder kerngesund sein.»

«Wenn es nichts Ernsteres ist», sagte sie und zuckte sie die Achseln. «Aber das werden wir ja wohl bald wissen.»

«Ganz bestimmt.» Barry hielt ihr die Tür auf. «Ich setz mich gleich ans Telefon. Es könnte ein Weilchen dauern, bis alles geregelt ist. Gehen Sie ruhig nach Hause, ich rufe Sie heute Abend an.» Er begleitete sie in den Flur.

Er hörte ihr Dankeschön kaum, da er bereits die Nummer der Radiologie des *Royal Victoria Hospital* wählte. Miss Moloney hatte Glück. Am Donnerstagvormittag hatte jemand abgesagt. Barry sollte seiner Patientin alles erklären, was sie für die Untersuchung wissen musste, und ihr sagen, sie solle um zehn Uhr da sein; um elf Uhr war die Untersuchung. Am Freitag würde er dann den Bericht haben. Er würde Alice bei seinem Anruf heute Abend noch sagen, dass er am Samstag kurz vorbeischauen würde, um ihr das Ergebnis mitzuteilen. Je kürzer die Zeit der Ungewissheit, desto besser.

Er legte auf und summte unmelodisch vor sich hin. Komisch, dachte er, bevor Alice sich hinsetzte, war ich überzeugt, dass ich die Frau nicht mag. Aber jetzt, nachdem er ihre Geschichte gehört hatte, empfand er Mitgefühl für ihr einsames Leben als alleinstehende Frau. Das Leben war nicht gerade freundlich umgesprungen mit Alice Moloney. Kein bisschen.

Barry ging ins Speisezimmer, wo O'Reilly schon an seinem Platz saß, versteckt hinter der *Irish Times*. Er legte die Zeitung hin und begrüßte Barry. «Im britischen Unterhaus gibt es am Einundzwanzigsten eine Abstimmung.»

Barry nahm seinen gewohnten Platz ein. «Worüber?»

«Die Abschaffung der Todesstrafe.»

«Ich bin dafür», erklärte Barry.

«Ich auch», sagte O'Reilly, «mit einer möglichen Ausnahme. Aber heute Nachmittag gilt ja noch das alte Gesetz.» Er lächelte, um zu zeigen, dass er nur Witze machte – jedenfalls hoffte Barry, dass er nur Witze machte.

«Ich nehme an», sagte er, während er sich ein frischgebackenes Brötchen mit Butter bestrich, «du beziehst dich auf Doktor Ronald Hercules Fitzpatrick.»

«Genau», bestätigte O'Reilly. «Gib mal die Brötchen rüber.» Er nahm sich drei. «Um zwei sind wir in seiner Praxis in Kinnegar verabredet.»

34

Ich bin so gern an der See

Barry stieg neben einer niedrigen Strandmauer aus Granitblöcken aus dem Rover. Er hörte das Wasser gegen die Mauer klatschen. Es war Flut. Trocknende Klumpen Blasentang mit gezackten Wedeln und den luftgefüllten Blasen, denen dieser Seetang seinen Namen verdankte, sowie breiter, flacher Riementang lagen auf der Mauerkappe und auf dem Kies des Parkplatzes von Kinnegar.

Kies knirschte, als O'Reilly um den Wagen herumging und sich zu Barry stellte. «Guck mal.» O'Reilly deutete auf ein lederartiges Täschchen mit langen Spitzen an den Ecken, die sich um ein Stück Riementang schlangen. «Die Eikapsel eines Dornhais.»

«Die Börse der Meerjungfrau, wie man hier sagt», ergänzte Barry. «Der Sturm gestern hat sie angeschwemmt, zusammen mit dem anderen Strandgut.» Er sog den salzigen Geruch ein, der, wie er wusste, nicht von der See kam, sondern von dem angespülten Tang.

Er starrte aufs Meer hinaus. Die Bucht lag einschläfernd friedlich da und spiegelte den blauen Himmel wider. Eindeutig die Ruhe nach dem Sturm. Doch da sie auf dem Weg waren, um Fitzpatrick in der Höhle des Löwen entgegenzutreten, konnte es durchaus auch die Ruhe *vor* dem Sturm sein.

Er warf O'Reilly, der aufs Wasser hinausblickte, einen Blick zu. «Schau dir die Fähre an», sagte dieser, «wie sie in den närrischen Märztagen durch den Kanal stampft.» Die Fähre pflügte zielstrebig in der ausgebaggerten und durch Bojen markierten Fahrrinne auf Belfast zu. Das Schiff erinnerte ihn an einen Kohlenfrachter, der in den Hafen von Bangor eingelaufen war, als er mit Patricia auf dem Küstenweg bei Strickland's Glen spazieren ging. Der Wind hatte die Rauchfahne aus dem Schornstein des Kohlendampfers zerfetzt und Patricias Pferdeschwanz fröhlich tanzen lassen.

«Das war übrigens von John Masefield, und ich weiß, dass wir Dezember haben, nicht März», sagte O'Reilly. «Ich dachte eigentlich, du würdest schneller schalten und mich darauf hinweisen.»

«Das Gedicht heißt ‹Ladungen›», sagte Barry. Er hatte keine Lust, auf ihr Zitatenspiel einzugehen. Nicht heute. «Tut mir leid, Fingal, aber das Schiff hat mich an etwas erinnert.»

«Oder an jemanden?» O'Reillys Stimme war sanft.

Barry nickte. «Patricia wird versuchen, eine Fährpassage zu bekommen. Zumindest hoffe ich das.»

«Nur keine Sorge. Sie kommt bestimmt. Kinky irrt sich nie.» O'Reilly machte einen sehr zuversichtlichen Eindruck. «Was Unfehlbarkeit betrifft, konnte sie dem allseits bekannten Mann in Rom durchaus noch was beibringen.»

Barry musste lächeln. Irgendwie fühlte er sich getröstet. «Danke, Fingal», sagte er und nahm sich vor zu versuchen, sich keine Sorgen mehr zu machen. Da er lieber schweigen wollte, schaute er entschlossen wieder aufs Meer hinaus. Auf der anderen Seite der Bucht erhoben sich dunkel und purpurn die Berge von Antrim. Eine weiße Linie säumte ihre Gipfel wie eine dünne Schicht von Kinkys Zuckerguss.

In Ufernähe saß ein Kormoran auf einem von Steinkohlenteerkreosot geschwärzten Pfahl, der sich im Wasser spiegelte. Der Vogel streckte seinen langen, schlangenartigen Hals und breitete die Flügel aus, damit sie in der Wintersonne trockneten.

Ein Schwarm kreischender Seeschwalben mit schwarzen Käppchen sauste in der Luft herum und schoss dann senkrecht, wie Mitglieder einer Stuka-Schwadron, ins stille Wasser hinab. Sie tauchten so sauber ein, dass Barry kein Gespritze hörte.

«Mit Grübeln bringst du sie auch nicht schneller her.» O'Reillys Stimme war sanft. Er hatte verstanden, in welcher Stimmung Barry war.

«Ich weiß, Fingal, und ich habe auch gar nicht gegrübelt … jedenfalls nicht sehr. Ehrlich. Ich habe den Lough genossen. Er ist für mich schon immer etwas ganz Besonderes. Ich bin an seinem Ufer aufgewachsen. Das Haus meiner Familie in Bangor lag auf einer kleinen Landspitze. Ich habe mich oft an den Strand gesetzt, wenn ich mal etwas Ruhe und Frieden haben wollte.»

O'Reilly bückte sich und sammelte einen glatten Strandkiesel auf. Er schaute Barry an und nickte. «Ich weiß, was du meinst. Ich glaube, jeder hat seinen ganz besonderen Platz. Eine *querencia*, wie Ernest Hemingway es nannte.»

«Eine was?»

«Bei einem Stierkampf sucht jeder Stier sich eine Stelle in der Arena, an der er sich sicher fühlt. Dorthin zieht er sich zurück, wenn er seinen Quälgeistern entkommen kann. Ich glaube, wir haben kein Wort, das es so genau trifft.»

«Zufluchtsstätte?»

«Mag sein, aber ich ziehe das spanische Wort vor.» O'Reilly senkte die Stimme und sagte ruhig: «Meine ist auf der anderen Seite der Ards Peninsula. Am Strangford Lough. Da gehe ich hin, wenn ich mich mal erholen muss. Und jetzt, wo du hier bist, mein Junge, kann ich häufiger hinfahren, denn ich weiß ja, die Praxis ist in guten Händen.»

Barry schluckte. «Vielen Dank, Fingal.» Er dankte O'Reilly mehr für sein Vertrauen als für das Kompliment. Kitty hatte einmal gesagt, O'Reilly sei ein sehr verschlossener Mann, und es überraschte Barry, dass er sich ihm gegenüber ein wenig geöffnet hatte.

«Samstag fahre ich mit Arthur da hin. Ich kann eine Pause gebrauchen. Ich freue mich schon richtig darauf», sagte O'Reilly. Dann, als mache ihn das Eingeständnis verlegen, fuhr er fort: «Aber das ist am Samstag. Heute haben wir etwas anderes zu tun. Fitzpatrick erwartet uns um zwei.» Er schleuderte den Stein über das Wasser. «Komm.» Damit stapfte er vom Parkplatz und bog rechts in die Esplanade ein.

Barry hielt mit ihm Schritt. «Was wirst du ihm sagen?»

O'Reilly blieb stehen. «Ich werde versuchen, an sein besseres Ich zu appellieren. Sofern er eins hat, was ich bezweifle. Ich weiß noch nicht genau, wie ich es anfangen soll, aber auf der alten *Warspite* hatte der erste Geschützoffizier den Dauerbefehl, nach Gelegenheitszielen Ausschau zu halten.»

«Das verstehe ich nicht ganz.»

«Die Antwort der Marine auf Dickens' Mr Micawber. Wenn man die Augen offen hält, gerät oft etwas ins Visier, mit dem man gar nicht gerechnet hat.»

«Du meinst, du wirst das Gespräch laufenlassen, bis Fitzpatrick dir einen Angriffspunkt liefert?»

«Erst mal schon. Ich will ihn in die Defensive treiben. Als wir studiert haben, hat mich am meisten am ihm gestört, dass er ständig Schwächere drangsaliert hat. Immer hat er auf den unteren Semestern und den Lernschwestern rumgehackt. Er hat ja sogar versucht, Kinky einzuschüchtern.»

«Kein sonderlich liebenswerter Zug.»

«Eins haben solche Tyrannen ja gemeinsam …»

«Sie mögen es nicht, wenn man sie herausfordert. Wie Kinky es getan hat.»

O'Reilly lachte. «Es bräuchte einen mutigeren Mann als mich, es mit einer zornigen Kinky aufzunehmen. Sie könnte jedem Paroli bieten.»

Und wenn noch jemand das kann, ist es Fingal Flahertie O'Reilly, dachte Barry.

«Und, Barry, ich mag den Mann nicht, das weißt du, aber das hier ist keine persönliche Sache. Ich stand ziemlich schlecht da bei dieser Steißlage, und ohne seine verdammte Arroganz hätte es gar nicht so weit kommen müssen. Er hat Miss Hagerty schikaniert.» O'Reilly runzelte die Stirn, bis die Augenbrauen zusammenstießen. Seine Augen wurden schmal und blitzten. Die Nasenspitze wurde blass. «Er muss ein besserer Mediziner werden. Wir müssen ihm auf die Finger klopfen.»

«Da stimme ich dir zu.» Barry schaute O'Reilly ins Gesicht und versuchte, die Tiefe seines Zorn zu ermessen. Gütiger Himmel, dachte er, ich fange ja direkt an, Mitleid mit Fitzpatrick zu bekommen.

«Noch etwas, Barry.»

«Ja?»

«Wenn ich über mich und die Steißlage rede, geht's mir dabei nicht um mich. So was ist unsere Aufgabe. Ich habe es geschafft, aber Fitzpatrick hat Mutter und Kind unnötig in Gefahr gebracht. Das ist es, was ich ihm nicht vergeben kann.»

«Ich verstehe, Fingal.» Barry schauderte es. «Es ist eine verdammt gute Sache, dass du in der Nacht Bereitschaft hattest. Theoretisch weiß ich darüber Bescheid, aber ich habe noch nie eine Steißlage entbunden. Das kommt nur bei drei Prozent aller voll ausgetragenen Schwangerschaften vor. Ich weiß gar nicht, was ich getan hätte, wenn ich an deiner Stelle gewesen wäre.»

O'Reilly klopfte Barry auf die Schulter. «Du hättest es geschafft, mein Sohn. Du hast gute Hände. Ich habe ja gesehen, wie du im August die Gesichtslage entbunden hast.»

Barry glühte vor Freude über das Lob seines älteren Kollegen.

Er ging an O'Reillys Seite, als sie um die Ecke bogen. «Hier muss es irgendwo sein», sagte O'Reilly und spähte im Vorbeigehen auf die Nummern der dreistöckigen Einzelhäuser. «Ah. Nummer neun.» Er blieb vor einer verkümmerten, schlecht geschnittenen Ligusterhecke stehen. Das Haus dahinter war verputzt, und von den Fensterrahmen blätterte die Farbe ab. «Da wären wir. *Chez* Fitzpatrick.» Er schritt durch die torlose Lücke in der Hecke. «Bringen wir es hinter uns.»

35

Und geißle mit der Stärke meiner Zunge

✦

Barry studierte das angelaufene Messingschild, das an der Wand festgeschraubt war.

Dr. R.H. Fitzpatrick
Praktischer Arzt und Chirurg,
Arzt für Geburtshilfe
Sprechzeiten: Mo.–Fr. 9.00 –12.00 Uhr

Im Türrahmen war ein Klingelknopf.

«Also», sagte O'Reilly, «das Reden übernehme ich, aber wenn ich dich um Rat frage –»

«Unterstütze ich dich nach Kräften.»

«Gut.» O'Reilly drückte den Finger so energisch auf den Knopf, dass es ausgereicht hätte, die ganze Installation tief in die Wand zu treiben. Barry hörte drinnen im Haus eine elektrische Klingel. O'Reilly nahm den Finger erst vom Klingelknopf, als die Tür geöffnet wurde.

Fitzpatrick stand im Eingang. Ein Sonnenstrahl fing sich in seinem Kneifer, der aufblitzte. Sein Adamsapfel sauste über dem Haifisch-Kragen auf und ab, als er sagte: «Fingal. Laverty. Kommen Sie doch herein.» Sein schmaler Mund lächelte, aber die Augen blieben leblos.

Barry folgte O'Reilly in den schlecht erleuchteten Flur. Ein riesiger Druck in einem prunkvollen Rahmen, der *König der Glens* von Sir Edwin Landseer, hing leicht schief an der Wand. Das braune Linoleum war teilweise arg abgetreten, und es roch nach Bohnerwachs.

«Hier herein», sagte Fitzpatrick und öffnete die Tür zu seinem Sprechzimmer. Barry sah sofort, dass der Raum viel kleiner war als O'Reillys Sprechzimmer. Auch hier war der Boden mit braunem Linoleum ausgelegt. Eine gepolsterte Untersuchungsliege stand an der Wand, die mit einer Paisley-Tapete beklebt war. Es roch nach schalem Desinfektionsmittel, wie in einem Krankenhaus.

«Mein Konsultationszimmer», verkündete Fitzpatrick mit dem Stolz einer Herzogin, die ihren Salon vorführt. «Ich habe es gemietet. Wohnen tue ich hier nicht.» Er pflanzte sich in einen Ohrensessel hinter dem Tisch, der als Schreibtisch diente. Beides stand auf einer erhöhten Plattform ungefähr fünfzehn Zentimeter über den Fußboden. Er forderte O'Reilly und Barry nicht auf, auf einem der drei Stühle Platz zu nehmen, die in einem Halbkreis vor dem Podium aufgebaut waren.

Die Dielen knarrten unter Barrys Füßen, als er ein Stück zur Seite ging, um die Gesichter beider Männer sehen zu können.

«Nun, hier wird also meine Mission des Heilens vollbracht», sagte Fitzpatrick selbstgefällig.

«Wie schön», bemerkte O'Reilly, «eine wahre Freude. Mission des Heilens, was? Ich hingegen behandle bloß meine Patienten.»

Fitzpatrick rümpfte die Nase. «Wir haben alle unsere eigene Herangehensweise an die Heilkunst. Ich glaube, darüber wollten Sie mit mir reden, Fingal.»

«Unter anderem, Ronald. Unter anderem.» O'Reilly bewegte sich an der Reihe der Küchenstühle vorbei, trat auf das Podium und hievte eine Pobacke auf die Tischkante, direkt vor Fitzpatricks Nase.

Fitzpatrick lehnte sich zurück, um den Abstand zwischen sich und O'Reilly zu vergrößern.

Barry trat ein Stück vor, damit er O'Reilly im Profil sehen konnte. Er erkannte sofort, dass dieser den psychologischen Vorteil, den Fitzpatrick dadurch gewann, dass er höher saß als die anderen – normalerweise seine Patienten –, umgekehrt hatte. Ob Fitzpatrick auch seine Patienten einschüchterte? Fast mit Sicherheit.

O'Reilly konnte jetzt auf seinen Widersacher hinuntersehen. «Also», sagte er und zog seine Pfeife hervor.

Barry wartete ab, wie Fitzpatrick reagieren würde. Bei ihrer ersten Begegnung hatte er das Rauchen als widerwärtige Angewohnheit bezeichnet.

«Wagen Sie es ja nicht, das stinkige Ding hier anzuzünden», rief Fitzpatrick. Sein Adamsapfel sauste auf und ab.

«Oh, Entschuldigung», sagte O'Reilly und schob die Pfeife wieder in die Tasche. «Die Macht der Gewohnheit.»

«Eine widerliche Angewohnheit.» Fitzpatrick drohte O'Reilly mit dem Finger. «Widerwärtig.»

«Och, tja», entgegnete O'Reilly ruhig. «Wir alle haben so unsere seltsamen Angewohnheiten. Sogar Sie, Ronald, da würde ich wetten.»

Fitzpatrick nahm den Kneifer ab. «Wie bitte?»

«Wetten, Ronald. Eine Wette zwischen Gentlemen. Sie haben schon eine *sehr* sonderbare Art, damit umzugehen.»

Barry musste bewundern, wie O'Reilly das Wort «wetten» als Eröffnungszug eingesetzt hatte. Gespannt wartete er ab, wie sein älterer Kollege weiter vorgehen würde, um Fitzpatrick in die Defensive zu treiben.

Fitzpatrick saß steif da. «Sie spielen nicht zufällig darauf an, dass wir neulich beim Rugby-Spiel um zehn Pfund gewettet haben, wer gewinnt?»

«Eben darauf», versetzte O'Reilly ruhig. «Ich habe eine ganze Weile auf Sie gewartet, nachdem meine Seite das Spiel gewonnen hatte, aber Sie sind nicht aufgetaucht.»

«Ach, das war doch eine Lappalie. Ich sehe nicht, was das mit Gentleman-Ehre zu tun haben könnte.» Fitzpatrick hörte sich an, als wollte er einen begriffsstutzigen Schüler belehren. Er setzte seine Brille wieder auf und räkelte sich auf seinem Sessel.

O'Reillys Augen wurden bei dem Wort «Gentleman» für den Bruchteil einer Sekunde schmal, aber sonst ließ er keine Anzeichen von Verärgerung erkennen.

«Ich sah keine Notwendigkeit, mir extra die Mühe zu machen. Unsere Seite hätte gewonnen, *ich* hätte gewonnen, wenn dieser unselige Hund nicht gewesen wäre. Kein vernünftiger Mensch hätte die Wette danach noch als gültig betrachtet.»

Wieder wurden O'Reillys Augen fast unmerklich schmaler, aber seine Stimme klang honigsüßig und vernünftig, als er sagte: «Zugegeben, das war ein wenig unartig von Arthur. Ich hätte Ihnen zugestimmt und Ihnen die Schuld erlassen, wenn Sie mich gefragt hätten ... Aber es wäre nur höflich gewesen, mich darauf anzusprechen. Denken Sie mal darüber nach.» O'Reilly lehnte sich zurück und wartete.

Aua, dachte Barry, er wird Fitzpatrick nicht mit der Drohung erpressen, überall herumzuerzählen, dass er sich vor der Bezahlung seiner Wettschulden gedrückt hat – noch nicht. Aber Fitzpatricks Miene verriet, dass ihm diese Aussicht durchaus Sorge bereitete.

O'Reilly beugte sich vor und schob das Gesicht dicht an Fitzpatrick heran. Mit eisiger Stimme sagte er: «Aber Anstand und Manieren waren ja noch nie Ihre starke Seite.»

Barry sog mit geschürzten Lippen die Luft ein und unterdrückte ein Lächeln. Das war das Eintrittsgeld wert. Fitzpatrick würde sich fühlen, als wäre er durch die Mangel gedreht worden, wenn O'Reilly mit ihm fertig war, und Barry hatte einen Platz in der ersten Reihe.

Fitzpatrick wich ruckartig zurück. «Was?!» Seine Stimme wurde mindestens eine Oktave höher. «Wie können Sie es wagen, O'Reilly? Wie kann ein Flegel wie Sie es *wagen*, mir schlechte Manieren vorzuwerfen?»

«Weil Ihre Manieren, Ronald, sehr zu wünschen übriglassen. Ganz allgemein, auch im Umgang mit Patienten.» O'Reilly zielte mit einem anklagenden Zeigefinger auf Fitzpatricks Brustbein. Barry dachte schon, er würde ihn mit dem Finger piken. Und tatsächlich, als O'Reilly wiederholte: «*Ihre ... Manieren*», schoss der Zeigefinger vor; O'Reilly schien sich nur mit großer Willensanstrengung zurückhalten zu können.

Fitzpatrick rechnete offenbar mit dem Schlimmsten, denn er sprang auf und stellte sich hastig hinter seinen Sessel.

«Setzen Sie sich», sagte O'Reilly. «Ich tue Ihnen nichts.» Er wartete, bis Fitzpatrick wieder Platz genommen hatte, und fügte sehr ruhig hinzu: «Aber ich werde es doch tun, Ronald … wenn Sie Mrs Kincaid noch einmal so behandeln, wie Sie es letzte Woche getan haben.»

Barry hatte O'Reillys Ton eben schon für eisig gehalten. Jetzt war er kalt wie Trockeneis, und seine Nasenspitze zeigte dieselbe elfenbeinweiße Färbung.

«Nun, vielleicht war ich ein wenig kurz angebunden mit der Frau.» Fitzpatricks Ton war unverändert herrisch.

«Nein», sagte O'Reilly, «Sie waren unhöflich, rüpelhaft und unmöglich. Sie werden Mrs Kincaid nie wieder so behandeln, sonst, bei Gott …»

Barry erinnerte sich, dass O'Reilly gesagt hatte, er würde Fitzpatrick ausnehmen wie einen Hering. Nach dem Blick in den Augen des Hünen zu urteilen, war er gerade dabei, das Messer zu wetzen, und – Barry warf einen Blick auf Fitzpatrick – sein Gegner wusste es. Fitzpatrick drehte ihm die Schulter zu, zog den Kopf ein und hielt sich die Hände schützend vors Gesicht, als fürchte er, O'Reilly würde gleich zuschlagen. Kaum hörbar flüsterte er: «In Zukunft werde ich nett zu ihr sein. Ich verspreche es, ich verspreche es.»

«Das ist auch das Mindeste», sagte O'Reilly und baute sich drohend vor dem Mann auf, «denn Kinky ist ein Mensch wie Sie und ich. Sie hat es verdient, mit Respekt behandelt zu werden, mit genauso viel Respekt vor ihren Gefühlen und ihrer Würde wie eine Herzogin, vielleicht noch mehr. Denn Kinky verdient sich ihren Lebensunterhalt selbst.»

«Ich … hab doch schon gesagt, dass es mir leidtut.» Fitzpatricks Stimme bebte.

Barry hatte damit gerechnet, dass O'Reilly den Mann

fertigmachen würde, aber dass der Zusammenbruch so bald kam, hatte er nicht erwartet. Dabei war O'Reilly gerade erst dabei, sich aufzuwärmen – Barry wusste ja, welche Themen er noch zur Sprache bringen wollte. Trotz Fitzpatricks Benehmen und seinen dubiosen Behandlungsmethoden empfand Barry einen Anflug von Mitgefühl für den Mann. Er beneidete niemanden, der im Weg stand, wenn O'Reilly auf dem Kriegspfad war.

«Da Sie gerade in reumütiger Stimmung sind, schlage ich vor, dass Sie auch anfangen, Miss Hagerty nett zu behandeln.»

«Die Hebamme?»

«Nein. Die Gattin und Gefährtin von Brian Boru, dem letzten *Ard Rí* – Hochkönig – von Irland.» O'Reilly schüttelte den Kopf. «Herrgott, natürlich die Hebamme. Sie ist eine erstklassige Fachkraft, und wenn Sie sie nicht von der Sorge für Gertie Gorman entbunden hätten –»

Barry beobachtete, wie Fitzpatrick allen Mut zusammennahm und zum Angriff überging. Er ließ Hände und Schulter sinken, zeigte mit dem Kinn auf O'Reilly und wurde laut. «Sie hat meine Anordnungen in Gegenwart der Patientin in Frage gestellt. Sie hat mir widersprochen. Mir.» Er stieß sich mit dem Zeigefinger gegen die Hühnerbrust. «So was lasse ich nicht zu. Niemals.» Sein Adamsapfel versank unter dem Kragenrand.

Barry dachte schon, der Kehlkopf des Mannes würde nie wieder auftauchen.

O'Reillys Nasenspitze, bislang elfenbeinfarben, wurde alabasterweiß. Er ballte die Fäuste und löste sie wieder. Er holte mehrmals tief Luft und machte Anstalten, mit dem Finger zuzustoßen, ballte aber im letzten Moment die Hand zur Faust und zog sie zurück. «Wahrscheinlich hat sie nur versucht, Ihre Haut zu retten. Und sie von einem gravierenden Fehler abzuhalten.»

Barry hätte schwören können, dass Fitzpatrick kollerte wie ein Truthahn. Jedenfalls erzitterte sein Kehllappen. «Ich dulde es nicht –»

«Sie werden es dulden, Ronald. Hören Sie zu.» Noch nie hatte Barry jemanden derart scharf sprechen hören, dass er plötzlich ein blankes Stilett vor sich sah. «Denn Ihretwegen musste ich eine undiagnostizierte Steißgeburt bei der Patientin zu Hause entbinden. Sie waren nirgends aufzutreiben. Das Baby hätte sterben können, das wissen Sie so gut wie ich. Die Mutter ebenfalls.

Scheiß auf Hippokrates und seinen Eid», fuhr er fort. «Er ist unnötig. Sie sind Arzt, Mann. Ihre Verantwortung gilt zuallererst den Patienten. Es braucht keinen Hokuspokus wie das Schwören bei ‹Apollo, Asklepios, Hygieia und Panakeia›, um zu wissen, wie man sich als Arzt zu verhalten hat, und wenn Ihnen das nicht klar ist, suchen Sie sich besser einen anderen Beruf.» Der Stahl in O'Reillys Stimme war rasiermesserscharf.

Und er hat recht, dachte Barry. Von dem Tag an, an dem er als Student ans Bett von Patienten gelassen wurde, hatten die Klinikärzte ihm beigebracht, welche Verantwortung er zu tragen hatte.

Fitzpatricks Schultern hoben und senkten sich, aber O'Reilly fuhr unbeirrt fort. «Sie haben nicht einmal angerufen, um sich nach dem Befinden der Patientin zu erkundigen, was Ihre Pflicht als behandelnder Arzt gewesen wäre. Und, Gott bewahre uns, ich bezweifle, dass Ihnen auch nur der Gedanke gekommen ist, Miss Hagerty zu danken, weil sie mich geholt hat.» Langsam schüttelte O'Reilly den Kopf.

Barry hätte erwartet, dass er mit einem Satz wie «Und Sie wollen Arzt sein?» enden würde, aber mittlerweile verriet sein verklüftetes Gesicht eher Mitleid als Zorn.

Fitzpatrick ließ den Kopf hängen. Sein kurzer Gegenangriff war in sich zusammengefallen, und es kam Barry vor, als wäre der Mann selbst ein wenig geschrumpft. «Sie haben recht, Fingal», sagte er. «Es tut mir leid. Es tut mir leid.» Es war kaum mehr als ein Flüstern. «Es tut mir sehr leid.» Er schniefte, zog ein großes Taschentuch hervor und putzte sich mit einem schrillen Tröten die Nase.

O'Reilly lächelte, pflanzte seinen Hintern auf die Schreibtischkante, verschränkte die Arme vor der Brust und sagte in normalem Tonfall: «Gut gemacht, Ronald. Gut gemacht.»

Barry war verblüfft über das plötzliche Einstellen des Frontalangriffs.

«Es zeigt Größe, wenn man einen Fehler eingesteht, oder, Doktor Laverty?»

«Das sehe ich auch so.» Barry fing Fitzpatricks dankbaren Blick auf und lächelte zurück.

«Wissen Sie, Ronald», fuhr O'Reilly fort, «ich weiß nicht, was Sie zu einem so verbitterten Menschen gemacht hat, aber ich denke mal, dass Sie auch eine halbwegs anständige Seite haben. Ich bin stolz auf Sie, weil Sie zugeben konnten, im Unrecht zu sein, und ein wenig tun Sie mir sogar leid.»

Das hätte auch der pure Sarkasmus sein können, aber Barry entdeckte nichts als Ehrlichkeit in O'Reillys Worten oder der Art, wie er dasaß, auf einen Arm aufgestützt und locker mit dem bestiefelten Fuß baumelnd.

Fingal Flahertie O'Reilly, dachte Barry, du könntest sogar noch für Adolf Hitler Mitgefühl aufbringen. Das gehörte zu den Eigenschaften, die O'Reilly zu einem so guten Arzt machten. O'Reilly hätte keine spontane Abneigung gegenüber Miss Moloney gefasst, ohne erst herauszufinden, wodurch sie so geworden war, wie sie zu sein schien. O'Reilly mochte stolz auf Fitzpatrick sein, aber Barry Laverty platzte fast vor Stolz auf seinen älteren Kollegen, und er schämte sich ein wenig dafür, Fitzpatricks Demontage entgegengefiebert zu haben. Im Grunde war der Mann doch eher bemitleidenswert.

Fitzpatrick schaute zu O'Reilly auf, und Barry war ziemlich sicher, dass er Dankbarkeit in seinem Blick entdeckte. «Danke, Fingal.»

O'Reilly stand auf und trat vom Podest herunter. «Dank ist nicht notwendig. Sorgen Sie nur dafür, dass Sie Ihre Versprechen halten. Vergessen Sie nicht, warum Sie Arzt sind.»

«Ja, Fingal. Ich werde mich bemühen.»

«Ach ja», sagte O'Reilly. «Noch eine Kleinigkeit, da wir gerade vom Ausüben des Arztberufs reden. Wie um alles in der Welt kommt ein Mann wie Sie, der auf einer angesehenen Hochschule Medizin studiert hat – übrigens derselben, die ich besucht habe –, zu solchen Quacksalbermethoden, verflucht und zugenäht?»

Es sah aus, als wolle Fitzpatrick sich gegen diese Anschuldigung verwahren, so grimmig wurde sein Gesicht, aber das verging, und er fragte nur lammfromm: «Als da wären?»

«Schießpulver gegen Unfruchtbarkeit. Also ehrlich.» O'Reilly schüttelte den großen Kopf. «Schießpulver. Wissen Sie, Ronald, als ich davon erfuhr, überkam mich der schreckliche Drang, überall herumzuerzählen, dass Ihr Patient gestorben sei.»

«Das können Sie nicht tun. Es ist nicht wahr. Das wäre Verleumdung.» Fitzpatricks Augen quollen hervor.

«Nicht, wenn ich allen erzählt hätte, dass man versucht hat, die Leiche einzuäschern … und man immer noch nach der Rückwand des Krematoriums fahndet.» Er lachte schallend. «Jeder hätte gemerkt, dass ich nur einen Witz mache.»

Vollkommen überrumpelt brach Barry in Gelächter aus. Er war erstaunt, als er ein trockenes, pfeifendes Lachen von Fitzpatrick vernahm. «Sie haben sich nicht verändert, Fingal», sagte er. «Sie haben schon immer aus allem einen Witz gemacht.»

«Vielleicht», sagte O'Reilly, wieder mit völlig ausdruckslosem Gesicht und einem Hauch von Stahl in der Stimme. «Aber wenn Sie Ihre Versprechen nicht halten, werde ich das gar nicht komisch finden.»

«Ich werde sie halten», sagte Fitzpatrick.

«Also gut.» O'Reilly stieg wieder auf das Podest und streckte die Hand aus. «Warten wir es ab.»

Fitzpatrick schüttelte ihm die Hand.

An der Art, wie er die Zähne zusammenbiss, erkannte Barry, dass O'Reilly ihm mit seinem Händedruck fast die Pfote zerquetschte.

«Und nun», sagte O'Reilly, ohne Fitzpatricks Hand loszulassen, «bevor Doktor Laverty und ich gehen, wünschen wir Ihnen, ganz im Geist der Weihnacht, etwas verfrüht ein frohes Fest und ein schönes neues Jahr.» Er ließ Fitzpatricks Hand los, die dieser sofort zu massieren begann. «Und falls Sie Schwierigkeiten haben sollten, Ihre guten Vorsätze im neuen Jahr umzusetzen – Barry und ich helfen gern.»

Er drehte sich zu Barry um. «Komm, Barry. Sie brauchen nicht extra aufzustehen, Ronald. Wie finden schon allein zur Tür.»

Als sie aus dem Haus traten und zum Auto zurückgingen, dämmerte es bereits. Schließlich waren es nur noch ein paar Tage bis zur Wintersonnenwende, und danach würden die Tage wieder länger werden. Heute war zwar ruhiges Wetter, aber es würde Barry nicht leidtun, wenn die milderen Frühlingstage kamen.

«Das war unglaublich, Fingal», sagte er, als sie am Armee-Stützpunkt vorbeigingen. «Dem hast du aber gehörig die Leviten gelesen.»

«Das war auch nötig», sagte O'Reilly, «dem Mann muss man deutlich Bescheid geben.»

«Findest du nicht, dass du ein bisschen zu nachsichtig mit ihm warst? Ich dachte, du wolltest ihm mit Bloßstellung drohen, weil er seine Wettschulden nicht bezahlt hat.»

«Och», sagte O'Reilly und blieb stehen, um seine Pfeife anzuzünden. «Das brauchte ich gar nicht. Er hat früher klein beigegeben, als ich dachte.»

«Und du bist sicher, dass er sich in Zukunft benehmen wird?»

«Nein», sagte O'Reilly, «wir werden ihn im Auge behalten müssen.» Er öffnete die Wagentür. «Hinein mit dir.»

Barry stieg ein.

Der Wagen schwankte, als O'Reilly an Bord kletterte und den Motor startete. Vor dem Losfahren, bemerkte er: «Ich habe nicht gedroht, es aller Welt zu erzählen, aber er weiß jetzt, dass ich es könnte. Und das bedeutet, dass wir notfalls noch einen Pfeil im Köcher haben, zumindest ein paar Wochen lang.»

«Sehr gewieft. Daran hatte ich gar nicht gedacht.» Barry kurbelte das Fenster herunter, als O'Reilly eine Rauchwolke ausstieß.

«Tja», sagte O'Reilly, «wir können nicht immer an alles denken.»

Barry streckte sich und gähnte.

«Müde?»

«Ein bisschen.»

«Hoffentlich wirst du heute eine ruhige Nacht haben, Barry.»

Barry lachte. «Das werde ich, da bin ich mir absolut sicher.»

«Gütiger Gott.» O'Reilly wandte den Kopf und sah Barry an. «Kannst du jetzt auch hellsehen, so wie Kinky? Wie kannst du dir da so sicher sein?»

«Weil, Doktor O'Reilly, nicht ich heute Nacht Bereitschaft habe, sondern du.»

«Stimmt», sagte O'Reilly. «Bei dem Runterputzen von unserem Herrn Kollegen muss mir das entfallen sein. Es war ein bisschen wie die Vorbereitung auf einen Boxkampf ...»

«Wann hattest du das letzte Mal einen Kampf, Fingal?», fragte Barry, der sich gut erinnerte, dass sein Kollege im Trinity College und bei der Marine geboxt hatte.

«Im Ring? Gibraltar, 1945. Ich habe nach Punkten verloren.» O'Reilly legte den Gang ein und fuhr los. «Ansonsten vor etwa zehn Minuten mit Fitzpatrick.»

«Ich würde sagen, diesen Kampf hast du gewonnen.»

«Stimmt, aber ich hatte mich auf zehn Runden eingestellt. Dass er so früh das Handtuch warf, war direkt eine Enttäuschung ...»

Barry wurde etwas klar, was er seit langem vermutet

hatte: O'Reilly genoss einen guten Kampf, sei es mit Doktor Fitzpatrick oder mit Councillor Bishop.

«Und der leichte Sieg ist mir so zu Kopf gestiegen, dass ich völlig vergessen habe, wie unser Dienstplan in der Praxis aussieht: Ich habe heute Nacht Bereitschaft, und morgen habe ich Sprechstunde.» Wieder stieß er eine gewaltige Rauchwolke aus.

«Als ich Fitzpatrick wegen des Schießpulvers ansprach, hätte ich daran denken sollen, dass Gerry Shanks und seine Frau morgen zu mir in die Sprechstunde kommen. Ich wünschte, ich hätte Ronald das Geständnis abgerungen, dass seine Behandlung sinnlos ist. Dann hätte ich Mairead sagen können, dass er es selbst zugegeben hat.»

«Und was wirst du ihr jetzt sagen?»

«Wenn ich sie nur damit dazu bringen kann, dass sie aufhört, dem armen Gerry das Zeug einzuflößen, werde ich erklären, dass Fitzpatrick jetzt ganz meiner Meinung ist.»

«Aber das hat er gar nicht gesagt.»

O'Reilly stieß eine Rauchwolke aus und lachte. «Sehr wahr, Barry, sehr wahr … aber diese kleine Notlüge würde einem guten Zweck dienen, und was man nicht weiß, macht einen nicht heiß.»

36

Denn sie sollen getröstet werden

«Ich will 'nen Bonbon! Ich will 'n Bonbon! Ich will 'nen Bonbon!» Der unablässige Singsang war schrill und nervend.

Zumindest, dachte O'Reilly, bin ich heute Nacht nicht zu Patienten gerufen worden und habe eine ordentliche Mütze Schlaf bekommen. Er hatte nichts dagegen, seine Sprechstunde durchzuziehen, aber ihm war irgendwie, als wäre der Raum plötzlich geschrumpft. Die Eltern des Mädchens, das «Ich will'n Bonbon» kreischte – Gerry und Mairead Shanks –, machten keinerlei Anstalten, ihre beiden Kinder zu zügeln. Im Wartezimmer saß Donal. Er wollte O'Reilly sicher erzählen, was es Neues wegen der Tombola gab, und dieser wollte dem Ehepaar Shanks zwar natürlich so viel Zeit wie nötig widmen, aber keinesfalls das Patientengespräch unnötig verlängern.

Die vierjährige Siobhan stand neben ihrer Mutter. Ihr Gesicht war puterrot, und sie blickte entschlossen drein. «Ich wiiiiill Boooonbonnns.»

Der Arzt ignorierte sie und stand auf, um den Angriff des fünfjährigen Angus auf das Instrumentenwägelchen abzufangen. «Hier», sagte er und zog seinen Schlüsselring hervor. «Spiel damit.» Er überreichte dem Jungen die Schlüssel, packte ihn am Handgelenk, zog ihn von den scharfen Stahlinstrumenten weg und steuerte ihn zurück zu seinem Vater. «Bitte halten Sie ihn fest, Gerry.»

«Klar, Doktor.»

«Ich … will 'n … Bonbon!»

O'Reilly unterdrückte den Drang, ihr zu erklären: «Was du brauchst, sind ein paar hinter die Ohren.» Er verstand durchaus, wie schwer es für Eltern sein konnte, einen Babysitter zu finden, besonders für Neuzugezogene wie das Ehepaar Shanks. «Bin gleich wieder da», sagte er und verließ das Sprechzimmer.

Er ging in die Küche und fragte: «Kinky, würde es Ihnen was ausmachen, kurz auf zwei kleine Racker aufzupassen? Ich will heute pünktlich Schluss machen. Ich will nachher nach Belfast, um Weihnachtseinkäufe zu machen.»

«Aber lieber Doktor, das mach ich doch gern. Ich stell nur rasch Ihren Mittagsimbiss zur Seite.»

Er sah einen Teller mit Weißbrot, Butter und Käse. Verflixte Diät.

«Wollen wir, Sir?»

Er kehrte ins Sprechzimmer zurück, Kinky auf den Fersen. «Kinder, das ist Mrs Kincaid.»

Kinky, groß und tröstlich, strahlte die Kinder an und streckte die Arme aus.

«Ihr geht jetzt mit Mrs Kincaid. Sie gibt euch Süßigkeiten», erklärte O'Reilly.

Siobhan hörte mit ihrem Singsang auf und trat zu Kinky. Angus folgte. Als der Junge an ihm vorbeiging, legte O'Reilly ihm die Hand auf die Schulter. «Meine Schlüssel.»

Angus warf sie O'Reilly hin und sauste hinter Kinky und seiner Schwester her. «Wartet auf mich, wartet auf mich», schrie er.

O'Reilly steckte den Schlüsselbund ein und setzte sich auf seinen gewohnten Platz.

«Tut mir furchtbar leid, Herr Doktor», sagte Mairead, «aber Sie wissen ja, wie Kinder sind.» Sie lächelte liebevoll. «Ich liebe sie abgöttisch, ja doch.»

«Oh», sagte O'Reilly, «dem Raben erscheint sein Küken reinweiß.» Damit wollte er andeuten, dass sie zwar vernarrt in ihre Kinder sein mochte, es ihn aber nicht gerade begeisterte, wie sie sich aufführten. Er ließ ihr einen Augenblick Zeit, um über das nachzudenken, was er gesagt hatte.

Da er nicht länger abgelenkt war, musterte er Mairead Shanks. Gerry hatte gesagt, seine Frau sei ein hübsches kleines Dingelchen. Das stimmte. Sie war bestimmt nicht größer als einsfünfzig, und ihr kurzes kupferrotes Haar war zu einem Pagenkopf geschnitten. O'Reilly musste schlucken. Ein paar Tage lang war es ihm gelungen, nicht an Deidre zu denken, aber sie hatte auch so einen Pony gehabt, obwohl ihr Haar im Nacken und an den Seiten nach außen gedreht war, so wie es Weihnachten 1940 Mode gewesen war. Er holte tief Luft und befahl sich, mit seiner Arbeit weiterzumachen.

«Sie können einem ganz schön zu schaffen machen. Tut mir leid, Sir.»

«Keine Sorge», beruhigte O'Reilly sie, «Kinky wird sie schon beschäftigen, bis wir hier fertig sind.»

Sie lächelte. Es war ein sanftes Lächeln, und sie hatte volle Lippen, hellgrüne Augen und ein ovales Gesicht. «Danke.»

O'Reilly setzte seine Brille mit den halben Gläsern auf. «Sie wünschen sich also noch ein Baby?»

Sie nickte und brachte ein schiefes Lächeln zustande.

«Nachdem Sie meine beiden Racker gesehen haben, fragen Sie sich wahrscheinlich, warum wir das wollen, Herr Doktor, aber ja, ich und Gerry …» – sie warf einen Blick auf ihren Mann, und der nahm ihre Hand – «Gerry und ich, wir wünschen uns noch ein Kind. Nur noch eins.»

O'Reilly nickte. «Gerry hat gesagt, dass Sie es jetzt seit zwei Jahren versuchen. Sie waren schon bei den Spezialisten, und die konnten nichts finden.»

In ihren Augen glitzerte es. «Das stimmt.»

«Ich nehme an, Sie mussten jede Menge persönlicher Fragen beantworten, wurden oft untersucht und sind jetzt all diese Prozeduren gründlich leid.»

Sie seufzte. «Das können Sie laut sagen.»

«Ich werde Sie nicht untersuchen, Mairead, und ich werde auch keine weiteren Untersuchungen ansetzen.»

Er sah ihr Stirnrunzeln. Viele Patienten glaubten, dass ein Arzt seine Sache nicht ordentlich machte, wenn er keine gründliche körperliche Untersuchung vornahm. «Das ist nicht notwendig, ehrlich. Sie waren schon bei den besten Spezialisten. Wenn die nichts gefunden haben, wird ein Landarzt auch nichts finden, oder?» Ziemlich derselbe Kurs, den er bei Gerry eingeschlagen hatte, der zustimmend nickte.

«Wenn Sie es sagen, Sir.» Sie lächelte wieder.

Manchmal, dachte O'Reilly, konnte das absolute Vertrauen, das Patienten vom Land ihren Ärzten entgegenbrachten, auch zermürbend sein. Manchmal ging dieses Vertrauen sogar so weit, dass sie bereit waren, sich auf abwegige Behandlungen von einem Mann wie Fitzpatrick einzulassen. «Das tue ich», sagte er. «Ich würde mich lieber etwas mit Ihnen unterhalten.»

«Siehst du, Liebes, das habe ich dir doch gesagt, als ich

neulich von ihm kam, dass Dr. O'Reilly nur ein bisschen mit uns reden will, oder?»

«Ja. Das hast du.»

O'Reilly beugte sich vor. «Es gibt nur ein paar Dinge, über die wir sprechen sollten.» Er entschied, trotz der Zurückhaltung der Landfrauen aus Ulster in Fragen der Sexualität gleich ins kalte Wasser zu springen. «Gerry sagte mir, man hätte Ihnen geraten, sich nur einmal im Monat zu lieben.»

Sie errötete und funkelte ihren Mann böse an.

«Komm schon, Mairead», sagte Gerry. «Wie soll der Doktor uns helfen, wenn er nicht weiß, was uns fehlt?»

«So macht es überhaupt keinen Spaß mehr.» Ihre Stimme war sehr leise, und ihre Augen schwammen in Tränen. «Gerry war sehr geduldig, das war er.» Sie lächelte ihren Mann schwach durch die Tränen hindurch an.

O'Reilly schob die Brille auf die Nasenspitze. «Mairead, ich verstehe, wirklich. Und ich weiß, dass es ein heikles Thema ist. Aber ich glaube nicht, dass Gott der Herr den Sex nur erfunden hat, damit wir Babys machen. Ich glaube, er hat es getan, damit zwei Menschen, die sich lieben, auch Spaß haben können.» Er wartete, bis das zu ihr durchgedrungen war.

Sie runzelte die Stirn, blickte zu Boden und sah dann wieder O'Reilly an. «Das meinen Sie ernst, oder, Herr Doktor?»

«Natürlich.» Sie brauchte ja nicht zu erfahren, dass das Thema Sexualität während seiner Studienzeit nicht auf dem Lehrplan gestanden hatte und sein Ratschlag lediglich auf eigener Erfahrung basierte. Es hatte Spaß gemacht mit Deirdre, und verdammt nochmal, es würde auch mit Kitty Spaß machen. Wie schade, dass sie erst am Weihnachtstag zurückkommen würde. Er schob die Brille wieder hoch. «Erzählen Sie mir doch mal, was die Ärzte im *Royal* gesagt haben, Mairead.»

Sie schniefte wieder und nahm das Taschentuch, das ihr Mann ihr gab. «Sie können nichts finden, haben sie gesagt. Und die beiden Racker, die wir bereits haben, würden zeigen, dass alles funktioniert, es würde nur diesmal halt ein bisschen dauern. Wenn es etwas Ernstes wäre, haben sie gesagt, wäre ich wahrscheinlich nie schwanger geworden.»

«Halten Sie es für möglich, dass die Spezialisten recht haben?»

Sie putzte sich die Nase. «Ja, ich nehme an …» Sie seufzte tief. «Aber warum dauert es so lange? Im Krankenhaus haben sie mir gesagt, welche Tage im Monat richtig sind, um … es zu tun» – sie errötete und blickte zu Boden – «und daran haben wir uns gehalten, ja, das haben wir. Und Sie sagen jetzt, ich bin nur ein Landarzt, aber andererseits sind Sie anderer Meinung als die Klinikärzte.» Sie schaute erst O'Reilly an, dann ihren Mann und wieder O'Reilly. «Das bringt mich ganz durcheinander.»

«Der Doktor würde dir nichts Falsches sagen, Liebling, bestimmt nicht», warf Gerry ein. «Mit mir war er vollkommen ehrlich, und weißt du nicht mehr, was Gertie erzählt hat, davon, wie er ihre kleine Noelle geholt hat? Ich würde zuhören, was der Mann zu sagen hat, ja, das würde ich.»

O'Reilly nickte, dankbar für Gerrys Unterstützung. Er schob die Finger ineinander. «Ich bin anderer Meinung, Mairead, weil ich weiß, wenn man hundert Paare wie Sie und Gerry nimmt und alle am selben Tag mit dem Versuch anfangen, ein Baby zu bekommen, wird es zwar bei einigen in wenigen Monaten klappen, aber bis alle Frauen schwanger sind, würden drei Jahre vergehen. Drei ganze Jahre. Bei manchen dauert es eben einfach länger.»

Sie blickte O'Reilly an, dann ihren Mann und wieder O'Reilly. «Ganz ehrlich?»

Er nickte. «Und ich weiß auch, wenn alle Untersuchungen durchgeführt wurden und nichts ergeben haben, wird dadurch, dass man sich am ‹richtigen Tag› liebt, auch nicht eher ein Baby entstehen, als wenn man sich liebt, wenn man in der richtigen Stimmung ist.»

Er sah Gerry lächeln.

«Wirklich wahr?», fragte sie. «Das ist sicher eine Erleichterung für Gerry. Er war sehr gut zu mir, das war er. Er hat sogar das eingenommen, was Doktor Fitzpatrick ihm verordnet hat. Es muss grauenhaft schmecken.»

«Das Schießpulver? Ich muss gestehen, von einer solchen Behandlung habe ich noch nie gehört.» Er hoffte ernsthaft, auch nie wieder davon hören zu müssen.

«Ich auch nicht», sagte sie, «aber Fitzpatrick schwört darauf.»

«Komisch, aber ich hatte gerade gestern eine kleine Unterredung mit Doktor Fitzpatrick.» Eine etwas längere Unterredung, genauer gesagt.

«Ja?», fragte Gerry. «Und worum ging's?»

«Schießpulver, unter anderem, und er meinte auch, in der Sache könne er sich geirrt haben. Wir haben sehr darüber gelacht.» Das stimmte ja auch, dachte O'Reilly. Ein bisschen aus dem Zusammenhang gerissen vielleicht, aber wenn es Mairead half, konnte eine kleine Notlüge doch wohl nicht schaden. «Ich glaube, er wird es nicht wieder verschreiben.» Er sollte sich hüten.

«Bei mir hat es jedenfalls nicht geholfen, ganz bestimmt nicht», sagte Gerry.

Mairead schüttelte den Kopf. «Vielleicht muss Gerry es dann gar nicht mehr nehmen?»

«Was glauben Sie, Mairead?», fragte O'Reilly.

«Du kannst damit aufhören, Schatz», sagte sie. «Du kannst dir wieder Zucker in den Tee tun.»

«Gott sei Dank.» Er lächelte.

«Sie meinen also, Doktor O'Reilly, wir sollen uns einfach Zeit lassen, nichts weiter unternehmen und das Beste hoffen?»

«Das ist richtig. Ich weiß, das ist nicht einfach, aber es ist der beste Ratschlag, den ich Ihnen geben kann.» Er hörte ein Kreischen und einen Aufschrei. «Was zum Teufel war das?» O'Reilly sprang auf, lief zur Tür und riss sie auf. Er konnte ins Speisezimmer sehen.

Siobhan saß am Tisch, vor sich ein halbgeleertes Glas mit Kinkys Limonade, ein zum größten Teil verzehrtes Weihnachtspastetchen in der klebrigen Hand. Ihre Augen waren weit aufgerissen. Kinky hielt einen tränenüberströmten Angus fest, der vier rote Kratzer am linken Unterarm hatte. Unter dem Tisch hockte fauchend und zischend Lady Macbeth.

«Ist nicht schlimm, Sir», sagte Kinky und sah O'Reilly gerade ins Gesicht. «Der junge Mann dachte, der Schwanz Ihrer Ladyschaft sei ein Griff, bei dem man sie packen kann. Sie war anderer Ansicht. Ich bringe ihn jetzt in die Küche und reinige die Kratzer, und bald ist er wieder quietschfidel.»

«Danke, Kinky.» O'Reilly wartete, bis sie mit dem Jungen im Flur angelangt war. «Ich seh mir das mal kurz an.» Er nahm den Arm des Jungen und überzeugte sich davon, dass Kinky recht hatte – die Kratzer mussten nur gereinigt werden. «Machen Sie weiter, Mrs Kincaid», sagte er und zwinkerte ihr zu.

Als er jemanden hinter seiner Schulter spürte, drehte er sich um. Mairead stand da, ihre Miene war besorgt. «Es ist schon gut, Mairead. Meine Katze hat Angus gekratzt. Mrs Kincaid kümmert sich um ihn.»

Sie drängte sich an ihm vorbei und folgte Kinky und dem kleinen Jungen. Typisch Mutter, dachte O'Reilly, Gott segne sie.

Er kehrte ins Sprechzimmer zurück.

Gerry war aufgestanden und runzelte die Stirn.

«Keine Sorge, Gerry. Angus hat ein paar kleine Kratzer, das ist alles. Kinky und seine Mutter kümmern sich um ihn.»

«Wie ist das passiert? Hat Siobhan ihn gekratzt?»

Typisch Vater von zwei Kindern, dachte O'Reilly. Wenn ein Kind verletzt wird, macht Papa gleich das andere Kind zum Hauptverdächtigen. «Nein. Meine Katze. Angus hat versucht, es mit ihr aufzunehmen, und wie ein berühmter Franzose einmal sagte, das Tier ist von Grund auf böse. Wenn man es angreift, verteidigt es sich.»

«Wenn man es angreift ...» Gerry begann zu lachen. «Ich glaube nicht, dass das irgendein Franzose war, Herr Doktor. Das haben Sie sich doch gerade ausgedacht.»

«Habe ich nicht, Gerry, aber es ist schön, wieder ein Lächeln auf Ihrem Gesicht zu sehen.»

Gerry blickte auf seine Füße, und dann schaute er O'Reilly gerade ins Gesicht.

«Doc, ich habe auch allen Grund dazu. Ich wollte Ihnen noch danken, dass Sie meiner Frau das gesagt haben, was Sie gesagt haben. Vielleicht wird sie jetzt ein Weilchen ihren Seelenfrieden finden.»

«Ich hoffe es, Gerry.»

«Dieser Fitzpatrick, der hat sie ganz furchtbar beunruhigt.» Er schnitt eine Grimasse. «Und es wird mir überhaupt nicht leidtun, das verdammte Schießpulver los zu sein.»

«Das glaube ich Ihnen gern.» O'Reilly klopfte ihm auf die Schulter. «Jetzt flitzen Sie mal ins Speisezimmer und holen die kleine Siobhan ab. Dann schauen Sie in der Küche nach Ihrer Frau und Ihrem Sohn, und dann sehen Sie zu, dass Sie nach Hause kommen.»

«Das werd ich, Doktor, und vielen Dank nochmal. Dieses Problem mit dem Kinderkriegen und der Umzug hierher waren hart für Mairead. Sie hat noch nicht viele neue Freunde gefunden.»

«Dann kommen Sie doch mit Ihrer Frau und den Kindern nächsten Mittwoch zur Weihnachtsfeier des Rugbyclubs. Da können Sie jede Menge Leute kennenlernen, und die Kinder lernen andere Kinder kennen. Es ist immer ein tolles Fest. Ab fünf Uhr im Clubhaus.»

Gerry lächelte. «Das wäre klasse. Wir kommen bestimmt.»

O'Reilly folgte ihm in den Flur und ging zum Wartezimmer.

37

Ein guter Plan, gute Freunde und beste Aussichten

O'Reilly öffnete die Tür zum Wartezimmer. «Wer ist der Nächste?» Er konnte ein Grinsen nicht unterdrücken, als Ballybucklebos Erz-Ränkeschmied sich erhob und sagte: «Ich, Sir.»

«Dann komm mal, Donal.» O'Reilly ging über den Flur und schloss die Tür zum Sprechzimmer hinter ihnen. «Also?»

«Wir sind startklar. Johnny Jordan wird einen schönen großen Truthahn liefern …» Er überreichte O'Reilly zwei Fünf-Pfund-Noten. «Als Johnny erfuhr, für wen der Truthahn ist – er weiß, wie man die Klappe hält, also habe ich ihn ein bisschen eingeweiht –, wollte er kein Geld nehmen.»

«Jesses, Maria und Josef im Stall! Ich dachte, das sollte unter uns bleiben, Donal.»

«Ich hab ihm natürlich nur gesagt, dass Eileen den Truthahn gewinnen wird. Nicht, was sie sonst noch kriegt.»

«Aber wenn es rauskommt und Eileen davon erfährt, wird sie sich weigern –»

«Es kommt nicht raus, Doc.» Donal zwinkerte und tippte sich seitlich an die Nase. «Wissen Sie, der Johnny, der weiß, wie man dichthält, wenn man ihm ein Geheimnis verrät, und sowieso würde er nichts tun, was Eileen schadet. Er ist Junggeselle, aber früher ist er mal mit ihr gegangen, und er hat nie geheiratet, nachdem sie vergeben war.»

«Wirklich?» Gütiger Himmel, dachte O'Reilly, so viele Leute, die heimlich nach jemandem schmachten – ich, Kitty, der junge Barry und jetzt auch noch der Schlachter –, da könnte man ja langsam eine Prozession abhalten.

«Ja, na, eine Augenweide ist Johnny nicht gerade, aber er hat das Herz auf dem rechten Fleck, und sein Laden macht guten Umsatz, ja. Die kleine Eileen könnte es schlechter treffen.»

Aus der Sache werde ich mich jedenfalls raushalten, dachte O'Reilly bei sich. Es machte ihm nichts aus, Eileen finanziell auszuhelfen, aber als Ehestifter würde er sich auf keinen Fall betätigen. «Da hast du sicher recht, Donal.»

«Ich liege absolut richtig, doch, aber es ist nicht meine Sache, ihr zu sagen, dass Johnny den Truthahn spendiert hat. Das soll er machen, wenn er es für richtig hält. Aber es war echt anständig von ihm.» Donal grinste. «Ist schon ein Witz, einen toten Vogel zu verlosen, oder? Allerdings nicht so witzig wie die Geschichte, die Niall Toibin mal erzählt hat, über die Verlosung von einem toten Windhund.»

«Toibin? Der Komiker?»

«Genau der.»

Toibin war ein genialer Geschichtenerzähler, und Donal hatte auch ein Händchen dafür, wie O'Reilly seit der Hochzeit wusste. Seine Neugier war jedenfalls geweckt, aber er wartete trotzdem erst mal ab. Er kannte Donal gut genug, um zu wissen, dass der Mann manchmal Schwierigkeiten hatte, mehr als zwei Sätze geradeaus zu reden.

«Erst muss ich Ihnen sagen, was ich unternommen hab», sagte Donal. «Ich hoffe, Sie werden zufrieden sein.» Er überreichte O'Reilly ein grünes Los, das in der Mitte perforiert war. Auf beiden Hälften stand die Ziffer 4444. «Das hier ist das Gewinnerlos, und bevor Sie fragen, ich hab keine viertausend Lose verkauft. Die Rolle fing mit der Nummer 4300 an, und das Los da ist das, was Sie brauchen.» Er grinste. «Wissen Sie, Doc, es war schon ziemlich schlau von mir, finde ich, dass mir was eingefallen ist, damit die Person gewinnt, von der wir wollen, dass sie gewinnt. Ich hätte nie gedacht, dass es noch mehr Möglichkeiten gibt, was an einer Tombola zu drehen.»

«Donal, wie gesagt, ich will lieber nicht wissen, wie du es anstellen wirst.»

«Ich hab auch nicht vor, es zu verraten, aber von dem toten Hund werd ich Ihnen erzählen.»

«Ich bin ganz Ohr.»

Donal grinste und zeigte dabei seine Hasenzähne. «Also, ein Mann aus Kerry kauft ...»

«Herrje, Donal, das wird doch wohl kein Kerry-Witz?» O'Reilly kniff die Lippen zusammen. Er hatte genug Witze über dumme Iren von Leuten anderer Nationalität gehört und mehr als genug Witze über die dummen Leute aus Kerry von anderen Iren.

«Aber gar nicht. Diese Geschichte zeigt das genaue Gegenteil, ja.»

«Dass die Leute aus Kerry schlau sind?»

«Ja.»

O'Reilly wartete.

«Also, ein Mann aus Kerry lässt gern mal Windhunde beim Rennen laufen. Er kauft für sechzig Pfund einen Greyhound von einem Typen aus Dublin und bezahlt im

Voraus. Als der Hund in Kerry ankommt, ist er tot, und der Mann will seine sechzig Piepen wiederhaben. Und das hat er geschafft, indem er den toten Hund verloste.»

«Donal, warum sollte jemand ein Los kaufen, wenn der Preis ein toter Windhund ist?»

«Doktor O'Reilly, warum sollte jemand ein Los kaufen, um einen toten Truthahn zu gewinnen, obwohl wir beide, Sie und ich, genau wissen, wer das Gewinnerlos hat? Nummer vier-vier-vier-vier – das hier – und es wird ein großer Gewinn, das wird's.»

Die Antwort auf Donals Frage lag auf der Hand, dachte O'Reilly. Die Leute kauften ein Los, weil sie nicht wussten, dass die Tombola manipuliert war. Aber sie wussten um die Chance, einen Truthahn zu gewinnen, und sie wussten, dass der Gewinner fünfundsiebzig Prozent der Einnahmen einsackte, wenn die Zahl auf seinem Los eine Schnapszahl war. Eine Sache war noch unklar. «Woher weißt du, dass es ein großer Gewinn wird?», fragte er.

Donal grinste und zeigte seine vorstehenden Zähne. «Samstag hab ich die Lose vom Drucker abgeholt, und dann hab ich die Jungs von den Highlanders als Verkäufer eingespannt.»

O'Reilly konnte sich lebhaft vorstellen, wie Donal die übrigen Mitglieder seiner Dudelsackpfeifer-Kapelle rekrutierte.

«Die Jungs waren emsig wie die Biber, und es sind kaum noch Lose übrig. Die gehen weg wie die Lose von dem Mann aus Kerry mit dem toten Hund.»

«Gut gemacht, Mann!», sagte O'Reilly. «Sind überhaupt noch welche übrig?»

Donal steckte die Hand in die Tasche und zog ein paar grüne Lose hervor. Mit einem Stirnrunzeln bot er sie

O'Reilly an. «Ein paar hab ich noch, aber wieso wollen Sie welche kaufen? Sie wissen doch genau, dass Sie nichts gewinnen können.»

«Och», sagte O'Reilly, «führ's auf den Geist der Weihnacht zurück. Die Leute würden es komisch finden, wenn ich keine Lose kaufte wie jeder andere.»

«Junge, Junge», meinte Donal mit Respekt in der Stimme, «Sie sind ja ein ganz Gerissener. Fast so gerissen wie der Typ mit dem toten Hund.»

«Gib mir fünf Lose.» Er gab Donal eine Fünf-Pfund-Note. Donal steckte das Geld ein.

«Danke, Doc. Also, der Dubliner, der Verkäufer von dem Hund, schafft das Tier zum Bahnhof, um es in den Zug nach Kerry zu verfrachten, und was glauben Sie, muss er sehen, als er den Korb aufmacht, in dem der Hund ist?»

«Du hast es ja schon gesagt: in der Geschichte geht es um einen Hund, der tot ist.»

«Mausetot. Aber der Dubliner denkt sich, vielleicht komm ich ja damit durch. Schließlich hab ich's mit einem Mann aus Kerry zu tun – der wird zu blöd sein, das Tier zurückzuschicken und sein Geld zurückzuverlangen.» Donal streckte die Hand aus. «Da wir gerade dabei sind, geben Sie mir die Kontrollabschnitte von Ihren Losen, und wenn Sie Eileen ihr Los geben, bewahren Sie den Kontrollabschnitt für mich auf. Das Los kann nicht gewinnen, wenn es nicht in den Hut kommt.»

«Stimmt.» O'Reilly zückte seine Brieftasche und verstaute Los 4444 sicher. Von den anderen fünf Losen riss er den Kontrollabschnitt ab, gab sie Donal und steckte die Lose in die Jackentasche. «Also, wie ging's mit dem toten Hund weiter?»

«Der Dubliner denkt sich, ich schwör einfach Stein und

Bein, dass der Hund noch gelebt hat. Der Mann aus Kerry wird mir die Geschichte abnehmen müssen, und wenn er sein Geld zurückhaben will, muss er die Eisenbahngesellschaft auf Schadensersatz verklagen, und das kann dauern. Also, der Hund wird verladen. Der Zug fährt los.»

O'Reilly grinste. «Weiter.»

«Der Mann aus Kerry hat mittlerweile allen Kumpels im Pub von seinem wunderbaren neuen Greyhound erzählt. ‹Ach, Barmherzigkeit›, sagt er und guckt auf die Pub-Uhr, ‹schon halb vier.›»

O'Reilly bewunderte die Leichtigkeit, mit der Donal von seinem North-Down-Akzent zu dem Singsang wechselte, der für den Südwesten von Irland typisch ist.

«‹Wird Zeit, dass ich zum Bahnhof geh, um den Vier-Uhr-Zug aus Dublin abzupassen›, sagt er. Er kommt zum Bahnhof, nimmt seine Fracht entgegen, öffnet den Korb, und …» Donal schreckte zurück. Seine Augen wurden groß. Er flüsterte: «‹Heilige Mutter Gottes und alle Heiligen im Himmel! Das arme Hundchen ist tot …›»

Wenn Donal je seinen Job als Arbeiter verlor, dachte O'Reilly, konnte er ohne weiteres beim Theater unterkommen. Der Mann war ein Naturtalent.

«‹Und ich bin meine sechzig Pfund los.› Aber dann» – Donal zwinkerte – «kommt ihm eine großartige Idee. Er klappt den Korb wieder zu. ‹Seamus›, sagt er zum Stationsvorsteher, ‹kannst du diesen Korb ein Weilchen für mich aufbewahren, bis ich jemanden schicke, der ihn abholt?› ‹Sicher, klar doch.› ‹Und, Seamus, verrat nicht, dass der Korb mit diesem Zug gekommen ist. Sag dem Mann, dass er im Sechs-Uhr-Zug war.› Dann trabt er zurück zum Pub. Die Jungs da sind alle schon ganz wild darauf, den Hund zu sehen.»

O'Reilly begann zu lachen. «Achte nicht auf mich, Donal. Erzähl weiter.»

«‹Och›, sagt unser Held, ‹der Hund kommt erst mit dem nächsten Zug.› Nach einer langen Pause fährt er fort: ‹Ich hab nachgedacht. Ich werd langsam ein bisschen alt für so einen erstklassigen Greyhound, also hab ich beschlossen, ihn zu verlosen. Der Gewinner darf ihn vom Bahnhof abholen – er kommt mit dem Sechs-Uhr-Zug.›»

O'Reilly nickte.

«‹Zwei Pfund das Los›, sagt er und sammelt das Geld von ungefähr vierzig Männern ein. Die Ziehung machen sie an Ort und Stelle. Ein Mann aus Knockagashel gewinnt, und gegen halb sechs zieht er los, um seinen Hund abzuholen.»

«Den toten Hund.»

«Genau. Den kürzlich verblichenen. Steif wie eine Planke. Um halb sieben, unser Mann ist seit gut einer halben Stunde zu Hause, hämmert jemand an seine Tür: der glückliche Gewinner. ‹Du Rotzlöffel!›, brüllt er. ‹Der verdammte Hund ist tot!› ‹Jesses, Maria und Joseph im Stall!›, ruft unser Mann aus. ‹Tot? Er ist tot?›

‹Steif wie ein Brett. Du hast mich betrogen.›

‹Nanu›, sagt er, ‹Na so was. Der Mann aus Dublin schwört, dass der Hund lebendig war.›

‹Na, jetzt ist das Mistvieh jedenfalls tot. Ich hab's draußen im Korb. Du kannst es selbst sehen, wenn du willst.›

‹Nein, ich glaube dir. Gott, wie traurig.› Und er macht ein treuherziges Gesicht. ‹Ich wollte dich nicht reinlegen›, sagt er. ‹Keinen Augenblick. Nicht mal eine Minute.›

‹Na, dann ist ja gut›, sagt der Mann, der aus Knockagashel kommt, und Knockagashel ist ein gutes Stück entfernt. Vielleicht kommt die Sache gar nicht raus, denkt er sich.»

Donal hielt inne, musterte O'Reilly scharf und wartete. Dann fuhr er mit ausdruckslosem Gesicht fort: «Unser Held zieht drei Pfund aus der Tasche. ‹Ich geb dir deinen Einsatz wieder, das ist das Mindeste, was ich tun kann, und dazu noch ein Extra-Pfund, für die Enttäuschung.› Und der Bursche aus Knockagashel bedankt sich. ‹Ich bin dann mal weg,› sagt er. ‹Nichts für ungut.›»

Donal verstummte und hob eine Augenbraue. «Also, Herr Doktor? War dieser Mann aus Kerry nicht ein schlauer Bursche?»

O'Reilly lachte so sehr, dass er sich die Augen mit dem Taschentuch trocknen musste. «Das war er, Donal, und im Übrigen hast du ganz recht. Es gibt mehr als eine Methode, mit einer manipulierten Tombola Geld zu machen … aber das Prinzip ist dasselbe.»

«Wieso das?»

«Die Leute im Pub wussten nicht, dass der Hund tot war. Niemand außer uns beiden und Johnny weiß, dass unsere Tombola manipuliert ist. Also erzähl es nicht noch mehr Leuten. Einverstanden?»

«Ich schweige wie ein Grab.»

«Gut. Aber, was für eine großartige Geschichte.» O'Reilly musste immer noch grinsen. Donals Schilderung war wunderbar gewesen. «Wenn du in der Filmbranche wärst, hättest du dafür einen Oscar verdient.»

Donal lächelte sein Mondkalb-Lächeln, ein sicheres Zeichen, dass O'Reillys Lob ihn freute.

O'Reilly klopfte ihm auf die Schulter. «Jetzt aber ab mit dir, Donal Donnelly, und grüß mir Julie.»

«Das mach ich, Doc, und nur keine Sorge: nächsten Mittwoch ist Eileen um einen Truthahn und vielleicht hundert Piepen reicher.»

O'Reilly hatte immer noch ein Lächeln im Gesicht, als er Donal hinausbegleitete.

Bei den nächsten beiden Patienten sollte es nicht allzu lange dauern, dachte er. Und dann Mittagessen. Brot und Käse. Verflixt, genauso gut könnte es Wasser und Brot geben. Aber, und bei dem Gedanken hellte sich seine Stimmung auf, er fuhr ja in die Stadt. Cotter's Kitchen würde offen haben, und da gab es sehr köstliche Snacks.

Er wusste, dass er nicht über Kinkys Einschränkung seiner Essensration klagen sollte, wo es Leute wie Eileen Lindsay gab, die ihre Familien nur mit Müh und Not durchbringen konnten. Er seufzte. Für einen höheren Lohn konnte er nicht sorgen, aber zumindest würden die Kinder ihre Weihnachtsgeschenke bekommen, dank Donal Donnelly und einem toten Vogel. Er lachte in sich hinein und schüttelte den Kopf. Dieser Donal war ein Schlitzohr mit Witz, und noch etwas musste man dem Mann lassen: So wie der bei Julie gleich wieder nachgeschoben hatte, brauchte er bestimmt nicht Fitzpatricks Schießpulver, um seine Pistole zu laden.

O'Reilly ging zum Wartezimmer.

Das Einzige, wofür Schießpulver benutzt werden sollte, und zwar rauchloses Pulver, war die Herstellung von Patronen für die Schrotflinte. Wenn er sowieso in Belfast war, würde er bei Braddel's, dem Büchsenmacher am Cornmarket, hereinschauen. Es wäre ja schön blöd, wenn ihm in zwei Tagen, wenn er mit Arthur Guinness zur Entenjagd zum Strangford Lough fuhr, die Munition ausging. Auf diesen Tag freute er sich richtig.

In letzter Minute verkniff er sich ein gepfiffenes «Zip-a-Dee-Doo-Dah», um ins fast verlassene Wartezimmer «Der Nächste!» zu brüllen.

38

Wild wüten die Winde

O'Reilly kauerte hinter der Mauer eines halb eingestürzten Schaf-Unterstands auf Gransha Point, einer Halbinsel, die wie ein Hundebein in den Strangford Lough hinausragte. Er hörte das Rauschen des vom Wind gepeitschten Grases und das gleichmäßige Geräusch der Wellen, die sich am Strandkies des nahen Ufers brachen.

Er trug eine imprägnierte Wachsjacke über einem dicken Baínín-Wollpullover, ein Wollhemd und warme Unterwäsche. Um den Nacken, unter dem Hemd, hatte er als zusätzlichen Nässeschutz ein gefaltetes Handtuch gelegt. Über der Tweedhose trug er hohe Wasserstiefel, und die Füße steckten in Seidensocken und darüber Strümpfen für Seestiefel. Durch die zusätzliche Schicht saßen die Gummistiefel ziemlich eng. Die Tweedkappe hatte er sich über die Ohren gezogen.

Er kam sich aufgebläht vor wie das Michelin-Männchen, aber ihm war trotz all dieser Kleidungsschichten kalt. Der Lauf seines Jagdgewehrs kühlte seine linke Hand aus.

Der steife Südwind war in der Nacht aufgekommen. Jetzt, in den Stunden vor der Morgendämmerung, wurde der Meeresarm seinem alten Wikingernamen *Strangfjorthr*, «aufgewühlter Fjord», mehr als gerecht. Der Lough war finster, dunkel und stürmisch, weit entfernt von seinem wohlerzogenen Sommergesicht mit ruhigem blauen Wasser und zahlreichen stillen Inseln. Dieses Gesicht zeigte der Strangford Lough meistens, was die einheimischen Iren bewogen hatte, ihn *Lough Cuan* zu taufen, den friedlichen Lough.

O'Reilly sah den Meeresarm als eine temperamentvolle Frau, die ihre Stimmung je nach Windrichtung änderte. Wetterwendisch. Er summte ein paar Takte aus *La donna è mobile* – «Oh, wie so trügerisch sind Weiberherzen» – und erinnerte sich, wie er mit Deidre zusammen auf seinem alten Plattenspieler *Rigoletto* gehört hatte, die Oper, aus der die Arie stammte.

So war Deidre. Ruhig, heiter und liebevoll. Aber wenn er sie verärgert hatte, meist durch Gedankenlosigkeit, hatte sie ein Temperament hervorgekehrt, das ihn ebenso schaudern lassen konnte wie der Wind heute, der eisige Finger durch die Risse zwischen den nassen Mauersteinen schickte. O'Reilly erzitterte vor Kälte und packte den Gewehrlauf fester, als ein Windstoß durch den Eingang fegte, herumwirbelte und erstarb. Deidres Zorn war immer heftiger geworden, bis er sich entschuldigte, und dann hatte er sie fest in die Arme geschlossen, und sie hatte sich ebenfalls entschuldigt.

Dann war ihr Lächeln so freundlich gewesen wie die Lichter des Bauernhofs auf der anderen Seite des Lough. Die Leute dort werden schon auf sein, dachte er, im Herd brennt ein Feuer, der Kessel für Tee ist aufgesetzt, und der Speck brutzelt in der Pfanne. Gegen ein Sandwich mit gebratenem Speck hätte ich jetzt auch nichts einzuwenden.

Auf einmal war das Licht nicht mehr zu sehen. O'Reilly wusste, sein Verschwinden kündigte einen Regenschauer an, der von der offenen See hereinfegte. Wenn der Schauer vorbei war, würde das Licht wieder auftauchen. Wenn es doch nur mit Deidre auch so sein könnte. Ach, wenn nur. Wie oft, sinnierte er, hatte er schon anderen geraten, nicht in der Vergangenheit zu leben? Er musste wirklich aufhören, immer nach hinten zu schauen.

O'Reilly warf einen Blick auf Arthur, der nur als dunkler Schemen erkennbar war. Unglaublich, dass schon zwölf Jahre vergangen sein sollten, seit er ihn als zappelnden, rundlichen Welpen mit nach Hause gebracht hatte, der die Pantoffeln seines Herrchens zerkaute und seine Lieblingspfeife im Gemüsegarten verbuddelte.

Es war Kinkys Vorschlag gewesen, sich einen Hund anzuschaffen. Sie war schon eine sehr kluge Frau, diese Kinky Kincaid. Ihr war klar gewesen, dass er als Dorfarzt keine herzlichen Freundschaften aufbauen durfte, sondern eine gewisse professionelle Distanz wahren musste. Viel Gelegenheit für weibliche Gesellschaft gab es auch nicht. Kinky hatte gespürt, dass ihm etwas fehlte, und ihre Verordnung war genau richtig gewesen. Arthur – unbeholfen, gutmütig, seinem Smithwicks ebenso zugetan wie O'Reilly seinem Jameson – war ihm ein treuer Gefährte und loyaler Freund.

Er tätschelte den Hund. «Eine ganze Weile, du großer Brocken, warst du mein einziger Freund.» Zumindest bis er den Marquis näher kennengelernt hatte, ursprünglich durch ihre gemeinsame Arbeit für den Rugbyclub. Arthur blickte auf, schaute aber rasch wieder weg, als wolle er sagen: «Unterbrich mich nicht. Ich bin beschäftigt.»

Der Hund saß wachsam da, mit zuckender Nase, und sog die Gerüche ein, die der Wind herbeitrug. Arthur witterte sicher alles Mögliche, während O'Reilly nichts roch als den scharfen Salzgeruch vom Strand.

Der Hund winselte, versteifte sich und starrte durch die Öffnung in den Sturm hinaus.

O'Reilly spitzte die Ohren, um über dem Pfeifen des Windes etwas hören zu können. Ja. Er fasste das Gewehr fester. Das Rauschen von Schwungfedern. Näher. Näher. Er entsicherte das Gewehr. Er sah scharf hin und entdeckte am grauen Himmel drei dunkle Umrisse von etwas, das aussah wie fliegende Bierflaschen, die der Wind vor sich hertrug. Als die Enten über O'Reilly hinwegjagten, duckte er sich hinter die Steine und hielt den Atem an, bis er ein Ziel gewählt hatte, um sich dann blitzschnell aufzurichten und mit einer flüssigen Bewegung das Gewehr in Anschlag zu bringen, zu zielen und abzudrücken.

Der Schuss krachte, zwei der Enten flatterten hektisch in die Höhe, während der dritte Vogel mit gefalteten Flügeln abstürzte.

Der Wind trug die zwei anderen Enten so schnell davon, dass O'Reilly keine Zeit blieb, den zweiten Lauf abzufeuern.

Seine Beute schlug etwa vierzig Meter vor seinem Versteck auf dem Boden auf.

Arthur zitterte, angespannt wie ein sprungbereiter Panther.

«Apport, Junge.»

Der Hund raste aus dem Unterstand.

O'Reilly öffnete den Gewehrverschluss, nahm die leere Patronenhülse heraus, fischte eine neue Patrone aus der Jackentasche, lud das Gewehr und sicherte es. Langsam wurde es hell, und er konnte Arthur etwas deutlicher erkennen. Die Sonne, wenn auch verborgen hinter Wolken, war bereits über den Horizont gestiegen und kletterte hinter den Hügeln auf der Landseite am Himmel empor.

O'Reilly sah, wie Arthur stehen blieb, den Kopf senkte und mit der Ente im Fang wieder hochkam. Kopf und Ente hoch erhoben, kehrte der Hund mit wedelndem Schwanz zurück. O'Reilly drehte sich um, als Arthur in den Unterstand kam, sich ohne Aufforderung zu Füßen seines Herrchens niederließ und ihm einen fetten Stockenten-Erpel präsentierte.

O'Reilly nahm die Ente entgegen. «Braver Hund.» Er tätschelte Arthurs Kopf. «Das ist besser, als Gummistiefel zu apportieren, was? Und jetzt leg dich wieder hin.»

Arthur wanderte in eine geschützte Ecke, ließ sich fallen und bettete seinen Quadratschädel auf die ausgestreckten Pfoten. Seine Miene konnte man nur als Ausdruck purer Zufriedenheit beschreiben. Der amerikanische Autor Robert Ruark hat recht, dachte O'Reilly. Es gibt kein glücklicheres Tier als einen Jagdhund in der Federwildsaison.

O'Reilly nahm seinen Waidsack, den er in eine Ecke gelegt hatte, und deponierte die Ente in der mit Netz bespannten Außentasche. In der Innentasche aus Segeltuch befanden sich ein halbes Dutzend Cookstown-Bratwürste in weichen Brötchen, die Kinky für ihn vorbereitet und in Butterbrotpapier gewickelt hatte, bevor sie zu Bett ging. Für Kinky kam nur diese Würstchenmarke in Frage. In einer großen Thermoskanne war der Kaffee, den O'Reilly sich heute Morgen selbst gekocht hatte.

Eine plötzliche Bö peitschte ihm Regen ins Gesicht. Du bist doch bescheuert, Fingal O'Reilly, sagte er sich. Völlig verrückt. Welcher Mann, der noch alle fünf Sinne beisammen hat, würde bei diesem grausigen Wetter losziehen, nur mit einem schwarzen Labrador als Gesellschaft, der genauso verrückt ist wie er selbst? Warum tust du das?

Die Frage war nicht schwer zu beantworten. Er hatte

neulich schon versucht, es Barry verständlich zu machen. Hier bekam er mal Abstand vom Alltag.

Ganz gleich, wie sehr man meinen mochte, gegen das Leiden seiner Patienten abgehärtet zu sein, jeder Arzt, der auch nur einen Schuss Pulver wert war, machte sich trotzdem Sorgen um sie, besonders um die Schwerkranken. Oft wurde er durch ihre Dankbarkeit entschädigt, aber nicht immer. Manche Menschen wurden feindselig und wütend, wenn es ihrem Arzt nicht gelang, ihren manchmal hoffnungslos überzogenen Erwartungen gerecht zu werden.

O'Reilly lächelte in sich hinein. An Barrys erstem Tag in Ballybucklebo hatte er seinem jungen Schüler den ersten Lehrsatz der Medizin erklärt: Lass dir niemals von den Patienten auf der Nase herumtanzen. Doch in letzter Zeit war es gelegentlich vorgekommen, dass der gefürchtete Doktor Fingal Flahertie O'Reilly gegen sein eigenes Gesetz verstoßen hatte.

Gott sei Dank war es nur ein kleiner Prozentsatz, aber es gab ein paar Patienten, die sogar die Geduld eines Hiob auf eine harte Probe gestellt hätten. Sie riefen gedankenlos den Arzt, oft auch mitten in der Nacht, wegen irgendwelcher trivialer Beschwerden.

Er war erst gegen zwei Uhr morgens wieder ins Bett gekommen, weil Seamus Corrigan, ein Farmarbeiter, der in einem kleinen Zweizimmerhäuschen etwa drei Meilen von Gillespies Hof entfernt lebte, sich Dienstag beim Ausbessern einer Trockenmauer den Finger verstaucht hatte. Vier Tage lang hatte er Zeit gehabt, in die Sprechstunde zu kommen, aber nein, der tapfere Seamus hatte sich gestern Abend im Dreckspatz abgefüllt, war schwer geladen zu dem Schluss gelangt, dass sein Finger gebrochen war, und hatte nachts um halb eins angerufen und einen Hausbesuch verlangt.

O'Reilly hatte den Mann untersucht, den Finger geschient – verstaucht oder gebrochen, die Behandlung war dieselbe – und war in miesester Laune nach Hause gefahren, überzeugt, dass sein Blutdruck um mindestens zwanzig Punkte in die Höhe geschossen war. Seamus konnte von Glück sagen, dass O'Reilly ihm nicht das Genick gebrochen hatte. Es war ein verdammtes Glück, dass er vorgehabt hatte, heute zum Strangford Lough zu fahren, denn da musste er sowieso um vier aufstehen, um rechtzeitig vor Morgengrauen am Ort zu sein. Trotzdem hatte Seamus ihm das bisschen Schlaf geraubt, das drin gewesen wäre.

Ob er sich wohl auch so große Sorgen wegen seines Fingers gemacht hätte, wenn das Telefon noch nicht erfunden wäre und er durch die stürmische Nacht hätte laufen oder radeln müssen, um zur Praxis zu kommen? Manchmal war das Telefon eine verdammte Plage. Es bestimmte das Leben der Ärzte.

O'Reilly gab sich die größte Mühe, es vor Kinky und Barry zu verbergen, aber jedes Mal, wenn das verdammte Ding klingelte, schrak er zusammen, bis klar war, ob es ein privater Anruf oder wieder ein medizinischer Notfall war, um den er sich kümmern musste.

Das alles gehörte zu dem Beruf, den er sich ausgesucht hatte, das war O'Reilly klar, aber die ganzen kleinen Ärgernisse, all die Belastungen, addierten und stauten sich, bis er sich vorkam wie eine überhitzte Dampfmaschine, bei der dringend das Sicherheitsventil geöffnet werden musste.

Manche Männer fanden Trost in den Armen ihrer Frau. Er fand ihn an diesem wilden Ort, wo keine Telefone klingelten, keine Babys an Lungenentzündung starben und er nicht für verzweifelte junge Mädchen, die schwanger wurden, ohne verheiratet zu sein, einen Platz in einem Heim in England organisieren musste. Nichts aus dem Alltag konnte ihn hier stören, und er konnte die Einsamkeit und die raue, unberührte Schönheit der Landschaft genießen.

In Wahrheit war ihm egal, ob er zum Schuss kam oder nicht. Die Entenjagd war schlicht eine Ausrede dafür, trotz Kälte und Sturm hierherzukommen.

Der letzte Regenschauer war vorbei, und es wurde nun richtig Tag. O'Reilly drehte sich um und blickte landeinwärts über die Halbinsel. Die Wolkendecke riss auf, als der obere Rand der Sonne chromgelb über die Berge stieg. Die Welt um ihn herum wurde heller, aus der schmalen Sichel wurde eine große Scheibe, deren Leuchten die Wolken mit silbrigen Rändern versah. Die vorhin noch unsichtbaren Gräser, jetzt grün mit Einsprengeln von rostbraunem Jakobskreuzkraut, schwankten im Wind und tanzten ihre Sarabande.

Als er über das Wasser hinausblickte, wurde das dunkle Meer allmählich schlachtschiffgrau, gesprenkelt mit weißen Schaumkronen.

Die Sonne wärmte ihn allmählich auf, und O'Reilly spürte eine innere Gelassenheit, diesen Frieden, den er nur hier am Strangford Lough fand, seiner *querencia*. Es brachte die Seele so sicher wieder ins Gleichgewicht, wie das Fahren an der Oberfläche die Batterien eines U-Boots wieder auflud.

«Und deshalb, Fingal Flahertie O'Reilly», sagte er sich, «deshalb bist du bei diesem Winterwetter hier draußen, nur in Gesellschaft eines dämlichen Labradors.» Er bückte sich und tätschelte Arthurs Kopf. Dann sagte er zu dem Hund: «Heute bin ich viel lieber hier als zu Hause, obwohl» – er blies auf seine Hände – «es dort um einiges gemütlicher wäre.»

Er lehnte das Jagdgewehr gegen die Steinmauer, holte die Thermosflasche aus dem Waidsack, goss sich eine dampfende Tasse Kaffee ein und wartete ab, was der Samstag noch bringen würde.

39

Wir hoffen immer …

Grinsend wie ein Honigkuchenpferd sprang Barry die Treppe hinunter, immer zwei Stufen auf einmal, und schob Kinky beiseite, die erklärte: «Tut mir leid, dass ich einfach so hochgerufen habe, aber ich habe einen Kuchen im Ofen, und –»

Er griff nach dem Hörer. «Patricia? Patricia? Wo bist du gerade?» War sie vielleicht schon daheim in Newry?

«In Bourn.»

Barrys Lächeln erlosch. «Ist alles in Ordnung?»

«Natürlich, Blödmann. Ich wollte nur mal deine Stimme hören.» Sie klang glücklich.

«Es ist schon eine Weile her.» Er wartete.

«Ich weiß, und ich weiß auch, was du gleich fragen wirst. Bitte sei nicht böse, aber ich hatte noch keine Gelegenheit …»

Verdammt. Verdammt. Barry fragte mit betont ruhiger Stimme: «Und warum nicht?»

«Ich war mit Jenny bei ihrer Tante. Sie wohnt in einem schönen alten Cottage mit Strohdach, erbaut 1653, in einem winzigen Dörfchen namens Draycot. Das ist in der Nähe von Slimbridge, in Gloucestershire.»

Geht das schon wieder los, dachte er. Geplauder über Belanglosigkeiten. Bloß nicht über wichtige Dinge reden.

Verdammte Enten. Schade, dass O'Reilly mit seinem Schießgewehr nicht in der Nähe war. Es fiel Barry schwer, sich zu beherrschen. Er hatte genug von ihren Ausflüchten.

«Slimbridge ist unglaublich. Das sind richtige Naturschützer hier. Sie haben die Hawaiigans, die schon fast ausgestorben war, wieder angesiedelt, und jetzt brütet sie wieder hier.»

«Prima.» Aber hatte sie vor, etwas zu unternehmen, um ihn vor dem Aussterben zu bewahren, oder würde sie zulassen, dass ihre Wege sich trennten?

«Barry, ich versuche, es dir zu erklären.»

«Dann komm endlich mal zum Thema.»

«Ich hatte dich doch gebeten, nicht böse zu werden.»

«Verdammt nochmal, Patricia, ich möchte dich gern sehen. Da ist es schon schwer, nicht böse zu werden. Du hast es versprochen!» Er zögerte. «Willst du denn nun überhaupt nach Irland kommen?» Er wartete. «Mir zu erzählen, du würdest lieber diese Vögel sehen, ist eine ziemlich lahme Ausrede.»

«Ich wollte die Wasservögel wirklich sehen. Und ich bin froh, dass ich es getan habe. Eine solche Gelegenheit kommt so schnell vielleicht nicht wieder. Und es ist ja schließlich nicht so, als würdest du sonderlich viel frei haben, wenn ich da bin. Du hast deine Arbeit, und ich würde mich zu Tode langweilen, wenn ich allein in Newry rumhängen muss. Da gibt es nichts für mich zu tun.»

«Das verstehe ich ja, aber O'Reilly wird mir frei geben. Er weiß, wie sehr ich dich sehen will.» Barry war sich jetzt ganz sicher, dass sie ihm immer noch nicht den wahren Grund verraten hatte. Das Widerstreben, das sie zugegeben hatte, war auch nur ein Vorwand. «Da ist noch was, oder?»

Ihr Ton, der bislang beschwichtigend gewesen war, wurde sachlich. «Willst du eine ehrliche Antwort?»

«Natürlich will ich das.» Es musste einen anderen geben. Er schloss die Augen und wartete.

«Ich weiß nicht genau, ob ich von hier weg will.»

Verdammt nochmal. Barry holte tief Luft. «Nicht mal für ein paar Tage? Wieso nicht?» Das klang ja langsam wie im Juli, als sie ihm mitgeteilt hatte, sie sei zu beschäftigt mit ihrer Karriere, um sich zu verlieben.

«Ich habe in letzter Zeit viel nachgedacht.»

«Ja», sagte er vorsichtig. «Und worüber?»

«Über uns.»

Barry stieß die Luft aus. «Was ist mit uns?» Um Himmels willen, Mann, befahl er sich, frag sie. «Patricia, versuchst du mir zu sagen, dass du jemand anders kennengelernt hast?»

«Ja und nein –»

«Ja und nein?», unterbrach er sie. «Was zum Teufel soll das denn heißen?»

«Ja, ich habe viele Leute kennengelernt, und nein, niemand Besonderen, nur viele wahnsinnig interessante Leute. Cambridge ist voll von Menschen aus aller Welt. Menschen, die denken. Die Fragen stellen.» Er hörte die Erregung in ihrer Stimme. «Man hört alle möglichen neuen Ideen. Keiner lebt in der Vergangenheit, nicht wie –»

«Nicht wie die Leute in Ulster. Und deine neuen Freunde sind alle tausendmal aufregender als ein Landarzt aus einem kleinen Kaff am Arsch der Welt. Meinst du das?»

«Das habe ich nicht gesagt.»

Barry biss die Zähne zusammen. «Aber es klang so.»

«Das ist nicht fair!»

«Warum nicht? Das beschreibt mich doch genau.»

«Barry, hör zu … Ich war noch nie aus Ulster weg. Es hat eine Weile gedauert, bis ich mich daran gewöhnt hatte. Einige der Seminare sind ziemlich anspruchsvoll, und die Konkurrenz ist hart. In meinem Semester sind nur drei Frauen, und wir müssen allen beweisen, wie gut wir sind. Es ist harte Arbeit … aber ich war noch nie so glücklich.»

Herr im Himmel, und er Blödmann hatte geglaubt, er müsste bloß mit ein paar Enten konkurrieren. Wenn es nur so einfach wäre. Das war wieder die Seite an Patricia, die ihm Angst machte. Das war die aggressive Ich-bin-eine-Frau-die-sich-in-einer-Männerwelt-behaupten-will-Patricia. Die Patricia, die rundheraus sagte: Nichts wird sich mir in den Weg stellen, nicht einmal du, Barry Laverty. Es war schwer genug für ihn gewesen, das zu akzeptieren, als sie noch in Ulster lebte, aber er hatte es versucht und war auch einigermaßen damit klargekommen.

Er fragte sich, wie viele der «wirklich interessanten Leute», die sie in Cambridge kennengelernt hatte, ihre Ansicht teilten, sie bestärkten und festigten. Hatte einer von ihnen ihr geraten, nie Geld von einem Mann anzunehmen?

«Ich verstehe», sagte Barry, so ruhig er konnte, «obwohl das Semester zu Ende ist und du keine Vorlesungen hast, ist das Leben in Cambridge dermaßen aufregend, dass du dich nicht mal für ein paar Tage losreißen kannst, nicht einmal, um bei –» Um bei dem Mann zu sein, der dich liebt, hatte er sagen wollen, aber er brachte die Worte nicht über die Lippen.

«Herrje, Barry, das ist doch nicht wahr!»

«Patricia, ich habe mich nicht verändert. Du schon. Ich glaube, du willst mich eigentlich gar nicht sehen.» Barry hielt den Atem an. Wenn sie das jetzt bestätigte, würde seine Welt zusammenbrechen.

«Doch, Barry. Ich liebe dich noch immer.» Sie sprach ruhig.

Barry stieß die Luft aus. Er war erleichtert, aber die Erleichterung hatte einen Beigeschmack von Zweifel. Er brachte es nicht über sich, «Ich liebe dich auch» zu sagen. «Und warum hast du dich dann nicht bemüht, dir eine Fahrkarte nach Belfast zu besorgen?»

«Weil es nicht ging.»

«Es ging nicht? Komm schon, Patricia. Wie viel Mühe macht es schon, eine Fährpassage zu buchen? Ein Anruf, zwei Anrufe?» Er hörte, wie seine Stimme härter wurde.

Auch ihr Ton klang angespannt. «Ich hab gesagt, es ging nicht, und damit meinte ich, es ging nicht. Draycot ist winzig. Jennys Tante hat kein Telefon. Ein Reisebüro gibt es hier nicht. Heute hatte ich zum ersten Mal Gelegenheit, dich anzurufen.»

«Und?» Er wusste, er hätte sich für seinen Sarkasmus entschuldigen sollen.

«Und sobald ich den Hörer aufgelegt habe, wird Jenny mich nach Cambridge zum Reisebüro fahren. Ich versuche sehr wohl, über Weihnachten nach Hause zu kommen.»

Gut. Zumindest konnte er dann alles in einem persönlichen Gespräch mit ihr klären. «Warum hast du dann gesagt, du wärst dir nicht sicher, ob du herkommen willst?»

«Weil du mich gefragt hast und weil es wahr ist. Ich würde schon gern hierbleiben. Jennys Vater hat Karten für den feierlichen Gottesdienst am Heiligabend in der King's College Chapel, und ich würde wahnsinnig gern mitgehen. Ich genieße den Aufenthalt in Bourn mit meiner Freundin. Jenny und ich fahren heute mit ein paar Kommilitonen nach London, um in die Tate Gallery zu gehen.

Und dann wollen wir auch noch in die National Gallery und das Victoria and Albert Museum. Newry ist ein ödes Nest, und obwohl ich meine Eltern liebe, werde ich mich da zu Tode langweilen.»

Er ballte eine Hand zur Faust. Die Versuchung war groß, die Beherrschung zu verlieren und loszubrüllen: *Warum bleibst du dann nicht einfach da?* Barry zwang seine Finger, sich zu lösen. «Und wann wirst du genau wissen, wann du kommst?»

«Wenn ich die Fahrkarte habe, bist du der Erste, der es erfährt, Barry.» Sie brachte ein kleines Lachen zustande und fügte hinzu: «Nach den Leuten vom Reisebüro und Jenny, heißt das. Aber ich werde mich vielleicht erst in zwei Tagen wieder melden können.»

Ging das schon wieder los? «Und warum erst dann, um Himmels willen?»

«Das habe ich doch gerade gesagt. Ich fahre heute in die Stadt.» Das war ein sehr englischer Ausdruck für eine Fahrt nach London. «Bis Dienstagmorgen bleiben wir bei Jennys Schwester. Vielleicht kann ich erst wieder anrufen, wenn ich zurück in Bourn bin.»

«Patricia, in London gibt es jede Menge öffentlicher Fernsprecher. Das sind die in den roten Telefonzellen. Wenn du kein Geld hast, melde ein R-Gespräch an. Du kannst bei Mrs Kincaid eine Nachricht hinterlassen, wenn ich gerade nicht da sein sollte. Ich würde wirklich sehr gern wissen, wann du kommst.» Er machte einen Schmollmund. «Schau, es tut mir leid, wenn ich ein bisschen barsch war, aber du fehlst mir so. Und, Patricia?»

«Ja, Barry?»

«Ich liebe dich.»

«Du warst nicht barsch, nur besorgt, das weiß ich ja.

Ich versuche bestimmt, dich anzurufen, aber ich werde sehr beschäftigt sein, Liebling. Ich liebe dich.»

Die Worte klangen ihm in den Ohren.

«Moment … was? Wir müssen los? Klar. Entschuldige, Liebling, aber Jenny möchte los. Ich muss mich beeilen.» Und bevor er ihr noch einmal sagen konnte, dass er sie liebte, war die Leitung tot.

Kopfschüttelnd legte Barry den Hörer auf. Zwar war sie jetzt endlich gewillt, ihre Reise zu buchen, aber er wusste nun, dass er sich zu Recht Sorgen gemacht hatte: Würde Jenny nach ihrem Aufenthalt in England noch entzückt darüber sein, in einem kleinen Nest in Ulster zu leben? Aber darüber würden sie sich unterhalten müssen, wenn sie da war.

Er erklomm die Treppe, ging ins Wohnzimmer und ließ sich in seinen Sessel fallen. Sein Kaffee war kalt. Er zuckte die Achseln. Egal. So versessen war er sowieso nicht darauf. Hauptsache, seine Romanze kühlte nicht ebenfalls ab.

Er schaute in die Ecke, wo Lady Macbeth zusammengerollt unter dem recht eigenartig geschmückten Weihnachtsbaum lag und schlief. Sie hielt eine kleine rote Glaskugel an die Brust gedrückt.

Vor drei Tagen hatte O'Reilly alle Mann an Deck gerufen, um den Baum zu schmücken. Er hatte wahrhaft prachtvoll ausgesehen, jedenfalls bis die Katze entdeckte, dass der herabbaumelnde Christbaumschmuck sich wunderbar fangen ließ. O'Reilly hatte seine Niederlage eingestanden und einen Teil der Versuchung entfernt. Nun zierten bunte Kugeln, Lametta und Lichterketten die oberen Zweige, doch zwischen dieser Pracht und dem mit grünem Krepppapier umhüllten Butterkisten-Ständer gähnte eine etwa sechzig Zentimeter breite, völlig ungeschmückte Lücke.

Unter dem Baum auf einem kastanienbraunen Tuch, das Kinky zutage gefördert hatte, lagen schön verpackte Geschenke. Barry warf einen Blick auf sein Geschenk für Patricia. Bitte beeil dich und buch deine Fährpassage, dachte er. Ich will dein Gesicht sehen, wenn du es aufmachst.

Er seufzte, griff nach der Zeitung und faltete sie so, dass die Seite mit dem Kreuzworträtsel obenauf lag. Er würde erst das Rätsel lösen, dann Weihnachtskarten schreiben und den angefangenen Brief an seine Eltern beenden. Dann wurde es auch schon Zeit, wie versprochen bei Alice Moloney vorbeizuschauen, um ihr die Untersuchungsergebnisse mitzuteilen.

Er schaute auf eins waagerecht. Sieben Buchstaben. Er lächelte. Manchmal sprang einem die Lösung geradezu entgegen. Das Lösungswort war Tor-na-do. Er trug die Buchstaben in die Kästchen ein und ging zu zwei senkrecht über.

Zumindest funktionierte sein Kopf noch, auch wenn sein Herz so aufgewühlt war, wie die grauen Wasser des Strangford Lough es bei diesem Wetter sein mussten.

***

«Herr im Himmel», sagte O'Reilly zu Arthur, «eigentlich dürfte es in Irland keine Tornados geben. Wir haben seit Stunden keinen einzigen Vogel zu Gesicht bekommen. Es ist dermaßen stürmisch, dass sie wahrscheinlich alle sicherheitshalber zu Fuß gehen.» Er rückte dichter an die Wand, um so viel Schutz zu finden wie möglich. Der Wind, der seit dem Morgen sogar noch stärker geworden war, fegte mit traurigem Heulton durch die Ritzen.

Die Flut stieg, und die Wellen wurden höher und

klatschten ans Ufer, sodass die Gischt bis in seinen Unterschlupf flog. Er duckte sich und spürte, wie die Gischt seine wasserdichte Jacke traf und kaltes Wasser das Handtuch tränkte, das er sich in den Nacken gelegt hatte. Er schüttelte sich.

O'Reilly zog die drei letzten Bratwürste im Brötchen aus seinem Waidsack, in dem jetzt zwei Stockenten lagen. «Hier.» Er warf Arthur ein Würstchen zu und biss herzhaft von seinem eigenen ab. «Die besten Würstchen von ganz Irland.»

Er hatte keine Ahnung, wie lange in Cookstown, einer Kleinstadt in der Grafschaft Tyrone, schon Würstchen hergestellt wurden, aber man konnte sich darauf verlassen, dass Kinky immer ein Dutzend davon im Kühlschrank hatte. Sie lagen stets bereit, sagte sie, für den Fall dass sie Würstchen im Schlafrock machen wollte. Er spürte fast den Geschmack der Schweinswürstchen in ihrem knusprigen Mantel aus Yorkshire-Pudding-Teig auf der Zunge.

Kinkys Würstchenvorrat hatte sich als sehr praktisch erwiesen, als Kitty am letzten Samstag dieses leckere Pfannengericht gezaubert hatte, nachdem sie Gertie Gormans Baby geholt hatten. Er hatte das Essen genossen und auch den Gutenachtkuss, den er Kitty gegeben hatte, bevor sie nach Hause fuhr.

O'Reilly verschlang den letzten Bissen des ersten Wurstbrötchens und machte sich über das zweite her.

Aber wie sehr er ihre Kochkunst und den Kuss auch genossen haben mochte – am meisten hatte sie ihn mit ihrem fachlichen Können beeindruckt. Er war enttäuscht gewesen, als sie seine Einladung zum Essen ablehnte, weil sie am Montag zu ihrer Mutter nach Tallaght fahren wollte.

Die Zeit der Trennung ermöglichte es ihm, noch einmal

darüber nachzudenken, ob es richtig gewesen war, sie in sein Leben zu lassen. Er war ein Mann, der sonst nie zögerte, wenn es eine Entscheidung zu fällen galt, und er überlegte, ob seine Zweifel vielleicht ein Zeichen dafür waren, dass er nur eine Freundschaft mit Kitty O'Hallorhan wollte.

Er duckte sich, als Gischt über den Unterstand sprühte. Mittlerweile war er völlig durchgefroren, und das Salzwasser hatte sein Brötchen durchweicht. Er warf es über die Mauer. Du warst in sie verliebt, als sie noch ein junges Mädchen war, sagte er sich. Sie hat dir gesagt, dass sie noch immer etwas für dich empfindet. Sie gibt dir eine zweite Chance, aber sie wird nicht ewig warten. Auch daran hat sie keinen Zweifel gelassen. Willst du sie etwa wegwerfen, wie du eben das durchweichte Brot samt Würstchen weggeworfen hast?

O'Reilly griff nach seinem Waidsack und warf ihn sich über die Schulter. Er nahm das Gewehr, das in der Ecke stand, entlud es und legte es in die Armbeuge. «Komm, Arthur. Genug ist genug. Wir fahren nach Hause.»

Er drehte seine rechte Schulter in den Wind und stapfte zurück zum Auto, Arthur bei Fuß. Sie hielten über den federnden Torfboden auf das Gatter am Ende des Feldwegs zu, der von der Portaferry Road abzweigte.

Wind und Gischt peitschten O'Reilly ins Gesicht. Vor ihm war eine braune Torfwasserpfütze. Er hätte sie umgehen können, aber er stiefelte stur geradeaus und spürte, wie der Schlamm an seinen Gummistiefeln sog.

Arthur lief spritzend durch das Wasser. «Dir muss doch auch verdammt kalt sein», sagte O'Reilly. «Renn ein bisschen, das wird dich aufwärmen. Na los.» Er sah zu, wie Arthur davongaloppierte, die Nase am Boden, stöbernd, auf der Suche nach Duftmarken.

Er dachte an das Parfüm, das Kitty am letzten Samstag aufgelegt hatte, und wie hübsch er sie gefunden hatte, und – nur eine Kleinigkeit – wie sich die feinen Haare in ihrem Nacken kräuselten. Er dachte daran, dass sie einen guten Wein gewollt hatte, aber besorgt gewesen war, er könnte ihn zu teuer finden. Das war rücksichtsvoll von ihr gewesen.

Er war immer noch eifersüchtig auf die Männer, die sie geküsst hatten. Kitty war eine reife, weltkluge Frau, und er wusste, dass es da andere gegeben haben musste. Das war ihm klargeworden, als sie ihn eine ihrer Schnecken probieren ließ, damit sie beide Knoblauch gegessen hatten, bevor sie das ziemlich eindeutige Angebot machte, ihn zu küssen. Und das hätte er getan, bei Gott, er hätte ihr mehr als einen Gutenachtkuss im Flur gegeben, wenn der Notfall nicht dazwischengekommen wäre. So viel war klar.

Seine Gedanken wurden von einen harschen, hohen Quacken unterbrochen, und er sah einen kleinen braunen Vogel mit langem, schmalem Schnabel auffliegen, mit Ausweichmanövern nach rechts und links. Eine Schnepfe. Er riss die Flinte hoch, aber dann fiel ihm ein, dass er sie ja schon entladen hatte. Mit einem leisen Lachen über sich selbst schulterte er das Gewehr.

Manchmal bist du so, Fingal. Reagierst reflexartig, ohne dir die Mühe zu machen, die Sache vorher zu durchdenken. Zum Beispiel die Tombola. Eine klasse Idee, aber du hattest dir nicht überlegt, wie man dafür sorgen konnte, dass Eileen gewinnt. Dazu brauchtest du Donal. Fitzpatrick hatte er sich vorgeknöpft, ohne einen klaren Angriffsplan zu haben, und er konnte von Glück sagen, dass der Mann so einfach klein beigegeben hatte.

Also warum, überlegte er, habe ich jetzt bei Kitty solche Bedenken?

Er blieb stehen, um das Gatter zu öffnen. Die Scharniere waren eingerostet und wollten nicht nachgeben. Er stemmte die Füße in den Boden und drückte mit aller Kraft, bis es quietschend aufging. Als er hindurch war, schob er es wieder zu.

Arthur kam angesaust, nahm Anlauf und sauste über das Gatter.

«Gut gemacht», lobte O'Reilly. «Du hast das Hindernis ohne Schwierigkeiten genommen.» Und auf einmal wusste er, was als einziges Hindernis zwischen ihm und Kitty O'Hallorhan stand: er selbst und seine Angst, verletzt zu werden. Du bist ein *amadán*, O'Reilly, sagte er sich. Wenn sie wieder hier im Norden ist, soll sie zum Weihnachtsessen zu uns kommen. Und noch am gleichen Abend, wenn er sie allein erwischen konnte, oder jedenfalls bald danach, würde er sie fragen, ob ... nein, bei Gott, würde er ihr sagen, dass er ihr Angebot, ihm noch eine zweite Chance zu geben, annehmen wollte.

Er öffnete die Wagentür und legte Gewehr und Waidsack auf den Rücksitz. «Rein mit dir, Arthur. Genug für heute. Fahren wir nach Hause, wärmen uns auf und schauen mal, was Barry so treibt.»

Hund und Herrchen stiegen ins Auto.

Noch bevor O'Reilly den Motor anließ – und ganz bestimmt bevor die unzuverlässige alte Heizung Gelegenheit hatte, ihn aufzuwärmen –, spürte O'Reilly, wie die Kälte aus seinen Knochen wich. Er wusste auch warum: Zwar freute er sich jedes Jahr auf das Weihnachtsessen, aber dieses Jahr freute er sich ganz besonders, weil Kitty O'Hallorhan dabei sein würde.

40

Auch ich in Indien!

«Vielen Dank, dass Sie gekommen sind, Doktor Laverty. Ich weiß es wirklich zu schätzen, dass Sie mich extra an einem Samstagvormittag aufsuchen.» Alice Moloney, die ein kastanienbraunes, wadenlanges Strickkleid und feste Schuhe mit niedrigem Absatz trug, stand neben einem Teewägelchen mit Glasplatte. Sie schenkte Tee in eine Tasse. «Milch? Zucker?»

«Nur Milch, bitte.»

Während sie sich mit seinem Tee beschäftigte, schaute Barry sich in ihrem Wohnzimmer um. Die Wände waren mit einer cremefarbenen Velourstapete beklebt. Drucke von Degas und Monet hingen neben getrockneten Blumen in runden Glasrahmen. Über dem Kaminsims sah er ein gerahmtes Sticktuch mit dem Vaterunser – eine eigene Arbeit, vermutete er. Die kleinen blauen Flämmchen des Gasfeuers tanzten und knackten.

Miss Moloneys Wellensittich hockte auf seiner Stange in einem kuppelförmigen Vogelkäfig, der an einem schmiedeeisernen Ständer hing. Barry hatte nie den Reiz daran verstanden, etwas in einem Käfig zu halten, aber er konnte nicht leugnen, dass der kleine kobaltblaue Vogel ein schönes Geschöpf war. Der weiße Kopf mit dem leuchtend gelben Schnabel und durchdringenden schwarzen Augen war von einem schwarz-weißen Wellenmuster umgeben.

Auf einem viktorianischen Stuhl lag schlafend eine sehr große, fast kugelförmige Schildpattkatze. Und auf der mit einem Tuch bedeckten Anrichte dahinter waren mit geometrischer Präzision kleine Elfenbeinschnitzereien, filigrane Messingkästchen und ein Kirpan in einer Silberscheide arrangiert – Andenken aus Indien, dachte Barry. Daneben sah er ein paar billige Souvenirs: ein Becher mit der Aufschrift «Isle of Man», ein Schottenpüppchen im Kilt und eine Miniaturausgabe von Nelson's Column am Trafalgar Square, wohl Andenken an weniger exotische Urlaubsorte.

In einem Topf mit Erde stand eine kleine, ungeschmückte Fichte auf einem schweren Eichentisch.

Auf dem Kaminsims flankierten kümmerliche zwei Weihnachtskarten die beiden Seiten einer Ormulu-Uhr.

«Danke.» Barry nahm die Tasse samt Untertasse entgegen und wartete, bis Alice Moloney sich ebenfalls Tee eingeschenkt und Platz genommen hatte.

Der Armstuhl, auf dessen Kante Barry unbequem hockte, stammte aus der Queen-Anne-Zeit, wie er an den geschweiften Beinen und den charakteristischen Ballenfüßen erkannte. Seine Eltern, an die er gerade den längst überfälligen Brief abgeschickt hatte, interessierten sich für antike Möbel, und er hatte sich ausreichende Kenntnisse über das Thema angeeignet, indem er ihnen zugehört und die Illustrationen in ihren Büchern studiert hatte. Dieser Armstuhl mit seinen geschwungenen Armstützen war typisch für das frühe achtzehnte Jahrhundert. Er war jetzt mit rotem Samt bezogen, und ein Schutzdeckchen aus Spitze hing über der Rückenlehne.

«Möchten Sie?» Alice Moloney wies auf einen Teller mit süßen Teebrötchen.

«Nein, danke, Alice, sehr freundlich von Ihnen.»

«Furchtbares Wetter, oder?» Sie hielt den Henkel ihrer Royal-Doulton-Teetasse zwischen Daumen und den ersten drei Fingern. Der kleine Finger war abgespreizt. Ihre Hand zitterte leicht.

«Das muss man sagen.»

Miss Moloney war als Dame von Stand im Indien vor der Unabhängigkeit aufgewachsen. Sie würde Wert darauf legen, die gesellschaftlichen Formen zu wahren, bevor man zum Thema kam. Er nippte an seinem Tee und testete weiter sein Wissen über Möbel aus dem achtzehnten Jahrhundert.

Der Raum war vollgestellt mit unechten Stilmöbeln, aber Barry war sich ziemlich sicher, dass ein Klapptisch original Sheraton war. Er stand an der Wand und war vollgestellt mit einer Sammlung von Fotos in Silberrahmen. Das Silber war frisch poliert, aber die Fotos waren verblasst.

«Ihre Familie?», fragte er und deutete auf einen Mann mit Schnurrbart und Brille, eine ältere Frau und zwei jüngere Frauen. Alle trugen Vorkriegskleidung. Sie saßen unter einem Baldachin und wurden flankiert von zwei bärtigen Indern in Jodhpurs, langer Jacke und Turban.

Sie erhob sich, stellte die Tasse ab und reichte ihm das Bild. «Das sind Havildar-Major Baldeep Singh und Subedar-Major Gurjit Singh. Sie waren Freunde meines Vaters. Das ist mein Vater, und das meine Mutter.» Sie seufzte. «Mutter ist nie über seinen Tod hinweggekommen. Sie folgte ihm zwei Jahre später. Damals waren wir schon wieder in Irland. In Belfast.»

«Das tut mir leid.»

«Danke. Ist schon gut.» Sie wies auf eine der beiden jungen Frauen. «Ellen, meine Schwester, die jetzt in Millisle wohnt. Sie war damals schon verheiratet, also bin ich – das da links bin ich – allein.»

Barry betrachtete das Foto genauer. Sie hatte einen Pagenkopf und ein breites Lächeln. Als junges Mädchen war Alice Moloney sehr attraktiv gewesen, und doch hatte sie nie geheiratet.

«Ich fürchte, vor dem Krieg bekamen Backfische – so wurden junge Mädchen damals genannt – keine besonders gute Schul- oder Ausbildung, und mein Vater hat nur eine winzige Pension hinterlassen. Die versiegte, als meine Mutter starb. Ich habe gelernt, wie man Klavier spielt, Blumen arrangiert und näht. Das Sticktuch über dem Kamin, das ist von mir ...»

Barry lächelte. Seine Vermutung war also richtig gewesen.

«Ich konnte nicht besonders gut kochen oder Klavier spielen, und Blumen arrangieren auch nicht», sagte sie mit einem schwachen Lächeln, «aber mit der Nadel konnte ich umgehen. Also habe ich mit meinem Erbe dieses Bekleidungsgeschäft hier gekauft.»

«Und seit 1959 leben Sie hier?» Allein, mit wenigen Freunden, wenn überhaupt welchen, soweit ihm bekannt war. Kein Wunder, dass sie einen verbitterten Eindruck auf ihn gemacht hatte.

«Richtig.» Sie nahm ihm das Foto wieder ab und stellte es neben eine andere Fotografie, die sofort Barrys Aufmerksamkeit erregte.

«Gütiger Gott! Das ist ja Mahatma Gandhi, mit Ihrem Vater.»

«Oh ja, er kam oft zu Besuch. Ich glaube, in gewisser Weise war er es, der mein Interesse am Hinduismus geweckt hat. Ein reizender kleiner Mann.»

«Sie müssen Indien sehr geliebt haben.»

«Ja. Sehr.» Sie seufzte. «Es ist wirklich ein faszinierendes Land.» Dabei blickte sie liebevoll auf eins der gerahmten Bilder. Es zeigte einen gutaussehenden, lächelnden jungen Mann auf einem Polopferd. Er trug einen Tropenhelm, wie ihn die Sahibs des Raj geliebt hatten, und hatte einen Poloschläger über die Schulter geschwungen.

Das musste der Captain vom Skinner's-Horse-Regiment sein, der an Leukämie gestorben war. Barry war froh, dass er sie bald bezüglich ihres eigenen Gesundheitszustands würde beruhigen können.

«In Indien war es wärmer, aber Irland habe ich auch sehr liebgewonnen, selbst wenn es gelegentlich schüttet. Es war freundlich von Ihnen, sich an einem so furchtbaren Tag herzubemühen», sagte sie, setzte sich wieder und griff nach ihrer Teetasse.

«Das hatte ich ja versprochen. Nach dem, was Sie mir in der Praxis erzählt haben, weiß ich, dass Sie sich Sorgen machen, solange Sie das Ergebnis der Röntgenuntersuchung noch nicht kennen.»

«Ja, das tue ich.» Sie saß kerzengerade da, ganz steif, und kurz überlegte Barry, ob sie wohl als «Backfisch» Unterricht in Etikette bekommen hatte.

«Sie haben keinen Darmkrebs.»

Miss Moloney schluckte, holte sehr tief Luft, stellte die Tasse auf die Untertasse und schaute auf das Foto des jungen Mannes. Das Zittern war verschwunden. Sie stieß die Luft aus. «Danke, Herr Doktor. Ich danke Ihnen sehr, dass Sie gleich auf den Punkt gekommen sind.»

Die Technik hatte Barry von O'Reilly gelernt, der vor Monaten zu ihm gesagt hatte: «Jeder Patient, der sich einer Untersuchung unterziehen muss, wird insgeheim Angst haben, dass es Krebs ist. Das Allererste, was du ihnen sagen musst – wenn du kannst –, ist, dass sie keinen Krebs haben.»

«Das Röntgenbild war unauffällig.» Er zog einen Umschlag aus der Innentasche und bot an, ihr den Bericht zu zeigen. «Sie können es selbst lesen, wenn Sie mögen.»

Sie lächelte. «Das wird nicht nötig sein, Doktor Laverty. Sie sind ein sehr sensibler junger Mann. Ich vertraue Ihnen. Danke, dass Sie mich gleich beruhigt haben.»

Barry spürte, wie seine Wangen rot wurden.

«Und danke, dass Sie gefragt haben, ob wir raufgehen können. Sie haben ja gesehen, wie viel heute im Laden los ist. Sally McClintock ist ein gutes Mädchen. Ich habe sie letzte Woche eingestellt. Sie wird eine Weile ohne mich zurechtkommen, und der Laden war nicht der rechte Ort, um über meinen Gesundheitszustand zu reden. Nicht vor diesen neugierigen Frauen, die ihre Nase in alles stecken!»

Barry lachte. Es war knapp gewesen. Fast wäre er von Cissie Sloan und ihrer Cousine Aggie in ein Gespräch verwickelt worden. Sie wurden gerade von Sally bedient, einer Bauerstochter, die wegen schmerzhafter Menstruation bei ihm in Behandlung war.

Miss Moloney schüttelte den Kopf. «Wenn Cissie mit ihrem dummen Gequatsche die Runde gemacht hat, wird das ganze Dorf glauben, dass ich todkrank bin. Nur weil sie gesehen hat, wie Sie mit mir in meine Wohnung hochgingen.» Sie lächelte ihn an. «Aber ich bin nicht todkrank, nicht wahr? Ich bin Ihnen wirklich sehr dankbar, dass Sie gekommen sind, um mir das zu sagen.»

«Sie müssen lediglich –»

Ein durchdringendes Gekreische unterbrach ihn mitten im Satz. Barry zuckte zusammen und hätte fast seinen Tee verschüttet.

Der Wellensittich pickte an seinem Kalkschulp, putzte sich und kreischte erneut.

Miss Moloney trat an seinen Käfig und machte mit spitzen Lippen schnelle, sanfte Geräusche. «Na, du bist ja ein braver Junge, ja. Willi Welli ist ein braver Junge. Ja, ja. Willi Welli ist Mamas braver Junge.»

Willi Welli ist ein verdammter Krakeeler, dachte Barry, trank seinen Tee aus und stand auf. Sie war offensichtlich ganz vernarrt in den Vogel. «Wie ich eben sagte, Miss Moloney – Alice –, Sie müssen lediglich weiter Ihre Eisentabletten nehmen. Essen Sie viel grünes Gemüse, und wenn Sie es über sich bringen können, auch mehr rotes Fleisch.»

«Das werde ich, Herr Doktor, ich versprech's. Würden Sie mich kurz entschuldigen?»

«Ich wollte sowieso gerade gehen.»

«Es dauert nur eine Minute.» Sie verließ den Raum.

Barry zuckte die Achseln. Er war nicht in Eile. Er ging zum Vogelkäfig, wo der Wellensittich sich jetzt an die Stäbe klammerte. Er legte den Kopf zur Seite und musterte Barry mit schwarzen Knopfaugen. «Lieber Vogel», sagte Barry und steckte einen Finger durch die Stäbe, um den Kopf des Wellensittichs zu streicheln. Der schlug blitzschnell zu. Barry spürte, wie der Krummschnabel in seinen Finger hackte. «Autsch!» Er zog den Finger zurück und saugte daran, schmeckte den Kupfergeschmack seines Blutes. Er betrachtete den Finger. Die Wunde war klein, aber er musste ein Taschentuch darumwickeln, damit das Blut nicht auf den Teppich tropfte.

Barry hätte schwören können, dass der Vogel grinste. Er schüttelte den Kopf. Das war dumm von ihm gewesen; er hätte das Viech nicht in Versuchung führen sollen.

Er hörte Miss Moloney zurückkommen. Sie reichte ihm ein Päckchen. «Würden Sie das bitte Doktor O'Reilly geben? Es ist die Hose seines Weihnachtsmann-Kostüms. Ich habe sie ausgelassen.»

Er nahm das Päckchen mit der unverletzten Hand und hielt die andere hinter dem Rücken versteckt. «Ich gebe es ihm, sobald ich ihn sehe, Alice.»

«Danke.» Sie öffnete die Tür zu dem kleinen Treppenabsatz. «Also, Herr Doktor, ich trinke noch meinen Tee aus, bevor ich wieder in den Laden hinuntergehe. Ich würde Ihnen ja gleich ein frohes Fest wünschen, aber wir sehen uns ja sicher beim Krippenspiel.»

«Aber natürlich.» Barry nahm seinen Mantel vom Haken und zog ihn über. «Auf Wiedersehen, Alice.»

«Auf Wiedersehen, und danke nochmal.» Sie schloss die Tür.

Barry ging die Treppe hinunter und in den Laden, wo er erleichtert feststellte, dass Cissie gegangen war. Er begrüßte Sally und lief rasch den kurzen Weg zurück zur Nummer eins. Der Sturm war am Abflauen, und das Schild vor dem *Schwarzen Schwan* pendelte sanft hin und her. Als er gekommen war, hatte es noch wild geschwankt.

Arme Alice. Wahrscheinlich brauchte sie ein paar Minuten, um sich zu sammeln, bevor sie wieder in den Laden zurückkehrte. Es konnte einen aus der Fassung bringen, wenn einem eine Sorge genommen wurde. Zumindest war das Leben diesmal gnädig mit ihr umgegangen. Das war nicht immer der Fall gewesen, und alles, was sie hatte, waren ihre Souvenirs, ihre Erinnerungen, ihre Fotografien einer glücklicheren Zeit und sonst herzlich wenig. So wie sie dieses Foto betrachtet hatte, musste sie den jungen Captain innig geliebt haben.

Im September hatte Barry ein paar Schnappschüsse von Patricia gemacht. Einen hatte er vergrößern lassen und auf seinen Nachttisch gestellt. Die übrigen lagen in der Tischschublade. Ob er diese Fotos wohl auch fünfundzwanzig Jahre lang aufbewahren würde, wenn er Patricia verlieren sollte? Das wollte er lieber nicht in Erfahrung bringen. Er wollte sie lieber in Fleisch und Blut bei sich haben. Barry fand es tröstlich, dass sie vorhin miteinander telefoniert hatten.

Auf dem Weg zur Haustür kam er an den Rosenbüschen vorbei, in die O'Reilly einmal Seamus Galvin geschmissen hatte, weil der wegen seinem Knöchel gekommen war, ohne sich vorher die Füße zu waschen. Barry lächelte. Fingal war wirklich einmalig. Er überlegte, wann sein älterer Kollege wohl nach Hause kommen würde.

***

O'Reilly schulterte den vollen Waidsack, griff nach seinem Jagdgewehr, stieg aus dem Rover und ließ Arthur raus. Der Hund flitzte durch das Gartentor und schlürfte geräuschvoll Wasser aus seinem Trinknapf.

«Durstig, was? Ich hätte auch nichts gegen ein Pint einzuwenden, aber erst muss ich mich säubern.»

Arthur beachtete ihn nicht, schlürfte noch einmal und verschwand in seiner Hundehütte, um zu schlafen und vielleicht im Traum noch einmal seine heutigen Apportierleistungen zu durchleben.

O'Reilly ging ums Haus herum, lehnte die ungeladene Flinte gegen die Wand und setzte sich ins Gras, um seine hohen Gummistiefel auszuziehen. Er ließ sie draußen stehen, griff sich sein Gewehr und betrat die Küche. Nach der bitteren Kälte draußen und der nicht gerade leistungsfähigen Heizung des Rover kam ihm die Küche drückend heiß vor. Etwas köstlich Duftendes köchelte auf dem Herd. Er schlüpfte aus seiner Jacke.

Kinky stand mit dem Rücken zu ihm. Sie drehte sich um. «Sind Sie schon wieder zu Hause, lieber Doktor?»

«Bin ich, und das ist auch gut so, Kinky. Es war bitterkalt am Lough heute.»

«Sie haben aber auch wirklich für keinen Heller Verstand. Entschuldigen Sie, wenn ich das sage.» Sie schnalzte missbilligend. «Da haben Sie nun gerade eine Bronchitis überstanden, und dann gehen Sie an einem solchen Tag raus. Sie sollten sich mal den Kopf untersuchen lassen, wirklich.»

«Kommen Sie, Kinky. Sie haben mich doch schon bei schlimmerem Wetter rausfahren sehen.»

«Habe ich, habe ich, aber, Doktor O'Reilly, Sie werden auch nicht jünger.»

«Das werden wir alle nicht, Kinky. Aber es war wunderbar, mal von hier wegzukommen und an den Strand zu fahren. Es ist ein großartiger Fleck, um mal in Ruhe nachzudenken.»

Sie nickte. «Jeder braucht gelegentlich ein bisschen Ruhe und Frieden.»

«Es war ein schöner Tag», sagte er, «und ich habe so viel nachgedacht, dass ich wahrscheinlich alle Geheimnisse des Universums entschlüsselt habe. Auf der Rückfahrt habe ich sogar an Sie gedacht.» Er hatte überlegt, ob er sie auch genügend unterstützt hatte, als Fitzpatrick sie so unhöflich behandelt hatte.

«Aber gehen Sie, lieber Doktor.» Sie lächelte.

«Nein, es ist wahr. Ich hatte noch keine Gelegenheit, es Ihnen zu erzählen, aber Barry und ich haben am Dienstag ein paar Worte in Fitzpatricks zarte Muschelöhrchen geflüstert. Ich habe unser Gespräch noch einmal Revue passieren lassen, und wissen Sie was? Ich glaube, es könnte mir tatsächlich gelungen sein, zu dem Mann durchzudringen.»

Kinky grunzte. «Ein ignoranter Nichtsnutz ist das, ja.»

«Den Eindruck macht er zweifellos, aber ich habe so das Gefühl, dass er nie ein sonderlich glücklicher Mensch war, und daher begreift er nicht, wie wichtig ein bisschen Höflichkeit für andere ist. Ich bin jetzt eigentlich zu dem Schluss gelangt, dass er diese sonderbaren Quacksalbermittel nur verschreibt, weil er damit die Liebe seiner Patienten zu gewinnen hofft.»

«Wenn Sie das sagen, Sir. Aber ich verstehe nicht recht, was das mit mir zu tun hat.»

«Unter anderem habe ich ihm mitgeteilt, dass er verdammt unhöflich zu Ihnen war, Kinky.»

«Ja, das war er.»

«Sie sind sehr gut mit ihm fertiggeworden, sagt Barry, und dafür habe ich mich noch gar nicht bedankt. Sie haben mich sehr gut beschützt, Kinky.»

«Sie waren doch krank, oder nicht? Und ist es nicht meine Aufgabe, ein Auge auf Sie zu haben?»

«Nein, das nicht ...» Er sah, dass sie den Blick senkte. «Ihre Aufgabe ist es, den Haushalt hier zu schmeißen, aber ... Kinky?»

Sie blickte auf.

«Ich weiß es zu schätzen, wie Sie mich und den jungen Laverty umsorgen.» Er sah sie lächeln. «Und ich hätte Ihnen dafür danken sollen, dass Sie Fitzpatrick abgewimmelt haben, und daher haben Dr. Laverty und ich ihm das Versprechen abgenommen, in Zukunft schwer aufzupassen und höflich zu Ihnen zu sein.»

Sie schniefte. «Vielleicht wird er das, vielleicht auch nicht. Meine Mutter hat immer gesagt: ‹Man gibt Schweinen keine Kirschen und Dummköpfen keine Ratschläge›, aber danke trotzdem, Sir, und wenn ich ihn das nächste Mal sehe, werde ich keinen Groll hegen ... wenn er sich anständig benimmt.»

«Sehr gut. Sie sind eine starke Frau, Kinky Kincaid.» O'Reilly nieste.

Ihre Augen weiteten sich und ihre Stimme klang besorgt, als sie fragte: «Haben Sie sich etwa wieder erkältet?»

«Aber nein. Mir fehlt nichts, was ein schönes heißes Bad und vielleicht etwas von Ihrer Brühe zum Mittagessen nicht kurieren könnte.»

Sie runzelte die Stirn. «Ich habe etwas schottische Brühe fertig, die müsste ich nur warm machen. Würde das langen?»

Er fasste sie um die Taille und hob sie vom Boden hoch. «Kinky Kincaid, Sie sind ein wahres Gottesgeschenk.»

«Lassen Sie mich runter», rief sie lachend. «Runterlassen!»

Er tat wie geheißen, trat einen Schritt zurück und schaute zu, wie sie sich die Haare glattstrich und die Schürze richtete. «Ich nehme gleich ein Bad», sagte er, «aber erst muss ich das Gewehr reinigen und die Enten in meinem Sack rupfen und ausnehmen.»

«Was für Geflügel haben Sie?»

«Zwei Wildenten.»

Sie ging zum Ofen. «Machen Sie sich mal keine Gedanken wegen des Rupfens. Kümmern Sie sich um Ihr Gewehr, und dann nehmen Sie schön Ihr Bad. Um die Enten kümmere ich mich, sobald ich meine Baisers aus dem Ofen genommen habe.» Sie wandte sich ab, öffnete die Backofentür und murmelte: «Ja, die werden prima.» Dann drehte sie sich wieder zu O'Reilly um und sagte: «Doktor Laverty ist auch vor etwa zehn Minuten nach Hause gekommen. Er ist oben.»

41

Liebe, Leid und Lust

O'Reilly stürmte frischgebadet ins Zimmer, umgeben von einer Wolke Fichtenduft. Vor einer halben Stunde hatte Barry gehört, wie er sich ein Bad einließ.

Barry lächelte. Es war schwer vorstellbar, aber der alte Haudegen nahm gern Schaumbäder. Kurz nach Barrys Arbeitsantritt in Ballybucklebo hatte er seine Schwäche dafür eingestanden. Er hatte Barry sogar erlaubt, sich aus seiner Tube zu bedienen.

«‹Heim ist der Seemann von der See› …», sagte O'Reilly, in Morgenrock und Pantoffeln gekleidet, und warf sich in seinen Sessel.

«‹… und der Jäger heim von den Bergen.› Robert Louis Stevenson.» Barry legte sein Kreuzworträtsel auf dem Couchtisch ab. «Nur dass du nicht in den Bergen warst, sondern am Strangford Lough. War es schön?»

«Ich habe meinen Spaß gehabt. Arthur auch.» O'Reilly nahm Pfeife und Streichhölzer aus der Tasche seines Morgenrocks. «Ich werde noch ein bisschen so bleiben, bevor ich mich wieder anziehe. Es war verdammt kalt da draußen, und ich muss mich erst wieder richtig aufwärmen.» Er stand auf und schürte das Feuer. «Wir waren am Gransha Point. Kennst du die Stelle?»

«Doch, ja.» Deutlich erinnerte Barry den Tag im August,

an dem er mit Patricia zu einem Picknick dorthin gefahren war. Wenn nicht ein plötzliches Sommergewitter losgebrochen wäre, hätten sie sich dort zum ersten Mal geliebt.

«Ungefähr auf halbem Weg zur Landspitze ist ein ziemlich zerfallener Schafstall …» O'Reilly stopfte seine Pfeife.

«Ich weiß.» Barry schloss die Augen.

Sie hatten auf einer Decke im Gras gelegen, im Windschatten des Schafstalls. Wenn er sich anstrengte, konnte er wieder die Wellen am Kiesstrand hören und die Sommerbrise fühlen. Er hatte Patricias Bluse aufgeknöpft und ihre Brust gestreichelt, als das Gewitter losbrach. Fast meinte er sie noch unter seiner Hand zu spüren. Und dann hatte sie sich mit erhobenen Armen mitten in den peitschenden Regen gestellt, und unter ihrer durchweichten Bluse hatten sich deutlich ihre Brüste abgezeichnet. Mit ihrem dunklen windzerzausten Haar hatte Patricia ausgesehen wie eine indianische Prinzessin, die den Gott des Blitzes anbetet. Er öffnete die Augen. «Ja, ich kenne die Stelle sehr gut.»

«Sie liegt direkt an einer Flugroute», sagte O'Reilly, «und bietet wunderbar Deckung. In der Küche liegen zwei Wildenten.»

«Freut mich, dass du einen schönen Tag hattest», sagte Barry, obwohl er nur halb bei der Sache war.

O'Reilly stieß eine riesige Rauchwolke aus. «Arthur auch.»

Und ich werde auch einen schönen Tag haben, wenn Patricia endlich kommt. Mittlerweile musste sie die Fahrkarte längst haben. Barry schaute zur Tür, als würde dadurch das Telefon im Flur eher klingeln. Sie muss jeden Moment anrufen, dachte er.

Er würde Jack Mills fragen, ob sie in seine Wohnung in Belfast konnten, während der in der Klinik war. Barry lächelte. Dort würde kein plötzliches Unwetter sie unterbrechen, und sie würden alle Zeit der Welt haben.

«Wie bitte?»

O'Reilly hatte etwas gesagt, das er nicht mitbekommen hatte.

«Ich habe gefragt, was du heute so getrieben hast.»

Barry hüstelte und stotterte: «Also, ich, äh … das heißt, hier war es ziemlich ruhig. Ich war bei Alice Moloney und habe ihr die Untersuchungsergebnisse mitgeteilt.»

«Alice, ja?» O'Reilly klang ein wenig erstaunt. «Hast du dich etwa mit dem alten Besen angefreundet?»

«Irgendwie schon. Sie ist gar nicht so übel, wenn man sie besser kennt.»

«Das hätte ich nicht gedacht, aber sprich weiter.»

«Das Leben hat ihr ziemlich übel mitgespielt. Ich kann verstehen, warum sie so bitter wirkt.»

«Tatsächlich?»

«Wusstest du, dass sie in Indien aufgewachsen ist, während des Raj?»

«Nein.»

«Ihr Vater war bei der Kolonialverwaltung. Er ist dort umgekommen, als sie noch sehr jung war.»

«Das wusste ich nicht. Aber es tut mir leid. Es ist immer hart, einen Menschen zu verlieren, den man liebt.» O'Reilly runzelte die Stirn. «Ich kenne Miss Moloney kaum. Ich hatte wenig Anlass, ein Bekleidungsgeschäft für Damen aufzusuchen.» In seiner Stimme schwang Wehmut mit.

«Wir waren dort, um den grünen Hut für Kinky zu kaufen», sagte Barry. «Weißt du noch?»

«Durchaus. Und sie war ein paarmal bei mir, aber das ist auch schon alles, was ich über die Frau weiß. Sie ist ein sehr zurückhaltender Mensch. Sie war wegen Hämorrhoiden bei mir in Behandlung. Aber das hatte ich dir ja erzählt.»

«Ja, ich weiß. Sie hat eine einfache Eisenmangelanämie, und da war es gut, dass ich diese Vorgeschichte kannte. Die Hämorrhoiden hätten gut die Ursache sein können, aber sie sind verschwunden.»

«Gut.» O'Reilly legte seine Pfeife in den Aschenbecher. «Und beim nächsten Mal warst du dabei – als sie vor Aufregung über Helen Hewitt einen Schwächeanfall hatte. Klasse, wie das Mädchen sich gewehrt hat, denn es war wirklich furchtbar, wie Miss Moloney sie schikaniert hat.»

«Ja, aber weißt du was, Fingal?», meinte Barry. «Ich könnte Alice das fast vergeben. Sie hat in ihrem Leben einige Schicksalsschläge erlebt. Es wundert mich gar nicht, dass sie manchmal ein wenig bitter ist.»

«Was für Schicksalsschläge?»

«Ihr Vater ist umgekommen, das hatte ich ja schon erzählt.»

«Barry. Das ist *ein* Schicksalsschlag. Singular. Was ist sonst noch passiert?»

«Sie hat einen Mann verloren, den sie liebte. Ich glaube, sie hat ihn sehr geliebt.»

«Ach, ja?» O'Reilly wandte den Blick ab und schaute aus dem regennassen Fenster. Nach einer Weile drehte er sich wieder zu Barry um und fragte leise: «Und wer war das?» Barry sah die Traurigkeit in seinen Augen.

«Ein junger Captain bei der Armee. Er ist an Leukämie gestorben.»

O'Reilly schaute wieder zum Fenster hinaus.

Barry hörte unten im Flur das Telefon klingeln. «Ich geh schon. Ich habe Bereitschaft.» Er war froh über die Gelegenheit, O'Reilly ein paar Minuten allein zu lassen, und er hoffte, dass es der Anruf war, auf den er wartete.

Kinky, die sich die Hände an der Schürze abwischte, war schon auf dem Weg zum Telefon. «Schon gut, Kinky.» Barry nahm den Hörer ab. «Hallo? Hier ist Doktor Laverty.»

«Barry?»

«Patricia!» Barry war sicher, dass sein Herz stehenblieb. «Wo bist du gerade?»

«Du wirst es nicht glauben.»

Eine Sekunde hoffte er, sie würde sagen, am Fährterminal in Holyhead, aber dann wurde ihm klar, dass sie in den paar Stunden seit ihrem letzten Telefonat unmöglich so weit gekommen sein konnte. «Vielleicht ja doch.»

«In London. Bei Thomas Cook's.»

«Dem Reisebüro?»

«Ja.»

«Phantastisch.» Endlich machte sie ihr Versprechen wahr. Sobald er wusste, wann sie ankam, würde er mit Jack die Sache mit der Wohnung klarmachen. Er wollte nicht, dass wieder ein Gewitter dazwischenkam. «Wunderbar, mein Schatz. Wann kann ich dich erwarten?» Er hielt die Atem an.

«Barry, es tut mir leid. Ich weiß gar nicht, wie ich es sagen soll.»

«Was denn? Was willst du sagen?» Sie spielte schon wieder mit ihm. Es gab doch einen anderen Mann. Barry bekam feuchte Hände, und sein Mund wurde trocken. Er holte tief Luft und sagte so ruhig wie möglich: «Red weiter.»

«Es ist alles meine Schuld. Vor lauter Spaß habe ich alles

andere vergessen. Ich war egoistisch. Ich habe nicht nachgedacht. Ich habe mich viel zu spät um eine Fahrkarte bemüht.»

Barry runzelte die Stirn. Er wusste nicht genau, ob er ihr glauben konnte. «Patricia, wenn es da einen anderen gibt, werde ich versuchen, es zu verstehen. Ehrlich.»

«Sei nicht albern. Ich liebe dich, Barry. Ich liebe nur dich.»

«Aber du kommst nicht, oder?» Mist. Verflucht. Na ja, er würde Jack trotzdem anrufen. Sich mit ihm auf ein Bier verabreden. Er brauchte dringend den Rat und Trost eines Freundes.

«Ich fürchte nicht. Ich war in zwei Reisebüros in Cambridge. Es ist viel zu spät, um noch eine Fahrkarte zu bekommen. Es tut mir aufrichtig leid, Barry. Ich möchte dich wirklich gern sehen. Ich liebe dich.»

Barry hielt den Hörer vom Ohr weg, musterte ihn und fragte sich, was zum Teufel er dazu sagen sollte. Er drückte den Hörer wieder ans Ohr.

«... Barry. Barry, bist du noch dran?» Er hörte die Dringlichkeit in ihrer Stimme.

«Ja. Und ich werde nicht so tun, als wäre ich nicht enttäuscht, Patricia.»

«Ich weiß. Ich bin auch enttäuscht, aber ich habe wirklich alles versucht. Die Fähre nach Holyhead ist komplett ausgebucht, ebenso die Fährlinien von Liverpool und Heysham nach Belfast. Ich habe sogar versucht, einen Platz auf der Fähre von Stranraer nach Larne zu bekommen ...»

«Aber es sind Hunderte von Meilen von Cambridge nach Schottland ...»

«Ich weiß, aber das wär's mir wert gewesen. Ich liebe dich, Barry, und mir tut das furchtbar leid. Ich wusste nicht, was ich tun sollte, und da hat Jenny vorgeschlagen, dass wir es mal bei Thomas Cook in London versuchen. Sie dachte, die hätten vielleicht noch ein Kontingent an Fahrkarten. Es ist das größte Reisebüro in ganz England. Dort bin ich jetzt gerade. Sie waren sehr nett, aber Fahrkarten haben sie auch nicht mehr.»

«Wenigstens hast du gleich Bescheid gesagt. Vielen Dank auch.» *Frohe Kunde bringe ich euch*, dachte er. Toll. Sei nicht so sarkastisch, befahl er sich – oder sag's zumindest nicht laut.

«Das war das Mindeste, was ich tun konnte. Ich wollte dich nicht länger zappeln lassen.»

«Danke.» Aber, dachte er, wenn du die Passage gebucht hättest, bevor du zu deinen dämlichen Enten gefahren bist …

«Die Frau hier im Reisebüro hat gesehen, wie enttäuscht ich war, und als ich ihr sagte warum, hat sie darauf bestanden, dass ich dich gleich hier von ihrem Telefon aus anrufe.»

«Nett von ihr.» Es gelang ihm nicht, die Ironie aus seiner Stimme zu verbannen. Gütiger Himmel, und vor fünf Minuten hatte er noch in Liebesphantasien geschwelgt.

«Barry, sei doch nicht so. Bitte. Ich ruf dich an, sobald ich wieder in Bourn bin. Ich werde versuchen, es zu erklären. Und es wiedergutzumachen.»

Über eine Entfernung von achthundert Meilen hinweg. Alles Gute. Barry holte tief Luft und sagte dann: «Patricia, ich hab's versucht. Gott weiß, ich habe versucht, Verständnis zu haben.»

«Barry, es tut mir leid. Es tut mir leid.»

«Ich kann mir vorstellen, wie neu und aufregend Cambridge für dich sein muss. Nach Bangor und dem Internat kam mir Belfast auch wie eine Weltstadt vor. Ich kann verstehen, wie überwältigt du von all dem bist.» Und ich würde trotzdem gern wissen, wie er heißt …

«Danke, Barry. Danke, dass du versuchst, mich zu verstehen. Ich habe wirklich vergessen, dass du geduldig zu Hause sitzt und auf mich wartest.» Ihre Stimme stockte. «Ich möchte dich wirklich furchtbar gern sehen. Aber ich muss mit der Fähre fahren. Ich kann mir –»

«– keinen Flug leisten. Ich habe dir doch angeboten –»

«Und ich habe versucht, es zu erklären …» Er hörte sie leiser sagen: «Nur noch einen Augenblick, bitte. Danke!» Dann sagte sie: «Bist du noch dran?»

«Ja.» Seine Stimme war ausdruckslos.

«Ostern ist nicht mehr weit.»

«Genau.» Lockere drei Monate.

«Und hier bei Cook's habe ich auch noch einen Tipp bekommen. Die Flüge nach Belfast sind ausgebucht, aber wenn ich am Heiligabend nach Heathrow fahre, kann ich vielleicht ein Standby-Ticket ergattern. Die sind echt billig.»

«Ja, das könntest du wohl versuchen.» Barry zuckte die Achseln. Er wusste selbst, dass er nicht gerade begeistert klang. Aber er hatte keine Lust, sich immer nur wieder die Hoffnungen zerschlagen zu lassen.

«Willst du nicht, dass ich das versuche?»

«Patricia, ich kann dir nicht sagen, was du tun sollst.» Fast hätte er sie angefahren: Mach doch, was du willst. «Ich würde dich immer noch gern sehen.»

«Wenn ich keinen Flug kriege – das Semester geht erst am fünfzehnten Januar los. Vielleicht könnte ich ja über Silvester kommen …»

«Schön. Sag mir einfach Bescheid, wenn du kommst,

aber dieses ewige Vielleicht hab ich im Augenblick satt. Bitte tu mir das nicht mehr an.»

Ihre Stimme klang steif. «Gut. Dann nicht.»

Er wartete. Er hörte gedämpfte Stimmen, als hätte sie die Hand über die Muschel gelegt und redete mit jemand anders. «Die Frau vom Reisebüro sagt, dass ich ihr Telefon jetzt lange genug benutzt habe. Ich muss Schluss machen.»

«Schön. Viel Spaß in der Tate und der National Portrait Gallery …» Wo, hatte sie gesagt, wollte sie sonst noch hin?

«Barry, nun schmoll nicht.»

Er ging darauf nicht ein, sondern sagte schlicht: «Halt mich auf dem Laufenden, damit ich planen kann, und falls wir uns vorher nicht mehr sehen» – ich weiß genau, dass wir uns nicht sehen werden, egal, was Kinky sagt – «wünsche ich dir frohe Weihnachten und ein glückliches neues Jahr.» Wie das neue Jahr für ihn werden würde, wenn das hier das erste Symptom einer endgültigen Entzweiung war, daran wollte er gar nicht denken.

«Das wünsche ich dir auch, Barry. Ich liebe dich, Schatz.»

«Und ich liebe dich», sagte er und versuchte, Begeisterung in seine Stimme zu legen, «aber wenn sie im Reisebüro wollen, dass du auflegst, dann solltest du das jetzt lieber tun.»

Er war sich nicht sicher, aber er glaubte, ein kleines Schluchzen zu hören, bevor sie antwortete: «Gut. Ich liebe dich, Barry. Auf Wiedersehen.» Ein Klicken, dann war die Leitung tot.

Großer Gott, das hatte furchtbar endgültig geklungen. Barry seufzte, legte den Hörer auf und starrte eine Weile ins Leere. Dann stapfte er mühsam die Treppe hinauf.

42

Ein offenes Herz

Lady Macbeth schlief zusammengerollt auf seinem Schoß. O'Reilly schaute nachdenklich ins Feuer. Die glühenden Kohlen ordneten sich neu, als ein Stück in sich zusammenfiel und die darüberliegenden Brocken nachrutschten. Schwarze Kohlen, kirschrote Glut und graue Asche – es wirkte wie ein impressionistisches Ölgemälde und wärmte seine Augen ebenso sehr wie das Feuer seinen Körper.

Wehmütig dachte er daran, wie Deidre in ihrem gemeinsamen Zimmer in Portsmouth Maronen geröstet hatte, den Griff einer runden Messingpfanne in der Hand, und wie sie kicherte, wenn die Schale einer Marone durch die Hitze aufplatzte. Barrys Geschichte über Miss Moloneys Verlust hatte O'Reillys Trauer wieder aufflammen lassen, obwohl er eigentlich beschlossen hatte, die Erinnerung an Deidre zu verdrängen.

Seit Barry das Zimmer verlassen hatte, hatte O'Reilly an nichts anderes denken können, und so blickte er kaum auf, als sein junger Kollege zurückkehrte. «Na, ein Anruf von den Kranken und Leidenden?»

«Nein.» Barrys Antwort war knapp und tonlos.

O'Reilly hob den Kopf. «Jesses, Maria und Joseph», sagte er, «du machst ein Gesicht wie eine unreife Stachelbeere in Buttermilch. Was ist passiert?»

Barry zuckte die Achseln und schwieg.

«Barry. Was ist los?», sagte O'Reilly. «Erzähl es mir.»

«Das war Patricia.» Barrys Stimme klang leblos. «Sie kommt Weihnachten nicht.» Er holte tief Luft.

«Sie kommt nicht? Mist.» O'Reilly richtete sich kerzengerade auf und scheuchte damit die Katze vom Schoß. «Warum denn nicht, zum Teufel?»

«Das ist nun mal so, Fingal», fauchte Barry, «wenn Kinky ihr keine Passage auf einer ausgebuchten Fähre oder einen Platz in einem vollgepackten Flugzeug besorgen kann, ist es aussichtslos, es sei denn, Kinky hat noch einen fliegenden Teppich im Schrank. Patricia hat mit dem Buchen zu lange gewartet.» An seiner Sprechweise und der Körperhaltung – Schultern hochgezogen, Kinn vorgeschoben – merkte O'Reilly, dass der normalerweise eher friedfertige Barry weniger enttäuscht war als wütend.

«Ich habe den Eindruck», sagte er vorsichtig, «dass bei dir mehr dahintersteckt als nur Enttäuschung darüber, dass sie nicht kommt. Setz dich, Barry. Erzähl mir, was los ist.»

Barry ließ sich in seinen Sessel plumpsen. «Ich weiß gar nicht, wo ich anfangen soll.» Seine Stimme klang jetzt eher resigniert als wütend. Er legte die zusammengepressten Hände in den Schoß, schürzte die Lippen und ließ den Kopf hängen.

O'Reilly ging zur Anrichte. Als er zurückkam, reichte er Barry einen Whiskey. «Es ist früh für einen Jameson, aber er dient medizinischen Zwecken.»

Barry blickte auf und nahm das Glas entgegen. «Nimmst du keinen?»

O'Reilly schüttelte den Kopf. «Ich bin hier nicht der Patient, sondern du.» Er setzte sich wieder.

Barry trank nicht. «Fingal, weißt du, was für Sorgen ich

mir gemacht habe, als sie nach Cambridge ging? Darüber, dass wir uns auseinanderleben könnten?»

O'Reilly schaute ihn an. Lass den Jungen reden, sagte er sich.

Barry schluckte. «Ich glaube, genau das ist passiert.» Er sah O'Reilly in die Augen.

O'Reilly sah einen jungen Mann, der bestätigt haben wollte, dass er sich irrte. «Warum meinst du das?»

«Weil sie nicht kommt, obwohl sie es versprochen hat.»

O'Reilly runzelte die Stirn. «Es ist ja wohl kaum ihre Schuld, wenn sie keine Fahrkarte bekommen kann. Das hast du eben gesagt, dass sie nicht fahren *kann*.» Mit ein bisschen Glück war es nur ein Sturm im Wasserglas. Vielleicht las Barry da zu viel hinein.

Barry biss die Zähne zusammen. «Nicht kann. Sie will nicht kommen.»

«Woher weißt du das? Hat sie das gesagt?»

«Musste sie nicht. Erst hatte sie kein Geld für ein Flugticket. Sie musste erst abwarten, ob ihr Vater sein Weihnachtsgeld bekam.»

«Klingt vernünftig.»

«Dachte ich auch … anfangs. Ich habe angeboten, ihr den Flug zu bezahlen.» Barry brachte ein schiefes Grinsen zustande. «Du weißt ja, was für merkwürdige Vorstellungen sie manchmal über Männer und Frauen hat. Ich war also nicht überrascht, als sie mein Angebot ablehnte. Vielleicht hätte ich es da schon kommen sehen sollen … oder jedenfalls bald darauf.»

«Wieso?»

«Ja, wieso?» Barry hielt sich an seinem Glas fest und starrte hinein. Er zuckte die Achseln.

Mein Gott, dachte O'Reilly, der ist ja zugeklappt wie eine Auster. «Komm schon, Barry. Warum hättest du es kommen sehen sollen?»

Er schaute O'Reilly an. «Ich musste sie erst auf die Idee bringen, dass sie dann ja mit der Fähre fahren könnte. Sie hat ein Stipendium für Cambridge gewonnen. Sie ist eine hochintelligente Frau, aber auf den Gedanken war sie noch gar nicht gekommen. Oder sie wollte sich keine Alternative überlegen. Ich glaube, dass sie eigentlich gar nicht kommen will.»

«Vielleicht war sie zu sehr von ihrem Studium in Anspruch genommen? Du weißt ja selbst, wie zeitaufwendig ein Studium sein kann.» O'Reilly wusste, dass er nur nach einer Erklärung suchte, die Barry trösten würde.

«Genau. Verdammt zeitaufwendig.» Barry schnaubte. «Fingal, in Cambridge endet das Herbst-Trimester am ersten Dezember.»

«Oh.» Das war allerdings tatsächlich eher besorgniserregend.

«Sie hat viel zu spät versucht, die Überfahrt zu buchen. Gerade eben hat sie zugegeben, dass sie zu sehr mit sich selbst beschäftigt war.» Barry schüttelte den Kopf wie ein benommener Boxer. O'Reilly hatte das oft genug im Ring gesehen. «Fingal, sie hätte schon vor drei Wochen hier sein können, aber sie hat da drüben neue Freunde gefunden. Sie wollte irgendein Vogelschutzgebiet besuchen. Warum hat sie die Überfahrt nicht gebucht, bevor sie losgefahren ist? Das hätte bloß ein paar Minuten gedauert.»

O'Reilly saß stumm da, den Blick unverwandt auf Barry gerichtet.

«Jetzt ist sie für ein paar Tage in London. Sie besucht Gemäldegalerien und Museen. Das Victoria and Albert Museum. Was haben wir hier in Belfast? Ein paar vermoderte Dinosaurierknochen und eine Mumie im Ulster-Museum. Wir können da nicht mithalten. *Ich* kann da nicht mithalten, glaube ich.» Barry nahm einen Schluck von seinem Whiskey. «Ihr ist fast alles andere wichtiger, als nach Hause zu kommen, um mich zu sehen. Ich weiß nicht mal, ob sie nicht im Grunde froh ist, dass es keine Fahrkarten mehr gibt. Seit Wochen verspricht sie zu kommen, dann meint sie, es geht nicht, und dann will sie doch wieder kommen. Ich fühle mich allmählich wie ein verdammtes Jo-Jo.»

O'Reilly klopfte seine Pfeife aus und begann, sie zu stopfen. Er brauchte einen Moment Zeit zum Nachdenken. Hatte Patricia sich einfach von den neuen Erfahrungen mitreißen lassen, oder hatte Barry recht? Nach O'Reillys Erfahrung wuchsen zwei Menschen entweder zusammen oder sie entwickelten sich auseinander. Es war ihm gar nicht lieb, die nächste Frage stellen zu müssen, denn Männer aus Ulster wie Barry und er sprachen nicht gern über Gefühle. Er zündete seine Pfeife an. Ob er nun wollte oder nicht, die Frage musste heraus. «Glaubst du denn, dass sie dich noch liebt?» O'Reilly zog beide Augenbrauen hoch, aber sein Blick blieb ruhig.

Er hielt es für möglich, dass Barry ihm raten würde, sich gefälligst um seine eigenen Angelegenheiten zu kümmern. Da freute es ihn, als der junge Mann nach einer Weile antwortete: «Sie sagt ja. Sie sagt, sie liebt mich noch, aber sie verhält sich nicht so. Ich an ihrer Stelle wäre mit dem ersten verfügbaren Verkehrsmittel nach Hause gekommen. Es sei denn, mich würde ein verdammt guter Grund daran hindern.»

O'Reilly sah Barry an, welchen Grund er im Sinn hatte. Es war Zeit, es auszusprechen. «Und du fragst dich, ob es da nicht einen anderen Mann gibt, oder, Barry? Ist es so?»

Barry stieß die Luft aus. «Sie schwört Stein und Bein, dass es keinen gibt.»

O'Reilly kippte mit dem Pfeifenstiel an seine Zähne. «Ich kenne das Mädchen ja nicht sehr gut, aber meinem Eindruck nach ist sie kein Mensch, der bei so was lügen würde.» Er wartete ab, ob das Barry ein Trost war.

Der zuckte die Achseln und trank einen Schluck Whiskey.

«Barry? Und was ist mit dir? Gibt es eine andere?»

«Ach Quatsch.» Barry wandte den Blick ab. «Nach dem Tanz letzten Samstag habe ich eine Krankenschwester nach Hause gefahren. Hübsches Mädchen, hatte aber nicht gerade viel im Oberstübchen.»

«Ich zögere zu fragen, mein Sohn, aber was ist mit der Lehrerin? Bei der Probe neulich wart ihr ziemlich voneinander angetan.»

«Sie ist ein schönes Mädchen, und ich bin sicher, dass sie mit mir ausgehen würde, wenn ich sie fragte.»

«Und wirst du sie fragen?»

«Weißt du was, Fingal, ich weiß es einfach nicht. Ich bin so wütend auf Patricia, dass ich schon daran gedacht habe.»

«Dagegen ist nichts einzuwenden. Ich bin auch mal mit einem Mädchen gegangen und habe dann eine andere getroffen. Das kommt vor.»

Barry schaute O'Reilly nachdenklich an, bevor er erwiderte: «Ich dachte, wir wären richtig füreinander. Das denke ich immer noch halbwegs, aber da ist noch etwas. Ich weiß, dass ihr Horizont weiter geworden ist. Als ich sie kennenlernte, hat sie mir gesagt, sie wolle noch viel im Leben erreichen und habe deswegen keine Zeit, sich zu verlieben. Und ich glaube, jetzt, wo sie das Leben außerhalb von Ulster geschmeckt hat, ist ihr klargeworden, wie winzig unser Ort hier ist – und vielleicht auch, wie uninteressant ein Landarzt wie ich ist.» Er trank noch einen kleinen Schluck. «Ich werde sie verlieren.» Barry schaute O'Reilly an. «Das glaube ich wirklich, Fingal.» Der bittende Blick in seinen Augen erinnerte O'Reilly an ein krankes Kind, das stumm fleht: Mach es wieder gut, Herr Doktor. Mach, dass der Schmerz weggeht.

O'Reilly schob sich die Pfeife in den Mund. «Wahrscheinlich irrst du dich vollkommen, Barry ...»

«Eine Zeit lang war ich mir unsicher, ob es wirklich so schlimm wäre, wenn ich sie verliere. Es gibt noch mehr hübsche Mädchen auf der Welt. Drei Jahre getrennt, das ist eine verdammt lange Zeit. Ich habe mich gefragt, ob es die Mühe lohnt.»

«Und?»

«Ich glaube ja, Fingal, aber –»

O'Reilly war sicher, dass er Barrys Vorbehalte verstand, und sei es nur, weil er wegen Kitty O'Hallorhan ähnlich empfand. «Aber du fragst dich, ob es nicht weniger wehtun würde, wenn du jetzt ein Ende machst, ehe der Schaden noch größer wird.»

«Genau.»

«Ich fürchte, es wird wehtun, Barry. Der Verlust ist immer groß, wenn man sich einmal jemandem geöffnet hat. Dagegen kann man sich nicht versichern.»

Barrys Gesichtsausdruck änderte sich, das gequälte Stirnrunzeln verschwand und machte einem Ausdruck von Sorge Platz.

«Und ich weiß, dass du weißt, wovon ich rede –»

«Aber –»

«Schon gut, Barry. Schon gut. Kinky hat mir schon vor Monaten erzählt, dass du von ihr weißt, dass ich früher mal verheiratet war.»

Barry machte große Augen, und er nahm rasch einen Schluck. «Wie bitte?»

«Sie hat es mir erzählt. Ich glaube, ihr Gewissen hat ihr keine Ruhe gelassen.»

«Und was hast du gesagt?»

«Ich habe mich bei ihr bedankt.»

«Für einen Vertrauensbruch?»

«Barry, wenn du Kinky Kincaid erst mal so lange kennst wie ich, wirst du begreifen, dass diese Frau nie etwas tut, ohne es sich vorher gründlich zu überlegen. Wenn sie es dir erzählt hat, dann weil sie dir vertraut und weil sie fand, dass es gut für mich wäre, dich hier zu haben.» O'Reilly beugte sich vor und legte die Hand auf Barrys Knie. «Sie dachte, es würde dir bei der Entscheidung helfen, wenn du ein bisschen mehr über das alte Ungeheuer weißt, das den Laden hier führt.» Jetzt ist er platt, dachte O'Reilly. Er hat nicht geglaubt, dass ich genau weiß, wie ich oft auf andere Leute wirke.

«Du bist kein Ungeheuer, Fingal. Alles andere als das.»

«Ich kann aber eins sein. Das hat jedenfalls Seamus Galvin gefunden, als ich ihn in die Rosenbüsche geworfen habe. Und du auch, als du Zeuge dieser Szene geworden bist.» O'Reilly lachte leise bei der Erinnerung und war erfreut, als er Barry lächeln sah.

«Fast wäre ich ausgerissen und hätte mir woanders eine Stelle gesucht.»

O'Reilly lehnte sich zurück. «Ich bin froh, dass du es nicht getan hast. Sehr froh.»

«Danke, Fingal. Geht mir genauso.»

«Und zwar nicht nur, weil du mir in der Praxis eine große Hilfe bist …»

Barry errötete.

Himmel, dachte O'Reilly, sein junger Kompagnon war aber leicht in Verlegenheit zu bringen. «Dich zusammen mit deiner Patricia zu sehen, hat mich zum Nachdenken gebracht.»

«Worüber denn?»

O'Reilly stand auf, trat ans Fenster und betrachtete den schiefen Kirchturm und die tiefhängenden Wolken, die über den Himmel jagten. Der Regen prasselte gegen die Scheibe. Er drehte sich um. Barry blickte erwartungsvoll auf. Vielleicht, dachte O'Reilly, hat unser Gespräch ihn für ein Weilchen von seinen eigenen Problemen abgelenkt. Vielleicht gebe ich ihm noch einen kleinen Schubs. «Als ich Deidre verlor … Deidre Mawhinny, so hieß meine Frau, bevor wir heirateten.» Er wusste gar nicht mehr, wie lange er ihren Namen nicht mehr laut ausgesprochen hatte, und es freute ihn, dass er es tun konnte, ohne allzugroßen Schmerz zu empfinden. «Als ich sie verlor, habe ich dichtgemacht und mir geschworen, mein Herz nie wieder einer Frau zu öffnen.»

Barry runzelte die Stirn, und sein Blick wurde weich. «Das ist sehr traurig, Fingal», sagte er leise.

«Das weiß ich wohl, Barry. Ich habe eben gesagt, dass ich mal mit einem Mädchen gegangen bin. Das war Kitty. Und dann kam Deidre. Die arme Kitty hatte keine Chance. Ich fand Deidre einfach perfekt.»

«Das tut mir wirklich sehr leid. Ich weiß, wie du dich gefühlt haben musst. Das ist bei mir mit Patricia genauso.»

«Ich weiß. Als ich im Sommer gesehen habe, wie glücklich du mit deinem Mädchen warst, habe ich bei mir eine Bestandsaufnahme gemacht, und als dann Kitty wieder auftauchte ...» Er blickte auf seine Pantoffeln hinunter und dann wieder zu Barry hoch. «Ich hatte sie sehr, sehr gern, damals, als ich noch studierte ...»

«Ich finde, sie ist eine wunderbare Frau. Du kannst von Glück sagen, dass sie wieder aufgetaucht ist.»

O'Reilly lächelte. Jetzt waren die Rollen vertauscht. Barry konnte nicht anders: Wenn jemand einen Rat brauchte, war er automatisch mit Freuden zur Stelle. «Ja, das finde ich auch. Es hat eine Weile gedauert, bis ich das erkannt habe, aber unter uns gesagt, Barry, ich bin bereit, mich wieder auf eine Frau einzulassen. Und wenn ich das tue, gehe ich das Risiko ein, erneut verletzt zu werden.»

Barry stand auf. «Was du mir damit sagen willst, ist also: Nicht verzweifeln. Weiter hoffen. Offen bleiben, im Zweifel zu Patricia halten ... aber Sue Nolan nicht ganz abschreiben?»

«Es gibt keinen Grund, warum du nicht nett zu ihr sein solltest.»

«Ja, vermutlich. Aber ich soll Patricia nicht aufgeben?»

«Genau. Wenn sie nicht kommt, würdest du dann gern mal nach England rüber? Du könntest nach Weihnachten eine Woche frei haben.»

Barry lächelte. «Danke, Fingal. Warten wir mal ab, was passiert ...»

«Und», fügte O'Reilly hinzu, erfreut darüber, Barry lächeln zu sehen, «ich meine wirklich *nach* Weihnachten. Bis dahin ist hier jede Menge los, was du dir auf keinen Fall entgehen lassen darfst.»

«Das ist wohl wahr», bemerkte Kinky, die mit einem

Tablett hereinkam, auf dem zwei dampfende Suppenteller standen. Ihre schottische Brühe. «Und die Festlichkeiten fangen übermorgen mit dem Krippenspiel an.» Sie setzte das Tablett auf der Anrichte ab. «Ich hab mir überlegt, Doktor O'Reilly, ob Sie vielleicht die beiden Wildenten, die Sie heute geschossen haben, am Montag vor dem Krippenspiel essen wollen? Vielleicht mit einer Pflaumensauce?»

«Sehr gern.» O'Reilly spürte, wie ihm beim Gedanken an gebratene Wildente das Wasser im Mund zusammenlief. «Aber danach vor dem Weihnachts-Truthahn kein Geflügel mehr, Kinky, sonst wachsen uns noch Federn, Doktor Laverty und mir.»

43

Überraschende Wendung

«Also das», sagte O'Reilly, «ist ja wirklich eine Pracht. Danke, Kinky.»

«Ich hab sie so zubereitet, wie Sie sie am liebsten mögen.»

Barry atmete tief ein. Der Duft der gebratenen Wildenten, die Kinky vor O'Reilly abgesetzt hatte, war überwältigend. Er beugte sich vor und wartete neugierig darauf, dass O'Reilly mit dem Tranchieren anfing.

«Dazu gibt es Pflaumensauce, Sahnekartoffeln und Erbsen. Ich musste leider Tiefkühlerbsen nehmen, aber ich habe etwas getrocknete Minze ins Kochwasser getan.»

«Kein Grund, sich zu entschuldigen», sagte O'Reilly und hob das Tranchierbesteck.

Kinky strebte zur Tür. «Rufen Sie nur, wenn Sie etwas brauchen. Ich esse eine Fleischpastete in der Küche, und dann bin ich in meinem Zimmer, um mich fertig zu machen. Und nicht trödeln, wir müssen um halb sieben los. Das Krippenspiel fängt um sieben an, ja.»

«Hier.» O'Reilly reichte Barry einen Teller mit Ente. «Nimm dir Gemüse, dann schieb mir die Schüsseln rüber.» O'Reilly hatte sich mehrere Scheiben Brust und zwei Keulen auf den Teller geladen. Ohne sich erst bei den Kartoffeln und Erbsen zu bedienen, schob er sich eine gebratene Keule in den Mund. Als er den Knochen herauszog, war er so blankgeputzt wie die Knochen südamerikanischer Rinder, die in einen von Piranhas verseuchten Fluss gestiegen sind. «Das», sagte er, «schmeckt lecker.»

Barry reichte die Schüsseln weiter und probierte die Ente. Er hatte noch nie Wildente gegessen und fand, dass die Pflaumensauce den Geschmack des Fleisches, das trockener war und viel weniger nach Wild schmeckte als erwartet, wunderbar unterstrich. «Stimmt, Fingal. Köstlich ist das.»

«Stockenten sind am schmackhaftesten», erklärte O'Reilly. «Pfeifenten können manchmal ein bisschen nach Fisch schmecken. Sie fressen Aalgras.»

«Wie, glaubst du, würde eine Hawaiigans schmecken?» War das nicht der Vogel, der laut Patricia fast ausgestorben war und jetzt wieder im Schutzgebiet brütete?

O'Reillys Gabel erstarrte auf halbem Weg zum Mund. «Wenn jemand versuchen würde, eine zu schießen, hätte er keine Chance, das Fleisch zu probieren. Die Leute von Slimbridge würden seine Haut zu Wurstpellen –» Er runzelte die Stirn. «Zerbrichst du dir immer noch wegen deiner Patricia den Kopf? Du hast erzählt, dass sie dort war.»

«Schon.» Barry nahm noch einen Bissen Entenbrust und sah zu, wie O'Reilly, dessen Portion verschwunden war, nach dem Tranchierbesteck griff und den zweiten Entenbraten in Angriff nahm. «Sie hätte eine Fährpassage kriegen können, wenn sie nicht zum Vogelbeobachten gefahren wäre.»

Als die zweite Ente zerlegt war, stellte Barry fest, dass die Portion seines Chefs erheblich größer war als das, was auf dem Servierteller zurückblieb. «Wenn Wünsche Pferde wären, würden Bettler reiten», meinte O'Reilly. «Reich mir mal die Pflaumensauce.»

Barry reichte ihm lächelnd die Sauciere. «Du hast recht. Ich sollte aufhören, mich zu bemitleiden. Ich glaube, ich werde auf dein Angebot zurückkommen und nach Weihnachten rüberfahren.»

«Wenn», sagte O'Reilly, «sie nicht doch noch hier auftaucht und dich überrascht.»

Barry schüttelte den Kopf. «Das glaube ich erst, wenn ich es sehe.» Er verspeiste den letzten Bissen Ente auf seinem Teller. «Ist noch etwas übrig, Fingal?»

«Ja. Reich mir deinen Teller.»

Barry tat es.

O'Reilly gab ihm den Teller wieder. Zwei kleine Scheibchen Fleisch und eine Keule. Barry schüttelte den Kopf. «Ich genieße meine winzige Portion Ente», sagte er und wartete ab, wie O'Reilly reagieren würde.

«Gut.» Er schob seinen Teller weg. «In dem Fall wirst du ja nichts dagegen haben, wenn ich wieder Enten schießen gehe.»

Wie dick muss man denn auftragen, damit du einen Wink verstehst, Fingal Flahertie O'Reilly, dachte Barry und verspeiste seine Portion.

«Komm», sagte O'Reilly und griff nach seinem Teller und den Gemüseschüsseln. «Bring du die Sauciere und deinen Teller in die Küche.»

Als Barry fertig war, folgte er O'Reillys Beispiel und trug sein dreckiges Geschirr in die Küche.

«Ich hole unsere Mäntel», sagte O'Reilly und stellte das Geschirr in die Spüle.

«Das wäre doch nicht nötig gewesen», sagte Kinky. «Ich hätte mich nachher darum kümmern können. Aber trotzdem danke Ihnen beiden.» Sie trug ihren Wintermantel, weiße Wildlederhandschuhe und ihren grünen Hut – ihren besten. Sie hatte ihn im August als Geschenk von ihren beiden Ärzten bekommen und ihn zu Sonnys und Maggies Hochzeit getragen.

«Die Erbsen mit Minze waren sehr lecker, und die Ente war wunderbar, Kinky. Einfach köstlich», sagte Barry.

«Danke, Doktor Laverty.» Sie neigte huldvoll den Kopf.

«Wirklich wahr, Kinky», sagte O'Reilly, reichte Barry seinen Mantel und hielt die Tür auf. «Kommt schon. Raus ins Auto.»

In dem Licht, das durch die offene Tür fiel, konnte Barry Raureif auf dem Gras funkeln sehen. Er schloss die Tür und folgte O'Reilly und Kinky, deren Stiefel auf dem Gartenweg knirschten. Der Mond, noch fast voll, leuchtete am samtschwarzen Himmel, aber nicht einmal seine Helligkeit konnte die eisigen Feuer von Polaris, Castor & Pollux und Aldebaran im Zenit und von Sirius am südöstlichen Horizont verschleiern.

Barry brummte das alte Weihnachtslied «Der Mond scheint klar in der Sterne heller Schar» vor sich hin. Sein Atem bildete Wölkchen, und seine Nasenspitze kribbelte. In einer Dezembernacht wie dieser vor eintausendneunhundertvierundsechzig Jahren wurde in Bethlehem in Judäa ein kleiner Junge geboren.

In einiger Entfernung hörte er die Kirchenglocken läuten, die zur Reinszenierung dieser Nacht riefen. Obwohl damals, dachte er, die Weisen auf Kamelen zu dem Ereignis anreisten und nicht in einem alten Rover.

***

Der Gemeindesaal war brechend voll. Die Vorhänge waren geschlossen, das Licht im Zuschauerraum brannte. Die Klappstuhlreihen waren alle besetzt, offenbar mit der gesamten Einwohnerschaft von Ballybucklebo samt Umland. Leute standen im Mittelgang und hinten im Saal. Es war so laut, dass man kaum sein eigenes Wort verstand.

O'Reilly blieb stehen und sah sich suchend um. «Da vorn, in der zweiten Reihe, sitzt Eileen Lindsay mit ihren Kindern. Der letzte Platz rechts. Hinter diesen Nonnen. Kommt, ich muss kurz mit ihr sprechen.» Barry und Kinky folgten O'Reilly, der sich wie ein Eisbrecher im arktischen Meer durch die Menge schob.

Sie kamen nur langsam voran. O'Reilly wurde von einem blassen Mann im Tweedanzug angehalten. «Liam Gillespie», erklärte er Barry.

Der Mann, bei dem eine Splenektomie gemacht werden musste, erinnerte sich Barry.

«Doc», sagte der große Mann, «ich bin noch gar nicht dazu gekommen, mich ordentlich für das zu bedanken, was Sie für mich getan haben.»

«Geht es dir jetzt besser?», fragte O'Reilly.

«Ja.»

«Das ist der einzige Dank, den ich brauche. Fröhliche Weihnachten, Liam.» O'Reilly wartete die Antwort nicht ab.

Ein paar Reihen weiter wurden sie erneut aufgehalten. Councillor Bertie Bishop und seine Gattin Florence hockten auf Plätzen direkt am Mittelgang, durch den Gang getrennt, wahrscheinlich, damit sie mehr Platz hatten. Gerade als sich O'Reilly an ihnen vorbeidrängen wollte, beugte sich Bertie zu seiner Frau hinüber und zischte halblaut:

«Ich weiß ja nicht, ob's mir hier bei den Papisten gefällt, Flo. Allein diese ganzen Nonnen.»

Florence lehnte sich sofort zu ihm hinüber, und Barry hörte deutlich, wie sie zischte: «Halt den Rand, Bertie Bishop. Schließlich haben wir bald Weihnachten.» Sie blickte auf, schlug die Hand vor den Mund und sagte dann: «Ah, Doktor O'Reilly. Ich habe Sie gar nicht gesehen.» Sie funkelte ihren Mann böse an. «Manchmal denkt Bertie nicht nach, bevor er seine große Klappe aufreißt.»

«'n Abend, Florence.» Barry konnte O'Reillys Miene nicht entnehmen, ob er das Gespräch über Papisten mitbekommen hatte. Wenn ja, war er eindeutig gewillt, es zu ignorieren. «Sehr gut besucht», meinte er. «Ist doch schön, wenn das protestantische Orange und das katholische Grün gelegentlich mal zusammenkommen, oder, Bertie?»

Councillor Bishop zuckte die Achseln.

«Ich habe Ihnen einen Platz freigehalten, Mrs Kincaid.» Florence stand auf und trat in den Gang.

«Danke», sagte Kinky. «Wir sehen uns dann nachher am Eingang, Doktor O'Reilly, wenn's recht ist.» Sie schob sich an Florence vorbei.

«Natürlich, Kinky.» O'Reilly setzte seinen Weg fort.

Ihr Vorankommen, dachte Barry, war so sprunghaft wie das der Metallkugel in einem Flipperautomaten – nach ein paar Schritten blieben sie bei Kieran O'Hagan stehen, der darauf bestand, Barry seinen heilenden Daumennagel zu zeigen («Er heilt prima!»), und dann wieder bei Julie und Donal, die O'Reilly begrüßen wollten.

Julie sah reizend aus, fand Barry. Sie trug das cremefarbene Kostüm mit der weinroten Bluse, in dem sie ihre Hochzeitsreise angetreten hatte. Vermutlich ihr Sonntagsstaat, wie man in dieser Gegend sagte.

«Die Ergebnisse der Blutuntersuchung sind da, Julie. Alles bestens. Komm doch in einem Monat nochmal in die Praxis.»

«Vielen Dank!»

Donal zwinkerte, grinste und wies mit dem Kopf auf die Reihe vor ihnen. «Wie ich sehe, ist Eileen hier.»

«Zu der wollte ich gerade», erklärte O'Reilly und ging weiter.

«Doktor O'Reilly.» Das war Reverend Robinson. Er trug einen abgetragenen schwarzen Sergeanzug und den gestärkten hohen, steifen Kragen eines Geistlichen. «Der Marquis und ich haben einen Platz für Sie und Doktor Laverty freigehalten. Da drüben.» Er zeigte mit dem Finger.

«Vielen Dank. Wir sind gleich bei Ihnen, Reverend.» O'Reilly marschierte an der vordersten Reihe entlang, die mit Nonnen besetzt war. Barry folgte ihm. Er fand, dass ihre Gesichter alle wie frisch geschrubbt aussahen. Sie unterhielten sich leise, wobei die Jüngeren gelegentlich einen raschen Blick auf ihre Mutter Oberin warfen, eine hochgewachsene Frau mit einem Falkengesicht, deren ständiges Lächeln die Strenge ihrer Züge Lügen strafte.

O'Reilly trat an die zweite Reihe.

Eileen Lindsay lächelte und stand auf. «Doktor O'Reilly.»

Barry schaute nach unten. Ihre Strümpfe hatten keine Laufmaschen. Hoffentlich kam sie jetzt, wo sie wieder arbeiten konnte, finanziell einigermaßen zurecht.

«Wie geht's denn so, Eileen?»

«Sehr gut.»

«Und was macht Sammy?»

Sie lächelte. «Er ist fast wieder gesund. Maggie passt

heute Abend auf ihn auf, damit ich mit der kleinen Mary und dem kleinen Willy hierherkommen konnte.»

Die beiden Kinder saßen steif neben ihr, Mary in einem Rüschenkleidchen, Willy in kurzen Hosen und Schulblazer. Ein Riss in der linken Tasche war fein säuberlich geflickt worden. Barry hatte schon oft gedacht, dass eine gute Näherin einen Menschen besser zusammenflicken könnte als die meisten Ärzte.

O'Reilly zückte seine Geldbörse. «Ich hab ein kleines Geschenk für dich, Eileen.»

«Was?» Sie runzelte die Stirn. «Wieso? Was ist es?»

«Nur keine Aufregung», sagte O'Reilly. «Auf der Weihnachtsfeier des Rugbyclubs veranstalten wir eine Tombola.»

«Herr Doktor, ich kann's mir nicht leisten, Geld für ein Los zu verschwenden. Es ist knapp genug zurzeit.»

«Das weiß ich, aber Seine Lordschaft, da drüben steht er, hat ein paar Lose gekauft und sie mir gegeben. ‹Fingal›, hat er gesagt, ‹verteil die an ein paar anständige Leute.› Hier ist deins, Eileen.» Er zog ein Los aus seiner Brieftasche, riss es durch und steckte den Kontrollabschnitt wieder ein.

Barry sah, wie sie das grüne Los nahm. «Ich ... würden Sie ihm danke schön für mich sagen?»

«Mach ich», versprach O'Reilly. «Du wirst doch zur Ziehung kommen?»

«Ich will's versuchen», sagte sie, beugte sich vor und flüsterte ihm etwas ins Ohr. Barry fragte sich, worum es wohl gehen mochte.

O'Reilly nickte. «Gutes Mädchen.»

«Dürfte ich um Ihre Aufmerksamkeit bitten? Dürfte ich um Ihrer Aufmerksamkeit bitten?» Eine lautsprecherverstärkte, blecherne Stimme drang an Barrys Ohr. Er blickte auf und sah Sue Nolan auf der Bühne stehen, vor dem geschlossenen Vorhang. In der rechten Hand hielt sie ein Mikrophon. Sie trug ihr kupferrotes Haar offen, und es glänzte im Schein des Rampenlichts. Irgendwie, dachte er, passten die zehn Zentimeter hohen Stiletto-Absätze ihrer Lackschuhe nicht so recht zu ihrem strengen Universitätstalar, aber sie brachten ihre Beine sehr schön zur Geltung. «Vielen Dank. Das Krippenspiel beginnt in fünf Minuten. In fünf Minuten. Würden Sie bitte alle Ihre Plätze einnehmen?»

«Komm, Barry.» O'Reilly machte kehrt und blieb auf dem Weg kurz stehen, um Pfarrer O'Toole guten Abend zu sagen, der am Harmonium vor der Bühne saß. Er trug eine einfache schwarze Soutane. Das Weihnachts-Krippenspiel war kein Gottesdienst, daher konnte er auf die Pracht von Pluviale, Kasel und dem Rest der liturgischen Gewänder verzichten.

«Was wollte Eileen denn?», erkundigte sich Barry.

«Es ist Tradition, dass die Eltern Weihnachtsgeschenke für ihre Kinder mitbringen, die dann in den Sack kommen und vom Weihnachtsmann verteilt werden. Sie wollte mir nur sagen, dass sie Geschenke für ihre drei mitbringen kann, wenn sie kommt. Ich hatte mir schon Gedanken gemacht, dass sie zu knapp bei Kasse dafür sein könnte. Ich bin froh, dass sie es mir mitgeteilt hat. Kannst du dir vorstellen, wie so ein Zwerg sich fühlen muss, wenn der Weihnachtsmann nichts für ihn hat?»

Barry schauderte.

«Und sie wollte, dass ich mich nochmal bei dir dafür bedanke, dass du Maggie gebeten hast, auf die Kinder aufzupassen.»

Barry fiel ein, was O'Reilly eben zu Liam Gillespie gesagt hatte, und er beschloss, sich ein Beispiel an ihm zu nehmen. «Fingal, wenn es Sammy bessergeht und Eileen wieder einigermaßen zurechtkommt, ist das Dank genug.» Überrascht merkte er, dass es die Wahrheit war.

Auf der anderen Seite des Mittelgangs entdeckte Barry zwei freie Plätze in der vordersten Reihe. Er setzte sich neben O'Reilly, der sofort in ein Gespräch mit dem Marquis von Ballybucklebo und dem presbyterianischen Pastor verstrickt wurde.

Er hörte, wie der Vorhang raschelnd aufging, und die ersten Takte von «Stille Nacht» erklangen.

Die Gespräche erstarben. Der Zuschauerraum wurde abgedunkelt. Das Bühnenbild des Krippenspiels in seiner ganzen Pracht wurde enthüllt, samt gemaltem Stall, Tieren und einem Schild, auf dem stand: Bethlehem Inn.

Miss Nolan stand in der Mitte der Bühne vor dem Kinderchor, die Arme ausgestreckt, die Hände hoch erhoben. Sie hatte wirklich tolle Beine.

«Stille Nacht» verklang.

Sie zählte: «Eins, zwei, drei.» Dann setzte das Harmonium ein, und süße Kinderstimmen sangen die erste Strophe von «O Bethlehem, du kleine Stadt».

Miss Nolan gab den Takt an.

Barry schloss die Augen und erinnerte sich an die Krippenspiele seiner Kindheit. Halb beneidete er Colin Brown, der später den Wirt spielen würde. Barry war nie über die Rolle des dritten Hirten hinausgekommen, eine stumme Rolle.

Eine rhythmische Ruhestörung, irgendwo zwischen einem tiefen Grollen und dem Kreischen einer Kettensäge, drang in sein Bewusstsein. Er drehte den Kopf. Großer

Gott, O'Reilly war eingeschlafen. Er saß mit zurückgeworfenem Kopf und offenem Mund da, und sein Schnarchen drohte, den Kinderchor zu übertönen. Barry versetzte ihm einen Rippenstoß und zischte: «Aufwachen, Fingal!»

«Was? Häh?» O'Reilly öffnete die Augen, blinzelte und klappte den Mund zu. «Danke, Barry. Ich muss eingenickt sein», flüsterte er.

Während sich dieses kleine Drama abspielte, war das Weihnachtslied zu Ende gegangen und der Applaus verklungen, und der Chor war bei «Guter König Wenzeslaus» angelangt, in Ulster bekannt als «Guter König Wenzel-Laus».

Barry erfreute sich an den Gesichtern der Chorsänger, warf gelegentlich einen Blick auf O'Reilly, um zu überprüfen, dass er nicht wieder eingenickt war, und bewunderte die flüssigen Bewegungen von Miss Nolan beim Dirigieren.

Das Weihnachtslied ging zu Ende. Barry klatschte mit allen anderen.

Miss Nolan drehte sich zum Publikum um und verbeugte sich im Namen der Kinder. Sie musste Barry entdeckt haben, denn sie schaute ihm in die Augen, lächelte ihm zu und zog die rechte Augenbraue hoch.

Barry erwiderte ihr Lächeln. Sie war wirklich ganz reizend, und er würde versuchen, später ein Wort mit ihr zu wechseln – trotz Kinkys Beteuerungen und O'Reillys Ermahnungen. Zur Hölle mit dem weihnachtlichen Geist.

Der Applaus verklang, und sie wandte sich an das Publikum. «Mylord, meine Damen und Herren, wir bitten um Nachsicht. Es wird ein paar Augenblicke dauern, bis der Chor die Bühne geräumt hat und die Spieler ihre Plätze eingenommen haben. Währenddessen werde ich Ihnen die Vorgeschichte erzählen.»

Eine Frau – ebenfalls Lehrerin, vermutete Barry – erschien auf der linken Bühnenseite und bugsierte die Kinder von der Bühne, während der Vorhang sich ruckend schloss.

Miss Nolan, die den Text offenbar auswendig kannte, begann: «Es begab sich aber zu der Zeit, dass ein Gebot von dem Kaiser Augustus ausging, dass alle Welt geschätzt würde ...»

Barry, der eigentlich geglaubt hatte, die Religion hinter sich gelassen zu haben, hatte einen Kloß im Hals und spürte ein Brennen hinter den Augenlidern. Im Geist sprach er die alten Worte mit. Als Zugeständnis an die anwesenden Protestanten waren es die majestätischen Worte der König-James-Bibel, die er zwar nie bewusst auswendig gelernt, aber als Kind in sich aufgenommen hatte. Das Wissen um diese Worte war ebenso ein Teil von Barry Laverty wie seine blauen Augen und die widerspenstige blonde Locke.

Er schaute O'Reilly an, und zu Barrys Überraschung bewegten sich die Lippen des großen Mannes. Sie formten dieselben Worte, die Barry von der Bühne hörte: «... in das jüdische Land zur Stadt Davids, die da heißt Bethlehem, darum, dass er von dem Hause und Geschlechte Davids war, auf dass er sich schätzen ließe mit Maria, seinem vertrauten Weibe, die war schwanger ...»

Die Rollen quietschten, und der Vorhang ging auf. Barry war nicht überrascht, als er eine Gruppe Hirten im Hintergrund der Bühne sah, die um einen Pferch mit echten Schafen herum hockten. Solche Requisiten waren in Ballybucklebo nicht schwer aufzutreiben.

Ein Scheinwerfer richtete sich auf Joseph, der offene

Sandalen und ein weißes Gewand trug, das an der Taille mit einer Schnur zusammengebunden war. Von derselben Schnur hatte man offenbar ein Stück abgeschnitten, um das karierte Taschentuch zu befestigen, das er als Kafiya um den Kopf trug. Micky Corry führte einen echten Esel am Zügel.

Darauf saß im Damensitz Jeannie Kennedy in einem langen blauen Kleid, das am Bauch ausgestopft war. Sie umklammerte die Mähne des Esels und schaute Barry an, als hätte sie panische Angst davor, herunterzufallen.

Das Grüppchen blieb vor der Tür stehen, über dem das Wirtshausschild hing. «Ach herrje, Maria. Alle Herbergen sind besetzt. Vielleicht ist ja hier noch Platz.» Die Sätze wurden flach und monoton vorgetragen.

«Hoffentlich, Joseph.»

Joseph klopfte an die Tür.

Colin Brown öffnete. Er war barhäuptig und trug ein graues Gewand, das aussah, als wäre es ursprünglich ein Kleid von Mrs Brown gewesen. Stolz trug er dazu eine blau-weiß gestreifte Schlachterschürze.

«Hallo, Wirt.»

Colin lächelte selig, und er sprach klar und deutlich. «Wer ist da?»

«Maria und Joseph. Wir sind nach Bethlehem gekommen, um uns schätzen zu lassen.»

«Maria und Joseph?»

Barry war einen leisen Zweifel nicht losgeworden, ob Colin nicht irgendwas im Schilde führen würde. Jetzt entspannte er sich. Das kleine Theaterstück lief perfekt.

«Können wir ein Bett für die Nacht bekommen? Meine Frau bekommt ein Baby, und sie ist sehr müde.»

Colins Stimme war weich und herzlich. «Also, *Maria*» –

er betonte den Namen – «in der Herberge ist kein Raum mehr, aber *du* kannst natürlich gern im Stall übernachten.»

Barry merkte auf. So hatte er den Text nicht in Erinnerung.

Nun wandte sich Colin Joseph zu und brüllte: «Aber du, Joseph, du dreckiger kleiner Straßenjunge, du jämmerlicher Rotzlöffel – *verpiss dich!*»

Alles schnappte gleichzeitig nach Luft, sodass Barry schon fürchtete, die Wände des Gemeindesaals würden sich nach innen biegen.

Er schaute zur Bühne, wo alle Spieler – abgesehen vom Wirt, der frech grinste – zu einem lebenden Bild erstarrt waren. Marias Augen waren weit aufgerissen. Joseph sah aus, als würde er am liebsten Colin an die Gurgel springen. Ein Hirte brüllte laut.

Damit musste er eines der eingesperrten Schafe erschreckt haben, denn es sprang so entschlossen über die Hürde, dass Barry sich an das Pferd Battlecruiser erinnert fühlte, das am Renntag in Ballybucklebo über die Hecke am Rand der Rennbahn gesetzt war.

Das Schaf rempelte den Esel an und der stieß einen gewaltigen Schrei aus. Er rannte gegen die Tür der Herberge, Maria klammerte sich an seiner Mähne fest, um nicht herunterzufallen. Der Wirt wurde umgeworfen, und der Esel verschwand in den Trümmern des einstürzenden Bühnenbildes.

Barry wusste, dass er eigentlich ernst bleiben musste, aber er konnte nicht aufhören zu lachen. Als ihn jemand am Ärmel zupfte, drehte er sich um. O'Reilly brüllte über den Tumult hinweg: «Komm, Barry, ich brauche deine Hilfe. Die Mutter Oberin ist in Ohnmacht gefallen.»

44

Der Aufruhr wächst

Barry sprang auf, immer noch lachend. Der Lärm war ohrenbetäubend. Nach dem ersten Schock wollten nun alle ihre Meinung äußern. Die Zuschauer auf der anderen Seite des Mittelgangs waren aufgestanden und verrenkten sich den Hals, um zu sehen, was los war.

O'Reilly eilte durch die Stuhlreihe. Barry sah den Reverend eine Grimasse schneiden und erkannte, dass O'Reilly ihm auf die Zehen getreten sein musste. Barry folgte ihm. Er versuchte, den Aufruhr zu ignorieren, und drängte sich mit einer Entschuldigung an Reverend Robinson vorbei, dessen Gesicht schmerzverzerrt war. Schließlich blieb er hinter einer dichtgedrängten Gruppe Nonnen stehen. Einige standen, andere beugten sich über die hingestreckte Gestalt der Mutter Oberin.

Barry konnte nicht mehr erkennen als den knienden O'Reilly und zwei schwarze Schnürstiefel. Er musste an die roten Pantoffeln der Bösen Hexe aus dem *Zauberer von Oz* denken, die unter Dorothys Haus hervorragten.

«Entschuldigen Sie bitte … entschuldigen Sie.» Er schob sich voran, bis er bei O'Reilly anlangte, der in Hemdsärmeln war, weil er sein Jackett als Kopfkissen eingesetzt hatte.

Das schmale Gesicht der Mutter Oberin war aschfahl,

und sie atmete in kurzen, flachen Stößen. Ihr Schleier war verrutscht, und graue Haarsträhnen lugten darunter hervor. Auf ihrer Oberlippe zwischen den feinen Härchen eines leichten Damenbarts standen Schweißperlen.

O'Reilly hielt ihr schlaffes Handgelenk umfasst. Er fühlte ihr den Puls.

«Fingal?»

O'Reilly blickte auf. «Ein einfacher Ohnmachtsanfall», sagte er. «Wir haben sie im Handumdrehen wieder auf den Beinen. Halt ihren Kopf fest, damit sie nicht ausweichen kann.»

Barry kniete sich hin.

O'Reilly wühlte in den Taschen seines Jacketts und zog ein kleines Fläschchen hervor. Er warf Barry einen Blick zu, worauf dieser die Hände an die Schläfen der Nonne legte. Dann nickte er O'Reilly zu.

Die Dämpfe des Riechsalzes, das O'Reilly ihr unter die Nase hielt, trieben Barry die Tränen in die Augen. Wenn er nicht beide Hände gebraucht hätte, um die Mutter Oberin festzuhalten, hätte er sich die Tränen abgewischt. Sie besaß erstaunliche Kräfte.

Ihre Augenlider sprangen auf wie der Verschluss einer Kamera. Ihr Blick war leer.

O'Reilly nahm die Flasche weg und verkorkte sie wieder. Barry ließ den Kopf der Mutter Oberin los.

«Wo bin ich?», fragte sie mit schwacher Stimme. Sie starrte O'Reilly an. «Du hast keinen Bart», sagte sie. Barry hörte die Verwunderung in ihrer Stimme. «Sankt Petrus, du hast keinen Bart. Ach, du lieber Himmel.» Sie bekreuzigte sich. «Darf ich hinein?»

Sie denkt, dass sie vor der Himmelspforte steht, begriff Barry. Da ihre Frage stark an Josephs kürzliche Erkundigung bei dem Wirt Colin Brown erinnerte, erwartete Barry die Antwort seines Kollegen mit einiger Bangigkeit. Zwar glaubte er eigentlich nicht, dass Fingal «Verpiss dich» sagen würde, aber bei ihm wusste man nie. «Ich glaube», sagte O'Reilly, «Sie haben noch etwa zehn oder zwanzig Jahre Zeit, bevor Sie diese Frage stellen müssen, Mutter. Sie sind ohnmächtig geworden, das ist alles.»

«Ohnmächtig?» Sie schüttelte den Kopf. «Ich verstehe.» Sie sah die am nächsten stehende Nonne an und fragte streng: «Und was guckt ihr so?»

Die junge Frau errötete. «Wir haben uns Sorgen gemacht, Mutter.»

«Verstehe. Danke, Schwestern» – sie sprach knapp und gebieterisch – «aber ich würde vorschlagen, dass sich jetzt alle wieder hinsetzen.»

Ihre Nonnen schlurften davon, und sie versuchte, sich aufzusetzen, aber O'Reilly legte ihr die Hand auf die Schulter. «Bleiben Sie lieber noch ein paar Minuten liegen. Wir wollen doch nicht, dass Sie uns wieder umkippen.»

Sie ließ den Kopf auf sein Jackett zurücksinken. «Danke.»

Barry stand auf. Der Tumult hatte nachgelassen. Die meisten Zuschauer waren dabei, sich wieder hinzusetzen. Er sah zur Bühne. Alle Kinder waren verschwunden. Der Schafspferch war noch da, und der Großteil der ursprünglichen Insassen wirkte so friedfertig wie eh und je. Vier Männer waren damit beschäftigt, die Herbergskulisse wieder aufzurichten, aber Barry konnte sehen, dass das Wirtshausschild rettungslos ruiniert war.

Pfarrer O'Toole stieg auf die Bühne, nahm das Mikrophon und sagte laut: «Mylord, meine Damen und Herren. Dürfte ich um Ruhe bitten?» Er wartete. «Seien Sie so nett.» Sein südirischer Akzent war so sanft wie seine Bitte.

Langsam erstarb der Lärm.

«Danke.» Er senkte die Stimme. «Das ist ein bisschen unglücklich gelaufen, ja, aber Colin ist schließlich nur ein kleiner Junge, und kleine Jungs machen Fehler. Da werden Sie mir sicher zustimmen.» Er wartete.

Barry hörte eine der Nonnen murmeln: «Sicher, er ist bloß ein kleiner Knirps, ja.» Er nahm an, dass das Gemurmel des restlichen Publikums ebenfalls Zustimmung ausdrückte.

Der Blick des Priesters glitt über den Gemeindesaal. «Bevor ihr den kleinen Jungen verdammt, erinnert euch, was unser Herr im Evangelium nach Matthäus sagt: ‹Richtet nicht, auf dass ihr nicht gerichtet werdet.›»

Barry sah Kopfnicken. Das Stimmengewirr wurde lauter.

«Ein Kind hat sich hinreißen lassen, das ist alles.» Der Priester streckte die linke Hand aus, die Handfläche zum Publikum gewandt, Fingerspitzen zur Decke. «Denkt an den Satz: ‹Wer unter euch ohne Sünde ist, der werfe den ersten Stein.› Das ist alles, worum ich euch bitten möchte.»

Barry drehte sich um und schaute sich im Gemeindesaal um. Er war besorgt, Bertie Bishop, eiserner Anhänger des protestantischen Orange-Ordens, könnte etwas dagegen haben, dass ein katholischer Priester die Sache in die Hand nahm. Der größte Teil der Anwesenden stand noch, aber Bertie, der sich wieder gesetzt haben musste, machte Anstalten, sich zu erheben. Florence umklammerte seinen Arm und machte ihm offenbar Vorhaltungen.

Ein härterer nordirischer Akzent drang an Barrys Ohren, und als er sich wieder umdrehte, sah er, dass Reverend Robinson auf die Bühne gestiegen war. Er brauchte kein Mikrophon, sondern donnerte mit seiner besten Kanzelstimme los, von der Kinky einmal gesagt hatte, dass die Gottesdienstbesucher «seine Spucke noch sechs Bänke weiter» spürten. «Die Kinder und Miss Nolan haben alle sehr hart gearbeitet, also lasst uns Colin seine Schuld vergeben. Schließlich ist Weihnachten. Setzen wir uns doch alle wieder hin.» Sein Blick war direkt auf Bertie Bishop gerichtet, der sich auf seinen Stuhl zurücksinken ließ.

Man hörte, wie Stuhlbeine über den Holzboden scharrten.

«Bitte haben Sie noch ein wenig Geduld», sagte der Pastor. «Es wird noch etwa ...» Er sah einen der Männer, die an der Herberge arbeiteten fragend an.

Barry erkannte Donal Donnellys roten Schopf.

«Ungefähr zehn Minuten, Reverend.» Donals Stimme klang zuversichtlich.

«Es wird noch etwa zehn Minuten dauern, also bitte ich Sie, sich noch ein wenig zu gedulden. Sehr bald werden wir sehen, was damals in einer Nacht in der Stadt Bethlehem in Judäa weiter geschah, und uns wieder in Erinnerung zu rufen, warum wir Weihnachten feiern. Wir feiern die Geburt unseres Erlösers, der auf die Welt kam, um die Sünden der Welt hinwegzunehmen.»

«Danke, Reverend. Gut gesagt.» Pfarrer O'Toole strahlte das Publikum an. «Ich glaube, unser Erlöser wäre gern bereit, die Sünde des kleinen Colin – den Neid – zu vergeben. Glaubt ihr nicht auch?»

Es folgte ein längeres Schweigen, dann ein immer stärker werdendes zustimmendes Gemurmel, über das hinweg man O'Reilly brüllen hören konnte: «Hört! Hört!»

Jemand zupfte Barry am Ärmel.

«Doktor Laverty?» Cissie Sloan, das Haar offensichtlich zur Feier des Anlasses frisch frisiert, das geblümte Kleid frisch gewaschen und gebügelt, zog mit einer behandschuhten Hand an ihm. «Miss Nolan lässt fragen, ob Sie oder Doktor O'Reilly mal hinter die Bühne kommen könnten. Und er kann nicht kommen, weil er sich noch um diese nette Nonne kümmert, ja ...»

Barry sah, dass sie recht hatte. O'Reilly kniete immer noch neben der Mutter Oberin.

«Also müssen Sie selbst kommen ...»

«Was ist denn los, Cissie?»

«Die kleine Jeannie, die Maria, und ist sie nicht eine schöne Maria?»

Barry steuerte auf die Tür zu, die hinter die Bühne führte und Cissie folgte ihm auf dem Fuße.

«Die kleine Jeannie hat sich den Kopf gestoßen, als der Esel durchgegangen ist. Ich glaube, ein dümmeres Tier gibt's gar nicht ...»

Barry hielt Cissie die Tür auf und stieg die vier Holzstufen hoch.

«... nur meine Cousine Aggie Arbuthnot, die hat, vielleicht erinnern Sie sich doch noch an sie, Herr Doktor?»

Barry, der sich in der schwachbeleuchteten Seitenkulisse wiederfand, dachte an sechs Zehen und blickte überrascht, als Cissie mal für Abwechslung sorgte und fortfuhr: «Die, die einen Reinlauf vertragen könnte.»

«Doktor Laverty! Vielen Dank, dass Sie gekommen sind.» Sue Nolan hatte ihren Universitätstalar abgelegt. Sie trug einen taubenblauen Kaschmirpullover, den sie, wie er feststellte, sehr gut ausfüllte, und einen schwarzen Etuirock.

Barry wusste, dass er sich eigentlich Sorgen um die Patientin machen sollte, aber sein erster Gedanke – trotz des tröstlichen Gesprächs mit O'Reilly am Samstag – war die Überlegung, wie er Cissie loswerden konnte, um Sue nach ihrer Telefonnummer zu fragen. «Cissie sagt, Jeannie hat sich den Kopf gestoßen.»

«Richtig. Ich habe dafür gesorgt, dass sie sich hinlegt. Sie ist in einem Nebenraum. Würden Sie bitte mitkommen?» Sie drehte sich um, und Barry wollte ihr folgen.

«Sie brauchen mich doch nicht mehr, oder, Herr Doktor?»

Also waren keine Ausreden nötig, um einen Augenblick mit Sue allein zu sein. Cissie wollte gehen.

«Nein, Cissie. Ich komme schon zurecht.»

«Gut, denn ich würde gern den Rest sehen. Mein Kleiner ist einer von den Hirten, ja, das ist er. Er ist ein braver Junge. Nicht so wie dieser Colin Brown. Ich wette, wenn sein Vater mit dem fertig ist, wird er ein paar Tage lang im Stehen essen müssen.»

Barry schnitt eine Grimasse. Sie hatte vermutlich recht. Er war nicht für die Prügelstrafe – im Internat war er geschlagen worden –, aber in Colins Fall ließ sich eine Tracht Prügel wohl nicht vermeiden. Nun ja, es würde zumindest schnell vorbei sein, und der Junge würde keinen bleibenden Schaden nehmen.

«Mein Hugie, mein Mann, hätte unseren Kleinen aber gehörig verbimst, wenn der sich so was geleistet hätte. Aggie meint …»

Barry blieb nicht stehen, um sich den neuesten Ausspruch von Cousine Aggie anzuhören. Er folgte Sue Nolan. Von der linken Bühnenseite drang Gehämmer, und Barry hörte, wie der Vorhang geschlossen wurde.

Der Nebenraum war mit Bücherregalen vollgestellt. Sie standen an den Wänden und in Reihen auf dem Parkettboden. Der Raum musste als Bibliothek dienen.

Sue stand an einem niedrigen Sofa, auf dem die Jungfrau Maria lag, mit einem Kissen unter dem Kopf. Da ihr Bauch nicht länger dick war, nahm er an, dass ebendieses Kissen benutzt worden war, um das kleine Mädchen schwanger aussehen zu lassen. Er setzte sich auf die Sofakante. «Hallo, Jeannie.» Ihm fiel ein, wie krank sie im Sommer gewesen war – Blinddarmentzündung und dann ein Beckenabszess. Es war wirklich erstaunlich, wie schnell Kinder sich wieder erholen konnten.

«Hallo, Doktor Laverty.» Sie grinste und zeigte auf den Waschlappen, der auf ihrer Stirn lag. «Ich hab mir tüchtig den Kopf gestoßen, als der Esel gegen die Wand der Herberge gerannt ist.»

Barry entfernte den feuchten Lappen. Direkt über Jeannies linkem Auge war eine Beule. Sie maß etwa drei Zentimeter im Durchmesser und erhob sich knapp über die umgebende Haut, die glänzte und blauviolett verfärbt war. Es war wahrscheinlich nur ein Bluterguss, aber Barry hatte schon einmal eine Hirnblutung übersehen. Diesmal würde er kein Risiko eingehen.

Er wühlte in seiner Tasche nach dem kleinen Lämpchen. «Ich werde dich jetzt untersuchen, Jeannie.»

«Geht in Ordnung.»

«Aber vorher werde ich dir noch ein paar Fragen stellen. Also: Welchen Tag haben wir heute?»

«Wissen Sie das denn nicht, Doktor?» Er hörte die Besorgnis in der Stimme des Kindes, und Sue lachte leise.

«Doch», sagte er. «Ich möchte wissen, ob du es weißt.»

«Klar. Wir haben Montag. Es sind noch vier Tage bis Weihnachten.» Sie schaute sich um. «Und das hier ist ein kleiner Raum im Gemeindehaus, ja.»

Barry lächelte und erklärte Sue: «Sie ist nicht desorientiert. Das ist ein gutes Zeichen. Und jetzt ...» Er leuchtete mit der Lampe in ein Auge und stellte erfreut fest, dass die Pupille sich zusammenzog.

In weniger als fünf Minuten hatte er die neurologische Untersuchung beendet und erleichtert festgestellt, dass, soweit er es beurteilen konnte, alles normal war. Er stand auf. «Das wird bald wieder, Jeannie. Es ist nur eine Beule.»

«Dann kann sie also weiter mitspielen?», wollte Sue wissen.

«Klar.»

Sie beugte sich zu Jeannie hinunter. «Also dann mal los. Wir machen dich schnell wieder fertig.» Barry schaute zu, wie sie Jeannies Kleid glatt strich, eine Bürste hervorholte und dem kleinen Mädchen die Haare bürstete. «Und jetzt ab mit dir», sagte sie. «Nimm deinen Platz bei Joseph im Stall ein. Das Kissen brauchen wir nicht mehr und den Esel auch nicht, denn wir machen mit der Szene nach Jesu Geburt weiter.»

«Fein. Vielleicht bekomm ich ja irgendwann ein Baby, aber auf einen Esel setz ich mich nicht mehr, nie.»

Barry lächelte über ihre Entschiedenheit.

«Das kann ich verstehen», sagte Sue. «Wenn der Vorhang aufgeht, fängst du an mit der Stelle: ‹Es ist kein Schlafzimmer, Joseph, aber es wird schon gehen.›»

«Ja, Miss.» Jeannie verschwand.

«Danke, Barry», sagte Sue. Er sah sie lächeln. Ein betörendes Lächeln.

«War mir ein Vergnügen», sagte er. «Bevor das Armageddon losbrach, dachte ich gerade, die Kinder machen ihre Sache wirklich gut.»

«Es macht Spaß mit ihnen», sagte sie. «Ich –»

Bevor sie weitersprechen konnte, erschien Pfarrer O'Toole.

«Sind Sie fertig, Sue? Die Eingeborenen werden langsam unruhig, und das Bühnenbild ist notdürftig repariert.»

«Entschuldigen Sie mich, Barry», sagte sie. «Ich bin gleich wieder da.»

Mist. Die Gelegenheit, sie nach ihrer Telefonnummer zu fragen, war verpasst. Aber vielleicht war das gar nicht verkehrt. Er wäre am Boden zerstört, wenn Patricia einem anderen Mann ihre Telefonnummer gäbe.

«Warum bleiben Sie nicht, Barry, und schauen von der Seitenkulisse aus zu?» Sie hob die Augenbrauen. Er schluckte. «Das wäre schön», sagte er. «Sehr gern.»

Sue verschwand, und auch der Priester ging. Barry trat in die Seitenkulisse. Er verfolgte stumm, wie Sue Nolan ihre Schützlinge in Position brachte, und lächelte, als sie über die Bühne lief und sich wieder zu ihm stellte. «Nur gut, dass der Wirt für den Rest des Stücks nicht mehr gebraucht wird.»

Barry grinste sie an.

Sie legte den Finger an die Lippen.

Er hörte Applaus und des Rascheln des Vorhangs und schaute sich stumm das Krippenspiel an, sich ihrer Nähe und ihres zarten Parfüms sehr bewusst.

Die Kinder spielten die alte Geschichte von der Geburt des Christuskindes, von himmlischen Heerscharen und Hirten auf dem Felde, von Sternen im Osten und den Weisen aus dem Morgenland. Barry erkannte viele der kleinen

Schauspieler wieder; er hatte sie als Patienten in der Praxis gesehen.

Nach der letzten Szene schloss sich der Vorhang. «Barry», sagte Sue, während der Applaus aufbrandete. «Ich muss noch das letzte Weihnachtslied dirigieren.»

«Dann mal los.»

Ihre Stimme war sanft. «Würden Sie solange hier auf mich warten? Nach der Vorstellung fahre ich gleich nach Broughshane, und ich möchte Ihnen gern vorher noch fröhliche Weihnachten wünschen.»

Er wusste, er sollte ablehnen, sich irgendeine Ausrede ausdenken, aber stattdessen sagte er: «Natürlich.» Und warum auch nicht? Sie fuhr schließlich heute Abend noch weg.

Sie reckte sich und gab ihm einen Kuss auf die Wange. «Es dauert nicht lange.»

Er pfiff leise und befühlte die Stelle, die sie geküsst hatte. Wirklich nur gut, dass sie heute noch abreiste. Er schaute zu, wie sie die Bühne überquerte und Schauspieler und Kinderchor aufstellte.

Der Vorhang öffnete sich wieder. Der Chor stand auf der linken Bühnenseite, die Schauspieler auf der rechten. Hirten und Weise aus dem Morgenland knieten vor Joseph und Maria, die eine Puppe, in Windeln gewickelt, in den Armen hielt.

Sue Nolan griff nach dem Mikrophon. Im Rampenlicht zeichnete sich ihre Silhouette ab. Sie hatte wirklich *verdammt* hübsche Beine.

«Meine Damen und Herren, ‹unsere Spiele sind nun zu Ende›. Na ja, fast. Ein letztes Weihnachtslied haben wir noch, und wir laden Sie alle ein, mitzusingen. Pfarrer O'Toole?»

Das Harmonium spielte die einleitenden Akkorde. Barry lauschte den klaren Kinderstimmen und dem Gesang des Publikums. Stumm sprach er die Worte mit.

Da liegt es, das Kindlein, auf Heu und auf Stroh
Maria und Joseph betrachten es froh
Die redlichen Hirten knien betend davor
Hoch oben schwebt jubelnd der Engelein Chor.

45

Fröhliche Herren in roten Mänteln

O'Reilly lugte ins Wartezimmer. Heilige Mutter Gottes. Da waren mehr Leute drin als im Stadion bei einer internationalen Rugby-Begegnung. Die würde er nie alle drannehmen können, wenn er rechtzeitig zur Weihnachtsfeier des Rugbyclubs kommen wollte. Er schloss die Tür und kehrte still und leise ins Speisezimmer zurück, wo Barry bei einer letzten Tasse Kaffee saß und den *Belfast Newsletter* las.

Die Zeitung raschelte, als Barry aufblickte. «Da ist ein interessanter Artikel drin, Fingal. Kanada hat den alten ‹Red Duster› abgeschafft, und jetzt haben sie eine neue rot-weiße Flagge mit einem Ahornblatt.»

«Wunderbar. Das freut mich für die Kanadier, aber wir haben hier ein größeres Problem. Wie viele Hausbesuche hast du auf dem Zettel?»

«Heute Vormittag? Keine. Warum?»

«Weil die gesamte Bevölkerung von Ballybucklebo, des Umlands und, soweit ich weiß, der Äußeren Hebriden sowie Teilen der Isle of Man in unserem Wartezimmer sitzt. Ich brauche deine Hilfe.»

O'Reilly hatte bewusst von «unserem» Wartezimmer gesprochen, und er freute sich, als Barry lächelte. Es war gut, dass der Junge so über die Praxis dachte.

«Gibt es eine Grippe-Epidemie, Fingal, oder –?»

«Nein. Es ist jedes Jahr dasselbe. Heute ist der letzte Tag vor der Weihnachtspause. Ich mache die Praxis immer zwei Tage vor Weihnachten zu, ausgenommen für Notfälle, und öffne sie erst im Januar wieder. Die Leute wissen das, also kommt alles her, was Beine hat. Manche haben tatsächlich Beschwerden, die in der Nacht oder heute Morgen schlimmer geworden sind, aber die anderen wollen noch in letzter Minute ein Rezept ausgestellt bekommen oder haben unbestimmte Schmerzen, die sie untersuchen lassen wollen, für den Fall, dass es ihnen das Fest verderben könnte. Einige sind auch einfach nur gekommen, um ‹Fröhliche Weihnachten› zu wünschen, glaube ich. So geht es jedes Jahr, seit ich nach Ballybucklebo gekommen bin. Ich habe auch eine Theorie, warum das so ist.»

«Welche?»

«Ich glaube, es geht auf heidnische Zeiten zurück. Die Leute vom Land, auch wenn sie beteuern, Christen zu sein, haben längst nicht alle heidnischen Wurzeln gekappt.»

«Du meinst so wie ... wie Kinky und ihre Hellseherei?», fragte Barry.

«Genau.» Der Junge macht sich immer noch Sorgen wegen seines Mädchens, dachte O'Reilly. Er sagte: «Das Jul-Fest fand zur Wintersonnenwende statt, wenn die Tage anfangen, wieder länger zu werden. Früher hat man seinen ganzen Müll rausgeräumt, um einen Schlussstrich zu ziehen und im neuen Jahr neu anzufangen. Und ich glaube, es gibt auch so eine Art gesundheitlichen Frühjahrsputz. Die Leute kommen her, um die Beschwerden und Krankheiten auszukehren, die sie in diesem Jahr geplagt haben.»

«So habe ich das noch nie gesehen.»

«Natürlich könnte ich mich auch irren ...»

«Du, Fingal? Nie.»

O'Reilly lachte und sagte: «Sei nicht so frech, junger Mann!» Aber innerlich war er froh, dass Barrys Selbstvertrauen, das schwer in Mitleidenschaft gezogen worden war, als er sich im August einer möglichen Klage wegen eines Kunstfehlers gegenübersah, wieder so groß war, dass er es riskierte, O'Reilly aufzuziehen. «Ich glaube, ich habe mich einmal geirrt ... so um 1956 herum. Aber wie sich herausstellte, war das ein Irrtum.»

Barry lachte. «Irren ist menschlich», bemerkte er.

«Alexander Pope. ‹Irren ist menschlich, vergeben göttlich.› Aber die Patienten werden uns nie vergeben, wenn wir nicht schleunigst in die Hufe kommen.»

Barry zögerte keine Sekunde. «Also gut.»

Seine Reaktion gefiel O'Reilly. Es wäre Barrys gutes Recht gewesen, darauf hinzuweisen, dass er heute nicht mit der Sprechstunde dran war.

«Ich arbeite im Behandlungsraum», sagte O'Reilly. «Und du hier, Barry. Geh einfach ins Wartezimmer und brülle: ‹Der Nächste!›, bis der Raum leer ist.»

«In Ordnung, aber selbst wenn wir beide arbeiten, werden einige ewig warten müssen, bis sie dran sind.»

«Nein.» O'Reilly schüttelte den Kopf. «Ich zeig's dir. Komm mit.» Er ging zum Wartezimmer, dicht gefolgt von Barry. O'Reilly öffnete die Tür einen Spalt und ließ Barry hindurchspähen. «Na, glaubst du immer noch, dass Fitzpatrick eine Bedrohung für uns ist?»

Barry schüttelte grinsend den Kopf.

Eine Sorge weniger für den Jungen, der dazu neigte, sich alles und jedes zu Herzen zu nehmen. O'Reilly riss die Tür auf. «Guuuten Morgen, alle zusammen.»

«Guten Morgen, Doktor O'Reilly!» Es klang wie das Gebrüll in einem Fußballstadion, wenn ein Tor fiel.

«Hört mir mal alle zu. Heute ist es verdammt voll. Doktor Laverty wird aushelfen, aber es kann trotzdem dauern.» O'Reilly wartete, bis das Gemurmel abgeklungen war. «Ich habe ein paar Vorschläge. Erstens: Ist jemand hier, der uns einfach nur frohe Weihnachten wünschen will?»

Ein gedämpfter Chor von «Ich» und «Wir» erscholl.

«Das ist sehr nett von euch, sehr zuvorkommend, wirklich. Doktor Laverty und ich danken euch und wünschen euch ebenfalls ein frohes Fest.» Er hoffte, dass sie den Wink verstehen würden. O'Reilly wartete und schaute zu, wie Kieran O'Hagan seiner Frau Ethel die Außentür aufhielt. Kieran hatte ein in braunes Packpapier gewickeltes Päckchen bei sich. «Ich möchte nicht unhöflich sein, und ich weiß, dass einige wie die drei heiligen Könige Geschenke gebracht haben.»

Leises Lachen erfüllte den Raum.

«Wenn dem so ist, geht bitte zur Vordertür. Mrs Kincaid wird die Geschenke gern entgegennehmen und sich bei allen Gebern herzlich in unserem Namen bedanken.» Mehrere Leute standen auf und verließen den Raum, und O'Reilly fuhr fort: «Und damit der Rest nicht zwei oder drei Stunden warten muss – oder länger, denn Doktor Laverty und ich werden eine Mittagspause einlegen …»

«Ich höre, Ihr Weihnachtsmannkostüm musste weiter gemacht werden», bemerkte eine Stimme aus der hinteren Ecke. Es folgte allgemeines Gelächter.

«Ich werde dir das mal durchgehen lassen, schließlich haben wir bald Weihnachten, Connor O'Brien.» O'Reilly wartete. «Bist du hier, um dir die übliche Injektion mit der Riesenspritze verpassen zu lassen?»

«Nein, Sir.» Connors Stimme klang etwas ängstlich.

Das zweite allgemeine Gelächter war lauter als das erste.

Und Barry dachte, dass ich Witze mache, als ich ihm meinen Lehrsatz Nummer eins nannte: *Lass dir niemals von deinen Patienten auf der Nase herumtanzen*, dachte O'Reilly. «Damit nicht alle warten müssen, möchte ich, dass ein Drittel von euch jetzt wieder nach Hause geht und um eins wiederkommt. Ihr wisst selbst am besten, wer zuerst da war und wer später gekommen ist. Es sei denn, jemand hat akute Beschwerden und möchte sofort drankommen.»

Noch während eine kleine Prozession von Patienten zur Hintertür hinausstampfte, brüllte O'Reilly: «Wer ist der Erste?» Er wartete, bis Agnes Arbuthnot aufgestanden war. «Morgen, Aggie», sagte er, drehte sich um und ging zum Behandlungszimmer.

Er hörte Barrys lautes «Der Nächste bitte» und war sich sicher, dass sein Assistent im Speisezimmer erstklassige Arbeit leisten würde.

***

O'Reilly parkte den Rover und ließ Arthur hinaus. Er hatte seinen Nachmittagslauf am Strand von Ballybucklebo richtig genossen. Der große Hund hatte im Wagen geschlafen, während O'Reilly zwei Hausbesuche erledigte, um die die Patienten am Vormittag gebeten hatten. Barry war in der Praxis geblieben, um diejenigen zu behandeln, die nach dem Mittagessen wiederkamen.

«Ab in die Hundehütte.»

Arthur gehorchte.

O'Reilly trat in die Küche. Kinky stand mit dem Rücken zu ihm. Offenbar hatte sie ihn nicht hereinkommen hören. Sie war dabei, Wurstpastetchen, die frisch aus dem Ofen kamen, vom Backblech zu nehmen und auf einen Gitterrost zum Abkühlen zu legen. Der Duft von Frischgebackenem war verlockend.

«Hallo, Kinky.» Er stibitzte ein heißes Wurstpastetchen und warf es von einer Hand in die andere.

«Doktor O'Reilly!» Kinky drehte sich um und stemmte die Hände in die Hüften. «Ich hätte eigentlich gedacht, meine Kartoffel-Lauch-Suppe vorhin wäre reichlich gewesen, ja.»

«Och, ein kleines Pastetchen kann nicht schaden», meinte er, stopfte es sich in den Mund und stieß mehrere kurze Schnaufer aus. Es war immer noch zu heiß.

«Aber nur eins!», sagte sie. «Florence Bishop hat mich gebeten, etwas zum Buffet beizusteuern, und ich lasse nicht zu, dass die Ergebnisse meiner harten Arbeit aufgegessen werden, bevor sie das Haus verlassen.»

«Schon gut, schon gut.» O'Reilly schaute sich um. «Heiliger Moses», rief er aus und musterte die beladenen Regale, «was haben Sie vor, die Speisung der Fünftausend? Was ist denn das alles?» Er wartete darauf, dass Kinky es ihm erläuterte. Sie war sehr stolz auf ihre Kochkünste, und sie freute sich, wenn man Interesse an dem zeigte, was sie zubereitet hatte. Und, dachte O'Reilly, wenn ich sie ablenke, kann ich vielleicht doch noch ein Wurstpastetchen stibitzen. Sie waren köstlich.

«Also», sagte sie, «das da, das ist eine Platte mit Schinken-Sandwiches, und das sind gefüllte Eier. Hier sind zwei Tabletts mit süßen Weihnachtspastetchen … Finger weg von den Wurstpasteten!»

O'Reilly fühlte sich gebührend gezügelt. Er wusste ja, er hätte es besser wissen müssen, als zu versuchen, Kinky in ihrer eigenen Küche zu überlisten. «Entschuldigung.»

Sie erklärte weiter. «Das da ist ein kalter gekochter

Schinken. Und sehen Sie diese Terrakotta-Töpfchen mit Alu-Folie und rotem Gummiband?»

«Ja.»

«In sechs der Töpfchen ist meine Räucherlachs-Terrine, in den anderen meine Räuchermakrelen-Terrine.»

Beim Gedanken an Kinkys Räuchermakrelen-Terrine lief O'Reilly das Wasser im Munde zusammen. «Kommen Sie schon, Kinky. Zu Weihnachten sollen wir doch alle fröhlich sein. Darf ich noch ein Wurstpastetchen? Bitte.»

«Sie sind einfach schrecklich, Doktor O'Reilly, das sind Sie.» Kinky lächelte. «Na schön, aber wirklich nur eins.» Sie blickte auf die Küchenuhr. «Doktor Laverty ist bereits umgezogen. Er wartet im Wohnzimmer. Sie müssen sich noch umziehen und Ihr Weihnachtsmannkostüm holen. Ich habe es in eine Stofftasche gepackt, und die Stiefel habe ich auch poliert.» Sie lächelte. «Man kann sich in ihnen spiegeln ... Aber wenn ich Ihr Gesicht hätte», gluckste sie, «würde ich das lieber lassen.»

O'Reilly lachte so sehr, dass er feine Teigkrümel versprühte. «Sie haben mir vielleicht eine scharfe Zunge, Kinky Kincaid.»

«Ach ja, und sollen nicht zur Weihnachtszeit alle froh und munter sein?»

«Das sollen sie. Bei Gott, das sollen sie.» Seine Gedanken wanderten zu seinem glücklichen Weihnachten vor langer Zeit in Portsmouth und beschloss, dass er dieses Weihnachtsfest zum Andenken an Deidre für sich selbst und die Menschen um ihn herum zum fröhlichsten Fest machen wollte, das es je gegeben hatte.

«Wenn Sie raufgehen, könnten Sie Doktor Laverty fragen, ob er mal runterkommt? Ich bin sicher, es macht ihm nichts aus, mir zu helfen, das alles hier in den Kofferraum zu laden.»

«Mach ich.» Er griff nach einem Pastetchen.

«Ich habe gesagt, nur noch eins … Sir.»

***

Gut gelaunt stieg O'Reilly, angetan mit seinem besten Tweedanzug, braunen Stiefeln, Mantel und weichem Tweedhut, die Tasche mit seinem Kostüm in der Hand, in den Rover. «Alles an Bord, Kinky?»

«Gewiss, ja, doch.»

«Bist du bereit, Barry?»

«Jawohl.»

O'Reilly startete den Motor. «Dann mal los.»

Er dankte Gott, dass es nicht schneite oder glatt war, denn um rechtzeitig im Clubhaus zu sein, musste er einen Zahn zulegen. Also trat er aufs Gas. Der Rover war vielleicht alt, aber er hatte immer noch den Tiger im Tank. Barry schnappte gelegentlich nach Luft, wenn der Wagen sich in eine Kurve legte, aber das ignorierte O'Reilly.

Er parkte vor dem Eingang des Clubhauses. «Gehen Sie schon mal rein, Kinky», sagte er. «Mobilisieren Sie Ihre Truppen, um alles auszuladen.»

Die Fondtür knallte zu.

«Raus mit dir, Barry. Mach den Kofferraum auf und hilf Kinky beim Tragen. Wenn alles ausgeladen ist, stell ich die Mühle auf dem Parkplatz ab. Wir treffen uns dann im Umkleideraum.»

Barry stieg aus, und mit einem Quietschen ging die Kofferraumklappe auf. O'Reilly sah zu, wie Barry, der den Schinken trug, und Kinky mit einer Platte Sandwiches zum

Pavillon strebten. Außerhalb des Lichtstrahls, der aus der offenen Tür fiel, war die Nacht pechschwarz.

O'Reilly blieb sitzen und verfolgte, wie die Gäste eintrafen. Da war Alice Moloney, und – heilige Mutter Gottes! – sie war in ein Gespräch mit Helen Hewitt vertieft. Die beiden mussten Waffenstillstand geschlossen haben, wenn nicht gar eine «Entente cordiale». Gut.

Er erkannte Willy Lindsay, seine Schwester Mary und, Gott sei Dank!, Sammy, der an der Hand seiner Mutter ging. O'Reilly, im sicheren Wissen, dass Eileen in Kürze den Hauptgewinn der Tombola bekommen würde, konnte sich genau vorstellen, wie dem ehemaligen Geizhals Ebenezer Scrooge zumute gewesen sein musste, als er den Jungen losschickte, um die größte Gans zu kaufen und sie den Cratchetts zu bringen.

Die Familie Shanks war auch gekommen. Großartig. Gerry hatte den Arm um Maireads Taille gelegt. Er lächelte auf seine Frau hinunter, und die beiden achteten nicht auf ihre Kinder, die glücklich herumtollten wie Collies, die eine Herde Schafe zusammentreiben. Aus diesem Lächeln schloss O'Reilly, dass Gerry morgens jetzt wieder Zucker in seinen Tee bekam.

Kinky tauchte wieder auf, begleitet von Florence Bishop, der Vorsitzenden der Vereinsfrauen, sowie Aggie Arbuthnot und Cissie Sloan.

Er kurbelte das Fenster herunter. «Können Sie noch ein paar Hände gebrauchen?»

«Nicht nötig, danke schön, Sir», sagte Kinky.

«Sind Sie's, Doktor O'Reilly? Gesund und munter sehen Sie aber aus.» Er erhielt keine Chance, etwas darauf zu erwidern, denn Cissie redete schon weiter. «Und Sie sind dieses Jahr wieder der Weihnachtsmann. Also …» In ihrer

Stimme schwang rechtmäßige Empörung mit. «Ich hoffe, für diesen kleinen Strolch Colin Brown gibt's nur ein Stückchen Kohle, denn –»

«Cissie Sloan!» Florence Bishops Stimme hätte gut einem Hauptfeldwebel der Irish Guards gehören können. «Hör auf mit dem Gesappel und pack mit an.»

Er kurbelte das Fenster wieder hoch.

Als der Kofferraum leer war, fuhr O'Reilly auf den Parkplatz und stellte den Rover ab. Er griff nach seiner Stofftasche, eilte zum Pavillon zurück und ging durch den Hintereingang, um sich in den Weihnachtsmann zu verwandeln.

Er öffnete die Tasche, zog sich halb aus und legte sein Tweedjackett und die Hose auf eine Bank. «*Vesti la giubba*», sang er. «An mit dem Narrengewand.» Er packte die rote Hose aus, die Miss Moloney größer gemacht hatte, und zog sie an. «Ho, ho, ho!» Die Geldbörse nahm er aus dem Jackett und schob sie, zusammen mit seiner Pfeife und dem Tabaksbeutel, in die Tasche der roten Hose. Dann setzte er sich hin und zerrte die schwarzen Schaftstiefel über die Füße. Mit den Stiefeln hatte Kinky sich wirklich Mühe gegeben.

Barry kam herein. «Langsam fange ich an, mich an die Festivitäten hier in Ballybucklebo zu gewöhnen», sagte er, «und diese hat das Zeug, sich zu einer richtigen Sause zu entwickeln, wie du es nennen würdest.»

«Ist wohl schon im vollen im Gange, was?»

Barry hockte sich auf eine Bank. «Als ich reinkam, herrschte ohrenbetäubender Lärm. Bing Crosbys ‹White Christmas› lief. Alle mussten brüllen, um sich verständlich zu machen. Kinder sausten herum wie die Derwische, kreischten, lachten und heulten. Man hört es bis hier.»

O'Reilly musste Barry zustimmen. «Und wie kommt Kinky zurecht?»

«Sie steht hinter einer Reihe von Tapeziertischen und ist ganz in ihrem Element. So ein Buffet habe ich in meinem Leben noch nicht gesehen.»

«Das», sagte O'Reilly, «klingt gut.»

In Barrys Stimme schwang leichtes Staunen mit. «Ich habe acht Grillschinken gezählt, vier gebratene Puten, die bestimmt jede gut zehn Kilo wiegen, drei Rinderbraten aus der Oberschale, zwei kalte Lammbraten … Ich kann mich gar nicht an alles erinnern.»

«Und was ist mit ‹drei französischen Hennen, zwei Turteltauben› …»

«‹Und einem Rebhuhn in einem Birnbaum›?» Barry lachte. «Die habe ich nicht gesehen, aber dafür Berge von Datteln, mit Marzipan gefüllt, getrocknete Feigen und haufenweise getrocknete Kirschen, in Schokolade getunkt.» Er lächelte. «Verhungern wird niemand. Die Leute langen tüchtig zu. Und» – Barry reichte O'Reilly seinen roten Mantel mit Pelzbesatz – «alle Kinder rennen immer wieder zum Weihnachtsbaum und starren den Sack an, der aus allen Nähten platzt. Also beeil dich, Weihnachtsmann. Man wartet.»

«Richtig.» O'Reilly zog den Mantel über. Er sammelte Anzughose und Jackett ein, durchsuchte die Taschen und legte die restlichen Wertsachen auf eine der Bänke. Dann reichte er Barry den Tweedanzug. «Tu das mal in einen Umkleideschrank.»

O'Reilly zog den schwarzen Lackledergürtel mit Silberschnalle um die Taille fest. «Na, wie sehe ich aus?»

«Der Bart fehlt noch.»

O'Reilly bückte sich und zog einen gewaltigen weißen

Bart aus der Tasche und befestigte ihn mit zwei gebogenen Drahthäkchen hinter den Ohren.

«Die Ähnlichkeit ist verblüffend», sagte Barry. «Zumindest mit der Version, die durch die Coca-Cola-Werbung seit 1931 populär gemacht wurde.»

O'Reilly richtete seinen Bart. «Aber es gab auch einen echten Sankt Nikolaus. Er ist der Schutzheilige der Kinder, der Bankleute, der Pfandleiher und der Seeleute ... Ich hatte immer eine kleine Schwäche für ihn, als ich noch zur See fuhr.» O'Reilly sammelte seine Wertsachen ein und stopfte sie in die Tasche. «Die lasse ich lieber nicht unbeaufsichtigt hier liegen», meinte er. «Der heilige Nikolaus war auch der Schutzheilige der Mörder und Diebe.»

«Vielbeschäftigter Mann», sagte Barry. «Nach den zwei Sprechstunden heute kann ich das gut nachvollziehen.»

«Aber es hat dir gefallen, viel zu tun zu haben, oder?»

«Ja, das hat es, Fingal.» Barry schaute O'Reilly offen ins Gesicht. «Genau wie dir.»

«Das kann ich nicht leugnen.» O'Reilly strich den roten Mantel glatt und sprach etwas aus, an das er seit langer Zeit glaubte. «Es hat nicht viel Sinn, Medizin zu praktizieren, wenn es einem keinen Spaß macht. Dann könnte man ebenso gut ... ich weiß nicht ... irgendein Beamter sein, der in einem trostlosen Büro hockt.»

«Ich weiß.»

«Und heute Abend will ich nichts Trostloses hören oder sehen.» Er strebte zur Tür. «Erst die Geschenke für die Gören, dann die Tombola, und dann ein großer Jameson für mich. Den habe ich mir dann aber auch wirklich verdient.» Er musste sich eingestehen, dass dies nicht ganz der Wahrheit entsprach. Er spielte den Weihnachtsmann so gern, dass er bereit gewesen wäre, für diese Ehre zu bezahlen.

46

Freude, schöner Götterfunken

Mit festem Schritt stapfte O'Reilly durch den Flur, gefolgt von Barry. Er öffnete eine der Türen zum Saal. Lärm schlug ihm entgegen. Das Stimmengewirr übertönte fast den Text des Liedes «All I Want for Christmas Is My Two Front Teeth», das aus den Lautsprechern dröhnte. Man hörte Kindergeschrei und das Getrappel rennender Füße. Barry hatte recht. Die Weihnachtsfeier war schon in vollem Gange, schön – denn er wusste eine gute Party sehr zu schätzen.

Barry sagte: «Siehst du? Hab ich's dir nicht gesagt?»

«Ist schon ganz schön in Schwung.»

O'Reilly schaute sich im Saal um. Bunte Papierschlangen hingen von der Decke, und in einer Ecke glitzerte der Weihnachtsbaum. Daneben stand ein leerer Sessel, der auf den Weihnachtsmann wartete. Donal Donnelly beugte sich über den vollgestopften Sack, der daneben lag, und schob etwas hinein. Ein Geschenk für irgendein Kind. Pfarrer O'Toole, der sich normalerweise um die Geschenke kümmerte, musste ihn gebeten haben, ihm zur Hand zu gehen. Lief eigentlich noch irgendwas in diesem Dorf ohne Donal?

«Da ist der Marquis. Er unterhält sich mit Sonny und Maggie», bemerkte O'Reilly.

«Sie hat einen gelben Ginsterzweig im Hutband. Als ich

sie zum ersten Mal sah, waren es zwei verwelkte Geranienstängel.»

«Und du hast sie für *craiceáilte* gehalten. Verrückt.»

«Eine Frau, die erklärte, ihre Kopfschmerzen säßen gute zwei Zoll *über* ihrem Kopf? Findest du nicht, dass ich gute Gründe hatte?»

O'Reilly lachte. «Aber du hast dich eines Besseren belehren lassen.» Du hast sehr viel gelernt, Barry Laverty, in diesen fünf Monaten, dachte er. Und ich bin stolz auf dich, mein Sohn.

Das nächste Lied erklang, Bing Crosbys «Christmas in Killarney»: *«The holly green, the ivy green …»*

«Das ist ein hübsches Bild, findest du nicht auch, all diese Menschen, die in Grüppchen zusammenstehen? Weißt du was, Barry, ich finde, sie sehen aus wie Inseln im Meer, und von Zeit zu Zeit machen sich einige auf, wie Kanus auf Erkundungsfahrt, legen vom heimischen Gestade ab, machen eine kurze Reise und landen auf einem anderen Atoll, um zu sehen, ob die Eingeborenen dort freundlich sind.»

«Das ist poetisch, Fingal.»

«Du meinst, ich bin ein Dichter … und kein Klempner?»

Barry stöhnte. «Den Witz habe ich schon im Kindergarten gehört.»

O'Reilly lachte. «Freut mich, dass du da wenigstens etwas gelernt hast, mein Sohn.» Er sah, wie der Marquis sich von seiner Gruppe löste und auf die Tür zusteuerte, in der sie standen. «Jetzt bleiben mir noch ungefähr fünf Minuten. Da kommt seine Lordschaft, um nach dem Weihnachtsmann zu sehen.» O'Reilly trat einen Schritt zurück und stieß die Tür ein Stück weiter auf.

«Fingal. Laverty.» Der Marquis reichte O'Reilly die Hand.

«John.» O'Reilly schüttelte ihm die Hand und merkte, dass Barry respektvoll schwieg.

«Alles klar bei Ihnen, Fingal?»

«Ich denke schon, sofern Donal den Sack fertig hat.»

«Hat er. Geben Sie mir ein paar Minuten, um Ihren großen Auftritt vorzubereiten, dann kommen Sie dran.» Der Marquis verschwand wieder im Saal.

O'Reilly riskierte noch einen letzten Blick, bevor er die Tür wieder schloss. Gerry und Mairead Shanks hörten Cissie Sloan zu, und die beiden Shanks-Kinder spielten Tauziehen mit Colin Brown und Micky Corry. Bei der Weihnachtsfeier im Rugbyclub ging es nicht nur darum, sich gut zu amüsieren, dachte er. Am heutigen Abend diente die Feier auch dazu, die Familie Shanks in Ballybucklebo einzuführen, und nach der Art zu urteilen, wie die beiden Jungs zusammen kicherten und lachten, hatten Colin und Micky hier ihr Kriegsbeil begraben. Bei Gott, Fingal, sagte er sich, wenn Fitzpatrick hier wäre, würde ich ihm direkt anbieten, ihm einen Drink zu spendieren.

Er wollte die Tür gerade wieder schließen, als sein Blick erneut auf Gerry Shanks fiel. O'Reilly runzelte die Stirn. Er versuchte, sich zu erinnern, was er genau gesagt hatte, als er Gerry und seine Familie zur Weihnachtsfeier einlud. Dann fiel es ihm wieder ein. «Heilige Mutter Gottes!»

«Was ist?»

«Mir ist gerade ein furchtbarer Gedanke gekommen. Du erinnerst dich doch an das Ehepaar Shanks?»

Barry lächelte. «Der Mann mit dem Schießpulver?»

«Genau. Sie sind da draußen mit ihren Kindern. Die Familie ist neu hier. Ich habe vorgeschlagen, dass sie doch zur Weihnachtsfeier kommen könnten.»

«Was ist dagegen einzuwenden?»

«Ich habe vergessen zu sagen, dass sie Geschenke für ihre Kinder mitbringen müssen.»

«Ach herrje. Es wäre eine Katastrophe, wenn der Weihnachtsmann nichts für sie hat.»

«Das kannst du laut sagen. Vom Weihnachtsmann ignoriert zu werden, vor dem ganzen Dorf? Sie wären am Boden zerstört.» Denk nach, O'Reilly. Du hast den Schlamassel angerichtet, also lass dir was einfallen.

«Was machen wir denn jetzt, Fingal?»

O'Reilly schaute Barry an. «Wir?»

«Natürlich wir. Ich helfe gern, wenn ich kann.»

«Sehr gut.» O'Reilly versuchte noch, eine Lösung zu finden, als Barry fragte: «Soll ich schnell ins Dorf fahren und etwas kaufen?»

«Nein, die Läden haben alle zu. Das ganze Dorf ist hier.» Und Bangor und Holywood waren zu weit entfernt. Denk nach, O'Reilly. Denk nach. Ah, er hatte es. «Red mal mit Phyllis Cadogan.»

«Der Mutter von Billy, dem Asthmatiker?»

«Die Cadogans haben den Zeitungsladen, und sie führen auch Spielzeugautos, kleine Püppchen und Stoffhunde. Vielleicht könnte sie hinfahren, aufschließen und rechtzeitig mit ein paar Sachen wieder hier sein.»

«Alles klar. Ich habe sie schon gesehen.»

Die Tür ging auf. Bing Crosbys Samtstimme, durch die Lautsprecher etwas blechern gemacht, schnulzte: «*I'm dreaming of a white Christmas …*»

Donal schloss die Tür hinter sich. «Der Marquis hat mich geschickt, damit ich die Musik abstelle. Der Plattenspieler steht in dem Raum, wo die Vorstandssitzungen stattfinden, und er sagt, wenn die Musik ausgeht, kommt der Weihachtsmann.»

«Alles klar.» O'Reilly überprüfte noch einmal, ob sein Bart auch fest saß. «Und, Donal» – O'Reilly zückte seine Brieftasche – «hier ist etwas, was du haben wolltest.» Er reichte ihm den Kontrollabschnitt von Eileen Lindsays Tombola-Los.

Donal steckte ihn ein, zwinkerte und ging weiter.

«Ich geh dann mal, Fingal.» Barry schlüpfte in den Saal und ließ die Tür angelehnt.

Bing Crosby wünschte *«May your days be merry and bright»*, aber weiter kam er nicht. Donal hatte seine Aufgabe erfüllt.

O'Reilly holte tief Luft, stieß die Tür weit auf und stapfte mit festem Schritt in den Saal.

Die Hochrufe, die ihn grüßten, waren sogar noch lauter als der Radau zuvor. O'Reilly verbeugte sich und bewegte sich langsam in Richtung Weihnachtsbaum. Je mehr Zeit Barry bekam, desto besser. Mist. Barry war in der Menge verschwunden, und O'Reilly konnte nur hoffen, dass er Phyllis Cadogan schnell fand.

O'Reilly ließ sich auf dem Sessel nieder und brüllte: «Ho, ho, ho!» ohne jedoch im Moment ganz bei der Sache zu sein. «Es ist schön, wieder mal hier bei euch in Ballybucklebo zu sein. Ich bringe Geschenke für die Kinder.» Für alle Kinder, bitte, Gott, sofern Barry sich beeilte. «Wollen wir doch mal sehen, wer zuerst an der Reihe ist.» Er öffnete den Sack, zog ein Päckchen hervor und las, was auf dem Geschenkanhänger stand. «Callum Sloan, komm sofort zu mir.» Es gab Applaus, und O'Reillys «Ho, ho, ho!» schallte durch den Saal.

«Ho, ho, ho! Komm, Colin Brown. Du bist an der Reihe. In meinem Sack war Platz für dein Geschenk, auch wenn in deiner Herberge wohl nicht so viel Raum war.» Das Gelächter war gedämpft. Wie es schien, wollte niemand den Jungen in Verlegenheit bringen. Als Colin vortrat, war sein Gesicht fast so rot wie der Mantel des Weihnachtsmanns. O'Reilly zog ihn in eine gewaltige Umarmung, hievte ihn auf sein Knie und überreichte ihm sein Paket. «Versuch, nächstes Jahr ein braver Junge zu sein.»

«Ja, Weihnachtsmann. Ich versprech's.»

Ernst schüttelte O'Reilly ihm die Hand, um die Vereinbarung zu besiegeln.

Colin trat zurück. Der Applaus war ohrenbetäubend. O'Reilly hoffte, dass damit die Aktien des Jungen im Dorf wieder ein bisschen gestiegen waren.

Er schaute sich im Saal um. Phyllis steuerte zielstrebig auf die Tür zu. O'Reilly sah ihren Mann, umringt von den fünf Kindern, die darauf warteten, dass sie an die Reihe kamen. Beeil dich, Phyllis. Bitte. Fingal O'Reilly konnte hier nicht ewig herumtrödeln.

«Jeannie Kennedy, wo bist du?», brüllte er. Trotz seiner Unruhe machte es ihm Spaß, den Weihnachtsmann zu spielen, und er bedauerte, dass er es nie bei eigenen Kindern hatte tun können.

Jeannie kam auf ihn zu, strahlend in ihrem grünen Rüschenkleidchen. Ihr Haar war ordentlich gebürstet und mit einem grünen Band zusammengehalten.

«Ho, ho.» Er hob sie auf sein Knie. «Warst du ungezogen oder brav in diesem Jahr, Jeannie?»

«Brav, Weihnachtsmann. Und mein Hausschwein auch.»

O'Reilly erinnerte sich, wie er im Juli vor Jeannies zahmer Sau geflüchtet war, als er mit Barry auf den Hof der Kennedys kam. Er hatte gedacht, das Tier sei hinter ihm her, dabei wollte es nur die Schnauze gekrault haben.

«Gut, aber für das Schwein habe ich kein Geschenk. Für dich schon.» Er überreichte ihr ein Paket. «Ab mit dir.» Damit setzte er sie wieder auf den Boden und schob die Hand in den Sack, der schon viel leerer war als noch vor einer Viertelstunde.

O'Reilly warf einen Blick auf die Shanks. Gerry hatte den Arm um Maireads Schultern gelegt. Die beiden Kinder starrten eifrig und voller Vorfreude auf den Weihnachtsmann. Angus grinste breit, drehte sich um und sagte etwas zu seiner kleinen Schwester. Sie klatschte in die Hände und hüpfte auf und ab. Es war nicht schwer zu erraten, dass er ihr versichert hatte, sie würden sicher auch bald an die Reihe kommen.

Es war noch viel zu früh, Phyllis konnte unmöglich schon zurück sein. «Lucy MacVeigh», rief O'Reilly.

Ein kleines Mädchen wurde von der Mutter zu ihm gebracht. Die Kleine lutschte am Daumen und sträubte sich. Als sie sich O'Reilly näherte, begann sie zu weinen. Er ragte turmhoch über ihr auf, und sie hatte Angst vor dem Riesen.

Er erhob sich aus seinem Sessel und ging rasch vor der kleinen Lucy in die Hocke, sodass sein Gesicht auf gleicher Höhe mit ihrem war. Dann flüsterte er ihr etwas ins Ohr. Sie hörte auf zu weinen, fingerte vorsichtig an seinem Weihnachtsmannbart herum und begann zu kichern. Erst als Lucy schüchtern ihr Geschenk entgegengenommen hatte und sie und ihre Mutter sich ein Stückchen entfernt hatten, stand O'Reilly wieder auf.

Zehn Minuten später langte er tief in den Sack, der nun

endgültig schlapp und leer war. O'Reilly warf einen Blick zur geschlossenen Saaltür. Was zum Teufel sollte er denn jetzt tun?

Als er die Hände in die Taschen des roten Mantels schob, ertastete er etwas. In letzter Sekunde gerettet. Er grinste und zögerte keine Sekunde. «Sind die Shanks-Kinder hier?», donnerte er. «Angus und Siobhan?»

Er sah, wie Siobhan sich an ihre Mutter klammerte. «Ich weiß, dass ihr hier seid. Ich habe euch gesehen», rief der Weihnachtsmann. «Kommt heraus, kommt heraus, wo immer ihr seid.»

Gerry nahm seine beiden Kinder an der Hand und führte sie nach vorn. Im Saal wurde es so leise, dass O'Reilly die Stille förmlich greifen konnte. Gerry blieb vor O'Reilly stehen. «Hier sind wir, Weihnachtsmann.»

«Kommt her, ihr zwei.» O'Reilly streckte die Arme aus und nahm Siobhan in die eine und Angus in die andere Armbeuge. «Willkommen in Ballybucklebo.»

Er sah, wie Phyllis sich durch die Menge drängte und winkte. Zu spät. Wenn sie ihm jetzt irgendwelche Spielsachen gab, würden die Shanks-Kinder es sehen und die Illusion wäre zerstört. Es war besser, mit dem weiterzumachen, was er sich ausgedacht hatte.

Er befreite seinen rechten Arm und steckte die Hand in die Tasche. Bevor er seine Überraschung hervorzog, sagte er: «Die Weihnachtswichtel waren dieses Jahr sehr beschäftigt. Ich soll ausrichten, dass es ihnen leidtut, dass sie keine Zeit mehr hatten, eure Geschenke einzuwickeln. Und am Nordpol war sowieso das Geschenkpapier ausgegangen.»

Er zog die Schreibgarnitur hervor, die er vorhin aus seinem Jackett genommen und eingesteckt hatte. Laut sagte er: «Hier ist es.» Angus überreichte er den Füllfederhalter, Siobhan den Drehbleistift. «Fröhliche Weihnachten.»

Die beiden piepsten: «Danke, Weihnachtsmann», und das breite Lächeln auf dem Gesicht ihres Vaters war mehr wert als jedes hochwertige Schreibgerät. O'Reilly erhob die Stimme: «Ho, ho, ho!», brüllte er. «Ho, ho, ho! Frrröhliche Weihnachten!» Dann hob er beide Arme über den Kopf, die Handflächen nach vorn, und sagte mit den unsterblichen Worten des Entertainers Tiny Tim: «Gott segne uns, alle miteinander.»

Der Applaus und die Hochrufe, die als dumpfes Grollen begannen, wurden schließlich so laut, dass es vermutlich sogar die Dohlen aufscheuchte, die weit entfernt auf den großen Ulmen am Ballybucklebo House nisteten.

O'Reilly ließ den Sack auf dem Boden liegen und gesellte sich zu Barry. «Also», sagte er, «um mit den Worten des großen, in Irland geborenen Herzogs von Wellington zu sprechen, der nach der Schlacht von Waterloo erklärte: ‹Das war knapp.›»

«Fingal, das war das Großzügigste –»

«Unsinn.» Er schüttelte den Kopf. «Weihnachten ist für die Kinder da. Wie hätte ich zulassen können, dass ein Kind zu kurz kommt?»

Leise sagte Barry: «Lasset die Kindlein zu mir kommen …»

«Hör auf mit dem Gemurmel, Barry. Komm mit. Bis ich hier raus bin, bin ich der Weihnachtsmann.» O'Reilly drehte sich zur Menge um. Er winkte und winkte und brüllte im Gehen «Frrröhliche Weihnachten», bis er zur Tür hinaus war.

Sobald sie sich hinter ihm und Barry geschlossen hatte, riss O'Reilly sich den schwarzen Gürtel vom Leib und fing an, den Mantel aufzuknöpfen. «Ich muss aus diesen Sachen raus. Ich fühl mich wie in einer Finnen-Sauna, sei ein guter Junge und hol mir jetzt einen Jameson.» Ohne eine Antwort abzuwarten, stürmte er in den Umkleideraum und rief noch: «Ich beeile mich. Schließlich will ich die Tombola nicht verpassen.»

***

Wieder im Tweedanzug, kehrte O'Reilly in den Saal zurück.

Come, they told me, pa rum pum pum pum … dröhnte es von der Decke.

Er hielt schnurstracks auf Kinky zu, die hinter zwei Tapeziertischen stand. Die Braten, die Barry geschildert hatte, waren nur noch knochige Skelette. Von Kinkys Wurstpastetchen war nichts mehr zu sehen. Auf einem Teller lagen ein paar einsame Sandwiches mit eingerollten Rändern.

Es gab noch ein paar Nüsse und ein paar traurige Mandarinen. Es sah ganz so aus, als sollte Barrys zuversichtliche Behauptung, hier würde niemand verhungern, sich als falsch erweisen.

«Ein großartiger Weihnachtsmann waren Sie, Doktor O'Reilly.» Kinky lächelte ihn an.

«Arbeit macht hungrig», bemerkte er und musterte die Tische. «Ist hier ein Schwarm Heuschrecken durchgekommen?» Er seufzte. «Ist zu Hause noch ein Happen übrig?»

«Besser», verkündete sie und bückte sich. Der Teller, den sie ihm reichte, war mit Rinderbraten, Pute, gekochtem Schinken und Wurstpastetchen beladen. «Auf Süßigkeiten habe ich verzichtet», sagte sie. «Die Weihnachtsmannhosen werden nächstes Jahr eine Nummer kleiner sein, oder ich will nicht Kinky Kincaid heißen.»

«So heißen Sie auch gar nicht», sagte O'Reilly. «Sondern Engel der Barmherzigkeit. Gott segne Sie, Kinky.» Er nahm den Teller entgegen.

«Das Besteck liegt auf dem Tisch dort», sagte sie, «und jetzt gehen Sie mal schön, und ich gehe zu Cissie, Florence und Aggie nach hinten. Die drei haben sehr hart gearbeitet, und wir haben ein bisschen für uns selbst beiseitegestellt, ja.»

«Danke, Kinky.» Sein Dank war tief empfunden. Sie hatte nicht nur daran gedacht, etwas für ihn aufzuheben, sondern sogar gewartet, bis er versorgt war, bevor sie selbst etwas aß. Seine Haushälterin hätte eine wunderbare Mutter abgegeben.

O'Reilly schnappte sich das in eine Papierserviette gewickelte Besteck und ging zu Barry, der sich gerade mit dem Marquis unterhielt.

«Hier, Fingal.» Barry reichte ihm ein Glas. «Es ist ein Doppelter, und übrigens, ich habe mich bei Phyllis bedankt. Sie meinte, es wäre keine Mühe gewesen, und wichtig sei ja nur, dass die Kinder ein Geschenk bekommen haben.»

«Gut gemacht.» O'Reilly, den Teller in einer Hand, griff nach dem Whiskeyglas. «*Sláinte*.» Er trank und wandte sich an den Marquis. «Mylord.»

«Fingal, ich habe gesehen, was Sie für diese Kinder getan haben. Das war großzügig, höchst großzügig.»

«Wirklich», fügte Barry hinzu.

«Der Club wird es wiedergutmachen –»

«Der Club wird nichts dergleichen tun», sagte O'Reilly leise und sehr ernst. «Ich würde es vorziehen, wenn kein

Wirbel darum gemacht wird. Ich habe getan, was getan werden musste, das ist alles. Und es war schließlich mein Fehler – ich habe die Familie eingeladen, ohne zu sagen, dass sie Geschenke für ihre Kinder mitbringen sollen.» Wer etwas vermasselt, bringt es am besten selbst wieder in Ordnung, dachte er. Das hat mein Vater mich gelehrt, und der alte Herr hatte ganz recht.

«Das respektiere ich», sagte der Marquis.

«Danke.» O'Reilly nahm einen großen Schluck von seinem Whiskey. «Also, John, einen Punkt haben wir noch zu erledigen, und dann können wir uns ganz dem Feiern hingeben.» Er stellte das Glas auf dem Tellerrand ab, ignorierte das eingewickelte Besteck und schob sich mit den Fingern eine Scheibe gekochten Schinken in den Mund. «Können Sie die Tombola ansagen?»

«Natürlich. Essen Sie mal in aller Ruhe.» Der Marquis machte sich auf den Weg nach vorn.

***

In ungefähr zehn Minuten, dachte O'Reilly und genoss eine Scheibe Roastbeef, wird Eileen Lindsay das nötige Kleingeld haben. Gott, wie er Weihnachten liebte. Er schluckte das Roastbeef herunter und probierte die Pute.

Der Marquis, der vorn im Saal stand, bat um Ruhe. «Meine Damen und Herren», rief er dröhnend. «Meine Damen und Herren, dürfte ich um Ihre Aufmerksamkeit bitten?»

Die Gespräche verstummten allmählich, und die Leute drehten sich um, um zu sehen, was los war.

«Würde Johnny Jordan bitte vortreten?»

Die Menge teilte sich, um einen vergnügt aussehenden

Mann um die dreißig mit roten Wangen und Glatze durchzulassen. Er blieb neben dem Marquis stehen und präsentierte einen riesigen Truthahn.

«Heilige Mutter Gottes», hörte Barry eine Frauenstimme neben sich sagen, «die Mutter von dem Ding muss ein Strauß gewesen sein. Der wiegt doch bestimmt seine zehn Kilo.»

«Johnny hat diesen Truthahn freundlicherweise für unsere erste Weihnachts-Tombola gespendet, die in Zukunft jedes Jahr stattfinden wird.»

Höflicher Beifall.

«Der Club kann immer Geld gebrauchen ...»

«Hört, hört ...»

«Also haben wir uns gedacht, wir sorgen für einen zusätzlichen Anreiz. Selbstverständlich bekommt der Gewinner diesen prachtvollen Truthahn.»

Johnny hielt den Braten höher.

«Aber wir wollten so viele Lose wie möglich verkaufen, und so beschlossen wir, ein Risiko einzugehen. In dem unwahrscheinlichen Fall, dass die Ziffern auf dem Gewinnerlos alle gleich sind, bekommt der Gewinner zudem noch fünfundsiebzig Prozent des eingenommenen Geldes, und das wären ... Donal?»

«Einhundertfünfundneunzig Pfund», erklärte Donal, der ein Stück abseits stand.

Alles sog hörbar die Luft ein, und man hörte verschiedene gedämpfte «Ohhs» und «Ahhs».

«Würden Donal Donnelly und Councillor Bertie Bishop bitte vortreten?»

Die beiden Genannten traten vor. Donal hielt einen Hut in der Hand. Der Ratsherr sah aus, als würde er gleich vor Stolz platzen.

«Mischen Sie die Lose gründlich durch, Donal.»

Donal kippte die Kopfbedeckung leicht, sodass alle verfolgen konnten, wie gründlich er die Lose mischte. «Fertig», sagte er.

«Wären Sie so nett, Councillor?»

Bertie Bishop rollte sich mit großem Trara die Ärmel hoch. Dann, in Nachahmung eines Varieté-Zauberkünstlers, erklärte er: «Mylord, meine Damen und Herren, wie Sie sehen, habe ich nichts im Ärmel außer meinem starken rechten Arm.»

«Mal was anderes», rief jemand. Es gab gutmütiges Gelächter.

Bertie schloss die Augen, tauchte die Hand in den Hut und zog ein Los hervor. Das reichte er dem Marquis von Ballybucklebo.

«Und der Gewinner des Truthahns ist ... das Los Nummer 4444. Ich wiederhole, 4444.»

Alles klatschte Beifall und schaute sich nach dem glücklichen Gewinner um.

O'Reilly versuchte, keine allzu selbstgefällige Miene aufzusetzen. Er hielt nach Eileen Ausschau. Lachend trat sie mit ihren Kindern vor und reichte dem Marquis ihr Los. «Hier, Sir.» Sie wandte sich an die Kinder. «Seht ihr, jetzt bekommt ihr doch noch euren Puter.»

O'Reilly sah, wie die Kinder auf und ab hüpften. Er erkannte, dass Eileen noch nicht aufgegangen war, was es bedeutete, dass alle Ziffern auf ihrem Los gleich waren.

Der Marquis las die Ziffern, strahlte, beugte sich zu ihr hinunter und sagte: «Es tut mir leid, aber ich kenne Ihren Namen nicht.»

«Eileen. Eileen Lindsay», sagte sie. «Ich danke Ihnen sehr.»

«Danken Sie nicht mir. Glück muss der Mensch haben!»

Sie strahlte ihn an. «Es ist wirklich ein großes Glück für uns, Sir. Ein großer Puter und alles.»

«Sie haben mehr gewonnen als das, Eileen.»

Sie blickte verwirrt drein.

«Ich glaube, Leute», brüllte der Marquis, «für den Fall, dass es noch niemandem aufgefallen ist, die Ziffern sind alle gleich. Und das bedeutet –»

Ein freudiger Beifallssturm brach los.

«Glückwunsch, Eileen.» Er reichte ihr einen Umschlag. «Das Geld ist hier drin, und wenn Sie jetzt bitte der Gewinnerin den Truthahn überreichen würden, Mr Jordan?»

«Danke, Sir. Vielen Dank, ihr alle.» Sie drückte ihre Kinder an sich und rief: «Das wird das schönste Weihnachtsfest, das wir je hatten, das allerschönste!»

Johnny Jordan trat vor, und Donal begann, sich zu O'Reilly durchzuschlängeln. O'Reilly erinnerte sich, dass Donal gesagt hatte, Johnny sei in Eileen verschossen. Der Mann wirkte zweifellos aufgeregt, fast so aufgeregt wie Eileen. «Eileen.» Er überreichte ihr den Truthahn. «Hier ist dein Weihnachtsbraten. Meinen Glückwunsch.»

«Danke.» Sie beugte sich vor, um den Puter entgegenzunehmen. «Und vielen Dank, dass du ihn gespendet hast.»

Er hielt etwas über ihren Kopf. Es war ein Mistelzweig.

«Ich gebe mich mit einem Weihnachtskuss zufrieden.» Und damit gab er ihr einen festen, tüchtigen Kuss. Er wirkte atemlos, als er sie wieder losließ.

Alles wartete gespannt, wie Eileen reagieren würde.

Sie gab ihm keine Ohrfeige, sondern sagte: «Schande über dich, Johnny Jordan.»

Er errötete tief und ließ den Kopf hängen.

Sie nahm ihm den Mistelzweig ab, hielt ihn über seinen Kopf und erwiderte seinen Kuss. Dann sagte sie: «Der Puter ist gewaltig, und du bist Junggeselle. Würdest du gern zum Weihnachtsessen zu uns kommen?»

Seine zustimmenden Worte wurden von Hochrufen übertönt.

Donal war bei O'Reilly angekommen, in der Hand den Hut, den er für die Ziehung benutzt hatte. «Na, hab ich's Ihnen nicht versprochen, Doktor?», meinte er mit einem schiefzahnigen Grinsen.

«Das hast du. Gut gemacht, Donal, und auch der Zeitpunkt ist gut gewählt», sagte O'Reilly. «Morgen ist Heiligabend, Eileen hat also noch genug Zeit, einkaufen zu gehen. Der Weihnachtsmann wird doch noch zu den Lindsays kommen.»

«Darüber freue ich mich. Eileen und ihre Zwerge haben ein fröhliches Weihnachtsfest verdient. Ich bin froh, dass ich helfen konnte, ja, das bin ich. Julie ist auch froh.»

O'Reilly rückte etwas näher und fragte gedämpft: «Und wie hast du es nun angestellt?»

Donal hielt ihm und Barry den Hut hin. «Ziehen Sie ein Los.»

O'Reilly zog, Barry auch. Er zeigte O'Reilly sein Los. Auf beiden Losen war die Ziffer 4444 aufgedruckt.

«Ich hab ja schon erzählt, dass ich die Lose von einem Freund habe, einem Drucker. Und hab ich nicht neben denen, die wir verkauft haben, ein paar Hundert drucken lassen, auf denen allen 4444 steht, und habe ich nicht nur diese Lose in den Hut getan?»

Barry lachte.

O'Reilly brüllte vor Lachen, sodass die Leute sich schon

umdrehten, um zu sehen, was denn so komisch war. Er legte onkelhaft den Arm um Donals Schultern. «Manchmal staune ich über dich, Donal», sagte er. «Eigentlich sollten ja nur die Wege von Gott dem Herrn rätselhaft sein.»

47

Stille Nacht, heilige Nacht

Der strenge Reformator Martin Luther hätte O'Reillys Vorhaben nicht gebilligt, aber schließlich, dachte Barry, hätte der alte Puritaner vermutlich ohnehin so einiges an O'Reilly nicht gebilligt.

«Wollen wir nicht zur Christmette gehen?», schlug O'Reilly vor. «Pfarrer O'Toole gestaltet sie immer sehr schön.» Er vertilgte einen weiteren Bissen seines Heiligabendbratens.

«Das würde ich sehr gerne, Fingal», sagte Barry. «Das würde mir sehr gefallen.»

«Gut. Und wir fragen Kinky, ob sie mitkommen will. Sie ist zwar Presbyterianerin, aber sehr aufgeschlossen. Du weißt ja jetzt – du warst beim Krippenspiel –, dass es hier eine Tradition der Ökumene gibt, besonders zu Weihnachten, und ich glaube, Kinky findet das gut.»

«Nur Bertie Bishop nicht, oder?»

«Aber Florence. Wir werden sie dort sehen.» Dann nickte O'Reilly, der irgendwann einmal verkündet hatte: «Wenn man isst, isst man, und wenn man redet, redet man», grunzte und widmete sich mit Hingabe seiner gebratenen Gans. Kinky hatte seine Anweisung ignoriert, vor dem Weihnachtstag kein Geflügel mehr zu servieren.

Barry war froh darüber. Er war es durchaus zufrieden, sein Essen schweigend zu genießen. Doch, es wäre schön, das Weihnachtsfest mit einem Besuch der Christmette einzuläuten, entschied er. Das wäre mal etwas anderes, als bis nach Mitternacht aufzubleiben und sich die BBC-Übertragung aus der King's College Chapel anzuhören. Bei seiner Familie war das Tradition gewesen. Als er neun Jahre alt geworden war, hatten seine Eltern ihm zum ersten Mal erlaubt, dafür aufzubleiben.

Barry stieß heftig die Luft aus. King's College? Humbug. Er wollte an nichts erinnert werden, das mit Cambridge zu tun hatte. Einer der Gründe, den Patricia für ihr Fernbleiben angegeben hatte, war, dass der Vater ihrer Freundin Jenny Karten für den traditionellen anglikanischen Weihnachtsgottesdienst im King's College hatte.

Sicher, es musste sensationell sein, das einmal persönlich mitzuerleben. Als Junge hatte er immer nach der Radioübertragung schon eines seiner Weihnachtsgeschenke aufmachen dürfen. Dann, nach einem kleinen Stück *Christmas Cake*, wurde er ins Bett verfrachtet und versuchte zu schlafen, weil es, wie jeder wusste, für ein Kind, das wach blieb, am nächsten Morgen keine Geschenke im Kissenbezug am Fußende des Betts geben würde. Oooh, wie war er immer aufgeregt gewesen, aber die späte Bettruhe hatte stets den von seinen Eltern erhofften Zweck erreicht: Er war schnell eingeschlafen.

Ob er allerdings heute nach der Christmette würde einschlafen können? Barry seufzte. Patricia fehlte ihm, und er machte sich immer noch Sorgen. Würde er wach liegen, sie sich in der Kapelle des King's College vorstellen und sich fragen, mit wem sie dort war?

Er spießte ein Stück gebratener Pastinake auf und schaute sich um, als Kinky hereinkam.

Sie trug den glasierten, verzierten und mit Bändern geschmückten *Christmas Cake* auf einer großen Platte herein. Daneben lag ein gezacktes Kuchenmesser. «Für später», sagte sie.

Ob Kinky sich wohl wie seine Eltern an die Tradition hielt, den Kuchen nach der Christmette anzuschneiden?

«Mrs Kincaid, Sie haben sich selbst übertroffen», erklärte O'Reilly. «Die Maronenfüllung und die Apfelsauce zur Gans – wunderbar. Eine Offenbarung.»

«Und», fügte Barry hinzu, «die Röstkartoffeln waren himmlisch. Danke, Kinky.»

«Freut mich, dass sie Ihnen geschmeckt haben. Ich habe sie im Gänseschmalz geröstet.» Sie stellte den Kuchen vor O'Reilly ab. «Das habe ich von meiner Mutter unten in *Bèal na mBláth* in West-Cork gelernt …»

«Wo der große Mann erschossen wurde?», fragte Barry.

«Michael Collins, ja, Gott segne ihn.» Kinky hielt inne. «Er war ein Schatz, doch.» Sie griff nach der Platte mit dem kläglichen Überresten der Gans. «Bei uns zu Hause gab es immer Gans an Heiligabend, aber bei meiner Tante gab's gepökeltes Rindfleisch.» Sie musterte O'Reillys blühende Gesichtsfarbe. «Ich glaube allerdings, dass zu viel Salz nicht gut für den Blutdruck ist, nein. Nicht einmal an Heiligabend. Deshalb bringe ich auch nie Pökelfleisch auf den Tisch.»

O'Reilly lachte. «Schon gut, Kinky. Sie haben ja recht.»

«Und deshalb», fuhr sie fort, «habe ich auch den Schinken für morgen seit gestern gewässert. Heute um acht nehme ich ihn wieder raus.»

«Vierundzwanzig Stunden? Warum so lange?», fragte Barry.

«Damit alles Salz raus ist, bevor ich ihn heute Abend koche und dann morgen zusammen mit dem Truthahn brate.»

«Wie lange wird es dauern, den Schinken zu kochen?» O'Reilly schob seinen leeren Teller weg.

«Ein zehnpfündiger Schinken, wenn man zwanzig Minuten pro Pfund rechnet?» Kinky runzelte die Stirn und blickte auf, bevor sie sagte: «Drei Stunden und zehn Minuten, ja.»

«Wenn Sie also um acht anfangen, wird er um halb zwölf gar sein?», erkundigte sich O'Reilly.

«Ja. Warum?»

«Doktor Laverty und ich wollen zur Christmette. Ich weiß, normalerweise gehen Sie mit Florence Bishop hin, aber ich dachte, dieses Jahr würden Sie vielleicht gern mit uns gehen.»

Kinky schob die Lippen vor und furchte die Stirn. «Das würde ich sehr gern», sagte sie. «Ich muss erst noch den Hausputz fertig machen, aber das schaffe ich.»

«Hausputz? Am Heiligabend?», sagte Barry. «Das ist aber hart.»

«Oh nein», erwiderte sie ernst, «das macht überhaupt keine Mühe, nein. Das macht man in ganz Irland auf dem Land so. Aus demselben Grund, weswegen wir an Heiligabend immer eine Kerze ins Fenster stellen.»

«Und warum das, Kinky?»

«Unser Herr ist schon einmal zu Weihnachten gekommen. Niemand wollte ihn aufnehmen. Das Haus sollte bereit sein, wenn er wiederkommt, ja.» Sie schaute Barry in die Augen. «Und nicht nur er. Man weiß ja nie, wer morgen noch kommt.»

Barry überlief es kalt. Die Einheimischen würden sagen,

dass eine Gans über sein Grab gegangen war. Eine sonderbare Vorstellung, schließlich hatte er gerade eine Gans verspeist. Von Patricia konnte Kinky nicht sprechen. Sie hatte ihm ja erklärt, dass es unmöglich für sie sei, über Weihnachten nach Irland zu kommen.

«Tja», sagte O'Reilly, «machen Sie ruhig, Kinky, aber Miss O'Hallorhan wird nicht über Nacht bleiben, da müssen Sie sich keine Gedanken machen. Sie kommt nur zum Essen.»

«Es wird genug für alle da sein, dafür werde ich sorgen», sagte sie, ohne den Blick von Barry zu wenden. «Und wir werden genug Platz haben, auch wenn einmal kein Raum in der Herberge war –»

O'Reilly griente. «Zwei Mal, wenn man das Krippenspiel mitzählt.»

«Sehr wahr, aber hier in Nummer eins werden wir bereit sein, egal wer kommt.» Sie griff nach der Platte mit dem Kuchen. «Aber nur, wenn ich jetzt endlich in die Hufe komme.»

«Lassen Sie den Kuchen doch stehen, Kinky.» O'Reilly hatte sich halb erhoben.

«Sicher», sagte sie und entfernte ihn aus seiner Reichweite. «Ich glaube, wir sollten uns auch an eine andere Tradition meiner Mutter halten. Wir schneiden den Kuchen nach unserer Heimkehr vom Kirchgang um Mitternacht an.»

***

Zwar war erst vor wenigen Tagen Vollmond gewesen, aber es waren weder Mond noch Sterne zu sehen, als O'Reilly vor dem kleinen Kirchlein parkte. Barry stieg aus und sog die Seeluft ein, die der eisige Nordostwind mitbrachte. Die Glocken im Turm läuteten und bimmelten fröhlich mit der leichten Unregelmäßigkeit handgeläuteter Kirchenglocken. Barry sah direkt vor sich, wie die Glöckner an den Seilen zogen.

Barry öffnete Mrs Kincaid die Fondtür, und dann folgten beide O'Reilly durch das hohe Eichenportal und in die Kirchenvorhalle. Weihrauch erfüllte die Luft. In der Kirche spielte jemand Harmonium. Die Kirchengemeinde Saint Columba war zu arm, um sich eine Orgel leisten zu können.

«Bachs Tokkata und Fuge in D-Moll», sagte O'Reilly leise, nahm den Hut ab und trat zur Seite, um einem Gemeindemitglied den Zugang zum Weihwasserbecken nicht zu versperren. Der Mann tauchte die Finger hinein, bekreuzigte sich und beugte die Knie vor dem Altar.

O'Reilly ging voran, nickte grüßend Patienten in den Kirchenbänken zu und wurde mit Nicken und Lächeln begrüßt. Die Kirche war brechend voll.

Das sah seinem älteren Kollegen gar nicht ähnlich, dachte Barry, als Fingal auf die vorletzte Kirchenbank deutete. Normalerweise marschierte er direkt in die vorderste Reihe und erwartete, dass man ihm Platz machte. Jetzt verbeugte er sich vor dem Altar und glitt in eine halbleere Bankreihe. Barry verneigte sich, folgte ihm und ließ Kinky die Nachhut bilden. Er setzte sich, schloss kurz die Augen und senkte den Kopf.

Dann öffnete er die Augen wieder. «Guten Abend, Doktor Laverty.» Er schaute sich um und sah, dass er neben den Finnegans saß – Fergus dem Jockey, seinem Bruder Declan und dessen französischer Frau Mélanie. «*Joyeux Noël*», sagte sie. Es war nicht hell genug, um Declans Gesicht genauer zu erkennen, aber Barry wusste, wegen seiner Parkinsonkrankheit würde es fast ausdruckslos sein.

Es machte ihm Mühe, aber es gelang ihm, zu erwidern: «*Et à vous et votre famille, Madame.*» Französisch war in der Schule nicht gerade seine Stärke gewesen.

«*Merci, Monsieur le Docteur.*»

Barry nickte dankend, lächelte und schaute sich um.

Die Kirche war klein und anheimelnd. Es gab kein Querschiff. Der Altarraum war durch drei niedrige Stufen und das Altargitter vom Kirchenschiff getrennt. Dahinter, zu Barrys Rechten, stand ein Chorpult aus dunklem Holz, zu seiner Linken die Kanzel. Der Abendmahlstisch direkt hinter dem niedrigen Holzgitter wurde von zwei gewaltigen Messing-Kerzenständern flankiert. Barry schätzte, dass sie mindestens ein Meter fünfzig maßen. In beiden brannten hohe Wachskerzen, die flackernde Schatten warfen, wenn durch die offene Tür Zugluft hereinwirbelte. Auch das grell bemalte Holzkreuz, das über dem Altar hing, leuchtete im Kerzenschein.

Das Harmonium verstummte und setzte wieder ein, und bei den ersten Klängen von «Einst in König Davids Stadt» erhob sich die Gemeinde. Barry verfolgte den Einzug.

Pfarrer O'Toole führte die Prozession an. Er war prachtvoll anzusehen in seinem roten Chormantel mit dem goldenen Schmuckschild am Rücken. Unter dem offenen Umhang trug er ein Chorgewand, weiß in der Weihnachtszeit. In diesen Gewändern verkörperte er den Prunk der katholischen Kirche, gegen den die protestantischen Freikirchen immer wetterten, der aber so sehr Teil des uralten Ritus war.

Direkt hinter dem Priester kamen zwei Ministranten in

weißen Chorgewändern. Beide schwenkten Weihrauchfässer, und als sie vorbeikamen, wurde der Weihrauchduft stärker. Die Mitglieder des kleinen Chors – sechs Knabensoprane, vier Altstimmen, acht Tenöre und vier Bässe – trugen weiße Gewänder mit hohen, scharlachroten Halskrausen. Alle hielten ihr Gesangbuch in der Hand.

Direkt vor dem Altargitter blieb Pfarrer O'Toole stehen und drehte sich zur Gemeinde um, den rechten Arm hoch über den Kopf erhoben. Der Chor nahm seine Plätze hinter dem Altargitter zu Barrys Rechten ein. Das Weihnachtslied endete, und während die anwesenden Katholiken sich bekreuzigten, machte der Priester ebenfalls ein Kreuz und sagte: «*In nomine Patris, et Filii, et Spiritu Sancti.*»

Barry, der eine Lateinprüfung hatte ablegen müssen, um Medizin studieren zu können, übersetzte das mühelos als: «Im Namen des Vaters, des Sohnes und des Heiligen Geistes.»

Er stimmte in das Amen der Gemeinde ein und nahm mit allen anderen wieder Platz.

Der Gottesdienst wurde fortgesetzt mit der Begrüßung, einer Einladung zum Bußgebet und einem Sündenbekenntnis.

«*Confiteor Deo omnipotenti, beatae Mariae semper Virgini …*» und weiter bis zum abschließenden «*mea maxima culpa*».

Barry fand die klangvollen lateinischen Worte für «Ich bekenne dem allmächtigen Gott und der seligsten Jungfrau Maria» bis hin zu «meine Schuld, meine übergroße Schuld» würdevoll und tröstlich, selbst für ihn, einen Agnostiker.

Der Priester sprach das Gebet der Lossprechung.

Die Gemeinde antwortete mit einem gesungenen «*Kyrie eleison … Christe eleison …*» In dem tiefempfundenen Gesang schwang hörbare Erleichterung über die vergebenen Sünden und über das Versprechen mit, dass ein neuer Tag kommen würde – und jetzt zu dieser Zeit auch ein neues Jahr. Barry fiel O'Reillys Erklärung dafür ein, warum die letzte Sprechstunde im alten Jahr so überfüllt gewesen war: Die Leute wollten die Krankheiten des alten Jahres hinter sich lassen.

Barry schaute sich um und entdeckte die Hinterköpfe von vielen Bekannten: Donals Rotschopf neben Julies schimmerndem Goldhaar. Miss Moloneys graumeliertes Haar, Helen Hewitts rote Mähne. Er lächelte bei einem Seitenblick auf Kinky, deren Silberhaar halb von ihrem grünen Hut verborgen wurde. Er sah auch Reverend Robinson und seine Frau. Der Gottesdienst der Presbyterianer war seit Stunden zu Ende. Die Anwesenheit des Pastors überraschte Barry nicht. Der Reverend und Pfarrer O'Toole spielten jeden Montag zusammen Golf.

«Gloria in excelsis Deo. Et in terra pax hominibus bonae voluntatis …»

«Ehre sei Gott in der Höhe und Friede auf Erden, und den Menschen ein Wohlgefallen …» Wie schade, dachte Barry, dass das Zweite Vatikanische Konzil im September eine Stellungnahme mit der Empfehlung veröffentlicht hatte, die Messe in der jeweiligen Landessprache abzuhalten. Die lateinische Messe hatte einen wunderbar volltönenden Klang. Aber ob nun auf Latein oder auf Englisch und sei es vielleicht auch nur für diese eine Nacht, zwischen den hier versammelten Männern und Frauen herrschte Frieden.

Barry Laverty, noch vor fünf Monaten ein Außenseiter, spürte, während er sich von der heiteren Klarheit und dem Geheimnis der alten, unveränderlichen Messe einhüllen ließ, wie er stillschweigend zu einem Teil des Dorfes wurde.

«Adoramus te. Glorificamus te.» Wir beten dich an. Wir verherrlichen dich.

Das Gloria ging zu Ende, und der Priester schwieg.

Nach einem kurzen Gebet trat ein Laie, ein Mann, den Barry anhand seiner roten Knollennase als Mr Coffin, den Bestattungsunternehmer, erkannte, ans Lesepult, und es folgte die Lesung aus dem Buch Jesaja. «Um Zions willen werde ich nicht schweigen, und um Jerusalems willen werde ich nicht ruhen …»

Barry ließ sich im Strom mittragen, erhob sich, wenn die Gemeinde sich erhob, nahm wieder Platz und kniete sich hin, wie die Liturgie es verlangte.

Die Gebete, die er kannte, sprach er mit, so gut er es mit seinem Schüler-Latein vermochte.

Er sang die vertrauten Lieder mit, auch wenn er selten den Ton traf.

Er lauschte den alten Worten, den Worten, die er als Kind gehört und als Junge und junger Mann gelesen hatte, bis sie ihm in Fleisch und Blut übergegangen waren. Er konnte sie leise mitsprechen.

«Siehe, eine Jungfrau wird schwanger sein und einen Sohn gebären, und sie werden seinen Namen Immanuel heißen, das ist verdolmetscht: Gott mit uns … Und er berührte sie nicht, bis sie einen Sohn gebar; und hieß seinen Namen Jesus.»

Barry Laverty schloss die Augen und stellte sich vergangene Weihnachtsfeste vor, glücklich und geborgen im Schoß seiner Familie, und fragte sich, wie die Weihnachtsfeste wohl aussehen würden, die noch kommen sollten. Er hoffte, er würde sie hier feiern können, mit seiner neuen, größeren Familie in Ballybucklebo. Seine Augen wurden etwas feucht.

Als die Zeit kam, nahmen weder Barry noch O'Reilly oder Kinky das Abendmahl, da sie nicht dem katholischen Glauben angehörten. Barry schaute zu, wie die Gemeinde zum Altar zog, und ihm fiel die Ehrfurcht auf, mit der die Kommunizierenden Brot und Wein entgegennahmen. Kinky hatte ein sanftes Lächeln auf ihrem offenen Gesicht.

O'Reillys Aussehen hatte sich verändert, und es dauerte einen Moment, bis Barry erkannte, dass sein Gesicht irgendwie von den Sorgenfalten geglättet war. Als der Gottesdienst zu Ende ging, drehte sich der Priester zur Gemeinde um und entließ sie mit den Worten: «*Ite, missa est.*»

Barry erhob sich zusammen mit dem Rest der Gemeinde und sang herzhaft das Schlusslied mit:

Kommt all ihr werten Herren
Und wer hier stehen mag
Denn Christus unser Heiland ist
Geborn am Weihnachtstag …

Da sie ziemlich weit hinten saßen, gehörten Barry, O'Reilly und Kinky zu den Ersten, die die Kirche verließen.

Als Barry in die dunkle Nacht hinaustrat, spürte er die beißende Kälte an Wangen und Nase. Doch sein Herz wurde erwärmt durch das freudige Glockengeläut und die sanft niederschwebenden Schneeflocken, die aus dem pechschwarzen Himmel fielen und ihm verrieten, dass es 1964 tatsächlich weiße Weihnachten geben würde.

48

All Morgen ist ganz frisch und neu

Barry wurde von dem Glockengeläut geweckt, das die Gläubigen zur Morgenmesse rief. Er rieb sich die Augen, wälzte sich aus dem Bett, stolperte zum Fenster seiner Mansarde und zog die Vorhänge auf. Der reinweiße Teppich, der O'Reillys Garten bedeckte, blendete so, dass Barry gezwungen war, die noch nicht ganz wachen Augen zusammenzukneifen. Der Schnee, der letzte Nacht zu fallen begonnen hatte, war nicht wieder geschmolzen.

Dort, wo seine Eltern Weihnachten feierten, würde es keinen Schnee geben, nicht mitten im australischen Sommer. Da er sonst keine Verwandten in Ulster hatte, hätte er Weihnachten allein verbringen müssen, wenn er nicht das Glück gehabt hätte, hier zu landen. Er arbeitete nicht nur in der Praxis: O'Reilly hatte ihm das Gefühl gegeben, ebenso zu seiner eigentümlichen Familie zu gehören wie Arthur Guinness, dessen Spuren im Schnee Barry sehen konnte. Sie führten von der Hundehütte zum versteckten Gemüsegarten, wo die Apfelbäume sich unter ihrer Schneelast bogen.

Das Gewicht des Schnees hatte ein paar Zweige von der Kastanie brechen lassen. Unglaublich, dass schon fünf Monate vergangen sein sollten, seit die Gäste von Seamus Galvins Abschiedsfeier sich unter ihrem schattigen Blätterdach versammelt hatten. An dem Tag hatte Barry die Entscheidung getroffen, als Assistent bei O'Reilly zu bleiben. Er bereute seine Entscheidung nicht.

Hinter der Kastanie zeichneten sich die weißen Dächer der Häuser der Hauptstraße vor den sanften Linien der Ballybucklebo Hills ab, ein Bild wie ein schönes Gemälde. Aus den Schornsteinen stieg der Rauch senkrecht in den azurblauen, wolkenlosen Himmel; die schwarzen Fahnen waren die einzigen Flecken auf der sauber gemalten Leinwand.

Hoffentlich waren die Landstraßen noch frei. Barry freute sich auf den Empfang beim Marquis nachher. Er überlegte, wen er da wohl alles treffen würde, und wanderte ins Badezimmer. Zehn Minuten später lief er gewaschen und angezogen nach unten.

O'Reilly saß bereits am Kopf der Tafel. Er lächelte breit, stand auf und streckte die Hand aus. «Fröhliche Weihnachten, Barry.»

Barry trat zu ihm und schüttelte ihm die Hand. «Fröhliche Weihnachten, Fingal.» O'Reillys Händedruck war fest, aber keiner seiner Knochenbrecher. «Vielen Dank, dass ich hierbleiben durfte.»

«Unfug.» O'Reilly ließ Barrys Hand los. «Du wohnst hier, oder? Du arbeitest hier, oder?» Die Worte klangen barsch, aber er lächelte dabei.

«Ja.» Es war nicht einfach, dem Mann für irgendwas zu danken. Zumindest, wie Barry langsam lernte, wollte O'Reilly gern so gesehen werden.

«Greif zu; wir haben heute ein volles Programm.» O'Reilly schaufelte etwas von Mrs Kincaids selbstgemachter Erdbeermarmelade auf seine warmen Buttermilch-Pfannkuchen.

Barry ging zur Anrichte. Es war kaum Platz für die

dampfende Platte zwischen all den hübsch verpackten Flaschen, die von dankbaren Patienten abgegeben worden waren. Die Geschenke standen da wie Sonnenblumen in einem dichtbewachsenen Feld, in dem die Weihnachtskarten wie bunte Gänseblümchen waren.

Barry bediente sich und schenkte sich eine Tasse Tee ein. «Ein volles Programm? Ich dachte, der Laden hat heute zu.» Er nahm seinen gewohnten Platz ein.

«Natürlich hat er zu, du Idiot.» O'Reilly tupfte sich einen roten Klecks vom Kinn. «Ich habe heute Bereitschaft. Du nicht, aber das heißt ja nicht, dass du nichts zu tun hast.»

«Schön.» Wenn Patricia gekommen wäre, hätte Barry vielleicht nicht so ohne weiteres eingewilligt, aber so? «Also, was soll ich tun? Mit Arthur spazieren gehen? Den Rover waschen?»

«Sei nicht albern. Das Wasser würde gefrieren.»

Himmel, dachte Barry, er meint, dass ich ihm ernsthaft anbiete, sein Auto zu waschen.

«Wir gehen gemeinsam mit Arthur», sagte O'Reilly. Er langte unter den Tisch und holte vier in Geschenkpapier gewickelte Päckchen hervor. «Die lagen unter dem Baum.» Zwei schob er zur Seite, eins zog er näher zu sich heran, und das vierte schob er über den Tisch. «Für dich.»

Barry griff nach dem mit einer roten Schleife verzierten Päckchen und las, was auf dem Geschenkanhänger stand. In O'Reillys kühnen Federstrichen stand da: *Für Barry Laverty, den besten Assistenten, den ich mir wünschen könnte. Mit den allerbesten Wünschen und meinem Dank. Fingal.*

Bevor er sein Geschenk aufmachen konnte, erschien Kinky. Sie war im Mantel und hatte ihren besten Hut aufgesetzt.

«Fröhliche Weihnachten, Kinky», sagte Barry.

«*Nollaig shona, agus dia dhuit, Dochtúir Laithbheartaigh*. Fröhliche Weihnachten, und Gott sei mit Ihnen.»

«Danke, Kinky. Gehen Sie zur Kirche?»

«Das will ich, ja. Der Truthahn ist im Ofen, der Schinken auch, da kann nichts passieren. Es dauert noch ein paar Stunden.»

«Haben Sie eine Minute Zeit, bevor Sie gehen?», fragte O'Reilly.

«Aber nur ein Minütchen. Der Gottesdienst fängt um zehn an, und ich will früh dort sein, um einen guten Platz zu bekommen. Reverend Robinson ist Weihnachten immer besonders gut in Form.»

«Hier», sagte O'Reilly, erhob sich und reichte ihr zwei Päckchen. «Eins ist von mir. Und das andere vielleicht vom heiligen Sankt Nikolaus.» Er grinste.

«Vielen Dank, Sir. Ich weiß das sehr zu schätzen ... besonders am heutigen Tag.»

Barry runzelte die Stirn. «Ich verstehe nicht. Warum insbesondere heute?»

«Weil, Sir, die Dienstboten normalerweise immer am zweiten Weihnachtstag ihre Geschenke bekommen.»

Barry verstand sofort. Es war typisch für O'Reilly, die sozialen Unterschiede zu ignorieren und Kinky als Menschen zu behandeln, der Respekt verdiente – was er ja auch Fitzpatrick nahegelegt hatte.

Sie lächelte O'Reilly an. «Ich soll es also gleich aufmachen, ja?»

«Sonst werden Sie nicht erfahren, was drin ist.» O'Reilly setzte sich wieder hin und nahm seine Pfannkuchen in Angriff. «Ich kann doch nicht zulassen, dass sie kalt werden.»

«Stimmt.» Sie nickte, dann studierte sie die Geschenkanhänger. «Das hier ist von Ihnen, Sir.» Sorgfältig entfernte sie das Geschenkpapier und faltete es ordentlich zusammen. «Das werde ich nächstes Jahr gut brauchen können», murmelte sie vor sich hin. Sie nahm den Deckel einer flachen weißen Pappschachtel ab.

Barry lächelte. Dank Miss Moloney wusste er, was drin war.

Kinky nahm einen mitternachtsblauen Seidenschal aus seinem Bett von grünem Seidenpapier. «Wie schön! Danke, Sir.» Sie legte den Schal in die Schachtel zurück und stellte sie auf den Tisch. «Jetzt das andere. Und es ist nicht vom Weihnachtsmann. Es ist von Ihnen, lieber Doktor Laverty.»

Barry lächelte und hoffte, dass sie sich freuen würde. Im Stillen segnete er Alice, die ihm verraten hatte, was O'Reilly für Kinky gekauft hatte, um Barry danach bei seinem Geschenk zu beraten. Die Veränderung, die mit dieser Frau vorgegangen war, war wirklich bemerkenswert. Sie war keine Harpyie mehr, sondern ein sehr angenehmer Mensch.

Wieder faltete Kinky das Geschenkpapier ordentlich zusammen und zog schließlich einen grünen Seidenschal hervor. «Der ist aber schön.» Sie drückte ein winziges Küsschen auf Barrys Wange. «Vielen Dank, Doktor Laverty. Ich danke Ihnen sehr.»

«Oh, bitte sehr», sagte er und errötete.

Kinky betrachtete ihre neuen Schals. «Ihr zwei Herren habt da eine arme Frau aus Cork ziemlich in die Klemme gebracht, ja doch.»

O'Reilly schluckte einen Bissen Pfannkuchen hinunter. «Nein, haben wir nicht. Tragen Sie heute den grünen

Schal, weil er so gut zu Ihrem Hut passt. Ich bin nicht gekränkt deswegen.»

«Danke, Sir.» Sie griff nach beiden Schachteln. «Ich muss jetzt los, aber in gut einer Stunde bin ich wieder da.»

«Viel Spaß», sagte O'Reilly. «Wir bleiben hier, nur für den Fall, dass es irgendwelche Notfälle gibt.» Barry hörte die freudige Erwartung in der Stimme seines älteren Kollegen und sah, wie seine Augen aufleuchteten, als er hinzufügte: «Kitty kommt heute Vormittag.»

Barry seufzte und wünschte, er würde ebenfalls die Ankunft seiner Liebsten erwarten.

«Also, ich bin dann mal weg. Und vielen Dank Ihnen beiden für Ihre Geschenke. Sie sind wirklich *àlainn*.»

«*Àlainn*, das heißt schön, Barry», sagte O'Reilly, als Kinky gegangen war. «Und wenn das von Kinky kommt, ist es ein großes Kompliment. Die Schals haben ihr wirklich gefallen.» Er schielte auf sein Päckchen, hob es hoch und schüttelte es. Wie ein Kind, dachte Barry.

«Und was könnte da drin sein? Schau nach.»

«Schön.» O'Reilly versuchte, das bunte Papier abzureißen, aber das Klebeband widerstand seinem ersten Angriff. Er schnitt es mit dem Messer durch, griff nach der länglichen Schachtel und nahm den Deckel ab. Als er eine Bruyèrepfeife mit geradem Stiel und hellem, sandbraunem Kopf herausnahm, machte er große Augen. Er pfiff leise. «Meine Herren, das ist eine Dunhill Tanshell!», rief er. «Danke, Barry. Vielen, vielen Dank.»

Barry neigte den Kopf.

O'Reilly zog seinen Tabaksbeutel hervor. «Ich muss sie einrauchen», erklärte er und begann, die Pfeife zu stopfen, «und wann, wenn nicht jetzt?»

Barry lächelte. Der Verkäufer im hiesigen Tabakwarenladen war sehr hilfreich gewesen. Dunhill-Pfeifen seien die Rolls-Royces unter den Pfeifen, hatte er erklärt, und Barry solle sich nicht durch die helle Farbe abschrecken lassen: Mit der Zeit würden sie eine sehr schöne Patina bekommen. «Freut mich, dass sie dir gefällt», sagte er.

«Mmmpff», machte O'Reilly zustimmend, die neue Pfeife zwischen den Zähnen. Er hielt ein brennendes Streichholz über den Pfeifenkopf. Die Flamme hüpfte hinein, als er zog, und Rauchwölkchen drangen zwischen seinen Lippen hervor. Dann erklärte er: «Eine wahre Schönheit.» Er stieß wie gewohnt eine blaue Rauchwolke aus, nahm die Pfeife aus dem Mund und deutete auf Barrys Weihnachtsgeschenk. «Danke.»

Barrys Freude war ebenso groß wie O'Reillys offenkundige Begeisterung.

«Jetzt bist du an der Reihe, Barry.»

Barry griff nach seinem Päckchen, wobei ihm wieder die Worte «der beste Assistent, den ich mir wünschen könnte» ins Auge fielen. Voller Stolz packte er das Geschenk aus. Ein Wort auf der Schachtel, Hardy, reichte aus, um ihm zu verraten, was für ein Schatz sich darin verbarg. Er öffnete die Schachtel und nahm eine Rolle zum Aufwickeln der Angelschnur heraus. Der Hersteller war das Nonplusultra bei Angelzubehör. Eine Hardy-Rolle hatte Barry noch nie besessen. «Fingal, das ist toll. Ich danke dir. Vielen, vielen Dank. Ich kann es kaum abwarten, sie auf dem Ballybuckle auszuprobieren.» Es schien noch gar nicht so lange her, dass die Dorfbewohner ihm auf der Abschiedsfeier für die Galvins eine Dose mit den schönsten handgebundenen Fliegen überreicht hatten.

«Frag doch den Marquis», meinte O'Reilly. «Wir sehen ihn ja gleich.»

Es klingelte an der Tür.

«Schaust du mal nach, wer das ist, Barry?»

«Aber du hast doch –» Barry verkniff sich das Wort «Bereitschaft» und stand auf. Er ging in den Flur, öffnete die Haustür und wurde von Donal und Julie Donnelly begrüßt. Nach ihren blühenden Wangen zu urteilen, ging es beiden bestens. «Guten Morgen», sagte er. «Und was kann ich am Weihnachtstag für Sie beide tun? Es ist doch keiner krank, hoffe ich?»

Donal schüttelte den Kopf. «Aber nein.»

Barry lächelte. «Gut. Und Tombala-Lose kaufe ich auch nicht.»

Donal lachte. «Das war gut. Ich verkaufe auch keine, und Sie brauchen nichts für uns zu tun.» Er lüftete seine Kappe. «Ich und Julie, wir wollten Ihnen bloß ein frohes Fest wünschen, Ihnen und Ihrem Chef, und wir hoffen, dass das nächste Jahr ein gutes Jahr für Sie beide sein wird, ja.» Er überreichte Barry ein Päckchen. «Julie ist ein richtiges Ass in der Küche, das ist sie. Ihre Oma war aus Schottland, und das ist ihr Rezept für Shortbread, und» – er zwinkerte und senkte die Stimme – «wir wissen ja alle, dass der Doktor gern mal was Süßes isst.»

Barry nahm das Päckchen entgegen. «Das ist sehr freundlich von Ihnen. Vielen Dank, Julie, vielen Dank, Donal. Fröhliche Weihnachten Ihnen beiden, und ein sehr glückliches neues Jahr …» Er warf einen Blick auf Julies Bauch. «Oder vielmehr, für euch drei.»

Julie lachte. «Danke, Doktor Laverty. Ich hoffe, die schottischen Butterkekse schmecken Ihnen.» Sie zupfte Donal an der Hand. «Komm, Liebling», sagte sie. «Wir wollen doch nicht zu spät zum Gottesdienst kommen … Auf Wiedersehen.»

Barry blieb in der Tür stehen. Ihn fröstelte so ohne Hut und Mantel, und doch war ihm innerlich warm.

Er entdeckte Councillor Bishop und seine Frau Florence, die auf der gegenüberliegenden Straßenseite zur Kirche strebten, und rief: «Fröhliche Weihnachten!» Ein Lächeln des Ratsherrn und ein Gegengruß von Florence waren sein Lohn. Und sie ergänzte noch: «Wir sehen Sie und den Doktor dann ja morgen bei uns. Um eins.»

«Stimmt. Danke», sagte Barry und fragte sich, wie seine Leber wohl diese ganzen Festlichkeiten überstehen sollte. Die Feier bei den Bishops hatte er ganz vergessen, aber er war ganz sicher, dass O'Reilly sie auf dem Plan hatte. Er würde ihn nicht daran erinnern müssen.

Wieder im Speisezimmer erklärte er: «Shortbread von Julie und Donal», und legte das Päckchen auf den Tisch. «Sie wollten uns nur –»

«Fröhliche Weihnachten wünschen.» O'Reilly schüttelte den Kopf. «Den Satz werden wir heute noch oft hören, und weißt du was?»

«Was denn, Fingal?»

«In meinen Ohren klingt er nie banal oder abgedroschen.»

«Ich weiß, was du meinst.» Es war schon seltsam, wie ein bisschen Dankbarkeit es so lohnend machen konnte, mit Menschen zu arbeiten.

«Komm», meinte O'Reilly, «gehen wir nach oben ins Wohnzimmer.»

***

Die Zeit bis zu Kinkys Rückkehr vom Kirchgang verging rasch. Es gab keine Notfälle. O'Reilly legte gerade die zweite Platte an diesem Vormittag auf – eine Dreifach-LP, Beethovens sechste Symphonie, dirigiert von Herbert von Karajan, gespielt von den Berliner Philharmonikern –, als Kinky ihren Kopf zur Tür hineinsteckte und erklärte: «Ich bin wieder da.»

Es klingelte an der Haustür. «Legen Sie erst mal Hut und Mantel ab, Kinky, ich geh schon», sagte O'Reilly und lief die Treppe hinunter.

Barry hörte ein gewaltiges Gebrüll von unten: «Kitty! Kitty O'Hallorhan. Fröhliche Weihnachten. Komm herein, komm herein. Ich nehm dir den Mantel ab.»

«Kalt draußen», sagte sie.

«Schön bist du in deinem taubenblauen Twinset.» Kurze Stille. «Bei Gott, Kitty O'Hallorhan, du siehst zum Anbeißen aus. Lass dich umarmen.»

Barry hörte etwas, was nach einem Kuss klang, und dann Kittys leises Lachen. «Aus deinem Munde, Fingal, ist das ein echtes Kompliment.»

«Und vollkommen ernst gemeint. Also, wie wär's mit einer Tasse Tee? Vielleicht etwas Shortbread?»

«Nein, danke.»

«Dann geh schon mal nach oben ins Wohnzimmer. Da brennt ein Feuer im Kamin. Hör auf, mit deinem Mantel rumzufummeln. Los, geh und wärm dich auf.»

«Aber Fingal, ich –»

«Noch oben, Weib. Du sagtest eben, es sei kalt draußen. Ich werde nicht zulassen, dass du in meinem Haus erfrierst.»

Barry hörte Kitty lachen. «Na schön. Dir auch fröhliche Weihnachten, Fingal», sagte sie. Dann kamen Schritte die Treppe herauf.

Barry räumte seinen Sessel und setzte sich auf einen

Stuhl. Er erhob sich, als Kitty eintrat. «Fröhliche Weihnachten, Kitty. Platzen Sie sich.»

Sie ließ sich in einem Sessel nieder. «Setzen Sie sich doch bitte auch wieder.»

Barry nahm Platz. O'Reilly stürmte an ihm vorbei zu dem halbgeschmückten Baum und bückte sich. Lady Macbeth, die ein rotes Band um den Hals trug, sprang Kitty auf den Schoß. Sie streichelte die Katze, und die drückte den Kopf gegen die streichelnde Hand und schnurrte gewaltig.

«Hör sich das einer an», sagte O'Reilly und richtete sich wieder auf, «aber am besten, man beachtet sie gar nicht. Katzen schnurren nur zu ihrem eigenen Vorteil. Sie versuchen, sich einzuschmeicheln.»

Sag bloß, er ist eifersüchtig auf die Katze, dachte Barry. Noch nie hatte er O'Reilly jemanden so liebevoll anschauen sehen wie jetzt Kitty.

Kitty schien es nicht zu bemerken. Sie wandte sich Barry zu. «Schön, Sie wiederzusehen, Barry.»

«Ja, es ist eine Weile her.»

«Ich hatte eine Woche Urlaub und habe meine Mutter besucht. Von ihr habe ich das Twinset. Sie wohnt in Tallaght, ein Stück südlich von Dublin. Gestern Abend bin ich nach Belfast zurückgekommen.»

«Wurde auch Zeit», sagte O'Reilly. «Wir haben dich vermisst.»

«Och, sicher, Fingal», erwiderte Kitty, «aber, wie es so schön heißt, eine kleine Trennung ab und an schürt die Sehnsucht, oder?»

«Ähm», machte O'Reilly und räusperte sich. «Ähm. Ich habe da etwas für dich, Kitty.» Er überreichte ihr ein längliches Päckchen.

«Danke, Fingal. Das ist wirklich süß von dir.»

«Süß, meine Herren. Wir haben Weihnachten.» O'Reilly hob die Schultern.

Herrgott, Fingal, dachte Barry, du würdest wahrscheinlich lieber tot umfallen, als dir anmerken zu lassen, dass jemand denkt, dass du auch eine weiche Seite hast.

Kitty schaute O'Reilly an, schwieg und packte ihr Geschenk aus. «Meine Güte!», rief sie aus, als sie das Etikett der Weinflasche studiert hatte. «Das ist ein Lafite Rothschild '61. Ein edles Weinjahr. Du hast dich nicht verändert, oder, O'Reilly? Du warst schon immer ein wilder Romantiker.» Sie küsste ihn auf die Lippen und sagte: «Ich hoffe, du wirst mir helfen, die Flasche zu leeren?»

O'Reilly prustete und lief rot an.

Barry schaute weg. Er wollte O'Reilly nicht noch mehr in Verlegenheit bringen, und er wünschte verzweifelt, ihn würde auch jemand küssen.

Kitty trat einen Schritt zurück. «Ich habe auch eine Kleinigkeit für dich, aber es ist unten in meiner Manteltasche. Du kriegst es, wenn wir von Seiner Lordschaft zurückkommen.»

***

O'Reilly stand auf. «Also», sagte er. «Es ist halb zwölf. Um zwölf geht's los. Wir müssen nicht auf die Minute pünktlich sein, aber da wir noch ein paar Besuche zu machen haben, sollten wir jetzt aufbrechen.»

Besuche? Das war Barry neu. «Zu wem müssen wir denn, Fingal? Es hat keiner angerufen.»

«Habe ich dir das nicht bereits in deiner ersten Woche hier erklärt? Diejenigen, die nicht anrufen, brauchen manchmal am dringendsten einen Besuch.»

«Ach so, richtig.» Dagegen war nichts einzuwenden.

Bevor Barry sich erkundigen konnte, wen sie denn besuchen wollten, strebte O'Reilly bereits zur Treppe, und Kitty ging hinterher.

Barry folgte ihnen und hoffte, dass es sich um keinen Patienten handeln würde. Unten eilte Kinky geschäftig zur Haustür. Er stand noch auf der Treppe, als sie die Tür öffnete. Er blieb stehen und schaute über die Köpfe der anderen hinweg.

«Oh», rief Kinky, «schau sich das einer an! So viele entzückende kleine Schätzchen!»

Drei Kinder standen auf der Schwelle. Barry erkannte Colin Brown und Jeannie Kennedy. Das dritte Kind, ein Mädchen von etwa zwölf oder dreizehn Jahren, stand mit dem Rücken zur Tür. Sie hob die Hände über den Kopf und begann zu dirigieren, beide Zeigefinger ausgestreckt.

We wish you a Merry Christmas …

Das waren mehr als drei Kinder, die da sangen. Die kräftige Stimme eines lispelnden Jungen erhob sich über die übrigen. *We with you a Merry Chrithmath …*

Barry ging in den Flur und stellte sich so, dass er den Gartenweg sehen konnte. Zum zweiten Mal in zwei Wochen fühlte er sich an den *Wind in den Weiden* erinnert, eines seiner alten Lieblingsbücher. Die Kinder beim Weihnachtssingen hätten die Haselmäuse sein können, die für Ratte und Maulwurf sangen. Ihre Wangen waren gerötet, ihre Münder weit geöffnet, und ihre Blicke waren ernst. Ihr Atem stieg in kleinen Wölkchen in die stille Luft.

We wish you a Merry Christmas …

Das große Mädchen dirigierte energisch. Ihr langes

schwarzes Haar quoll unter einer grün-rot gestreiften Wollmütze hervor. Sie stand vor Colin und Jeannie, und dahinter waren Micky Corry, Eddie Jingles, der seine Lungenentzündung endgültig überstanden hatte, und Billy Cadogan, der Asthmatiker.

And a happy New Year.

Barry kannte noch mehr Kinder mit Namen. Das erfüllte ihn mit Stolz.

Oh, bring us a figgy pudding …

Die Weihnachtssänger begannen breit zu lächeln. Mrs Kincaid ging in die Küche, um Naschereien für die Sänger zu holen.

Feine Schneeflocken schwebten herab, der Winter-Ersatz für Pusteblumen, und wie Zuckerguss legten sie sich auf neue Mäntel, bunte Wollmützen und flache Tweed-Kappen.

… and a cup of good cheer.

Das schwarzhaarige Mädchen hob die Hände, drehte sich um und schaute O'Reilly an. Sie hatte beeindruckende dunkle Augen mit langen Wimpern, in die sich eine große Schneeflocke gesetzt hatte. Das Mädchen drehte sich wieder zu ihrem Chor um und stachelte die Sänger mit ausladenden Handbewegungen zu noch größeren Leistungen an.

«Wir gehen nicht, bevor wir was kriegen, wir gehen nicht, bevor wir was kriegen …»

Kinky erschien wieder. Sie schob einen Servierwagen, beladen mit süßen Weihnachtspastetchen und einem dampfenden Krug mit einer dunklen Flüssigkeit – heißem schwarzem Johannisbeersaft, wusste Barry.

Als das Weihnachtslied zu Ende war, applaudierten sie alle. Barry trat zur Seite, als Kinky die Kinder einlud, ins Haus zu kommen.

Alle bis auf das dunkelhaarige Mädchen bildeten eine Schlange, um Weihnachtspastetchen und heißen Johannisbeersaft zu bekommen. Sie hielt eine Sammelbüchse hoch, auf der UNICEF stand.

Barry schob eine Ein-Pfund-Note durch den Schlitz. Die Kinderhilfsorganisation der Vereinten Nationen war eine würdige Sache.

«Fröhliche Weihnachten, Doktor Laverty», sagte das Mädchen.

«Gut gemacht, Hazel Arbuthnot, und ihr anderen auch», sagte O'Reilly. «Aggies Tochter», erklärte er Barry, dem sich die Frage aufdrängte, ob Hazel wohl ebenfalls eine zusätzliche Zehe besaß.

O'Reilly steckte eine Fünf-Pfund-Note in die Sammelbüchse. «Das ist von Miss O'Hallorhan und mir.»

Hazel knickste leicht. «Vielen Dank.»

«Gut gemacht, ihr alle», sagte er und ignorierte den Dankeschor. «Also, Kitty, Barry, wir haben noch Besuche zu machen, zieht euch die Mäntel an. Ich muss noch eine Kleinigkeit holen.» Er trat ins Speisezimmer und kam mit einer hübsch verpackten Flasche wieder zum Vorschein. «Halt mal.» Er reichte Barry das Päckchen und schlüpfte in seinen Mantel.

«Wen wollen wir denn besuchen, Fingal?», wollte Barry wissen.

«Declan und Mélanie Finnegan, und dann Eileen Lindsay. Sie wohnen alle in der Siedlung.»

Barry warf einen Blick auf die Flasche in seiner Hand und schaute O'Reilly an. «Und bringen wir auch das Fleisch, den Wein und Fichtenscheite?»

«Nein», entgegnete O'Reilly. «Ich bin nicht der gute König Wenzeslaus, und du bist ganz bestimmt nicht mein

Page, aber weil er Parkinson hat, kommt Declan nicht viel raus, und er trinkt gern mal was zum Weihnachtsessen.»

Barry überlegte, ob das wohl das erste Weihnachtsfest war, an dem O'Reilly solche Hausbesuche machte. Unwahrscheinlich, dachte er.

«Kommt», drängte O'Reilly, «wird Zeit, dass wir loskommen.»

Kinky, die gerade am Mantel eines kleinen Jungen herumtupfte, der seinen Johannisbeersaft verschüttet hatte, blickte auf. «Dann mal los, machen Sie Ihre Besuche, und viel Spaß auf der Feier Seiner Lordschaft», sagte sie. «Aber ich erwarte Sie alle um Punkt fünf zurück, keine Minute später. Ich will nicht, dass das Festessen verkocht.»

49

Die Korridore der Macht

«Ne dites plus, Mélanie. C'était notre plaisir.» O'Reilly, der Barry und Kitty schon mal vorausgeschickt hatte, verabschiedete sich von den Finnegans. Und es war tatsächlich ein Vergnügen gewesen, Declans steifes Lächeln zu sehen und Mélanies offenkundige Freude darüber, mal wieder ihre Muttersprache sprechen zu können. Die Operation, der Declan sich vor einigen Monaten unterzogen hatte, hatte die Parkinsonkrankheit nicht geheilt, aber es ging ihm seitdem eindeutig besser.

«Joyeux Noël et une bonne et heureuse année, Docteur O'Reilly.»

«Et à vous, Mélanie.»

Sie schloss die Tür, und er ging schnellen Schrittes hinter Kitty und Barry her. Irgendwie, dachte er, wirkte die Straße heute weniger schäbig. Vielleicht weil alles von Schnee verkleidet war. Vielleicht lag es auch an dem fröhlichen Kinderlärm. Mary Lindsay saß auf einem kleinen Schlitten; Willy Lindsay zog, ein anderer Junge schob. Der Schnee knirschte unter den Schlittenkufen. Die Kinder beachteten ihn nicht. Warum sollten sie auch? Sie hatten ihren Spaß. Er hoffte, dass auch ihr Bruder Sammy seinen Spaß hatte, aber das würden sie ja bald herausfinden.

Barry und Kitty waren bei einer Gruppe von Kindern stehen geblieben, die auf dem Gehweg einen Schneemann bauten. Auf einer Seite war er eindeutig dicker als auf der anderen. «Der ist schön», sagte Kitty. «Mir gefällt das Lächeln, das sie ihm gegeben haben.»

O'Reilly betrachtete die aufwärtsgerichtete Kurve kleiner Kohlen im Gesicht des Schneemanns. Anne-Marie Mulloy – er hatte sie letztes Jahr wegen Windpocken behandelt – steckte gerade eine Möhre als Nase zwischen die größeren Kohlen für die die Augen. «Und wem von euren Vätern fehlt denn jetzt ein Bowler-Hut», fragte O'Reilly, «und ein Glentoran-Schal?» Die Sachen hätten Gerry Shanks gehören können, aber seine beiden Kinder waren nicht zu sehen.

O'Reilly zog seine alte Pfeife hervor – die neue Dunhill steckte in der anderen Jackentasche – und begutachtete den Pfeifenkopf, der durch jahrelangen Gebrauch ganz schwarz geworden war. «Hier, Malachy.» Er bot sie einem mützenlosen Jungen mit grauer Jacke an. «Schiebt die eurem Schneemann in die Gosche. Ohne Pfeife fehlt irgendwie was.»

Der Junge wischte sich den Rotz von der Oberlippe und griff nach der Pfeife. «Danke, Doktor O'Reilly! Klasse. Tausend Dank.» Er steckte dem Schneemann die Pfeife in den Mund.

«So ist es besser», meinte O'Reilly lachend und führte seine Gefährten zur Nummer 31 von Comber Gardens.

Es war knackig kalt, und es roch stark nach Kohlenfeuer. Als O'Reilly aufblickte, sah er, dass alle Schornsteine in Sichtweite qualmten. Keines der Häuser besaß eine Zentralheizung, aber zumindest würden die Bewohner es heute warm haben.

O'Reilly hämmerte so heftig gegen die Tür, dass der daranhängende Stechpalmenkranz ins Schwanken geriet.

Er sah, dass er sich offenbar zu temperamentvoll ankündigte, hörte mit dem Hämmern auf und trampelte mit den Füßen, während er wartete.

Eileen Lindsay öffnete die Tür. «Doktor O'Reilly? Ist alles in Ordnung?»

«Natürlich, Eileen. Wir sind nur gekommen, um Ihnen ein frohes Fest zu wünschen. Können wir reinkommen?»

«Bitte.» Sie trat zur Seite.

«Das ist Miss O'Hallorhan.»

Eileen machte einen kleinen Knicks. «Freut mich.» Sie schloss die Tür hinter ihnen. «Gehen Sie doch ins Wohnzimmer. Kann ich Ihnen was anbieten? Ein Tässchen Tee? Oder einen Eierpunsch?»

«Nein danke, Eileen», sagte O'Reilly. «Wir sind nur auf einen Sprung vorbeigekommen, um zu sehen, wie es Sammy geht.» Er führte Kitty ins Wohnzimmer, und Barry folgte.

Ein Feuer prasselte im Kamin. Drei leere rote Strümpfe lagen auf dem Teppich, und O'Reilly sah die Haken an der Kamineinfassung, an denen sie gehangen hatten. Auf dem Kaminsims stand eine unangezündete rote Kerze in einem Stechpalmenkranz.

Johnny Jordan und Sammy saßen auf dem Fußboden vor dem Trafo einer elektrischen Modelleisenbahn von Hornby bestehend aus einer Lok, zwei Personenwaggons und einem Dienstwagen. Die Waggons ratterten über das Schienenoval. «Wie geht's, Doktor O'Reilly?», fragte der Junge.

«Gut, danke, Sammy. Und wie geht's dir?» O'Reilly nickte Johnny zu, der lächelte. Donal hatte recht gehabt: Der Mann war keine Schönheit. Seine Glatze glänzte im Licht, das durch das Fenster hereinfiel. Er lächelte breit, und O'Reilly fiel auf, dass zwei seiner unteren Vorderzähne fehlten. «Doktor», sagte Johnny und neigte leicht den Kopf.

Sammy hielt die Lokomotive an und zeigte O'Reilly seine Arme. «Der Ausschlag ist ganz weg, ja, und ich bin auch gar nicht mehr angeschwollen.»

«Gut.»

«Aber ich darf nicht draußen spielen. Es ist zu kalt, sagt Mammy. Willie und Mary machen eine Schneeballschlacht, ja.»

«Ich weiß, ich habe sie gesehen. Macht es dir etwas aus, dass du nicht rausdarfst?»

Sammy grinste. «Nö. Der Weihnachtsmann hat uns allen dreien ein Fahrrad gebracht, und bei Schnee kann man nich Rad fahren. Außerdem spiel ich sowieso viel lieber mit Johnny und meiner neuen Eisenbahn.»

O'Reilly zerraufte dem Jungen das Haar. «Sehr gut.» Er war hocherfreut. Aber das Schönste an seiner Hilfsaktion war doch gewesen, zu erleben, wie findig Donal sich erwiesen hatte. Gib's zu, Fingal, sagte er sich, solches Ränkeschmieden hat dir schon immer gefallen. «Fein», meinte er, «dann wollen wir mal wieder.» Er steuerte Kitty zur Tür. «Fröhliche Weihnachten allen in diesem Haus», sagte er. «Und ein glückliches neues Jahr!»

Der Chor der guten Wünsche hallte noch in seinen Ohren wider, als er die Haustür hinter sich schloss.

O'Reilly hielt Kitty die Fondtür des Rover auf. «Nächster Halt: Ballybucklebo House. Wir sind ein bisschen spät dran, aber das macht Seiner Lordschaft nichts aus, und wenn wir kommen, wird die Party schon in vollem Gange sein.»

«Es ist mir egal, wenn wir ein bisschen später kommen.

Bitte fahr vorsichtig, Fingal», mahnte Kitty, als sie in den Wagen stieg. «Sammy findet vielleicht, dass zu viel Schnee liegt, um Rad zu fahren, aber falls irgendwelche anderen Radfahrer unterwegs sein sollten …»

«Du willst nicht, dass jemand am Weihnachtstag im Graben landet.» O'Reilly ließ den Motor an. «In Ordnung. Ich fahre vorsichtig.»

***

Die Zweige der Schuppentanne waren von Schnee beschwert, die stacheligen Nadeln weich umhüllt. Überall waren Autos geparkt. Man sah zahlreiche Rolls-Royces, Bentleys und Daimlers. O'Reilly hatte den Rover ein Stück entfernt vom Herrenhaus abstellen müssen, aber immerhin war die Auffahrt geräumt.

Auf den Rasenflächen glitzerte in den Strahlen der niedrig stehenden Wintersonne der Schnee. Die glatte weiße Decke wurde nur durch Vogelspuren unterbrochen. O'Reilly kniff die Augen zusammen. Mindestens drei Fasane. Wenn er Glück hatte, würde der Marquis im Januar zu einer Jagd einladen.

O'Reilly schaute Kitty an. Ihre Augen funkelten, und ihre Wangen waren gerötet, und plötzlich hatte er Lust, sie in den Schnee zu werfen und herumzurollen. Er würde ihre lachenden Proteste ignorieren und sie hinterher in die Arme nehmen, um sie aufzuwärmen. Aber stattdessen nahm er ihre behandschuhte Hand in seine.

«Ich liebe solche Tage», sagte sie, «und eine ganze Zeit lang gab es nicht allzu viele davon.» Sie schaute ihn an.

«Ein Jammer», sagte er und lächelte auf sie hinunter, und sie lächelte ihn an und drückte seine Hand. Er sah weg, hielt ihre Hand aber noch fester. Die unteren Fensterreihen des georgianischen Herrenhauses waren von innen mit Tannenzweigen und Stechpalmen geschmückt. Bei Gott, wenn es irgendwo einen Mistelzweig gab, würde er Kitty darunterziehen, bevor der Tag zu Ende war.

Er führte seine kleine Gesellschaft die breite Vortreppe hinauf. Die große Eingangstür, die in die Empfangshalle mit ihrem Marmorfußboden führte, stand offen.

«Augenblick, Fingal. Bitte halt das mal.» Kitty reichte ihm den Schuhbeutel, den sie mitgebracht hatte. Im Handumdrehen stand sie in eleganten Stilettos aus grauem Wildleder da. «Kann ich meine Stiefel hier lassen?»

«Ich wüsste nicht, warum nicht», sagte O'Reilly.

Als er ein leises Knarren hörte, drehte er sich um und sah, wie die Glastüren mit Stabwerk von einem Mann mittleren Alters im Frack und grauen Handschuhen geöffnet wurden. O'Reilly erkannte den Butler Seiner Lordschaft.

«Guten Morgen, Thompson.»

«Guten Morgen, Commander O'Reilly, und fröhliche Weihnachten.»

«Das wünsche ich Ihnen auch.»

«Darf ich Ihnen Ihre Mäntel abnehmen?»

O'Reilly, Kitty und Barry legten ab. «Fingal», fragte Barry leise, «hat er dich eben Commander genannt?»

O'Reilly lächelte. «Dein Vater und ich waren nicht die einzigen Männer aus Ulster auf der *Warspite*. Thompson war damals erster Geschützoffizier. Er hat einen Marine-Verdienstorden für Cape Matapan bekommen.» Und fast seinen linken Fuß verloren, dachte O'Reilly.

Der schwerbeladene Thompson machte Anstalten, die Mäntel und Schals zur Garderobe zu bringen.

«Wenn Sie mich entschuldigen würden, ich hänge eben

Ihre Mäntel auf. Seine Lordschaft erwartet Sie, und Sie kennen ja den Weg, Sir.» Der Butler humpelte mit dem Mantelstapel davon.

«Dann kommt», sagte O'Reilly. «Zur Party geht's hier entlang.»

Kitty blieb stehen. «Einen Augenblick», sagte sie. «Ich möchte mich erst mal umschauen.» Ihr Blick wanderte zur Gewölbedecke hinauf. «Schließlich bekommt ein Mädchen wie ich nicht jeden Tag eine Einladung ins Schloss.»

Lächelnd sah O'Reilly, wie Kitty die Ölgemälde betrachtete, die an der Wand hingen. Es gab zahlreiche Porträts früherer Titelinhaber, fast alle mit eisengrauem Haar.

«Grundgütiger», sagte sie und wies auf das Porträt eines Soldaten mit Perücke, Dreispitz und scharlachrotem Rock, der sich gegen ein Pferd mit Schabracke lehnte. «Das könnte Captain Robert Orne sein, gemalt von Sir Joshua Reynolds. Ich habe das Bild in der National Gallery in London gesehen.»

«Ja, das ist ein Reynolds», sagte O'Reilly, dem wieder eingefallen war, dass Kitty erzählt hatte, sie male ein bisschen nebenbei. Irgendwie, dachte er, würde ich wetten, dass sie ein schönes Talent besitzt.

Es waren Schritte zu hören.

«Oje», sagte Barry, «da kommt O'Brien-Kelly.»

O'Reilly blickte zum unteren Ende der Halle. Zwei junge Männer näherten sich. Er erkannte Sean, den Sohn des Marquis, und dessen vorgesetzten Offizier, Hauptmann O'Brien-Kelly. O'Reilly hielt den Hauptmann, der schon im August in Ballybucklebo gewesen war, für einen absoluten Volltrottel. «Das könnte interessant werden», sagte er zu Kitty, doch ehe er Näheres erklären konnte, bot Sean ihm schon die Hand. Er war fast so groß wie sein Vater, hatte dieselben Züge und dasselbe eisengraue Haar.

«Fröhliche Weihnachten, Doktor O'Reilly.»

«Fröhliche Weihnachten, Sean. Haben Sie Urlaub?»

«Eine Woche. Ich habe meinen Hauptmann mitgebracht. Zur Fasanenjagd. Das ist Hauptmann –»

«O'Brien-Kelly», sagte O'Reilly und schaute dem Mann direkt in die Augen. «Wir sind uns schon begegnet.»

«Hauptmann, Sean, darf ich Ihnen Caitlin O'Hallorhan und Doktor Laverty vorstellen?»

Barry schüttelte Sean die Hand und sagte zu O'Brien-Kelly: «Wir kennen uns.»

O'Reilly drehte sich zu Kitty um. «Caitlin O'Hallorhan. Leutnant, der Ehrenwerte Sean –»

«Ich bin Sean, und darf ich Sie Caitlin nennen?»

Sie lächelte. «Ich ziehe Kitty vor.»

«Also dann Kitty.»

«Und», fuhr O'Reilly fort, «das ist Hauptmann O'Brien-Kelly. Er ist ein großer Fan irischer Vollblüter.» O'Reilly bemühte sich, eine ernste Miene zu bewahren. Das war der Mann, dem Donal Donnelly irische Half-Crowns weit über Wert verkauft hatte. Auf der Münze war ein Pferd abgebildet, und Donal hatte ihm eingeredet, es handle sich um Gedenkmünzen, die zu Ehren des irischen Vollblüters Arkle ausgegeben worden seien.

«Bin entzückt», sagte O'Brien-Kelly. «Und erfreut, Sie mal wiederzusehen, O'Reilly. Hatte gar keine Gelegenheit, mich zu verabschieden. Ich musste nach dem Rennen ziemlich eilig los.»

«Hatte wohl irgendwas mit einem Buchmacher zu tun … dem rechtschaffenen Sammy Dolan, soweit ich mich erinnere», sagte Barry unschuldig.

«In der Tat», bestätigte der Hauptmann und wechselte hastig das Thema. «Ich hatte noch gar keine Gelegenheit, Ihnen zu danken, O'Reilly.»

«Mir danken?» O'Reilly runzelte die Stirn. Er war darauf vorbereitet gewesen, dass der Mann ihn verfluchte, weil er ihm Donal vorgestellt hatte.

«Tja, als ich diese Münzen den Jungs im Regiment verkaufen wollte – um wieder ein bisschen was reinzubekommen, wie man sagen könnte –, hat ein irischer Offizier, nicht Sean übrigens, ihnen erklärt, dass das die ganz normale irische Währung sei, so gut wie wertlos.» Er grinste breit. «Die Jungs haben sofort geschaltet, aber sie dachten, es wäre ein Gag, und sie hielten mich für einen großen Komiker.»

O'Reilly lachte laut auf.

«Richtig. Ein guter Witz, ehrlich. Die Jungs machen sich gern mal über einen Offizier lustig, also stehe ich seitdem bei ihnen hoch im Kurs. Deshalb bin ich Ihnen zu Dank verpflichtet.»

«War mir ein Vergnügen», erwiderte O'Reilly und dachte bei sich, es geschehen noch Zeichen und Wunder. Er hatte O'Brien-Kelly als den klassischen anglo-irischen Oberklassen-Trottel eingestuft, und dabei war der Mann fähig, über sich selbst zu lachen. Das musste er ihm zugutehalten, selbst wenn er ziemlich dämlich war.

O'Brien-Kelly, für den O'Reilly damit abgetan war, wandte sich an Sean. «Also, wollen wir uns jetzt diesen Wallach ansehen?»

«Gern. Bitte entschuldigen Sie uns.» Sean verbeugte sich vor Kitty, lächelte O'Reilly zu und führte seinen Hauptmann hinaus.

O'Reilly schüttelte grinsend den Kopf. «Weißt du, Barry», sagte er, «ich will verdammt sein, wenn ich noch weiß, wer gesagt hat, dass der Herrgott seine schützende Hand über Betrunkene, Kinder und Idioten hält, aber da geht der lebende Beweis dafür.»

«Ich glaube», sagte Barry, «der Ausspruch wird Bismarck zugeschrieben.»

«Wunderbar», bemerkte Kitty. «Wollt ihr beide den ganzen Tag da stehen und ‹Wer weiß mehr?› spielen, oder gehen wir jetzt zur Party?»

50

Adel verpflichtet

Gemeinsam betraten sie einen großen Salon mit hoher Decke. Bestimmt fünfzig oder sechzig Leute standen in Grüppchen beisammen oder saßen auf den Sesseln und kleinen Sofas, die scheinbar willkürlich überall im Raum verteilt waren. Das hier war, neben dem Renntag, *das* gesellschaftliche Ereignis des Jahres, und die anwesenden Frauen hatten sich sämtlich in Schale geworfen.

Über das Stimmengewirr erhob sich dann und wann Gelächter, steigend und fallend wie Wellen in einem schmalen Meeresarm.

O'Reilly führte Kitty und Barry ein Stück weiter in den Raum hinein. Im Hintergrund ertönte Vivaldis «Vier Jahreszeiten».

Er summte fröhlich mit.

Ein Mann, der etwas abseits stand, drehte sich um und entdeckte O'Reilly. «Fröhliche Weihnachten, Doktor.»

«Fröhliche Weihnachten, Constable Mulligan.» Da er einen dreiteiligen Anzug aus Kammgarn trug, war der Dorfpolizist offenbar nicht im Dienst. «Haben Sie Seine Lordschaft gesehen?»

«Ja, er hat sich in östlicher Richtung entfernt, dorthin, wo die Bibliothek liegt, aber er meinte, er wäre gleich zurück.»

O'Reilly erkannte den Mann, der auf den Constable zuhielt. Auf der Nase des Bestattungsunternehmers war ein großes Rhinophym – die Talgdrüsen waren verstopft, sodass das Sekret sich darin staute und das Gewebe anschwoll. Das Ergebnis war eine rote Knollennase, die Rudolph das Rentier mit Neid erfüllt hätte.

«Fröhliche Weihnachten, Doktor O'Reilly.»

«Fröhliche Weihnachten, Mr Coffin.»

«Wie geht's dir, Christopher?» Der Dorfpolizist strahlte und begann eine angeregte Unterhaltung mit dem Bestatter. O'Reilly wusste, dass die beiden sich im August nach der Abschiedsfeier für Seamus Galvin angefreundet hatten. «Toll, dass es endlich mal weiße Weihnachten gibt, oder?»

«Tja, das ist ja alles gut und schön, aber ich hoffe, es geht schnell vorbei. Es ist eine Plage, einen Leichenwagen da durchzukriegen ...»

O'Reilly überließ die beiden Männer ihrem Geplauder. «Mischen wir uns unter die Gäste», sagte er und legte die Hand an Kittys Ellbogen. Sein Magen knurrte. Der zarte Duft eines Blüten-Potpourris stieg ihm in die Nase, und er bemerkte eine Keramikschale, die auf einem Beistelltisch am Kamin stand. Auf dem Tisch standen außerdem Zigaretten in silbernen Etuis, Schalen mit Nüssen, Bendick's Bittermints aus der Bond Street, Teller mit schottischen Butterkeksen und mit Marzipan gefüllten Datteln. O'Reilly hatte eine Vorliebe für Datteln mit Marzipan. Er änderte den Kurs und steuerte darauf zu.

Die Bishops unterhielten sich mit Sonny und Maggie. Im Band von Maggies purpurroten Filzhut steckte ein großer Stechpalmenzweig. O'Reilly fiel auf, dass sie zur Feier des Tages ihre falschen Zähne trug.

Sie hatten O'Reilly noch nicht bemerkt, der entschlossen war, zu den gefüllten Datteln vorzudringen. Danach würde er sich auf einen kleinen Schwatz zu ihnen gesellen. Aber er zögerte, als er Bertie Bishop zu Sonny sagen hörte: «Jedenfalls, ich sage zu dem Mann, wenn Sie glauben, dass ich zweitausend Pfund für dieses Pferd bezahle – zweitausend! –, sollten Sie sich mal den Kopf untersuchen lassen, jawoll, denn –»

Eine Lachsalve vom anderen Ende des Raums übertönte die letzten Worte des Ratsherrn. Das lauteste Lachen war so schneidend, dass es aus zehn Meilen Entfernung einen Hering hätte filetieren können.

«Da hatten Sie ganz recht, Bertie», antwortete Sonny und lächelte Bishop an. «Was für eine Unverfrorenheit von dem Kerl, zu glauben, dass er Ihnen so was andrehen kann ...»

Sonny, dachte O'Reilly, ist also offenbar auch vom weihnachtlichem Geist geküsst. Sonny hielt nicht viel von dem Ratsherrn, und das mit gutem Grund, aber zumindest heute schien er bereit zu sein, das Vergangene zu vergessen.

«Fingal.» Das war Barrys Stimme. «Ich dachte mir, du könntest eine kleine Stärkung vertragen.»

O'Reilly drehte sich um und sah, dass Kitty eine weiße Papierserviette mit etwas darauf in der Hand hielt. Barry hatte ihr gerade eine Platte mit geräuchertem Lachs gereicht, die er jetzt O'Reilly hinhielt. «Guter Junge.» Er schnappte sich zwei gebutterte Weißbrotschnittchen, belegt mit dünnen Scheiben Räucherlachs. Er bewunderte die hellgrünen Kapern auf dem geräucherten Fisch und schob sich das erste Schnittchen in den Mund. Mit vollem Mund sagte er: «Für diese Wohltat schön' Dank!»

«*Hamlet*», sagte Barry. «Hier, nimm noch eins.»

O'Reilly nahm noch eins. Die Häppchen waren delikat, aber ihm war wirklich nach einer gefüllten Dattel zumute. Er schob sich weiter in Richtung seines Ziels vor, zuversichtlich, dass Barry und Kitty ihm folgten.

Sie umgingen ein Grüppchen, das aus Pfarrer O'Toole, Reverend Robinson und seiner Frau sowie Miss Moloney bestand, die Fergus Finnegan, dem Kapitän der fünfzehnköpfigen Rugby-Mannschaft, zuhörten.

«Ich meine, der Neuzugang Michael Gibson wird sich als besserer Außenstürmer erweisen als Jack Kyle.»

«Da bin ich mir nicht so sicher», wagte sich Miss Moloney vor. «Mein Vater hat uns immer zu den Spielen mitgenommen, bevor wir nach Indien gegangen sind, und seit ich wieder in Ulster bin, gehe ich zum Rugby. Ich habe Kyle 1953 in Ravenhill spielen sehen, ich bin extra deswegen nach Belfast gefahren. Er war damals in Höchstform …»

O'Reilly wartete. Alles, was mit Rugby zu tun hatte, interessierte ihn, besonders, wenn eine Frau offensichtlich eine auf Sachkenntnis gegründete Meinung zum Thema hatte.

«Das Spiel gegen Frankreich?», fragte Fergus.

«Genau. Er hat einen Falltritt hingelegt, zweimal durch Körpertäuschung Raum gewonnen und einen Versuch erzielt, von dem die Leute immer noch reden.»

In der Tat, dachte O'Reilly, beeindruckt von Miss Moloneys Verständnis der Feinheiten des Spiels. Er war damals selbst im Stadion gewesen, und er würde Kyles Lauf durch die französischen Verteidigungslinien und seine geschickten Ausweichmanöver nie vergessen. Und zudem war Jackie Kyle noch Arzt.

Respekt schwang in Fergus' Stimme mit, als er entgegnete: «Gut und schön, aber ich glaube, wir sollten Gibson ein paar Jährchen Zeit lassen. Der Junge hat Talent, das sieht ein Blinder.» Er trat einen Schritt näher an Miss Moloney heran. «Die Jungs vom Club mieten jedes Jahr einen Bus, um nach Dublin zu den Länderspielen zu fahren. Möchten Sie vielleicht auf die Liste gesetzt werden, Miss Moloney?»

Ihre Augen funkelten. «Das würde ich wahnsinnig gerne, sofern ich eine Vertretung für den Laden finde ... aber nennen Sie mich doch bitte Alice.»

Gratuliere, Alice Moloney, dachte O'Reilly. Er legte die beiden letzten Schritte zum Beistelltisch zurück.

«Meine Güte», sagte Kitty und schaute sich um, «das ist wahrlich imposant. Sehr beeindruckend.»

«Nur das Beste, wenn man mit O'Reilly reist», sagte er. «Schön warm hier, oder?»

«Das sollte es auch sein», bemerkte sie. «Schau dir mal diesen gewaltigen Kamin an.»

O'Reilly sog tief die Luft ein und genoss den Geruch von brennendem Holz gemischt mit Pfeifentabak und Zigarren.

Ein gewaltiges Scheit, das auf schwarzen Feuerböcken lag, brannte in dem mit Feldsteinen eingefassten Kamin. Flankiert wurde er von Kaminecken mit Sitzbänken. Die Kaminböcke in Gestalt von zwei Keramikhunden, schwarzweißen Dalmatinern, saßen aufrecht mit einem hochnäsigen Grinsen auf den glasierten Gesichtern da.

Kitty lachte leise. «Verglichen damit wirkt das Gasfeuer in meiner Wohnung doch arg mickrig.»

«Die vier Jahreszeiten» gingen zu Ende. Jemand legte eine neue Platte auf, auch ein Stück, das O'Reilly kannte: Mozarts neununddreißigste Symphonie. O'Reilly musste sich direkt anstrengen, um die Musik zu hören, denn der Geräuschpegel im Raum war gestiegen. Der alte Doktor Flanagan, der O'Reilly die Praxis verkauft hatte, hatte Alkoholika als universelles Schmiermittel bei gesellschaftlichen Anlässen bezeichnet. Völlig zu Recht.

O'Reilly nahm eine gefüllte Dattel und schaute sich suchend nach jemandem um, der Getränke herumreichte. Er hätte nichts gegen ein kleines Schmieren seiner Gänge einzuwenden gehabt. Aber er hatte kein Glück. Jetzt wusste er, wie sich die Garnisonstruppen während des Burenkriegs in der belagerten Stadt Mafeking gefühlt haben mussten: von der Versorgung abgeschnitten und sehr durstig.

Er nahm sich noch eine Dattel und sah, dass Kitty ein Porträt betrachtete, das über dem Kaminsims aus Connemara-Marmor hing. Es stellte den Marquis dar, in jüngeren Jahren und in der Ausgehuniform der Irish Guards.

«Ich glaube, das ist ein Annigoni.» Kittys Stimme war zu einem Flüstern herabgesunken.

«Ja. Mein Vater hat das Bild in Auftrag gegeben», sagte der Marquis.

«Herrje, Euer Lordschaft», sagte O'Reilly, «schleichen Sie sich doch nicht so an die Leute heran. Um mit Kinky zu sprechen, Sie haben mich so erschreckt, dass ich fast Rachitis gekriegt hätte.»

«Und ich dachte immer, Sie könnte gar nichts schrecken, Fingal», konterte der Marquis mit einem Grinsen.

«Mylord.» Barry machte eine kleine Verbeugung.

«Laverty. Nett, Sie zu sehen, und es freut mich sehr, Sie wiederzusehen, Miss O'Hallorhan. Ich erinnere mich, Sie waren anlässlich von Sonnys Hochzeit hier.»

«Ja, aber bitte nennen Sie mich doch Kitty.»

«Kitty. Was für ein freundlicher Name.» Er schaute in ihr Gesicht. «Ich muss sagen, Sie sehen heute ganz reizend aus.»

O'Reilly wusste nicht genau, ob er Stolz oder einen kleinen Anflug von Eifersucht empfand. Der Marquis war nicht viel älter als O'Reilly, seit acht Jahren verwitwet und ein charismatischer Mann.

«Vielen Dank, Sir», sagte sie mit einem Lächeln.

Er bemerkte durchaus, wie gewandt sie das Kompliment entgegennahm. Sie war nicht errötet. Kitty O'Hallorhan, das merkte man, war es gewöhnt, Komplimente zu bekommen.

«Also», sagte der Marquis, «vielleicht können wir uns nachher noch ausführlicher unterhalten, aber jetzt muss ich gehen und die übrigen Gäste begrüßen. Ich glaube, die meisten kennen Sie, Fingal.»

«Sicher doch, und falls nicht, habe ich ja einen Mund zwischen Nase und Kinn, oder?»

Der Marquis lachte. «Ich glaube, Ihrem Kollegen da drüben werden Sie sich nicht vorstellen müssen.» Der Marquis wies mit dem Kopf auf Ronald Hercules Fitzpatrick, der am anderen Ende des Raums neben dem geschmückten Baum stand. Zwei der Hunde des Marquis, ein irischer Setter und ein irischer Wolfshund, schliefen unter den Zweigen. Das darf doch nicht wahr sein, dachte O'Reilly.

«Ich dachte, es würde Ihnen gefallen, bei einem solchen gesellschaftlichen Anlass mal einen Kollegen zu treffen. Kinnegar ist ja nicht weit weg. Es war früher Teil unseres Besitzes, bevor mein Vater das Land verkaufte, um die Erbschaftssteuer bezahlen zu können. Großvater ist einhunderteins geworden, wissen Sie, und leider hat mein Vater seinen Vater nicht lange überlebt.»

O'Reilly unterdrückte sein Erstaunen über Fitzpatricks Anwesenheit, schaute den Marquis an und sah in ihm ein lebendes Symbol der langen Geschichte und Beständigkeit eines Ortes wie Ballybucklebo.

«Ich werde gleich ein paar Worte mit ihm wechseln.» O'Reilly fasste den Entschluss, Fitzpatrick bald zu begrüßen, aber nicht, bevor er etwas zu trinken bekommen hatte. Fitzpatrick unterhielt sich gerade mit einem sehr großen Mann mit Adlernase, der ein Monokel im linken Auge trug. «Wer ist das denn, John?»

O'Reilly musste etwas warten, bevor er seine Antwort bekam, weil im Raum laut gelacht wurde. Als es wieder leiser wurde, sagte der Marquis: «Sir Aidan Creighton-Dwyer-MacNeill. Ein Baronet. Entfernter Verwandter. Sein Vater war ein MacNeill aus dem Antrim-Zweig der Familie. Sie haben ein ziemlich großes Gut bei Ballymoney. Er ist mit Annie O'Sullivan verheiratet. Sie gehört zu *den* O'Sullivans, die sich rühmen können, dass John L. Sullivan, der Boxer, zum Tralee-Zweig der Familie zählt, während Maureen O'Sullivan, die Schauspielerin, aus dem Roscommon-Zweig der Familie stammt. Mia Farrows Mutter, Sie wissen schon …»

Der Marquis runzelte die Stirn. «Beim Thema Genealogie gerate ich manchmal vom Hundertsten ins Tausendste. Bei den Familien hierzulande wird es oft ein wenig kompliziert. Eine entfernte Cousine von uns musste vor etwa zwanzig Jahren nach Purdysburn eingewiesen werden, eine psychiatrische Klinik.»

«Das tut mir leid», sagte Barry.

«Es ist lange her und» – der Marquis lachte in sich hinein – «Dolores war wirklich ziemlich gaga. Sie hatte die Angewohnheit, völlig Fremden ihr künstliches Gebiss vorzuführen.»

Der Marquis winkte einem uniformierten Serviermädchen, das ein Tablett mit vollen Gläsern trug. «Jetzt muss ich mich aber wirklich unter die Gäste mischen, aber bitte fühlen Sie sich ganz wie zu Hause, und ich wünsche Ihnen allen fröhliche Weihnachten.»

«Ein Jameson, Doktor O'Reilly?»

Das belagerte Mafeking war entsetzt worden. O'Reilly grinste. «Klar, Margaret.» Er bediente sich. Er kannte sie, weil er sie behandelt hatte, als sie acht Jahre alt war und Mumps hatte.

Das Serviermädchen bot Kitty das Tablett an. «Madam?»

«Ist das ein Bucks Fizz?» Kitty deutete auf ein Champagnerglas mit einer orangefarbenen Flüssigkeit.

Das Serviermädchen nickte.

«Danke.» Kitty nahm ein Glas. «Champagner mit Orangensaft. Genau das Richtige für Weihnachten.»

«Sir?»

Das Tablett wurde Barry angeboten.

Er nahm einen Fizz. «Vielen Dank.»

«Prost», sagte Kitty und nahm einen Schluck. «Der Marquis gefällt mir. Er war heute sogar noch charmanter als auf der Hochzeit von Sonny und Maggie.»

Angehöriger des britischen Hochadels oder nicht, entschied O'Reilly, er würde ein Auge auf John MacNeil, den siebenundzwanzigsten Marquis von Ballybucklebo, haben müssen.

«Er ist ein guter Mann», sagte er, und, fehlender Mistelzweig hin oder her, legte den Arm um Kitty, zog sie an sich und küsste sie sanft auf die Lippen. «Es ist so schön, dass du hier bist, Kitty. Ich …» Allmächtiger, um ein Haar hätte er ihr gesagt, dass er sie liebte, aber dann fehlte ihm doch der Mut. «Ich wünsche dir frohe Weihnachten.» Verdammt, Fingal, du Trottel, dachte er, sag's ihr doch endlich. Aber dann wurde ihm bewusst, dass Barry in Hörweite war und Sonny und Maggie sich näherten. Er beschloss, lieber sein Schweigen zu bewahren.

«Fröhliche Weihnachten, lieber Doktor», sagte Maggie. «Doktor Laverty.»

«Erinnert ihr euch an Miss O'Hallorhan?», fragte O'Reilly.

«Sicher.» Maggie neigte den Kopf und taxierte Kitty. «Ein schönes Kostüm», sagte sie dann, «aber das, was Sie zu meiner Hochzeit anhatten, gefiel mir noch besser.»

«Wenn ich das gewusst hätte, Mrs Houston, hätte ich es angezogen.» Kitty lachte.

O'Reilly war beeindruckt. Sie hatte Maggies Ehenamen behalten. «Wir haben vorhin kurz bei Eileen Lindsay reingeschaut. Es wird euch freuen zu hören, dass Sammy fast wieder gesund ist und die Familie ein wunderschönes Weihnachtsfest feiert.»

«Das ist gut», sagte Sonny. «Das ist sehr gut. Es freut mich.»

«Ihr beide wart eine große Hilfe, als Sammy krank war, Maggie, ganz ernsthaft», sagte O'Reilly.

«Och, sicher, aber war das nicht Doktor Lavertys Idee?»

O'Reilly sah Barry lächeln. Und mit Recht. Der Junge lernte langsam, dass mehr dazugehörte, ein Landarzt zu sein, als Diagnosen zu stellen und Rezepte auszuschreiben.

Es machte Freude, Menschen zu helfen, ihr Leben wieder in den Griff zu bekommen.

«Und sowieso», fuhr Maggie fort, «dass ich auf den Jungen aufgepasst hab, war ja nichts. Die richtige Hilfe war, dass sie in der Tombola gewonnen hat, ja, so ist das.»

O'Reilly nickte. Er war sehr zufrieden mit sich.

«Ja doch, war das nicht wie ein kleines Weihnachtswunder?»

«Das war es, Maggie.» O'Reilly nahm sich eine gefüllte Dattel.

«Und Donal Donnelly war der Engel dazu.» Sie lächelte breit, als sie sich vorbeugte und flüsterte: «Ich hätte nie gedacht, dass Donal himmlische Qualitäten besitzt.»

Sie wusste, dass die Ziehung manipuliert gewesen war. Oder, was wahrscheinlicher war, sie kannte Donal.

«Aber darüber werden wir kein Wörtchen verlieren, nicht wahr, lieber Doktor?»

«Kein Wort, Maggie. Kein einziges Wort.»

Sie zwinkerte ihm zu und drehte sich zu Sonny um. «Also, mein Lieber. Es wird Zeit, dass wir loskommen. Ich muss mich um meinen Truthahn kümmern, und der General und deine Hunde waren jetzt lange genug allein.»

Zweifellos, dachte O'Reilly, würden Sonnys fünf Hunde und Maggies schlachterprobter Kater, Sir Bernard Law Montgomery, heute ebenfalls Truthahn speisen. «Kommt gut heim», sagte er.

«Sie ebenfalls, Doktor», sagte Sonny, legte den Arm beschützend um Maggie und lotste sie in Richtung Tür. «Wir sehen uns ja alle morgen bei den Bishops, hoffe ich.»

«Ja, bis dann also», bestätigte O'Reilly und drehte sich zu Kitty um. «Hättest du Lust mitzukommen?»

Sie schüttelte den Kopf. «Tut mir leid, Fingal. Manche Leute müssen arbeiten.»

Er zuckte die Achseln, aber insgeheim war er tief enttäuscht – so enttäuscht, wie Barry sein musste, weil Patricia nicht kam. «Da kann man nichts machen. Das verstehe ich, und vielleicht –»

Weiter kam er nicht. Er blickte sich um. Die jüngste Lachsalve, eine Mischung aus Gewieher, Prusten und Gekicher, schien von einer Gruppe zu kommen, die um den großen, leichenblassen Doktor Fitzpatrick herumstand. Der Mann grinste wie ein Mondkalb und hielt mit der Linken seinen Kneifer umklammert.

«Was zum Teufel –?»

«Ich glaube», sagte Barry, «dein alter Studienkollege hält Hof.»

«Wir sollten hingehen und zuhören», sagte O'Reilly und nahm Kittys Hand. «Kommt.»

«Verzeihen Sie. Verzeihen Sie. Verzeihen Sie.» Er zwängte sich zwischen verschiedenen Unbekannten hindurch. Hinter der Gruppe, die Fitzpatrick umringte, blieben sie stehen.

«Fröhliche Weihnachten, Pfarrer O'Toole.»

«Doktor.»

«Ein frohes Fest, Reverend, Mrs Robinson.»

«Doktor O'Reilly. Doktor Laverty. Miss O'Hallarhan.»

Er hörte, wie Barry sagte: «Es freut mich, dass Sie die Eisentabletten gut vertragen, Alice», und wie Miss Moloney Barry frohe Weihnachten wünschte.

Es war wie bei einem Familientreffen, und war Ballybucklebo nicht auch eine große Familie? Und war er nicht froh, Mitglied dieser Familie zu sein?

Fitzpatricks scharfe Stimme trug weit. Er war mitten

in einer Geschichte. «Jedenfalls, der Patient vertraut dem Arzt, und er nimmt sein Schießpulver jeden Tag, ganz gewissenhaft …»

Er nimmt sein *Schießpulver*? Was machte Fitzpatrick da?

«Jeden Tag … sechs Monate lang. Sechs lange Monate.»

O'Reilly schaute sich um. Fitzpatricks Publikum war weiter angewachsen, mittlerweile schienen sämtliche Gäste ihm zuzuhören. Der Marquis, sein Sohn, O'Brien-Kelly und Sir John MacNeill standen auf der anderen Seite der großen Gruppe. Auch Bertie und Florence waren da. Er lächelte sie an, und sie lächelten zurück.

«Und dann …» Fitzpatrick senkte die Stimme. «Und dann stirbt der arme Mann.»

Alles schnappte nach Luft, und die Stille, die folgte, wurde nur von den Klängen des letzten Satzes der Mozart-Symphonie unterbrochen.

«Und wissen Sie, was dann passierte?»

O'Reilly war beeindruckt. Fitzpatrick wusste, wie man ein Publikum fesselte. Sollte er sich je als Kandidat zur Wahl stellen, würde es nicht leicht sein, gegen ihn anzukommen.

«Der Mann sollte eine Feuerbestattung erhalten.»

«Sehr gute Idee, das», rief Mr Coffin.

«Sei doch still, Christopher», flüsterte Constable Mulligan lautstark.

«Ganz recht, Sir, es schien eine gute Idee zu sein, aber …» – Fitzpatrick ließ den Blick durch den Raum schweifen – «bis zu diesem Tag sucht man noch nach der Rückwand des Krematoriums.»

O'Reilly stimmte in das allgemeine Gelächter ein und applaudierte mit den Übrigen. Es machte ihm nichts aus, dass Fitzpatrick seine Pointe geklaut hatte und den Witz weitererzählte, den er neulich von O'Reilly gehört hatte. Sollte er. O'Reilly ließ Kittys Hand los und schob sich nach vorne. Er packte Fitzpatricks Hand und schüttelte sie. «Gut gemacht, Ronald. Sehr gut.»

«Danke, O'Reilly. Ein Lob, das von Ihnen kommt, bedeutet wahrlich viel.»

«Och, schließlich haben wir Weihnachten.»

«Also fröhliche Weihnachten, Fingal, und ich hoffe, wir alle werden ein glückliches neues Jahr haben.» Fitzpatrick schob sich den Kneifer wieder auf den schmalen Nasenrücken und schluckte, sodass sein Adamsapfel auf und ab sauste.

«Das hätte ich selbst nicht besser ausdrücken können», sagte O'Reilly.

Jemand klopfte ihm auf die Schulter, und als er sich umdrehte, sah er, dass es Kitty war. «Sie entschuldigen, Ronald», sagte sie.

«Aber sicher doch, Kitty.»

«Fingal, es ist halb fünf ...»

«Und wir müssen los, sonst wird Kinky mich anstelle des Truthahns mit heißem Fett begießen.» O'Reilly lächelte seinen Kollegen an. «Ich muss mich noch bei Seiner Lordschaft bedanken, dann brechen wir auf. Schöne Zeit noch.»

«Und wenn Sie zu Hause sind», sagte Fitzpatrick mit einer kleinen Verbeugung, «wünschen Sie doch bitte Mrs Kincaid frohe Weihnachten von mir.»

51

«Kleine Geschenke», sage ich oft, «erhalten die ...»

Barry war immer noch verblüfft über die Verwandlung, die offenbar mit Doktor Fitzpatrick vorgegangen war. Dabei hatte er eigentlich gedacht, dass Leute, die auf der Straße nach Damaskus das Licht sahen, nur in der Bibel vorkamen. Aber wenn die Abreibung, die O'Reilly dem Mann letzte Woche verpasst hatte, diese Veränderung bewirkt hatte, dann konnte man ihn nur beglückwünschen.

Er folgte O'Reilly und Kitty über den Fahrweg und in den Garten. Schneeflocken schwebten gemächlich herab und glitzerten im Schein einer nahen Straßenlaterne. Als sie durch den Garten gingen, war nichts zu hören außer dem Knirschen des Schnees unter ihren Stiefeln. Keine Verkehrsgeräusche kamen von der Straße, man hörte weder Kirchenglocken noch Kinderstimmen, weder Möwengeschrei noch das Muhen von Kühen. Der Einbruch der Nacht und der Schneefall hatten Ballybucklebo in ein Netz sanfter Stille gehüllt.

Von Arthur war nichts zu sehen. O'Reilly schien unbesorgt deswegen, also war es unwahrscheinlich, dass der Hund ausgebüchst war.

Im Garten war es kalt, aber sobald er in die Küche

trat, musste Barry seinen Mantel ausziehen. Und die leckeren Essensdüfte … ihm lief das Wasser im Mund zusammen.

«Schön, dass Sie alle pünktlich wieder da sind.» Kinky, in eine Dampfwolke gehüllt, schloss die Ofentür und richtete sich auf. Sie hatte gerade den Truthahn begossen. «Der Puter wird sehr schön. Ich will nicht, dass er zu lange brät und trocken wird.»

«Ich bin sicher, er wird uns im Munde zergehen», sagte O'Reilly. In der Hand hielt er den Beutel, in dem sich Kittys hochhackige Schuhe befanden. Kitty legte den Mantel ab, zog die gefütterten Stiefel aus und schlüpfte in ihre Stilettos.

«Übrigens, Doktor Fitzpatrick lässt Ihnen frohe Weihnachten wünschen.»

«Herr im Himmel», sagte Kinky, «das grenzt ja fast an ein Wunder!» Sie sah Kitty an. «Stellen Sie Ihre Stiefel einfach dort in die Ecke, Miss O'Hallorhan.»

«Und meinen Mantel hänge ich im Flur auf.» Kitty wollte die Küche verlassen, zögerte aber, als Kinky sagte: «Doktor O'Reilly, ich habe einen Anschlag auf Sie und Doktor Laverty vor.»

«Was sollen wir denn machen?», fragte O'Reilly. «Ich hoffe, Sie erwarten nicht von uns, dass wir den Schinken braten.»

Kinky lachte, dass ihr Mehrfachkinn wackelte. «Aber nein.» Sie hört sich an wie eine Mutter, die ihrem achtjährigen Sohn versichert, dass nicht von ihm erwartet wird, eine Meile in vier Minuten zu laufen, dachte Barry. «Obwohl ich ein bisschen hinter der Zeit bin.»

Es war das erste Mal in den fünf Monaten, die Barry sie kannte, dass Kinky ein Abweichen von völliger Perfektion eingeräumt hatte. Irgendwie machte es sie sogar noch bewundernswerter.

«Ich bin hin- und hergewitscht wie der Ellbogen eines Fiedlers zwischen hier und der Haustür, so viele Leute wollten diesem Haus frohe Weihnachten wünschen.» Sie schob sich mit dem Arm eine verirrte Haarsträhne aus den Augen. «Ich weiß ja, die Leute kommen jedes Jahr, um Ihnen zu danken.» Sie deutete mit dem Truthahnbegießer auf O'Reilly. «Ich weiß, ein paar Leute waren am Mittwoch mit Geschenken in der Sprechstunde, und wer vorher noch nicht da war, war heute da, und jetzt, wo zwei Ärzte hier wohnen, haben viele *zwei* Flaschen gebracht. Im Speisezimmer steht so viel Whiskey, dass Jamesons Brennerei eigentlich ausverkauft sein müsste, ja doch, und in die Vorräte von Bushmills ist auch ein großes Loch gerissen.»

Barry sah O'Reillys breites Lächeln. Es würde gar nicht auffallen, dass sie Kieran O'Hagan eine Flasche abgegeben hatten.

Kinky stellte den Truthahnbegießer auf die Arbeitsfläche und klapperte mit einem Topf, der auf dem Herd stand. «Die Kartoffeln sind in zehn Minuten fertig und können geröstet werden», murmelte sie vor sich hin. Dann gab sie O'Reilly weiter Bescheid: «Ich würde es sehr zu schätzen wissen, wenn Sie alle diese Flaschen nach oben bringen könnten.» Ein Topfdeckel klapperte. Sie hob den Deckel leicht an, sodass der Dampf entweichen konnte. «Christmas Pudding. Sollte in einer Stunde fertig sein.» Sie wandte sich wieder an ihren Arbeitgeber. «Sie sehen ja selbst, Sir, dass ich hier alle Hände voll zu tun habe. Wenn Sie die Flaschen mal eben in die Anrichte oben im Wohnzimmer räumen könnten ... Die Anrichte im Speisezimmer brauche ich, um alles draufzustellen, wenn ich das Essen serviere, ja.»

Kitty reichte O'Reilly ihren Mantel. «Häng ihn doch bitte im Flur auf, Fingal, wenn du ins Speisezimmer gehst.»

Es klang, als hätte sie ihn seit Jahren um solche kleinen Gefälligkeiten gebeten, und O'Reilly nahm den Mantel, als hätte er das seit Jahren getan – und mit Freude.

Kitty schob die Ärmel hoch. «Mrs Kincaid, kann ich Ihnen bei irgendwas helfen?»

«Gott segne Sie, Miss O'Hallorhan, das ist sehr nett, ja.» Kinky deutete auf drei beladene Platten. «Aber wenn Sie einfach den *Christmas Cake*, die Weihnachtspastetchen und die Baisers mitnehmen und auf die Anrichte stellen würden, wenn die Herren Ärzte sie freigeräumt haben, wäre das Hilfe genug, schönen Dank auch.»

Ihr Dankeschön klang endgültig, und es schwang eine leichte Schärfe mit, die Barry folgendermaßen interpretierte: Viele Köche verderben den Brei, und mit Verlaub, Miss O'Hallorhan, das hier ist *mein* Reich. Er fragte sich, ob Kinky Kincaid, die Fingal Flahertie O'Reilly lange Jahre als ihr Eigentum betrachtet hatte, vielleicht ein ganz kleines bisschen eifersüchtig war.

«Ich verstehe vollkommen», sagte Kitty. «Ich bin hier nur zu Gast. Es ist Ihre Küche, Kinky.»

Nettes Friedensangebot, dachte Barry, wie immer erstaunt darüber, wie gut Frauen manchmal Unterströmungen wahrnahmen.

Kitty griff nach zwei beladenen Platten. «Ich komme gleich zurück und hole die Baisers. Geh du voran, Fingal.»

Kinky sah den beiden nach, als sie die Küche verließen. Die Andeutung eines Lächelns lag auf dem runden Gesicht der Frau aus Cork. Sie öffnete den Ofen und zog das untere Backblech halb heraus. Barry bewunderte den Grillschinken. Kinky hatte Diamant-Muster in die Schwarte geschnitten, und in der Mitte von jedem Diamanten steckte eine Nelke. «Sehr schön», murmelte sie, schob das Blech wieder hinein und schloss die Ofentür.

«Das sieht wunderbar aus, Kinky.»

«So wird es auch schmecken, glaube ich», sagte sie, «wenn ich hier in Ruhe weitermachen kann.»

Barry verstand den nicht allzu zarten Wink und verließ die Küche, um O'Reilly zu helfen.

***

Barry stand am Feuer, das munter brannte. Er bückte sich und streichelte Arthur Guinness. Der Labrador und Lady Macbeth, die ihren eigenen Weihnachtsfrieden geschlossen haben mussten, lagen zusammen auf dem Kaminvorleger. Barry bemerkte, dass die Katze ihr Bändsel abgestreift hatte.

«Und die Löwen werden bei den Lämmern wohnen», sagte O'Reilly, der gerade die letzten flüssigen Geschenke in der Anrichte verstaute.

«‹Kälber, junge Löwen und Mastvieh›», sagte Barry. «Der arme Jesaja wird nie richtig zitiert.»

«Du hast ja recht, aber wie zum Teufel könnte man dieses magere weiße Kätzchen als Kalb bezeichnen?»

«Ich verstehe, was du meinst.» Barry hörte auf zu streicheln.

Arthur blickte fragend auf, als wollte er sagen: «Ich fand das schön. Mach weiter.»

«Am Weihnachtstag darf Arthur immer ins Haus», sagte O'Reilly. Das erklärte, wieso der Hund nicht im Garten gewesen war, dachte Barry. Er überließ O'Reilly den Sessel und ließ sich auf einem Stuhl neben Kitty nieder, die im zweiten Sessel saß. Neben ihr lag ein kleines, hübsch verpacktes Geschenk. Barry hatte gesehen, wie sie es aus der Tasche ihres Kamelhaarmantels genommen hatte, bevor sie ins Wohnzimmer hinaufgingen. Sie streifte ihre Stilettos ab und schlug die Beine übereinander. «Schick sind die Schuhe ja, aber wie sie kneifen!» Sie massierte sich die Zehen.

Barry sagte nichts, aber es beeindruckte ihn, wie sehr sie sich offensichtlich zu Hause fühlte. Er schaute aus dem Fenster. Schneeflocken sanken sanft nieder wie weiße Gänsedaunen, erhellt von dem Licht, das aus dem Zimmer fiel, und dem noch fast vollen Mond.

«Ich zieh die Vorhänge zu», sagte O'Reilly.

Barry hatte gern zugesehen, wie die Schneeflocken tanzten und wirbelten, aber nun, wo sie verschwunden waren, spürte er die Wärme des vertrauten Zimmers. Und die Wärme kam nicht nur von der Hitze des Feuers, sondern von einem Gefühl der Zugehörigkeit, dem Gefühl, gemütlich daheim zu sitzen. Löwen und Lämmer hin oder her, er, Barry Laverty, der sich früher so von O'Reilly eingeschüchtert gefühlt hatte, betrachtete ihn nicht länger bloß als seinen Chef. Und genauso wie Arthur und Ihre Ladyschaft gern beieinander waren, hatte er Freude an Fingals Gesellschaft. Barry wünschte nur, Patricia wäre hier; dann wäre der Abend vollkommen.

O'Reilly, der wieder zur Anrichte getreten war, fragte: «Also, wer möchte was?» Rasch kümmerte er sich um die Drinks für Kitty und Barry. «Ich bin kein großer Fan von Glühwein», verkündete er und schenkte sich selbst einen gewaltigen Whiskey ein. «Ich bin froh, dass es euch genauso geht.»

«Wenn ich gewusst hätte, dass Glühwein im Angebot ist, hätte ich darum gebeten», sagte Kitty. «Es hat mir schon immer Spaß gemacht, den rotglühenden Feuerhaken reinzuhalten.» Sie nahm ihren Gin Tonic entgegen.

Ihre Augen zwinkerten, und Barry wusste nicht genau, ob sie es ernst meinte oder ob sie seinen älteren Kollegen aufziehen wollte. O'Reilly räusperte sich und reichte Barry einen kleinen Whiskey, dann trat er zu dem halbgeschmückten Baum. «Viele sind es nicht mehr», sagte er und griff nach einem Päckchen. «Eins ist für dich, Barry, und» – er nahm zwei weitere – «eins ist für Lady Macbeth, und eins für Arthur Guinness.»

Barry warf einen Blick auf das einsame Paket, das noch unter dem Baum lag. Er wusste nur zu gut, was auf dem Geschenkanhänger stand: «Für Patricia Spence.» Er seufzte. Es gab kein Päckchen, auf dem «Von Patricia» stand.

«Hier», sagte O'Reilly und reichte Barry zwei Päckchen. «Du machst dein Geschenk und das von Arthur auf, und ich kümmere mich um das Geschenk für Ihre Ladyschaft.»

«Gut.» Barry legte das Paket mit den australischen Briefmarken darauf zur Seite und packte erst mal Arthurs Geschenk aus. Er brach in Gelächter aus. Es war ein Paar Kindergummistiefel.

«Was ist daran so witzig?», fragte Kitty.

«Weißt du noch, wie Fingal mir auf der Hochzeit von Sonny und Maggie eine Aufgabe übertragen hat, Kitty? Es war das Erste, was ich ganz allein übernehmen sollte.»

Sie runzelte die Stirn und lächelte dann. «Du solltest nach einem Gummistiefel suchen, den Arthur geklaut hatte.»

«Genau.»

«Und da dachte ich», sagte O'Reilly, «wenn er seine eigenen Gummistiefel hat, mit denen er spielen kann, lässt er vielleicht die von anderen Leuten in Ruhe.»

Barry brachte dem Hund die Gummistiefel. «Fröhliche Weihnachten, Arthur.»

Arthur öffnete ein Auge, eine Augenbraue fuhr hoch und zuckte heftig, und er beschnüffelte sein Geschenk. Dann schlief er prompt wieder ein und begann zu schnarchen.

«Undankbares Tier», sagte O'Reilly und stellte eine geöffnete kleine Dose neben Lady Macbeth ab. Sie wachte auf, streckte sich und machte einen gewaltigen Buckel. Dann näherte sie sich mit der Nase der Dose und sprang plötzlich zurück, als wäre sie gegen einen elektrischen Zaun gestoßen. Mit hochgerecktem Schwanz näherte sie sich sehr langsam, schnüffelte erneut, stieß mit einer Pfote gegen die Dose, schnüffelte, beugte den Kopf und begann zu fressen.

«Was ist da drin, Fingal?», fragte Kitty.

«Anchovis», sagte er. «Ich dachte, das würde ihr vielleicht schmecken.»

«Scheint ganz so. Man könnte annehmen, dass sie seit einer Woche nichts mehr gefressen hat, so wie sie die runterschlingt.»

«Ich hoffe, sie bekommen ihr», sagte O'Reilly ganz ernsthaft. «Und Arthr weiß es noch nicht, aber die Gummistiefel sind nur ein Witz. In seiner Hütte wartet ein großer Markknochen auf ihn. Ich sehe nicht ein, warum die Tiere nicht auch was von Weihnachten haben sollten. Schließlich waren jede Menge Tiere beim ersten Weihnachten im Stall dabei. Da sollten unsere auch etwas Myrrhe und Weihrauch kriegen.» Er grinste. «Ich habe Arthur und Lady Macbeth sehr gern, aber so gern, dass ich ihnen Gold darbringen würde, nun auch wieder nicht.»

Du bist ein weiser Mann, Fingal, dachte Barry, auch wenn du kein heiliger König bist.

O'Reilly setzte sich und deutete mit dem Kopf auf Barrys Paket. «Also, was ist da drin?»

Barry riss das Packpapier ab. Ein Buch. *Angeln in aller Welt* von dem amerikanischen Western-Autoren Zane Grey. Barry freute sich. Das Buch hatte er schon immer lesen wollen, und wenn die Sprechstunde in den nächsten Tagen ausfiel – und keine Patricia da war –, hatte er reichlich Zeit dafür. «Von meinen Eltern», erklärte er.

«Jetzt bist du an der Reihe, Fingal», sagte Kitty und reichte ihm das kleine Päckchen. «Ich hatte ja versprochen, dass du es kriegst, wenn wir wieder zu Hause sind.» Sie lächelte. Barry sah, dass sie O'Reilly erwartungsvoll anschaute.

Er bekam große Augen. «Heilige Mutter Gottes», rief er, als sein Geschenk zum Vorschein kam. «Heilige Mutter Gottes in Goldlamé! Du bist ein Genie, Kitty O'Hallorhan. Ein echtes Genie.» Er stand auf, zog sie auf die Füße, umarmte sie und gab ihr einen herzlichen Kuss.

Barry konnte sehen, warum Kitty ein Genie war. Auf dem Tisch neben O'Reilly lag eine Schreibgarnitur von Parker, ein Füllfederhalter und ein Drehbleistift.

O'Reilly ließ Kitty los, hielt sie auf Armeslänge von sich, sah ihr ein wenig länger in die Augen, als Barry es für unbedingt notwendig hielt, nahm ihre Hand und sagte: «Danke, Kitty. Vielen, vielen Dank.» Er runzelte die Stirn. «Aber woher wusstest du es?»

«Wenn du wissen willst, was in diesem Haus vorgeht», sagte Kitty, «kann Mrs Kincaid bestimmt helfen.»

Außer, dachte Barry, wenn es um die Frage geht, ob bestimmte Leute zu Weihnachten nach Hause kommen werden oder nicht. Und doch machte es ihn irgendwie so froh, O'Reilly und Kitty so glücklich zu sehen, dass es seine eigene Enttäuschung linderte.

O'Reilly lachte. «Kinky hat es dir erzählt?»

«Hat sie. Sie war bei der feierlichen Geschenkübergabe im Rugbyclub dabei und wusste, was der Weihnachtsmann getan hat, und …» Kittys Stimme wurde weicher. «Ich finde, was du für diese Kinder getan hast, war wirklich süß. Wohlgemerkt, ich hätte nichts Geringeres von dir erwartet. Du warst immer ein Softie.» Sie stellte sich auf die Zehenspitzen und küsste ihn. «Was du da getan hast, war wundervoll», sagte sie.

«Hä-hmm.» O'Reilly räusperte sich, schaute sie an und sagte dann: «Kinky ist wunderbar.»

Barry hörte Schritte, und als er sich umdrehte, sah er Kinky in der Tür stehen. Mehrere widerspenstige Haarsträhnen fielen ihr in die Stirn, auf der ein paar Schweißperlen standen. «Ich bin überhaupt nicht wunderbar», sagte sie. «So leid es mir tut, aber ich bin fünf Minuten zu spät dran mit dem Essen.»

«Kinky», sagte O'Reilly, ging zu ihr, packte sie um die Taille und wirbelte sie einmal im Kreis herum, «Kinky Kincaid, und wenn Sie eine Woche zu spät zur Himmelspforte kämen, würde Petrus auf Sie warten. Die fünf Minuten werden wir überleben.» Barry hörte den Magen seines Kollegen knurren.

«Tja, überleben werden Sie es vielleicht», sagte sie, «aber wenn Sie mich jetzt nicht runterlassen und sich mit Miss O'Hallorhan und Doktor Laverty ins Speisezimmer begeben, wird meine Truthahn-Gemüsesuppe kalt.»

Und, dachte Barry, in der Welt von Kinky Kincaid, der Haushälterin *sans pareil*, wäre das eine Katastrophe. Er stand auf, strebte zur Tür und sagte in einer leidlichen Nachahmung von O'Reilly: «Kommt, ihr zwei. Ich bin kurz vorm Verhungern.»

52

Ein königliches Mahl

«Die Tafel», sagte O'Reilly und schaute auf den gedeckten Weihnachtstisch, «ist ein Gedicht.»

Barry konnte ihm nur zustimmen. Das beste Silberbesteck lag auf grünen Leinensets. Zur Rechten jedes Gedecks lagen bunte Weihnachts-Cracker. Gläser aus Waterford-Kristall glitzerten im Licht. Gestärkte Servietten aus weißem Leinen wurden von silbernen Serviettenringen in Form gehalten.

Zu Barrys Überraschung setzte O'Reilly sich nicht sofort hin, sondern geleitete erst Kitty an ihren Platz. Er zog einen Stuhl zur Rechten seines gewohnten Platzes am Kopf der Tafel heraus und sagte: «Du setzt dich bitte hierhin, Kitty.»

«Danke.»

«Und du, Sir. Unter den Tisch!», sagte er zu Arthur Guinness, der ihnen nach unten gefolgt war.

Arthur seufzte schwer und gehorchte.

Lady Macbeth hatte es sich bereits auf dem Stuhl Barrys zur Linken bequem gemacht, vor dem ein extra Gedeck lag. Er fragte sich, für wen das wohl sein sollte. Vielleicht war es in Cork Brauch, einen Platz am Tisch freizulassen, so wie es dort Brauch war, in der Heiligen Nacht eine Kerze ins Fenster zu stellen. Er weigerte sich zu glauben, dass

Kinky, so hellsichtig sie auch sein mochte, immer noch dachte, dass Patricia auftauchen würde.

Er seufzte ebenso schwer wie Arthur und wartete, bis O'Reilly Platz genommen hatte, bevor er sich setzte. Dabei hörte er, wie O'Reilly zu Kitty sagte: «Möchtest du den Wein probieren? Sonst trinke ich nicht viel von dem Zeugs, aber das heutige Festessen ist etwas Besonderes.»

Das ist es wirklich, dachte Barry und schaute sich um.

Eine rote Tischdecke lag auf dem Esstisch. In der Mitte der Tafel stand eine Engelspyramide. Die Wärme, die von den brennenden Kerzen aufstieg, ließ einen Baldachin sich drehen, und dabei schlugen die ausgestanzten Engelchen gegen eine Glocke und ließen sie klingeln. Barry schluckte. Seine Mutter hatte genau so eine Pyramide besessen. Über das zarte Klingeln hinweg hörte er, wie ein Flaschenhals leicht gegen Glas klirrte.

«Ein Montrachet», erklärte O'Reilly, «als Ersatz für den Wein, den wir neulich stehen lassen mussten. Schau mal, ob er dir schmeckt.»

Kitty schwenkte ihr Glas und roch daran, bevor sie einen Schluck nahm. «Er ist hervorragend, Fingal», sagte sie und hielt ihm ihr Glas hin. Der Wein gurgelte.

O'Reilly schenkte sich selbst ein und sagte dann: «Schieb dein Glas rüber, Barry.»

Barry tat es und wartete, bis O'Reilly ihm eingeschenkt hatte.

«Also dann», sagte O'Reilly und hob sein Glas, «einen Trinkspruch. Ich habe ihn von meinem Vater. Auf uns. Wer ist wie wir ...» Er zwinkerte Barry zu.

Barry und Kitty stimmten mit ein: «Verflucht wenig Leute, und die meisten von ihnen sind tot.» Glas klirrte gegen Glas, und dann tranken sie von dem Wein. Kalt, frisch und trocken, dachte Barry. Er war kein Weinkenner, aber dieser Wein schmeckte ihm hervorragend. Er lachte leise und fragte: «Und warum ausgerechnet dieser Trinkspruch am Weihnachtstag, Fingal?»

O'Reilly lachte laut. «Weil, junger Mann, das der einzige ist, den ich kenne, der für Damengesellschaft geeignet ist.»

Kitty sagte: «Du hättest ihn mal hören sollen, Barry, als er noch Student war.»

«Ich kann's mir lebhaft vorstellen.»

Sie lachte. «Du weißt ja noch nicht mal die Hälfte.»

«Och, sicher», sagte O'Reilly, «aber bin ich nicht mit den Jahren reifer geworden?»

«Genau wie guter Wein.» Kitty hob ihr Glas. «Auf die Ärzte von Ballybucklebo.»

Barry lächelte und trank einen Schluck. Zumindest hatte sie nicht auf «abwesende Freunde» angestoßen.

Barry schlug seine Serviette aus und legte sie sich auf den Schoß. Er spähte in den Serviettenring. Der Stempel in Form einer Harfe mit einem Krönchen verriet ihm, dass es irisches Silber war, wie das, das seine Mutter für besondere Gelegenheiten nahm. So viele Erinnerungen an vergangene Weihnachtsfeste.

«Also», sagte O'Reilly, «fröhliche Weihnachten, Kitty und Barry. Erhebt eure Gläser mit mir. In diesem Haus sprechen wir kein Tischgebet, aber ich werde sagen: Gott segne uns, alle miteinander.» Er trank.

«Ja doch», sagte Kinky. Ihr Tablett war mit dampfenden Suppentellern und einer zusätzlichen Flasche Wein beladen. Sie stellte den Wein auf die Anrichte und servierte zuerst Kitty die Suppe. «Ich weiß, wer das gesagt hat, Doktor O'Reilly. Ich hab das Buch gelesen, ja.» Sie warf einen

Blick auf seinen Bauch. «*Tiny* Tim. Hier ist Ihre Truthahnsuppe, und ich hoffe, nächstes Jahr können wir Miss Moloney bitten, Ihre Weihnachtsmannhosen wieder enger zu machen.»

Sie stellte einen Teller vor O'Reilly ab, ging um den Tisch und servierte Barry seine Suppe. «Das ist für Sie, Doktor Laverty. Es ist meine Truthahn-Gersten-Gemüsesuppe. Ich hoffe, sie schmeckt Ihnen.»

«Einfach köstlich», sagte Kitty, «aber ich dachte, man braucht die Truthahnkarkassen, um daraus eine Brühe zu kochen.»

«Gott segne Sie, nein, Miss O'Hallorhan. Ich nehme die Geflügelinnereien – Herz, Leber und Magen – und die Flügel. Niemand will Truthahnflügel essen.»

«Also, die Suppe ist wirklich köstlich, Kinky.»

«Hört, hört», murmelte O'Reilly mit vollem Mund.

Barry genoss seine Portion. Allerdings fragte er sich, wie er es schaffen sollte, genug Platz im Magen für alle Gänge des Menüs zu finden. Auf jeden Fall kam noch der Truthahn, und hatte Kinky nicht vor ein paar Wochen ihre Christmas Puddings hervorgeholt und dabei festgestellt, dass einer ein Loch in die Stahlschüssel gefressen hatte?

Er warf einen Blick auf die Anrichte. Die Platten mit Weihnachtspastetchen, dem Christmas Cake und den Baisers waren zwischen die Weihnachtskarten und die beiden Stechpalmenkränze geschoben worden, in deren Mitte Kerzen brannten. Die weißen, zuckrigen Baisers wurden von einer Schicht Schlagsahne zusammengehalten.

Wenn du all das schaffst, Barry Laverty, sagte er sich, wirst *du* demnächst deine Hosen zu Miss Moloney bringen, um sie auszulassen.

«Ich bin gleich mit dem Truthahn zurück», versprach Kinky.

Mit vollem Mund murmelte O'Reilly etwas, das wie «Danke» klang.

Barry war fast mit seiner Suppe fertig, als es draußen klingelte. Wer zum Hades konnte das sein, am Weihnachtstag, zur Essenszeit und obwohl es so heftig schneite, dass sicher kaum durchzukommen war? Er wechselte einen raschen Blick mit Fingal, der die Augenbrauen hochgezogen hatte.

«Erwarten wir noch jemanden?», fragte O'Reilly.

«Liebe Ärzte», rief Kinky, die betont mit Töpfen und Pfannen klapperte. «Könnte einer von Ihnen mal aufmachen?»

Barry schaute O'Reilly an, der sich erhoben hatte. Der Mann hatte seine Kitty hier. Sollte er ihre Gesellschaft genießen. «Kinky hat alle Hände voll zu tun. Ich gehe, Fingal.»

Er hörte O'Reilly hinter ihm herrufen: «Keine Sorge, Barry. Wir machen einen Teller mit Truthahn und Schinken für dich fertig und stellen ihn warm. Wenn es ein Patient ist, behandel ihn schnell und frag ihn, ob er schon gegessen hat.»

O'Reillys und Kittys Lachen folgte ihm, als er durch den Flur ging und die Tür öffnete, vor der eine kleine Gestalt stand, eingehüllt in einen gewaltigen Dufflecoat mit hochgeschlagener Kapuze. Das Licht aus dem Flur fiel auf die herabschwebenden Schneeflocken. Es war wie eine Szene aus einer Schneekugel. Man sah noch die Rücklichter eines Wagens in Richtung Belfast davonfahren.

«Kann ich Ihnen helfen?» Die Fremde trat vor, und Barry fiel ein Hinken auf. Gütiger Gott. «Patricia? Bist du das?»

«Barry!»

Sein Herz schien bersten zu wollen.

Sie trat durch die Tür, ließ ihre kleine Reisetasche fallen und schlug die Kapuze zurück. «Es tut mir leid, dass ich so ein Getue gemacht habe. Wirklich.» Sie kam näher.

Er hielt sie fest und küsste sie, fest und lange, schmeckte ihre Süße ... Sie war gekommen ... Sein Herz sang. Sie war gekommen. Er trat einen Schritt zurück. «Wie bist du ...?»

Ein wenig atemlos sagte sie: «Das war vielleicht eine Tour. Ich habe den Rat der Frau aus dem Reisebüro befolgt und bin nach Heathrow gefahren.»

«Aber ich dachte, alle Flüge seien ausgebucht.»

«Ich hatte Glück. Am Vormittag bekam ich einen Standby-Flug. Mein Vater hat mich am Aldergrove-Flughafen abgeholt. Ich war in Newry bei meiner Familie –»

«Warum hast du nicht angerufen? Herr im Himmel, Patricia, das hättest du mir doch sagen können.»

«Ich hab's versucht, Barry. Ehrlich, ich hab's versucht. Aber es ging alles so schnell. Ich hatte gerade noch Zeit, meinen Vater von London aus anzurufen, bevor ich in den Flieger stieg. Ich wollte dich anrufen, sobald wir zu Hause waren, aber bei dieser Schneekatastrophe ... seit heute Mittag sind in Newry die Telefonleitungen zusammengebrochen.»

«Sscht», sagte er, nahm sie in die Arme und küsste sie auf den Scheitel.

«Ich wollte dich wissen lassen, dass ich über Weihnachten hier bin, in Ulster. Vater meinte, ich solle doch bis morgen warten, aber ich musste jetzt sofort kommen und dich sehen.» Ihre Stimme brach. «Ich musste einfach.»

«Es war nicht deine Schuld. Ich verstehe ja. Wie bist du hergekommen?»

Sie lächelte. «Mein Vater ist ein Schatz. Er hat einen uralten Landrover, der überall durchkommt. Ich soll dir von ihm frohe Weihnachten wünschen, aber er musste sofort wieder nach Hause, bevor der Schneefall noch stärker wird.» Sie küsste Barry, trat etwas zurück, schaute ihm tief in die Augen und sagte: «Ich liebe dich, mein Herz.»

«Ich liebe dich, Patricia.» Mit zitternden Händen legte Barry ihr seine Hände auf die Schulter und sagte: «Komm, ich helfe dir aus dem Mantel.» Sie war gekommen. Das war das schönste Weihnachtsfest, das er je erlebt hatte. Er achtete nicht einmal darauf, was sie anhatte, als er ihren Mantel aufhängte, ihre Hand nahm und sie ins Speisezimmer führte. «Schaut mal, wer gekommen ist», sagte er.

«Nanu, Miss Patricia Spence», sagte Fingal. «Was für eine angenehme Überraschung. Kommen Sie herein, kommen Sie herein. Sie haben nur die Suppe verpasst. Setzen Sie sich.»

Barry umklammerte Patricias Hand und schaute in ihr ovales Gesicht, auf ihre Mandelaugen, ihre Lippen.

Im Raum herrschte Schweigen, und als Barry endlich den Blick von Patricias Gesicht löste, spürte er drei Augenpaare auf sich ruhen. «Himmel, Barry», sagte O'Reilly, «willst du das arme Mädchen den ganzen Tag da stehen lassen?»

Er wusste nicht genau, ob jemand sein gemurmeltes «Entschuldigung» gehört hatte, aber das war auch egal. Kitty beugte sich unter den Tisch und scheuchte Lady Macbeth von dem freien Platz. O'Reilly entkorkte die zweite Flasche Wein und schenkte Patricia ein Glas ein. Arthur kam schwerfällig herbei, schnüffelte an Patricias Hand und leckte sie, um sie willkommen zu heißen.

«Dank Ihnen allen», sagte sie und nahm Platz. «Ich wollte nicht einfach so dazukommen.»

Barry sah ihren Nacken unter dem Pferdeschwanz und sehnte sich danach, einen Schmetterlingskuss darauf zu drücken.

«Da machen Sie sich mal keine Gedanken», sagte Kinky, die in der Tür erschienen war und ihr Tablett auf einem freien Fleck auf dem Tisch abstellte. «Es ist genug für doppelt so viele da. Fröhliche Weihnachten, Miss Spence. *Nollaig shona dhuit* heißt das in der alten Sprache.» Sie schaute Barry streng an, und er wusste, was sie dachte: Du hast also nicht geglaubt, dass dein Mädchen noch kommt, was?

Kinky schniefte, dann lud sie Terrinen und Schüsseln auf dem Tisch ab und erklärte, was sie enthielten. «Kartoffelpüree, Rosenkohl. Karotten mit Pastinaken. Brotsauce. Bratensauce.» Sie stellte einen Stapel Teller bei O'Reilly ab. «Den Truthahn bringe ich gleich.»

«In diesem Haus werden Sie nicht verhungern, Patricia», sagte O'Reilly.

Sie lachte, ein Klang, nach dem Barry sich seit einer gefühlten Ewigkeit gesehnt hatte. «Wahrscheinlicher ist es, dass ich platze. Meine Mutter hatte unser Festessen um zwei auf dem Tisch stehen.»

«Dann knabbern Sie nur ein bisschen», sagte O'Reilly. «Es wird Kinky freuen, wenn Sie etwas essen. Und Sie trinken doch ein Glas Wein?»

«Sehr gern.»

Er reichte ihr das Glas, das er bereits eingeschenkt hatte. «Also, ich glaube, ich gehe mal rasch in die Küche und helfe Kinky mit dem Schinken.» Er erhob sich und setzte sich schnell wieder, als Kinky erschien. Sie trug den Truthahn auf einer Silberplatte von der Größe eines Kinderschlittens.

«Hier ist er», verkündete Kinky stolz. Es war ein kolossaler Vogel. Die krosse Haut war zu einem tiefen Goldton gebräunt und mit gebratenen Speckstreifen belegt. Sie stellte die Platte vor O'Reilly ab, trat einen Schritt zurück, verschränkte die Arme, neigte den Kopf etwas zur Seite, bewunderte ihr Werk und sagte: «Johnny Jordan hat uns dieses Jahr wieder alle Ehre gemacht. Es ist ein junger Puter, er sollte leicht zu tranchieren sein. Ich hoffe, es schmeckt Ihnen allen, ja.»

«Kinky, dieses Jahr haben Sie sich wirklich selbst übertroffen. Das ist der prachtvollste Anblick, der mir je untergekommen ist. Also, Mrs Kincaid, der Truthahn war schwer genug für Sie. Ich gehe und hole den Schinken.»

«Wenn Sie meinen, Sir», sagte sie mit einem Lächeln.

Kurz darauf war er mit dem Schinken zurück, der auf einer ovalen Platte lag. Seine Hände steckten in Topfhandschuhen.

Zum zweiten Mal an diesem Tag bewunderte Barry die glasierte Kruste mit ihrem Diamantmuster sich kreuzender Linien und gespickt mit unzähligen Nelken.

Kinky wischte sich die Hände an der Schürze ab. «Jetzt muss ich nur noch die Sherry-Trifle aus dem Kühlschrank und den Christmas Pudding aus dem Kochtopf nehmen.» Sie schaute O'Reilly an, der noch stand. «Können Sie den Brandy erwärmen und über den Pudding gießen, damit Sie ihn flambieren können?»

«Natürlich.»

«Ein Stechpalmenzweiglein und eine Schale Brandybutter steht in der Küche.» Sie ließ den Saum ihrer Schürze los. «Also, Sir, Miss O'Hallorhan, Doktor Laverty, Miss Spence, ich wünsche Ihnen alle ganz frohe Weihnachten, und ich hoffe, es wird Ihnen schmecken. Ich geh mich dann mal umziehen. Dieses Jahr bin ich Weihnachten bei Cissie Sloan und ihrer Familie. Sie ist ja vielleicht eine Quasselstrippe, aber sie kann sehr gut kochen.»

«Jetzt noch nicht», sagte O'Reilly.

Sie riss die Augen auf. «Stimmt etwas mit dem Essen nicht, Sir?»

O'Reillys Stimme klang sehr ernst. «Nur eins noch.»

«Was denn?» Sie spannte sich an und hob die Schultern.

O'Reilly grinste breit. «Sie, Mrs Kincaid, haben die ganze Arbeit gemacht, und wir hatten noch gar keine Gelegenheit, Ihnen dafür zu danken.»

Ihre Schultern sackten herab, und Barry spürte ihre Erleichterung.

«Also, Kinky» – er schenkte ihr ein Glas Wein ein – «nehmen Sie.» Er griff sich einen Stuhl, der neben der Anrichte stand, und stellte ihn an den Tisch, wodurch Lady Macbeth zum zweiten Mal vertrieben wurde. «Kommen Sie und setzen Sie sich kurz zu uns. Ich möchte, dass Sie mit uns trinken, und das hier» – er reichte ihr einen Umschlag – «ist ein kleines greifbares Dankeschön von Doktor Laverty und mir.»

Kinky knickste und setzte sich auf den bereitgestellten Stuhl. «Ich danke Ihnen beiden.»

Barry fragte sich, wie viel Geld wohl in dem Umschlag war – und wie hoch sein bislang uneingeforderter Anteil daran sein mochte. Aber verflixt, er gönnte ihr jeden Penny. Er sah Patricia an. Sie war hier, um gemeinsam mit ihnen Kinkys Festmahl zu genießen – das war alles, was er sich hätte wünschen können. Von wem auch immer der Satz «Geld ist nicht alles» stammen mochte – der Mann hatte recht. Er langte unter den Tisch und nahm Patricias Hand, spürte ihre kühle Weichheit.

O'Reilly, der immer noch stand, schenkte sich ein, dann erhob er das Glas. «Also ihr alle, Kitty, Barry, Patricia» – er spähte unter den Tisch – «und du, kleine Lady, und du großer Tollpatsch, Arthur Guinness – auf Kinky Kincaid!»

Vier Menschen, die gleichzeitig «Auf Kinky Kincaid!» riefen, begleitet von einem «Aaaahauu» von Arthur, das machte schon einen ganz schönen Radau, fand Barry. Jedenfalls brachte es Lady Macbeth in Schwung, die auf den Tisch sprang und sofort von O'Reilly wieder hinunterbefördert wurde.

Kinky errötete und stotterte einen Dank.

O'Reilly neigte den Kopf. «Trinken Sie, Kinky. Ich tranchiere den Truthahn und den Schinken, und derweil können Sie uns allen genau erzählen, womit der Truthahn angerichtet und womit er gefüllt ist.» Er griff nach dem Tranchierbesteck. «Weißes oder dunkles Fleisch, Kitty?»

«Von beidem, bitte.»

Er nickte und begann, an der Brust zu säbeln. «Kommen Sie, Kinky. Verraten Sie es uns.»

Kinky trank einen Schluck Wein. «Also», sagte sie, «angerichtet ist der Puter mit Röstkartoffeln und Pastinaken. Diese kleinen Dingelchen da sind Chipolatwürste. Im Halsstück ist eine Schweinefleisch-Maronenfüllung, sonst habe ich meine übliche Salbei-Zwiebel-Semmelbrösel-Fülle genommen, ja.»

«Das ist erstaunlich», sagte Kitty. «Wie haben Sie das bloß alles geschafft, Kinky?»

Kinky nahm einen Schluck Wein. «Ach, nur eine Frage der Planung.»

Das, dachte Barry, war die Landung der Alliierten in der Normandie auch.

Patricia nahm ihm die Worte aus dem Mund. «Ich finde, Sie sind ein wahres Wunder, Mrs Kincaid.»

«Das ist nicht genug», sagte O'Reilly. «Ich weiß es genau, verdammt nochmal. Schon seit Jahren.» Er reichte Kitty einen Teller. «Nehmen Sie sich doch von den Beilagen, Patricia.»

«Für mich nur ein winziges bisschen, bitte. Ich hatte heute bereits ein Festmahl, Mrs Kincaid.»

Barry wartete geduldig, während O'Reilly erst Patricia und dann ihm auftat. Von O'Reillys eigener Portion, dachte Barry, könnten gut zwei Personen satt werden. Barry tat sich Brotsauce und Gemüse auf seinen bereits gehäuft vollen Teller.

Kinky trank ihren Wein aus und stand auf. «Ich geh dann mal –»

«Noch nicht, bitte», sagte Barry und stand auf. «Ich möchte auch einen Toast ausbringen.» Er zögerte und versuchte, genau die richtigen Worte für das zu finden, was er sagen wollte.

«Dann mal los», rief O'Reilly. «Dein Essen wird kalt.»

«Gut.» Er neigte den Kopf und sagte mit klarer Stimme: «Auf Mrs Kincaid, die beste Haushälterin von ganz Irland …»

«Hört, hört», sagte O'Reilly.

«Auf Fingal O'Reilly, meinen Kollegen … und Freund.» Er schaute O'Reilly an, der zustimmend nickte.

«Auf Kitty O'Hallorhan. Möge dieses Haus im nächsten Jahr noch viel mehr von ihr zu sehen bekommen …»

«Danke, Barry.» Kitty lächelte O'Reilly an.

«Auf Arthur und Ihre Ladyschaft. Möge ihr weihnachtlicher Waffenstillstand Bestand haben.»

Mit diesem Wunsch hatte er kein Glück. Wie aufs Stichwort wischte Lady Macbeth Arthur eine, verfehlte aber seine Nase. Barry musste warten, bis O'Reilly zu lachen aufgehört hatte, bevor er weiterreden konnte. «Und auf Patricia. Möge sie in ihrem Studium von Erfolg zu Erfolg eilen.» Er schaute sie an und lächelte. «Und möge die Straße zwischen Cambridge und Ballybucklebo uns zusammenführen und der Wind in ihrem Rücken sein, wenn sie nächstes Mal die Reise macht ...»

«Ostern, und ich werde rechtzeitig buchen. Versprochen.»

Er nickte zustimmend.

«Und auf uns alle in diesem Raum. Möge das Jahr 1965 ein gutes, glückliches Jahr werden.»

Glücklich und im Einklang mit der Welt trank Barry einen Schluck Wein und strahlte.

Schlusswort
von Mrs Kincaid

Dia dhuit. Guten Tag. Heute ist der sechsundzwanzigste Dezember, und ich habe ein kleines bisschen mehr Zeit zum Verschnaufen als sonst. Schon mein Leben lang ist der zweite Weihnachtstag der Tag, an dem die Dankesbriefe geschrieben werden, das hat meine Mutter uns Kindern so beigebracht, selbst wenn die Tante nebenan wohnte und mir ein gestricktes Unterhemd geschenkt hatte, das ich überhaupt nicht haben wollte. Und so sitze ich jetzt hier an meinem Küchentisch mit dem Stift in der Faust und dem Schreibblock vor mir, aber nicht, um Dankesbriefe zu verfassen.

In diesem Jahr, Gott sei's gelobt, breche ich nämlich mit dieser Traditon. Doktor O'Reilly hat gesagt, ich darf das Telefon benutzen, um mit allen lieben Menschen zu sprechen, denen ich nicht so gerne schreiben möchte. Allerdings nur unter einer Bedingung, hat er gesagt: Ich soll die Zeit, die ich dadurch spare, dazu nutzen, Ihnen noch ein paar Rezepte aufzuschreiben.

Er sagt, dieser Taylor, der sich diese Geschichten ausdenkt, hat eine Menge Briefe gekriegt, seit meine Rezepte in seinen ersten beiden Büchern abgedruckt wurden. Eine nette Dame aus Amerika hat ihm geschrieben, sie hätte meine Mockturtlesuppe ausprobiert, und mein Rezept sei wirklich besser als alles, was sie in ihren vier Kochbüchern gefunden habe, ja.

Ich habe jetzt Zeit dafür, denn heute koche ich nicht. Meine beiden Ärzte sind zu Florence Bishops Fest gefahren, und wenn sie nach Hause kommen, habe ich den ganzen Kühlschrank voll mit kaltem Truthahn und gekochtem Schinken. Ich habe das Fleisch heute Morgen von den Knochen geschnitten, und das Gerippe und der Schinkenknochen kochen auf dem Herd vor sich hin, das gibt eine gute Brühe. Den Schinkenknochen kriegt Arthur nachher, und für ihre Ladyschaft hab ich ein paar leckere Stückchen vom Truthahn beiseitegelegt. Das süße Schnuckelchen.

Unser Doktor sagt, ich soll Ihnen ein paar Weihnachtsrezepte aufschreiben, und das ist gar nicht so dumm gedacht, obwohl Weihnachten jetzt ja fast schon vorbei ist. Der *Christmas Pudding* und der *Christmas Cake* werden in Irland traditionell schon lange voher zubereitet. Meinen *Christmas Cake* habe ich im letzten August gebacken, aber seit der *Christmas Pudding* meine Edelstahlschüssel angefressen hat, bin ich gar nicht mehr so sicher, ob es gut ist, ihn wirklich so früh zu machen. Jetzt werde ich erst mal eine Weile damit warten.

Also, hier sind die Rezepte. Ich wünsche Ihnen gutes Gelingen!

Weihnachtsrezepte aus Ulster

· Süße Füllung für die *Weihnachtspastetchen* · (Mince Pies)

225 g (1 Tasse) Rindertalg oder vegetarischer Talg (nur in Großbritannien erhältlich, ersatzweise kann man auch festes Pflanzenfett oder sogar Butter verwenden)
225 g (1 Tasse) Bramley-Äpfel, geschält, entkernt und fein gehackt (Bramley-Äpfel wachsen im County Armagh, man kann aber auch andere Kochäpfel oder jede beliebige Apfelsorte verwenden)
115 g (½ Tasse) kandierte Zitrusschalen, gehackt
225 g (1 Tasse) Sultaninen
225 g (1 Tasse) Korinthen
175 g (¾ Tasse) Rohrzucker
1 Teelöffel Lebkuchengewürz oder Piment
Schale und Saft von einer Orange
60 ml Brandy

Alle Zutaten vermischen. In sterilisierte Gläser füllen und luftdicht verschließen. Bis zum Gebrauch an einem kühlen, dunklen Ort aufbewahren.

Diese Menge ergibt etwa 1,4 kg *«sweet mince»*, eine traditionelle irische Füllung für die Weihnachtspastetchen, die am Weihnachtstag warm serviert werden. In meiner Familie wird das Rezept seit vielen Generationen verwendet, und ursprünglich enthielt es auch noch Fleisch. Heute ist der Rindertalg die einzige Zutat tierischen Ursprungs. Für Vegetarier wie Miss Moloney verwende ich vegetarischen Talg.

· Brandybutter ·

Hier eine weitere Weihnachtsspezialität von mir, die wunderbar zu Weihnachtspastetchen oder *Christmas Cake* schmeckt. Brandybutter ist im Handumdrehen zubereitet.

125 g (½ Paket) weiche Butter
125 g (½ Tasse) Puderzucker
2 Esslöffel kochendes Wasser
3 Esslöffel Weinbrand

Butter und Puderzucker schaumig rühren. Mit dem Schneebesen Wasser und Weinbrand unterschlagen, bis die Masse glatt ist. Bis zur Verwendung kalt stellen und mit heißen Weihnachtspastetchen oder *Christmas Pudding* servieren.

· Christmas Cake ·

250 g Butter
250 g weicher brauner Zucker
250 g Mehl
je 250 g Korinthen, Rosinen, Rosinen aus Muskatellertrauben und Sultaninen
je 140 g kandierte Kirschen und gemischte kandierte Zitrusschalen
70 g gemahlene Mandeln
1 Teelöffel Lebkuchengewürz oder Piment
½ Teelöffel Zimt
½ Teelöffel Salz
4 Eier
abgeriebene Schale von einer Zitrone und einer Orange

Den Backofen auf 140 °C (Gas Stufe 1) vorheizen. Eine runde Kuchenform (20 cm Durchmesser) fetten und so mit Backpapier auslegen, dass das Papier am Rand 3 cm übersteht.

Die Butter mit dem braunen Zucker schaumig rühren. Nacheinander die Eier hinzufügen, mit dem Schneebesen gut durchschlagen. Mandeln, Mehl, Salz und Gewürze hineinrühren. Zum Schluss Kirschen, Trockenfrüchte und abgeriebene Schalen hinzufügen. Die Mischung in die vorbereitete Backform geben und drei Stunden backen. Mit einem Schaschlikstäbchen prüfen, ob der Kuchen fertig ist. Wenn es beim Herausziehen sauber bleibt, den Kuchen aus dem Ofen nehmen. Auf einem Drahtgestell abkühlen lassen und in einem luftdichten Gefäß aufbewahren, bis der Kuchen glasiert werden soll.

· Zuckerguss ·

3 Eiweiß
600 g Puderzucker, gesiebt
1 ½ Teelöffel flüssiges Glyzerin (nach Belieben)
3 Teelöffel Zitronensaft

Das Eiweiß schlagen, dabei nach und nach den Zucker hinzugeben. So lange weiterschlagen, bis die Masse in weichen Spitzen stehenbleibt, dann das Glyzerin (falls man es verwendet) und den Zitronensaft hinzufügen.

· Marzipan ·

150 g gemahlene Mandeln
140 g weißer Zucker
Saft von einer halben Zitrone
Glyzerin, etwa 10 Tropfen
Mandel- oder Vanillearoma nach Geschmack

Die gemahlenen Mandeln und den Zucker vermischen. Nach und nach den Zitronensaft und das Glyzerin hinzufügen, bis Marzipan entsteht. Mit Mandel- oder Vanillearoma abschmecken.

· Glasur für den Christmas Cake ·

Den Christmas Cake auf einen Kuchenteller oder ein mit Alufolie abgedecktes Brett legen. Die Hände mit Mehl und die Arbeitsfläche mit ein wenig Puderzucker bestäuben. Das Marzipan (siehe vorstehendes Rezept) weichkneten. Die Hälfte davon so ausrollen, dass sie den Kuchen oben abdeckt, die andere Hälfte für die Ränder. Den Kuchen mit erwärmter Aprikosenmarmelade bestreichen und das Marzipan darüberlegen. Mit einem Geschirrtuch abdecken und vier Tage stehenlassen, dann mit dem Zuckerguss (siehe vorstehendes Rezept) überziehen.

Man kann Marzipan und Zuckerguss kaufen oder beides selbst herstellen. Aber wie Sie es auch machen, bitte achten Sie darauf, dass Sie den Kuchen, nachdem Sie ihn mit Marzipan überzogen haben, vier Tage stehenlassen, damit er trocknen kann. Erst danach mit Zuckerguss überziehen, sonst verderben Sie die Glasur, ja.

· Christmas Pudding ·

175 g weiche Brotkrumen
400 ml Milch
300 g weißer Zucker
250 g Talg
175 g Mehl
½ Teelöffel Salz
1½ Teelöffel Muskat
175 g geriebene Möhren
250 g Korinthen
250 g Rosinen
175 g Kartoffelbrei
75 g kandierte Zitrusschalen
3 Eier, geschlagen
4 Teelöffel Sirup oder Melasse

Die Brotkrumen in eine sehr große Schüssel geben, die Milch zum Kochen bringen und darübergießen. Den Zucker hinzufügen und ½ Stunde einweichen lassen. Dann alle anderen Zutaten bis auf die Eier und den Sirup hinzugeben und sehr gut vermischen. Zum Schluss die Eier und den Sirup hinzufügen und gut durchschlagen. Die Mischung in gefettete Schüsseln geben, zudecken und 4 Stunden im Wasserbad kochen lassen. Ab und zu kochendes Wasser nachfüllen, damit der Topf nicht trocken kocht. Das Rezept ergibt einen sehr großen Pudding (2 ¾ Liter) oder zwei kleine (1 ½ Liter).

Sie können spezielle Schüsseln mit festem Deckel verwenden oder die Schüsseln mit Alufolie abdecken. Ich selbst verwende Pergamentpapier, lege darüber braunes

Papier und binde es mit einer Schnur fest, so, dass die Schnur einen Griff bildet. Wenn Sie keinen Arzt bei der Hand haben, müssen Sie mit dem kochenden Wasser sehr vorsichtig sein, ja.

Der Pudding sollte reifen. Er schmeckt viel besser, wenn Sie daran denken, ihn sechs Monate bis ein Jahr im Voraus zuzubereiten.

Am Weihnachtstag weitere 2 Stunden im Wasserbad kochen lassen, dann herausnehmen und mit einem Ilexzweig garnieren.

· Brandysoße ·

50 g Butter
50 g Mehl
550 ml Milch
50 g weißer Zucker
¼ Tasse Weinbrand

Die Butter zerlassen und das Mehl hineinrühren. 2 Minuten kochen lassen, dann die Milch unterrühren. Zum Kochen bringen, dabei ständig weiterrühren. 10 Minuten köcheln lassen. Den Weinbrand und den Zucker hineinrühren und zum *Christmas Pudding* servieren.

So, das wäre erledigt. Jetzt mache ich mir eine schöne Tasse Tee und lese in meinem neuen Buch. Ich habe es von meiner Schwester Ailech zu Weihnachten bekommen, die in Rosbeg im County Donegal wohnt. Es heißt *Die Spitzbuben* und ist von William Faulkner. Dieses andere Buch von ihm, *Als ich im Sterben lag*, hat mir wirklich sehr gut gefallen.

Und Ihnen wünsche ich Erfolg beim Kochen und *an Athbhliain shona dhuit*, ein glückliches neues Jahr. Bestimmt werden Sie bald wieder von mir hören. Manchmal frage ich mich, ob diesem Taylor jemals der Stoff ausgeht. Er ist genauso ein Plappermaul wie Cissie Sloan.

Slán agat. Leben Sie wohl.

Mrs Kinky Kincaid
Haushälterin bei
Doktor Fingal Flahertie O'Reilly,
Praktischer Arzt und Chirurg
Arzt für Geburtshilfe
Main Street 1
Ballybucklebo
County Down
Nordirland

Nachbemerkung des Autors

Die Doktoren Taylor, Laverty und O'Reilly sowie die Haushälterin Mrs Kinky Kincaid und alle Freunde und Patienten freuen sich sehr, die Leser wieder zu begrüßen, denen Ballybucklebo bereits bekannt ist. Sie wünschen Ihnen Freude am Wiedersehen mit alten Freunden und Schauplätzen und am Kennenlernen neuer Orte in und um Ballybucklebo. Als Leser haben Sie unsere Gegend im Sommer und im Herbst erlebt. Diesmal ist es Winter, Weihnachten steht vor der Tür, und die Gänse werden fett.

Für Leser, denen das ländliche Irland im Jahr 1964 noch neu ist, mögen die folgenden erklärenden Worte vonseiten des Autors vielleicht hilfreich sein.

Ich hatte gerade den Roman *Pray for Us Sinners* beendet, der einem Kurzgeschichtenband, *Only Wounded*, folgte. Beide Bücher beschäftigten sich mit dem Nordirlandkonflikt zwischen 1969 und 1994.

Gleichzeitig hatte ich jeden Monat eine Kolumne in der Ärztezeitschrift *Stitches: The Journal of Medical Humour* verfasst. Dort erschienen Doktor Fingal Flahertie O'Reilly und die Einwohner von Ballybucklebo im Jahre 1995 zum ersten Mal. Meine Lektorin bei *Insomniac Press* las die Kolumne und schlug mir vor, diese Charaktere zur Grundlage eines Romans zu machen. Mich reizte der Gedanke, über etwas Harmloseres als die mörderischen Auseinandersetzungen zu schreiben, und so nahm *Ein irischer Landarzt* Gestalt an.

Nachdem der Roman fertig war, beendete ich *Now and in the Hour of Our Death*, den Folgeband zu *Pray for Us Sinners*. Aber als ich diese Arbeit abgeschlossen hatte, wurde mir klar, dass die Beschäftigung mit dem Ballybucklebo vor dem Nordirlandkonflikt mir viel mehr Freude machte als die Schilderung des von religiösem Fanatismus zerrissenen Belfast und County Tyrone. Ich beschloss, die Einwohner von Ballybucklebo weiter zu begleiten, und schrieb *Neues vom irischen Landarzt*. *Ein irisches Weihnachtsfest* ist der dritte Band in dieser Reihe.

Der Schauplatz Ballybucklebo ist ein fiktives Dorf in County Down, meiner Heimat. Den Namen Ballybucklebo habe ich meinem Französischlehrer zu verdanken. Erbost über meine Unfähigkeit, unregelmäßige Verben zu konjugieren, brüllte er: «Taylor, du bist so dumm, als kämst du aus Ballybucklebo!» Diejenigen unter meinen Lesern, die sich ein wenig für Etymologie interessieren, möchten vielleicht wissen, was dieser Name bedeutet. Bally (irisch *baile*) ist ein *townland* – ein geographischer Begriff aus dem Mittelalter, der eine kleine Siedlung und die umliegenden Gehöfte bezeichnet. *Buachaill* bedeutet «Junge», und *bó* ist eine Kuh.

Seit *Ein irischer Landarzt* und *Neues vom irischen Landarzt* erschienen sind, staune ich immer wieder darüber, wie viele meiner Freunde in Ulster hartnäckig versuchen, in Ballybucklebo ein reales Dorf in North Down zu erkennen. Offenkundig ist der alte irische Zeitvertreib, Mondstrahlen zu jagen, bis heute nicht ausgestorben.

In meinen ernsteren Werken habe ich mich bemüht, Schauplätze und Ereignisse wahrheitsgetreu nachzuzeichnen. In den Landarzt-Romanen hingegen nehme ich mir diesbezüglich einige Freiheiten heraus, und in

Ballybucklebo sind Ort und Zeit ähnlich irreal wie in Brigadoon.

Puristen unter meinen Lesern wird auffallen, dass es an der Südküste der Belfaster Bucht, der Belfast Lough, keine Sanddünen gibt. Erst ein Stück weiter an der Küste von County Down, bei Tyrella, gibt es viele Dünen. Auch fließt durch das nördliche County Down kein Lachsflüsschen namens Bucklebo River. Der nächste Fluss ist der Shimna River in den Mourne Mountains nicht weit von Tyrella. Alles andere ist so genau beschrieben, wie ausgiebiges Lesen und meine Erinnerungen es erlaubten.

Auch was die Politik in Ulster angeht, habe ich mir Freiheiten erlaubt. Manche sagen, Geschichten sind ein Ausdruck der Wünsche ihres Autors. In den Landarzt-Romanen schildere ich eine Ortschaft, die so tolerant ist, wie die Mehrheit der Menschen in Nordirland es sich gewünscht hätten. Leider jedoch hätte dieses Dorf in diesem kleinen Land in den sechziger Jahren gar nicht existieren können. Der ökumenische Geist, den die Bewohner von Ballybucklebo zeigen, hatte in Nordirland wenig Chancen, sich zu entwickeln – was allerdings an der bigotten Unnachgiebigkeit einiger weniger Menschen lag. Während ich dies schreibe, scheinen jene Zeiten glücklicherweise für immer der Vergangenheit anzugehören.

Ich vermisse sie keineswegs, was mir aber fehlt, ist das ländliche Ulster, das ich schildere, und seine Männer und Frauen. Ja, eine dieser Frauen habe ich so sehr vermisst, dass ich nach siebenunddreißig Jahren in Kanada zurückgekehrt bin, um mit ihr zusammen zu sein.

Ich weiß, dass das Land, in das ich zurückgekehrt bin, sich sehr verändert hat. Farmen und Dörfer sehen noch nahezu genauso aus wie früher, aber der Nordirlandkonflikt und der alles beherrschende Einfluss des Fernsehens haben der Einfachheit des Landlebens den Garaus gemacht. Auch dass den Männern an der Spitze der dörflichen Hierarchie – dem Arzt, dem Lehrer und den Pastoren – aufgrund ihrer Bildung ganz selbstverständlich Respekt entgegengebracht wurde, gehört inzwischen der Vergangenheit an. Aber in meiner ersten Zeit als junger Arzt waren Männer wie O'Reilly noch häufig anzutreffen. Und in diesem Zusammenhang möchte ich eine Frage, die mir häufig gestellt wird, ein für alle Mal beantworten. Barry Laverty und Patrick Taylor sind *nicht* ein und derselbe. Und auch Doktor O'Reilly ist ein Produkt meiner Phantasie, selbst wenn einige meiner aus Ulster ausgewanderten Freunde immer wieder versuchen, in ihm einen geachteten – wenn auch unorthodoxen – praktischen Arzt der damaligen Zeit wiederzuerkennen.

Lady Macbeth allerdings verdankt ihr Romandasein tatsächlich unserer von einem Dämon besessenen weißen Katze Minnie. Das Vorbild für Arthur Guinness war ein schwarzer Labrador gleichen Namens, inzwischen lange tot, der einen unstillbaren Durst auf Foster's Lager an den Tag legte. Alle anderen Charaktere sind Montagen, die teils meiner Phantasie entsprungen sind und teils auf meine Erlebnisse als Landarzt zurückgehen.

Ein angehender Mediziner von heute findet ganz andere Bedingungen vor als ein junger Arzt in den sechziger Jahren. Zu Beginn meiner Romane war es gerade erst fünf Jahre her, dass man den Zusammenhang zwischen der Einnahme von Contergan in der Schwangerschaft und Missbildungen bei Neugeborenen erkannt hatte. 1963 war in Leeds die erste Nierentransplantation mit der Niere eines Toten durchgeführt worden, und 1965 wurde die Zigarettenwerbung im britischen Fernsehen verboten. Erst 1967 fand unter Christiaan Barnard die erste Herztransplantation statt. 1971 folgte die erste Herz-Lungen-Transplantation. Bis 1978 mussten wir warten, ehe das erste durch In-vitro-Fertilisation gezeugte Baby geboren wurde.

Damals waren die diagnostischen Testmethoden noch wenig entwickelt. Erst 1979 erhielt Godfrey Hounsfield den Nobelpreis für die Erfindung der Computertomographie (CT). In den Achtzigern, dem Jahrzehnt also, in der das Aids-Virus identifiziert wurde, fanden schließlich auch die Laserstrahlen Eingang in die Operationssäle.

Nach heutigen Maßstäben steckte die moderne Medizin zu jener Zeit also noch in den Kinderschuhen, und viel hing von der ärztlichen Kunst der Doktor O'Reillys ab. Sie praktizierten eine ganz andere Art der Medizin, und das nicht an gesichtslosen Patienten, sondern an Menschen, deren Gefühle und Lebensumstände diesen Ärzten genauso wichtig waren wie die Krankheiten, an denen sie litten.

Doktor O'Reilly hat mich gebeten, Ihnen etwas auszurichten: Er hofft, dass Sie in Ballybucklebo genauso viel Vergnügen haben werden wie er.

Patrick Taylor
Cootehall,
County Roscommon
Republik Irland

Danksagung

Doktor Fingal Flahertie O'Reilly ist 1995 zum ersten Mal in Erscheinung getreten. Seine allmähliche Weiterentwicklung wurde von meinem Freund Simon Hally, dem Herausgeber der Ärztezeitschrift *Stitches*, freundlich beaufsichtigt.

Weitere bemerkenswerte Menschen förderten und fördern O'Reillys Wachstum bis zur Reife: Ohne den fachlichen Rat von Carolyn Bateman, meiner Lektorin und Freundin, würde ich nicht daran denken, ein Manuskript einzureichen. Adrienne Weiss war meine Lektorin bei der *Insomniac Press* in Toronto, die den ersten Landarzt-Roman 2004 unter dem Titel *The Apprenticeship of Doctor Laverty* herausbrachte. Meine Agentin Susan Crawford hat die beiden ersten Romane der Reihe vorgestellt, und Rosie und Jessica Buckman aus England kümmerten sich um die Auslandsrechte.

Natalia Aponte, damals noch Lektorin bei Tor/Forge Books, New York, hielt meine Bemühungen für vielversprechend und überzeugte Tom Doherty, den Verlagsleiter, mir das gleiche Vertrauen entgegenzubringen. Ihr Glaube an die Bewohner von Ballybucklebo ist nach wie vor unerschütterlich. Inzwischen ist sie meine Agentin und Vertraute und ermutigt mich stets, wenn ich anfange zu zweifeln.

Ein ganz besonderes Dankeschön gilt Pat Phelan, meiner ganz außergewöhnlichen Redakteurin.

Bei meiner Arbeit an *Ein irisches Weihnachtsfest* bekam ich eine Anämie. Meine Hämatologin und Freundin, Doctor Linda Vickars aus Vancouver, heilte nicht nur meine Krankheit, sondern erklärte mir als altem Gynäkologen auch die Geheimnisse der Blutkrankheiten.

Doctor Tom Baskett, Facharzt für Geburtshilfe und mein ältester Freund aus Studienzeiten, klärte mich über die Einzelheiten bei der Entbindung einer Steißlage auf.

Der größte Teil von *Ein irisches Weihnachtsfest* wurde in einer Wohnung in North Vancouver, Kanada, geschrieben, die Cuncan und Kathy Campbell mir vermieteten. Einen besseren Ort zum Arbeiten oder rücksichtsvollere Vermieter kann man sich als Autor nicht wünschen.

Ihnen allen sprechen Doktor O'Reilly, Doktor Laverty und ich unseren tiefempfundenen Dank aus.

Patrick Taylor
Ein irischer Landarzt

432 Seiten

Hinter den grünen Hügeln von Ballybucklebo liegt das Glück!

Endlich ist Barry Laverty fertig mit seinem Medizinstudium. Voller Elan tritt der frischgebackene Arzt seine erste Stelle an. Doch Ballybucklebo ist nicht Belfast, die Uhren ticken etwas anders in dem abgeschiedenen Dorf in Nordirland. Und auch an seinen neuen Chef muss Barry sich erst gewöhnen. Dr. O'Reillys oberste Regel: Sich niemals von einem Patienten etwas sagen lassen! Statt Schmerztabletten verordnet er lieber Vitaminpillen. Bald lernt Barry auch den Rest des Dorfes kennen: darunter einen simulierenden Bürgermeister, eine unorthodoxe Haushälterin und einen Hund namens Arthur Guinness. Ungeahnte Lektionen warten auf ihn – über das Leben und über die Liebe …

«Taylor ist ein großartiger Geschichtenerzähler.» Publishers Weekly

Julie Caplin

Das kleine Cottage in Irland

Liebe geht durch den Magen - und Julie Caplin kennt die besten Rezepte.

432 Seiten

Hannah hat genug von ihrem Single-Alltag in Manchester. Kurzerhand meldet sie sich bei einer renommierten Kochschule in Irland an, denn gutes Essen ist ihre große Leidenschaft. Bei einem Zwischenstopp in Dublin lernt sie den charmanten Conor kennen. Die beiden verbringen einen romantischen Abend, doch sich ernsthaft zu verlieben kommt für beide nicht infrage. So reist Hannah am darauffolgenden Tag weiter ins beschauliche County Kerry, wo sie die nächsten drei Monate verbringen wird. Die Kochschule liegt idyllisch zwischen grünen Hügeln und atemberaubender Steilküste, jeder kennt hier jeden. Und schon bald merkt Hannah, dass sie Conor nicht vergessen kann – und dass Geheimnisse in Dublin nicht gut aufgehoben sind ...

Weitere Informationen finden Sie unter **rowohlt.de**

Graham Norton
Ein irischer Dorfpolizist

Die Nr. 1 aus Irland

336 Seiten

Sergeant PJ Collins gerät schnell ins Schwitzen und schnell aus der Puste, er hat in dem verschlafenen Kaff Duneen aber zum Glück auch nicht viel zu tun. Das ändert sich, als bei Schachtarbeiten menschliche Überreste gefunden werden. Im Dorf ahnen alle gleich, wessen Knochen das sein müssen: Tommy Burke, verschwunden vor zwanzig Jahren, genau an dem Tag, an dem sich seine Verlobte und seine Geliebte auf dem Marktplatz prügelten. PJ geht daran, die Frauen zu befragen – beide immer noch unglücklich und ungeliebt. Und begeht dabei einige schwer verzeihliche Fehler. Der aus Cork angereiste Kriminalkommissar hält den Dorfsheriff sowieso für eine Niete. Doch er irrt sich.

Ein Kriminalroman und gleichzeitig eine berührende Geschichte über Liebe, Geheimnis und Verlust, mit einem dunklen Grundton, leisem Humor und einer großen Liebe zu allen Figuren.